Ein seltener Fall in der deutschen Geschichte – eine Volkserhebung verjagt einen Fürsten. So geschehen im Großherzogtum Baden im Revolutionsjahr 1849. Das Unternehmen ging freilich nicht gut aus. Truppen aus anderen deutschen Bundesstaaten, Preußen voran, schießen den Aufstand nieder. Nach drei Monaten herrscht im Duodezreich die alte Ordnung wieder. Einem der Organisatoren der Rebellion in der badischen Armee, dem Offizier Andreas Lenz, gelingt die Flucht nach Amerika, wo er sich schließlich am Bürgerkrieg beteiligt und in der Schlacht von Gettysburg als Andrew Lenz den Tod findet. Mit Hilfe fiktiver Aufzeichnungen des Titelhelden (die englisch verfaßte Originalversion des Romans hieß ›The Lenz Papers‹) stellt Heym ein facettenreiches Freskogemälde eines deutschen Kleinstaates zur Mitte des vergangenen Jahrhunderts vor den Leser. Ein Hauptgedanke des Romans: in Deutschland scheitert eine Revolution, während fast zur gleichen Zeit in Nordamerika ein Staat sich auf den Weg zur Demokratie im Sinne der Aufklärung begibt. Wie in fast allen seinen Werken singt Stefan Heym auch in diesem Roman das Hohe Lied der Demokratie. Und wie immer erzählt er farbig und nuancenreich.

Stefan Heym, 1913 in Chemnitz geboren, studierte Philosophie und Germanistik in Berlin; emigrierte 1933, nach einem Zwischenaufenthalt in der Tschechoslowakei, in die USA, setzte sein Studium in Chicago fort und erwarb mit einer Arbeit über Heine das Master-Diplom; 1937–1939 Chefredakteur der Wochenzeitung ›Deutsches Volksecho‹ in New York; seit 1939 Soldat. Die ersten Nachkriegsjahre verbrachte Heym in München; Mitbegründer der ›Neuen Zeitung‹; wurde wegen prokommunistischer Haltung in die USA zurückversetzt und aus der Armee entlassen; aus Protest gab er Offizierspatent, Kriegsauszeichnungen und US-Staatsbürgerschaft zurück und übersiedelte nach Berlin/Ost.
Die Werke von Stefan Heym sind im Fischer Taschenbuch Verlag erschienen.

Stefan Heym

Lenz oder
die Freiheit

Roman

Fischer Taschenbuch Verlag

Autorisierte Übersetzung aus dem Englischen von Helga Zimnik
Revidierte Fassung
Titel der Originalausgabe ›The Lenz Papers‹
Karten und Skizzen: Adolf Böhm, München

Veröffentlicht im Fischer Taschenbuch Verlag GmbH,
Frankfurt am Main, April 1993
Lizenzausgabe mit freundlicher Genehmigung
des Wilhelm Goldmann Verlags GmbH, München
© 1965 by Stefan Heym
Alle deutschsprachigen Rechte
by Wilhelm Goldmann Verlag, München 1981
Umschlaggestaltung: Buchholz/Hinsch/Hensinger
Satz: IBV Lichtsatz KG, Berlin
Druck und Bindung: Clausen & Bosse, Leck
Printed in Germany
ISBN 3-596-11132-3

Gedruckt auf chlor- und säurefreiem Papier

Für Gertrude

Prolog

»Verrückte Idee!«

»Ja? – Was ist so verrückt…?«

»Dies alles!« Lenz wies auf die schwarzen Sträucher, dann glitt seine Hand über das Feld, das sich grau und trübe in der aufsteigenden Dämmerung des Februarnachmittags streckte, über die Reste von Schnee auf dem Hügelzug, hinter dem noch mehr Gräber lagen. »Friedhof! Meilenweit Friedhof!«

»Schließlich mußte man sie ja irgendwo begraben«, antwortete ich. »Warum nicht, wo sie starben?«

Lenz runzelte die Stirn. Er schlug den Kragen seines Wintermantels hoch. »…und geloben wir hier feierlich, daß diese Toten nicht umsonst gestorben sein sollen«, sagte er. Das Lachen, das die Düsterkeit des Zitats aufhellen sollte, glückte nicht ganz. Die Schatten über diesem Ort waren zu schwer.

Ich bekämpfte das leichte Frösteln, das mir den Rücken hinunterkroch und an dem das Wetter schuld war. Ich wollte etwas sagen über vergangene Zeiten und daß wir im Jahre 1944 lebten, daß wir unseren eigenen Krieg hätten und unsere eigenen Sorgen.

»Natürlich mußte man sie irgendwo begraben«, fuhr er fort und verzog spöttisch das schmale, empfindsame Gesicht. »Aber müssen wir ausgerechnet dort hausen, wo sie begraben sind?«

Damit hatte er recht. Wir redeten niemals darüber, doch in der einen oder anderen Form hatte der Gedanke daran die meisten Leute in der Kompanie mehr als einmal geplagt. Man gewöhnt sich an vieles in der Armee; die Offiziersgehirne haben besondere Windungen; doch was hier geschah, besaß einen ganz eigenen, faden Geschmack: Männer, die man in kommende Schlachten schicken wollte, unter den Toten einer vergangenen Schlacht unterzubringen!

Oh, Gettysburg! Schmetternde Trompeten! Das dumpfe Dröhnen von Pferdehufen auf den Schollen dieser Erde – Atta – a – acke!

Und das erbarmungslose Krachen der Geschosse und das Knirschen der Bajonette, die in Fleisch und Knochen stießen!

Wir schliefen in ein paar verfallenen Baracken, die seinerzeit die Jungens vom Civilian Conservation Corps gebaut hatten, als sie hierhergeschickt worden waren, um den Friedhof zu säubern und die Arbeitslosenlisten während der großen Depression niedrigzuhalten. Jetzt schluckte die Armee die Arbeitslosen, Gott sei Dank, und Sergeant Andrew Lenz und ich, die Gewehre über die gekrümmten Schultern gehängt, spielten Patrouille auf den Schlachtfeldern vergangener Jahre.

»O Gott!« seufzte er. »Ich setze mich hin.«

Vom Standpunkt der Bequemlichkeit aus hatte das Patrouillieren auf einer gut erhaltenen nationalen Gedenkstätte seine Vorteile. Hier gab es Bänke, die durch sorgsam angepflanzte Hecken vorm Wind geschützt waren; im Sommer war es sicher sehr nett hier, mit schattigen Winkeln rings um ein paar alte, gewissenhaft gepflegte Kanonen und einem guten Blick auf einen schönen großen Grabstein, von dem man Namen, Dienstgrad und Einheit ablesen konnte.

Lenz wischte Schmutz und Feuchtigkeit von einer Ecke der Bank, setzte sich und streckte die Beine aus. Er stellte das Gewehr zwischen die Knie, nahm den Helm ab und hängte ihn über die Mündung. Schweißfeuchtes dunkles Haar klebte ihm auf der Stirn. Er hatte eine hohe, wohlgeformte Stirn und schiefergraue, meistens nachdenkliche Augen. Ich hatte den Verdacht, daß er Gedichte schrieb oder wenigstens geschrieben hatte; aber derartiges war ihm nie in den Sinn gekommen, versicherte er mir, und die Vermutung schien ihn zu befremden. Er war Drucker von Beruf; wahrscheinlich haben Drucker etwas von einem Intellektuellen an sich.

Jetzt hefteten sich diese seine Augen auf den Grabstein. Ich sah, wie er erstarrte. »Schau dir das an!« sagte er. »Ich will verdammt sein!«

Seine Stimme hatte etwas Eindringliches, das im Widerspruch zu seiner lässigen Redeweise stand: etwas Eindringliches, das beinahe an Furcht denken ließ. Ich blickte auf den Stein, auf die Namen. Das Tageslicht wurde langsam schwächer, aber man konnte die Aufschrift auf der Gedenktafel noch erkennen. Gleich der erste Name hieß:

ANDREW LENZ
Capt, Co. B, 3rd Illinois Inf.

Sergeant Lenz lachte; es klang hohl. Er brauchte die Frage nicht zu stellen; das konnte ich selbst tun, da ich wußte – wie wir alle es wußten –, daß die Invasion kurz bevorstand und daß wir dabeisein würden. Wie würde es dir, so lautete die Frage, bei einer solchen Aussicht gefallen, plötzlich deinen Namen unter den Toten zu entdecken?

Man brauchte nicht abergläubisch zu sein; der winzige Überrest uralter Atavismen, den jeder von uns seit unvordenklichen Zeiten im Blute trägt, genügt, um Unheil vorauszuahnen. Natürlich sagte ich Lenz, daß das Unsinn sei. Lenz war kein seltener Name, besonders unter Menschen deutscher Abstammung; und Männer namens Andrew gab es auf der ganzen Welt, Andrew, Andreas, André, Andruschka – warum sich aufregen?

»Red nicht so dumm«, sagte er. »Das ist mein Großvater.«

Er lehnte Gewehr und Helm gegen die Bank und ging hinüber zu dem Grab. Während er es forschend betrachtete, fuhr er, mit dem Rücken zu mir, fort: »Meine Familie hat immer gewußt, daß er Captain im Bürgerkrieg war und hier gestorben ist. Bloß man stellt sich Großpapa nicht immer als Soldaten der Unionsarmee vor. Ich war einfach nicht darauf gefaßt, ihm hier und auf diese Weise zu begegnen...«

Er wandte sich um und sah mich an. Es war schon recht dunkel geworden.

»...so ohne Warnung«, schloß er, jetzt mit fester Stimme. Nur seine Augen zeigten eine Spur dessen, was er empfunden haben mußte. »Andrew Lenz«, sagte er und fügte hinzu: »Der andere – er war wohl noch nicht vierzig, als es ihn erwischte. Wir haben irgendwo zu Hause ein Bild von ihm – ein Mann mit Bart und breitkrempigem Offiziershut. Er sieht etwas verlegen aus – wahrscheinlich haßte er es, sich in Positur zu stellen. Aber das Bild ist schon reichlich verblaßt.«

Er griff nach seinem Gewehr.

»Gehen wir?«

Man mußte es Lenz – dem heutigen Lenz – hoch anrechnen. Er barg dieses Erlebnis tief in sich und ließ es nur einige wenige Male nach außen dringen. Die Ereignisse halfen. Krieg bedeutet Veränderung – Veränderung des Schauplatzes, Veränderung der Menschen, jeden Tag eine neue Art von Dreck, eine neue Art von Stumpfsinn, und dazwischen sehr vereinzelt ein bißchen menschliche Größe, um einem zu zeigen, daß doch nicht alles umsonst ist. Doch dieser Moment in Gettysburg ließ weder ihn noch mich ganz los – er blieb zwischen uns, ein Geheimnis, das wir beide teilten. Es schuf eine Bindung zwischen uns. Es veranlaßte mich, ihn den ganzen Krieg hindurch mit einer gewissen Besorgnis zu betrachten: einmal, an jenem trüben Nachmittag im Februar, hatte ich den Finger des Schicksals deutlich auf ihn weisen sehen. Ich wollte nicht, daß es sich bestätigte, ich wollte nicht daran glauben, und ich glaube noch immer nicht daran – aber jedesmal wenn ich ihn traf, nach unserer Landung in Europa, und irgendwo in Frankreich, und dann in Deutschland, fühlte ich mich erleichtert. Unsere Arbeit brachte uns häufig auseinander; immer wenn neue Gefangene von irgendeiner Einheit gemeldet wurden, mußte der eine oder andere von uns fort, um sie zu vernehmen. Es dauerte Tage und Wochen und manchmal Monate, ehe wir uns wiedersahen. Und wenn wir uns dann begegneten und ich auch nicht eine Schramme an ihm entdeckte, lachte ich gewöhnlich und sagte: »Na, wie steht's damit?« Und er wußte, und ich wußte, daß die Frage sich auf Andrew Lenz bezog – den anderen Lenz – daheim in Gettysburg, der nichts weiter war als ein Name auf einem Stein. Wirklich und wahrhaftig nichts weiter.

Und dann sprachen wir über ihn. Es war wie ein innerer Zwang. Wir mußten es tun, um den Schatten des Todes, der seit jenem Nachmittag in Gettysburg über Lenz – dem heutigen Lenz – schwebte, auf ein erträgliches Maß zu reduzieren. Nach und nach erinnerte er sich an einiges von dem, was sein Vater ihm über *seinen* Vater erzählt hatte; von einer unserer Begegnungen zur anderen erfuhr ich immer mehr über den Mann, der auf jenem alten Schlachtfeld neben der alten Kanone die letzte Ruhe gefunden hatte; bis ich ihn schließlich ganz klar vor mit hatte, obwohl aller Wahrscheinlichkeit nach nicht er es war, den ich sah, sondern der Lenz, der mit mir zusammensaß – die Konturen unseres Denkens werden im allgemeinen von den Perspektiven unserer eigenen Zeit bestimmt.

Lenz – der andere – hatte den Taufnamen Andreas und war 1849 in die Vereinigten Staaten gekommen; er brachte eine Frau mit, jung wie er selbst, auch schön auf eine gewisse verfeinerte Art, und von ihnen beiden anscheinend das stetigere Element. Sie hatte die Hosen an; so stellte es Lenz – der heutige Lenz – dar. Das Ehepaar hatte mehrere Kinder, von denen das jüngste, der Vater meines Lenz, nach dem Tode von dessen Vater geboren war. Lenz – der Lenz, der tot in Gettysburg lag – versuchte sich in vielen Dingen und scheiterte in genauso vielen. Eine Zeitlang gab er eine deutschsprachige Zeitung in Chicago heraus. Er hatte auch für ein städtisches Amt kandidiert, 1856 glaube ich, und erlitt eine knappe Niederlage. »Ein Radikaler!« meinte Lenz und zuckte die Achseln, so wie man heutzutage mit den Achseln zuckt über Propheten und Hellseher und ähnliche Lieferanten von Allheilmitteln gegen die Übel dieser Welt. Als man begann, den Nachlaß von Captain Andrew Lenz durchzusehen, der, wie Lincoln es ausgedrückt hatte, dafür gestorben war, daß die Regierung des Volkes durch das Volk für das Volk auf dieser Erde nicht untergehe, wurde festgestellt, daß er nur eine Menge kleiner Schulden und einen Stapel Papiere hinterlassen hatte – alle möglichen Papiere, von denen einige in die Zeit vor seiner Ankunft in den Vereinigten Staaten zurückreichten – Tagebücher, Notizbücher, Karten, Flugblätter, Kopien militärischer Befehle, sogar einige Verse: nichts von Wert, nichts, was einer Witwe und ihren Kindern helfen konnte, sich über Wasser zu halten. Was die verwaiste Familie rettete, war eine Geldsumme, die gerade zu dieser Zeit von den Brüdern der Frau aus Deutschland eintraf. Die Witwe benutzte das Geld, um damit eins der ersten Modehäuser in Chicago zu eröffnen, »Lenores Salon für Damen« in der State Street, und sie führte das Geschäft sehr geschickt, bis das große Feuer von Chicago alles zerstörte.

Lenz lächelte ein wenig, als er mir von dem Modesalon erzählte; es erschien so widersinnig im Vergleich zu dem, was Andreas, später Andrew Lenz gewesen war und gewollt hatte. Doch es war sehr viel realer – wenn die Jungens aus ihren Hosen herauswuchsen und die Kaufleute ihre Rechnungen präsentierten. Lenz – mein Freund Lenz

– hatte ein sympathisches Lächeln. Es lag darin etwas von dem – was es auch immer sein mag –, worauf die Frauen hereinfallen, von Gettysburg in Pennsylvania durch ganz Frankreich hindurch bis über den Rhein. Der Krieg war beinahe zu Ende, als er diese Seite der Geschichte erwähnte – es bestanden nur noch Widerstandsnester, und es war Frühling, der schönste Frühling unseres Lebens, wie ich dachte, mit Frieden in der Luft wie ein besonderer Hauch. Wir lachten sogar über die merkwürdige Furcht, die bei unseren seltenen Begegnungen als ein Dritter zwischen uns gestanden hatte.

Er starb an einer dummen kleinen Brücke über einen dummen kleinen Fluß, von der Hand einiger dummer kleiner Hitlerjungen, die eine Panzerfaust abfeuerten. Wir erwischten die Jungen. Sie waren so verängstigt, es war jammervoll.

Ungefähr sechs Monate später erhielt ich ein Päckchen von seiner Frau mit einem Begleitbrief, aus dem ich zitieren möchte:

»...Andrew bat mich, dies Ihnen zu schicken. Er meinte, Sie würden sich vielleicht dafür interessieren. Er erwähnte es bei seinem letzten Urlaub, als er aus dem Lager in der Nähe von Gettysburg nach Hause kam, die Papiere hervorsuchte und anfing, darin zu blättern. Er schrieb auch mehrmals aus Übersee darüber und fügte immer hinzu: für den Fall, daß mir etwas passiert...

Es tut mir leid, daß ich die Papiere nicht ordnen oder sortieren konnte, ich habe sie so eingepackt, wie sie waren. Im Hinblick auf ihr Alter dachte ich, jedes unnötige Anfassen könnte ihnen eher schaden als nützen. Nein, ich will ehrlich sein – ich wollte nichts damit zu tun haben, sie sind für mich mit Andrews Todesahnungen verbunden, von denen ich ihn vergeblich freizumachen versuchte, als wir zum letztenmal beisammen waren.

Ich danke Ihnen, daß Sie meinem Andrew ein guter Freund gewesen sind. Natürlich haben Sie recht: Ihr Erlebnis bei jenem Grab war reiner Zufall, ohne jede Bedeutung für spätere Ereignisse. Trotzdem möchte ich die Papiere nicht zurückhaben. Ich möchte mir die Erinnerung an den Andrew Lenz bewahren, der an meiner Seite lebte – die Erinnerung an den anderen gehört Ihnen, wenn Sie wollen.

Hochachtungsvoll
Elizabeth Lenz«

Erstes Buch

Erstes Kapitel

17. April 1849

An Mademoiselle Lenore Einstein, Rastatt

Liebe Lenore!

Es war reizend und aufmerksam von Dir, mich für heute abend zu Deiner officiellen Geburtstagsfeier einzuladen. Ich fürchte jedoch, daß der einzige Effekt meines Kommens sein würde, Deine anderen Gäste zu schockiren und Dich und mich zu einer Handlungsweise zu verpflichten, die wir beide bedauern könnten. Ich wünsche Dir Glück und alles Liebe...

(Fragment in der Handschrift von Andreas Lenz)

Sebastian Stäbchen trauerte über dem Rest seines Bieres. Er befingerte die Münzen in seiner Tasche; er zählte sie: er würde sparsam sein müssen. Es hatte eine Zeit gegeben, da spielten Ausgaben keine Rolle, da wußte die Regierung die Dienste eines Mannes richtig zu würdigen... *Passé!* Die Regierung Seiner Hoheit des Großherzogs sparte am falschen Ende! Es war immer verkehrt, die Polizei knapp zu halten, und ausgesprochen selbstmörderisch, wenn eine Revolution kaum vorbei war und die nächste möglicherweise kurz bevorstand.

Stäbchen winkte: »Noch ein Bier!«

Die Vogelaugen hinter der Theke blickten ausdruckslos auf. Diese Augen saßen in einem Kopf, der viel zu klein war für die lang aufgeschossene Gestalt des Mannes; Nase wie ein Kakadu, dürre Lippen; ein Gesicht, das man leicht im Gedächtnis behielt, ein Gesicht, das zu dem Dossier im Kommissariat paßte: *Frei, Fidel; Eigenthümer des Wirthshauses »Zum Türkenlouis«, das von Soldaten, Schanzarbeitern, leichten Mädchen besucht wird; republikanischer Sympathien verdächtig; et cetera, et cetera...*

Frei brachte das Bier, wischte den Tisch ab, stellte das Glas vor Stäbchen hin, streckte die Hand aus: »Geld!«

»Du traust mir nicht, wie?«

»Nein. Geld bitte.«

Stäbchen zahlte mürrisch.

Ein paar Soldaten lachten. Stäbchen sah finster zu ihnen hin. Er kannte sie, kannte das Gesicht und so ziemlich auch die Gedanken eines jeden Mannes, der mehr als zwei Wochen hier in Rastatt in der Garnison gewesen war. Nicht so sehr die Bauernjungen – die waren nicht von unmittelbarem Interesse; aber diejenigen, die lesen und schreiben konnten, die kannte er, die Ex-Studenten und ehemaligen Dorfschulmeister, und die Handwerksgesellen, die herumgekommen waren bis in die Schweiz und besonders über den Rhein nach Frankreich hinein, zu der großen Hure und Verbreiterin aller möglichen Krankheiten. Er kannte sie im Dritten Regiment und im Vierten, bei den Dragonern und vor allem bei der Artillerie. Wäre er, Sebastian Stäbchen, Kriegsminister, er würde die Artillerie abschaffen. Eine Kanone war wie eine Maschine, und Männern, die sich mit Maschinen befaßten, konnte man nicht trauen; sie wollten immer noch mehr und zweifelten an, was von jeher gut genug gewesen war für die Menschen, und einige von ihnen meinten sogar, das, was 1848 so verheißungsvoll begonnen hatte, sollte in diesem Jahr, 1849, durchgeführt, abgerundet und vollendet werden. Ein höchst unchristliches Jahr versprach das zu werden, wenn es von ihnen abhing!

»Der Großherzog ist ein guter Mann!« rief ein langer Artilleriesergeant. »Ein ehrlicher Mann! Ein lieber Mann! Eine Seele von einem Mann! Bitte, wessen Interessen liegen ihm am Herzen? Unsere natürlich. Er hat nur das Volk, es ist alles, was er besitzt. Er macht sich Gedanken um uns. Er sorgt sich um uns wie die Ameise um die Blattlaus, die sie auf den zartesten Blättern weiden läßt, um sie dann zu melken und auszusaugen, bis nur noch die zusammengeschrumpfte Haut übrigbleibt.«

»Ach du!« Eines der Mädchen, eine verblühte Blondine mit schlaffen Brüsten, setzte sich dem Sprecher auf den Schoß. »Du kannst reden! Wenn du dir bloß halb soviel Gedanken machen würdest, damit dir was Hübsches für mich einfällt!...«

Der Sergeant stieß sie weg und erhob sich von seinem Sitz. Den Tschako schief nach vorn geschoben, dozierte er: »Keine Zeit zum Süßholzraspeln, mein Schatz. Überleg dir mal, was der Soldat heute alles tun muß. Er muß sechsunddreißig verschiedene deutsche Vaterländer verteidigen, einige mit und einige ohne Verfassung, mit sechsunddreißig verschiedenen Königen, Großherzögen, Herzögen und Fürsten, seinen Souveränen, ganz zu schweigen von unserer Nationalversammlung in der großen Stadt Frankfurt, die sich mit aller Kraft bemüht, einen Kaiser für uns zu finden. Er muß Stiefel wichsen und dreiundneunzig verschiedene Knöpfe und Schnallen blank polieren, und er muß zwei Patronengurte, sechs Patronentaschen und zwei Gamaschen putzen und reinigen, nicht zu reden von der Pflege und Reinigung einer Muskete mit Schloß, Schaft und Lauf und in unserem Fall einer Kanone mit all ihren Teilen. Außerdem haben Seine Hoheit der Großherzog und seine Regierung von fünfzigtausend großen, mittleren und kleinen Bürokraten in ihrer unendlichen Weisheit und weil sie Angst hatten, wir könnten sie uns selber nehmen, dem Volk von Baden einschließlich der Truppen Versammlungsfreiheit gewährt. Also versammeln wir uns und reden und versuchen zu denken, aber so etwas fällt schwer in Deutschland, wo dreiunddreißig Jahre lang und länger Denken eines der schlimmsten Vergehen war!«

Er griff nach der Blonden und küßte sie unter allgemeinem Beifall auf den Mund, bis sie keine Luft mehr bekam. Dann hob er sein Glas, rief: »Freiheit!« und sank auf der Bank zusammen.

Die Soldaten und die Mädchen applaudierten. Nur die Festungsarbeiter in der Ecke, es mochten etwa ein Dutzend sein, blieben grau und schweigsam bis auf ein gelegentliches Wort zu dem Mann mit der geblümten Weste, der in ihrer Mitte saß.

Diesem Mann wandte Stäbchen jetzt seine Aufmerksamkeit zu. Beim Kommissariat gab es auch über ihn ein Dossier: *Comlossy, Bruno; achtundvierzig Jahre; Hersteller von Regen- und Sonnenschirmen;* und dann Einzelheiten, jede ein winziges Teilchen, das zu einem recht üblen Gesamtbild beitrug. Das großmächtige Gerede dieser Soldaten war noch nicht das Schlimmste!... Meistens war es ja nur das Echo von dem, was gerissenere Männer ihnen eingeblasen hatten; dieser Comlossy zum Beispiel, der aussah, als könnte er kein Wässerchen trüben, und der in seinem kleinen Laden in der Vorstadt seine Regenschirme machte und niemals in eine Lage geriet, wo man ihn festnageln konnte. Und solche Leute gab es überall in dieser Stadt, überall im Großherzogtum, überall in Deutschland – ein geheimes Netz von Agenten und Klubs und Vereinen, mit eigenen Verbindungen und Beziehungen, von denen ein paar bekannt waren, die meisten aber nicht.

Bei dem Gedanken daran rutschte Stäbchen ärgerlich auf seinem Stuhl hin und her und griff nach dem Bier. Das Netz schien sich überallhin zu erstrecken, sogar bis hinein in die Kasematte hinter den dicken Mauern der Bastion Dreißig dieser Festung, wo Struve gefangengehalten wurde, der führende Kopf der Revolution des Vorjahrs und tatsächliche Leiter des zweiten Aufstandes. Stäbchen nahm einen vorsichtigen Schluck und blickte, vorbei an dem Soldaten im blauen Rock, auf die zum Hinterzimmer führende Eichentür. In diesem Zimmer, hinter dieser Tür, saß in diesem Augenblick Madame Struve, die Frau des eingesperrten Rebellenhäuptlings, und ließ sich auf weißem Leinen ein feines Abendessen servieren. Was wollte sie in Rastatt? Nur versuchen, ihren Mann zu sehen – oder steckte mehr dahinter? Sie war selbst gerade erst aus dem Gefängnis entlassen worden. Forderte sie eine neue Verhaftung heraus? Wer in diesem Raum wartete darauf, mit ihr zu sprechen, Informationen an sie weiterzugeben oder Nachrichten und Instruktionen von ihr zu erhalten?

Stäbchen spitzte die Ohren. Der lange Artillerist führte wieder das Wort.

»Wie kommt es, daß ich heute genauso arm bin und beinahe so nackt wie an dem Tag, wo ich in die Armee eintrat?« Der Sergeant packte seinen Bierkrug, als ob er ihn zerquetschen wollte. »Ich gebe meine Haut und meine Knochen anstelle der reichen Jungen, damit die in ihren weichen Betten faulenzen und angenehm leben können, und für jeweils drei Jahre *meines* Lebens zahlt der Papa so eines zarten Jünglings sechshundert Gulden badisch. Aber nicht *ich* kriege das Geld, o nein, ich könnte ja das Geld einsacken und damit weglaufen, und wo bliebe dann die Armee? Also wird das Geld auf

Konto gezahlt, ein Konto auf meinen Namen, zu treuen Händen meiner Regierung, und ich vertraue meiner Regierung mein Geld an, ich vertraue es ihr nicht bloß einmal an, nicht bloß zweimal, auch nicht dreimal – sondern viermal, Geld genug, um mir ein Stück Land zu kaufen und ein Häuschen und Vieh, und mir eine Frau zu nehmen... Und jetzt plötzlich ist kein Geld mehr da. Weg ist es, verschwunden, hat sich aufgelöst. Es gibt keine Einsteher mehr! sagt die Regierung. Jeder dient für sich selbst! Alle sind vor dem Gesetz gleich! Ich habe ja nichts gegen Gleichheit, ich will nicht besser oder schlechter sein als andere. Aber wo ist mein Geld geblieben? frage ich. Wer hat es? Oder, wenn es weg ist, wer hat es verschwendet, verhurt, in die Gosse gepißt? Ist das vielleicht Gleichheit? Steht das in der Verfassung, die der Großherzog zu verteidigen geschworen hat?«

Irgendwo in der Brust spürte Stäbchen ein Schwächegefühl. Dann wurde seine Aufmerksamkeit abgelenkt: für einen Augenblick öffnete sich die Eichentür zum Hinterzimmer; während der Wirt eine neue Flasche Wein hineintrug, erhaschte Stäbchen einen Blick auf die Frau, die dort saß. Und noch einer hatte beim Öffnen der Tür gespannt aufgeschaut – Stäbchen, geübt im Erfassen solcher Einzelheiten, bemerkte es sofort.

Dieser Mann saß allein, abseits, ein stämmiger Bursche mit Muskeln auf den Knochen, mit einem eckigen Kinn und einer entschlossenen Stirn – und doch kein auffallender Typ. Nur seine plötzliche Bewegung hatte Stäbchen auf ihn aufmerksam gemacht. Stäbchen durchforschte sein Gedächtnis, das seine beste Kartei war, fand aber nichts vorliegen. Die Lider halb geschlossen, betrachtete er prüfend den Fremden; der Bursche war in seine scheinbare Teilnahmslosigkeit zurückgesunken, die Hände lagen auf dem Tisch, die breiten Daumen waren leicht gegeneinandergepreßt. Ein Neuer? Ein Soldat, der von woanders hierher in diese Garnison versetzt worden war? Dann fielen Stäbchens Augen auf die Knöpfe, silberweiß auf dunkelblauer Uniform. Stäbchen wurde nachdenklich. Die Armee trug gelbe Knöpfe, billiges Messing; nur das Zweite Regiment oben in Freiburg hatte silberweiße, Gott mochte wissen warum. Was wollte dieser Soldat aus Freiburg hier in Rastatt, in der Festung, im

Wirtshaus »Zum Türkenlouis« des Fidel Frei, der republikanischer Sympathien verdächtig war? Was wollte er unter dem gleichen Dach wie Madame Amalia Struve?

Der plötzliche Lärm hinter ihm ließ ihn auffahren.

Rufe: »Lenz!«

»Wieder bei Josepha gelandet, wie ich sehe?«

»Hast du ein neues Lied, Lenz?«

»Nein, sing uns das von dem Soldaten, der alle auf dem Nacken trägt, Fürst und Pfarrer und Wucherer...«

Stäbchen beobachtete, wie der Soldat mit den silberweißen Knöpfen einen Blick auf Lenz und die Frau warf, die mit ihm gekommen war, und dann schnell wegschaute. Verstellt sich schlecht, dachte Stäbchen; der Mann vom Zweiten Regiment in Freiburg war kein Schauspieler; Lenz und die Frau waren ein so auffallendes Paar, daß unverhohlene, natürliche Neugier weniger Verdacht erregt hätte.

Stäbchen griente.

Ein auffallendes Paar, dachte er. Zwei ansehnliche Dossiers hatten sich da gefunden: das eine von der politischen, das andere von der Sittenpolizei – obwohl Josepha außerdem noch als Näherin arbeitete, bei Mademoiselle Laroche, wo nur die Damen von Frau Oberstleutnant aufwärts ihre Kleider anfertigen ließen.

Lenz hatte seinen Tschako über einen Kleiderhaken geworfen. Seine schiefergrauen, nachdenklichen Augen blieben auf Stäbchen haften. Das Mädchen Josepha, geschmeidiges, üppiges Fleisch, schmiegte sich an ihn. Das Haar – warmes Braun mit einem ins Rötliche spielenden Schimmer – schlängelte sich auf der halbnackten Schulter.

Lenz streckte den freien Arm hin, die Hand fordernd offen. Man reichte ihm eine Gitarre, die Fidel Frei unter der Theke hervorgeholt hatte. Lenz schüttelte Josepha ab. Die Gitarre in der Hand, trat er vor, setzte die Stiefelspitze auf die Leiste von Stäbchens Stuhl, als wenn der kleine Mann gar nicht dort säße, und schlug ein paar Akkorde an.

»Nein«, sagte er dann mit leichtem Stirnrunzeln, »ich werde nicht singen. Aber ich will euch ein Gedicht aufsagen – es stammt von einem Mann namens Villon, der vor langer Zeit in Paris gelebt hat und der das Leben sehr liebte...«

Stäbchen machte eine Bewegung, als ob er aufstehen wollte. Doch Lenz war schneller. Die Hand, die über die Saiten gestrichen hatte, legte sich schwer auf Stäbchens Schulter, eine stumme Aufforderung zum Sitzenbleiben.

Lenz begann leise, mit halb trauriger, halb herausfordernder Stimme, die den Leuten unter die Haut ging. Er rezitierte Villon nicht, er *war* Villon, dessen Lachen durch seine Resignation hindurchklang, der mit seinem Zerfall kokettierte, der alle seine Mitmenschen um Vergebung bat – Mönche und Nonnen und tonsurierte Priester, alle die Händler mit himmlischer Gnade, die Jungfrauen in ihren engen Kleidchen und die geilen Greise, die nicht mehr springen konnten, die Stutzer und Gecken und die Huren mit nackten Brüsten, die Kuppler und Diebe, die Gauner, Landstreicher und Schwindler, sogar die Totschläger, die blutbefleckten Mörder; von ihnen allen erbat er Vergebung, demütigte sich vor ihnen und machte sich gleichzeitig über sie lustig...

Lenz hob die Stimme:

»Nicht so die Polizistenhunde!«

Und peitschenscharf:

»...die nahmen mir vom Munde
die letzte Rinde Brot, den letzten Tropfen Wein!
Ich möchte gerne sie verfluchen,
obgleich ich sterbenskrank.
Man schlage ihnen ihre Fressen
mit schweren Eisenhämmern ein!...«

»Nein!« Stäbchen riß sich in panischer Angst los. Sein Blick hastete über die grinsenden Gesichter. »Nein!« rief er noch einmal, die Stimme schrill angesichts der Drohung, die auf ihn zukam. Dann durchbrach er mit erhobenen Ellbogen blindlings den ihn umschließenden Kreis und rannte auf die Tür zu und stolperte hinaus.

Gelächter. Sie fielen auf die Bänke vor Lachen und schlugen sich auf die Schenkel und klatschten den Mädchen aufs Hinterteil und schüttelten sich, bis ihnen die Seiten weh taten. Das war ihr Lenz! Das war der Mann, der in Worte faßte, seine eigenen oder die eines anderen, was sie alle empfanden. Eine Verfassung war gut; Freiheit war besser; und eine Republik war vielleicht das Allerbeste – aber *Man schlage ihnen ihre Fressen mit schweren Eisenhämmern ein!* ... Wie viele Hunderte von Jahren hatten sie in Deutschland gewartet, immer Befehlen gehorchend, ständig der Autorität die Stiefel leckend, daß dieser große Tag herandämmerte? War nicht die Zeit gekommen? Im fernen Preußen, in Berlin, war im letzten Jahr ein König gezwungen worden, seinen Hut vor den Toten der Revolution abzunehmen, und Prinz Wilhelm hatte nach England fliehen müssen. Gewiß, das Leben lief sich wieder ein; doch es war ein unsteter Friede, und in der Kirche dort in Frankfurt, wo das neue Parlament des Reiches tagte, redeten sie und redeten und redeten die Freiheit zu Tode. Aber hier im Großherzogtum Baden und anderwärts ließ sich schon ein neues Grollen vernehmen. Es mochte von der anderen Seite des Rheins kommen, aus Frankreich, oder aus Schlesien, wo die Weber die Maschinen in Brand gesteckt hatten, oder aus Ungarn, wo das Volk sich in Waffen erhoben hatte und die Truppen des österreichischen Kaisers vor sich hertrieb. Schlagt ihnen ihre Fressen ein, ein für allemal! Gott, wäre es möglich? Haben wir die Kraft?

Der Soldat mit den silberweißen Knöpfen erhob sich langsam. Verkniffenen Auges betrachtete er aufmerksam Josepha, ihre vollen Lippen, die sanften Mulden an ihrem Hals. Hungrig geworden, folgte sein Blick dem Schatten zwischen ihren Brüsten und hielt erst an, wo der eckige Ausschnitt des Kleides die Sicht verwehrte. Dann schloß er einen Moment lang die Augen, öffnete sie wieder, ging entschlossen auf Lenz zu, streckte die Hand aus und sagte: »Ich bin Christoffel aus Freiburg.«

Falls Lenz das kurze Zwischenspiel überhaupt bemerkt hatte, schien es ihn nicht weiter zu stören. Seine Bewegungen, langsam und doch gelöst und leicht, waren von einer Gleichgültigkeit gegenüber dem Mädchen an seinem Arm, die zeigte, wie sicher er sich ihrer fühlte. Lenz, dachte Christoffel, war nicht das, was man als einen schönen Mann bezeichnete: dazu lagen die Augen zu tief im Schatten der Brauen, waren die glattrasierten Wangen zu hohl, der Mund zu hart. Aber kenne sich einer aus im Geschmack der Weiber!

Lenz winkte Fidel Frei, und kurz darauf brachte der Gastwirt Wein. Lenz hob sein Glas und sagte: »Willkommen, Bruder Christoffel!« Dann lachte er und erkundigte sich: »Was macht die gute Sache? Predigt ihr fleißig das Evangelium von Aufruhr und Rebellion?«

Christoffels Verstand arbeitete nicht so rasch. Er brauchte ein Weilchen, um den Sinn und den Überschwang zu begreifen, und selbst dann blieb er noch ein wenig mißtrauisch. Wußte Lenz denn nicht, wie ernst die Sache war, in der sie steckten?

Der unauffällige Mann, der bei den Festungsarbeitern gesessen hatte, gesellte sich zu ihnen. »Bürger Comlossy würde die Neuigkeiten auch gern erfahren«, stellte Lenz ihn vor.

Comlossy hakte die Daumen in die Armlöcher seiner geblümten Weste und musterte Christoffel von oben bis unten. Endlich schien er befriedigt zu sein. Er nickte in der Richtung zur Eichentür und schlug vor: »Wie wär's, wenn wir uns dorthin zurückzögen?«

»Geh spielen!« sagte Lenz zu Josepha.

»Aber ich will nicht!« Sie schmollte. »Drei Tage warst du nicht bei mir, und jetzt gehst du schon wieder weg!«

Die hat Temperament, dachte Christoffel, und Krallen hat sie auch.

»Geh zu deinen Freundinnen schwatzen!« befahl Lenz.

»Nein, nein, nein!« rief Josepha schrill. »Wenn du mich jetzt allein läßt...« Sie blickte sich um und entdeckte einen jungen Soldaten mit dicken Lippen und rundem Gesicht, der sie mit blödem Grinsen angaffte. »...fang ich mir mit dem da was an! Dann siehst du mich heut abend nicht wieder... oder überhaupt nicht...!«

»Genug jetzt!« Lenz warf dem Wirt eine Münze zu. »Fidel! – Gib ihr, was sie will, aber keinen Branntwein! Der macht sie zänkisch und häßlich und dumm.«

»Ich bin nicht zänkisch und nicht häßlich und nicht dumm!« Sie sah ihn böse an. »Und ich brauch deinen Schnaps nicht oder deinen

Wein oder dein Bier oder sonst etwas von dir! Warum kommst du bloß immer wieder zu mir zurückgelaufen, möcht ich wissen! Warum suchst du dir nicht eine andere, an die du dich hängen kannst? Warum gehst du nicht deiner Lenore ein Ständchen bringen, der hochnäsigen Pute, die so klug ist und gescheit?«

»Wie ich das hasse – diese Szenen!« Lenz hob die Arme. »Kann mir denn niemand das Frauenzimmer vom Leibe halten!... Bruder Christoffel, du zum Beispiel...?«

Christoffel wurde rot. Comlossy lachte. Lenz ging auf die Eichentür zu. Christoffel folgte ihm, ohne sich noch einmal umzublicken.

Lenz war innerlich belustigt. Amalia Struve ließ einen niemals ihre Weiblichkeit vergessen, ja sie betonte sie sogar; und doch gab es Momente, wie etwa jetzt, da konnten Männer mit ihr reden wie mit einem Mann. Sie hielt einen im Banne – ihre seltsamen strahlenden Augen blickten einen an und sahen gleichzeitig durch einen hindurch; und Christoffel schien sich klein und unbehaglich zu fühlen unter dem Schnellfeuer ihrer Fragen.

»Ich werde versuchen, zu Struve zu gelangen«, sagte sie gerade. Sie nannte ihren Mann »Struve« – niemals »Gustav« oder »mein Mann« – so als wäre sie ein Minister, der sich bei seinem Kabinettschef für einen Bittsteller einzusetzen versprach. »Ich werde versuchen, zu Struve zu gelangen, und werde ihm Ihr Problem unterbreiten. Ich bin sicher, es wird ihn freuen zu erfahren, daß Sie in Ihrem Regiment Gruppen bilden, eine Gruppe in jeder Kompanie, eine sehr gute Form der Organisation. Die schwache Seite bei der Aktion der Aufständischen im letzten Herbst war gerade das Fehlen solcher Organisation. Das hat Struve längst gesagt. Es genügt nicht zu hoffen, daß die Soldaten nicht auf das Volk schießen werden, sagte Struve – man muß sich darauf verlassen können!...«

»Aber...«, begann Christoffel.

»Ich weiß!« fiel sie ihm ins Wort. »Sie wollen Instruktionen, was Sie Ihren Leuten sagen sollen und auf welches Ziel Sie sie ausrichten sollen und wie Sie ihnen erklären sollen, welch große...«

»Er möchte nur wissen, mit wem er Verbindung halten soll«, warf Lenz ein.

»Das auch«, meinte Madame Struve ungeduldig.

»Sehen Sie«, erläuterte Comlossy, »vielleicht hat unser Freund das Gefühl, daß seine Bindungen zu unserer Bewegung bisher zu locker waren.«

Christoffel blickte dankbar in das ruhige Gesicht des Schirmmachers.

»Und wie und durch wen soll er Verbindung halten?« fuhr Comlossy fort.

Eine kurze Geste von Amalias kleiner Hand und ein sonniges Lächeln überbrückten die Tatsache, daß sie von solchen Einzelheiten keine Ahnung hatte und von ihnen gelangweilt war. »Bürger Brentano in Mannheim wird sich damit zu befassen haben«, sagte sie nachsichtig. »Er leitet das politische Komitee in Struves Abwesenheit.«

»Aber Bürger Brentano handelt so langsam in allem!« rief Comlossy.

Wieder lächelte Madame Amalia, aber anders diesmal, wissend. »Bürger Brentano ist der fähigste Advokat in unserem Staat«, fügte sie in einem Tonfall hinzu, der ebenso deutlich wie anzüglich war. Lenz verstand, was sie damit sagen wollte – Bürger Brentano, obwohl der beste Advokat, war nicht der beste Führer. Das war Struve; und eigentlich nicht einmal Struve, sondern Madame Amalia.

»Wir könnten ihn ja befreien!« schlug Lenz vor.

»Struve?« Lenz sah Comlossys hochgezogene Augenbrauen. Comlossy liebte überraschende Ideen nicht. Er wägte wahrscheinlich im stillen den Vorteil, einen Märtyrer hinter Schloß und Riegel der Bastion Dreißig zu haben, gegen die Wirkung ab, die eine Befreiung Struves vorzeitig entfachen könnte. Comlossy würde die Sache von allen Seiten betrachten und mit anderen zuverlässigen Männern besprechen wollen. Wahrscheinlich verflucht er mich, dachte Lenz, weil ich Madames bewegtem Gemüt eine neue Möglichkeit gegeben habe, sich auszuleben.

Lenz lächelte in sich hinein. »Machen ließe es sich nämlich! Eine dunkle Nacht – ein paar entschlossene Männer – Pferde draußen vor der Mauer...«

»Struve hat noch nie auf einem Pferd gesessen«, erklärte Amalia kühl.

Das stimmte, wenn man es recht bedachte. In all dem Wirrwarr komischer und weniger komischer Ereignisse, die sich während des Aufstandes im letzten Frühjahr Lenz' Gedächtnis eingeprägt hatten, war keins gewesen, bei dem Struve zu Pferd gesessen hätte – Struve war entweder mit Madame und anderen Führern in einer Kutsche gefahren oder zu Fuß gegangen. »Sie sind Romantiker, nicht?« fragte ihn Madame Struve.

In einem gewissen Sinne war Lenz das wirklich, oder war es wenigstens im vorigen Jahr gewesen, als er sich, ein armer, stets hungriger Student, dem Zug der Aufständischen anschloß, aus vollem Herzen von der Freiheit singend, die Seele erfüllt von dem großen, schwarzrotgoldenen Traum von den Menschenrechten und einem geeinten, vernünftigen Deutschland – bis die ersten Schüsse krachten und alles auseinanderlief, die jungen Büroschreiber mit den uralten Musketen und die Handwerksgesellen mit ihren Sensen und die Kleinstadtadvokaten und die Zeitungsredakteure mit ihren bunten Schärpen... Es war dann nicht so romantisch gewesen, als man ihn vor die Wahl stellte zwischen Kerker und Eintritt in die Armee; und der letzte Rest Romantik war ihm auf dem Exerzierplatz von halbbetrunkenen, machtgeschwellten Sergeanten ausgetrieben worden, und keinen Kreuzer hatte man in der Tasche, um sie zu schmieren und die Prügel zu mildern...

»Struve«, sagte Madame stolz, »wird frei sein, wenn das Volk sich befreit.«

Lenz zuckte die Achseln. Anscheinend träumte Amalia Struve von einem langen angenehmen Aufenthalt hier in der Stadt, sah sich als Bindeglied zwischen ihrem Mann und den Volksvereinen, wobei die Behörden gutmütig zuschauten. War sie wirklich so naiv?

Madame Struve fuhr fort und erklärte, daß – obwohl sie keine gültige Aufenthaltserlaubnis für die Festung Rastatt besitze – ihre Beharrlichkeit die Polizei schon weichgemacht habe; sie beabsichtige im »Türkenlouis« zu bleiben, bis ihr Gesuch an den Kommandanten der Festung, General Strathmann, bearbeitet war; mehr noch, sie war überzeugt, daß sie eine Unterredung mit dem General haben würde. Inzwischen...

»Inzwischen«, sagte sie mit einem Lächeln ganz neuer Art, das alle drei Männer umschloß, »kann die Revolution jedoch nicht warten, nicht wahr? Wir möchten alles hören, was Sie uns zu berichten haben, Bürger Christoffel!«

Der Krach begann, wie immer, um nichts.

Josepha fühlte sich wunderbar – der ganze Raum mit den Gesichtern der Männer kreiste um sie. Natürlich hatte sie ihren Branntwein bekommen, mehr als genug. Fidel Frei hielt sich streng an seine Anweisung: keinen Schnaps für sie auf Lenz' Kosten; andere zahlten. Josepha trank, weil es ihr guttat und weil Lenz es haßte, wenn sie betrunken war; du besabberst dich von oben bis unten, hatte er ihr gesagt, aber das stimmte nicht, sie hielt sich sauber, auch wenn sie betrunken war, sie fühlte sich nur äußerst wohl und entspannt und voller Liebe für die ganze Menschheit einschließlich Andreas Lenz. Die Tränen kamen ihr dann immer so leicht.

Doch bevor sie heute dieses Stadium erreichen konnte, war die Blonde über ihr, daß das strähnige, ausgebleichte Haar flog und die Hängebrüste schwappten. Josepha spürte, wie Fingernägel ihr das Gesicht zerkratzten, hörte das zusammenhanglose Geschrei, begriff schließlich, daß sie beschuldigt wurde, jener das Geschäft verdorben zu haben; aber da hatte sie die Blonde schon beim Wickel und gab es ihr, so gut sie konnte. Und die Männer johlten Beifall.

Josepha hielt sich an einem umgekippten Tisch fest; alles schwankte; ihr Kleid war oben zerrissen, der Busen halb entblößt; wenn schon, da war nichts, dessen sie sich zu schämen brauchte. Die Soldaten beteiligten sich an dem Spaß und warfen mit Bierkrügen. Und dann kam Lenz durch die Eichentür, gefolgt von Fidel Frei und Comlossy und dem anderen Soldaten. Lenz sprang auf einen Stuhl, hob die Hände und rief wütend: »Aufhören!«

Ah, er war großartig. Alles in Josepha drängte zu ihm hin, das Herz sprengte ihr förmlich die Rippen, ihr Gesicht war in Tränen gebadet, und ihre Lippen formten immer und immer wieder seinen Namen: »Andreas... Andreas... Andreas...«

Er warf einen Blick auf sie, sah die verschmierte Schminke auf ihren Wangen, sah, wie Josepha zitterte und sich in sich zurückzog. Lenz stieg von seinem Stuhl herunter und wandte sich ärgerlich ab.

Was war es, das ihm die Macht, die er über dieses Mädchen besaß, so wünschenswert erscheinen ließ und das ihn doch davon abhielt, diese Macht bis zum letzten zu genießen? Sein Gewissen? Frauen waren nichts, worüber man sich ein Gewissen machen mußte. Lenore? Lenore stand auf einer anderen Ebene, fern, unerreichbar, sie beeinflußte seine Gefühle in keiner Weise. Hemmungen? Furcht? Weshalb? – Das Leben war eine süße Frucht, die aufgeschnitten, in Scheiben geteilt, genossen werden wollte; die Kerne spuckte man aus.

Da fiel sein Blick auf die Außentür, die einen Spalt breit offen war, und auf das Gesicht, das hindurchspähte – Stäbchen war zurück! Stäbchen zwängte sich in den Raum, immer noch vorsichtig, aber auch mit einer gewissen Entschlossenheit, die auf nahende Verstärkung hindeutete. Jetzt hatten auch die anderen seinen Eintritt bemerkt, und eine gespannte Stille trat ein.

Dann hörte man Hufe galoppieren, Räder auf dem Kopfsteinpflaster rasseln. Die Tür wurde aufgestoßen. Ein halbes Dutzend Offiziere, die Gesichter vom Trinken gerötet, behängt mit Orden und Ordensbändern, mit Schulterstücken und Tressen, betrat sporenklirrend und säbelrasselnd den Raum. Nach ein paar Schritten blieben sie stehen, als wären sie gegen eine Wand von Eis gelaufen. Dann schienen sie zu einem Entschluß zu kommen. In zwei leicht schwankenden Reihen stellten sie sich zu beiden Seiten der Tür auf, als Ehrengarde für welche Hoheit auch immer, die im Begriff war, die Gaststube von Fidel Freis »Türkenlouis« zu beehren.

»Achtung!«

Lenz erstarrte – aber nicht auf Grund des Befehls.

Eingerahmt von der schon etwas hinfälligen, beinahe unmilitärischen Gestalt des Generals Strathmann und dem plumpen, rosigen Dragonerleutnant Gramm, stand da Lenore Einstein. Blaß, die Lider mit den langen Wimpern halb gesenkt, das dunkle Haar streng geteilt und zu einem üppigen Chignon nach hinten gekämmt, trat sie zwischen das von der Offizierseskorte gebildete Spalier.

Lenz spürte, wie ihm das Blut zu Kopf stieg. Er hörte nicht das: »Weitermachen!« des Generals. Er sah nur die aufreizende Ruhe auf Lenores Gesicht, die leicht verzogenen Mundwinkel, die kaum erhobenen Brauen, die die hohe, glatte Stirn betonten. Er packte Josepha, zog sie zu sich heran und drückte ihre Schulter so fest, daß sie aufstöhnte.

Fidel Frei, die Kappe in der Hand, dienerte: »Herr General – Mademoiselle – meine Herren – zu Ihren Diensten...«

»Zum Teufel mit der ganzen Sippschaft!« sagte jemand laut aus dem Hintergrund.

»Sie haben eine Madame Struve hier?« fragte der General.

Mal in den Schmutz tauchen, dachte Lenz, das war Lenores Absicht. Mal sehen, wie sich die andere Hälfte der Bevölkerung amüsiert. Mischt sich unters Proletariat in ihrem neuen Geburtstagsstaat, den sie ihm beschrieben hatte. Dabei hatte sie einen Sinn fürs Dramatische; das mußte man zugeben. Es erforderte wenig Phantasie, sie sich als jüdische Prinzessin vorzustellen, ein goldenes Tablett balancierend, auf dem ein abgeschlagener Kopf lag – sein eigener höchstwahrscheinlich, bei der Stimmung, in der sie sich befand.

»Melden Sie mich Madame Struve!« sagte der General.

Ein Possenspiel, dachte Lenz. Das Ganze ist ein einziges ungeheuerliches Possenspiel – arrangiert zu Lenores Geburtstag, ein neuer Kitzel für ihre Überspanntheit.

Lenore saß wie betäubt und starrte auf ein paar Krumen, die von Madame Struves Abendessen auf dem Tischtuch liegengeblieben waren. Worte, Worte, Worte: der General triefte vor Wohlwollen, während er ein lüsternes Auge auf Madame warf; die berühmte Frau gab sich zurückhaltend; Gramm knurrte ein gelegentliches »Mit Verlaub!« oder »Sie verstehen!« Alles glitt an Lenore vorüber; sie wünschte, sie könnte sich auf die Unterhaltung konzentrieren; irgendwie mußte sie sich von dem dumpfen Druck ablenken, der ihr das Herz beschwerte.

Diese Demütigung! Diese Kränkung! Sie hatte ihn zu ihrer Geburtstagsfeier eingeladen entgegen den Warnungen, die ihr in allen Tonarten im Ohr geklungen hatten: »Das schickt sich einfach nicht!« Sie war bereit gewesen, etwas von dem Ansehen und der gesellschaftlichen Stellung aufs Spiel zu setzen, die ihr Vater sich in Jahren erworben hatte, in denen er stillschweigend alle einem Juden zugedachten Tritte und Beleidigungen einsteckte. Und dann war Andreas Lenz doch nicht gekommen, hatte nicht einmal geschrieben, kein Wort der Annahme oder Ablehnung; hatte sie einfach stehen und ihre Gäste empfangen lassen, die führenden Bürger der Stadt und deren Söhne und Töchter, dazu ein paar von den Ingenieuren, die den Bau der Festung leiteten, und Offiziere, eine ganze Korona von Offizieren. Lenore machte sich keine Illusionen über die Gründe, weshalb sie gekommen waren – Geld, die geruchloseste und gleichzeitig mächtigste aller Lockungen, ihres Vaters Geld hatte all diese Menschen ins Haus geführt. Nicht so Lenz – ihn hatte nichts zu ihr gelockt, weder Geld noch Charme, noch Verständnis, noch ihre Sehnsucht nach ihm... Sie hatte so lange wie möglich an der Salontür ausgeharrt, die Gäste begrüßend, hübscher anzusehen als je in ihrem Leben, dessen war sie sicher. Sie war einundzwanzig Jahre alt, gescheit, begehrenswert, und hatte einen Vater, dessen Unterschrift auf einem Stück Papier von Frankfurt bis hinauf nach Basel galt und respektiert wurde. Da stand sie nun in ihrem schönen Haus, mechanisch den Fächer bewegend, und brachte es sogar fertig, höflich Konversation zu machen. Endlich war der letzte Gast begrüßt, und der Vater zwang sie sanft zu Tisch.

»Ein Dichter ist er, was?« Ihr Vater zuckte die Achseln. »Brotlose Sache. Kein Kredit!«

Und jetzt – ihn in dieser Kaschemme zu treffen, zusehen zu müssen, wie er dieses Mädchen betastete!... Nie wieder, versprach sich Lenore. Nie, solange sie lebte. Reiß ihn dir aus dem Herzen; seine Augen, seinen Mund, den ganzen verkommenen Kerl! Er hatte mit ihren Gefühlen gespielt, nur um sie zu zerbrechen. Nein, das stimmte nicht ganz. Nie hatte er ihr sein Wort gegeben, nie ihr Treue geschworen; er war frei, darauf hatte er stets geachtet, keine Verpflichtungen, keine Bindungen... Und sie? Vergaß Zurückhaltung und alle Regeln, warf sich ihm an den Hals, hoffte ihm zu gefallen, wollte ihn verlocken, ihr hinterherzulaufen, sich zu binden... Wenn sich doch die Erde unter den Planken dieses Fußbodens öffnen würde und sie in die Tiefe versinken ließe...

Doch die Erde tat ihr den Gefallen nicht, und sie mußte das Gesicht wahren. Lenore warf einen verstohlenen Blick auf Gramm, auf den General – die anderen Offiziere waren draußen vor der Tür geblieben, eine glanzvolle Prätorianergarde. Gramm schwamm in Wonne, sein Bullenschädel neigte sich ihr zu; Strathmann war bezaubert von der göttlichen Amalia. Der General befand sich auf dem besten Wege, seine Wette zu verlieren.

»Ihre Bemerkungen über die Tugend, mein Herr«, Madame Struves Stimme rührte ans Herz, »erfüllen mich von neuem mit Glauben. Sie haben ja so recht! In einer Zeit, da Freisinn und Zügellosigkeit die Fundamente jeglicher sittlicher Einrichtung angreifen, verdient weibliche Tugend die Unterstützung einer jeden Amtsperson.«

General Strathmann lächelte, hoffend, die Dame werde ihre Tugendhaftigkeit nicht zu weit treiben, solange ihr Gatte saß, wo er saß. Seine Hand väterlich auf die ihre legend, bemerkte er deshalb einschränkend: »Natürlich müssen wir, wenn auch nicht Ihre, so doch zumindest Herrn Struves Vergangenheit im Auge behalten...« Und dachte, sich an die Witzeleien bei Bankier Einsteins ausgezeichnetem Kognak und den guten Zigarren erinnernd: Vorsicht, mein Lieber, die Welt ist voller Fallgruben!

Armer Strathmann – er war so leicht zu durchschauen! Lenore fühlte sich immer unbehaglicher. Warum, um Gottes willen, hatte sie diesem Besuch im »Türkenlouis« zugestimmt, hatte den Plan sogar unterstützt, als er bei der Tischunterhaltung auftauchte? War es denn so interessant, zuzusehen, wie ein alter Mann sich zum Narren machte? Und hatte sie nicht gewußt, daß Andreas Lenz in den gemeinsten Kneipen und mit den übelsten Menschen verkehrte? Oder hatte sie gerade die Begegnung erhofft, die sich hier ergeben hatte?...

»Aber ich versichere Sie, Herr General«, Madame Struve erschien völlig hilflos, »nur die Treue einer Ehefrau veranlaßte mich hierherzukommen...« Ihre Augen schimmerten. »Nur die Treue einer Ehefrau konnte mich dazu bringen, dieses Gesuch an Sie zu schreiben, mein ganzes Herz Ihnen zu eröffnen...«

»Nun, nun!« Der General tätschelte Madames Hand. Leutnant Gramm spürte trotz seines dicken Fells etwas von der Stimmung. Er rückte näher zu Lenore hin und hüstelte, um ihre Aufmerksamkeit zu erlangen. Lenore lächelte teilnahmslos.

Nein, so hatte sie das nicht beabsichtigt. Die Unterhaltung bei ihrem Geburtstagssouper war albern gewesen. Sie hatte nur halb hingehört, die Kehle war ihr wie zugeschnürt gewesen vor Enttäuschung. Jemand, der Staatsprokurator war es wohl gewesen, hatte den Gefangenen in Bastion Dreißig erwähnt, und man hatte sich entrüstet über die skandalöse Art und Weise, wie es seinem Anwalt Brentano gelungen war, den Prozeß in ein Forum für die aufrührerischste staatsfeindliche Agitation zu verwandeln. Schrecklich, wie sehr die Regierung in Bedrängnis war – man vergegenwärtigte sich, daß sie die wenigen Jahre Strafe akzeptieren mußte, die Struve erhielt, und es nicht einmal wagen durfte, Madame Amalia vor Gericht zu stellen! Und jetzt, aus der Untersuchungshaft entlassen, reiste die Dame ungeniert kreuz und quer durch das ganze Großherzogtum und warb um Sympathie und Unterstützung. Wußten Sie, mein Wertester, daß sie zur Zeit sich hier in Rastatt aufhielt? Ja, direkt in der Festung, in dem übelbeleumdeten Wirtshaus »Zum Türkenlouis«?...

Die Meinungen gingen dann auseinander. Die meisten der Herren taten die Bedrohung von seiten dieser modernen Jungfrau von Orleans geringschätzig ab. Am lautesten gebärdete sich der General; er prahlte, im Besitz von Madame Amalias Gesuch zu sein, sie dadurch völlig in der Hand zu haben und sie ganz und gar vernichten zu können, falls er das wollte. Man bezweifelte das: der Herr General sei denn doch zu sehr Kavalier, als daß er mit einer Dame so streng verfahren könnte. Jemand stellte die Frage: Würde der Herr General wohl das Kommando bei einem besonderen Aufklärungsauftrag zu *La belle Amalia* übernehmen und den Geburtstagsgästen unverzüglich berichten, ob sie wirklich so schön und reizvoll war, wie das Gerücht besagte?

Das Gerücht, dachte Lenore, traf zu, und doch auch nicht. Amalia Struve wirkte auf die Männer, aber die Wirkung war zu beabsichtigt. Sie besaß Charme, aber selbst dieser Charme hatte eine Schärfe, die sie bewußt zu mildern suchte. Intelligent war sie, bewundernswert intelligent, dachte Lenore, aber irgend etwas, vielleicht ihre zuweilen leicht kreischende Stimme, ließ auf zuviel Ambition schließen.

»Sie erwähnten meine Vergangenheit, mein Herr...«, die kleine

Hand entzog sich dem sanften Druck des Generals, »meine und die Struves. Ich stehe zu dem, was ich getan habe, und bereue nichts. Aber als Mann von Ehre werden Sie verstehen, daß wir – welcher Vergehen Sie auch Struve oder mich für schuldig halten – keine gemeinen Verbrechen begangen haben; wir verdienen nicht, zusätzlich bestraft zu werden durch... durch...«

»Aber, aber! Wir sind doch keine Barbaren!« Ein gerührtes Blaßrosa färbte die pergamentartige Wange Strathmanns. »Wir haben sogar angeordnet, daß Ihr Mann vegetarisches Essen bekommt und daß er die Bücher über Phrenologie erhält, die er zur Fortführung seiner wissenschaftlichen Studien wünschte...«

»Sie sind so liebenswürdig!« brach es aus Amalia heraus. »Und Struve wird so beglückt darüber sein! Aber...«

Sie unterbrach sich. Lenore staunte, wie gut sie den rechten Moment wahrzunehmen wußte. Sogar ein Strathmann konnte den Gedanken zu Ende führen, den sie angedeutet hatte: Salate, ja; Phrenologie, ja; nicht aber den Trost der nur allzu seltenen, unschätzbaren Besuche seiner Frau...?

Gramm lachte in sich hinein. Er hatte durchaus begriffen. »Es ist nicht das Hauptanliegen der Armee Seiner Hoheit des Großherzogs, Madame, ihre Gefangenen zu beglücken!«

Er beugte sich vor, in Erwartung der Zustimmung seines Vorgesetzten und wenigstens eines anerkennenden Nickens seitens der jungen Dame, deren jüdische Abstammung er um ihrer anderen Vorzüge willen bereit war in Kauf zu nehmen. Aber keine Zustimmung kam. Tölpel!... dachte Lenore. Sie hätte ihn sogar zurechtgewiesen, hätte sie nicht gewußt, wie gut die andere imstande war, sich selbst zu verteidigen.

»Ich freue mich, daß Sie das so klar festgestellt haben, Herr Leutnant.« Eine feine Trauer im Ton verbarg, was Madame Struve wahrhaft empfinden mochte. »Aber ich wende mich ja nicht an die Armee, auch nicht an den General – ich wende mich an den Mann und an das Herz in seinem Busen.«

Der Adamsapfel zwischen den steifen Ecken des goldbeborteten Generalskragens bewegte sich. Amalia, fand Lenore, hatte ein bißchen zu dick aufgetragen bei dem Bild, das sie von sich selbst entwarf. Trotzdem begann sie diese Frau sympathisch zu finden – wenn die sich erst in Rastatt etabliert hatte, würde sie die Dinge schon ins Wirbeln bringen und Glanz und Leben schaffen... Vielleicht eine ältere Freundin für sie selbst? Lenore verzog die Stirn. Sie brauchte eine Freundin, besonders jetzt. Und hatte sie sich nicht immer einsam gefühlt unter diesen Provinzlern, da ihr Vater doch einer anderen Generation angehörte und Lenz – Lenz ein verderbter, wüster, bösartiger Schuft war?

General Strathmann schien, wenn er auch eine andere Perspektive im Sinn hatte, einen längeren Aufenthalt Amalia Struves gleichfalls in Betracht zu ziehen. Er erhob sich, sehr hager, sehr gebrechlich, sehr aristokratisch. »Sie verstehen, Madame« – seine Zunge befeuchtete die bläulichen Lippen –, »daß die Bewilligung Ihres Gesuches die strengste Kontrolle Ihres Tuns erfordern würde. Rastatt ist nicht irgendeine Stadt. Rastatt ist die neueste Festung des Reiches, und man muß Vorsicht walten lassen...«

Lenore hob die Hand. »Ich übernehme die Verantwortung für Madame Struve!« rief sie impulsiv.

Plötzlich glaubte sie einen Sinn in dem Abenteuer dieses Abends zu erkennen, das als ein geschmackloser Scherz begonnen hatte, als Amüsement einiger Herren Garnisonsoffiziere, während ihr Wunsch, sie zu begleiten, als Geburtstagslaune eines eigenwilligen Mädchens hingenommen worden war. Aber jetzt bot sich eine Chance, ihre Sympathien für die Ideen dieser Frau zum Ausdruck zu bringen, was ihre Ideen im einzelnen auch sein mochten. Sympathien? – Lenore spürte, daß sie beide gegen die Langeweile waren, gegen den kleinen, täglichen Druck und gegen die großen Ungerechtigkeiten, gegen generationenalte Vorurteile und die allgemeine Feigheit. Darin fühlte sie sich eins mit Amalia Struve und mit tausend anderen und mit – ja, auch mit Andreas Lenz. »Ich werde Madame Struve regelmäßig besuchen, Herr General«, versicherte sie, »ich werde ihr Gesellschaft leisten. Ich werde...«

»Oh, nein...!« sagte der General. Lenores Enthusiasmus beunruhigte ihn. Er wünschte keine Eindringlinge in das Gehege, das er zu seinem eigenen zu machen hoffte. »Ich fürchte, meine liebe junge Dame, diese Art von Überwachung wird ausschließlich eine militärische Angelegenheit bleiben müssen... Madame! – Ich hoffe, Sie vergeben die Plötzlichkeit unseres Besuches. Sie werden sehr bald von mir hören.«

Er nahm die ausdrucksvolle kleine Hand, führte sie an die Lippen und preßte einen leichten Kuß darauf. Dann bot er Lenore galant den Arm, winkte Leutnant Gramm, die Tür zu öffnen, und zog ab.

»Achtung!«

Das Herz krampfte sich Lenore wieder zusammen. Wie durch einen Nebel bemerkte sie die Handbewegung des Generals, sein herablassendes »Weitermachen!« Hinter seinem verschwommenen Profil gafften die Gesichter. Sie hörte Bemerkungen, meist feindlicher Natur. Zum Teil galten sie ihr. Die Offiziere schlossen sich um sie zusammen, schützten sie jetzt vor den gehässigsten Blicken, vor plumpen Fingern, die den Stoff ihres Kleides, die Echtheit ihrer Brosche prüfen wollten. Lenore schluckte. Alles war verfehlt: Sie ging am Arm des falschen Mannes, und die falschen Leute schützten sie vor der Bedrohung von der falschen Seite. Sie zwang sich, den Kopf hoch zu tragen. Sie zwang ihre Augen, alles klar zu erkennen, ihren Verstand, alles zuverlässig in sich aufzunehmen. Ja, er war noch da: Andreas Lenz, eine Strähne fiel ihm über die Stirn; zunächst mied er ihren Blick, dann wich er nicht länger aus, sondern hielt mit gespielter Gleichgültigkeit stand; das Weibsstück hing ihm noch immer am Arm, wenn auch seine Hand sie nicht mehr so fest hielt. Die Tatsache, daß sein Griff erschlafft war, schien seine Freundin jedoch nicht weiter zu stören, seine Nähe war alles, was sie zu ihrem Glück brauchte; ihr Gesicht, das die Spruren ihres Lebenswandels zeigte, war wie in ein eigenes Licht getaucht. Lenore wandte sich ab. Armes Ding!... Auch sie würde er fallenlassen. Oder vielleicht nicht. Vielleicht war so eine genau sein Niveau, genau der Morast, in dem er sich zu wälzen liebte... Als wenn sie nicht ihre Brosche und ihr hübsches Kleid und ihre Geburtstagsgesellschaft und Gott weiß was dafür gegeben hätte, anstelle der anderen Frau zu sein, die sich an Lenz klammern durfte – statt von dem ängstlichen General in seiner Paradeuniform und einem halben Dutzend Offizieren eilig hinausgeführt zu werden, verfolgt von obszönen Rufen und anzüglichem Gelächter und von ihrem eignen Gefühl, schändlich versagt zu haben...

Und dann war nur noch dieser schmierige Mann da mit seinem schmierigen Lächeln und der schmierigen Stimme: »Der Name ist Stäbchen«, sagte er, »Sebastian Stäbchen – falls Mademoiselle an irgend jemand besonders interessiert sind – jede Information, die Sie wünschen – über jede Tätigkeit wird Bericht erstattet, ob vergangen, gegenwärtig oder zukünftig – alles streng vertraulich – der Name ist Stäbchen, Sebastian Stäbchen...«

Zweites Kapitel

Preßfreiheit... und den Galgen daneben!

(Zeitungsausschnitt, datiert in Andreas Lenz' Handschrift: »Neue Rheinische Zeitung, 22. März 1849«)

Von weither erklang das Pfeifen eines Zuges. Christoffel ging schneller und zwang dadurch Comlossy, mit ihm Schritt zu halten. Es war ein klarer Morgen, ziemlich warm für April. Comlossy, in Rock und Weste, begann zu schwitzen.

»Wir brauchen uns nicht zu beeilen!« ächzte er protestierend und tupfte sich das Gesicht mit seinem blaukarierten Taschentuch ab. »Der Zug fährt frühestens in zehn Minuten am Bahnhof ein, und dann muß die Lokomotive erst Wasser und Kohlen aufnehmen.«

Christoffel verminderte das Tempo, verfiel aber bald wieder in seinen Trab. Er war nervös, und das nicht nur wegen der ungewohnten Zivilkleidung, der weiten Hose, der dunkelbraunen, an den Ellbogen glänzenden Jacke, der schwarzen Mütze mit dem zerknitterten Schirm, dem respektablen, aber ausgefransten Halstuch. Da war die Erwartung der langen Reise – mit dem Zug, mit der Kutsche und wieder mit dem Zug, den ganzen Weg nach Norden bis Köln –, er hatte Grenzen zu überschreiten und Kontrollen zu passieren, und nicht eine freundliche Seele würde ihm helfen und raten, außer dem Korrespondenten der »Neuen Rheinischen Zeitung«, der ihn in Frankfurt abholen sollte. Und da war sein Paß, ausgestellt für einen gewissen Felix Weinmeister, Handlungsgehilfe, jetzt auf Stellungssuche – Comlossy hatte ihm versichert, daß der Ausweis so echt sei, wie man sich nur wünschen könnte – aber wenn er nun doch nicht echt genug war?...

Diese und viele andere Fragen nagten an ihm seit der Zusammenkunft im Stübchen hinter Comlossys Laden, wo sie bis in den Morgen hinein geredet hatten – er und Comlossy, und ein paar Arbeiter, und der lange Artilleriesergeant, dessen Name Heilig war, und dieser Dichter Lenz, der abwechselnd ernsthafte Gedanken äußerte oder einschlief, den Kopf auf dem Tisch...

»Wir setzen sehr viel Vertrauen in Sie, Bruder Christoffel«, sagte Comlossy und legte seinen Arm um Christoffels Schulter. »Wir sind nicht viele, und unter den Soldaten besonders wenige. Deswegen wollen wir, daß gerade Sie mit unseren Leuten in Köln reden. Aus diesem Grunde haben wir das Geld für Ihre Reise aufgebracht, obwohl keiner von uns reich oder auch nur einigermaßen wohlhabend ist. Und falls Sie geschnappt werden sollten, hier im Großherzogtum, oder jenseits der Grenze, in Hessen, oder später in Preußen...«

Christoffel packte sein Bündel fester – es war leicht genug, ein zweites Hemd, ein Handtuch, ein Regenumhang. »Machen Sie sich keine Sorgen! Ich halte mich an die verabredete Geschichte. Ich werde keine Namen verraten.« Sein Kinn schien sich zu verhärten. »Lieber will ich im Gefängnis vermodern!«

»Beschreien Sie das nicht! Waren Sie je in einem preußischen Gefängnis?«

Christoffel verzog das Gesicht. »Ich kenne die Gefängnisse in einem halben Dutzend deutscher Länder, eins übler als das andere. Ich war Schustergeselle, bevor ich zur Armee eingezogen wurde.« Er runzelte die Stirn in der Erinnerung daran. »Daher kenne ich auch einige Ihrer Leute. Der Bund der Kommunisten...«

»Der Bund?« unterbrach ihn Comlossy scharf. »Den gibt es nicht mehr. Wenigstens nicht in der bisherigen Form.« Er hielt inne. Bis an den Rand der Straße stand der sprießende Weizen, üppig und grün. »Wenn man ernten will«, fügte er leiser hinzu, »darf man die Saat nicht im Sack behalten.«

Sie betraten den Bahnhof und drängten sich zum Bahnsteig durch, gerade als der Zug – Lokomotive, Tender und vier Wagen – einfuhr. Mit ohrenzerreißendem Pfeifen und einem letzten furchtbaren Bullern, bei dem Christoffel und alle anderen Wartenden mit Funken überschüttet wurden, hielt die Lokomotive.

»Bruder Comlossy!« Christoffel wollte sich verabschieden. Doch Comlossy hatte bereits einen Abstand zwischen ihnen geschaffen. Er sah teilnahmslos aus, fremd, als ob sie nicht mehr zusammengehörten. »Ich gehe jetzt«, sagte er mit abgewandtem Gesicht, kaum die Lippen bewegend.

»Schon?«

»Bleiben Sie auf Distanz!« mit halber Stimme. »Nicht die Hand geben! Steigen Sie in den Zug!«

Christoffel folgte Comlossys Blick. Im Schatten des Vordachs an eine Säule gelehnt, gemütlich einen Bambusstock schwingend, stand der Polizeispitzel, den Lenz aus dem »Türkenlouis« hinausgeworfen hatte. Christoffel überlief es kalt. Erwischt zu werden, bevor er die Reise überhaupt angetreten hatte! Kriegsgericht! Jahre hinter Gittern...!

Comlossy war in der Menge untergetaucht. Christoffel, die Schirmmütze tief über den Augen, stolperte in den nächsten besten Wagen, hinter ihm kamen schubsend und drängend die anderen Reisenden. Vor den Fenstern, die grau waren von Staub und Fingerabdrücken, zogen verschwommene Gesichter vorbei. Christoffel zog den Kopf ein. Wenn er nicht hinausschaute, würde er vielleicht nicht gesehen werden. Durchsuchten sie den Zug? Warum fuhr er nicht ab?

Jetzt erzitterte der Zug; die Lokomotive war zurück an ihren Platz gerollt. Von vorn hörte man ein Stakkato von Dampfstößen, dann wildes Keuchen und endlich das ruhige Zischen des Drucks, der durch eine enge Öffnung entfloh. Christoffel hatte von Kesselexplosionen gehört, bei denen es Menschen die Glieder auseinanderriß, so daß der Kopf hier lag, die Beine ganz woanders, und wünschte diesem Polizeispitzel ein solches Schicksal und stellte sich vor, wie eine enorme Dampfwolke furchtbar anschwoll und über ihr fröhlich das Bambusstöckchen wirbelte. Die Gebäude draußen, die Säulen, die Menschen begannen sich zu bewegen, die Räder fingen an zu rattern, die Lokomotive hustete und spuckte. Er war gerettet.

Es dauerte eine Weile, bis sein Puls sich beruhigte. Niemand konnte behaupten, daß er sich leicht einen Schrecken einjagen ließ; er kannte die einsamen Nächte der Landstraße und die Kälte der Städte, Schläge und Hunger und Krankheit. Aber diesmal hatte er Angst gehabt, vielleicht weil von seinem Entkommen soviel abhing...

Draußen schwankten Bäume vorbei. Die Lokomotive pfiff. Und doch beobachtete ihn jemand! Man spürt so etwas, man braucht es nicht zu sehen; man spürt es durch die geschlossenen Lider oder sogar durch die Schädeldecke hindurch. Christoffel überlegte. Es gab kein Entfliehen aus dem fahrenden Wagen, weder für ihn noch für den anderen.
Er blickte auf.
Und blickte direkt in die nachdenklichen Augen des Mädchens Josepha. Er fühlte, wie eine Blutwelle in ihm aufstieg und durch die große Schlagader am Hals bis in seinen Kopf vordrang, und er brachte es fertig, ein dummes Lächeln zurückzuhalten, das sich über sein Gesicht breiten wollte. Nach einer oder zwei Minuten schien sie jedoch zu der Überzeugung gekommen zu sein, daß er nicht der war, für den sie ihn gehalten hatte. Ihre Augen wurden gleichgültig; ihre Finger, an Arbeit gewöhnte Finger, rot und rauh, verschränkten und lösten sich.
Christoffel kratzte sich das widerborstige, kurzgeschnittene Haar. Sie hatte ihn also nicht wiedererkannt oder hatte zum mindesten die Möglichkeit verworfen, daß er der Mann sein könnte, den sie in Uniform gesehen hatte. Das beruhigte ihn; aber es nagte auch an ihm. Offenbar war es ihm nicht gelungen, einen nachhaltigeren Eindruck auf sie zu machen. Oder vielleicht lag es nicht nur an seiner Zivilkleidung, sondern auch am Tageslicht – das Licht konnte das Gesicht eines Menschen verändern, die Flächen, Schatten und Linien. Es hatte das ihre verändert. Das Licht enthüllte die feinen Fältchen um ihre Augen, die ersten leichten Spuren, die der Kummer von den Nasenflügeln bis zu den Mundwinkeln gezogen hatte. Sie war nicht ganz so jung, wie er angenommen hatte, noch war sie ganz von der Sorte, die er sich unwillkürlich vorgestellt hatte.
Wohin fuhr sie? Hatte sie Lenz verlassen?... Das große Bündel, das unter die Bank geschoben war, und die vollgestopfte schwarze Tasche auf ihrem Schoß schienen darauf hinzuweisen, daß dies kein Tagesausflug war. Und sie sah nicht reich genug aus, um allein um des Reisevergnügens willen zwei Silbergroschen pro Meile aufbringen zu können. Was war also geschehen? Warum glänzten ihr die Augen? Warum das Taschentuch? Nur wegen der Asche?

Er taumelte, als der Zug hielt. Die beiden einfachen Bretter, die als Sitzgelegenheit an den Längsseiten des Wagens befestigt waren, erwiesen sich bei längeren Fahrten als Folterbänke. Nur eins war noch schlimmer: wenn man stehen mußte, sich selbst und sein Gepäck im Gleichgewicht haltend, schwankende Nachbarn stützend, wenn man fühlte, wie einem das Gehirn im Schädel herumgeschüttelt wurde und die Eingeweide sich vom Zwerchfell lösten. Doch standhaft drehte er Josepha den Rücken zu.

Als der Zug jetzt anruckte, verlor Christoffel den Boden unter den Füßen und flog mit flatternden Armen, wie eine Fledermaus, schräg durch den Wagen, stolperte über Körbe, Ballen, Kisten, schlug sich die Schienbeine auf und landete vor Josephas Knien.

Von allen Seiten brach Gelächter los. Ein kleines Kind auf dem Arm der Mutter begann zu schreien. Jemand schimpfte auf Leute, die auf dem Gepäck anderer herumtrampelten.

»Haben Sie sich weh getan?«

Zum erstenmal hörte er sich von Josepha angesprochen, und die Zunge klebte ihm am Gaumen. »Ich glaube nicht«, sagte er schwerfällig. Dann stand er auf und staubte sich ab. Seine Mütze war heruntergefallen, er konnte nicht sehen wohin. Verlegen fuhr er sich mit der Hand übers Haar, lächelte, entschuldigte sich: »Nicht, daß das meine erste Fahrt mit einem Zug ist...«

Sie rückte zur Seite, zwang die anderen neben ihr, sich zu bewegen, und lud ihn mit einer Handbewegung ein, sich zu setzen. Christoffel wagte nur die Kante der Bank in Anspruch zu nehmen.

»Sie bluten ja«, sagte sie. Sie nahm seine Hand, untersuchte die Abschürfungen auf seiner Handfläche, tupfte mit ihrem Taschentuch die dunklen Tropfen ab, die auf seiner schmutzgeschwärzten Haut erschienen.

»Bedeutet nichts!«

Ich bin Soldat, hätte er beinahe hinzugefügt. Aber er war kein Soldat; er war Felix Weinmeister, ein Handlungsgehilfe, der nach Köln reiste in der Hoffnung, durch einen Onkel, der dort wohnte, Arbeit zu finden.

»Wohin fahren *Sie* denn?« fragte er schließlich.

»Nach Ettlingen«, antwortete sie.

Es sind mindestens noch zwei Stationen bis Ettlingen, dachte er. Wie viele Minuten waren das, und wie lange kann man eine Minute dauern lassen?

»Ich habe eine verheiratete Schwester in Ettlingen«, sprach sie weiter. »Sie wird mich aufnehmen.«

Die Schwester wird sie aufnehmen... Hatte Josepha Rastatt verlassen? Lenz verlassen?... In Christoffels Kopf wirbelte es. Eine Frau ließ sich am leichtesten gewinnen, wenn sie eine Enttäuschung erlitten hatte. Es war vielleicht nicht ganz anständig, so zu handeln; es war, wie wenn man falsche Würfel benutzte. Aber was kümmerte ihn das – er, Hans Christoffel, war nichts Besonderes, kein Held, niemandes Traumprinz, und daher brauchte er den Vorteil, den die Situation bot.

»Ich hätte Sie beinahe nicht wiedererkannt«, erklärte sie. Er hörte das Lächeln aus ihrer Stimme heraus: »Die Kleider machen den Mann, nicht wahr?«

Er erschrak. Was für ein Narr er doch war, sich in Sicherheit zu glauben! Vielleicht war bereits eine Meldung abgeschickt worden durch diesen Kupferdraht, der auf Masten neben den Eisenbahnschienen herlief und der, er wußte nicht wie, zur Übermittlung von Nachrichten benutzt werden konnte. Sein Denken eilte dem Draht voraus. In Heidelberg kreuzte sich die Rhein-Neckar-Bahn mit ihrer unterschiedlichen Spurweite mit dieser Linie, hatte Comlossy ihm gesagt. In Heidelberg müssen Sie umsteigen. Möglicherweise warteten sie in Heidelberg schon auf ihn, oder später, in Weinheim, kurz bevor es über die Grenze ging. Instinktiv faßte er nach Josephas Hand.

Sie mußte die Bedeutung seiner Reflexbewegung wohl mißverstanden haben. Sie lachte leise und befreite sich von seinem Griff und legte seine Hand zurück auf sein Knie. »Wahrscheinlich habe ich Sie nicht richtig angeschaut«, fügte sie hinzu. »Ich hatte meine eigenen Sorgen.«

»Was für Sorgen?« erkundigte er sich.

Sie sah ihn an. Gott mochte wissen, wohin er fuhr in seiner abgetragenen Jacke und den schäbigen Hosen – ob er aus der Armee fortlief oder vor irgend etwas anderem floh, das für ihn zu schwer zu ertragen war. Auf jeden Fall würde sie ihn niemals wiedersehen...!

»Ich habe Schluß gemacht«, sagte sie, mit den Schwingungen des Wagens und dem Holpern der Räder schwankend. »Man lebt eine Weile auf eine bestimmte Weise und mit bestimmten Menschen, und dann merkt man, daß es nicht länger geht, und macht Schluß.«

»Sie lieben ihn nicht mehr?« fragte er und schämte sich seines hoffnungsvollen Tons.

»Liebe...«, sagte sie. »Liebe ist etwas Schlimmes. Sie packt einen und verdreht einen und zerrt an einem, bis man nicht mehr weiß, ob man noch aus einem Stück ist.«

»Das kommt vor«, stimmte er zu. Wieder näherten sie sich einem Bahnhof. Wie lange war es jetzt noch bis Ettlingen? Eine halbe Stunde? Eine dreiviertel Stunde? Es konnte nicht viel geschehen in drei Vierteln einer Stunde.

»Man darf das Leben nicht nur vom Standpunkt der Liebe aus betrachten.« Sie zögerte, über ihre plötzliche Neigung zum Philosophieren nachsinnend. »Es kommt der Augenblick, wo man an die Zukunft denken muß, an seine eigene und an die des anderen. Hätte ich ihn halten können?«

Eine leichte Steigung der Strecke ließ die Lokomotive keuchen und schnaufen.

»Kann das überhaupt einer?« Ihre Lippen zitterten. »Ich habe immer über alles gelacht. Das Leben war einfach. Ein Mann war nichts, heute hier, morgen fort, ein bißchen Vergnügen daran, und manchmal nicht einmal das. Es ist nicht wichtig, solange der Mensch nichts anderes kennt. Und dann... Ach, soll sie ihn haben. Ich wünsche allen beiden einen schönen langen Weg durch die gleiche Hölle, die ich hinter mir habe.«

»Liebt *sie* ihn?«

»Es ist leicht, sich in ihn zu verlieben.«

»Liebt er sie?«

»Liebt er jemals?« fragte sie zurück.

Der Zug hielt. Eine Gruppe Einheimischer, beladen mit riesigen Körben und Bündeln, stieg ein. Beim ersten Vorwärtsrucken der Lokomotive wurde das Menschengedränge zu einem wirren Durcheinander.

»Mam'selle Josepha?«
Sie nickte.
»Wer ist *sie*?«
»Oh, ja...« Komisch. Josepha hatte unwillkürlich angenommen, daß er wußte, daß jeder es wußte. »Sie haben sie ja gesehen! Fräulein Lenore – wie sie in den ›Türkenlouis‹ kam, ganz herausgeputzt, mit dem General und all diesen Offizieren...«

Christoffel erinnerte sich.

»Stolz wie ein Zirkuspferd! Sich aufspielen vor den Armen! Aber sie hatte ihn gesucht, deswegen war sie gekommen!... Die war vielleicht eifersüchtig!« Schadenfreude färbte Josephas Stimme. »Was meinen Sie – trotz des vielen Geldes, das ihr Vater hat – wie sie hinter diesem Lotterbuben herläuft, diesem Schürzenjäger, diesem Taugenichts...«

Sie brach ab. Christoffel konnte nicht entscheiden, ob sie in ihrem Ärger hübscher aussah oder in ihrem Kummer. Er hätte sie gern berührt, wagte es aber nicht. Er wußte, daß das albern war. Sie war keine Heilige, kein Engel; eher im Gegenteil...

»Er hielt mich fest!« begann sie wieder. Der Wagen schwankte um eine Kurve, und sie schwankte mit. »Gott, wie hat er mich festgehalten!« Dann erlosch ihr Gesicht. »Und in dem Moment, wo sie rausgegangen war, ließ er die Hand von mir. Als ob ich Gift wäre. Hat nicht mal mehr mit mir gesprochen, hat mich nicht angesehen, war froh, als er mit Ihnen und den anderen weggehen konnte...«

Christoffel kämpfte mit sich. Jetzt! sagte ihm eine innere Stimme.

»Gegen Morgen kam er zurück zu mir, benebelt, er weckte alle Leute auf. Er klopfte an meine Tür und trampelte herein und warf mich aufs Bett und machte es mit mir – Sie können' von mir halten, was Sie wollen, mich kümmert's nicht – das Herz hüpfte mir, und ich dachte: Oh, mein Gott, wie wunderbar, er gehört mir, er ist wieder bei mir – und dann lag ich wie erstarrt.«

Der Zug schlingerte. Die Reisenden hatten sich's für die lange Fahrt bequem gemacht.

»Frauen haben ein Gefühl für so etwas«, sagte Josepha. »Er liebte nicht mich – er dachte dabei an die andere...«

»Aber er war mit Ihnen zusammen!« wandte Christoffel ein. »Nicht wahr?«

»Ja...«

»Nun, also –!« Er überließ die Schlußfolgerung ihr. Es war ja so einfach! Wenn es ihn auch schmerzte, die Tatsachen waren da, sie waren eindeutig und ließen sich nicht widerlegen. Welcher Art Lenz' Gefühle für dieses Fräulein Lenore auch sein mochten, er hatte in aller Öffentlichkeit gezeigt, wen er bevorzugte, an dem Abend im »Türkenlouis« – und privat ebenfalls, wie es schien. Und selbst wenn ihm Josepha jetzt, aus einer Stimmung heraus, davonlief, sie würde bald genug zu ihm zurückgekrochen kommen... Nein, dachte Christoffel, für mich besteht keine Aussicht, weder im Augenblick noch überhaupt. Ein Mann muß seine Grenzen kennen und darf sein Herz nicht an einen Traum hängen.

»Nun also – was?«

»Wenn ich jemanden liebte, würde ich diesen Menschen nicht aufgeben«, sagte er. Zu spät bemerkte er die Ironie seiner Feststellung in der Anwendung auf sich selbst. »Nicht so leicht jedenfalls. Und nicht, weil meine Nebenbuhlerin reich ist und hübsche Kleider hat und weiße Hände. Wen machen Sie damit glücklich, daß Sie so großzügig zurücktreten? Andreas Lenz? Diese Lenore? Sich selber?«

Er seufzte. Dies war seine erste Erfahrung im Ratschläge-Erteilen an Liebeskranke, und er hatte gar nicht gewußt, daß er so überzeugend reden konnte. Wenn es wenigstens ihm selbst zum Vorteil gereichen würde anstatt Lenz!

»Ich würde zurückfahren«, meinte er. »Ich würde mir das Geld für die Rückfahrkarte borgen oder erbetteln, ich würde es sogar stehlen. Ich würde kämpfen!«

Ihre Hand umklammerte die seine. Ihr Atem kam schneller, sie befeuchtete sich die Lippe – dann erlosch der Funke wieder. »Kämpfen!... Glauben Sie, ich hätte's nicht versucht? Ich hab mich an ihn gehängt, ich hab ihn auf mir herumtrampeln lassen, ich hab ihm alles gegeben – sogar Geld...! Nein, nein – ich weiß, wann ich geschlagen bin. Und ich muß mir ein bißchen Selbstbewußtsein bewahren!«

Er schaute sie an – die Augen, wie erloschen vor Enttäuschung, die Flächen ihres blassen Gesichts, die Strähne kupferfarbenen

Haares, die sich unter dem Kopftuch hervorgestohlen hatte. Draußen glitten ein paar Häuser vorbei, dann wurden es mehr: die Außenbezirke von Ettlingen offenbar. An einer Kreuzung stand ein Ochsenkarren. »Mam'selle Josepha«, sagte er. »Ich bin ein einfacher Mensch, und ich denke nicht, daß wir uns jemals wiedersehen werden. Warum glauben Sie mir denn nicht, wenn ich Ihnen sage, daß Sie schön sind und daß Sie etwas an sich haben, was kein Mann mit gesundem Menschenverstand freiwillig aufgeben würde...«

»Das ist nett von Ihnen«, erwiderte sie. »Sie wollen mir Mut machen.«

»Ettlingen!« Bremsen quietschten, Puffer krachten gegeneinander, Menschen taumelten und stolperten.

Ja, dachte Christoffel: Genau das – Mut machen wollte ich ihr.

Er stützte sie beim Aussteigen. Vorsichtig zwischen die Menschen und das Gepäck tretend, das auf dem Boden des Wagens aufgestapelt war, schleppte er Josephas Tasche und Bündel hinüber zur Tür. Plötzlich fühlte er ihre Hand auf seiner Schulter, und ihre Lippen streiften über seine Wange. »Sie sind sehr lieb«, sagte sie. »Und Sie haben mir eine Menge Mut gegeben.«

Sie kletterte aus dem Wagen und nahm ihre Habseligkeiten in Empfang. Er blickte ihr nach, wie sie den Bahnsteig entlang ging, fort aus seinem Leben. Er wollte ihr etwas nachrufen, er wußte nicht was, ihren Namen, irgend etwas. Dann sah er sie nicht mehr. Die Lokomotive zischte. Ein Mann kam und hämmerte an den eisernen Rädern der Waggons. Es klang lustig und sinnvoll.

Christoffel lehnte seine heiße Stirn gegen die schmierige Fensterscheibe. Er dachte sich Flüche aus – schöne, lange, runde, rollende Soldatenflüche. Er verfluchte Lenz, dann das Leben im allgemeinen, endlich sich selbst.

Der Schaffner schloß die Tür. Der Zug fuhr an.

Köln war voller Militär – Preußen. Sie zogen durch die Straßen wie die Besatzer in einer besiegten Stadt, daß das Echo ihrer Marschtritte von den engbrüstigen Häusern widerhallte, die Köpfe hoch erhoben unter den neuen Pickelhauben, stolz, als wären sie voriges Jahr nicht ausgerissen vor den Steinwürfen von Gevatter Fleischer und Bäcker und Kerzendreher. Christoffel war geneigt, diese Helmspitzen, neueste Errungenschaft des militärischen Geistes, vom Standpunkt des einfachen Soldaten aus zu betrachten – so viel Messing mehr zu putzen. Er rieb sich zweifelnd das stopplige Kinn: sollte er Mitgefühl mit diesen Männern haben oder sich freuen, daß ein weiterer Grund zur Unzufriedenheit jetzt direkt auf ihren Köpfen in Erscheinung trat?

Köln war voller Zivilisten. Sie drängten und stießen einander, gestikulierten, redeten laut, hatten es stets eilig, irgendwohin zu gelangen, um irgendwelchen Geschäften nachzugehen; selbst die Bettler mit den ausgestreckten Händen schienen ungeduldig zu fordern. Dies war nicht das gemächliche Tempo, das in Christoffels Heimat im großen und ganzen noch üblich war. Es war beunruhigend. Aber es gab einem auch ein gewisses Gefühl der Sicherheit: niemand hier kümmerte sich auch nur im geringsten um das Woher und Wohin eines armseligen kleinen Handlungsgehilfen namens Felix Weinmeister.

Er mußte sehr oft fragen, bis er die Unter-Hutmacher-Gasse fand; nicht weil diese Gasse so weit von den Hauptverkehrsstraßen entfernt lag – aber seinem langsamen Kleinstadtverstand fiel es schwer, den hastigen, komplizierten, manchmal widersprüchlichen Weisungen zu folgen, die ihm zugeworfen wurden. Vor Nummer siebzehn angekommen, zögerte er wiederum: auf der anderen Seite der Straße, im Schatten eines Bogenganges, trieben sich zwei Gestalten herum, die etwas von dem Mann mit dem Bambusstock an sich hatten; und im Eingang zu Nummer siebzehn, die Arme in die Seite gestemmt, stand ein breitschultriger, blondbärtiger Riese, der der gesamten Menschheit und insbesondere Personen zu mißtrauen schien, die die Absicht zeigten, Nummer siebzehn einen Besuch abzustatten.

»Ist das hier richtig bei den Redakteuren?« erkundigte sich Christoffel schließlich.

Der Mann knurrte etwas.

»Also, ist das hier oder nicht?«

»Was wollen Sie?« forschte der Mann.

»Ich möchte die Herren was fragen.«

»Ah.« Der blonde Bart bewegte sich ironisch. »Und wer mögen Sie wohl sein?«

»Ich habe einen Brief.«

Der Riese streckte seine Tatze aus.

Christoffel nickte zu den beiden Gestalten hin, die im Schatten des Bogenganges standen. »Nicht hier. Und nicht so.«

Der andere lachte kurz. Dann hob er den Arm und ließ Christoffel unter seiner Achselhöhle durchgehen. Im Halbdunkel des Torwegs zog Christoffel seinen Schuh aus, nahm die innere Sohle heraus und brachte ein flach zusammengefaltetes Stück Papier zum Vorschein. Der Riese pfiff leise. Ein Junge, der sich dauernd auf seinen männergroßen Druckerschurz trat, stolperte heran.

»Hier!« sagte der Riese. »Trag das hinauf!«

Christoffel zog den Schuh wieder an. Seine Fußlappen hätten es auch nötig, gewaschen zu werden, dachte er. Der ganze Mann müßte sich waschen – waschen, rasieren und die Haare schneiden lassen. Und er besaß nicht einmal Geld fürs Frühstück. Er hatte auf seiner Reise genügsam gelebt wie ein Mönch, aber diese Städte saugten das Geld einfach auf. Er schluckte. Er war um Rat gekommen, nicht um Almosen.

Der Junge war wieder da. »Komm mit, Kamerad«, sagte er.

Der junge Mann mit dem rötlichen Bart und der hohen Stirn blinzelte kurzsichtig auf eine Manuskriptseite. »Gott, o Gott«, murmelte er ärgerlich, »er will immer noch Änderungen!« Und er rief durch eine offene Tür: »Wie oft muß ich dir das noch sagen – wir machen hier eine Zeitung!«

Aus dem Nebenraum kam keine Antwort.

»Nimm das mit!« Er winkte dem Jungen mit dem Schurz. »Sag ihnen, sie sollen es neu setzen.« Er entdeckte Christoffel, setzte seine Brille auf, betrachtete den Besucher und erklärte dann lebhaft: »Ich heiße Engels.«

Christoffel ergriff die ausgestreckte Hand. Hinter Engels bemerkte er, ordentlich aufgereiht in einem Wandgestell, acht Gewehre mit glänzenden Läufen und aufgesetzten Bajonetten.

»Die Leute wundern sich manchmal« – die Richtung von Christoffels Blick war dem jungen Mann nicht entgangen –, »wie wir alles das, was wir schreiben, hier veröffentlichen können, mitten in einer preußischen Festung. Nun –«, mit einer Handbewegung, »wir sind ebenfalls eine Festung!« Er lachte. »Marx!« rief er. »Unser Freund ist da!«

»Bring ihn herein!«

Christoffel wurde halb geführt, halb geschoben und fand sich einem Mann mit einem wilden, dunklen Haarschopf gegenüber. »Das ist unser Chefredakteur«, stellte Engels vor und verfiel sofort wieder in seine alte Klage: »Schau, Marx – wie sollen wir Termine einhalten bei deinen endlosen Korrekturen? Denkst du, die Königlich Preußische Post wartet, bis du mit deiner Haarspalterei fertig bist?«

Marx nahm einen Zigarrenstummel aus seinem Aschenbecher, zündete ihn an und steckte ihn zwischen die vollen roten Lippen, die in auffallendem Gegensatz zu dem Schwarz seines Bartes standen. »Ich weiß«, sagte er und blies Rauch auf Engels, »es ist nicht richtig. Aber kann ich dafür, daß ich unzufrieden mit mir bin?... Es handelt sich nicht um Haarspalterei«, wandte er sich an Christoffel. »Von einer Formulierung kann sehr viel abhängen...« Wenn er die Stirn runzelte, bildete sich eine tiefe Falte über seiner kurzen Nase. »Und Revolution ist eine ernsthafte Sache, verstehen Sie?«

Marx durchlas das Stück Papier, das Comlossy unterzeichnet hatte – es war ein Belaubigungsschreiben für Christoffel, das den Zweck seines Besuches angab und ihn in diese offensichtlich vorsichtige und resolute Gruppe einführen sollte. »Soldat, wie?« fragte er. »Wie war Ihre Reise? Haben Sie eine Unterkunft?... Haben Sie schon gefrühstückt?«

Christoffels breiter Daumen bewegte sich unwillkürlich zu seinem stoppligen Kinn hin.

Marx sprang auf. Mit ein paar federnden Schritten war er an seinem Stehpult, holte ein Paket Butterbrote heraus und zwang es Christoffel auf. Christoffel hatte ihn für viel größer gehalten. Marx war ein untersetzter Mann, der durch Kopf, Schultern und Brustkorb imponierend wirkte, ein Sitzriese.

Christoffel kaute hastig, verschluckte sich, hustete. Langsam verlor er seine Verlegenheit. Diese beiden Männer, gewiß genauso klug und gebildet wie Madame Struve, flößten ihm irgendwie größeres Vertrauen ein.

Engels fragte: »Sie wurden als Delegierter gewählt? Wann? Von wem? Wie kam es dazu? Wie viele seid ihr dort?«

Christoffel dachte nach. Er hatte anders beginnen wollen, mit sich selbst, seinem eigenen Leben, mit seinem Vater, der eines Tages im Walde gefunden worden war, verhungert auf der Suche nach Arbeit, um Geld für die Steuern zu beschaffen, für die Schulden beim Gutsherrn und dem Wucherer. Oder er wäre noch weiter zurückgegangen, bis zu der Taftschürze, die seine Mutter wie einen Schatz hütete, ebenso wie das weinfarbene seidene Kopftuch und die rot-weißen Strümpfe, Geschenke des Vaters, als er zu Sankt Valentin um sie warb, dem Ehrentag des Heiligen ihres Heimatdorfes, da sich bei Trinken und Tanzen die herrlichsten Prügeleien entwickelten; und wie er, Hans Christoffel, unehelich geboren wurde, weil die Familie der Mutter sie erst aus dem Hause gehen ließ, als ihr Bruder heiratete und eine andere Frau als Arbeitskraft auf den Hof brachte. Doch das hatte nichts mit der Unruhe in der Armee zu tun, die die Offiziere mißtrauisch machte und sie zu Wutausbrüchen trieb, oder mit den Fragen, die zu klären er hierhergekommen war.

»Ich wurde nicht eigentlich gewählt«, erwiderte er. »Mein Urlaub war gerade fällig, und ein paar von den Soldaten sagten: Christoffel, geh und horche herum; stelle fest, ob wir die einzigen sind, die an der Kette zerren; versuche etwas über diese neuen Dinge zu erfahren, über Demokratie, Republik, Verfassung; frag um Rat, wie wir weitermachen sollen, allein oder zusammen mit den Zivilisten, und mit was für Zivilisten, und was wir mit den Offizieren tun sollen; und was wohl geschehen würde, wenn wir zuschlügen, hier im Großherzogtum Baden, und in ganz Deutschland. Klarer konnten sie sich nicht ausdrücken, und auch ich kann es nicht besser sagen.«

Er bemerkte die Erregung, die seine beiden Zuhörer gepackt hatte.

»Wie viele wir sind? Das ist schwer zu erklären. Wir sind ja keine richtige Gruppe mit einem Vorsitzenden und einem Sekretär und regelrechten Mitgliedern wie ein Bildungsverein oder einer dieser Volksvereine, die sich in jeder Stadt und jeder Gemeinde von Baden heimlich versammeln. Wir treffen uns, aber nicht regelmäßig, in einer Ecke in der Kaserne, oder in einer Kneipe, und stellen Wachen auf, die uns warnen, wenn ein Offizier kommt oder ein Sergeant, dem wir nicht trauen. Wir reden über dieses und jenes, meistens über Freiheit und was Freiheit bedeutet, und daß wir unsere Offiziere selbst wählen wollen, und daß es mit den Ausschreitungen und den Kerkerstrafen und den Züchtigungen ein Ende haben muß, und daß wir keine Fürsten und keine Landesherren brauchen, oder wenigstens nicht so viele, wie wir haben, und daß wir nicht gegen die Bevölkerung sein wollen, die uns haßt und uns in Flugblättern sagt, daß wir Mörder und Unterdrücker sind...«

Er fragte sich, ob die beiden sich ein Bild machen konnten auf Grund der Andeutungen, die er zu geben vermochte – das Ganze war so riesengroß, es erforderte Worte, wie Madame Struve sie gebraucht hatte, Worte, die auch er für die einzig richtigen und passenden hielt. Dem Dorflehrer, einem ehemaligen Korporal der Armee, unter dessen brutalen Händen er kaum vier Winter lang die Schulbank gedrückt hatte, war es lediglich gelungen, ihm ein wenig Lesen beizubringen, und er las langsam, Buchstaben für Buchstaben; das Schreiben war eine Qual.

»Marx!« rief Engels. »Eigentlich sollte man diesen Burschen in die Arme schließen, findest du nicht auch?«

Marx warf die Überreste seiner Zigarre in den Aschenbecher, entfernte ein Stückchen Tabakblatt von seiner Lippe und sagte: »Vor allem sollte man sehen, daß er ein Bett bekommt, wo er schlafen kann.« Und zu Christoffel: »Wissen Sie irgend etwas über Klassen?«

Christoffel runzelte die Stirn.

»Klassen von Menschen!« Marx war unnachgiebig.

»Da gibt es die Armen –«, Christoffel überlegte einen Augenblick, »und die Reichen!«

»Das Prinzip der Sache hat er jedenfalls verstanden!« sagte Engels erfreut. »Davon geht alles aus!«

»Arbeiten die Armen?« Marx' Zeigefinger tippte Christoffel an.

»Die meisten ja... sie müssen arbeiten!«

»Und die Reichen – arbeiten die?«

Christoffel, zuerst verwirrt durch das Frage-und-Antwort-Spiel, begann Methode darin zu sehen. »Die meisten Reichen arbeiten nicht«, erwiderte er, »wenigstens tun sie nicht das, was wir arbeiten nennen.«

»Gut denn, Bürger Christoffel – wie erklären Sie sich aber dann, daß diejenigen, die arbeiten, arm bleiben, während die, die nicht arbeiten, reich werden?«

»Ist das nicht immer so gewesen?«

»Sie meinen, es ist ein Naturgesetz?« fragte Marx.

Christoffel lachte. Es konnte kein Naturgesetz sein. Aber was war es dann? Ein göttliches Gebot? Ein Gesetz der Menschen?

»Diejenigen, die nicht arbeiten und trotzdem reich werden«, sagte Marx, »haben offensichtlich die Macht, denen, die arbeiten, aber arm bleiben, etwas wegzunehmen – stimmt's?«

»Sie stehlen es also?« schlug Christoffel vor.

»Sie eignen es sich an«, korrigierte Marx; der Bart verbarg sein Lächeln. »Sie expropriieren es oder eignen es sich an.«

»Aber das ist doch offensichtlich ungerecht!« protestierte Christoffel.

»Es ist die Wurzel aller Ungerechtigkeit«, stimmte Marx zu. »Es ist im Grunde das, was Sie ändern möchten, wenn Sie sich mit Ihren Kameraden in der Ecke Ihrer Kaserne treffen. Jede Ungerechtigkeit, die Sie empört – die Auspeitschungen und Kerkerstrafen und die Züchtigungen, und daß Sie auf Ihre eigenen Mitbürger schießen sollen –, ist ein Teil jener großen Ungerechtigkeit und hilft, sie aufrechtzuerhalten... Können Sie mir folgen?«

Christoffel konnte es.

»Nun, Ihre Kameraden wollen wissen, was zu tun ist«, fuhr Marx fort. »In militärischer Hinsicht kann ich Ihnen nichts sagen. Mein Freund Engels ist dazu wahrscheinlich besser imstande – er ist gedienter preußischer Artillerist und hat den Ehrgeiz, General zu werden.«

»Brauchen wir etwa keine Generale?« gab Engels zurück.

Marx blickte auf. Engels, Überlegenheit in den kühlen blauen Augen trotz ihrer Kurzsichtigkeit, lächelte offen. »Unter Umständen wirst du sogar deine Chance bekommen...«, sagte Marx unerwartet ernst. Und zu Christoffel: »Es hat in Deutschland keinen

Bürgerkrieg gegeben, seit die Bauern sich gegen die Fürsten erhoben haben, und das war vor mehr als dreihundert Jahren. Möglicherweise steht uns jetzt einer bevor.«

Für Christoffel war es neu, daß vor so vielen Jahren Bauern Krieg geführt haben sollten... Im Vorjahr, als die Unruhen in Wien und Berlin Kaiser und König von Verfassung zu reden zwangen und als der Großherzog von Baden eilig ein paar Zugeständnisse machte, hatten sich in einer Anzahl von Dörfern des Großherzogtums Bauern zusammengetan und waren gegen die Herrenhäuser gezogen; und einige Bauern waren in die Gemeindeverwaltungen eingebrochen und hatten verlangt, daß die verängstigten Beamten ihnen Urkunden und Pfandbriefe, Pachtlisten und Schuldverschreibungen und alle jene jahrhundertealten Dokumente aushändigten, die die Menschen mit Leib und Seele an die Feudalherren banden. Die Bauern verbrannten die Papiere und standen weinend und lachend und jubelnd vor den Scheiterhaufen; doch dann waren sie wieder nach Hause gegangen, befriedigt, weil sie dieses Jahr den Zehnten und die Steuern nicht zu bezahlen brauchten. Und später, als die Freischärler sie aufforderten, sich ihnen anzuschließen, meinten sie: tut uns leid, aber die Felder gehören jetzt uns, und wir müssen sie bearbeiten.

»Ein Bürgerkrieg...«, sagte Christoffel. »Und wer würde da gegen wen kämpfen?«

»Ich will es Ihnen vom militärischen Standpunkt aus erklären«, erwiderte Engels, »aber zuerst müssen Sie begreifen, daß das, was Marx Ihnen über Klassen gesagt hat, nicht ganz so einfach ist. Nicht alle Armen sind gleicherweise arm, noch sind sie es aus genau den gleichen Gründen: die einen arbeiten auf dem Lande, die anderen an Maschinen. Und nicht alle Reichen sind gleicherweise reich, noch kommt ihr Reichtum aus genau den gleichen Quellen: die einen ziehen ihn aus dem Land, das sie besitzen, die anderen aus den Maschinen. Und dann gibt es noch Menschen, die zwischen diesen Schichten stehen – Gastwirte und Bäcker und Ladenbesitzer und Advokaten und Schreiber und Prediger und was weiß ich – und alle versuchen, soviel wie möglich von dem zu ergattern, was von den Armen geschaffen wird, die arbeiten und arm bleiben, und die man das Proletariat nennt.«

Das kaleidoskopische Bild, das sich aus Engels' hastigen Worten ergab, war einigermaßen verwirrend. Man wußte nicht mehr genau, wer wo stand, außer daß sich das Proletariat eindeutig am untersten Ende befand. Aber Engels, gestikulierend und stotternd vor Eifer, zum Kern der Sache vorzudringen, sprach schon weiter: »Deswegen gibt es noch keine klaren Fronten, keine strengen Abgrenzungen. Kräfte, die sich heute bekämpfen, können morgen Kompromisse schließen; andere, die sich in einer bestimmten Situation einig sind, werden auseinanderfallen, sobald die Bedingungen sich ändern. Und vor allen Dingen dürfen Sie die menschlichen Schwächen nicht außer acht lassen: Feigheit, Eitelkeit, das Kleben am Althergebrachten und die Neigung, großartig zu reden, aber kleinlich zu handeln.«

»Aber was soll ich nun machen?« fragte Christoffel in ehrlicher Verzweiflung.

»Manövrieren!« rief Engels und lief mit langen Schritten auf und ab. »Versuchen Sie immer, Verbündete zu finden, die Ihren Weg gehen, unterstützen Sie sie, führen Sie sie, wenn möglich, aber vergessen Sie niemals Ihre eigenen Interessen und wer Sie sind – das Proletariat. Und vergessen Sie niemals, Ihr stärkstes Feuer auf den stärksten Feind zu richten. Das ist Ihr Leitfaden.«

Er blieb stehen und sah Christoffel an. War es ihm wirklich geglückt, seine Gedanken klarzumachen? »Marx und ich«, sagte er, wie zur Erklärung, »sind Kommunisten. Über ein Jahr lang mußten wir uns mit der Frage auseinandersetzen, die jetzt Sie und Ihre Kameraden in der Freiburger Kaserne plagt...« Er zögerte. »Marx und ich haben ein kleines Buch darüber geschrieben, eine Art Manifest; das werden wir Ihnen geben, damit Sie es lesen und Ihren Freunden zeigen.«

»Vielen Dank«, erwiderte Christoffel, erfreut über das Geschenk und doch nicht ganz glücklich darüber. »Ich werde es lesen und mich bemühen, es zu verstehen.«

»Eine Menge Leute nennen sich Kommunisten«, mischte sich Marx noch einmal in die Diskussion, »aber nicht allzu viele sind es wirklich. Kommunisten haben keine von den Interessen des ganzen Proletariats getrennten Interessen. Wir unterscheiden uns von anderen politischen Parteien unter den Arbeitern dadurch, daß wir immer die gemeinsamen Interessen des Proletariats hervorheben, die über die Grenze von – sagen wir – dem Großherzogtum Baden oder dem Königreich Preußen oder sogar von ganz Deutschland hinausgehen, und daß wir in den verschiedenen Entwicklungsstufen des Kampfes zwischen dem Proletariat und den anderen Klassen stets die Interessen der Gesamtbewegung vertreten.«

Christoffel nickte. Er mochte die ruhige, tiefe Stimme. Sie gab ihm ein Gefühl der Sicherheit.

»Wir Kommunisten werden niemals etwas erreichen«, fuhr die Stimme fort, »solange wir als Sekte auftreten, uns abschließen vom großen Strom des Lebens, von den Kämpfen, Wünschen, Hoffnungen des Volkes, oder es übelnehmen, wenn die Menschen nicht in allen Fragen so denken wie wir. Ich will Ihnen sagen, wie Sie handeln müssen: Sie unterstützen jeden – ganz bestimmt einen Arbeiter oder einen Soldaten oder einen Bauern, aber auch einen Offizier oder einen Advokaten oder einen Büroangestellten oder einen Geschäftsmann –, solange er gegen das kämpft, wogegen auch Sie sind, vor allem also gegen Ihre reaktionäre Regierung. Wenn er schwankend wird, wie es sehr wohl geschehen mag, dann stärken Sie ihm das Rückgrat und versuchen ihn bei der Stange zu halten, warnen aber sofort Ihre Kameraden unter den Soldaten und unter den Proletariern. Und wenn er, wie es ebenso geschehen kann, nicht länger gegen das ist, wogegen Sie sind, und anfängt, Sie und die Sache Ihres Kampfes zu verraten, dann entlarven Sie ihn und bekämpfen ihn, ohne Gnade.«

Christoffel stand auf. Ihm war so feierlich zumute wie am Tage seiner ersten Kommunion, als er, in dem viel zu großen schwarzen Anzug seines toten Vaters, ein Glas Wein und seine erste Zigarre von dem Bruder seiner Mutter bekommen hatte.

»Einfach, nicht wahr?« sagte Marx.

»Ja«, bestätigte Christoffel.

»Dann gibt es also keinen Grund, warum Sie nicht imstande sein sollten, entsprechend zu handeln.«

Drittes Kapitel

Seit dem Monat Februar habe ich meine Kräfte nur für die Sache der Freiheit angestrengt, seit dem Monat Februar habe ich nicht mehr aus meiner Erwerbsquelle geschöpft, habe ich mich nur mit der gerichtlichen Vertheidigung der verfolgten Republikaner beschäftigt. Ich habe jedem bereitwillig zur Seite gestanden, der meine Hülfe in Anspruch nahm, und der möge auftreten, welcher sagen kann, daß er mir von den Hunderten, welche ich aus eigenen Mitteln daran gewendet, auch nur einen Kreuzer ersetzt habe!...

(Abschrift von Andreas Lenz aus Lorenz Brentano: *Ansprache an das badische Volk.*)

Die Morgenluft bauschte die weißen Tüllgardinen. Simon Einstein trat ans Fenster seiner Hotelsuite, atmete tief und blickte verkniffenen Auges auf die vom nächtlichen Regen saubergespülte Straße, die zu beiden Seiten von kleinen Geschäften gesäumt wurde.

»Mannheim«, murmelte er, »die Stadt hat Zukunft...«, und er beschloß, noch intensiver mit seinen hiesigen Geschäftsfreunden zusammenzuarbeiten, wenn – wenn, wie er zuversichtlich hoffte! – seine Unterredung heute gut ausging. Er wandte sich um. »Lenore!«

Lenore kam aus ihrem Schlafzimmer, munter, bereit für den Tag. Ein Hauch von Frische umgab sie. Einstein betrachtete seine Tochter mit einer Freude, die Leben in die tiefen Linien seines gelblichen Gesichts brachte. Sie hatte die feinen Züge, aber nichts von der Lebensuntüchtigkeit ihrer Mutter, die ihn, trotz seiner Liebe, zur Verzweiflung getrieben hatte. Lenore war ganz entschieden *seine* Tochter, und manchmal wünschte er, sie wäre der Junge in der Familie anstatt seiner vier Söhne, die gute Kerle waren, intelligent, fleißig, flink – aber Durchschnitt, ohne jenes Fingerspitzengefühl, das den überlegenen Geschäftsmann ausmacht.

»Hungrig?« fragte er.

»Sehr.«

Er lachte beim Gedanken an all das, was er nicht essen durfte, und an die Pillen, die er schlucken mußte. Die Leber, hatten die Ärzte gesagt. Die Leber, Herr Bankier, die Leber! Und hatten ihm mit Schmerzen gedroht, die er sonst erleiden würde, und mit einem Tod, den zu sterben er keinen Wunsch verspürte.

Sie zog zweimal an dem weißen Porzellangriff der rotseidenen Schnur, die neben der Tür hing. Irgendwo draußen klingelte es.

»Vater?«

»Ja, meine Liebe?«

Lenore setzte sich an den Tisch. »Warum wolltest du, daß ich mit dir nach Mannheim komme?«

»Versäumst du irgend etwas zu Hause?«

»Nein.«

»Keine Gesellschaften? Keine Beschäftigung? Keine jungen Männer?«

Sie betrachtete ihn aufmerksam, die Augen mit den schweren Lidern, die dichten dunklen Brauen, die über der fleischigen, mit den Jahren noch fleischiger gewordenen Nase zusammentrafen, und schüttelte den Kopf.

»Na ja«, erklärte er, »ich dachte, ich könnte dir die Reise zumuten, weil ich dich brauche...« – er winkte ab, sie sollte nicht glauben, er fürchte sich, bei seinem Gesundheitszustand allein zu reisen –, »weil ich dein Urteil, deine Meinung, deinen Rat brauche!«

Ein junger Kellner mit blau-weiß gestreifter Schürze deckte gewandt und geräuschlos den Tisch und verschwand. Lenore goß den Kaffee aus einer schweren silbernen Kanne ein.

»Sahne?«

»Ein bißchen.«

Sie reichte ihm das Kännchen. »Aber ich verstehe nicht viel vom Geschäft.«

»Du kennst die Menschen.«

Sie kostete ihren Kaffee, bestrich ein Hörnchen mit Butter, aß. Ihr Vater war es, der die Menschen kannte, die Vornehmen und die Niedrigen und auch die dazwischen. Er hatte sie kennengelernt, als er ins Leben hinaustrat, ein Viehjude, wie sie das nannten, der auf dem Lande umherwanderte, Vieh kaufend und verkaufend, und es verstand, sogar aus den geizigsten Bauern und arrogantesten Großgrundbesitzern einen kleinen Profit herauszuschlagen; und er lernte die Menschen noch besser kennen, als er sich dann in Rastatt niederließ und den kleinen Kram- und Kolonialwarenladen aufmachte, der sich zu einer Bank entwickelt hatte; er lernte sie so gut kennen, daß er diesen Laden als Fassade für sein Geschäft beibehielt und selbst die Hochwohlgeborensten unter seinen Kunden nötigte, sich unter den geräucherten Heringen zu bücken, die von der niedrigen Decke herabhingen; auf diese Weise zwang er sie zu unfreiwilliger Verbeugung, wenn sie kamen, um Geld zu leihen, eine Hypothek aufzunehmen oder einen seiner Kreditbriefe zu kaufen, die zwischen Frankfurt und Basel ein besseres Zahlungsmittel waren als die vom Finanzminister des Großherzogs unterzeichneten Banknoten.

»Es gibt jetzt eine neue Art von Menschen«, fuhr er fort, »die ich nicht so gut kenne. Doch könnten gerade die wichtig werden.«

»Was für Menschen?« erkundigte sie sich. »Und warum sollte ich sie besser verstehen als du?«

»Weil auch du ein Rebell bist.«

Sie verzog die Stirn.

»Für Juden«, lächelte er, »die durch Tausende von Jahren hindurch nichts als geschlagen, getreten, bespuckt worden sind, gibt es nur zwei Möglichkeiten: entweder reich zu werden oder rebellisch.«

»Ich rebelliere, weil ich eine Frau bin!« Sie dachte plötzlich an Lenz und grub sich die Fingernägel in die Handflächen.

Er zuckte mit den Achseln. »Wie du meinst!«

Ein Klopfen an der Tür schnitt eine weitere Erörterung des Themas ab. Der Bote, den Einstein ausgeschickt hatte, ein schäbiges Individuum unbestimmen Alters, steckte den Kopf ins Zimmer, trat ein, übergab einen Brief, nahm sein Geld in Empfang und trabte davon.

Einstein öffnete den Brief. Er schob sein Gedeck zur Seite und strich das Papier glatt. Seine Augen glitten die Zeilen entlang, zögerten, schienen die Worte zu prüfen, wanderten langsam weiter. »Das ist gut«, sagte er, ohne aufzublicken, »hör dir das an!... *und mein Büro ist jedem geöffnet, meine Hilfe steht jedem zur Verfügung, der sich ungerecht behandelt fühlt, welcher Klasse oder welchem Glauben er auch angehören mag, sei er reich oder arm. Meine Sprechstunden sind von...* und so weiter und so weiter... *Unterschrift: unleserlich...* Dann der Titel – sogar die müssen Titel haben: Obergerichtsadvokat... Ich sage dir, Lenore...«, er schnaubte ironisch, »noch nicht einmal an der Macht, und schon ein Robespierre!«

Sie erhob sich, kam um den Tisch herum, schmiegte sich an ihren Vater und fuhr ihm mit der Hand durch das bereits ergraute, kurzgelockte Haar. Da lebte man Wochen, manchmal Monate unter dem gleichen Dach, jeder mit seinen eigenen Gedanken und Angelegenheiten beschäftigt; doch dann kamen Stunden wie diese, wo er ihr unendlich viel bedeutete und sie eine Art Cordelia-Lear-Beziehung zwischen ihnen beiden sah, obwohl er alles andere als ein armer, bedrängter König war und sie gar keine Schwestern hatte.

»Seine Sprechstunde ist jetzt«, stellte er fest. »Gehen wir dem Herrn Obergerichtsadvokaten einen Besuch abstatten.«

Brentano stand auf. Für einen Augenblick hoben sich seine Brauen beim Anblick Lenores, dann nahm sein fahles, asketisches Gesicht, in dem so wenig Farbe war, daß es fast grau wirkte, wieder den unverbindlichen Ausdruck an.

Lenore spürte die Berührung kühler Lippen auf ihrem Handrücken. Er bot ihr einen Stuhl an.

»Meine Tochter«, erklärte Einstein, »ist so etwas wie ein Geschäftspartner.«

»Höchst ungewöhnlich«, meinte Brentano und ließ sich wieder in den Lehnstuhl hinter seinem Schreibtisch gleiten. »Doch auch ein Zeichen unserer Zeit!«

Lenore hielt Brentano für etwa fünfunddreißig. Aber er war kein gesunder Mann und sah älter aus mit der schmalen Brust und den schmalen Schultern und dem dünnen, schütteren Bart. Die Augen jedoch waren bemerkenswert – überraschend lebhafte Pupillen von einem goldenen Braun, in denen es zuweilen gelb aufleuchtete.

»Ich glaube, die Frau wird eine immer größere Rolle in unserem Leben spielen«, sagte er, das Kinn auf den Daumen stützend und zwei Finger gegen den Backenknochen pressend, »im öffentlichen wie auch im privaten Leben. Man kann nicht die Hälfte der Menschheit von der Entwicklung der Demokratie ausschließen –«, er lächelte, »nicht wahr?«

Einstein überdachte die Frage. »Sind Sie verheiratet?« erkundigte er sich.

»Nein.« Brentano lachte kurz. »Vielleicht«, fuhr er fort und nickte in Richtung des Wartezimmers, »werde ich Zeit für die persönlicheren Dinge des Lebens finden, wenn denen dort geholfen ist.«

»Eine Frau ist das, was sie aus sich macht«, erklärte Lenore und fügte hinzu: »Und was sie die Männer aus sich machen läßt.«

Brentano wurde ein wenig ärgerlich. »*Sie* können das sagen – die Sie unterm warmen Dach Ihres Vaterhauses leben. Aber fragen Sie einmal Ihre Schwestern, die in Elend und dörflichem Aberglauben aufwachsen oder in der Armut unserer Städte und Industrien!... Wahrhaftig, wäre ich eine Frau, ich würde versuchen, diese Welt auf den Kopf zu stellen!«

Der gelbe Funken in seinen Augen suchte sie. Er sprach aus, was sie als richtig erkannt hatte und was sie selbst empfand – warum verstimmte es sie? Weil *er* es sagte? Warum reizten sie seine Worte?

Er wandte sich ihrem Vater zu. »Aber ich bin sicher, Sie sind nicht den ganzen Weg von Rastatt hierhergekommen, Herr Einstein, um die Frauenfrage zu erörtern?«

Simon Einstein beugte sich vor und blies ein imaginäres Staubkörnchen von seinem grauen Zylinderhut. »Ich unterscheide mich im Prinzip nicht von denen da draußen – auch ich bin gekommen, um Ihre Hilfe gegen ein Unrecht zu erbitten.«

»Ah!« Brentano faltete seine langen Hände.

»Rastatt wurde – wie Sie wissen – in eine Festung verwandelt!«

Brentano sagte nichts. Was auch immer das angebliche Unrecht sein mochte, der Bankier brauchte nicht ihn, um es zu beheben.

»Da gibt es Wälle, Forts, Bastionen, Schanzen, Laufgräben, Wassergräben, Eskarpen, Kontereskarpen, Geschützstände und ich weiß nicht was – alles erfordert Boden, alles frißt Grundbesitz, viele Morgen.«

»Natürlich«, bestätigte Brentano.

»Dieser Boden muß gekauft und bezahlt werden.«

»Ich verstehe«, sagte Brentano. »Wieviel Grund und Boden haben Sie der Regierung verkauft?«

Einstein senkte den Kopf. »Es geht mir nicht darum, wieviel es war. Es geht darum, was sich auf dem Boden befand. Und es gibt auch ideelle Werte.« Seine Hand bewegte sich zu Lenore hin. »Die Erinnerungen an die Kindheit! Glückliche Stunden! Die Freuden der Jugend! Sechs Morgen des allerbesten Bodens, wunderschön gelegen, draußen vor dem Stadttor, am Kreuzungspunkt zweier Straßen. Ein solide gebautes Gartenhaus, Terrassen, zwei Eingangstore mit immergrünen Hecken, Obstbäume, ein Garten, Blumenbeete, Treibhäuser, Spargelkulturen und Weinstöcke, Lauben und Bänke, ein artesischer Brunnen...« Er hielt inne. Er hatte diesen Besitz geliebt, abgesehen von der Kapitalsanlage. Wieviel Land hatte seinem Vater gehört? Und dem Vater seines Vaters? Bis der französische Kaiser Napoleon mit seinem kleinen schwarzen Hut und seinen Grenadieren und seinem Gesetzbuch kam und diese Deutschen aufs Haupt schlug, konnte ein Jude nicht mehr besitzen als die sechs mal zwei Fuß, die er als letztes Ruhebett brauchte...

Brentano hatte nur halb zugehört. Er war viel mehr interessiert an Einsteins Gründen für diesen Besuch und an Einsteins Tochter. Alles, was ihm der Bankier über Geschäfte und geschäftliche Schwierigkeiten erzählte, war Vorwand. Und Mademoiselle Lenore war als Zeugin hier, als Gedächtnisstütze, als zweites Paar Ohren, um jede Schwankung im Ton zu registrieren, die Nuance, die zwischen und hinter den Worten eines Menschen liegt und ihre wahre Bedeutung verrät. Ihre ovale Stirn, die Augen, uralt durch die Weisheit ihrer Rasse und doch der Leidenschaft fähig, die aristokratischen Hände – er beneidete den Bankier um dessen Tochter und verspürte eine leise Erregung, ein Gedanke stieg in ihm auf: Verstand gepaart mit Schönheit, das war die Gefährtin, die ein Mann für einen meteorartigen Aufstieg brauchte, jemand, der sich in den Hütten der Arbeiter ebenso gut bewegen konnte wie auf dem Parkett der Diplomatie.

Brentano schüttelte den Kopf. Nein, Frauen dachten immer nur an sich; sogar wenn sie an ihre Männer dachten, meinten sie sich selbst. Ein Mann, ein Revolutionär – ein realistischer Revolutionär wie er – war allein besser dran, sein eigener Ratgeber.

»Siebzehntausend Gulden!« hörte er den Bankier sagen. »Ein Skandal!«

»Ein Skandal?«

»Soviel wurde für die Besitzung veranschlagt, haben Sie denn nicht zugehört? Nicht einmal die Hälfte dessen, was sie hätte einbringen müssen, wenn man die Verbesserungen und die natürliche Wertsteigerung hinzurechnet in einer aufblühenden Stadt mit Bauprojekten, Soldaten, Arbeitern... Warum ich akzeptiert habe?... Wer bin ich denn? Die Regierung? Eine Macht?... Man hat mich unter Druck gesetzt. Man hat mir gedroht, man ist mit mir genau so verfahren wie mit Ihren Klienten dort draußen. Zwang, Herr Obergerichtsadvokat, Gewalt und Zwang!«

Brentano bemerkte, wie sich der Mund des Mädchens leicht verzog. Wie er selbst fand sie, daß es der Darstellung ihres Vaters an Delikatesse mangelte. Aber vielleicht hatte Einstein diesen Ton absichtlich angeschlagen?

»Ich bin kein Spezialist in Grundstücksprozessen«, erklärte Brentano. »Ich kann Ihnen höchstens einige gute Anwälte empfehlen...«

»Herr Brentano, Sie wollen doch nicht andeuten, daß Sie sich Illusionen über unsere Gerichtshöfe machen?«

»Wie bitte?«

»Spezialisten! Spezialisten!« Einsteins Stimme klang verärgert. »Fachwissen ist billig zu haben! Wenn ich Geld in einen Advokaten hineinstecke, dann wegen seines Gewichts!«

»Ich wiege nicht viel, mein Herr.«

»Sie könnten zunehmen! Sie könnten sogar beträchtlich zunehmen!«

Das Grau in Brentanos Gesicht färbte sich. »Ich wünschte, Sie hörten auf, in Rätseln zu sprechen!«

»Ich spreche ganz deutlich. Ich möchte meinen Fall in den Händen eines Mannes wissen, dessen bloßer Name den Richter mir günstig stimmt.«

Lenores lange Wimpern senkten sich. Brentano biß sich auf die

Lippen. Einstein konnte sagen, was er wollte, während seine eigenen Hände und seine Zunge durch die Gegenwart des Mädchens gebunden waren. »Abgesehen von der Tatsache«, begann Brentano vorsichtig, »daß Gott sei Dank ein Richter selten ist, der auf den Namen eines Rechtsanwalts hin entscheidet, muß ich Sie davon in Kenntnis setzen, daß mein Name im Augenblick alles andere als eine günstige Reaktion hervorrufen würde.«

»Im Augenblick!« Einstein wartete, bis sich das eingeprägt hatte. Dann fügte er hinzu: »Es sei denn, Sie wollen mir zu verstehen geben, daß es sich nicht lohnt, ein Verfahren einzuleiten, weil eine Regierung Brentano in Baden alle Gerichte und alles Eigentum abschaffen würde...«

Brentano erhob sich. Eine Regierung Brentano... Provokation, war sein erster Gedanke. Ja, in gewissem Sinn. Außerdem war es eine große Unverschämtheit. Warum warf er den Mann nicht hinaus? Wegen Mademoiselle Lenore, die so still und aufmerksam zuhörte? Oder weil Einstein wahrscheinlich der reichste Mann im Staat war, nach dem Großherzog?

»Die kleine Lektion über Demokratie, die Sie mir brieflich erteilten, war sehr nützlich«, fuhr Einstein fort. »Ich habe die Zeit in Ihrem Wartezimmer damit verbracht, Ihre Klienten zu beobachten – Sie sind der Tribun dieses Volkes, Herr Obergerichtsadvokat. Was ist Ihr nächster Schritt?«

»Sie sind gekommen, um das zu erfahren?«

»Deutschland könnte Veränderung gebrauchen«, sagte Einstein. »Wir bauen Eisenbahnen, Industrien, Handel auf, aber wir haben nicht den Staatsapparat, der dazu gehört. Mit unseren Händen und Brieftaschen leben wir in der Neuzeit, mit unseren Köpfen im Mittelalter!«

»Das hört sich recht radikal an!«

Einstein dachte nach. Er war ein kranker Mann; kranke Menschen haben ein Recht, ungeduldig zu sein. »Wie ich sehe, sind Sie erstaunt über mich?« Seine Frage richtete sich an seine Tochter wie an Brentano. »Ich bin Geschäftsmann, kein Politiker. Was dem Geschäft hilft, hilft meiner Meinung nach ganz Deutschland. Nicht bloß dem Großherzogtum Baden – Deutschland!... Die Frage ist: Wieviel Veränderung? Und in welcher Richtung?«

Brentano fing Lenores Blick auf. Was auch immer ihres Vaters Meinung und Gefühle sein mochten, ihr Blick sagte, daß ihre Gedanken auf einer anderen, weniger materialistischen Ebene lagen. Das gab Brentano seinen Ausweg.

»Wieviel Veränderung?« sprach er Einstein nach. »In welcher Richtung?... Das bestimme nicht ich, das bestimmt das Volk! Ich kann nur Vollstrecker des Volkswillens sein.«

Einstein senkte den Kopf; die gestärkten Ecken seines Kragens bohrten sich unter die Kinnbacken. »Sie meinen, Sie wollen nicht des Großherzogs, sondern des Volkes Premierminister werden?«

Brentano hielt den Atem an. Was für eine Frage! Er fühlte seine Kopfschmerzen herannahen, die wie immer im Hinterkopf begannen und sich bis zu den Schläfen ausbreiteten. Das war genau die Frage, die er niemals gestellt hatte, nicht einmal sich selbst. Er wünschte, er könnte jetzt ins Bett gehen, anstatt dem vor ihm liegenden unangenehmen Tag die Stirn bieten zu müssen, mit Konferenzen und Problemen und Reden und Entscheidungen, Bürger Brentano dies und Bürger Brentano das, Drängen ohne Unterlaß.

»Mademoiselle!« Er flehte beinahe um Verständnis. »Ihr Vater sagte, er wäre kein Politiker, sondern Geschäftsmann. Ich bin kein Geschäftsmann, und Politiker nur notgedrungen. Premierminister!... Ich habe keinen Ehrgeiz. Aber kann ich mein Herz den Klagen der Unterdrückten verschließen? Soll ich untätig zusehen, wie die wenigen schüchternen Keimlinge der Demokratie abgesäbelt werden, einer nach dem andern? Soll ein Anwalt die Rechte der Menschen nur vor Gericht verteidigen? Muß ich nicht den Widerstand gegen die Übergriffe absoluter Tyrannei unterstützen? Sagen *Sie* es mir, als Frau!...«

Lenore konnte mitempfinden mit den Geschworenen, die sich von Brentano beeinflussen ließen, und den Richtern, die nicht imstande waren, ihm entgegenzuwirken. Auch mit dem plumpen Vorgehen ihres Vaters war sie nicht einverstanden: Dieser Mann Brentano war nicht ein einfaches Ja oder Nein. Und wieviel von dem, was er sagte, war echt, trotz der Schwülstigkeit?...

»Sie müssen tun, was Ihnen Ihr Herz eingibt«, begann sie zögernd und fuhr dann zuversichtlicher fort: »Aber Sie können nicht allein stehen! Niemand kann das!... Sie fragten nach der Meinung einer Frau? Nun gut: Eine Frau, wenn sie frei wählen kann, wird sich den Mann aussuchen, auf den sie sich stützen kann, je nachdem, was sie vom Leben erwartet. Also müssen Sie wählen, auf wen Sie sich stützen wollen – auf welche Menschen, welche Parteien. Und genau wie der Mann, auf den die Frau sich stützt, bestimmte Forderungen erheben wird, so werden es auch diejenigen tun, auf die Sie sich zu stützen beabsichtigen...«

Sie hielt inne. Sie hatte es sich angelegen sein lassen, vom Standpunkt der Frau aus zu reden, aber sie hatte nicht wie eine Frau gesprochen, gewiß nicht wie die Art von Frauen, die dieser Mann kannte. Sie hatte ihren Verstand gebraucht, wie sie es tat, wenn sie sich mit ihrem Vater unterhielt, und manchmal mit Lenz; obwohl Lenz ihr einmal gesagt hatte, Logik kerbe dem Gesicht einer Frau harte Linien ein...

Brentano zwang sich ein dünnes Lächeln ab. »Mademoiselle – ich will Ihnen ein Geständnis machen, auf die Gefahr hin, etwas von der Sympathie zu verlieren, die ich bei Ihnen gewonnen zu haben glaube...« An ihrer Sympathie lag ihm unglücklicherweise etwas. Aber auch Bankier Einsteins Befürchtungen vor allzuviel Demokratie waren von Bedeutung. »Eine Frau, Mademoiselle, stützt sich auf den Arm *eines* Mannes – aber wir, die wir uns vorwärtstasten, müssen uns, unvollkommen wie wir sind, auf viele Kräfte stützen, von denen viele divergieren, oder sogar gegeneinander stehen...«

Er setzte sich wieder und trocknete sich die Stirn. Dieses Mädchen brachte ihn dazu, daß er zuviel sagte, und ihr Vater war genau der Mensch, der aus Bruchstücken ein vollständiges Bild zusammensetzen konnte. Brentano ertappte sich beim Spiel mit dem Anhänger an seiner Uhrkette: Es war besser, er ließ die Uhr in der Tasche, besser, er gab nicht zu erkennen, daß der gesamte Landesausschuß oben in seinem schäbigen Salon auf ihn wartete. Divergierende Kräfte, sogar gegeneinander stehende...

»Glauben Sie mir, Mademoiselle«, fuhr er mit soviel Überzeugung fort, wie seine abschweifenden Gedanken zuließen, »wichtiger als das, worauf ein Mann sich stützt, ist sein Ziel, sein Leitstern, wenn Sie wollen, die Richtschnur seines Handelns –«, seine Augen kniffen sich zusammen, »ist der Wille des Mannes!«

Nicht nur das Großherzogtum Baden, hatte dieser jüdische Bankier gesagt – ganz Deutschland! Gewiß, es war Zeit für eine neue Ära, für neue Männer, die ein neues Zeitalter schufen, Männer mit *einem* Willen!... Divergierende Kräfte, aber *einem* Willen untergeordnet!... Die Herren, die oben auf ihn warteten – Thiebaut, Rotteck, Hoff, Goegg, Mördes und wie auch ihre Namen lauteten –, was repräsentierten sie? Jeder eine Stadt, ein Netz von Vereinen, von Volksvereinen, Zellen der Revolution – das auch, alles das... Aber in der Hauptsache Organisation. Diese Organisation von Volksvereinen war sein Werk, sein Plan, das Kind seines Geistes: Ihre Verzweigungen reichten bis ins letzte Dorf, jeder Mann stand auf seinem Platz, jede Möglichkeit war einkalkuliert – das war nicht so ein zielloses, romantisches Unternehmen wie Struves Freischarenzüge im vorigen Jahr!

»Der Wille *eines* Mannes...?« hörte er Lenore fragen. »Und der Wille des Volkes?«

»Welches höhere Ziel kann ein Mann haben«, fragte er sofort zurück, »als dem Willen des Volkes zu dienen? Und ist nicht dies das Wesen der Freiheit, Mademoiselle?«

Einstein lachte.

Das Lachen störte Brentano. Trotz seines schmerzenden Kopfes war er der Quadratur des Kreises auf der Spur – durch Organisation. Durch Organisation konnte man den Willen eines Mannes zum Willen des Volkes werden lassen und dadurch jene Sublimierung der Demokratie erreichen, in der Ihr Herr Vater, Mademoiselle Einstein, sich um gar nichts mehr Sorge zu machen brauchte!...

»Konkret gesprochen...«, sagte Einstein.

Brentano horchte. Sein Kopfschmerz wurde heftiger. Sieht sie nicht, daß ich leide? dachte er, und dann: Sublimierung der Demokratie. Eine Regierung Brentano. Wo? Im Großherzogtum Baden? In Deutschland? Lenore Einstein, die sich auf divergierende Kräfte stützt. Er mußte diese divergierenden Kräfte dazu bringen, eine Resolution anzunehmen, durch die sich ein genügend starker Druck auf Seine Hoheit den Großherzog ausüben ließ. Einstein sprach immer noch konkret. Brentano stellte sich vor, wie der fette Thiebaut und der dürre Rotteck nach Luft schnappten beim Anhören des Resolutionsentwurfs; aber er würde den Text durchdrücken, trotz seiner Kopfschmerzen; letzte Nacht hatte er das Ganze geschrieben, und es klang ihm noch in den Ohren: ... *Mitbürger! Die bedrohliche Lage des Vaterlandes macht es notwendig, daß das Volk sich bereit hält, sein Recht und seine Freiheit mit den Waffen zu schirmen* ...

»Ich hoffe also, Herr Obergerichtsadvokat«, schloß Einstein, »daß ich auf Ihren Beistand rechnen darf?«

Brentano schaute zu Lenore hin; ihre Augen blickten unpersönlich drein. Dann wandte er sich an ihren Vater: »Ich übernehme Ihren Fall, Herr Bankier, und ich werde dafür sorgen, daß Gerechtigkeit geübt wird.«

Viertes Kapitel

Als die Karlsruher Beschlüsse in Rastatt bekannt wurden, hielten etwa 300 Mann der dortigen Besatzungstruppen, in der Mehrzahl Artilleristen, auf dem Exercirplatz eine revolutionäre Versammlung, in welcher, von den Demokraten und Bürgern unterstützt, aufreizende Reden gehalten wurden... über die Zugeständnisse, welche jetzt der Großherzog machen müsse, und... daß jetzt, wo die Könige und Fürsten offenbar ihren bösen Willen verrathen hätten, nicht mehr zu diesen, sondern zum Volk zu halten sei; und beschlossen mit allgemeiner Zustimmung nicht nur der Soldaten, sondern auch der anwesenden Bürgerwehr, vorkommenden Falls nicht gegen die Bürger, ihre Freunde und Brüder zu schießen...

(Abschrift von Andreas Lenz aus »Tagebuch über die Ereignisse in der Pfalz und Baden im Jahr 1849« von Staroste, Kgl.-Preuß. Oberst-Lieutenant a. D.)

Sie war wieder da. Sie hatte ihren Stolz hinuntergeschluckt und kam zu dem Mann gekrochen, der sie verschmäht hatte. Und nicht Mut war es, der sie zurückkehren ließ, oder der Entschluß, um ihn zu kämpfen, wie der Soldat Christoffel ihr geraten hatte, sondern Verlangen und Elend und Einsamkeit.

Die Mauer der Kaserne, bedrückend in ihrer grauen Einförmigkeit, zog sich die ganze Straße entlang. Der Klang der Trompete, die zur Retraite blies, durchschnitt die stille Luft.

»Andreas!«

Als ob er aus der Erde gewachsen wäre, schlank, groß, der Tschako ließ ihn noch größer erscheinen –

»Oh, Andreas!...«

In seinen Augen lag nicht die geringste Spur von Überraschung; aber auch nichts von dem Spott, den sie gefürchtet hatte. Anscheinend hielt er es für selbstverständlich, daß sie da war, er nahm es hin als etwas, das ihm gebührte, erfreulich, aber nicht unentbehrlich. Er ging weiter, weg von der Kaserne, weg von den Soldaten, die jetzt herauskamen und sich grüppchenweise vor dem Tor zusammenfanden, wie blaue Weintrauben. Sie schritt ihm zur Seite, wagte endlich, seinen Arm zu berühren. Das billige, rauhe Uniformtuch fühlte sich gut an; er war frisch rasiert; er roch nach Leder und Sonne.

»Du schämst dich meiner nicht, Andreas?«

»Nein.«

»Hast du Zeit für mich?«

»Ein bißchen.«

»Was hast du gemacht die ganze Weile?«

Er überlegte. Die Frage war diktiert von dem schrecklichen Anspruch auf den Mann, der den Weibern innewohnt von dem Tag an, da ihnen die Brüste zu wachsen anfangen, bis ins zahnlose Alter. Sie konnte kaum eine ernsthafte Antwort von ihm erwarten – doch immerhin, was *hatte* er eigentlich gemacht, was war geschehen, besonders mit ihm, daß er nun ausersehen war, heute, in ein paar Stunden, auf dieser Versammlung zu sprechen, die von wichtigen Leuten wie Comlossy und Madame Struve angeregt worden war und zu der er von rechtswegen bereits unterwegs sein müßte... Etwas in ihm krampfte sich zusammen. »Was ich gemacht habe? Nicht viel.«

»Hast du neue Gedichte geschrieben?«

»Ein paar.«

»Darf ich sie hören?«

»Gewiß. Aber später. Ein andermal.«

»Natürlich.«

Da waren die heimlichen Zusammenkünfte des Volksvereins gewesen, wie die Sache sich nannte. Christoffel war aus Köln gekommen, auf der Rückreise nach Freiburg, und hatte Bericht erstattet. Und Nachrichten waren eingetroffen, die einen bis ins Mark aufrührten: Aufstände in dieser und jener Ecke von Deutschland, wie Flammen, die aus der Asche leckten, in Breslau, in Dresden, in Iserlohn; Männer bauten Barrikaden in den Städten und fochten gegen die Armeen der Könige; revolutionäre Regierungen entstanden im Kampf und verschwanden wieder; aus Ungarn war die Meldung von erneuten Kämpfen gegen den Kaiser gekommen; und der Schirmmacher Comlossy hatte von Frankreich erzählt, von Paris, der großen Stadt, und von den französischen Arbeitern, die sich auf eine neue Revolution vorbereiteten, eine Revolution, die auf die gesamte Menschheit übergreifen würde, eine Weltrevolution...

»Hast du *sie* gesehen?«

»Habe ich *wen* gesehen?«

Josepha schob ihren Arm in seinen. »Es tut mir leid. Ich hätte nicht fragen sollen.« Sie ärgerte sich über sich selbst. Lief nicht alles genau, wie sie es wünschte? Warum ihn erinnern? Warum ihn herausfordern? Warum ihm zeigen, wie sehr er ihr am Herzen lag?

Aber er lachte nur. Er hob ihr das Kinn und zwang sie, zu ihm hinaufzublicken, und sagte: »O ja, ich habe sie gesehen. Einmal, bei Madame Struve, im Hinterzimmer vom ›Türkenlouis‹. Sie hat uns da eine sehr interessante Geschichte berichtet von einer sehr interessanten Unterhaltung mit einem sehr interessanten Mann...«

Er brach ab. Es bestand kein Grund, Josepha gegenüber den Streit zu erwähnen, den er hinterher mit Lenore gehabt hatte. Die Umarmung zuerst, in der sich die Leidenschaft verriet, deren Lenore fähig war: für einen kurzen Moment waren alle Hemmungen, die Klasse, Religion, Erziehung ihr auferlegten, zusammengebrochen – und dann der Streit, die Beschimpfungen! Gott, was für ein Temperament.

Josepha seufzte. Es war nicht wichtig, ob er sich mit Lenore Einstein getroffen hatte und wie oft, und mit wieviel anderen Frauen er zusammengewesen war. Entscheidend war, daß jetzt, zu dieser Stunde, an diesem Tag im Mai, durch diese laue Luft, die weich war wie Samt und süß und berauschend wie Wein, sie, Josepha, und keine andere an seiner Seite ging. »Ich habe dich vermißt«, sagte sie. »Wie lang die Nächte waren! Ich hab in der Wohnung meiner Schwester gelegen und die Stunden gezählt und darauf gewartet, daß die Uhr schlug. Und ich dachte: Was tue ich hier, warum bin ich hier? Ich weiß, es ist dumm, dir das zu erzählen. Ich weiß, du wirst das gegen mich ausnutzen. Aber ich habe keinen Stolz mehr. Ich will deine Dienstmagd sein. Ich will für dich waschen. Nur laß mich in deiner Nähe sein. Andreas, ich will...«

Hörte er überhaupt zu? Kein Wort hatte er gesagt, nicht einmal: Ja, Josepha, nein, Josepha; er ging einfach weiter. Woran dachte er, wovon träumte er, machte er Verse, schuf er ein neues Gedicht?

Sie hatten das Stadttor passiert und befanden sich außerhalb der Mauern, in einem Vorort – ab und zu ein Haus, Gärten, ein paar Menschen, die gingen oder kamen, mit ihren eigenen Angelegenheiten beschäftigt, sogar die Kinder.

»Andreas!« Jetzt erinnerte sie sich, wo sie sich befanden: Der schmale Fußweg bog nach rechts ein und schlängelte sich den Hang hinauf, dann kam ein Gehölz, die letzten Sonnenstrahlen leuchteten durch die Baumwipfel, und unten Schatten, Moos, Dickicht, Stille. Sie spürte, wie seine Schritte schleppend wurden. Sie blieb stehen und starrte ihn an. »Andreas? Was ist mit dir? Du siehst – ja – du siehst aus, als ob du Angst hättest!«

»Natürlich habe ich Angst!« sagte er ärgerlich.

»Aber wovor? Vor wem?... Andreas!«

Er winkte ab. Daß sogar sie erraten konnte, wie sehr ihn die Angst schüttelte...! Als die Kugeln im vorigen Jahr die Reihen der Aufständischen auseinandertrieben, hatte er keine Angst gehabt – eher war er neugierig gewesen, ungläubig. Es schien so unmöglich, daß das dumpfe Knattern vom Ende des Feldes her, das dünne, scharfe Pfeifen über dem Kopf der Tod sein sollte. Er hatte die weißen Rauchwölkchen gesehen und das Schimmern der Bajonette, aber das war ihm winzig vorgekommen, spielzeuggleich, unwirklich: Wolken, über den blauen Himmel segelnd, Wind in den Blättern, Fichten, dunkel den Berghang heraufragend, dies hatte sich ihm als lebensgroß, real, bemerkenswert eingeprägt. Deshalb hatte er auch zu spät zu laufen begonnen, aufs Geratewohl, und war gefangen worden. Und er hatte auch dann noch keine große Angst verspürt, als man seine Handgelenke an die Steigbügel des Leutnants Gramm von den Dragonern band – nicht daß sich der Leutnant mit formellen Vorstellungen aufgehalten hätte, aber das alberne Pathos der Situation blieb unvergeßlich, ebenso wie das fleischige, siegestrunkene Gesicht und der boshafte Triumph in den Knopfaugen... Ja, das war erst voriges Jahr gewesen. Dies heute war anders. Heute war es, als müßte man als erster über die Planken gehen, und was nützten die Beteuerungen, daß den Haifischen die Zähne gezogen worden seien? Irgend jemand *mußte* aufstehen und das erste Wort sagen – zugegeben. Und das Wort war sein Fach – ebenfalls wahr. Er konnte ein Wort an das andere reihen und Blumensträuße oder Schlingen daraus winden, ganz wie er wollte. Nur mußte er heute eine Schlinge knüpfen, die groß und stark genug war, um alle Obersten und Generale der Armee daran aufzuhängen, und den Großherzog dazu. Ganz abgesehen davon, daß, soviel ihm und all seinen Freunden bekannt war, nie zuvor die gemeinen Soldaten einer deutschen Armee unternommen hatten, was von den Soldaten dieser Armee erwartet wurde, hier im Großherzogtum Baden, in der Festung Rastatt. Noch hatte es je einen gemeinen Soldaten wie ihn selbst in Deutschland gegeben, der aufgestanden war, um seine Kameraden zu einem solchen Unterfangen aufzurufen. Eine halbe Flasche Branntwein – und die Klammer um sein Herz würde sich lösen wie Schaum. Doch er mußte einen klaren Kopf behalten. So war er von seinen Kameraden fortgegangen, fort von der Kasernenatmosphäre, um seine Furcht loszuwerden. Vielleicht war es gar nicht so schlecht, daß er Josepha in die Hände gelaufen war...

»Andreas!«
»Ja?«
»Erinnerst du dich nicht?«
»Nein.«
»Sieh doch!«

Die Sonne drang durch die sich ständig bewegenden Blätter und sprenkelte alles mit ihrem Licht – seinen Schulterriemen und die Uniformknöpfe, Josephas Kleid, ihren Hals, ihr Haar. Ihre Augen waren grün, mit winzigen goldenen Pünktchen darin, der Haaransatz in ihrem Nacken flaumig; ihr Kinn hatte in der Mitte ein Grübchen.

»Wir waren schon einmal hier«, erklärte Josepha. »Aber das war fast noch Winter, an manchen Stellen lag Schnee, nur ein paar Knospen an den Zweigen... Der Boden war zu kalt zum Hinsetzen.«

Das Gedächtnis, das sie hatte! Wahrscheinlich, weil sie ihn wirklich liebte und alles, was mit ihnen beiden im Zusammenhang stand, intensiver erlebte.

»Fühlst du dich jetzt besser?« fragte sie. »Doch, nicht wahr?« Sie nahm ihm den Tschako vom Kopf, ihre Fingerspitzen strichen sanft über seine Stirn, seine Schläfe, bis hinter sein Ohr.

»Jetzt wird der Boden wohl trocken genug sein, nehme ich an«, sagte er, ein Kommentar zur Jahreszeit.

Sie setzte sich hin und ordnete ihren Rock so, daß er ihre Beine bis zu den Schuhen bedeckte. Er wartete einen Augenblick, unentschlossen, dann streckte er sich mit einem Seufzer an ihrer Seite im Gras aus. Die Hände unterm Kopf, starrte er durch die Bäume hindurch auf ein Stückchen Himmel. Wie hoch er ist! dachte er.

»Als ich ein kleiner Junge war«, sagte er, »glaubte ich, ich könnte den Himmel anfassen, wenn man nur drei Kirchtürme aufeinanderstellen würde und mich alle drei hinaufklettern ließe.«

»Warum wolltest du den Himmel anfassen?«

»Als ich älter wurde, dachte ich: vielleicht zehn Kirchtürme. Oder hundert. Es wurde ein richtiges technisches Problem... Warum ich den Himmel anfassen wollte? Möchte das nicht jeder? Jeder Mensch mit Phantasie, meine ich?...«

Das Stückchen Himmel verschwand. Sie lehnte halb über ihm. »Hättest du etwas dagegen, wenn ich dich küßte?«

Hundert Kirchtürme, dachte er. Seine Lippen öffneten sich. Eine Locke ihres Haares fiel herunter und kitzelte ihn im Gesicht. Ihre Hand glitt seinen Körper entlang. Kirchtürme Wolken Himmel Sonne, dachte er, eins muß man ihr lassen sie hat Erfahrung ihre Hände haben Erfahrung ihr Mund alles.

»Zerreiß es nicht«, bat sie. »Es sind Haken da. Ganz leicht aufzumachen.« Sie lachte.

Ganz leicht aufzumachen, dachte er, es sind Haken da, deswegen ist es leicht, alles ist leicht, warum Angst haben wo ist meine Angst die Angst ist tatsächlich weg Josepha sie riecht nach Preiselbeeren Preiselbeeren frisch im Wald gepflückt wenn man sie mit der Zunge gegen den Gaumen preßt spritzen sie auf süß herber Geschmack warm von der Sonne.

»Du liebst mich«, sagte sie. »Oh, du liebst mich, mein Liebster, du hast mich immer geliebt, hast du doch, sag's mir, ich muß es wissen, ich muß, muß...«

»Josepha?«

Er bettete ihren Kopf auf seine Handfläche und streichelte ihr mit der anderen Hand die Augenlider.

»Ja, Andreas?«

»Was meinst du, wie viele Kirchtürme muß man aufeinanderstellen, um den Himmel anfassen zu können?«

Sie blickte hinauf in das Stückchen Blau und lächelte.

Die klare Luft trug das Läuten der Abendglocken herüber. Er lauschte zerstreut – als wären es nicht die Glocken von Rastatt, als wäre die Zeit, die sie verkündeten, nicht seine Zeit.

Dann sprang er auf.

»Mußt du gehen?« fragte sie.

»Ich müßte schon dort sein!« Eilig prüfte er Schnallen und Riemenzeug, stülpte den Tschako auf, klopfte den Schoß seines Waffenrockes ab. Er streckte ihr die Hand hin.

Sie zog sich mit einer einzigen Bewegung hoch und stand ihm gegenüber, strich sich ein paar lose Strähnen ihres kupferfarbenen Haars zurecht, letzte Spur von dem, was zwischen ihr und ihm gewesen war. Dann küßte sie zwei ihrer Fingerspitzen, preßte sie gegen seine Lippen, nahm seinen Ellbogen, wandte sich um und sagte: »Gehen wir...!«

Weiter oben endete das Gehölz. Sie traten auf die Lichtung hinaus und blieben unwillkürlich stehen. Im letzten Tageslicht vor ihnen ausgebreitet, jede Linie wie mit der Hand gestochen, jede Farbe mit der Sorgfalt eines Künstlers aufgetupft, jeder Glanz, jeder Schimmer an der richtigen Stelle, lagen Wälle und Festung, floß die Murg, von Bäumen umsäumt, im Schwung ihrer Windungen das Grün der Wiesen durchschneidend, lagen Wege und Straßen und, weiter weg, das starre Silber der Eisenbahnschienen. Und von dort bis zum Fluß hin erstreckte sich das Feld, auf dem die entscheidende Versammlung stattfinden sollte. Vielleicht war es gut, dachte er, daß alles, was auch immer sich auf dem Feld ereignen würde, von den Kronen der Wälle und Bastionen beobachtet werden konnte, wo winzige Gestalten zu ihren Plätzen eilten. Nun, mochten sie alle kommen und zuhören – und wahrscheinlich würden genug Lauscher da sein –, die Polizei und ihre Agenten, die Offiziere und ihre Speichellecker.

»Bleib jetzt lieber zurück«, sagte er und hustete, um seine Stimme zu klären.

Josepha nickte gehorsam. Unten auf dem Feld begannen sich Gruppen von Menschen anzusammeln, Ameisen, die sich langsam, zielstrebig bewegten, stehenblieben, weitergingen, zur Ruhe kamen.

»Ich weiß nicht, wann ich dich wiedersehen werde«, sagte er rauh.

Sie schaute zu ihm auf. Nein, er sah nicht so aus wie in jener Nacht, im »Türkenlouis«, als er sie von sich gestoßen hatte. Sein Blick war noch immer voll Güte, doch auch ein wenig beunruhigt, in sich zurückgezogen. Die Schatten auf seinem Gesicht ließen es gespannt und hager erscheinen. Es war nicht so, daß er sie loswerden wollte. Er schien allein sein zu müssen.

»Viel Glück!« sagte sie.

Lenz schritt bereits den Hang hinab, mit schlenkernden Armen, die Knie fingen federnd jede Unebenheit des Bodens auf.

Die Gestalten auf dem Feld wuchsen. Bald konnte er Einzelheiten unterscheiden: das strahlende Grün der Uniformen der Bürgerwehr, die verschiedenfarbige Kleidung der Zivilisten, das Staubgrau der Steinbrucharbeiter. Comlossy hatte nicht zuviel versprochen. Der Mann und seine Freunde mußten sich die Füße abgelaufen und die Zungen trocken geredet haben!

Links, aus dem dunkel gähnenden Stadttor, das zur sanften Neigung des Glacis hinführte, kam eine Kolonne Soldaten mit spielzeuggleicher Präzision herausmarschiert, die weißbehosten Beine bewegten sich eins-zwei, eins-zwei, ihre geschulterten Säbel glänzten im Takt ihres Schritts auf. Lenz stand wie angewurzelt. Der Kolonne voran, schräg gegen den Wind gehalten, bauschte sich leise die Fahne, schwarz, rot und gold. Der Trommler schlug einen seltsamen Wirbel, rat-ta-plan, rat-ta-plan, rat-ta-plan, sehr schnell, sehr aufgeregt; sogar bei dieser Entfernung ging das ins Blut. Ein Rhythmus nahm in Lenz' Hirn Gestalt an. Worte kamen. Hastig seine Taschen nach Papier und Bleistift durchsuchend, wiederholte er murmelnd die Worte, versuchte Klang und Folge festzulegen:

Wir wollen nicht mehr! Es ist genug...

Er fand ein altes Flugblatt. Zwischen Krumen, Knöpfen, einem schmutzigen Taschentuch entdeckte er einen Bleistiftstummel.

Dann hockte er sich hin und schrieb fieberhaft, ein Knie als Unterlage benutzend –

*Marsch, marsch, voran! Der Obrigkeit
zum Trotze...*

Der Trupp Soldaten zog die Flußbiegung entlang. Es lag etwas Neues in ihrem Tritt, was bei Paraden niemals vorhanden war. Er konnte es sehen, es spüren – eine Stimmung, ein Schwung, etwas Herausforderndes, das keines Offiziers Befehl, keines Sergeanten Gebrüll hervorzurufen vermochten –

So Trommler, rühr die Trommel gut...

Wie viele waren sie? – Artillerie und Infanterie, und der Trommler und die Fahne! Wie vereinbart, waren sie aus ihren Kasernen ausmarschiert, von Fort Leopold und Fort Friedrich und Fort Ludwig, durch die engen, widerhallenden Straßen der Stadt, hatten sich getroffen und eine Kolonne gebildet, und kamen durch dieses Tor – und das alles ohne einen einzigen Offizier, ohne einen einzigen Befehl von oben, aus eigenem Entschluß und eigenem Willen –

...marschieren der Freiheit Heere!

Ohne es noch einmal durchzulesen, verstaute er das neue Gedicht in der Tasche, steckte den Bleistift weg und rannte. Heiß, atemlos, den Kragen offen, den Tschako schief, erreichte er das Feld, gerade als die Kolonne von der Murg her ankam, die Reihen ungebrochen, Korporale außen an der Seite ihrer Trupps, hier und da ein grauhaariger Sergeant, den die gestohlenen Jahre seines Lebens rebellisch gemacht hatten.

»Abteilung – halt!«

Die Kolonne stand.

»Rührt euch!«

Einen Augenblick lang geschah nichts. Soldaten auf der einen Seite des Feldes, Bürgerwehr auf der anderen, das gewöhnliche Volk irgendwo daneben – jede Gruppe war eine Insel für sich in einem Meer ihrer eigenen Zweifel. Dann rief jemand – Comlossy, glaubte Lenz – laut: »Unsere Soldaten – Hurra!«, und die Isolierung war gebrochen. Die Bürgerwehrleute liefen hinüber zu den Soldaten auf die andere Seite des Feldes. Die Soldaten, plötzlich von all diesen grünuniformierten, eifrigen Gymnasiallehrern, Weinhändlern, Hemdenverkäufern und anderen Paradeplatzhelden umgeben und mit Beifall bedacht, waren verlegen; es widerstrebte ihnen, im Mittelpunkt der Dinge zu stehen. Darauf bildeten die einfachen Handwerker und Arbeiter einen zweiten, äußeren Ring um beide Gruppen. Die Schuljungen, die des Spaßes wegen gekommen waren, riefen und lärmten, und ein paar junge Mädchen weiter weg winkten und juhuhten ihren Liebsten zu.

In der Mitte der Menschenmenge rief der lange Artilleriesergeant, Konrad Heilig: »Brüder! Bürger! Kameraden!« Die Menge teilte sich, zwei Fässer wurden herangerollt und hochkant hingestellt. Ein Brett, quer darübergelegt, schuf ein improvisiertes Podium. Nicht, daß Heilig es benötigte – er ragte mit Kopf und Schultern über alle anderen hinaus, der längste Mann der Armee, der Soldat, der bei Paraden und Feiertagen den ausländischen Würdenträgern zur Schau gestellt wurde; das Podium war für die anderen, weniger großen Sprecher, die ihm folgen würden. Sergeant Heilig wischte sich die Stirn. »Brüder!... Beginnen wir also mit dieser Versammlung der Bürger und Soldaten von Rastatt! Besonders begrüße ich unsere lieben Freunde von der Bürgerwehr...« Er klatschte Beifall, und alle fielen geräuschvoll ein. »Ich begrüße unter ihnen ihren Kommandeur, unseren Freund Herrn Major Thomé, und ihren Stellvertretenden Kommandeur und Waffenmeister, den Wirt vom ›Türkenlouis‹, den Freund und Trostspender der armen geplagten Soldaten, Fidel Frei!«

Fidel Frei kletterte aufs Podium, riß die Mütze von seinem karottengelben Haar, verbeugte sich und rief: »Ich grüße euch alle! Hurra!« Verwirrt von dem allgemeinen Gelächter, sprang er schnell wieder herunter.

»Und jetzt möchte ich euch jemanden vorstellen, der vielen von euch bekannt ist!« fuhr Heilig fort. »Wir in der Armee kennen ihn als guten Soldaten, als einen jungen Mann, der in unsere Reihen gezwungen wurde, weil er beim Aufstand im Vorjahr mitgekämpft hat. Und ihr Bürger kennt ihn, weil er hier in der Stadt aufgewachsen ist, hier das Gymnasium besucht, gelernt und studiert hat, um zur Universität zu gehen und Advokat zu werden. Aber er war ein armer Junge. Er mußte die Schule verlassen und wurde statt dessen ein Dichter und ein Kämpfer...«

Lenz sah die Gesichter: die wenigen, die er kannte, und die vielen, die ihm unbekannt waren. Heilig schaute ihn hoffnungsvoll an; Comlossy lächelte ermutigend; und ganz weit hinten, wo die Masse in kleine Grüppchen und Einzelgänger zerbröckelte, stand Josepha, ein leichtes Flattern ihrer Hand war ihre Botschaft an ihn. Lenz wußte nicht, warum er die andere an ihre Stelle wünschte. Lenore hätte seine Unsicherheit, seine Befürchtungen keineswegs zu verringern vermocht – im Gegenteil, ein Mißerfolg in ihrer Gegenwart wäre doppelt katastrophal. Er räusperte sich. Er angelte nach dem Papier in der Tasche; er konnte es nicht finden und war eigentlich froh darüber – wie hoch kann der Mensch sich emporschwingen, wenn er sich an Krücken hält?

Er sprach mehr, als er sang, und ließ den Rhythmus seine Worte tragen:

>»Wir wollen nicht mehr! Es ist genug
>Der Opfer an Jahren und Toten,
>Der Kerkerluft,
>Der Hungergruft,
>Und des ewigen: Verboten!

Los – mitsingen – alle mitsingen –

Und des ewigen: Verboten!«

Ein paar Stimmen nahmen den Refrain auf. Es war ein Anfang, die ersten Funken sprangen über von den Soldaten auf das Volk und umgekehrt.

»Marsch, marsch, voran! Der Obrigkeit
Zum Trotze, ungebeten!
Im Bürgerrock,
Im Waffenrock –
Das Volk ist angetreten!

Brüder! Soldaten! Jetzt alle gemeinsam –

Im Bürgerrock,
Im Waffenrock –
Das Volk ist angetreten!«

Diesmal waren es mehr, viel mehr – sogar ein paar von den grünberockten Bürgerwehrmännern, deren Wunsch nach Freiheit ein starker Schuß Bequemlichkeit beigemischt war, wurden von der Brandung erfaßt. Es klang trotzig, herausfordernd, und die winzigen Gestalten oben auf den weit entfernten Wällen gerieten in Bewegung.

»So Trommler, rühr die Trommel gut:
Kehraus der deutschen Misere!
Für die neue Zeit
Und Gerechtigkeit
Marschieren der Freiheit Heere!

Alle jetzt – los –«

Lenz hob die Fäuste, gab den Takt an, sang laut – und die Menschen sangen mit ihm –

»So Trommler, rühr die Trommel gut:
Kehraus – der deutschen – Misere!...«

Es war ein wundervolles Gefühl. Es war, als würde man von einer Welle getragen, die immer weiter rollte –

»Für die neue Zeit
Und Gerechtigkeit...«

Einige der Miniaturgestalten, die auf den Wällen gewesen waren, kamen aus dem Stadttor gelaufen. Sie sahen lächerlich klein, bedeutungslos aus, wie sie mit ihren winzigen Armen auf die Luft einhämmerten –

»Marschieren – der Freiheit – Heere!«

Lenz wartete, bis das letzte Echo des Chores verhallte.
»Brüder! Bürger! Soldaten!...« rief er.
Dann sah er, daß Comlossy ihm ein Zeichen gab. Comlossy steuerte den zaudernden Thomé zum Podium hin. Major Thomé, beleibt, geschnürt, mit rotem Gesicht, sträubte sich, während Comlossy ihn geduldig vorwärtsdrängte, durch die Menschenmenge hindurch, die bereitwillig Platz machte. Schließlich konnte Lenz Comlossy reden hören: »Aber, Herr Major, Sie müssen einfach!... Wenn jemand das Recht hat, den Aufruf zu verlesen, dann sind Sie es! Schließlich sind es die Beschlüsse Ihrer eigenen Organisation! Sie sind hier der Kommandeur! Der Großherzog wird nicht erwähnt? Nun, wer hat Sie gewählt – der Großherzog oder die Angehörigen Ihrer Bürgerwehrkompanie? Nein, nein, nein: Nicht Sie wird man verantwortlich machen. Sie tun ja nichts weiter als der Versammlung den Text vorzulegen – die Leute selbst entscheiden...«
Comlossy schwitzte. Er atmete erst auf, als Heilig den Major aufs Podium hinaufschob und Lenz ihn hochzog. Das Brett bog sich gefährlich, aber es hielt. Mit einer Hand auf Heiligs Schulter gestützt, in der anderen ein Stück Papier haltend, begann der Major zu sprechen.
Was er sagte, mit vor Unsicherheit belegter Stimme, war aufsehenerregend genug. Die Bürgerwehr von Karlsruhe, der Hauptstadt des Staates, hatte in Übereinstimmung mit dem Landesausschuß der Volksvereine an alle Angehörigen der Bürgerwehr im ganzen Großherzogtum einen Appell gerichtet, ihre Regierung zur Annahme und Unterstützung dieser neuen, in Frankfurt ausgearbeiteten Verfassung zu zwingen, die die absoluten Rechte ihres Souveräns, des Großherzogs, und die absoluten Rechte aller sechsunddreißig Souveräne aller sechsunddreißig deutschen Staaten einschränkte! Mehr noch, Major Thomé forderte von allen und jedem, wenn nötig mit

Waffen jegliche Interventionstruppen aufzuhalten, die von ihren halsstarrigen Monarchen durch badisches Territorium gegen die benachbarte Pfalz geschickt würden, wo sich das Volk in Empörung gegen seinen fernen Herrscher, den König von Bayern, erhoben hatte. Was gestern jenseits des Rheines in der kleinen Pfalz geschehen war, konnte sich heute auf dieser Seite des Flusses, in Baden, ereignen.

Lenz spürte die Unsicherheit der Menschen – die unerhörte Nachricht hatte sie erregt, die trockene, juristische Sprache, in der der Appell abgefaßt war, und die zaghafte Art, in der Thomé ihn vorlas, verwirrten sie. Lenz sah, daß Comlossy ihm zunickte. Die Bedeutung des Nickens war klar: Du hast die Tatsachen gehört – jetzt mach etwas daraus! Gott, wünschte er sich, wenn ich doch die Stimmung des Liedes wieder hervorrufen könnte, des *Trommler, rühr die Trommel gut...*

Thomé war vom Brett herabgestiegen.

Lenz schluckte. Die Tatsachen – was wirklich waren die Tatsachen? Und wie sollte er an sie herangehen? Da war wieder dieses Schweigen, dieses Warten...

»Das Volk«, sagte er, als ob er mehr zu sich selbst spräche denn zu den Gesichtern, die ihm zugewandt waren, »das Volk ist der Anfang und das Ende... Voriges Jahr, als wir aus den Bergen herunterkamen, von Freiheit und einer Republik für alle träumend, da sangen wir von den dreiunddreißig Jahren der Knechtschaft. Achtzehnhundertfünfzehn fingen sie an, als der französische Kaiser Napoleon geschlagen und der letzte Funke der Revolution erstickt war und als unsere Könige und Fürsten und Herzöge sich wieder auf ihren deutschen Thronen einrichteten. Da saßen sie nun, winziger und verschreckter denn je. Heute, denke ich, gehen nicht nur diese dreiunddreißig Jahre, sondern ebenso viele Jahrhunderte zu Ende, und uns obliegt es, uns, den einfachen Soldaten, einfachen Arbeitern, einfachen Bürgern, das neue Zeitalter zu eröffnen, ein Zeitalter der Hoffnung für die ganze Menschheit.«

Verstanden sie ihn?

»Voriges Jahr, als wir aus den Bergen herunterkamen, haben die Soldaten, den Befehlen ihrer Offiziere folgend, auf uns geschossen.

Was aber sind Soldaten? – Söhne des Volkes. Ein Teil des Volkes schießt auf einen anderen Teil des Volkes!... Laßt uns hier und jetzt feierlich schwören, daß das niemals, niemals, niemals wieder geschehen soll. Soldaten sind vereidigt, ihren Offizieren und ihrem Herrscher zu gehorchen – aber ihr, das Volk, seid der oberste Herrscher, und Gehorsam gebührt vor allem dem Volk.«

Ja, sie verstanden ihn. Fackeln waren aufs Feld gebracht worden, und in ihrem flackernden Licht sah er die Gesichter, ihren Ausdruck, die Augen, den Schimmer darin. Es war ihm gelungen, den Abgrund zwischen Armee und Volk zu überbrücken, die tiefe historische Scheidelinie, die die Macht der Herrschenden verewigen sollte.

»Genau wie das Volk wird auch der Soldat ausgebeutet, geschunden und bis zum Weißbluten ausgepreßt. Es gibt nicht einen Sergeanten in unserer Armee, der nicht für eines reichen Mannes Sohn dient. Es gibt nicht einen Sergeanten in der Armee, dessen Einstandsgeld nicht von der Regierung gestohlen wurde. Es gibt keinen einzigen Korporal, keinen Gemeinen in der Armee, der nicht von seinem mageren Sold die Hand eines Vorgesetzten schmieren müßte aus Furcht vor brutalem Drill, aus Furcht, geprügelt, mißhandelt, gebunden und in Einzelhaft gesperrt zu werden, wo es nur schimmliges Brot zu essen und fauliges Wasser zu trinken gibt.«

Lenz konnte das schwere Atmen der Menschen in seiner Nähe hören. »Bei Gott, so ist es!« sagte jemand mit einer Stimme, als hätte er die Worte des heiligen Evangeliums vernommen.

»Und wen stärken und stützen wir da mit unserer Armee?« fuhr Lenz fort. »Eine Bürokratie, die den Kindern das trockene Brot vom Munde nimmt und ihnen dafür – Stempel und Papiere gibt! Eine Polizei, die in den Gedanken der Menschen herumschnüffelt und den Leuten die Nase in die Schränke steckt und unter den Betten sucht und ihnen dafür – das Zuchthaus gibt! In den Gefängnissen sitzen die besten Köpfe des Landes, die größten Demokraten, die tapfersten Revolutionäre! Überall Armut, Hunger, englische Krankheit, Auszehrung! Dafür blühen der Wucher, Zwangsverkäufe, Beschlagnahmen, Schuldknechtschaft!«

Er hielt inne. Der Beifall schwoll an, vom Ende der Menge her kommend bis nach vorn an das improvisierte Podium. Die Stimmen waren heiser vor Erregung, geladen mit Haß. Was lag daran, daß ein paar der Bürgerwehrmänner ängstlich schwiegen, dachten: Wenn das der erste Windstoß der Revolution ist – was erst wird sein, wenn der Sturm losbricht?

Lenz holte tief Luft. »Wir sind hier versammelt, um unsere Rechte zu fordern – der Bürger das Recht, seine Meinung zu äußern in dem Staat, in dem er lebt; der Arbeiter das Recht auf einen entsprechenden Anteil am Ertrag seiner Arbeit; der Bauer das Recht auf das Land, das seinen Schweiß aufsaugt; der Soldat das Recht auf Menschenwürde. Heute in vier Tagen, am kommenden Sonntag, dem dreizehnten Mai, wird in der Stadt Offenburg eine große allgemeine Volksversammlung der Bürger von Baden, hoch und niedrig, stattfinden, anberaumt vom Landesausschuß der Volksvereine. Ihr alle habt schon von diesen Vereinen gehört. Sie sind die Hoffnung des Volkes, sie verteidigen seine Rechte. Für viele ist die Organisation etwas Neues; doch befinden sich unter euch auch welche, die seit Jahren schon heimliche Mitglieder sind. Und jetzt treten die Volksvereine ins Licht der Öffentlichkeit mit ihrem Aufruf zur demokratischen Massenversammlung in Offenburg. Ich wende mich an euch, Einwohner von Rastatt, mit der Aufforderung, hinzufahren, so viele wie irgend können, und von euch gewählte Delegierte zu entsenden, und weiter schlage ich vor, daß die Soldaten der hiesigen Garnison Delegierte zur Volksversammlung nach Offenburg senden, einen Delegierten je Kompanie, die wir in unseren Kasernen vorschlagen und wählen werden, nachdem die Soldaten befragt wurden, von wem sie sich vertreten lassen wollen!«

Er überlegte. Was sollte er noch sagen? Eine fast schmerzhafte Erschöpfung überkam ihn. Mit letzter Kraftanstrengung rief er: »Es lebe das Volk! Ein Hurra für die Bürgerwehr! Ein Hurra für die Armee!«

Das weitere war wie ein Traum – das Echo aus der Masse, das Stimmengewirr, das Durcheinander von Händen, die sich ihm entgegenstreckten.

Und dann die Trompete, dünn und hell und klar durch den Abend – Zapfenstreich. Die Versammlung löste sich auf bei dem langgezogenen, melancholischen Signal, mit dem die toten Soldaten nach der Schlacht begraben und die lebenden allnächtlich zum Schlaf beordert werden. Das Militär trat an und formierte sich zur Kolonne. Einen Augenblick lang glaubte Lenz, Josepha in der Nähe zu spüren, ihre biegsame Gestalt undeutlich unter den Menschen zu erkennen, die neben den Soldaten herliefen. Er rief leise ihren Namen, aber niemand antwortete. Er zuckte die Achseln, wechselte den Schritt. Die Korporale zählten im Takt: »Eins – zwei drei vier! Eins – zwei drei vier!«, und der Klang der Tritte wurde fast verschluckt von der feuchten Erde.

In der Stadt dann, auf dem Kopfsteinpflaster, war kein Zählen mehr notwendig. Fenster öffneten sich bei dem späten Vorbeimarsch. Offiziere standen und machten große Augen; und auf dem Schloßplatz, wo sich die Artilleristen von den Infanteristen trennten, bemerkte Lenz im Licht einer Straßenlaterne die Gendarmen.

Er war zu müde, um sich darüber Gedanken zu machen. Die innere Leere, die auf seinen Gefühlsaufwand gefolgt war, ließ ihn nur mit einem Achselzucken auf das Zufallen der Kasernentore reagieren. Und als ihn dann die stickige Luft der Stube umfing, setzte er sich auf seine Matratze, senkte den Kopf und starrte auf seine Füße, als hätten ihn niemals die Schwingen der Freiheit berührt, die Stimmen der Rebellion niemals sein Herz erfüllt.

»Korporal Lenz!«

Die Tür war aufgerissen worden. Eine Laterne wurde hochgehalten, ihr Strahl suchte zwischen Feldbetten, Spinden, Gerät.

»Lenz!« rief es wieder, heiser, versoffen, wütend.

Lenz stand auf. Die Männer auf den Feldbetten blickten sich um; ein paar Soldaten, die auf der Versammlung gewesen waren, verkrochen sich ins Dunkel.

»Antworten Sie gefälligst, wenn ich Sie rufe!« sagte der Eindringling.

»Jawohl, Herr Sergeant!«

Lenz richtete sich auf. Langsam schritt er auf die Laterne zu. Er erkannte die niedrige Stirn, die stechenden, boshaften kleinen Augen, den schiefen Mund mit den schwarzen Stummeln darin – Sergeant Rinckleff.

»Stehen Sie gefälligst stramm, wenn ich mit Ihnen rede!«

Bevor Lenz die Schultern straffen konnte, traf ihn Rinckleffs Faust in den Magen, Lenz krümmte sich, keuchte. Noch ein Schlag, direkt aufs Kinn, brachte ihn hoch. Blut rieselte ihm aus den Mundwinkeln.

»Ihre Hände!«

Lenz, zitternd, streckte die Hände aus. Der Mann hinter Rinckleff trat vor, ließ Handschellen um Lenz' Gelenke zuschnappen. Ein Schmerz, qualvoll und plötzlich, durchschoß Lenz bis ins Hirn. Alles wurde auf einmal äußerst klar. Dieser Hund, dachte er. Dieser dreckige, stinkende Hund! Er hat Handschellen ausgesucht, die viel zu eng sind für meine Gelenke.

Fünftes Kapitel

Ich wurde hoch emporgehoben, kam auf die Schultern einiger Männer zu sitzen, schwankte gefährlich, aber ein Dutzend ausgestreckter Hände hielt mich fest. Das plötzliche Tageslicht blendete mich, meine Augen thränten. Menschen redeten mich an, lachten, riefen, aber ich konnte kein Wort verstehen, so laut schrien sie Hurrah und Es lebe die Freiheit! Ich konnte auch nicht sprechen. Das Herz schlug mir bis zur Kehle. Innerhalb von Sekunden aus der dunklen Hoffnungslosigkeit der Kasematten in den leuchtenden Ausbruch der Revolution herausgewirbelt zu werden – das ist ein Erlebniß, für das ich meinem Schicksal danken werde, so lange ich lebe; phantastischer als alle dichterische Phantasie...

(Aus der Eintragung in Andreas Lenz' Tagebuch vom 12. Mai 1849)

Der Sturm brach los wegen einiger Laibe Brot.

Das Brot war schimmlig. Oberst Pierron, Kommandeur des Dritten Regiments, war ein knausriger Mann; eher ließ er Vorräte verkommen, als daß er seinen Leuten ordentlich zu essen gab. Schimmel auf dem Brot gehörte bei ihm zur Verpflegung. Heute morgen jedoch bekam der Küchensergeant das Brot an den Kopf geworfen. Er versuchte wegzulaufen, wurde aber gepackt; man riß ihm den Mund auf, stopfte das verdorbene Brot hinein und stieß ihn die Treppe der Kaserne hinunter.

Dann saßen die Mähner da und warteten – ein paar, erschrocken vor ihrer eigenen Kühnheit, machten sich auf phantastische Strafen gefaßt; aber andere schärften ihre Bajonette und sagten, man würde ja sehen, wer hier das Strafen besorgte. Zehn Minuten später kam frisches Brot, mehrere Körbe voll. Inzwischen war die Suppe kalt geworden, und die Forderung: »Heiße Suppe! Heiße Suppe!« erhob sich. Die Köche, verängstigt, eilten in die Küche zurück; neues Holz wurde ins Feuer gelegt, Mehl, Zucker, Fett dem hinzugefügt, was in den großen Kesseln übriggeblieben war. Die Soldaten erhielten ihre heiße Suppe. Sie aßen immer noch, als die Pfeifensignale zum Antreten erklangen. Manche legten die Löffel nieder; die Mehrheit zögerte einige wenige, aber schwerwiegende Sekunden lang; und ein paar riefen herausfordernd: »Weitermachen! Essen!«

Als die Offiziere hereinkamen und sie anschrien, blieben die Soldaten einfach sitzen. Bald ging den Offizieren die Luft aus. Nachdem sich ihre Drohungen erschöpft hatten, war es still im Raum bis auf das Kratzen der Löffel auf den Blechtellern. Nichts war vorbereitet gewesen; die Soldaten hatten aus Instinkt gehandelt, und das jagte den Offizieren die größte Furcht ein. Sie machten kehrt und verschwanden; und in der Mannschaftsmesse brauste ein Hurra auf – teils Hohn, teils Erleichterung, teils Siegesbewußtsein. Etwas Ungeheures war geschehen, das begriffen alle, obwohl nur wenige Sinn und Bedeutung des Ereignisses hätten angeben können: aber von nun an würde das Dritte Regiment nie mehr sein, wie es gewesen war.

In diesem feierlichen Augenblick stürmte ein Soldat, rot vor Aufregung, mit verrutschtem Waffenrock und glänzenden Augen, in den Saal. »Brüder!« rief er, »es ist losgegangen!«

In Sekundenschnelle war er eingekreist. »Was ist losgegangen?« – »Sag schon!« – »Erzähl!«

Der Soldat hatte Mühe, Atem zu schöpfen; seine Worte kamen abgerissen: Reisende, die mit dem Frühzug aus Freiburg gekommen waren, hatten die Nachricht mitgebracht, daß das Zweite Regiment im Aufstand war, sich für die Verteidigung der Verfassung und der Freiheit erklärt und seinen Oberst davongejagt hatte.

Es gab welche, die schluchzten. Andere lachten, umarmten sich. Hartgesottene Soldaten küßten einander und bejubelten den Tag. Blechteller wurden zur Decke geworfen, Tschakos flogen hoch. Allzu begeisterte Jungens schleuderten ihr Zeug zum Fenster hinaus und begannen die Bänke zu zertrümmern.

Was als nächstes tun? Die hochgepeitschte Stimmung begann zu erschlaffen, weil ein konkretes Ziel fehlte. Man konnte nicht ewig vor dem leeren Suppenteller sitzen und die Erregung eines Augenblicks auszudehnen versuchen... Gewiß, ein paar von den Männern brachten ihre Ideen vor – hierhin oder dorthin zu marschieren, an diesem oder jenem Offizier, diesem oder jenem Sergeanten Rache zu nehmen; den stärksten Beifall erhielt der Soldat, der einen riesigen Scheiterhaufen für die Gamaschen des ganzen Regiments vorschlug, die verhaßten Gamaschen, die schneeweiß sein mußten, und Gott steh dir bei, wenn auch nur ein Staubkörnchen darauf zu sehen war!

»Soldaten des Dritten Regiments!«

Sie wandten sich um. Der Mann, der in den Raum gerufen hatte, war beinahe unbemerkt eingetreten. Viele kannten ihn jedoch wegen seiner Länge – Sergeant Heilig.

»Ich bin von der Artillerie herübergekommen. Ich frage euch: Was wollt ihr jetzt tun?«

Niemand antwortete.

»Man kann nur eins von beiden sein: Hammer oder Amboß. Man kann selber schlagen oder sich schlagen lassen. Was also wollt ihr?«

Schweigen.

»Wo sind die Delegierten, die ihr gewählt habt? – Eure Führer?«

Ein kleiner Mann, blaß und picklig, meldete sich. Das einzig Bemerkenswerte an ihm war sein blonder, wallender Vollbart, den er gegen die Dienstvorschriften trug.

»Ja, Korporal Haas?« sagte Heilig.

Haas nickte. »Ich war gerade im Begriff, den Kameraden zu erklären, daß sie... daß die Grundsätze der Demokratie und die Regeln der menschlichen Gleichheit erfordern...« Seine Augen verloren jeden Ausdruck. Haas war Lehrer an einer Mädchenschule gewesen, in der Debatte gefürchtet, weil er lange, komplizierte Worte hersagen konnte, die jeden seiner Sätze wie ein Kapitel aus dem Gesetzbuch klingen ließen. Aber jetzt, da Taten verlangt wurden, schien er nicht weiter zu wissen. »Freiheit!« besann er sich plötzlich und rief: »Wir müssen neue Offiziere wählen!«

»Sollte man nicht erst einmal die alten fortjagen?« fragte Heilig. »Und wollt ihr allein handeln?«

Heilig war auch nicht ganz sicher, was zu tun war. Er war ein Genie in allem Mechanischen; er konnte jedes beliebige Teil eines Geschützes zur Hand nehmen und würde wissen, wie es auseinanderzunehmen und wieder zusammenzusetzen war und wie man die beste Leistung aus dem Ding herauszuholen vermochte; er konnte eine Granate über seinem Kopf pfeifen hören und wußte bis auf hundert Schritt die genaue Stellung des Geschützes, das sie abgefeuert hatte. Aber er besaß keine Bildung, und Theoretiker wie Haas flößten ihm ein Gefühl der Minderwertigkeit ein.

Haas redete auf seine Art weiter. Sein Vortrag war bei den germanischen Stämmen angelangt, die, nur durch Einigkeit, die Römer zurückgeschlagen hatten. Heilig besaß so gut wie gar keine Geschichtskenntnisse, aber er rechnete mit zwei und einer halben Stunde, bis Haas sich zur Gegenwart durchgearbeitet haben würde. In zwei Stunden konnten Oberst Pierron und General von Strathmann die übrige Garnison gegen sie aufgestellt und die Dragoner aus Karlsruhe in Bewegung gesetzt haben.

»Bürger Haas!« unterbrach er. »Was ist mit dem Vierten Regiment? Das Vierte hat zur Zeit Wachtdienst; ihr sollt es um acht ablösen. Wollt ihr, daß die Offiziere das Vierte Regiment gegen euch führen? Wäre es nicht besser, ihr marschiert aus und sucht eine Begegnung mit den Kameraden vom Vierten und vereinigt euch mit ihnen?«

Die Gefahr, die plötzlich greifbar geworden war, und der konkrete Gegenvorschlag ließen die Leute aufhorchen. Heilig spürte, daß da wieder ein Funke knisterte. Nur weiter so, sagte er sich; er begriff sehr rasch, was eine Revolution erforderte: es war, als müßte man eine schwere Kanone einen steilen Abhang hinaufzerren; jedes Anhalten bedeutete, daß man zurückglitt.

»Verbrüderung mit dem Vierten Regiment!« wiederholte er. »Verbrüderung mit der Bevölkerung!«

Und danach – was? Heilig erkannte, daß die Leute hier durchaus bereit waren; sie blickten nach der Tür, wollten losziehen, warteten aber noch, weil jeder unausgesprochene Fragen hatte. Was hieß es überhaupt, Menschen zu führen? Was erwartete er persönlich von einem, der führen wollte?... Tönende Reden? Schlagworte?... Nein, das Einfache, Eindeutige, sofort Erreichbare!... Denke, denke, Mann! Es gab Menschen, denen fiel das Denken leicht, Comlossy zum Beispiel, oder Lenz – er beneidete sie. Er versuchte sich die vergangene Nacht ins Gedächtnis zurückzurufen, das Hinterzimmer im »Türkenlouis«, und was Amalia Struve und die anderen gesagt hatten. Wo muß man die Staatsmacht treffen?... Wo war sie am grausamsten, am verhaßtesten?... Welcher Schlag würde die meisten Gemüter anfeuern?

»Die Gefangenen befreien!«

Auf einmal war alles klar. Aus seinem etwas müden und traurigen, langgezogenen Gesicht leuchtete eine innere Kraft; seine Schultern strafften sich; er wirkte riesenhaft.

»Auch Rastatt hat seine Bastille! Stürmen wir sie! Los, zur Bastion Dreißig!«

»Zur Bastion Dreißig!...«

Das war das Echo, und es klang gut. Heilig hob die Faust. »Ein paar von unseren besten Freunden sind in den Kasematten eingelocht – Struve, Lenz, andere. Freiheit für einen ist Freiheit für alle! Vorwärts – zur Bastion Dreißig!«

Mit langen Schritten ging er als erster zur Tür hinaus. Hinter sich hörte er das Scharren und Schlurfen der Stiefel, das Klirren hastig gegriffener und geschulterter Gewehre. »Freiheit für einen ist Freiheit für alle!« hallte es wider bis in den staubigen Kasernenhof.

Ein Offizier rannte auf Heilig zu, die Arme hilflos ausgebreitet. Die Wache im Schilderhaus starrte verblüfft.

Dann waren sie draußen auf der Straße.

»Willst du noch ein Glas Wein?«

Das war Comlossy, er sprach wie zu jemandem, der gerade vom Krankenbett aufgestanden ist.

»Nein, vielen Dank!« Lenz legte die flache Hand über die Öffnung des Glases. »Ich möchte einen klaren Kopf behalten.« Er lachte, schob den Teller mit den Überresten von Fidel Freis berühmtem Kalbsbraten weg, lehnte sich behaglich zurück und schloß die Augen. Schlafen, dachte er, es wäre schön, schlafen zu können. Aber im Gastzimmer des »Türkenlouis« herrschte Betrieb, Menschen kamen und gingen, riefen, fragten, lachten, gratulierten sich selbst und den anderen, und jeder sagte irgend etwas zu Lenz und erwartete eine Antwort.

Der Barbier hatte ihn in Arbeit. Ah, was für ein Genuß – die weichen, geschickten Hände, die Wangen und Kinn mit lauwarmem Wasser befeuchteten, die gegen seine Kehle gehaltene Schale, das leise Plätschern des Pinsels beim Schaumschlagen. Über das Stimmengewirr hinweg krähte Fidel Frei: »Heilige Mutter Maria, es war einfach toll! Zuerst haben wir Struve gesucht. Wir wollten ihm sagen, daß General Strathmann Madame Struves Ausweisung angeordnet hat. Aber Struve war nicht mehr da – sie hatten ihn letzte Nacht ins Gefängnis nach Bruchsal gebracht. Dann haben wir mit Rinckleff abgerechnet – den hättet ihr sehen sollen, als wir mit ihm fertig waren! Und schließlich fanden wir Lenz. Also das ist vielleicht ein Kerl!«

Es war Fidel Freis große Geschichte. Er hatte sie mit Gusto erzählt, einmal bei der Begrüßung, ein zweites Mal über dem Braten. Jetzt, während das Messer an seinem Kinn schabte, mußte Lenz sie wiederum über sich ergehen lassen.

»Da saß er auf den Schultern der Soldaten, und wir winkten ihm zu, und er winkte zurück, und ich dachte, er wäre glücklich und zufrieden, daß wir ihn aus Rinckleffs lausigem Gefängnis herausgeholt haben.«

Die Menschen sammelten sich um den Wirt, der in seiner Bürgerwehruniform glänzte.

»Aber nicht der«, fuhr Frei fort, »nicht Lenz! Nein, sagte er. Alles muß seine Ordnung haben. Ich bin Gefangener, sagte er, und wir sind alle Gefangene, bis unsere Freilassung befohlen wird. Holt den Hauptmann, sagte er, holt den Major, holt den Oberst! Wir sind keine Meuterer, sagte er, wir haben ehrliche Ziele und wollen nur, was uns zukommt...«

Lenz genoß, wie ihm die Finger des Barbiers geschickt den Schaum über Kinn und Wangen strichen. Er seufzte befriedigt, sein Kopf war angenehm leer.

»Na«, kicherte Frei, »die meisten Offiziere waren nicht zu finden. Wir mußten nehmen, was wir kriegten – einen älteren Leutnant, der gerade in Bastion Dreißig Dienst tat, und einen Hauptmann, Lenz' Kompanieführer, wie sich herausstellte. Das war ja reichlich dürftig, und wir haben ihnen ein bißchen eingeheizt, und sie standen vor Lenz wie zwei Sünder...«

Das Rasiermesser kratzte gegen den Strich und bildete derart einen Kontrapunkt zu der schrillen Stimme des Gastwirts.

»Ich weiß nicht, was Lenz zu ihnen gesagt hat, aber es wirkte. Oder vielleicht halfen auch die Bajonette nach, die wir herumschwenkten – schön sah der blanke Stahl aus, wie Silber in der Sonne. Weder der Herr Hauptmann noch der Herr Leutnant waren zu verstehen; sie hatten überhaupt keine Stimme, bis Lenz sie aufforderte, doch freundlicherweise lauter zu sprechen. Dann konnten wir sie hören. Die Gefangenen wären zu Unrecht eingesperrt gewesen, sagte der Hauptmann, wir bedauern das, wir haben der militärischen Ehre und der Verfassung zuwidergehandelt. Wahrhaftig, ihr hättet eine Stecknadel fallen hören können. Und der Leutnant sagte, ich befehle die Freilassung der Gefangenen.«

Lenz fühlte, wie der Barbier mit Zeigefinger und Daumen seine Nasenspitze anhob. Er hätte immer noch nicht erklären können, was ihn zu seinem Verhalten getrieben hatte – aber er wußte, daß in seinem *Nein* der Keim einer Strategie lag.

»Dann schlichen sie sich davon«, schloß Frei mit dröhnendem Lachen. »Gründlich blamiert.«

Das Rasiermesser kratzte die letzten Stoppeln von der Oberlippe. Der Barbier machte ein Handtuch naß und legte es Lenz heiß übers Gesicht. Lenz atmete mühsam. Nein, es war mehr als nur eine Blamage zweier Offiziere. Was sich vor dem Tor der Bastion Dreißig symbolhaft abgespielt hatte, war ein Machtwechsel, und der eine oder andere Soldat hatte es wohl auch gespürt; und als der Trommler kam und Generalmarsch schlug und nicht aufhören wollte, der dumme kleine Kerl, da hatten sie ihn nicht verprügelt, sondern ihm einfach die Trommel weggenommen und sie zertreten.

Das Eau de Cologne brannte ihm auf der Haut. Lenz öffnete die Augen. In der Gaststube war etwas Ordnung geschaffen worden – man hatte Tische zusammengeschoben, Stühle in Reihen gestellt, einen Teil der Menge hinausgescheucht. Die dagebliebenen waren, Soldaten ebenso wie Zivilisten, machten einen ernsten Eindruck. Der Barbier weigerte sich, Geld anzunehmen; er packte die Schale und seine Utensilien in eine kleine Tasche und trippelte auf seinen dünnen, kurzen Beinen davon, um sich zu Comlossy und Frei und dem langen Sergeanten Heilig im improvisierten Präsidium zu gesellen.

»Müssen wir dem Bürger Lenz eine Extraeinladung schicken?« erkundigte sich Comlossy. »Wir haben nicht viel Zeit.«

Lenz stand auf und durchschritt die ganze Länge des Raumes. Er fühlte seine Erschöpfung. Die Knie zitterten ihm, aber sein Verstand war überwach, registrierte jede der vertrauten Einzelheiten – Josepha, dachte er und stellte sich für einen Moment den kupferfarbenen Glanz ihres Haars vor, die Kontur ihrer Brüste, ihre biegsame Taille... und bemerkte mit Befriedigung, daß der Aufenthalt in der Kasematte seine Fähigkeiten nicht im geringsten geschwächt hatte.

Comlossy redete bereits. Wie er da saß, die Daumen in die Armlöcher seiner geblümten Weste hakt, die Aufschläge seines Rocks mit Zigarrenasche bestreut, den rundlichen Bauch vorgestreckt, erschien er fast als lächerliche Figur – bis er zu sprechen begann. Comlossy fesselte seine Zuhörer gerade dadurch, daß er sich nicht der Phrasen bediente, die in dieser großen Runde nahelagen, sondern daß er bei der Praxis blieb: *Was nun?*

Ein Anfang war gemacht worden. Aber wenn man auf seinem Hintern sitzen blieb und sich seiner Heldentaten rühmte, würden die alten Gewohnheiten und Konventionen sich wieder behaupten, alte Befürchtungen und Hemmungen würden wieder zurückkehren, das alte Machtgetriebe würde knarrend wieder in Gang kommen und sich durch ein paar Verhaftungen und Kriegsgerichte wieder etablieren und die Hoffnung der Menschen begraben.

Gegen diese Gefahr, die die meisten dunkel fühlten, einige klar erkannten, wandte sich Comlossy. »Wir müssen weiter Druck ausüben«, sagte er, »jetzt! Nicht in einer Stunde, nicht in einem Tag, nicht nächste Woche – jetzt! Aber wie? – Unser Bruder Lenz hat uns den Weg gewiesen!«

Lenz schaute Comlossy an – auf welche Weise hatte er, Lenz, den Weg gewiesen?

»Lenz, bereits befreit, stürzte sich nicht in eine kurzlebige Freiheit. Er blieb und forderte seine Freiheit von den Offizieren. Warum hat er so gehandelt? – Bruder Lenz?«

Lenz schüttelte den Kopf. Zwar hatte er seine Motive zum Teil verstanden, aber erklären konnte er sie nicht.

»Nun, ich will es euch sagen!« Comlossy hakte seine Daumen aus und beugte sich vor, beide Fäuste auf dem Tisch. »In der Person dieser Offiziere hat Lenz die Staatsmacht gezwungen, sich selber den Hals abzuschneiden. Er hat die Staatsmacht entlarvt, hat gezeigt, was sie wirklich ist: hohl, bestehend nur, weil wir sie dulden. Lenz hat gefordert – und seine Forderung wurde erfüllt. Wir müssen weiter fordern. Mehr fordern, und mehr, und immer mehr!«

»Und wenn wir abgewiesen werden?« fragte jemand.

»Wir gewinnen dabei auf jeden Fall!« Comlossys kluge Augen zwinkerten. »Jede erfüllte Forderung bedeutet eine Schwächung der Regierungsautorität, bedeutet Ermutigung fürs Volk; jede abgelehnte Forderung bringt die Menschen auf und schart sie dichter um uns. Vor allem ist jede Forderung, die aus der Not und der Sehnsucht der Menschen erwächst, ein konkretes Ziel, für das man kämpfen kann...!«

Lenz bewunderte den Mann. Bürger einer kleinen Stadt, bescheiden, lebte Comlossy sein kleines prosaisches Leben, tat seine Arbeit, zog seine Kinder auf – und plötzlich analysierte er die Notwendigkeiten der Stunde wie ein General; nein, besser als ein General, denn Generale haben Vorschriften, an die sie sich halten, Präzedenzfälle, auf die sie zurückgreifen können, Stäbe, die sich um Einzelheiten kümmern.

»Konkrete Ziele muß man den Soldaten geben. In einer Stunde sind sie zurück in der Kaserne. Sie müssen ja essen. Und dort sind sie wieder erreichbar für ihre Offiziere, sind in der alten Umgebung, anfällig für die Macht der Gewohnheit und die Einflüsterungen jedes Herrenknechts, jedes Feiglings. Aber auch wir haben wieder unsere Möglichkeit, auch wir finden sie dort alle zusammen vor...«

Er nahm eine Zigarre aus seiner Tasche und biß das Ende ab.

»Ich denke, wir wissen, was zu tun ist«, sagte er nüchtern. »Jetzt liegt es an uns.«

Um ein Uhr brachten Sergeanten die neuesten Anordnungen: Befehl des Generals – sämtliche Truppen sammeln sich nach Kompanien, Bataillonen und Regimentern, marschieren geschlossen zum Schloßplatz und stellen sich dort vor dem markgräflichen Schloß auf.

Sogleich entstand das Gerücht von dem großen Gegenschlag, der Rache für die Ereignisse von heute früh: Jeder zehnte Mann aus der Reihe würde den Befehl erhalten, vorzutreten, um erschossen zu werden. Dezimieren nannte man dieses Verfahren, und angeblich wirkte es Wunder. Stimmen wurden laut: Wir treten nicht an! Nicht wir! Da müssen sie uns schon hinschleifen!... Andere jedoch wandten ein, daß eine genügende Anzahl dem Befehl Folge leisten würde, um diejenigen, die sich weigerten, zur leichten Beute zu machen; das Beste sei, zusammenzubleiben.

Lenz, inmitten einer dieser Gruppen, fühlte sich recht wohl. Er hatte seine Müdigkeit überwunden, war hellwach und beobachtete alles. Bruchstücke von Versen glitten ihm durch den Kopf. Was sind das für Dummköpfe, dachte er, diese Offiziere, dieser General – holten die Garnison zusammen und erzwangen die Auseinandersetzung, statt die Truppen voneinander zu trennen und sie mit zwei Dutzend verschiedenen Aufträgen an zwei Dutzend verschiedenen Stellen zu beschäftigen! Tausende von Soldaten auf einem relativ kleinen Platz, da wurde ja die Masse selbst zum Sprengstoff.

Dann ertönten die Pfeifensignale, die Rufe der Sergeanten: »A-a-antreten!« Trommeln dröhnten; Stiefel trappelten die Gänge entlang, die Treppen hinunter, über das Kopfsteinpflaster der Höfe, und marschierten durchs Kasernentor hinaus, nach rechts, die vertraute Straße entlang.

Aber heute kam ihnen die Straße anders vor. Man marschiert viermal am Tage an den gleichen Häusern vorbei, zweimal in jeder Richtung, aber heute zum erstenmal bemerkt man den Riß in der Mauer des Hauses mit dem Engel oder das giftige Grün der Blumenkästen an den Fenstern im zweiten Stock auf der anderen Seite der Straße. Man bemerkt die Brezel, die über dem Bäckerladen schaukelt, und das blasse Blau des Himmels über den Ziegeldächern. Man blickt weg, weil alles das beunruhigend ist, und man will sich nicht beunruhigen lassen; man sieht den verschwitzten Hals des Mannes vor einem und seine Schultern, die sich beim Marschieren bewegen, sein Gewehr, das leicht schwankt, wenn er versucht, es gerade zu halten; und man denkt, vielleicht ist es *doch* wahr? Und hastig versucht man sich im Rechnen, indem man anfängt, die Reihen der

Marschierenden vor sich zu zählen: Ist *er* da der zehnte Mann, oder wirst du es sein?...

Über den Schloßplatz hallte das Geläut der Kirchenglocken: drei Uhr nachmittags. Die Truppen hatten Aufstellung genommen; sie bildeten drei Seiten eines Vierecks, das Schloß selbst war die vierte. Obwohl es noch Wochen dauern würde bis zum Sommer, war die Hitze des Tages beinahe sichtbar. Gewehrläufe schimmerten matt; die Füße schwollen an beim Strammstehen; die Stimmung näherte sich allmählich dem Siedepunkt. Lenz, am äußersten Flügel seiner Abteilung, konnte das ganze Karree gut beobachten; während er unterm Schild seines Tschakos hervor die blauen Reihen entlangblickte, wurde ihm bewußt, daß die Dragoner fehlten. Sieh da, dachte er, man hatte also doch gewisse Vorbereitungen getroffen; und dann dachte er, wenn der General nicht bald kommt, geht's ohne ihn los und nimmt seinen eigenen Lauf.

Endlich wurde es lebendig auf der Schloßseite. Das große Mitteltor öffnete sich; General von Strathmann, sehr klein wirkend vor dem langgestreckten Bau, trat heraus; hinter ihm zeigten sich die höheren Offiziere. Pferde wurden gebracht. Der General bestieg ein schweres schwarzes Tier und ritt seiner Begleitung voran auf die Truppen zu. Er begann die Revue am Ende des rechten Flügels – Viertes Regiment – und trabte langsam an den Festungspionieren und den Artilleristen vorbei bis dorthin, wo Lenz in den Reihen des Dritten stand.

Es war eine seltsame Revue. Die jüngeren Offiziere setzten an zu den üblichen Hurrarufen, aber die blieben ihnen im Halse stecken. Als Strathmann das Dritte Regiment erreicht hatte, bewegten er und die Kavalkade hinter ihm sich wie in einem Vakuum. Er hielt an, kurz vor der Stelle, wo Lenz stand. Strathmann saß schlecht im Sattel, in Gedanken versunken, mit gekrümmten Schultern; Oberst Pierron vom Dritten blickte finster drein; Oberst Hoffmann, der das Vierte Regiment befehligte, starrte steinern geradeaus, und die anderen Stabsoffiziere zeigten sich auch nicht vergnügter als ihre Vorgesetzten – nur Leutnant Gramm, seine schnaubende Stute fest am Zügel, blieb unempfänglich für die Spannung, ein Lächeln breitete sich über sein rötliches Gesicht.

»Soldaten!«

Der General schien zu einem Entschluß gekommen zu sein. Er straffte sich.

»...Mißhelligkeiten!... Unverantwortliche Handlungen!... Einzelpersonen!...«

Die Worte wehten über den weiten Platz. Lenz sah deutlich, welche Anstrengung es den General kostete, seine Stimme tragfähig zu machen.

»Verstöße gegen die Disziplin!... Kann nicht geduldet werden!... Unzufriedenheit!... Müssen auf den Grund gehen!...«

Was war das? dachte Lenz. *Wir müssen der Unzufriedenheit auf den Grund gehen?* Nein, das war unmöglich. Niemand, nicht einmal ein badischer General, konnte so blöd sein, eine öffentliche Aufzählung von Mißständen und Beschwerden zu verlangen!

»Mann zu Mann!... Soldat muß Vertrauen haben!... Vertrauen Grundlage der Disziplin!... Ich erwarte!... Bereit zu hören!...«

Die Reihen rührten sich nicht. Es war eine Anstrengung in der Hitze. Hatten sie nicht gehört? Lenz wartete gespannt. Würde keiner den Mund auftun? Ah, natürlich... Vielleicht war dieser General gar nicht so dumm. Vielleicht verließ er sich gerade auf die Furcht, die im Herzen eines jeden hockte: ein Wort von mir und Adieu, liebes Tageslicht, für immer. Doch Schweigen, jetzt, hieß Unterwerfung.

Der Trupp zu Pferde verharrte in ebensolchem Schweigen.

»Brot.«

Irgendwo hatte irgend jemand dies eine Wort gesagt. »Brot.« Die Stimme war nicht einmal besonders laut gewesen, doch alle hatten es gehört, und nun hing das Wort über dem Karree, unauslöschbar. Der General war zusammengezuckt. Das Brot war manchmal schimmlig gewesen, er wußte das; eine geringfügige Sache, es hätte nicht vorkommen dürfen, aber es war geschehen. Alles, was er zu antworten brauchte, war: In Ordnung, wird geregelt. Aber er sagte es nicht. Er erkannte plötzlich seinen Fehler, die Schwäche seiner Position. Ein Zugeständnis mußte zu dem nächsten führen, das ließ sich nicht aufhalten, und das Endergebnis wäre Kapitulation.

»Brot!« Scharf klang das diesmal, unversöhnlich.

»Gamaschen!« – »Keine Gamaschen mehr!«

»Exerzieren!« – »Nieder mit der unmenschlichen Schinderei!« – »Schluß mit der Prügelstrafe!« – »Keine Sergeantenbestechung mehr!«

Die Reihen gerieten in Bewegung, verzogen sich, brachen. Einzelne Soldaten zuerst, dann ganze Gruppen, stürmten vor, die Hände in stummer Forderung erhoben. Offiziere, die versuchten, ihre Einheiten in Reih und Glied zu halten, wurden mitgerissen.

»Freiheit!« – »Wir verlangen Wahl der Offiziere!«

Auch Lenz geriet in das Durcheinander, das um den General und sein Gefolge wirbelte. Als er wieder fest auf den Füßen stand, fand er sich dem General Angesicht zu Angesicht gegenüber. Strathmann saß sehr steif im Sattel, ein Mann, dem alles zusammengebrochen war, und streichelte seinem Pferd mit mechanischen Bewegungen den Hals.

Lenz hob die Faust. »Herr General!«

Strathmann kam zu sich.

»Herr General!«

Lenz' Ruf schaffte einige Ruhe. Die Soldaten in der Nähe wandten sich um. Die Offiziere zu Pferde drängten sich dichter heran.

»Herr General! – Die Soldaten wollen – daß Sie und Ihre Offiziere – den Treueid ablegen – auf die Volksverfassung – für ein unteilbares, demokratisches Deutschland –!«

»Den Mann festnehmen!« zischte Strathmann.

Oberst Pierron, rot vor Wut, sprang vom Pferd und zog seinen Degen. Aber Lenz war bereits in der Menge untergetaucht, einer unter vielen, anonym, unerreichbar. Der Oberst hieb um sich wie ein Wahnsinniger; vielleicht war er wirklich dem Wahnsinn nah in diesem Augenblick, vor Enttäuschung, oder weil all das, was er vertrat, in sich zusammenfiel. Die Soldaten wichen seiner Klinge aus. Sie lachten – spöttisch zuerst, dann erbittert. Pierron fluchte, verhaspelte sich, drohte. Plötzlich merkte er, daß er allein stand. Der General, besiegt, war davongeritten, seine Begleitung mit ihm.

Pierron erbleichte. Er sah sich nach seinem Pferd um. Es war den Reitern gefolgt.

»He, Herr Oberst!« höhnte jemand. »Wie ist es, wollen Sie dem Volk nun Treue schwören?«

Pierron begann zu laufen.

»Los, fangt ihn!« drängte die gleiche Stimme. »Hat er uns nicht niederträchtig genug behandelt?«

Mehrere stürzten ihm nach. Gruppen bildeten sich, kleinere und größere, meistens im Rahmen der Einheiten. Kein Offizier war mehr da, und auch viele von den Sergeanten waren verschwunden.

»Was jetzt?« wollte ein schnauzbärtiger Soldat von Lenz wissen.

»Jetzt?« Lenz starrte den Mann an. Dann begann ihm zu dämmern, was dieser ganze große Platz voller Soldaten ohne Offiziere bedeutete. »Jetzt«, sagte er, »haben wir die Macht übernommen!«

Er lief auf den eisernen Zaun des Palastes zu, stieg auf den Steinsockel, hielt sich mit einer Hand an einem der Gitterstäbe fest und schwenkte mit der anderen seinen Tschako.

»Brüder!« rief er. »Hört mich an! Wir haben die Macht übernommen! Wir, die einfachen Soldaten, wir, das Volk! Halten wir diese Macht fest in unseren Händen! Schützen wir sie mit unserem Leben!«

Sie zogen durch die Straßen.

In der Poststraße waren vor den meisten Geschäften die Läden zugeklappt, viele Häuser waren verriegelt; ängstliche Gesichter spähten hinter geschlossenen Fenstern auf die vorübereilende Menschenmenge und auf die patroullierenden Gruppen bewaffneter Soldaten. Am besten, man blieb zu Hause! – Wie sollte man wissen, wer einer war und was einer wollte und wer gerade die Macht hatte? Durch ein und dieselbe Straße kamen innerhalb von Minuten der General an der Spitze eines Trupps Dragoner, und man dachte, Gott sei Dank, es herrscht wieder Recht und Ordnung! – dann eine Abteilung Infanterie, angeführt von einem jungen Korporal, der ein rotes Band an seinen Tschako geheftet hatte, und man dachte, Gott sei Dank, endlich bekommen wir ein bißchen Freiheit! – und dann die grünberockte Bürgerwehr, bedächtig ausschreitend und vorsichtig die Finger von den Abzügen ihrer Gewehre fernhaltend, und man dachte, Gott sei Dank, daß deine Frau dir verboten hat, dich diesem Verein da anzuschließen.

Die Wirtshäuser waren geöffnet. Betrunkene Soldaten kamen

herausgestolpert; einige schliefen in seliger Freude über den Erfolg des Tages im Rinnstein ein, andere brüllten:

>»Wir wollen nicht mehr! Es ist genug
Der Opfer an Jahren und Toten...«

und schwankten davon auf der Jagd nach Offizieren.

Josepha war mitten im Gewühl. Dunkle Schweißflecken zeichneten sich an ihrem Kleid ab; die Lippen waren ihr aufgesprungen, die Kehle rauh, die Lider rotumrändert und entzündet von Sonne und Staub, das Haar strähnig. Sie suchte Lenz. Heute würde sie ihn finden, das wußte sie genau: heute war ein Tag nach seinem Sinn genau wie nach dem ihren, ein Tag voller Erregung und Glanz, an dem das Oberste zuunterst gekehrt wurde, an dem eine Frau wie sie an der Spitze einer großen Menschenmenge marschieren konnte, jubelnd und singend, und niemand war da, der ihr befehlen konnte: Scher dich zurück, wo du hingehörst.

Auf der Poststraße drängte sich das Volk. An einem Ende hatte Sergeant Heilig ein leichtes Feldgeschütz aufgestellt, so ausgerichtet, daß es die ganze Länge der Straße beherrschte. Ein paar Häuser weiter rief man im Sprechchor: »Pi-er-ron! – Pi-er-ron! – Pi-er-ron!« Der fette Hauswirt des Obersten stand am Fenster im zweiten Stock und beteuerte mit zitternder Stimme, der Herr Oberst wäre wirklich nicht da, und die guten Leute möchten doch bitte weitergehen. Ein Soldat stieß ihn vom Fenster weg und warf die prächtige Fahne hinaus, die die Großherzogin persönlich für das Dritte Regiment gestickt hatte.

»Hurra!« schrie Josepha.

Jemand brach das Messingschild mit dem großherzoglichen Greifen von der Fahnenstange ab. »Hurra!« riefen die Menschen.

Doch in das Echo hinein erklang das Trappeln stahlbeschlagener Hufe. Am anderen Ende der Straße wurden die ersten Helme sichtbar, sie schwankten auf und ab, auf und ab, während die Pferde herangaloppierten.

»Die Dragoner!«

Die Menschen versuchten zurückzuweichen, aber Heiligs Kanone und der Munitionswagen versperrten den Weg. Die Pferde trabten schon langsamer. Josepha sah, wie der Mann an der Spitze sein schweres schwarzes Tier zügelte. Er war klein und hager, mit einem schmalen alten Gesicht und vielen Tressen auf den Schultern – der General. Der ganze Trupp Dragoner hielt an.

Leutnant Gramm ritt vor, er wirkte riesig. »Macht Platz da!« donnerte er. »Platz!«

Von hinten, wo die Kanone stand, kam etwa ein Dutzend Soldaten herangelaufen. Josephas Herz klopfte. Allen voran, mit einem roten Band am Tschako, jungenhaft wirkend in seiner Erregung, rannte Lenz.

Er bemerkte sie nicht. Er zwängte sich durch die dichte Menschenmasse. Er rief den Dragonern, die hinter den Offizieren und dem General Aufstellung genommen hatten, zu: »Dragoner! Brüder! Auch ihr gehört zum Volk! Auch ihr gehört zu uns!«

Josepha sah, wie der General dem Dragonerleutnant einen Wink gab und auf Heiligs Kanone wies. Warum schießen sie nicht, dachte Josepha. All diese Dragoner auf einem Haufen – und vor ihrem geistigen Auge purzelten sie von ihren Pferden wie ebenso viele Figuren in der Schießbude am Sankt Michaelstag. Aber dann begriff sie, daß die Kanone, feuerte man sie ab, die Menschen auf der Straße treffen mußte. Das bedeutete, daß auf den ersten Befehl hin die Dragoner die wehrlosen Leute niederreiten würden, daß die Hufe ihrer Pferde Gesichter, Brüste, Bäuche zermalmen würden, jeden treffend, der nicht fliehen konnte, Lenz treffend, der in der vordersten Reihe stand, mit ausgebreiteten Armen, und immer noch rief: »Dragoner!... Brüder!...«

Der General rückte seine Mütze zurecht. »Herr Leutnant!« wandte er sich an Gramm. »Bitte!«

Gramm erhob sich im Sattel. »Säbel!« gellte er. Und, seinen Degen ziehend: »Vorwärts!«

Aber die Säbel blieben in den Scheiden. Die Pferde tänzelten nervös, drückten zurück, anstatt vorzurücken.

Jetzt entlud sich der angestaute Zorn des Volkes über Strathmann. Ein Stein traf den General auf die Wange. Er schwankte; die Zügel glitten ihm aus der Hand.

»Mörder!« schrien die Menschen. »Reißt ihn vom Pferd!« Steine flogen durch die Luft. »Bringt ihn um!«

Leutnant Gramm fing den Stürzenden auf. Mit einer Hand den halb ohnmächtigen General stützend, die andere am Zügel beider Pferde, ritt er, von Drohungen und Flüchen verfolgt, in schnellem Trab zurück.

Gestalt und Haltung des Mannes, der sich an den Türpfosten lehnte, kamen ihm bekannt vor. Der Mann trug den grünen Waffenrock und die roten Epauletten der Bürgerwehr; doch die nonchalante Art, wie er sich die Fingernägel säuberte, während seine Muskete schräg an der Hauswand stand, verrieten, daß hier einer beruflich tätig war.

Lenz straffte sich. Den Hahn seines Gewehrs spannend und seinen Kameraden winkend, ging er auf den Kerl zu.

Der Mann in der Bürgerwehruniform hörte auf, seine Fingernägel zu reinigen, und steckte das Messer in die Tasche. Dann hob er zum Zeichen der Übergabe gemächlich die Hände. Daß er selbst eine Waffe hatte und sich verteidigen könnte, schien ihm gar nicht in den Sinn zu kommen.

»Ihr wollt wohl wissen, wo sich General Strathmann versteckt?« fragte er und blickte Lenz und die drei Mann in seiner Begleitung listig an.

»Immer die Hände hübsch hoch halten!« warnte Lenz. »Ihre Zeit ist vorbei, Bürger Stäbchen, ein für allemal. Und wir haben keine Verwendung für Ihre Informationen.«

Stäbchen schüttelte den Kopf. »Da irren Sie sich sehr, Bürger Lenz«, erwiderte er, behielt aber vorsichtshalber die Hände oben. »Meinen Sie nicht, ich hätte in aller Ruhe aus dieser Stadt verschwinden und mir eine Menge Unannehmlichkeiten ersparen können?«

Lenz verzog das Gesicht: Damit hatte Stäbchen zweifellos recht.

»Hören Sie zu, Bürger Lenz!« Stäbchen beobachtete den Widerstreit der Gefühle auf Lenz' Gesicht. Er rächte sich auf seine Weise für die Fußtritte, die er damals im »Türkenlouis« erhalten hatte. »Nehmen wir an, Sie haben Erfolg – und es sieht danach aus –, wenigstens für eine gewisse Zeit. Aber werden Sie, Bürger Lenz, und werden Bürger Struve und Bürger Brentano deshalb keine Feinde haben? Werden nicht auch Sie Informationen über Ihre Feinde brauchen –«, seine Stimme sank zu einem vertraulichen Flüstern herab, »– und übereinander?«

»Halt's Maul, Hund, elender!«

Doch Stäbchen duckte sich schnell und sagte grinsend: »Ich bin gar nicht so übel! Ich will es Ihnen beweisen: ich mache Ihnen ein Sonderangebot, umsonst. General von Strathmann versteckt sich zwei Türen weiter, in Bankier Einsteins Haus.« Er wandte sich um. »Wir sehen uns noch!« Dann griff er nach seiner Muskete und war weg.

Lenz fuhr wie aus einem bösen Traum. »Los!« befahl er schroff. Er ging voran zu dem Einsteinschen Haus und schlug mit dem Gewehrkolben gegen die Türfüllung, obwohl der Klingelgriff, weißes Porzellan an einer Messingkette, in bequemer Reichweite hing. Innerlich verfluchte er Stäbchen, und er verfluchte Strathmann – mußte der General von allen möglichen Häusern gerade hier unterkriechen! Aber war das nicht die natürlichste Sache der Welt; gehörten sie nicht beide zum gleichen Bild: der neureiche jüdische Viehhändler und der alte Junker, dessen Ahnen alle Offiziere und Blutsauger gewesen waren?

Noch einmal stieß er mit seinem Gewehrkolben gegen die Tür. »Aufmachen!« rief er. »Oder ich schieße das Schloß in Stücke!«

Lautlos ging die Tür auf.

Ein Büroschreiber mit grauem Gesicht, das ganz Nase und gar kein Kinn war, verbeugte sich mehrere Male und murmelte hastig Entschuldigungen.

»Hausdurchsuchung!« erklärte Lenz, die Kreatur beiseite schiebend. »Wo ist hier die Hintertür?«

Er schickte einen seiner Leute dorthin. Der Laden roch nach Salzlake und Gewürzen und muffigen Säcken. Lenz' Tschako geriet zwischen die Schwänze der geräucherten Heringe, die von einem an der Decke angebrachten Holzgestell herabhingen. Eine altertümliche Waage schimmerte matt im Halblicht. Lenz wunderte sich, wie etwas so Strahlendes und Zartes und Kultiviertes wie Lenore in dieser Umgebung aufgewachsen sein konnte.

Sie stolperten ein paar Treppen hinauf in einen Flur. Noch eine Tür, diese halb offen; eine Reihe von Kontoren, untereinander verbunden, drei, vier, fünf, das Haus vergrößerte sich nach innen zu; in jedem Kontor brusthohe Pulte, vor denen Schreiber standen und kritzelten, ihre neuen, viel praktischeren Stahlfedern kratzten laut über die Seiten riesiger Kontobücher. Draußen sprengte eine Welt ihre alten Bindungen, hier drinnen aber schrieben sie weiter, hatten offensichtlich überhaupt nicht daran gedacht, ihr Gekritzel zu unterbrechen. Es war phantastisch.

»Ist hier ein Fremder durchgekommen – ein Offizier – ein sehr hoher Offizier?«

Die Köpfe senkten sich noch tiefer über das Papier, die Federn kratzten noch eifriger.

Lenz stieß den Gewehrkolben auf den Fußboden. Der Schlag ließ die Schreiber zusammenfahren.

»Antworten Sie!«

Der Langnäsige, der ihm die Ladentür geöffnet hatte, kam zurück. »Herr Einstein wird sich freuen, Sie zu empfangen.«

»So«, sagte Lenz. »Nun gut.« Er hätte gern etwas mehr Wind in den Segeln gehabt. Diese Büroräume, diese stumme Tätigkeit, die sich durch nichts unterbrechen ließ, diese abgestandene Luft waren erstickend. »Los, das Haus durchsuchen!« wandte er sich an seine beiden Leute; der eine war ein Bauernjunge mit Sommersprossen, einer kleinen dicken Nase und schlechten Zähnen, nicht übermäßig gescheit; der andere war dünn und trug einen verwilderten Schnurrbart, und er hatte mißtrauische, unstete Augen. »Durchsucht diese Büros hier unten, und dann das nächste Stockwerk, jeden Raum, jede Ecke, laßt nichts aus. Ich komme gleich zurück.«

Sie nickten. Lenz ging hinter dem Langnasigen her, noch eine Treppe hinauf, an mehreren Türen vorbei, durch ein ziemlich großes Empfangszimmer, wo ein langer Tisch und Stühle auf die Eröffnung irgendeiner Konferenz zu warten schienen, und weiter durch die andere Tür.

»Guten Tag, mein Herr!«

Man hatte den Eindringling erwartet. Der Vater thronte im Lehnstuhl, sehr steif, sehr aufrecht, die Verkörperung gerechter Empörung; die Tochter stand ihm zur Linken, mit der Hand leicht auf seine Schulter gestützt. Aber die Pose zerbrach sehr schnell. Lenore mußte sich anstrengen, daß ihr Gesicht nicht ihre Empfindungen verriet; schließlich beugte sie sich hinab und flüsterte ihrem Vater ein paar Worte zu.

Einstein entspannte sich. Seine Augen, feindselig bis jetzt, wurden skeptisch. »Sie also sind Herr Lenz!...«

Es klang wie: Sie also sind das zweiköpfige Kalb!...

»Meine Tochter hat mir schon von Ihnen erzählt. Sie hätten dieses Haus zu einem anderen Zeitpunkt besuchen können – und unter anderen Umständen!«

»Vielleicht sind diese Umstände vorzuziehen!« gab Lenz zurück.

»Andreas!« mit scharfem Vorwurf.

Er blickte sie an und sah sich dann um in dem Zimmer, zu dem sie ihrem Wesen nach gehörte – alles war mit feinem Geschmack aufeinander abgestimmt, die Tapete, die Teppiche, die Möbel, die Wandleuchter und das Stilleben mit dem toten Rebhuhn und Weintrauben.

»Wir haben Revolution, Lenore!« sagte er.

»Oh, sie weiß das!« Die Lippen des Bankiers kräuselten sich zu einem leichten Lächeln und verrieten Lenz, von wem sie diese Eigenheit geerbt hatte. »Sie hat mir erst vor einer Weile einen Vortrag über die Notwendigkeit der Sache gehalten!«

»Darf ich dann fragen, warum Sie General von Strathmann verstecken, und wo?«

»Sie sind hinter ihm her?« Einstein kreuzte die Beine und spielte mit seiner schweren Uhrkette. »Wir haben nicht die leiseste Ahnung, wo er sich aufhält... Nicht wahr, Lenore?«

Eine zarte Röte färbte ihre Wangen. Ihre Augen flehten Lenz an.

Dummes Mädchen, dachte er ärgerlich und trat näher an ihren Vater heran. Der Bankier zuckte nicht mit der Wimper. Er nahm Lenores Hand sanft von seiner Schulter und sagte: »Ich weiß, was Sie mir da zeigen, junger Mann: die Mündung eines Gewehrs.«

»Eines Gewehrs, Herr Bankier, das geladen und schußbereit ist, mit Kugel, Zündhütchen und allem.«

»Genug jetzt!« Lenore schob den Gewehrlauf beiseite.

»Sag mir, wo der General ist!«

»Ich denke gar nicht daran!«

»Und warum nicht?«

»Warum nicht?« wiederholte sie. Und dann mit einer kleinen Geste: »Weil nichts Gutes daraus entstehen kann. Als ich erfuhr, daß du im Gefängnis sitzt, hab ich...« Sie brach ab. »Ich bin so froh, so erleichtert, so voller Freude, daß du frei bist, Andreas!... Mußt du mit deinem Gewehr herumfuchteln? Muß denn immer diese Gewalttätigkeit sein? Muß immer jemand in Bastion Dreißig sitzen – entweder du oder General von Strathmann?«

Lenz lehnte das Gewehr an die Barockkommode. Dann streckte er ihr seine Handgelenke hin.

Lenore erschrak, Tränen traten ihr in die Augen.

»Heul nicht!« Lenz zog die Ärmel wieder über das verfärbte schorfbedeckte Fleisch. »Sag mir, wo ich den General finden kann!«

Und sie hätte es ihm gesagt, wenn nicht ihres Vaters trockene Frage gewesen wäre: »Hat General von Strathmann das getan?«

Lenz nahm sein Gewehr wieder und klemmte es unter den Arm. »Nicht persönlich«, erwiderte er kalt. »Der General ist nur ein Teil des Systems, das für dies – und für noch viel mehr – verantwortlich ist...« Er wandte sich Lenore zu. »Darum wird entweder General Strathmann in Bastion Dreißig sitzen müssen oder ich, und mir ist es lieber, er sitzt!«

Die Geräusche von Türen, die aufgerissen und zugeschlagen wurden, von umfallenden Gegenständen, trampelnden Stiefeln drangen zu ihnen. Lenore zuckte zusammen. Einstein saß steif da. Die beiden Soldaten, der dünne, dessen Stimmung sich nicht gebessert hatte, und der mit der kleinen dicken Nase, der übermäßig schwitzte, betraten das Zimmer.

»Kein Glück?« fragte Lenz.

»Kein Glück«, antwortete der Dünne und wartete.

»Also gut«, sagte Lenz, »von hier aus werden wir gemeinsam weitersuchen.« Und zu Einstein: »Ich bedaure, das tun zu müssen. Für irgendwelchen Schaden kann die revolutionäre Macht nicht verantwortlich gemacht werden.«

»Die revolutionäre Macht –«, spottete der Bankier, »das sind Sie, nehme ich an...?«

Aber Lenz hörte nicht mehr hin. Er hatte bereits mit der Suche begonnen, und tat die schwersten Arbeiten selbst. Es lag eine grimmige Befriedigung für ihn darin, Büfetts und Kleiderschränke zu rücken, in den Ecken, hinter den Vorhängen, unter den Betten nachzusehen, Alkoven und Dachkammern zu durchsuchen, Truhen und Kisten zu öffnen, Wände und Türen abzuklopfen. Doch es führte zu nichts. Und er war sich der Gegenwart Lenores nur allzu bewußt; sie folgte ihnen auf Schritt und Tritt, wie ein Schatten, ließ sich nichts von der Verwüstung, die nun einmal angerichtet wurde, entgehen und zählte vermutlich sogar das Silber nach.

Und dann waren sie in ihrem Zimmer. Es war eindeutig das Lenores, weiblich, doch nicht mädchenhaft, eher zu einfach als verspielt – der kleine Schreibtisch, das Toilettentischchen, das schmale Bett, die gestreifte Tapete, lavendel und grau. In einem ovalen Rahmen entdeckte er die Silhouette eines Soldaten mit Tschako – die leicht gebogene Nase, das Kinn, der Mund waren unverkennbar – wann hatte sie, ohne daß er es merkte, sein Profil gezeichnet, es ausgeschnitten?

Er hörte Schritte hinter sich und fuhr herum. Ein Krachen – sein Gewehrkolben hatte eine Porzellanfigur zu Boden gefegt: Stücke, Scherben, weißer Staub. Der dünne Soldat stand da, sein mürrisches Gesicht erhellte sich plötzlich. »Gott«, sagte er, »am liebsten würde ich alles hier zerschlagen!«

Lenz runzelte die Stirn. »Das wirst du nicht!« Und dachte, daß der Mann vielleicht doch recht hatte und daß man alles zerschlagen müßte, das Meißener Porzellan und die Bilder und die feinen Möbel, bevor man aufs neue beginnen konnte, ganz von vorn und mit gleichem Recht für alle.

»Laß nur, ich hebe das auf!«

Das war Lenore, von der Tür her. Etwas Demütiges schwang in ihrer Stimme mit, als sie bat: »Ich habe volles Verständnis für dich, Andreas. Möchtest du nicht bitte versuchen, auch mich zu verstehen?«

»Möchtest du nicht bitte versuchen, auch mich zu verstehen?« äffte der Soldat nach.

Lenz drehte sich um und stapfte hinaus.

Ein Teil der Wand, genau dort, wo das Lavendel sich von dem Grau abhob, begann sich zu bewegen. Aus dem versteckten Wandschrank, durch raschelnde Seide und Taft, kam der General. Ein Stückchen Spitze, in dem sich die Scheide seines Degens verfangen hatte, riß mit einem häßlichen Geräusch.

»Ich – ich bitte um Entschuldigung...«

Sein Gesicht war aschgrau. In den wenigen Stunden, seit seine Dragoner ihn im Stich gelassen hatten, war er sichtbar zusammengeschrumpft. Die Hände zitterten ihm, die Augen waren unstet, seine Stimme schwankte, die Fistel eines alten, alten Mannes.

»Sie sind fort«, sagte Lenore.

Strathmann nickte.

»Bitte, nehmen Sie doch Platz, Herr General!«

»Vielen Dank, Mademoiselle. Sie sind sehr liebenswürdig.« Er sah sie mit wirrem Blick an. Er schien nicht genau zu wissen, wer sie war. Er ließ sich behutsam auf dem kleinen runden Schemel vor ihrem Toilettentisch nieder. Dann entdeckte er sein Bild im Spiegel.

Er fing an zu lachen.

»Soll ich meinen Vater rufen?« fragte Lenore.

Er erhob den Finger vor seinem Spiegelbild und bewegte ihn mißbilligend hin und her. »Du solltest dich was schämen, Ernst Leonhard Hugo von Strathmann! Schämen!« Er berührte das verkrustete Blut auf seinem Gesicht. »Bist wieder in eine dumme Sache geraten, wie ich sehe. Bist ausgerissen, eh? Ausgerissen und hast dich hinter einem Weiberrock verkrochen, in einem Judenhaus, hinter einem Judenrock, eh? Ach, du!... Pfui!« Ein paar Tropfen Speichel trafen den Spiegel.

»Herr General!«

Er blickte auf bei dem ängstlich besorgten Ausruf. Seine Brauen zogen sich zusammen.

»Ah, Mademoiselle«, sagte er. »Wollten Sie mich nicht sprechen...« Er schüttelte den Kopf. »Sie hätten lieber nicht kommen sollen. Ich weiß, was Sie wollen. Sie wollen sich darüber beschweren, daß wir den Soldaten die Handschellen so anlegen, daß das Blut spritzt und der Knochen knirscht. Aber, Mademoiselle, das ist noch gar nichts! Sie sollten sie sehen, wenn wir sie krumm schließen und sie in menschliche Reifen verwandeln...«

Lenore hob die Hände vors Gesicht.

»Aber was kann ich tun, Mademoiselle!« Er stampfte mit dem Fuß. »Disziplin! Eine Armee beruht auf Disziplin! Sie ist das Fundament jedes Staates, jeder Regierung! Oder was ziehen Sie vor – Revolution?«

»Vielleicht kommen Sie lieber mit mir mit, Herr General...« Das war der ruhige, tiefe Baß Simon Einsteins. »Sie brauchen Ruhe.«

»Oh, Vater!« Die Stimme wollte Lenore versagen. »Vater, das ist unerträglich!«

Dabei wußte sie nicht, wieviel er gehört hatte, und sein Gesichtsausdruck verriet nichts.

Sechstes Kapitel

Die süddeutschen Kleinbürger hatten inzwischen schon mehr als einmal die Erfahrung gemacht, daß eine Revolution, und trüge sie auch ihre eigene bürgerlich-republikanische Fahne, ihr geliebtes stilles Arkadien sehr leicht im Strudel weit kolossalerer Konflikte, wirklicher Klassenkämpfe, mit wegschwemmen könnte. Daher die Furcht der Kleinbürger nicht nur vor jeder revolutionären Erschütterung, sondern auch vor ihrem eignen Ideal der föderirten Tabak- und Bierrepublik... Daher ihre Überraschung, als das badische Militär ihnen ungefragt eine fertige Insurrection auf dem Präsentirteller überreichte, daher ihre Furcht, die Insurrection über die Grenzen des zukünftigen Kantons Badens hinaus zu verbreiten...

(Auszug von Andreas Lenz aus Friedrich Engels: »Die deutsche Reichsverfassungs-Campagne«)

»Und wo steckt Brentano?« Der schlanke junge Mann, der die Frage gestellt hatte, schritt zum Fenster und riß es auf. Der dichte Tabakrauch im Zimmer stieg nach oben. Der junge Mann atmete die Nachtluft ein, fröstelte ein wenig und wandte sich zurück in den Raum.

»In ein paar Stunden«, rief er, »sollen wir einen Kongreß eröffnen. Und was haben wir? – Nichts. Keine Linie, keinen Vorschlag, keine Resolution! Man hält uns für den Leitungsausschuß! Aber ich weiß noch immer nicht, in welche Richtung wir eigentlich leiten sollen!«

»Mein lieber Goegg!« Der Mann, an den der Vorwurf hauptsächlich gerichtet gewesen war, nahm einen langen Schluck von dem Mineralwasser, das vor ihm stand. »Zweifellos verstehen Sie, wie unserem Freund Brentano zumute ist, daß er bei dieser entscheidenden Versammlung nicht anwesend sein kann. Bürger Brentano wäre dieser bedeutsamen Tagung der Volksvereine nicht ferngeblieben, wenn seine schlechte Gesundheit ihn nicht zwänge, in Baden-Baden zu weilen...«

Florian Mördes hielt inne und betrachtete den jungen Mann am Fenster. Goegg versuchte nicht, seine Zweifel zu verbergen. Ebensowenig verhehlte er seine Abneigung gegen Bürger Mördes – nicht, daß Mördes sich etwas daraus machte: sein hochmütiger Gesichtsausdruck, die kalten Augen, die Faunsohren, deren Spitzen in kleinen dunklen Haarbüscheln endeten, flößten keine Sympathien ein, und er wußte das.

Er wußte auch, was seine augenblickliche Aufgabe war. Er mußte die Sache in Gang halten, improvisieren, die Hitzköpfe daran hindern, Beschlüsse zu fassen, die den Landesausschuß zu unwiderruflichen Handlungen verpflichten würden. Bei ihrem letzten Zusammentreffen hatte Brentano ihm gesagt, ich verlasse mich darauf, daß Sie mit größter Vorsicht vorgehen. Sie beide hatten sich so viele Male auf entgegengesetzten Seiten der Gerichtsschranke gegenübergestanden, daß sie wenig Worte miteinander zu machen brauchten. Brentanos Absicht war zu warten, bis der Druck der Öffentlichkeit den Großherzog zwang, ihm Siegel und Amt des Premierministers zu übergeben, und bei diesem edlen Ziel war jeder republikanische Unfug entschieden unangebracht.

Mördes begann wieder Gemeinplätze zu reden.

»Genug jetzt!« fuhr Goegg dazwischen, absichtlich grob. »Natürlich werden wir ohne Brentano den richtigen Kurs ausarbeiten – wir brauchen auch andere Ammen nicht, könnte ich sehr wohl hinzufügen. Aber wir müssen jetzt an die Arbeit gehen, oder – ich warne Sie – die Menschen, die morgen nach Offenburg kommen, werden es für uns tun!«

»Das gemeine Volk«, sagte Geheimrat Thiebaut aus Ettlingen, »das gemeine Volk, Gott segne es, kommt zu solchen Angelegenheiten hauptsächlich, um sich zu belustigen.«

»Und«, fuhr Goegg fort, »wir können uns unser Programm nicht von Männern diktieren lassen, die noch vor wenigen Monaten die populärsten Führer der Demokratie gerichtlich verfolgt haben.«

»Bürger Goegg!« Mördes war aufgesprungen. »Ich bin ordnungsgemäß vom Volksverein in Karlsruhe als Delegierter gewählt worden, genau wie Sie von dem in Mannheim. Daß ich der frühere Staatsprokurator von Baden bin, ist eine öffentlich bekannte Tatsache – aber ich bin von meinem Posten zurückgetreten, während Sie, junger Mann, immer noch als Zollbeamter auf der Gehaltsliste der Regierung stehen. Und was meine Überzeugungen betrifft – der zu einem Paulus bekehrte Saulus war nicht der schlechteste unter den Aposteln!«

»Hört! Hört!« sagte der dicke Geheimrat Thiebaut.

Der Rauch hatte sich schon wieder verdichtet und hing in Schwaden um den Kronleuchter. Ein Kellner brachte zwei Dutzend frische Biere für die versammelten Herren des Leitungsausschusses, mit den Empfehlungen des Hauses. Buchhändler Hoff aus Mannheim rief: »Einigkeit, Bürger, Einigkeit! Ohne Einigkeit werden wir nichts erreichen!«

»Einigkeit!« kam auch das Echo von Thiebaut, »und Fortschritt! Eine Verfassung! Ein Reich! Ein Kaiser! Und freier Handel!«

Mördes lächelte. Wie gut er diese Leute kannte! Bürger Thiebaut besaß ein Hotel und war an mehreren anderen beteiligt – darunter am Hotel »Zum Salmen« in Offenburg, in dessen großherzoglicher Suite sie zusammensaßen. Bürger Thiebaut wollte sich ausbreiten; die engen Gesetze und Schranken hemmten ihn, die Grenzen von sechsunddreißig mittelalterlichen Fürstentümern hinderten ihn, und er sah nicht ein, warum ein paar tausend adlige Dummköpfe gesetzliche und wirtschaftliche Privilegien genießen sollten, die ihm, einem schwerarbeitenden und erfolgreichen Geschäftsmann, versagt waren. Das wollte er verändert haben, und bis zu diesem Grade würde er jede Veränderung gutheißen.

Aber das konnte man nicht den Menschen sagen, die seit gestern zu der großen Volksversammlung in diese Stadt strömten und die noch die ganze Nacht über und morgen kommen würden, bis um zwei Uhr mittags die Glocken die Eröffnung einläuteten. Man konnte das nicht einmal vor allen Männern in diesem Raum offen aussprechen, vor allem nicht vor diesem Wichtigtuer Amand Goegg, der schon wieder hochtrabende Worte redete und nach dem berühmten republikanischen Traumland verlangte, wo das proletarische Lamm neben dem bourgeoisen Löwen lag und die Polizei an die Kinder von Reich und Arm gleicherweise Zuckerstangen verteilte.

»Ja!« rief Goegg gerade. »Ja, und noch einmal ja! Wir müssen alle Wünsche der Unterdrückten in unser Programm aufnehmen! Wir dürfen uns nicht nur auf Verfassungsfragen beschränken. Freiheit ist etwas, was der gewöhnliche Mensch mit seinen beiden Händen anfassen können muß!«

»Ich bin bereit, eine Forderung nach gebratenen Tauben aufzunehmen, die jedem in den Mund fliegen!« warf Mördes ein.

Gelächter. Bier. Noch mehr Gelächter.

Aber Mördes begann zu wünschen, Brentano hätte es nicht ihm allein überlassen, sich mit all diesen Fragen auseinanderzusetzen. Die Nachrichten aus Rastatt und Freiburg und anderen, kleineren Orten, obwohl bisher unbestätigt, waren beunruhigend. Als Brentano mit ihm gesprochen hatte, rechnete keiner von ihnen beiden damit, daß ein Moment kommen könnte, wo die Initiative ihnen entrissen sein würde. Angenommen, die Kontrolle der Ereignisse entglitt ihren Händen – heute nacht oder morgen hier in Offenburg, übermorgen im ganzen Staat?

»Bürger! Delegierte! Mitglieder des Leitungsausschusses!« Das Dringliche in seiner Stimme weckte die Dösenden und beendete eine geflüsterte Besprechung in der Ecke. »Jedes Kind hat gelernt, daß es auf die Nase fällt, wenn es den zweiten Schritt vor dem ersten macht.«

Die Brauen hoben sich, die Augen wurden durchdringend, die Lippen bildeten ein schmales Rhomboid. Nicht ohne Grund nannte man ihn Mephisto Mördes.

»Wir müssen uns darüber klar sein, daß alles, was wir hier in Form eines Programms planen, nur provisorisch sein kann. Es ist notwendigerweise abhängig von der Antwort, die wir durch unsere zu der Regierung nach Karlsruhe entsandte Abordnung erhalten werden...«

»Wer bestimmt unsere Politik?« kam Goeggs Zwischenfrage sofort. »Wir oder dieser bankrotte Apparat von Bürokraten?«

»Unsere Politik ist längst festgelegt! Sie wurde festgelegt in den vier Forderungen, die, wie wir uns einig waren, unsere Abordnung an die Regierung stellen sollte.« Mördes wurde beredt. »Auflösung beider Kammern! Rücktritt der Regierung! Wahl einer verfassunggebenden Landesversammlung! Zurückberufung aller politischen Flüchtlinge, Freiheit für alle politischen Gefangenen, Niederschlagung aller politischen Prozesse! Und sollte die Regierung ablehnen, dann lehnen wir, der Landeskongreß der Volksvereine, die Verantwortung für sämtliche Konsequenzen ab, die daraus entstehen könnten!«

Dies war mit einer imaginären Pistole am imaginären Kopf der Regierung im fernen Karlsruhe gesprochen. Der Drohung folgte lauter Applaus, ausgelöst von Geheimrat Thiebaut. Der Buchhändler Hoff sagte: »Na, wenn das nicht radikal genug ist selbst für die Radikalen unter unseren Freunden...!«

Aber Mördes wußte, daß gerade in der allzu deutlichen Unnachgiebigkeit der vier Forderungen etwas Beschwörendes lag, und er hoffte, daß die Regierung in Karlsruhe das Ohr dafür hatte: Um Himmels willen, meine Herren, stand zwischen den Zeilen, helfen wir einander doch! Eine Sturmflut bricht über uns herein – öffnen wir ein paar Schleusen, damit wir den Rest des Dammes halten können...!

Wenn die Regierung aber nun ihre Zustimmung verweigerte? Wenn die Herren in Karlsruhe nicht begriffen, oder nicht begreifen wollten, daß man eine Mittelstellung finden mußte, um überhaupt noch eine Stellung zu haben? Oder wenn es stimmte, wie ein Gerücht besagte, daß Persönlichkeiten von hohem Rang es vorzogen, unbeugsam zu bleiben, weil sie darauf hofften, den Prinzen von Preußen ins Land zu rufen und von preußischen Husaren und pommerschen Grenadieren nicht nur den roten Republikanismus und die Sozial-Demokratie ein für allemal vernichten zu lassen, sondern auch jede letzte Spur liberalen Denkens?

»Bürger!« rief Mördes. »Ich bitte Sie dringend – Mäßigung! Oder wollen Sie das Chaos der Revolution, die Herrschaft des zügellosen Mobs, die Zerstörung von Ordnung und Eigentum – ja, Bürgerkrieg?«

»Ich möchte nur, daß wir endlich unzweideutig feststellen, wofür wir sind«, erklärte Goegg ruhig.

»Also sind wir wieder da, wo wir angefangen haben«, stellte Geheimrat Thiebaut fest und blies durch seine bläulichen Lippen. »Das wird eine sehr lange Nacht werden, wie ich sehe, und ich schlage vor, daß wir eine neue Runde Bier kommen lassen.«

»Für mich bitte Mineralwasser«, sagte Mördes.

Goegg kehrte zum Fenster zurück und lehnte sich hinaus. Der Himmel war bleich geworden. Der Kirchturm zur Linken stand schwarz und still im Silber der Dämmerung, die Blätter der Bäume, die den Marktplatz säumten, regten sich in Erwartung der Morgenbrise.

Vielleicht würde die Nacht doch nicht so lang werden.

Offenburg!...

Ein Name bedeutet sehr wenig. Offenburg: eine kleine Stadt ohngefähr in der geographischen Mitte des Großherzogthums Baden, ziemlich leicht erreichbar sowohl vom Norden als auch vom Süden her, auf der Landstraße und mit der neuen Eisenbahn – nichts Bemerkenswerthes daran.

Wir hielten den ersten Zug an, der durch Rastatt kam, und hingen unseren Wagen daran und sangen die ganze Fahrt über. Wo der Zug auch haltmachte, Blumen.

Gleichzeitig mit uns fuhr der Zug aus dem Süden, in dem die Militärdelegirten aus Freiburg saßen, auf dem Offenburger Bahnhof ein. Christoffel war dabei, untersetzt und ruhig wie immer. Wir fielen uns in die Arme.

Jeder wollte uns berühren, uns die Hand drücken, uns umarmen – als ob sie sich körperlich überzeugen müßten, daß es wahr war, daß wir thatsächlich den General und die meisten unserer Offiziere zum Teufel geschickt hatten und daß Freiburg frei war und daß Rastatt, die Festung der Tyrannei, das Bollwerk der Unterdrückung, unser war.

Offenburg!...

An diesem Tag bedeutete der Name dieser Stadt Hoffnung. Und Freiheit bedeutete er. Er bedeutete Dinge, für welche die Menschen keine Worte kannten, die sie aber zu empfinden vermochten. Und er bedeutete die Macht einer Organisation des Volkes – überall im Großherzogthum und stellenweise auch außerhalb seiner Grenzen hatten die Volksvereine, indem sie aus der Verborgenheit und aus kleinen Geheimversammlungen an die Öffentlichkeit traten, diese Tausende und aber Tausende dazu bewegt, hierher nach Offenburg zu kommen und sich zu versammeln und Freiheit zu fordern...

(Aus einer Eintragung vom 13. Mai 1849 in Andreas Lenz' Tagebuch)

Einer der Ordner eilte von der Tür zu dem erhöhten Podium, wo das Präsidium saß. Geheimrat Thiebaut, der den Vorsitz führte, wölbte die Hand hinters Ohr. Der Mann wiederholte seine hastig geflüsterte Nachricht. Thiebaut nickte. Ein flüchtiges Stirnrunzeln verdüsterte sein glattes Gesicht. Doch als er nach der Glocke griff, war er so ruhig und gelassen, wie er seit Beginn der Sitzung gewesen war.

»Bürger!« Thiebaut erhob sich schwerfällig. »Mitdelegierte zum Kongreß der Volksvereine!« Thiebaut warf einen Blick auf die Kronleuchter und den schwarzrotgoldenen Fahnenschmuck an den Wänden des Bankettsaales des Hotels »Zum Salmen«. Ein erstklassiges Hotel, modern und mit den neuesten Annehmlichkeiten; er hatte gut daran getan, etwas von seinem Geld hineinzustecken. »Ich bitte Sie, sich zu Ehren der Militärdelegierten zu erheben, die in Offenburg angelangt sind und jeden Augenblick hier im Kongreßsaal eintreffen müssen...«

Der Lärm draußen vor den hohen Fenstern, gleichbleibend seit dem frühen Morgen, schwoll zu einem Brausen an. Dann plötzliche Stille, und eine Stimme: »Wir haben die Macht übernommen! Wir, die einfachen Soldaten! Wir, das Volk!«

Thiebauts Hand mit den dicken Fingern durchschnitt die Luft, als wollte sie das »Hurra!« draußen beenden. »Ich denke, wir sollten unsere Soldaten herzlich willkommen heißen!«

Die große goldverzierte Tür ging auf. Eine Gruppe Uniformierter, die Tschakos mit Eichenblättern geschmückt, rote Rosetten an die Brust gesteckt, zögerte auf der Schwelle.

»Kommen Sie! Treten Sie ein!« winkte Thiebaut.

Die Delegierten erhoben sich.

»Wir begrüßen unsere heldenhaften Mitbürger in Uniform!« rief Thiebaut. »Sie wurden von ihren Einheiten gewählt, um uns bei unseren Beratungen zu unterstützen.«

Der Ordner führte die Gruppe den Mittelgang entlang, zu den Plätzen in den vorderen Reihen, die schnell für sie freigemacht wurden. Der Kongreß setzte sich wieder. Es gab einen peinlichen Augenblick, als die Soldaten nicht wußten, was sie mit ihren Gewehren machen sollten; selbst Thiebaut schien in Verlegenheit zu sein. Die

Gewehre hatten eine störende Note in die Sitzung gebracht, die bis jetzt erfreulich friedlich verlaufen war.

Goegg hob die Hand.

»Bürger Goegg!« bestätigte Thiebaut.

»Ich schlage vor, daß wir alle anderen Angelegenheiten unterbrechen«, sagte Goegg, »um einen Sprecher der Soldaten anzuhören.«

Mördes erhob sich langsam und lächelte. »Ich bin überzeugt, daß die Ausführungen unserer Mitbürger in Uniform höchst konstruktiv sein werden. Ich unterstütze den Antrag des Delegierten Goegg.«

Der Beschluß war einstimmig.

Er traf die Soldaten unvorbereitet. Sie hatten sich endlich niedergesetzt, wobei sie die Gewehre aufrecht zwischen den Knien hielten; die Tschakos waren über die Mündungen gestülpt. Ein Sprecher der Soldaten... Wer sollte ihr Sprecher sein? Einer aus Freiburg? Oder aus Rastatt? Die beiden Delegationen hatten sich am Bahnhof zusammengeschlossen, weil ihre Züge, aus entgegengesetzten Richtungen kommend, zufällig zur gleichen Zeit einfuhren. Von da an hatte es Begrüßungen, Händeschütteln, Blumen, Hurrageschrei, Trinksprüche und Musik gegeben und keine Zeit, an so etwas wie einen Sprecher zu denken.

Christoffel stieß Lenz an.

Lenz zögerte. Was sollte er diesen Leuten sagen? Draußen war es anders gewesen; draußen trug einen die Woge des Überschwangs; das Herz ging einem richtig auf. Aber hier im Saal? Er betrachtete sich das Präsidium: der dicke, ernste Mann in der Mitte, so gelassen und selbstzufrieden und unerschütterlich, und die anderen zu seiner Rechten und Linken, jedes einzelne Gesicht eine Studie der Selbstgefälligkeit. Er hätte sie schon gern aus ihrer Respektabilität aufgeschreckt, ihnen von Blut und Feuer und Schwefel gesungen – doch wahrscheinlich irrte er sich; der erste Eindruck täuschte oft; schließlich standen sie alle auf seiner Seite, waren die Führer der Revolution.

Und während er noch darüber nachdachte, erhob sich Korporal Haas, strich sich über den blonden Vollbart und legte die Stirn in würdevolle Falten. Für Korporal Haas gab es keine inneren Zweifel. Er war ein machtvoller Redner, jeder im Regiment konnte das bestätigen; und hatte er nicht seinen revolutionären Willen und seine Standhaftigkeit bewiesen, indem er sich einen Vollbart wachsen ließ entgegen allen Dienstvorschriften und trotz der Befehle und Drohungen seiner vorgesetzten Offiziere?

Thiebaut winkte den bärtigen Soldaten wohlwollend aufs Podium hinauf. »Korporal Haas, der Delegierte der Rastatter Garnison!«

Haas hob die Hand, um für den Beifall zu danken.

»Ich habe die Ehre«, begann er mit weithin schallender Stimme, »die Festung Rastatt vollständig und mit allen ihren Werken, ihrer Ausrüstung und Bestückung, im Namen meiner Kameraden und Mitstreiter diesem Kongreß zu übergeben!«

Lenz war aufgesprungen. Alle hatten sich erhoben. Jemand begann zu singen; der ganze Kongreß, spontan, fiel ein:

»Allons enfants de la patrie!...«

Lenz' Hand suchte die Hand Christoffels zu freundschaftlichem Druck.

»Le jour de gloire est arrivé...«

Die Augen wurden ihm feucht. Was für eine großartige Geste – die Festung Rastatt der Revolution als Geschenk zu präsentieren! Mit einem Satz hatte Haas den ganzen Saal und jeden einzelnen darin in eine große Gemeinschaft verwandelt, die in einem fühlte, in einem dachte, in einem sang...

Er wandte sich Christoffel zu und hob erstaunt die Brauen. Was war in den Mann gefahren? Christoffels Gesicht war ungerührt, seine Augen trocken. Das beunruhigte Lenz. Vielleicht kann Christoffel kein Französisch, dachte er.

»Aux armes, citoyens! Formez vos bataillons!
Marchons! Marchons!...«

In dem feierlichen Schweigen, das dem letzten Ton der Hymne folgte, flüsterte Christoffel Lenz zu: »Ich bin mir nicht ganz im klaren, ob Haas über Rastatt verfügen und es einfach so verschenken kann – und wenn ja, ob er es gerade diesen Herren schenken sollte...«

»Wem denn sonst?« fragte Lenz; seine Schroffheit war ein Versuch, den Stich des Zweifels zu überdecken, den er empfand.

Christoffel zuckte die Achseln. »Abwarten und sehen...«

Jetzt hatte Haas das Wort. Er unterstrich seine Argumente mit weiten Armbewegungen und bedeutsamen Pausen. Die beinahe elektrische Erregung, die seine anfängliche Verkündung verursacht hatte, flaute ab. Alles schleppte sich hin; Sekunden, Minuten, Worte, Gedanken...

Endlich spürte Haas, daß seine Rede keinerlei Wirkung hatte. Er begann zu stammeln, hustete und floh mit ein paar fast unhörbaren, unzusammenhängenden Worten vom Podium. Einige Delegierte brachten einen Höflichkeitsapplaus zustande: schließlich war Korporal Haas der Sprecher der revolutionären Soldaten gewesen.

Lenz' Finger umklammerten den Lauf seines Gewehrs. Es war enttäuschend, eine große Möglichkeit verlorengehen zu sehen; und in gewisser Weise war es sogar seine Schuld, er hätte sprechen können, und hätte er versagt, dann nicht, weil er hochtrabendes Geschwätz von sich gab.

»Antrag zur Geschäftsordnung«, kam eine Stimme aus dem Saal.

Thiebaut hob den Kopf. »Ich erteile dem Delegierten aus Mannheim, Bürger Hoff, das Wort zur Geschäftsordnung. Aber vorher möchte ich darauf hinweisen, daß wir mit dem uns vorliegenden Punkt weiterkommen müssen, mit der Einigung über eine Kandidatenliste für den neuen Landesausschuß unserer Volksvereine.«

Buchhändler Hoff ging hoch wie ein Schachtelmännchen.

»Ich möchte beantragen, daß wir in Anerkennung der demokratischen Gesinnung und der selbstlosen Tapferkeit unserer Soldaten einen oder zwei Vertreter des Militärs unter unsere Kandidaten aufnehmen. Sie haben ihre volle Würdigkeit bewiesen, der Sache des Volkes zu dienen.«

So schwungvoll, wie er aufgesprungen war, setzte Hoff sich wieder hin. Korporal Haas blühte von neuem auf und strich sich den Bart. Eine Anzahl Delegierter murmelte Billigung des Vorschlages; sie kannten Hoff als einen Mann der Mitte. Aber bevor Mördes durch Unterstützung dieses Antrages ihm den Segen der Gruppe geben konnte, die die Dinge in Wirklichkeit in der Hand hielt, wurde das schläfrige Gemurmel im Saal noch einmal von dem hastigen Schlurfen des Ordners unterbrochen.

Es blieb keine Zeit, dem Vorsitzenden Mitteilung zu machen. Direkt auf den Fersen des Ordners kam ein hagerer, düster dreinblickender Mensch mit langen Schritten in den Saal, gefolgt von zwei ebenso ernsten Männern.

»Rotteck!« sagte der Delegierte, der hinter Lenz saß, ehrfürchtig.

Lenz wandte sich fragend um.

»Die Abordnung, die wir zur Regierung nach Karlsruhe geschickt haben!«

Rotteck, auf dessen verschwitztem Gesicht noch der Eisenbahnruß klebte, schritt hinauf aufs Podium. Mördes brauchte nicht hellsichtig zu sein, um zu erkennen, welche Botschaft die drei Männer aus Karlsruhe mitgebracht hatten; er gab Thiebaut einen Wink; doch der Vorsitzende, wenn er das Zeichen auch bemerkte, wußte sich keinen Rat, wie die Ereignisse aufzuhalten wären.

Thiebaut erhob sich. »Ich halte es für zweckmäßig«, sagte er und räusperte sich den Schleim aus der Kehle, »jegliche Debatte zu unterbrechen, um den Delegierten von Freiburg, Bürger Rotteck, zu hören.«

Rotteck legte die gelbe Aktentasche auf den Tisch vor Thiebaut. Es war eine sehr beredte Geste: auf diese Weise gab er dem Kongreß die vier Forderungen zurück, die zu überreichen er beauftragt gewesen war. Dann trat er ans Rednerpult, schob die Manschetten zurück in die Ärmel seines zerknitterten Gehrocks und blickte müde über sein Publikum hin.

Die Stille im Saal wurde bedrückend. »Jetzt kommt's«, flüsterte Lenz Christoffel zu. »Jetzt passiert etwas.«

Christoffel wischte sich die Nase mit seinem breiten Daumen, sagte jedoch nichts. Lenz war ärgerlich, aber auch neugierig: Was ging eigentlich vor in dem dicken Bauernschädel dieses Burschen? Vielleicht gar nichts?

»Mitbürger! Heute früh bei Tagesanbruch wurden wir vom Premierminister der Regierung Seiner Hoheit des Großherzogs empfangen...«

Kultivierte Stimme, ein klein wenig trocken, dachte Lenz. Sorgsame Wahl der Worte, leidenschaftslos – vermutlich auch er ein Advokat.

»Herr Bekk, der Premierminister, versicherte uns, er werde sofort eine Kabinettssitzung einberufen und auch Seine Hoheit den Großherzog über unsere Forderungen informieren. Wir fragten den Premierminister nach seiner persönlichen Meinung. Herr Bekk erwiderte, seiner Ansicht nach hätte die Regierung alles getan, was sie innerhalb der ihr von der Verfassung gesetzten Grenzen tun konnte. Die Kammern würden in wenigen Wochen planmäßig aufgelöst werden, sofort nach Beendigung der Debatte über den Staatshaushalt. Eine große Anzahl politischer Gefangener sei bereits amnestiert worden, bei den nicht amnestierten hätte sich leider nicht das geringste Anzeichen einer charakterlichen Besserung gezeigt.«

Darauf Gelächter. Lenz begann zu begreifen, daß Rotteck die Nüchternheit seines Berichts dazu benutzte, einen Fall gegen die Regierung aufzubauen.

»Wir erwähnten die weitverbreitete Unzufriedenheit im Lande. Der Premierminister stellte fest, daß die Regierung Seiner Hoheit die verfassungsmäßig gewählten Vertreter des Volkes anzuhören habe, nicht aber jede zufällige, von jedem x-beliebigen einberufene Versammlung.«

»Damit sind wir gemeint!« rief Goegg dazwischen. »Hört, hört!«

Thiebauts Glocke klingelte kräftig.

»Sehen Sie sich den Mördes an!« sagte der Delegierte hinter Lenz. »Was will er dort oben?«

Zum erstenmal erblickte Lenz den Mann, der die Aufrührer des Vorjahres gerichtlich verfolgt hatte und dessen Namenszug unter der Anklageschrift gegen einen gewissen Andreas Lenz, Student, aus Rastatt, unmittelbar verantwortlich war für seine Militärlaufbahn. Mördes' Kragen war durchgeschwitzt, sein ergrauendes Haar aus der Fasson geraten. Er redete eindringlich auf Thiebaut ein, dem sichtlich nicht wohl in seiner Haut war.

Rotteck fuhr fort: »Der Premierminister fragte bei unserer Erwähnung der Nachrichten aus Rastatt, ob wir wirklich erwarteten, daß die Regierung den Handlungen des in Offenburg versammelten

Mobs und der mit ihm verbündeten Meuterer die Sanktion des Gesetzes und Seiner Hoheit des Großherzogs geben würde.«

»Schande!« – »Skandalös!« – Zwischenrufe und Pfiffe.

Rotteck stand unbeweglich. Es wurde wieder still im Saal, da ein mißbilligendes Stirnrunzeln noch ein paar zusätzliche Falten in sein zerfurchtes Gesicht brachte.

»Und dann, Mitbürger, erklärte Herr Bekk uns zum Schluß, daß es uns wohl gelingen könnte, für eine gewisse Zeit seine Regierung zu stürzen und hier in Baden oder sogar in einem etwas größeren Teil Süddeutschlands eine Miniaturrepublik zu gründen. Aber, sagte er, es läge in der Natur der Dinge, daß ein in zwei politische Systeme gespaltenes Deutschland, ein Deutschland teils Republik, teils Monarchie, auf die Dauer nicht existieren könne und daß selbst ohne jede Anregung von ihm persönlich oder von seiten der Regierung Seiner Hoheit des Großherzogs sechzigtausend oder noch mehr Reichstruppen und Truppen der anderen deutschen Staaten hier bei uns in Baden einmarschieren würden, um Ruhe und Ordnung wiederherzustellen.«

Rotteck hielt inne. Mit zitternden Fingern zog er ein Taschentuch aus seiner Brusttasche und tupfte sich die Stirn ab. Der gesamte Kongreß hielt den Atem an. Jetzt waren die Delegierten vor die Schicksalsentscheidung gestellt.

Jemand sagte einfach: »Dann müssen wir eben kämpfen!«

Lenz fuhr auf.

»Jawohl, kämpfen!« kam es nun von allen Seiten. »Keine Kompromisse!« – »Beschluß! Beschluß!« – »Weg mit Bekk!« – »Weg mit dem Großherzog!« – »Brentano an die Macht!« – »Wir wollen Brentano!« – »Wir wollen eine Republik!« – »Es lebe die Republik Baden!« – »Es lebe die Republik Deutschland!«

Lenz brauchte ein paar Sekunden, um zu begreifen: es war Christoffel gewesen, der die wenigen einfachen Worte gesprochen hatte, die diesen Sturm entfachten. Christoffel hielt die Hände um sein Gewehr gefaltet. Er war sitzen geblieben, obwohl die meisten Delegierten auf den Beinen waren, lärmend, winkend, schreiend. Thiebaut, puterrot, läutete seine Glocke. Rotteck hatte das Rednerpult verlassen; an seiner Stelle stand Mördes, ein schiefes Lächeln im Gesicht.

»Revolution!« Lenz sprang auf den Sitz seines Stuhles und wölbte die Hände vor den Mund. »Wir wollen eine neue Zeit!« Und da dies zu umfassend war, um sofort verwirklicht zu werden, fügte er hinzu: »Alle Macht dem Volke!«
Christoffel blieb unbeweglich, die Waffe in der Hand.
Lenz kletterte vom Stuhl. »Hat's dir die Sprache verschlagen?« fragte er unwirsch.
Christoffel entgegnete nur: »Es ist schon genug geredet worden!«
Jetzt endlich konnte sich Mördes über den Lärm hinweg verständlich machen. »Eine neue Situation!« verkündete er. »Eine neue Situation ist entstanden! Dies erfordert neue Überlegungen! Ich schlage vor, wir vertagen die Sitzung um eine halbe Stunde!«
Goegg hastete zum Podium, Einspruch gestikulierend. Lenz erkannte Mördes' Taktik: eine halbe Stunde Pause zum Abkühlen bedeutete erneute Bedenken und Skrupel, ein verwässertes Programm und einen Landesausschuß mit jedem fettarschigen Opportunisten darin.
Aber Goegg kam zu spät. Geheimrat Thiebaut hatte sich schwerfällig erhoben. »Ich vertage die Sitzung!«
Es wurde nicht abgestimmt. Die Delegierten verließen ihre Plätze; einige gingen aus dem Saal; die Mehrzahl sammelte sich in Gruppen; die größte bildete sich um Mördes. Pfeifen und Zigarren wurden angezündet; Kellner eilten mit Bier umher.
»Was jetzt?« sagte Lenz ernüchtert.
Christoffel warf sich das Gewehr über die Schulter und setzte seinen Tschako auf. »Ich hab Hunger!«

Sie waren wie ein achtes Weltwunder.
Jeder wäre heute in Offenburg als so ein Weltwunder betrachtet worden, jeder Soldat, der aus Rastatt oder Freiburg kam. Die kleinen Jungen quetschten sich zwischen den Erwachsenen hindurch, und einer von ihnen, der es fertigbrachte, den Händedruck eines Soldaten zu erlangen, wurde sofort zum Mittelpunkt des Neides.
»Danke! Danke!« versuchte Lenz sich zu retten.
Noch ein Krug Wein wurde angeboten, noch ein Stück Speck hingehalten, von dem sie sich abschneiden sollten. Ein alter Mann

küßte Lenz auf beide Wangen und sagte unter Tränen: »Daß ich das noch erlebt habe! Daß ich diesen Tag noch erlebt habe!« Und dann redete er von Napoleon und von der Grande Armée und von jener anderen Revolution, die von jenseits des Rheines gekommen war, aber jetzt hatten sie hier eine eigene Revolution, von ihren eigenen Leuten gemacht. Die Mädchen standen da und kicherten und stießen einander an und beäugten Lenz von oben bis unten. Irgendwo spielte ein Fiedler. Lenz warf sein Gewehr Christoffel zu und packte eine Blonde, ein dralles Mädchen, und wirbelte sie herum, und dann eine Dunkle mit blitzenden Augen und festen Brüsten, die sich nach dem Ende der Musik noch einen Moment von ihm festhalten ließ, zu ihm herauflächelnd, außer Atem, leicht erbebend.

»Das sind unsere!« sagten die Leute, und es war wirklich der Beginn einer neuen Zeit.

Christoffel gab Lenz das Gewehr zurück, stieß es ihm beinahe in die Hand. »Und die andere? Was macht die?« fragte er heiser.

»Welche andere? Die Blonde oder die Schwarze?«

Christoffel schluckte. Er war wütend über sich selbst. Niemals hätte er fragen dürfen, nicht diesen Mann, dem alles zufiel und der keinen Sinn für menschliche Werte hatte. »Die andere, die ich zu dir zurückgeschickt habe!« erklärte er scharf.

Lenz faßte ihn am Ellbogen und führte ihn von der Menge weg. »*Du* –«, wiederholte er, »du hast sie zu *mir* zurückgeschickt...?«

»Die Josepha!« Christoffel preßte die Lippen zusammen.

Die Szene im »Türkenlouis« kam Lenz ins Gedächtnis: also hatte Josepha wieder einmal einen unauslöschlichen Eindruck auf einer empfänglichen Männerseele hinterlassen! Armer Christoffel...

»Ich traf sie zufällig in der Eisenbahn. Sie wollte dir davonlaufen. Sie liebt dich. Da habe ich ihr gesagt –«

»Nun, was hast du ihr gesagt?« fragte Lenz, jede Ironie im Ton unterdrückend.

»Ach, nichts weiter!«

Christoffel drehte sich um und ging. Lenz ließ ihn gehen. Er ärgerte sich über Christoffel: nicht weil der sich in seine Angelegenheiten gemischt hatte – was für ein Witz! Als ob Josepha nicht sowieso zu ihm zurückgekommen wäre! Sie hatte ihn im Blut, und solange das so war, gehörte sie ihm, ganz ihm, immer ihm!... Seine schlechte Laune erwuchs aus der Tatsache, daß der Kerl ihn daran erinnert hatte, und gerade an einem solchen Tag daran erinnert hatte, wie ungeordnet, unklar, gründlich verworren seine persönlichen Verhältnisse waren.

Er blickte auf die glücklichen Menschen ringsum. »Hat jemand hier eine Gitarre?« fragte er.

»Hat jemand eine Gitarre?« wurde gerufen.

Niemand hatte eine, aber der Fiedler roch ein Geschäft und kam heran. Der Mann sah verboten aus, auf einem Auge blind, mit struppigem Haar und einem Hals, auf dem der Schmutz in Schichten lag.

»Komm mit, Bruder!« Lenz legte ihm den Arm um die Schulter und ging auf die roh zusammengezimmerte Plattform auf der anderen Seite des Marktplatzes zu. »Du und ich, wir werden jetzt mal was zum besten geben!...«

Er nahm den Krug Wein an, der ihm unterwegs angeboten wurde, und gab ihn an den Fiedler weiter.

Auf der Plattform stand ein rotbärtiger Fahnenträger des Mannheimer Arbeiterbataillons und sprach zu der Menge, in der einen Hand das Gewehr, mit der anderen gestikulierend.

»Ach, diese feinen und gelehrten Herren!« sagte er. »Diese faulen und vollgefressenen Reichen – jetzt kommen sie hinter ihren Geldsäcken hervor und wollen uns erzählen, was wir brauchen. Also, *die* brauchen wir jedenfalls nicht!«

Der Schwung seiner Hand schien das Hotel »Zum Salmen« mit zu umfassen, in dem die Delegierten immer noch berieten. Er rief Lenz zu: »Hab ich nicht recht, Bruder Soldat? Komm herauf! Bist einer von uns!«

Lenz kletterte auf die Plattform und umarmte den Sprecher. Der Rotbärtige wartete, bis der Applaus geendet hatte, dann fuhr er fort: »Wir brauchen Männer wie den Soldaten hier, tapfer und der Sache des Volkes ergeben! Aber nicht diese Schönwetterfreunde, diese Bürokraten und Polizeischreiber und Gendarmen, die uns plötzlich höflich grüßen und sich um unser Wohlbefinden sorgen. Hab ich nicht recht, Bruder Soldat?«

Lenz sah die besorgten Gesichter, die an den Fenstern im ersten

Stock des Hotels auftauchten. Die Pause mußte lange zu Ende sein; der Kongreß, der dort oben tagte, rüstete sich vermutlich, zum Volk herabzusteigen.

»Da möchten sie, daß wir ein Parlament wählen!« Der Redner wandte sich von neuem der Menge zu. »Aber sie möchten auch, daß wir sechsunddreißig erbliche Landesherren im Nacken sitzen haben. Ich frage euch, was nützt ein Parlament, das nichts zu sagen hat? Unsere Monarchen samt ihren Armeen und ihrer Unzahl von Bürokraten kosten uns vierhundert Millionen Gulden im Jahr...« Er hob die Hände und zählte an seinen Fingern ab: »Das sind eins – zwei – drei – vier... zehn Gulden im Jahr auf den Kopf eines jeden, ob Mann, Frau oder Kind, in Deutschland!«

Der Fiedler war auf die Tribüne gestiegen und saß dort mit einem Bein über dem Geländer, die Geige unters Kinn geklemmt.

Der Rotbärtige breitete die Arme aus. »Jetzt frage ich euch, Leute, die oft genug kaum einen Kanten Brot zu beißen haben: Arbeitet ihr den ganzen Tag im Schweiße eures Angesichts, um solches Geld an eine Bande gekrönter und gesalbter Blutsauger zu zahlen, die es für ihre Huren und ihren Champagner verschwenden und für Manöver, damit nämlich ihre Soldaten noch besser lernen, das arme, unglückliche, hungernde Volk niederzuschießen?«

»Nein!« schrien die Menschen. »Nein! Nein!«

Aus der Tür des Hotels »Zum Salmen« traten die ersten Delegierten; sie warteten, bis sich eine Gruppe von ihnen zusammengefunden hatte, bevor sie sich langsam den Weg zur Plattform bahnten.

»Also was wollen wir?« rief der Mann. »Einen Kaiser, wie manche behaupten? Einen großen, gewaltigen Obertyrannen zu unseren sechsunddreißig kleinen dazu? Nein, Brüder – wir wollen einen neuen Staat, einen freien Staat, einen Staat, den man *Re – pu – blik* nennt!«

Jemand hatte dem Redner seine rote Fahne gereicht.

»Eine Republik, erkläre ich, in der Menschen wie ihr und ich die Könige und Herzöge sind und der einfache Arbeitsmann Kaiser ist, und in der des Arbeitsmannes Kinder, die jetzt Lumpen und Fetzen über ihren rachitischen Knochen tragen, die Prinzen und Prinzessinnen des Landes sein und in Freiheit und Freude aufwachsen werden!«

Die Gruppe der Delegierten war näher gekommen.
»Und jetzt, Bruder Soldat«, sagte der Mann, »sing!«
Der Fiedler hob den Bogen und brachte versuchsweise ein paar kratzende Töne hervor. Lenz schloß die Augen. Den Grundgedanken und die Schlußzeile des Refrains hatte er schon im Kopf, seit Christoffels skeptische Einstellung ihm zu Bewußtsein gekommen war und er begonnen hatte, schärfer auf die Untertöne in den Reden des Kongresses zu achten.

»Da lebte ein kleiner Mann,
Und der lebte in einer großen Zeit –
Trala, trala, tra – hopsassa!«

Der Fiedler hatte die Melodie erfaßt. Wenn Lenz' Lied eine besondere Pointe hatte, lockte der Fiedler seiner Violine einen besonderen Schnörkel ab, der dem Lachen der Menschen einen ganz eigenen Sinn gab.
Der kleine Mann, sang Lenz, redete in großen Tönen, aber nur über kleine Dinge, trala, trala, tra – hopsassa, doch die Menschen waren von seinen großen Worten beeindruckt, und so forderten sie ihn auf, ihnen voranzumarschieren. Und dann kam der Refrain, in dem es hieß, alles, was er tat oder sagte, tat oder sagte er –

»Mit dem Herz im Hosenboden!«

Die Fiedel kreischte, und die Menschen lachten und sangen:

»Trala, trala, tra – hopsassa,
Mit dem Herz im Hosenboden!«

Und der kleine Mann marschierte den Menschen voran, und er fühlte sich wie ein großer General, als sie an einen Bach kamen. Doch seine Beine waren zu kurz, um über den Bach zu springen; er fiel hinein. Also erklärte er den Menschen, er wäre ein so großer General, daß er auch ein großes Pferd brauche, und er hielt ihnen eine große Rede –

»Mit dem Herz im Hosenboden!«

Und die Menschen gaben ihm ein großes Pferd und hoben ihn in den Sattel, und er ritt ihnen voran und fühlte sich wie Napoleon, als sie zu einem hohen Felsen kamen. Das Pferd bäumte sich auf, und er fiel herunter. Also erklärte er den Menschen, er wäre ein so großer Führer, daß er eine vierspännige Kutsche brauche, und er hielt ihnen eine große Rede –

»Mit dem Herz im Hosenboden!«

Und die Menschen gaben ihm eine vierspännige Karosse, und er wurde bequem vor ihnen hergefahren, als sie auf den Feind stießen. Da fiel dem kleinen Mann, der in einer großen Zeit lebte, plötzlich ein, daß er gar kein großer General und kein Napoleon und kein großer Führer war, sondern nur ein kleiner Mann, und er stieg schnell aus seiner Karosse und rannte –

»Mit dem Herz im Hosenboden!«

Die Gruppe der Delegierten hatte die Plattform erreicht, und Geheimrat Thiebaut keuchte die Stufen hinauf. Lenz spürte, daß jemand ganz in der Nähe ihn forschend ansah: Christoffel war zurückgekehrt.
Lenz hob die Hand. Die Fiedel kreischte eine wilde Kadenz.

>»Und die Moral, ihr guten Leute: seid gewitzt!
> Schaut euren Mann an, wo das Herz ihm sitzt,
> Ob er's im Beutel trägt, im Maule, oder –
> Trala, trala, tra – hopsassa,
> Oder tief im Hosenboden!«

Christoffel klatschte. Die Menschen lachten, und der Rotbärtige sang aus voller Brust mit im Chor:

»Oder tief im Hosenboden!«

Als Lenz den einäugigen Fiedler umarmte, schlug ihm der Geruch des Mannes gleich einer Wolke entgegen; die Menschen, die Kastanienbäume, die engbrüstigen Häuser, die den Platz säumten, alles war in bunter Bewegung, in die sich hineinzustürzen ihn lockte. Aber da trat Goegg bereits auf ihn zu, stellte sich vor und bat ihn: »Bleiben Sie doch hier oben, bei uns!« Und während der Rotbärtige und der Fiedler von der Bildfläche verschwanden, machte Goegg, der nun recht selbstsicher und siegesbewußt wirkte, Lenz der Reihe nach mit den die Tribüne betretenden Persönlichkeiten bekannt.

Goegg, so viel war Lenz klar, verbrüderte sich nicht mit ihm aus Begeisterung über seine künstlerische Leistung. Goegg demonstrierte vielmehr seine enge Verbundenheit mit dem Volk und allem Volkstümlichen. Goegg befand sich jetzt offensichtlich im Vordergrund der Ereignisse; was darauf hindeutete, daß im Verlauf der letzten Stunde im Bankettsaal des Hotels »Zum Salmen« gewisse Veränderungen eingetreten sein mußten. Wo war Mördes?

Thiebaut eröffnete die große Volksversammlung. Seine Stimme, beherrschend und väterlich zugleich, hallte klar über den ganzen Marktplatz, auf dem sich das Volk jetzt drängte; der Mann besaß genau jene Mischung von Autorität und demokratischem Gehabe, die den Menschen die Illusion eingab, die Gedanken in ihrem Kopf wären auch in ihrem Hirn gewachsen. Er erwähnte nicht die Situation, in die die Regierung die Gemäßigten durch ihre Weigerung, den zugeworfenen Ball aufzufangen, hineinmanövriert hatte; statt dessen sprach er von der unwiderstehlichen Kraft der freiheitlich Gesinnten. Er pries die große Geduld der Menschen und ihr Vertrauen zu ihren Führern, die sich bemüht hatten, ein Programm auszuarbeiten, das jedermann befriedigen würde. Und dieses Programm würde jetzt verlesen werden von dem bewährten Kämpfer für Recht und Freiheit, dem treuen Sohn des badischen Volkes, dem besten Freund und engsten Mitstreiter des von allen verehrten Lorenz Brentano – den eine glücklicherweise leichte Krankheit daran hinderte, dieser großen und begeisternden Volksversammlung beizuwohnen –, nämlich von dem begabten jungen Delegierten aus Mannheim, Amand Goegg.

Goegg trat vor, ein paar Blätter Kanzleipapier in der Hand. Er sah aus wie der Inbegriff von Jugend und Revolution, wie eine Verkörperung aller romantischen Märchenbuchhelden.

»Erklärung!« verkündete Goegg und wiederholte in die darauffolgende Stille hinein: »Erklärung!«

Hell, klar, trotzig erschallte die Stimme. »Die Landesversammlung des badischen Volkes in Offenburg hat nach vorhergegangener Beratung der gestellten Anträge in dem Landeskongreß der Volksvereine, nach ferner stattgefundener öffentlicher Beratung in Anwesenheit von Abgeordneten aus allen Landesteilen beschlossen...«

Der vorgelegte Beschluß war ein klarer Sieg des radikaleren Flügels. Schon die Tatsache, dachte Lenz, daß Goegg den Entwurf vorlas, deutete darauf hin. Und doch... Da war Mördes plötzlich auf der Tribüne! Gott mochte wissen, wann er hinaufgeklettert war; gelassen und sichtlich im Frieden mit der Welt an diesem herrlichen Frühlingstag, lehnte er am hinteren Teil des Geländers; der Blick beispielhaft unbekümmert, der Mund im permanenten Lächeln des Politikers erstarrt.

Aber Mördes mußte doch die Bedeutung des Beifalls begreifen, der nach dem ersten Luftholen über die Kühnheit der Beschlüsse aus den Reihen der Menschen aufdonnerte: die Resolution verkündete die Bewaffnung des Volkes, die Zurückberufung aller politischen Flüchtlinge, die Freilassung aller politischen Gefangenen, die Abschaffung der Militärgerichte, die freie Wahl der Offiziere beim Heer und die alsbaldige Verschmelzung des stehenden Heeres mit den zu organisierenden bewaffneten Volkseinheiten!

Hier gab es keine Umkehr mehr! Und Mördes lächelte immer noch...

»Aufhebung aller Grundsteuern und feudalen Zehnten!« las Goegg weiter. »Annullierung des alten, ungerechten Wahlgesetzes! Geschworenengerichte! Abschaffung der alten Bürokratie! Eine Nationalbank für Gewerbe, Handel und Ackerbau zum Schutz gegen die großen Kapitalisten! Abschaffung des alten Steuerwesens, Einführung einer progressiven Einkommensteuer! Ein Landespensionsfonds für alle durch Alter oder Krankheit arbeitsunfähig gewordenen Bürger!«

Es war wie im Märchen. Die Menschen standen mit weitaufgerissenen Augen vor diesem Einblick in ein paradiesisches Zeitalter. Freiheit! Revolution! Ah, es war wundervoll – diese Sonne, und diese Farben, und dieser junge Mann, der ihnen diese herrliche Perspektive gab.

»Alle, die unsere Entschließung und deren Punkte, wie verlesen, gutheißen –«, Geheimrat Thiebaut war neben Goegg getreten, »mögen es durch ihr Ja kundtun!«

Das Ja war ein einziges Brausen, die ausgestreckten Hände wogten wie ein hohes Kornfeld. Mördes hatte die Hand erhoben wie alle anderen auch, wie Thiebaut und Hoff und sämtliche Mitglieder des Präsidiums. Was konnten sie sonst tun? Doch es störte Lenz, wie ein Jucken, das man nicht mit dem Fingernagel erreichen kann. Und dann auf einmal ahnte er die Wahrheit, den Grund für Mördes' zufriedene Gleichgültigkeit, für Thiebauts wohlwollende Mithilfe: das Programm und sein Inhalt hatten gar keine Bedeutung mehr für die Herren! Sie hatten beschlossen, es nicht ernst zu nehmen – ja, je radikaler das Programm war und je mehr Versprechungen es enthielt, um so besser paßte es in ihr Spiel; die einfache Unmöglichkeit der Erfüllung des Programms würde die Radikalen bloßstellen, und die Macht würde schnellstens an diejenigen zurückfallen, die etwas Vernünftiges mit ihr anzufangen wußten.

In Wirklichkeit, folgerte Lenz weiter, hatte die Mördes-Fraktion diese Macht überhaupt nicht abgetreten. Man brauchte sich bloß die Liste der vorgeschlagenen Kandidaten für den neuen Landesausschuß der Volksvereine anzuhören, die der Buchhändler Hoff jetzt vorlas. Daß Brentano an erster Stelle stehen würde, war Lenz und jedem auch im geringsten politisch Denkenden von vornherein klar: Brentano war der kommende Premierminister. Die Frage war nur, wer sonst würde dem Schattenkabinett angehören, das jetzt den hier versammelten arglosen Menschen vorgeschlagen wurde? Mördes? Struve?... Lenz wartete gespannt. Nein, sie wagten es nicht, Mördes zu benennen. Aber auch der Name Struve fiel nicht; Struve würde den Frieden und die Harmonie dieser Herren des goldenen Mittelweges stören.

Hoff aus Mannheim spielte sich auf und krähte: »Und als Vertreter unserer Bürger in Uniform schlägt der Kongreß dem Volke vor – Haas aus Rastatt!«

Korporal Haas bestieg die Plattform. Doch bevor er ein Wort sagen konnte, fragte eine helle Stimme laut: »Wie ist es mit *dem* dort?«
Lenz fuhr herum.
»Ja, du da, Soldat!«
Ein Mann sang heiser:

>»Schaut euch euren Mann an, wo das Herz ihm sitzt,
>Ob er's im Beutel trägt, im Maule...«

»Ein ausgezeichneter Vorschlag!« rief Goegg. »Wir haben noch ein paar offene Stellen für Ersatzmitglieder auf der Liste. Ich benenne also als Kandidaten –«, er senkte die Stimme, »wie war doch Ihr Name, bitte?... Ah, ja...« Und wieder mit voller Lautstärke: »Ich benenne als Kandidaten Korporal Andreas Lenz aus Rastatt!«
Beifall. Irgendwo begann der Fiedler zu spielen, hörte aber nach wenigen Takten auf. Lenz' erster Gedanke: Das ist ja Unsinn; ich bin kein Politiker. Sein zweiter: Und warum eigentlich nicht? Wenigstens würde ich die Leute nicht betrügen, die mir ihr Vertrauen schenken. Auf einmal schoß es ihm, zu seiner eigenen Überraschung, durch den Kopf: Christoffel! Sie sollten Christoffel wählen! In diesem unentschlossenen Verein wird jemand gebraucht, der felsenfest und unerschütterlich und tief verwurzelt steht.
Aber Christoffel war nirgends zu erblicken.
Und dann dachte Lenz: Ist auch besser so armer Teufel der wäre einfach verloren unter diesen geübten Rednern sie würden nur über ihn lachen er hat eben keine geistige Beweglichkeit nur seine Grundsätze nichts als Grundsätze...
»Korporal Andreas Lenz aus Rastatt!« verkündete Buchhändler Hoff und blickte müde über den Platz. »Irgendwelche Einwände?... Keine?... Also gewählt!«
In eine schöne Lage bin ich da geraten, sagte sich Lenz. Oder war es vielleicht von Anfang an eine folgerichtige Verkettung von Menschen und Ereignissen, von Ereignissen und Menschen, beginnend mit dem Abend, da Lenore an General Strathmanns Arm den »Türkenlouis« betrat, bis zu diesem Augenblick, wo er zum Mitglied einer Gruppe gewählt wurde, aus der sehr wohl die neue Regierung

werden mochte? Da er sich immer noch suchend umsah, war er der erste auf der Tribüne, der die Unruhe am anderen Ende des Platzes bemerkte: dort, wo die Straße vom Bahnhof her in den Marktplatz mündete, versuchte ein Mann, sich durch die Menge hindurchzuzwängen. Das Stück Papier, das er in der Hand schwenkte, und die Worte, die er atemlos ausstieß, veranlaßten die Menschen, ihm schließlich Platz zu machen. »Wichtige Nachricht...!« verstand man endlich, als er näher kam. Der Kragen seiner Stationsvorsteheruniform stand am Halse offen, die Mütze hatte er verloren. »Wichtige Nachricht...! Ans Präsidium des Kongresses...!«

Mördes trat wie selbstverständlich vor, um dem Mann die Depesche aus der ausgestreckten Hand zu nehmen. Doch Goegg war schneller. Er riß das Papier an sich, brach das Siegel, las die Botschaft und gab sie weiter an Thiebaut.

Thiebaut, nach einem Blick darauf, griff nach seinem Taschentuch und tupfte sich die Stirn ab, die plötzlich mit Schweißtropfen bedeckt war. Dann bat er Hoff, beiseite zu treten.

»Volk von Baden!« begann er heiser. »Mitbürger! Es ist unsere Pflicht, Sie davon in Kenntnis zu setzen, daß Seine Hoheit –«, er verbesserte sich, »daß der Großherzog – geflüchtet ist.«

Er trat zurück, bleich und erschöpft von dem Schock des Unwiderruflichen. Schweigen senkte sich über die Menschenmenge; kein Blatt schien sich zu bewegen an den hohen Kastanienbäumen.

Dann flog eine Mütze in die Luft. Jemand rief: »Es lebe das Volk!«

Jetzt brach der Jubel los.

Zweites Buch

Siebentes Kapitel

Am Montag, den 14. Mai, Morgens, als die Revolution vollendet war, kam Brentano in Rastatt an. Von Struve und Anderen gerufen, hatte er nur mit Zögern und Zaudern den Befehl des Volkes befolgt, welches ihn an die Spitze der Regierung stellte. Er hatte die Genugthuung, daß selbst ein Struve ihn bat, die Regentschaft des badischen Landes zu übernehmen... Er gab sich sogleich alle Mühe, die Bewegung niederzuhalten. Die Rastatter Soldaten mußten sofort die Reichsverfassung beschwören; der Ruf, es lebe die Republik, den man früher häufig gehört hatte, verstummte in ihren Reihen... Brentano kündigte vom Balkone des Rastatter Rathhauses den staunenden Soldaten an, daß er mit den andren Ausschuß-Mitgliedern nach der Residenz ziehen würde, um der Anarchie zu steuern. Verwundert hörte man von dem Chef der Revolution ein Wort, mit dem die bisherige Regierung, wie alle Feinde des Volkes, ihre reaktionären Maßregeln gewöhnlich beschönigt hatte.

(Auszug von Andreas Lenz aus Joh. Phil. Becker: »Geschichte der Süddeutschen Mai-Revolution«)

»Nun, Lenore –«, er hielt ihr seine Tasse hin, »wie gefällt dir deine Revolution?«

Sie goß den Tee ein. Ihres Vaters Aussehen beunruhigte sie; das Gesicht war gelblicher als sonst, die Muskeln hingen schlaff, die Säcke unter seinen Augen waren fast schwarz. Dieser Sonntag im Belagerungszustand, die auf Straßen und Plätzen kampierenden Soldaten, die verschlossenen Tore der Festung, die besetzten Verteidigungswerke, das alles schien ihn angegriffen zu haben.

»Ich denke immer noch, du hättest wenigstens spazierengehen sollen«, sagte sie. »Die Luft hätte dir gewiß gut getan!«

»Luft! Luft!« Seine Hand bewegte sich ärgerlich.

»Niemand hätte dir ein Haar gekrümmt! Die Leute haben sich doch sehr diszipliniert verhalten!«

»Auch der disziplinierteste Krawall ist nichts für einen Mann mit einem Leberleiden«, erwiderte er.

»Es ist genug geschehen, um sogar Schlimmeres zu rechtfertigen.«

Er schwieg eine Zeitlang und spielte mit der Zuckerzange. Draußen marschierte wieder ein Trupp vorbei, Stiefel hallten wider zu heiseren Kommandos. Die Uhr im Nebenzimmer schlug langsam, tiefklingend Mitternacht. Eine Kerze sprühte und leuchtete hell auf.

»Du meinst also, die Revolution ist eine gute Sache?« begann er schließlich wieder.

»Gut?« sagte sie. »Schlecht?« Das hing davon ab, auf welcher Seite der Mensch stand; – und wo stand sie eigentlich? »Auf jeden Fall bedeutet sie Fortschritt«, antwortete Lenore eigensinnig.

»Fortschritt?« Er legte eine Prise Schnupftabak auf die Kuppe seines Daumens und führte sie an die Nasenlöcher. »Eisenbahnen sind Fortschritt! Handel ist Fortschritt! Industrie! Maschinen! Ich sage dir, meine Liebe –«, er betrachtete ihre kluge, wohlgeformte Stirn, den Ausdruck in ihren Augen, der so gar nicht üblich war für junge Damen ihres Alters, »und ich bin sicher, du wirst es verstehen: Wenn ich jemandem einen neuen Dampfkessel finanziere, tue ich mehr für den Fortschritt als dieser junge Lenz und alle seinesgleichen zusammengenommen.«

Sie sah Lenz vor sich – und den General, wie er aus der Wand heraustrat. Vermutlich hatte ihr Vater recht; er hatte fast immer recht; aber das half ihr nun einmal nicht, überhaupt nicht.

»Lächerlich!« fuhr er fort. »Die ganze Festung abzuschließen! Niemanden herein- oder herauszulassen!«

»Es heißt, die Preußen würden kommen!« entgegnete sie und runzelte die Stirn, weil sie sich schon wieder dabei ertappte, daß sie diese armen, unbeholfen umhertappenden Soldaten in Schutz nahm, die, ohne Offiziere, beinahe führerlos, auf jedes Gerücht hereinfielen und bei jedem Alarmgeschrei tapfer losmarschierten.

»Die Preußen!« rief er verächtlich. »Geographie gehört anscheinend nicht zu den starken Seiten der Revolution... Und wo ist der junge Mann?« wechselte er seine Taktik. »Ich nehme an, du bist draußen gewesen und hast nach ihm gesucht! In welchen anderen Häusern hat er noch herumgeschnüffelt, um nicht zu sagen, geplündert?«

Es kam von der Leber. Seine Leber, Galle, Nerven, es hing alles zusammen. Und Meuterei, Aufruhr, Revolution waren keine gute Kur für angegriffene Nerven.

»Die Preußen!« Er war wieder bei seinem Thema angelangt. »Falls sie kommen –«

»Warum sollten sie?« warf Lenore erschrocken ein. Wieder mußte sie an Lenz denken, und dann sah sie etwas Riesiges, Erdrückendes auf sie beide zurollen, ganze Horden von Ulanen und pommerschen Grenadieren, gedrillte Automaten, stupide, kaum imstande, vernünftig zu sprechen.

»Falls sie kommen«, beharrte er, »werden die Wälle dieser Festung umfallen wie die Mauern von Jericho...«

»Warum sagst du mir das alles, Vater?«

Er dachte nach. Ja, warum? Und warum konnte er heute nacht nicht schlafen und hielt sie mit seinen Launen und Klagen wach. Wovor fürchtete er sich? Hatte er nicht seine Gelder an sicherem Orte deponiert und sich überall Verbindungen geschaffen, die ihm nun nützen konnten? War es der Lärm, das Marschieren? Oder warnte ihn ein uralter Instinkt, daß, wie die Veränderungen sich auch gestalten mochten, immer der Jude die Schläge bekam?

»Weil ich dich liebhabe«, antwortete er schließlich. »Weil ich nicht will, daß du dein Herz an diese Sache hängst.«

Das Weh in ihrer Brust war quälend. Bei den Unterhaltungen über Gott, Geschäfte, die Welt vermieden ihr Vater und sie gewöhnlich jedes persönliche Sentiment. Doch wußte sie, daß sie das einzige seiner Kinder war, dem er sich nahe fühlte; seine Söhne, ihre Brüder, hatte er in Frankfurt, Basel, Paris, London untergebracht – damit sie das Geschäft lernten und ihren Horizont erweiterten, hieß es. In Wirklichkeit waren sie seine Korrespondenten, wichtig für seine Unternehmungen, nicht aber für seine Gefühle. Wenn er sie, seine Tochter, nicht hätte, er wäre ein einsamer alter Mann.

»Ich will nicht, daß du dein Herz an diese Sache hängst«, nahm er den Faden wieder auf, »weil es in Deutschland noch nie eine erfolgreiche Revolution gegeben hat und weil ich bezweifle, daß es je eine geben wird.«

Sie blickte ihn nachdenklich an. Eine seltsame Bemerkung von einem Mann, dem die Revolution bis ins eigne Haus gedrungen war!

Er winkte müde ab. »Und ich will nicht, daß du dein Herz an diesen Burschen hängst.«

Sie wollte etwas einwenden.

Er aber fuhr rasch fort: »Vielleicht meinst du, jetzt, da wir durch die Revolution alle gleich geworden sind, kannst du dich ihm an den Hals werfen...«

Er stockte. Die Hausglocke schrillte lange und laut. Ein flüchtiges Zucken überlief sein Gesicht.

»Ich gehe schon hinunter«, sagte sie.

Seine erhobene Hand hielt sie zurück. Wieder durchschnitt die Glocke die Stille.

»Ich bin kein Snob«, erklärte er mit erzwungener Ruhe, »und kein Pharisäer. Du liebst einen armen Mann – schön und gut, ich würde ihn in einem Geschäft etablieren und etwas aus ihm machen. Aber dafür ist er nicht der Typ –«

»Können wir nicht...« Nervös trat sie ans Fenster. Die Straße war dunkel und leer; von weither kam der Widerschein der Lagerfeuer. »Können wir uns nicht ein andermal über Andreas Lenz unterhalten?«

»Lenore!«

»Ja, Vater?«

»Falls sie mich holen gekommen sind, möchte ich, daß du nach Frankfurt fährst...«

»Ich lasse dich nicht allein! Und sie werden dich nicht –«

Die Glocke. Wild. Dann ging knarrend die Tür auf.

»Du wirst tun, was ich dir sage!« Seine Hände umklammerten die Armlehnen seines Stuhles.

Es war der Schreiber. »Ein Herr möchte Sie sprechen!« meldete er.

»Ein Herr?« Einstein betonte das Wort.

»Er sagte, er könne seinen Namen nicht nennen.« Der Schreiber schloß mit der freien Hand den Kragen seines schäbigen Hemdes. »Was soll ich ihm ausrichten, Herr Bankier?«

»Schicken Sie ihn herein.«

Der Schreiber schlurfte hinaus. Nach kurzer Zeit kam er zurück, dem Besucher den Weg leuchtend. Dieser – schwarze Kleidung, schwarzer Umhang, schwarze Schatten – erschien unnatürlich groß.

Einstein erhob sich. »Ach, Sie sind's, Leutnant Gramm!«

Gramm verneigte sich, trat zu Lenore und führte ihre Hand an seine Lippen.

»Was bringt Sie hierher?« fragte Einstein, nachdem er den Schreiber mit einem Wink entlassen hatte.

Der Leutnant setzte sich vorsichtig hin. Er traute dem Sattel, nicht aber diesen zierlichen Möbeln. Er nahm die Tasse Tee an, die ihm Lenore bot, stellte sie jedoch ohne zu trinken auf den Tisch.

»Ich reise ab«, erklärte er kurz.

»Ah«, sagte Einstein. Er empfand nichts als Verdruß über die späte Störung – er hatte genug erlebt mit dem Militär in diesen letzten paar Tagen. »Und?«

»Hierbleiben verträgt sich nicht mit der Ehre eines Offiziers!« platzte Gramm heraus. »Man wird ja gejagt wie ein wildes Tier! Nein, ich gehe irgendwohin, wo ich mich zur Wehr setzen kann.« Er schlug sich mit der Faust aufs Knie. »Pöbel!«

Sein Gesicht glühte rot im Kerzenlicht – ein simpler Dragoner mit simplen Reaktionen.

»Und Sie sind gekommen, um uns das mitzuteilen?« erkundigte sich Einstein.

»Ich dachte –« Gramm zögerte. Er blickte Lenore mit seinen glanzlosen Augen hilfesuchend an. Dann überstürzten sich seine Worte: »Ich dachte, es wäre Ihnen wichtig zu erfahren, daß es dem Herrn General schon besser geht. Er befindet sich jetzt zu Hause und ruht. Niemand hat ihn weiter belästigt.«

»Das ist uns bekannt«, bemerkte Einstein trocken.

Gramm wußte nicht weiter und trommelte auf sein Knie.

»Ich verstehe nicht, wie Sie aus Rastatt hinauskommen wollen!« sagte Lenore. »Die Tore sind geschlossen und bewacht...«

»Sie kennen mich noch nicht richtig, Mademoiselle Lenore!« Gramm lebte auf; endlich hatte er ein sicheres Thema gefunden. »Ich denke an alles; militärische Gründlichkeit, verstehen Sie...« Er lachte selbstzufrieden. »Es gibt da eine kleine Durchlaßpforte; die meisten wissen nichts davon; aber ich bin besser orientiert; ich bin beim Stab, Pläne und Anlagen sind mein Ressort; und ich habe auch ein paar zuverlässige Leute an der Hand, Gott sei Dank sind nicht alle Soldaten zu dem Gesindel übergelaufen... Nun...!« Wieder hieb er sich mit der Faust aufs Knie. »Pferde werden auch vorhanden sein, schnelle Pferde, draußen vor der Mauer...«

Einsteins Interesse schwand. Der Mann wollte Geld, das war alles. Er ritt ins Unbekannte, in einem aufrührerischen Land; und man zählte den dreizehnten des Monats, das Gehalt war verbraucht, seine Freunde hielten sich verborgen.

»Sie können doch reiten, nicht wahr, Mademoiselle Lenore?«

Einsteins Brauen hoben sich.

»Ich dachte...« Wieder kam der Leutnant nicht weiter. Er holte tief Luft. Die Hände, groß und behaart, lagen flach auf den Schenkeln. »Ich dachte, Mademoiselle Lenore, ich bitte Sie, mit mir mitzukommen...« Und als er Einsteins Stutzen und Lenores Erstaunen bemerkte, fuhr er rasch fort: »Sie verstehen, es ist nicht das erstemal, daß mir der Gedanke vorschwebt...«

»Wirklich?« sagte Einstein.

»Nun«, erklärte Gramm, »Sie müssen verstehen, ich entstamme einer sehr alten Familie. Mütterlicherseits läßt sie sich zurückverfolgen bis zu einem Marschall der Könige von Burgund.«

»Unsere Familie«, entgegnete Einstein, »läßt sich zurückverfolgen bis zu einem Bankier der Pharaonen von Ägypten.« Und fügte, noch eine Prise Schnupftabak nehmend, hinzu: »Auf beiden Seiten.«

Der Leutnant schluckte. Dann sagte er mit einem Lachen: »Nun ja, Jud ist Jud, wie es heißt!... Aber ich hatte Gelegenheit, Mademoiselle Lenore ab und zu zu sehen, seit ich in Rastatt stationiert bin – das letztemal bei ihrer glänzenden Geburtstagsgesellschaft. Und so bin ich zu einem Verehrer Ihrer Tochter geworden, Sie verstehen, Herr Bankier. Ich hätte wohl noch etwas länger gewartet; ein Mann, ein Offizier der Armee Seiner Hoheit des Großherzogs stürzt sich nicht kopfüber in eine solche – eine solche –«

»Eine solche Verbindung?« schlug Einstein vor.

»Ganz recht!« Gramm knüpfte seinen Umhang auf und warf ihn über die Stuhllehne. »Ganz recht! Verbindung, das ist das richtige Wort! Aber jetzt, da wir diese – diese –«

»Unannehmlichkeiten?«

»Richtig, diese Unannehmlichkeiten haben!... Jetzt fühle ich, daß es Zeit ist, mich zu erklären –«, er wies auf seinen zivilen Reitanzug, »besonders im Hinblick auf die getroffenen Vorbereitungen und die wartenden Pferde...«

Eigentlich ist es komisch, dachte Einstein. Es war wie eine Aufführung des Rastatter Liebhabertheatervereins, den er aus geschäftlichen Gründen unterstützen mußte – nur paßte Lenores bitterböses Lächeln nicht dazu.

Gramm erhob sich halb von seinem Stuhl. »Eine junge Dame wie Mademoiselle Lenore kann doch nicht hierbleiben unter dieser wildgewordenen Meute! Schon einmal wurde Ihr Haus durchsucht – was sollte diese Leute daran hindern, wiederzukommen, und diesmal, nun...«

Einstein hörte nicht mehr hin. So plump der Antrag auch war, es ergab sich die Frage: Was sollte er wirklich mit seiner Tochter tun? Was würde aus ihr werden?... Liebe! Liebe war so eine Sache, gut und schön, wenn man sie erlebte, aber doch nichts, um sein Leben darauf zu gründen – und schon gar nicht auf eine Affäre mit diesem vagabundierenden Genie und Hausfriedensbrecher. Mit wem dann? Mit dem heiratsfähigen Sohn irgendeines Geschäftsfreundes, wobei Geld sich mit Geld vereinte? Oder gerade mit einem Dummkopf wie diesem Gramm, niederer Landadel mit hohen Verbindungen, der das jüdische Blut brauchte, um etwas Verstand in die leeren Schädel und etwas Geld in die leeren Kassen der Familie zu bekommen?

»Herr Bankier! Ich habe um die Hand Ihrer Tochter angehalten!« Und als Einstein immer noch nichts sagte: »Die Zeit drängt! Meine Leute warten!«

»Ihr Antrag ehrt mich, Leutnant Gramm.« Einstein atmete tief; die goldene Uhrkette spannte sich über seiner Weste. »Gestatten Sie mir jedoch ein paar Fragen...«

»Er will *mich* heiraten«, unterbrach Lenore. »Erlaube *mir* ein paar Fragen.«

»Davon wollte ich gerade sprechen«, erwiderte Einstein. »Sehen Sie, Herr Leutnant, ich habe meine Tochter zu ziemlicher Selbständigkeit erzogen. Aber –«, und er wandte sich ihr zu, »die Frage der

Mitgift wird gewöhnlich mit den Eltern des Mädchens erörtert...« Und wieder zu Gramm, im liebenswürdigsten Tonfall: »Ich bin überzeugt, Sie haben diesen Punkt ebenfalls bedacht, bei Ihrer militärischen Gründlichkeit?«

»Jawohl!« bestätigte Gramm, froh, daß die delikate Frage so glatt zur Sprache gekommen war. »Und in Anbetracht der besonderen – besonderen –«

»Umstände?«

»Umstände, ja. In Anbetracht der besonderen Umstände meinte ich, daß...«

»Ich denke gar nicht daran, Sie zu heiraten, Herr Leutnant!«

»Mademoiselle?«

»Ich werde Sie nicht heiraten!«

»Aber warum denn nicht, Mademoiselle?« Gramm war aufgesprungen und stand, groß und schwarz, mit hilflos erhobenen Armen da.

Sie lachte müde. »Ich will eben nicht. Sie können sich Ihre Gefühle und Ihre Pferde und Ihre finanziellen Erwägungen sparen!«

»Ich verlange eine Erklärung!« Er sagte das, als ob sie ein Mann wäre und er Gründe suchte für eine Forderung zu Pistolen auf fünfzig Schritt.

Sie zuckte die Achseln.

Er senkte den Kopf, überlegte. Nach einer Weile kam er zu der einzig möglichen Schlußfolgerung: sie war aufbrausend, launisch, schwer zu behandeln; er konnte von Glück sagen, daß er das entdeckt hatte, bevor sie ihm an den Rockschößen hing. Doch dann erwachte wieder sein Sinn für das Praktische, und er rief etwas gequält: »Aber Geld werde ich trotzdem brauchen!«

»Ja, natürlich!« bestätigte Einstein. »Wieviel?«

Gramm runzelte die Stirn. Er war nicht sicher, was er an erster Stelle im Sinn gehabt hatte: diesem Judenmädchen großmütig seine Hand anzubieten, oder auf schnellstem Weg zu barem Geld zu kommen.

»Wieviel?« wiederholte Einstein. »Und welche Garantie bieten Sie?«

»Garantie?« fragte Gramm.

»Du wirst ihm *kein* Geld geben, Vater!«

»Mademoiselle Lenore!« sagte Gramm. »Sie haben mir Ihre Hand verweigert, das ist Strafe genug. Warum auch noch nachtragend sein?«

»Ah, Sie!« Lenore standen die Tränen in den Augen. Sie wurde ja gestraft, nicht Gramm. Ihr Vater strafte sie wegen Lenz, wegen ihrer Gefühle für Lenz, wegen allem! Spielte den Shylock, um ihr eine Lektion zu erteilen!

»Ich brauche dreihundert Gulden!« ersuchte Gramm. »Ich muß fort!«

»Warum müssen Sie fort!« fuhr sie ihn an mit einer Feindseligkeit, von der sie selbst überrascht war. »Eigentlich müßte ich Sie der nächsten Patrouille übergeben.«

»Sehen Sie, Leutnant«, sagte Einstein, »zu meinem Erstaunen sympathisiert meine Tochter mit dieser wildgewordenen Meute.«

Gramms Gesicht verfärbte sich zu einem noch tieferen Rot.

»Hätte sie eingewilligt, Ihre Frau zu werden«, sprach Einstein mit ernstem Gesicht weiter, »so hätte es keiner Garantie bedurft. Wie die Dinge jedoch liegen, werden Sie wohl einen Wechsel unterschreiben müssen.«

»Vater!« Sein Sarkasmus war unerträglich. »Dieser Mensch ist nur des Geldes wegen hier, und er hat geglaubt, er würde es leichter bekommen, wenn er mich als Zugabe nimmt...«

»Mademoiselle!« Gramm geriet ins Stottern. »Sie verletzen meine Ehre!«

»Ihr widert mich an«, sagte sie heftig, »alle beide, mit eurer bourgeoisen Beschränktheit!«

»Lenore!« Das war halb Warnung, halb Zurechtweisung. »Ein Bankier, meine Liebe, ist wie ein Arzt. Er kann seine Hilfe nicht verweigern, wenn seine Bedingungen erfüllt werden...«

›Einfache, gewöhnliche Menschen dort draußen opfern sich für ein bißchen Freiheit – und ihr? Dreihundert Gulden... Da werden Sie wohl einen Wechsel unterschreiben müssen... Zu wieviel Prozent? Sechs?... Wie ich das satt habe!«

»Lenore! Meine Liebe!« Das kam ihm aus dem Herzen. Warum tun wir uns das an? wollte er sagen. Warum kränken wir einander?

Warum willst du hinter diesem nichtsnutzigen Träumer herlaufen der dich für das nächstbeste Weibsbild fallen lassen wird ich habe Erkundigungen über ihn einziehen lassen ich bin doch dein Vater ich will nur das Beste für dich kannst du das nicht verstehen bleib bei mir hier gehörst du hin für wie viele Jahre kann es noch sein eins zwei zweieinhalb? Laut jedoch sagte er: »Einen Wechsel, Leutnant Gramm, fällig heute in drei Monaten, zu sechs Prozent Zinsen monatlich, die Zinsen werden im voraus abgezogen. Einverstanden?«

»Einverstanden, Herr Bankier.«

Einstein erhob sich und ging steifen Schritts zu dem kleinen Pult an der Wand. Er holte ein Blatt Papier heraus, tauchte die Feder ein und begann zu schreiben: »Hierdurch verpflichtet sich...«

Lenore brachte ihm einen Leuchter. Die Lippen verzogen, fragte sie spöttisch: »Und warum gerade einen Dreimonatswechsel?«

»Weil«, erwiderte Einstein mit einem Nicken zum Fenster hin, »der Spuk dort draußen keine drei Monate dauern und Leutnant Gramm bis dahin längst wieder hier sein und sein Offiziersgehalt beziehen und seine Schulden begleichen wird.« Er brachte den letzten Schnörkel zu Papier. »Herr Leutnant! Bitte – unterzeichnen Sie!«

Mit großen, ungefügen Buchstaben schrieb Gramm seinen Namen.

Einstein schloß ein kleines Stahlkästchen auf und zählte 246 Gulden in Noten und Münzen ab. Der Leutnant strich das Geld ein, steckte es in die Tasche, und mit einer kurzen Verbeugung zu Lenore hin und einem zögernden: »Ihr Diener, Mademoiselle!« nahm er seinen Umhang und ging.

Einstein öffnete das Fenster. Von irgendwoher knatterte eine Salve von Schüssen durch die Nacht. »Nervös«, sagte er. »Alle sind nervös.«

Lenore lehnte mit dem Rücken gegen die Wand, die Hände hinter sich verschränkt, das Gesicht leicht emporgehoben. Nein, sie war nicht mehr nervös. Es war gut, daß Leutnant Gramm gekommen war: sein Besuch hatte Dinge kristallisiert, die im Fluß gewesen waren.

»Ich fürchte, ich bin etwas heftig gewesen«, sagte sie. »Es tut mir leid, die Beherrschung verloren zu haben.«

Er warf einen raschen, mißtrauischen Blick auf sie. »Ah, schon gut«, erwiderte er. »Ich glaube, ich war auch nicht gerade liebenswürdig. Dieser Idiot!« Er zwang sich ein Lachen ab.

»Er würde mich auch geheiratet haben«, bemerkte sie.

»Glaubst du, ich hätte das erlaubt?«

»Ich glaube nicht, daß deine gütige Erlaubnis mich so oder so beeinflußt hätte.«

»Ach so.«

»Jedenfalls hat Leutnant Gramm mich mit dem Finger darauf gestoßen, daß es eines meiner Lebensziele ist, zu heiraten!«

»Das dürfte für jedes Mädchen deines Alters zutreffen.«

»Es ist mir heute nicht gelungen, Lenz zu finden. Aber ich habe erfahren, wo er sich aufhält.«

»Lenore?«

»Ja, Vater?«

»Das ist doch alles falsch. Unser ganzes Gespräch.«

»Ich denke, es ist notwendig.«

»Oh.«

»Lenz wurde von den Soldaten seiner Kompanie nach Offenburg geschickt.«

»Und?«

»Man sagt, Lenz ist einer ihrer Anführer geworden.«

»Was er auch tut, heiraten wird der dich nie.«

»Das ist nicht das Wesentliche dabei.«

Einstein begab sich zurück an seinen Schreibtisch. Aus einem kleinen Fach nahm er ein Fläschchen und schluckte eine Pille daraus. »Warum haßt du mich plötzlich so sehr?« fragte er dann.

Sie schloß die Augen. Es war ihr, als spürte sie das langsam pulsierende Blut in ihren Gliedern. »Ich hasse dich nicht«, sagte sie mit rauher Stimme. »Aber ich liebe ihn.«

»Du wirst zur Zielscheibe aller dreckigen Soldatenwitze in Baden werden.« Die Ader auf seiner Stirn trat hervor. »Ich werde dich enterben! Ich werde...« Er hielt inne und seufzte. »Nein, nein, nein – das ist lächerlich. Können wir denn nicht vernünftig darüber reden? Ich gebe meinen Fehler zu. Ich habe dich gelehrt, unkonventionell zu denken, und dann verlangt, daß du dich benimmst wie der

Durchschnitt. Ich bin verstrickt in einen von mir selbst geschaffenen Widerspruch. Hilf mir doch!«

Sie trat zu ihm. Er nahm ihre Hand, preßte sie an sein Herz. Die Geste schnitt ihr in die Seele.

»Zu deinem Besten«, bat er, »du bleibst bei mir?«

Durch den Tränenschleier hindurch bemerkte sie die lauernde Berechnung, die sich unbewußt auf seinem Gesicht zeigte. Zu ihrem Besten...? Ja, sicher – er glaubte das wohl wirklich. Aber – und hier war das Geheimnis seines geschäftlichen Erfolges – er handhabte seine Angelegenheiten gewöhnlich so, daß sich die Interessen des jeweiligen Verhandlungspartners mit seinen eigenen deckten...

»Zu meinem Besten?« wiederholte sie. »Kannst du etwa auch einen Wechsel ausstellen, der mir mein Lebensglück garantiert?«

»Zumindest kann ich dir mit ziemlicher Sicherheit viel Jammer, Herzeleid und ein verpfuschtes Leben garantieren, falls du auf dieser Torheit beharrst.«

»Und für was für eine Art von Glück soll ich mir deiner Meinung nach meine Unschuld bewahren?«

Die Kerzen begannen zu verblassen. Im Morgengrauen wurden die Schatten undeutlicher. Das erste Tageslicht zeigte Einstein die spöttisch gekräuselten Lippen seiner Tochter, das Unnachgiebige in ihren Augen. Er hob die Schultern, besiegt – wie könnte er, im Tiefsten seines Herzens selbst eine Freibeuternatur, ihr die Werte einer spießigen, ruhigen, bürgerlichen Existenz empfehlen? Sie würde ihm niemals glauben; er hatte sie leider dazu erzogen, die Tartuffes dieser Welt zu erkennen und zu verlachen...

Er war so in Gedanken versunken, daß ihm die Geräusche des erwachenden Tages entgingen: die fernen Trompetensignale, der Klang der Trommeln, Stimmen, die mit dem Morgenwind heranwehten. Erst als der zunehmende Lärm von Stiefeln auf Pflastersteinen, von laufenden Menschen bis vor seine Fenster drang, kam ihm zum Bewußtsein, daß zu dieser Stunde, draußen vor seiner Tür, Geschichte gemacht wurde. Er klingelte nach seinem Schreiber.

»Sehen Sie nach, was da los ist«, befahl er.

Der Sekretär war bald wieder zurück und berichtete, daß eines der Festungstore geöffnet worden war, um die Regierung einzulassen.

»Was heißt Regierung?«

»Gemeint ist der Herr, den Sie seinerzeit beauftragt haben, Sie in Ihrem Prozeß gegen den Fiskus zu vertreten.«

»Ich dachte, Herr Brentano sei krank?«

»Man sagt, er hat seine Kur in Baden-Baden unterbrochen und ist die ganze Nacht gereist und hat sich mit einigen aus Offenburg zurückkehrenden Delegierten und Mitgliedern des Landesausschusses getroffen. Jetzt befindet er sich auf dem Wege zum Rathaus, wo er zum Volk sprechen wird.«

Lenore war zur Tür gegangen.

»Und wo willst du hin?« fragte Einstein.

»Einen Schal holen«, antwortete sie. »Es ist kühl draußen.«

»Besten Dank«, sagte Einstein zu dem Schreiber und entließ ihn. Dann, seinen Rock zuknöpfend: »Gehen wir zusammen zum Rathaus, Lenore, wenn du nichts dagegen hast – und hören wir uns die Jungfernrede des neuen Regierungschefs an.«

Sie nickte. Warum besonders erwähnen, daß sie hoffte, Lenz zu begegnen? Ihr Vater wußte es ohnehin.

Achtes Kapitel

Mitbürger! Eingedenk der Verpflichtung, die wir gegenüber der großen Landesversammlung in Offenburg übernahmen, und folgend dem Rufe der Gemeinde-Behörde hiesiger Stadt, sind wir heut an der Spitze unserer braven Soldaten hier eingezogen. Wir werden unsere Kräfte daran setzen, bei der Erreichung eines volksthümlichen Staatszustandes die volle Freiheit der Person und den Schutz des Eigenthums zu wahren. Wir werden Alles aufbieten, um die Regierungsmaschine im Gange zu halten; wir werden auf dem Platz bleiben, den die Pflicht und der Ruf des Volkes uns angewiesen, bis das Volk selbst über die Regierung das Nöthige verfügt hat.

Mitbürger! Unsere Aufgabe ist eine schwierige; aber wir fühlen in uns einen kräftigen Willen, sie zu lösen. Unterstützt uns überall in unserem Beginnen, und wir zweifeln nicht, daß die Freiheit zum Siege gelangen wird.

(Von Andreas Lenz angestrichener Absatz in der Proklamation des Landesausschusses, gegeben zu Karlsruhe, den 14. Mai 1849)

Struve erschien Herrn Brentano so wenig gefährlich, daß er ihn ruhig im Landesausschuß duldete, ihn überwachte und ihn unpopulär zu machen suchte, was ihm auch vollständig gelang.

(Auszug von Lenz aus Friedrich Engels: »Die deutsche Reichsverfassungs-Campagne«)

Der Landesausschuß tagte.

Die große polierte Tür zum Sitzungssaal wurde bewacht von einem beleibten Karlsruher Bürgerwehrmann, prächtig anzuschauen in seiner Uniform und Bewaffnung, und im Vollgefühl seiner Wichtigkeit unempfindlich für jede Annäherung. Lenore blickte ihn bittend an, doch der Mann starrte an ihr vorbei. Er hatte ihr bereits einmal gesagt, daß Bürger Lenz sich in der Sitzung befinde und nicht gestört werden dürfe. Sie seufzte, setzte sich wieder auf das niedrige Fensterbrett, wo sie einen Platz gefunden hatte, und ordnete die Falten ihres Rockes.

Sie wußte, daß eine Pause kaum vor Mittag gemacht werden würde; trotzdem bedauerte sie nicht, beizeiten hergekommen zu sein: von der Halle im Erdgeschoß her drängten ständig Trauben von Menschen die breite Treppe hinauf und in den Korridor vor dem Sitzungssaal; sie alle hofften, etwas von den Verhandlungen zu erfahren oder diese zu beeinflussen, indem sie mit einem der Deputierten sprachen. Es ließ sich voraussehen, daß in kurzer Zeit dieser ganze Teil des Rathauses abgesperrt werden würde.

Ein Sekretär mit einem Stoß Papiere unterm Arm zwängte sich durch die Menschenmenge zum Sitzungssaal durch. Die Wache riß die Tür auf. In diesem Augenblick rauschte eine Frau mit einem voluminösen Umhang und einem federgeschmückten Hut in den Flur; der junge Mann neben ihr schob die Menschen beiseite, und bevor der Posten die Tür wieder schließen konnte, war die Frau bei ihm und forderte Einlaß.

Diese Stimme, so ungezwungen und selbstsicher – Amalia Struve! Lenore erhob sich rasch: vielleicht konnte man in Amalias mächtigem Kielwasser in den Sitzungssaal hineinschlüpfen.

Aber der Wachtposten hielt das Gewehr schräg. »Oh, nein, draußen bleiben!« verkündete er und stieß mit dem Absatz die Tür zu.

»Sie wissen wohl nicht, wer ich bin?«

Der Ton lockte Menschen an, machte sie neugierig, auch kritisch. Sogar auf den Posten verfehlte er seine Wirkung nicht. Wenn er keine Uniform trug, war er großherzoglicher Hoffabrikant für Damen- und Herrenhemden sowie Unterwäsche, ein Mann, gewöhnt, zu buckeln und zu dienen.

»Ich bin Madame Struve!«

»Mag sein, Madame«, antwortete der Wachtposten zögernd. Ein interessiertes Flüstern ging durch die Menschenmenge.

»Und der Herr neben mir ist General Sigel!«

Fast alle, Lenore eingeschlossen, wandten sich dem jungen Mann zu. Der hatte dunkles, strähniges Haar, und die Augen saßen ihm ungleichmäßig im Kopf, so daß sie verschieden schräg verliefen und seinem Gesicht einen eigenartigen Ausdruck verliehen. Der allgemeinen Aufmerksamkeit bewußt, verschränkte er die Arme und schlug Amalia vor: »Geben wir es vorläufig auf!«

Sie beachtete ihn nicht und redete weiter auf die Wache ein: »Aber begreifen Sie denn nicht, guter Mann! Struve ist hier im Sitzungssaal, und er muß sofort erfahren, daß der General gekommen ist und der Revolution zur Verfügung steht!«

Der Posten schätzte den jungen Mann in dem fadenscheinigen Rock ab. Fahle Haut und fiebriger Blick, scheint in den letzten Monaten wenig zu essen gekriegt zu haben... Aber der großherzogliche Hoffabrikant für Damen- und Herrenhemden sowie Unterwäsche hatte in den drei Tagen seit der Machtübernahme des Landesausschusses aufgehört, sich zu wundern: die merkwürdigsten Geschöpfe aus allen Ecken des Großherzogtums und sogar aus anderen deutschen Staaten und dem Ausland strömten nach Karlsruhe, um hier ihre Dienste anzubieten oder auf Grund ihrer Leistungen für die große Sache einträgliche Pöstchen zu fordern.

»Madame«, sagte er schließlich, »bei uns herrscht jetzt Gleichberechtigung, also muß jeder warten.«

»Das ist richtig!« kam es von beiden Seiten des Flures. »Hier gibt's keine Vorrechte mehr!« – »Wir warten auch!« – »Reich und Arm sind gleich!«

Amalia besaß Verstand genug, ein Lächeln aufzusetzen und nicht weiter auf ihrer Absicht zu beharren. Die Menge lenkte ihr Interesse anderen Dingen zu. Amalia nahm den Arm des jungen Generals und schaute sich nach einer Sitzgelegenheit um. Ihr Blick fiel auf Lenore.

»Welche Freude – Lenore Einstein!«

Mit ausgebreiteten Armen kam Amalia auf Lenore zu und umfing sie. Dann stellte sie ihren Schützling vor: »General Franz Sigel, gerade aus dem Schweizer Exil zurückgekehrt!«

Sigel nickte kurz.

»Armer Kerl!« Amalia senkte ihre Stimme. »Der General ist krank. Aber als ihn die Nachricht von den Ereignissen hier erreichte, vermochten kein Fieber, kein Schmerz, kein Arzt ihn in seinem Schlupfwinkel zurückzuhalten...«

»Ich bin kein General«, protestierte er. »Ich bin Ex-Unterleutnant der badischen Armee.«

»Sie sind kein General, Franz?...« sagte Amalia. »Sie werden einer sein!« Und wieder zu Lenore gewandt: »Der Mann, der im vorigen Jahr die militärische Leitung von Struves Freischarenzug innehatte, wird dieses Jahr mehr denn je gebraucht werden.«

Lenore beneidete Amalia Struve um ihr Selbstvertrauen. Ihr eigener Vorrat daran war nahezu erschöpft durch die Gemütserregung, die es sie gekostet hatte, sich von ihrem Vater zu trennen.

»Madame Struve?«

»Ja, Kind?«

Es war, als hätte die ältere Frau die Unsicherheit der jüngeren gespürt. Sie wies auf einen leergewordenen Platz auf dem Fensterbrett. »Und Sie, meine Liebe«, erkundigte sie sich, »was hat Sie hierhergeführt?«

Der Kopf des zukünftigen Generals war vornüber gesunken; Sigel schien eigenen Gedanken nachzuhängen.

»Ich bin von zu Hause weggegangen«, gestand Lenore. »Gestern.«

In Amalias Augen begann es zu leuchten. Sanft legte sie ihre Hand auf Lenores Arm. »Aus politischen Gründen?« fragte sie, sich an das Hinterzimmer im »Türkenlouis« erinnernd und an den ruhigen, sachlichen Bericht des Mädchens über die Unterhaltung ihres Vaters mit Lorenz Brentano.

»Aus politischen Gründen?« wiederholte Lenore und dachte: Ja, das wohl auch.

»Oder ein Mann?«

»Ich warte auf Andreas Lenz.« Lenores Stimme war beinahe klanglos.

»Andreas Lenz...«, sagte Amalia nachdenklich. Der junge Dichter, der beim Freischarenzug im Vorjahr mitmarschiert war, der Soldat, der an einigen der Versammlungen im Hinterzimmer des »Türkenlouis« teilgenommen hatte: das Mädchen, obwohl keineswegs so naiv wie die meisten ihres Alters und ihrer Klasse, hatte mehr auf sich genommen, als sie vermutlich zu bewältigen vermochte.

»Sie haben ihn doch auch kennengelernt!« sagte Lenore.

»Lieben Sie ihn sehr?«

»Wir kannten uns schon als Schulkinder«, antwortete Lenore hastig. »Und dann ging jeder seinen eigenen Weg.«

Sigel hatte gelangweilt seinen Platz verlassen und lief im Flur auf und ab, die Finger der rechten Hand zwischen den Knöpfen seiner Jacke verankert; zwei tiefe, senkrechte Falten erschienen jedesmal auf seiner Stirn, wenn er jemanden anstieß und eine Entschuldigung murmelte.

»Wir haben uns gegenseitig oft weh getan und verletzt«, berichtete Lenore.

»Er ist schon ein außerordentlicher Mensch, nicht wahr?« bemerkte Amalia.

Lenore zuckte zusammen.

»Schauen Sie sich ihn an!« Amalia stieß sie leicht in die Seite. »Jetzt sieht er sich als Alexander, Wallenstein, Napoleon... Und – wissen Sie – er hat vielleicht alle Anlagen dazu!«

Lenore zog sich in sich selbst zurück.

»Sie dürfen sich nicht über mich ärgern, meine Liebe...« Amalia nahm jeden Stimmungswechsel sofort wahr. »In gewisser Hinsicht ist Franz Sigel nichts als ein armer Junge, der eine feste Hand braucht, hin- und hergerissen wie er ist zwischen den geringen Möglichkeiten und seinem Drang, die Welt zu verändern... Ihr habt einander verletzt, Sie und dieser junge Lenz, sagten Sie. Aber das ist doch ein Zeichen von Liebe, mein Kind, das gehört zu den Sprüngen, die die zweibeinige Spezies macht, bevor sie sich ernsthaft mit der eigenen Fortpflanzung beschäftigt!«

»Er hat andere Frauen«, erwähnte Lenore unglücklich.

»Er ist Soldat. Er ist Dichter. Er ist ein Mann!... Vielleicht wird er sein Leben lang andere Frauen haben! Halten Sie mich nicht für unempfindlich, meine Liebe, aber was haben Sie denn Ihrem Andreas Lenz gegeben, um ihn an sich zu fesseln?«

Sigel ging wieder vorbei, mit stierem Blick.

»Ich mag die Männer, wenn sie noch nicht ausgegoren sind«, fuhr Amalia fort. »Dann wollen sie alles aus den Angeln heben, da steckt noch Größe in ihnen. Später, wenn sie ruhiger geworden sind...« Sie sah Lenore die Stirn runzeln bei dem Versuch, ihren Gedanken zu folgen, und lachte leise. »Ich habe von Franz gesprochen. Von General Sigel!... Ihr Lenz hat andere Frauen, sagten Sie. Hängt das nicht weitgehend von Ihnen ab, meine Liebe, und davon, was Sie für ihn bedeuten, von der Art, wie Sie ihn behandeln? Sie haben ihn noch nicht einmal am Haken, und schon beklagen Sie sich! Begreifen Sie denn nicht – wir sind moderne Frauen, wir leben im neunzehnten Jahrhundert!«

Etwas an der überwältigenden Persönlichkeit der Amalia Struve brachte eine Saite in Lenore zum Klingen. Schließlich war sie doch auch eine moderne Frau und hatte nicht ihre Unabhängigkeit von einem Mann, ihrem Vater, erklärt, um persönliches Eigentum eines anderen zu werden.

Amalia strahlte Sigel an, der sich vor ihr aufgepflanzt hatte. »Sie müssen Geduld haben, General!«

»Ich bin kein General!«

»Trotzdem müssen Sie Geduld haben!«

»Meine liebe Amalia – *Sie* hätten General werden sollen!«

»Ich ziehe es vor, Generale zu machen, Freund Sigel.«

Sigel begann von neuem auf und ab zu schreiten, und Amalia wandte sich wieder Lenore zu: »Alles hängt davon ab, was Sie einem Manne sind – und was Sie aus ihm machen! Hinter jedem von ihnen steckt doch eine Frau! Die Weltgeschichte mag sie nicht erwähnen, sie nicht einmal kennen – aber *er* weiß es, verlassen Sie sich darauf, *er* weiß es!... Nehmen Sie Struve! Er säße noch immer im Gefängnis in Bruchsal, wenn ich nicht dafür gesorgt hätte, daß er dort herauskam. Als Ihr General Strathmann mich aus Rastatt auswies, habe ich an den Gittern von Bruchsal gerüttelt; und als ich von diesem Landesausschuß in Karlsruhe hörte –« Sie bewegte die Hand in Richtung der Tür und des dicken kleinen Wachtpostens, der ihr den Zugang versperrt hatte. »Glauben Sie, Struve befände sich dort im Saale, wenn ich ihn nicht heute früh im Interesse der Revolution bei der Hand genommen und praktisch hergeschleift hätte? Willst du die Dinge etwa diesen Dilettanten, diesen ewig schwankenden Gestalten überlassen? habe ich ihm gesagt. Mein Gott, als sie ihn in Offenburg nicht einmal auf die Wahlliste setzten, fühlte er sich so hintangestellt, daß er allen Ernstes den verkannten Propheten spielen wollte und bereit war, sich zu seiner Phrenologie und seinen Meßinstrumenten zurückzuziehen und wieder seine Zeitschrift, den ›Zuschauer‹, herauszugeben...«

Die plötzliche Stille im Korridor ließ sie verstummen. Die Menschen blieben stehen, ihre Gespräche erstarben; der Wachtposten fingerte nervös an seiner Waffe; Sigel, vom Fieber geschüttelt, wischte sich den Schweiß von der Stirn.

Die Tür wurde aufgerissen. Das widerspenstige Gewehr ließ die Ehrenbezeigung des Postens schließlich doch mißlingen. Brentano trat aus dem Sitzungssaal. Er sah müde aus; sein schütterer Bart gab den Rahmen ab für ein dünnes Lächeln. Die Menge umringte ihn, Männer versuchten, seine Aufmerksamkeit für ein besonderes Problem zu gewinnen, Frauen wollten ihm die Hand drücken oder ihn auch nur berühren. Brentano war sichtlich bestürzt. Ein paar Beamte waren zu ihrem Chef vorgestoßen und befreiten ihn aus der Umkreisung. Brentano ließ sich hinausgeleiten, gefolgt von einem Teil der Menge, soweit die Leute es nicht vorzogen, sich nun um Goegg zu scharen oder um den bärtigen, gewichtig dreinblickenden Korporal Haas oder um andere Mitglieder des Landesausschusses, die aus dem Sitzungssaal kamen.

Als der Flur sich allmählich leerte, wuchs Lenores Nervosität. Wo blieb Lenz?

Die Tür stand halb offen und gestattete einen Blick auf den unordentlichen Konferenztisch, die durcheinandergeschobenen Stühle, einen Teil des Fensters. Der Wachtposten, etwas bescheidener geworden durch sein mißlungenes Salutieren, kümmerte sich nicht mehr darum, wer hinein- oder herausging. Lenore machte ein paar Schritte zur Tür hin.

In diesem Moment stürmte ein untersetzter Mann aus dem Sitzungssaal heraus, erregt, das rote Haar, das seine Schläfen umsäumte, unordentlich. Lenore hatte kaum Zeit, beiseite zu treten.

»Amalia!«

»Struve!«

Die beiden umarmten sich. Obwohl sie ungefähr gleich groß waren, schien Amalia ihn zu überragen, während sie seine zuckende Schulter besänftigend streichelte.

»Sieg!« sagte er schließlich, sich behutsam aus der Umarmung lösend. »Sieg auf der ganzen Linie!« Er nahm seine feucht gewordene Brille ab und wischte sie trocken. »Ich bin ordentliches Mitglied geworden! Kooptiert! Und nicht nur in den Landesausschuß, sondern auch in die Vollzugsbehörde, die heute gewählt wurde, Amalia! Amalia!« Er strahlte über das ganze Gesicht. »Aber was *sollten* sie denn auch machen? Ich mußte ihnen alles erklären, die einfachsten, selbstverständlichsten Maßnahmen! Ich habe so etwas noch nicht erlebt – eine derartige Versammlung von –«

Er unterbrach sich. »Sigel! Alter Freund und Kamerad!« Er ergriff Sigels Hände. »Daß du gekommen bist! Daß du bei uns bist! Noch einmal vereint!«

Wieder wischte er seine Brille ab.

»Oh, ich wünschte, ich hätte das gewußt! Ich hätte dich ernannt zum –« Er schüttelte den Kopf. »Na, irgendein hoher Posten!... Und wie wir dich brauchen!«

Sein Blick fiel auf Lenore, wurde durchdringend. »Wer ist das?« Und ohne auf die Antwort seiner Frau zu hören, ging er auf Lenore zu und starrte sie an, einen Fuß vorgestellt, mit verengten Lidern, wie ein Künstler, der am Modell die Linien der vollendeten Statue vorauserkennt. »Höchst bemerkenswert!... Was für ein Schädel! Welche Vollkommenheit, welche Harmonie!«

»Struve, siehst du denn nicht, daß du Lenore völlig verwirrst!«

Er lächelte reumütig. Wenn er lächelte, wirkte er weniger häßlich.

»Mein liebes Fräulein!« sagte er. »Vergeben Sie mir, daß ich mich hinreißen ließ. Phrenologie ist nämlich mein Spezialstudium. Das ist keine gewöhnliche Wissenschaft, glauben Sie mir! Nicht so etwas wie die Mathematik oder die Chemie oder selbst die Medizin. Phrenologie ist die Wissenschaft von der Erkennbarkeit des menschlichen Charakters.«

Er bemerkte, daß Lenore an ihm vorbeisah. Sie zwang sich ein Lächeln ab.

Struve wandte sich um, der Richtung ihres Blickes folgend. »Ah, Bürger Lenz!« sagte er. »Sie kennen die junge Dame?«

Ein weicher Zug lag um Lenz' Mund. »Oh, ja!« antwortete er.

»Das ist ja ausgezeichnet!« erklärte Struve. »Wunderbar! Jetzt werde ich Ihnen etwas zeigen!« Er drehte Lenore vorsichtig, bis sie mit dem Profil zu ihm stand. »Sehen Sie das?« Zwei seiner Finger folgten der Form der hohen Stirn bis zu dem ovalen Haaransatz und darüber hinaus.

»Struve, bitte!« mahnte Amalia.

»Die junge Dame hat einen durchaus eigenen Willen, aber auch viel Herz.«

»Also wirklich, Struve!«

»Viel Herz!...« Struve verschränkte die Hände auf dem Rücken. »Wir müssen wohl gehen.« Und, allen voranziehend, mit gestrafften Schultern, die Fußspitzen nach innen gekehrt, erkundigte er sich laut: »Haben Sie schon eine Verabredung zum Mittagessen, Bürger Lenz? Nein? Warum speisen Sie und die junge Dame dann nicht mit Madame Struve und Sigel und mir? Falls es Ihnen nichts ausmacht zuzusehen, wie ich mein bißchen Gemüse und Obst in mich hineinschlinge?«

Er schlenderte vergnügt die breite Treppe hinunter, gefolgt von Amalia, die den zukünftigen General am Ellbogen führte.

Lenore berührte Lenz' Handgelenk. »Habe ich recht getan?«

Er schaute sie an. Da ging sie nun mit ihm die Treppe hinunter, seinem Schritt vollkommen angepaßt, als wollte sie für immer so an seiner Seite gehen. Es war gar kein unangenehmes Gefühl, und doch zuckte er zusammen: was mischte sie sich in sein Leben!

»Du hast getan, was du tun wolltest?« sagte er. »Also hast du recht getan.«

Die Witwe Steeg murmelte ungehalten vor sich hin, während sie den Tisch für die hinzugekommenen Gäste deckte: die Bestecke mit den Horngriffen, ihr zweitbestes Porzellan, das schon etwas angeschlagen war, und die dunkelgrünen Gläser aus dem unvollständigen Satz. Das gute Geschirr war weggeschlossen für bessere Zeiten, die, wie sie hoffte, bald wiederkehren und ihren ständigen Pensionär zurückbringen würden, den berühmten Oberst Hinkeldey von den Ersten Dragonern, der die Aufständischen im vorigen Jahr geschlagen hatte und jetzt mit Seiner Hoheit abgereist war. Überall lagen noch Andenken an ihn. Aber eher würde ich sterben, dachte die Witwe, als sie wegräumen, und schon gar für die Sorte von Leuten, die jetzt bei mir einquartiert ist.

Immerhin hätte es sie schlimmer treffen können. Dieser Herr Struve war verrückt, mit seinem Essen wie auch in dem, was er sagte;

doch er hatte wenigstens Manieren bei Tisch; und seine Frau war unbedingt eine Dame. Aber der Lärm! Die Leute, die sie ins Haus brachten! Die Gespräche, die ganze Nacht hindurch!

»Oh, Madame Steeg!«

Das war die Frau Struve. Sie wollte etwas, eine weitere Änderung in der Diät ihres Mannes, oder noch ein paar Kissen, oder heißes Wasser, oder eine Umstellung der Möbel. Die Witwe wußte, was kam, wenn Amalia Struve mit »Oh, Madame Steeg!« begann.

Doch Amalia Struve klatschte entzückt in die Hände und rief: »Wie hübsch der Tisch aussieht! Wirklich tadellos!« Und zu dem Fräulein gewandt, das sie mitgebracht hatte: »Für ein Hochzeitsessen könnte es auch nicht netter gemacht sein, nicht wahr, Lenore?«

Das besänftigte die Witwe Steeg ein bißchen, obwohl es ihr unglaubhaft erschien, daß diese Frau Struve den Unterschied zwischen einem Hochzeitsessen und der zweitklassigen Behandlung, die ihr hier zuteil wurde, nicht kennen sollte.

»Madame Steeg!« fuhr Amalia munter fort. »Ich möchte Ihnen Mademoiselle Einstein aus Rastatt vorstellen. Mademoiselle Einstein stammt aus einer der besten Familien des Landes, und sie wird ein Weilchen in Karlsruhe bleiben.«

Die Witwe lächelte und unterzog Lenore unauffällig einer Prüfung. Eine der besten Familien...! Mit diesem Namen! Und diesen Zügen! Typisch! Aber Geld war zweifellos vorhanden: Kleider aus dem feinsten Material, äußerst geschmackvoll, und erstklassig geschneidert.

Lenore sagte nichts. Wo wohnte Lenz, und konnte sie bei ihm bleiben, und wie würde ihr Leben sich gestalten, ihr Leben, und seines – ihr gemeinsames Leben, falls es dazu kam?

Amalia lächelte zuversichtlich. »Ja, Madame Steeg, wir brauchen Ihre Hilfe!«

Hab ich's nicht gewußt! dachte die Witwe Steeg und ärgerte sich, daß sie sich hatte ablenken lassen. Natürlich will sie wieder was Neues! Je kleiner die Leute waren, desto mehr verlangten sie.

»Wie lange leben Sie schon in Karlsruhe, Madame Steeg?« erkundigte sich Amalia mit beinahe echtem Interesse.

»Oh«, sagte die Witwe und strich über die altmodischen Falten ihres Rockes, »eine lange Zeit, Madame Struve, seit Herr Steeg als junger Mann seine Ernennung als Hilfsassessor erhielt.«

»Nun, dann müssen Sie ja einfach jeden hier in der Stadt kennen!«

»Gewiß«, bestätigte die Witwe. »In der besseren Gesellschaft, jeden.«

»Wissen Sie dann nicht vielleicht, wer ein Zimmer für Mademoiselle Einstein übrig haben könnte – auch ein kleines Zimmer, Madame Steeg, würde genügen.«

Die Witwe Steeg runzelte die Stirn. »Ein Gutes hat die neue Regierung gebracht: Jedes verfügbare Bett war in einem halben Tag vermietet!«

»Madame Steeg...« Amalia legte ihre Hand auf den Arm der Witwe. »Bitte!... Geld spielt keine Rolle.«

»Geld... Wer hat von Geld gesprochen?« entrüstete sich die Witwe, doch konnte sie die glitzernde Gier in ihren Augen nicht ganz verbergen. »Vielleicht... ich hätte noch ein Zimmerchen...« Sie schüttelte den Kopf. »Nein. Es geht nicht. Nicht für eine junge Dame aus guter Familie!«

»Wieviel?« fragte Amalia. Ihre Stimme war scharf, geschäftsmäßig.

»Fünf Gulden.«

»Pro Monat?«

»Pro Woche!«

»Und was würden Sie dafür bieten?«

»Die Dachkammer...« Und als sie den Ausdruck in Amalia Struves Gesicht sah, fügte die Witwe hastig hinzu: »Wir würden sie natürlich saubermachen. Und ein Bett, einen Waschtisch und einen Schrank hineinstellen.«

»Das ist doch einfach räuberisch«, erklärte Amalia rundheraus.

»Habe *ich* Seine arme Hoheit vertrieben?« entgegnete die Witwe. »Vor noch nicht einer Woche hätten Sie für das Geld ein Zimmer für einen ganzen Monat bekommen, ein großes Zimmer mit allen Annehmlichkeiten. Gott weiß, was Ihr Appartement mir einbringen könnte, Madame, wenn nicht die neuen Behörden Sie bei mir einquartiert hätten und zu dem Preis, den Oberst Hinkeldey zu zahlen pflegte. Wo bleibt da die Gerechtigkeit, frage ich Sie, besonders da es jetzt heißt, daß alle gleichberechtigt sind und daß Privatbesitz geschützt und gewahrt bleiben soll?...«

»Streiten Sie bitte nicht!« sagte Lenore. »Ich werde die Dachkammer nehmen.«

»Fünf Gulden –«, stimmte Amalia zu, »aber inklusive Frühstück!«

»Kaffee oder Tee?«

Lenore tippte Amalia auf die Schultern. »Die Männer kommen...!«

»Kaffee ist extra!« verkündete die Witwe, und bereits auf dem Wege zur Tür rief sie zurück: »Ich werde die Suppe bringen lassen!«

Struve, der ihr begegnete, verbeugte sich und rieb sich die Hände, während sie knickste. Sein Blick umfaßte den gutgedeckten Tisch, seine ihn erwartende Frau und das junge Mädchen mit der bemerkenswerten Schädelstruktur; er meinte: »Ich kann Ihnen gar nicht sagen, Madame Steeg, wieviel besser es hier ist als im Gefängnis und wie unvergleichlich angenehmer Ihr Anblick mir ist als der von Sergeant Rinckleff!« Und zu Lenz, der noch in der Tür stand: »Sie kennen ihn ja auch, nicht wahr?«

Galgenvögel allesamt, dachte die Witwe, eine Bande von Kriminellen und Literaten; sie würde das Haus ausräuchern lassen müssen, bevor der Oberst wieder einzog; und für die Dachkammer hätte sie sieben Gulden verlangen sollen statt fünf.

Sigel trat als letzter ein und setzte sich neben Amalia.

Ein kümmerliches Geschöpf servierte unter Madame Steegs Aufsicht die Suppe.

»Andreas...!«

Es war kaum mehr als ein Flüstern; dennoch ahnte Lenz das unterdrückte Lachen darin. Er verspürte ebenfalls den Drang zu lachen: es war alles so unvereinbar – die kleinbürgerliche Muffigkeit, der große runde Tisch mit der feierlichen Gesellschaft drum herum, Sigel voller Bedeutsamkeit, Amalia alles beherrschend, Struve, der sich innerlich auf seinen großen Bericht vorbereitete.

»Meine liebe Amalia!« begann Struve. »Zuallererst möchte ich dir danken.« Er rührte seine Suppe um, obwohl sie gar nicht heiß war. »Oder vielleicht sollte ich sagen: Die Revolution dankt dir!«

»Struve, du übertreibst!« sagte sie. »Und du weißt das!«

Er schüttelte langsam seinen enormen Kopf. »Nein, nein! Noch nie habe ich erlebt, daß Menschen so wenig vorbereitet waren auf die ihnen von der Geschichte gestellten Aufgaben... Stimmt doch, Lenz?«

Lenz nickte. Die Sitzung hatte sich hingeschleppt; nichts Wesentliches wurde gesagt, kleinliche Beschwerden, unbedeutende Vorschläge, enge Horizonte; und nachdem ihm die Frage einmal in den Kopf gekommen war, wurde er sie nicht mehr los: War es dies, was man Regieren nannte? Und wurden die Geschäfte eines Staates, noch dazu eines revolutionären Staates, wirklich von Männern dieser Art geführt und auf diese Weise?

Struve schob seinen Teller zurück. »Alles wurde jedoch einfach, sobald ich erkannt hatte, daß dein Urteil richtig gewesen war, Amalia, und daß man mich brauchte. Als die Sache jedes Niveau verlor, entschloß ich mich, zu sprechen und ihnen zu erklären, daß man zunächst einmal ein System brauchte...« Er brach ein Stück Brot ab und schluckte es hinunter. »Sie konnten nicht zu ein und derselben Zeit debattieren und beschließen und verwalten und anordnen; es mußte eine Legislative dasein und eine Exekutive mit Abgeordneten und Ministern; jeder Minister mit seinen bestimmten, fest umgrenzten Befugnissen, Äußeres und Inneres und Finanzen und Krieg; und die Abgeordneten mußten Kommissionen bilden, die die Minister beraten und unterstützen und sie gleichzeitig beaufsichtigen und kontrollieren.«

Es war merkwürdig, dachte Lenz. Nachdem sie zwei Stunden lang dummes Zeug geschwätzt hatten, saßen die Männer im Sitzungssaal – die meisten von ihnen mit mehr als durchschnittlicher politischer Erfahrung – und lauschten diesen selbstverständlichen Erklärungen, als würde ihnen das Evangelium verkündet. Und Struve, den sie bei seinem Eintritt kaum gegrüßt hatten, bekam höflich einen Platz in ihrer Mitte angeboten, sobald er, häßlich, gestikulierend, mit Speichel auf den Lippen, seine Rede beendet hatte.

»Nein, habe ich ihnen gesagt, ich bleibe stehen!« Struve nahm den Löffel der Witwe Steeg aus seiner Suppe und bog ihn, seinen Ärger noch einmal durchlebend, geistesabwesend zusammen. »Ich bin kein Mitglied Ihres Landesausschusses, habe ich gesagt. Wie also kann ich mit Ihnen zusammensitzen?«

Lenz erinnerte sich. Er hatte gerade in dem Moment auf Brentano geblickt. Der hatte sich nicht geregt, obgleich Struves Kritik eindeutig gegen ihn gerichtet gewesen war.

»Und woher wollen Sie Geld nehmen, habe ich sie gefragt.« Struve merkte, was er mit dem Löffel getan hatte, hustete schuldbewußt und versuchte, ihn wieder geradezubiegen. »Wie wollen Sie alles bezahlen – Ihre Soldaten, Ihre Beamten, Ihre täglichen Unkosten, gar nicht zu reden von Waffen, Munition, Pferden, Fachleuten, den tausenderlei Dingen, die eine Regierung braucht, um sich zu verteidigen?«

Lenz dachte an das Schweigen, das auf diese Frage gefolgt war. Er hatte zu diesem Zeitpunkt begriffen, daß es eine Sache war, eine Revolution zu machen, eine andere dagegen, voller Fallgruben, einen revolutionären Staat zu leiten; und wer war er denn, daß er sich den Kopf über die Finanzen eines ganzen Staates zerbrechen mußte, wo er doch selbst bloß ein paar Kreuzer in der Tasche trug und ein Dach überm Kopf und ein Stück Brot im Magen hatte nur dank der Freundlichkeit eines Sergeanten in der Kaserne des Leibregiments?

Struve lachte in sich hinein. »Und Brentano selber beantragte, mich zum Landesausschuß zu kooptieren, damit ich wenigstens Platz nehmen könne während meiner so wertvollen Hinweise für ihre Beratungen; im übrigen werde man sich mit der Finanzpolitik der neuen Regierung an einem besonderen Sitzungstag beschäftigen; und würde ich nicht inzwischen den Vorsitz im Kriegssenat übernehmen, dessen Bildung er hierdurch vorschlüge?« Struve hielt inne. Da er mit dem verbogenen Löffel keinen Erfolg hatte, versuchte er ihn unter seiner Serviette zu verstecken. »Wie ich schon sagte«, wandte er sich an Amalia, »Sieg auf der ganzen Linie!«

Lenz' Mund verzog sich. Struve schien sich nicht ungern herauszustreichen; jedes seiner Worte stimmte, und doch hatte er irgendwie nicht die ganze Wahrheit berichtet. Vielleicht kannte er sie nicht einmal. Hinter den Anträgen und Vorschlägen und Zusatzanträgen und -vorschlägen hatte eine andere, härtere Realität gestanden. Waren dem Bürger Brentano, der hintereinander in zwei oder drei noch unter dem Großherzog gewählten Kammern die Opposition geführt hatte, die Grundprinzipien der Regierungstätigkeit etwa nicht bekannt? Mußte erst Struve kommen, um sie ihm zu erklären? Und warum hatte er zugelassen, daß Struve sich dem Landesausschuß aufschwatzte? Weil er, wie sein Freund Mördes, glaubte, daß es in Wirklichkeit weder auf Erklärungen noch auf parlamentarische Debatten ankam?

Sigel hatte sich, sein Glas in der Hand, erhoben. »Auf den großen Volksführer!« toastete er, das strähnige Haar nach hinten schüttelnd. »Und auf seine tapfere und begabte und charmante Kampfgefährtin, Madame Amalia!«

Lenz stieß mit Lenore an. Er hätte sie gern gefragt: Wie ist die wahre Meinung deines Vaters über Brentano? Wußte sie vielleicht mehr, als sie damals im Hinterzimmer des »Türkenlouis« von ihres Vaters Gespräch mit dem Mann erzählt hatte? ...Lenz trank, seine Augen suchten die ihren. Nein, er konnte nicht auf diese heimliche Zusammenkunft zurückkommen – nicht, ohne in ihrer beider Gedächtnis die peinliche Szene heraufzubeschwören, die es hinterher zwischen ihnen gegeben hatte: auf halbem Wege unterbrochene Erregung, beschämend, dumm; und aus den Hemmungen, der Enttäuschung, der Verkrampfung waren Gereiztheit und Animosität enstanden...

Das Mädchen trug die Suppenteller ab und brachte den Hauptgang, einen Schmorbraten mit Klößen, und für Struve gekochtes Gemüse anstelle des Fleisches.

Lenz beobachtete Lenore von der Seite her. Sie saß sehr gerade und gebrauchte Messer und Gabel mit beneidenswerter Anmut. Sie hatte wunderbare Hände. Sie war vollkommen schön auf diese verfeinerte und irgendwie exotische Art, die ihn zugleich anzog und doch Abstand halten ließ.

»Struve!« sagte Amalia gerade. »Ich bin stolz auf dich!« Dann fuhr sie fort: Man dürfe nicht stehenbleiben bei dem Erreichten..., wenn man nicht ständig vorwärtsdränge bei einer Revolution, gehe es rückwärts...Sigel verkündete seine Ansichten; Struve schmückte das Bild aus; Amalia fügte Farbe hinzu; und bald hatten sie die Revolution nach Westen ausschwärmen lassen, über den Rhein hinweg, wo sie den Demokraten, die den Diktator Louis Bonaparte bekämpften, neuen Auftrieb gab; Sigel wollte nach Württemberg marschieren und weiter nach Bayern vordringen, während eine andere Kolonne nach Österreich vorrückte, wo die Erinnerung an die Wiener Barrikaden immer noch frisch war und wo die Revolution sich mit Kossuths ungarischen Rebellen verbinden konnte.

Lenz allerdings hatte das Gefühl, daß der großartige Schwung von Sigels strategischen Vorstößen nicht ganz im Einklang stand mit der tatsächlichen Leistung des Landesausschusses und mit den Fähigkeiten, die die Mitglieder der Vollzugsbehörde bisher gezeigt hatten; nur das Extrem der Gegensätze, das schon ans Lächerliche grenzte, bewahrte ihn vor der Verzweiflung. Was aber waren die realen Möglichkeiten? Wo fand man eine Antwort auf diese Frage?

Und plötzlich war sein Lebenshunger wieder erwacht. Er hatte sich der Bewegung weder im Vorjahr noch jetzt um irgendwelcher strategischer, ökonomischer, philosophischer oder sonstiger Theorien willen angeschlossen. Er war einfach deshalb dabei, weil diese elende Unterdrückung einem das Leben unerträglich gemacht hatte. Er wollte die Schultern recken, und sei es auch nur ein einziges Mal; laut seine Stimme erheben, und sei es auch nur einen Moment lang; leben, wirklich leben, und sei es auch nur für kurze Zeit!

»Lenore!« sagte er mit unterdrückter Stimme. Er griff nach dem Krug und goß Wein in ihr Glas und seines. »Du brauchst mir nicht zu sagen, was zu Hause geschehen ist. Ich kann es mir vorstellen... Ich weiß zu schätzen, was du getan hast: sozusagen die eigene Nabelschnur durchgebissen... Und es tut mir leid, daß ich das Meißener Figürchen zerschlagen habe, es war so hübsch.«

Er berührte ihre Hand und merkte mir stärkerem Herzklopfen, daß sie sie nicht zurückzog. Lenore, dachte er, und dann, Josepha, und dann, nein, nein, nein, das sind ganz verschiedene Ebenen des Lebens, verschiedene Planeten sogar. Er sah Lenore an, die weiche, vom Leben erfüllte Haut in ihrem Nacken, ein paar Haarsträhnen, die sich gelöst hatten. Sein Herz schlug wieder regelmäßig, doch sehr laut; er glaubte, alle am Tisch müßten es hören.

»Ich rede Unsinn, nicht?« fragte er sie im Flüsterton. »Aber ich bin nüchtern wie ein Fisch, wirklich; der Wein hier ist harmlos.«

»Bürger Lenz?« Amalia lächelte ihm zu.

Er blickte auf.

»Ich hätte gern gewußt, ob Sie meinen Gedanken gutheißen, daß Struve als Vorsitzender des Kriegssenats Sigel zum Oberbefehlshaber der Armee vorschlagen sollte?«

»Warum nicht?« erwiderte Lenz geistesabwesend. Hinter seinem Rücken hörte er die Witwe Steeg das arme Dienstmädchen herumkommandieren; eine plumpe Hand schob sich zwischen seiner und Lenores Schulter durch; sein Teller, auf dem noch etwas Sauce war, kippte gefährlich, lief über; Messer und Gabel klirrten auf den Fußboden – dann Ohrfeigen und Tränen und die schluchzend hervorgestoßenen, unterwürfigen Entschuldigungen des Mädchens.

»Aber das ist doch nicht schlimm!« rief Lenz ärgerlich.

Das Mädchen stürzte hinaus und kam mit einer Schüssel heißen Wassers zurück. Lenz feuchtete seine Serviette an und begann zu reiben.

»Darf ich es mal versuchen?« fragte Lenore. Sie hatte sich ihm zugewandt, war sehr dicht bei ihm, ihre Hand griff nach der Serviette.

»Nein«, sagte er, »nicht doch.«

Keiner von beiden bewegte sich. Lenores Lippen öffneten sich, ihre Augen schimmerten. Eine schemenhafte Josepha kam Lenz in den Sinn, um sofort wieder zu entschwinden. Lenore, dachte er, und, ich muß blind gewesen sein. Er sah die Form ihrer Lippen und die Linie ihres Halses und darunter die Schultern, die Brüste, er entkleidete sie mit den Augen, und er sah die glühende Röte, die ihr ins Gesicht stieg, aber sie zuckte nicht zurück, ja sie senkte nicht einmal die erregend langen Wimpern, sie saß einfach da und ließ ihn ließ ihn ließ ihn.

Es klopfte, und die Tür ging langsam auf. Ein Gesicht schob sich durch, dessen offensichtliche Güte von einem mächtigen stahlgrauen Backenbart und einem strengen Schnurrbart gleicher Färbung maskiert wurde. Buschige schwarze Brauen hoben sich fragend: »Wohnt hier der berühmte Gustav Struve?«

»Becker!« Struve klatschte überrascht in die Hände.

Der Mann, der da eintrat, trug eine Reisetasche in der Hand, Regenschirm und Mantel über dem Arm. Lenz überlegte, wie alt der Neuankömmling wohl sein mochte; das Grau im Backenbart und an den Schläfen paßte nicht recht zu der jugendlichen, soldatisch straffen Haltung, der kräftigen Statur, den klaren Augen.

»Becker!« Struve war aufgesprungen, holte einen Stuhl heran, nahm dem Mann Tasche, Mantel und Schirm ab und zog ihn an den Tisch. »Amalia! Wie oft habe ich dir von Becker erzählt? Wie oft habe ich zu dir gesagt, voriges Jahr und auch jetzt wieder: Wenn er nur bei uns sein könnte!...«

Amalia ließ sich die Hand küssen.

»Johann Philipp Becker!« Struve führte ihn um den Tisch herum, stellte ihn der Reihe nach Sigel, Lenore, Lenz vor. »Nicht so ein Dilettant wie wir! Bürstenmacher, Revolutionär und Soldat von Beruf! Offizier der Schweizer Miliz! Steht auf der Fahndungsliste jeder reaktionären Regierung in Europa!«

Und dann, als Becker sich endlich vor einen Teller mit schnell zusammengekratzten Resten des Schmorbratens hinsetzte: »Wie kommt es, daß du plötzlich hier auftauchst? Ich habe versucht, dir Nachricht zu geben! Was hast du für Pläne? Wo kommst du her?«

»Direkt aus Marseille«, antwortete Becker. »Wir hatten eine Freiwilligenbrigade aufgestellt und wollten nach Italien, wo es jeden Moment losgehen konnte. Dann hörten wir von dem Aufstand in der Pfalz. Ich bin dort geboren. Es bedeutet sehr viel mehr für einen Mann, bei einer Revolution in seiner Heimat mitzuhelfen als in irgendeinem Land, wo selbst seine besten Ideen und ehrlichsten Bemühungen der Übersetzung bedürfen, um die Herzen der Menschen zu erreichen...«

Er schwieg. Lenz sah, wie er sich hungrig den Mund vollstopfte, kaute und schluckte. Anscheinend war es auch nicht eitel Glück und Wonne, dieses Leben eines Wanderrevolutionärs.

»Hier in Baden würdest du auch keinen Übersetzer brauchen«, sagte Struve.

Becker hob den Kopf. Sein Blick begegnete dem von Lenz, und Lenz spürte, wie alles an ihm gemustert wurde, sein Gesicht, seine abgetragene Uniform, seine Hände.

»Aber warum soll er nicht nach Hause fahren?« fragte Amalia.

»Brauchen sie auf der anderen Seite des Rheins, in der Pfalz, seine Erfahrung und seine Führung nicht ebenso?«

Struve zuckte zusammen. Amalia schien zu glauben, daß ihm Becker lieber wäre als Sigel; dabei war er nach wie vor bereit, Sigel zu fördern, obwohl dessen militärische Leitung im vergangenen Jahr nicht länger als drei Tage gedauert und mit Mißverständnissen und der Niederlage geendet hatte.

»Ich möchte gar nicht hierbleiben«, erwiderte Becker. »Vielen Dank.«

»Aber Sie müssen!«

Das war von Lenore gekommen. Überrascht wandten sich alle ihr zu.

»Wieso...!« Amalia hielt inne, verunsichert und verärgert.

»Ich weiß nicht...!« stammelte Lenore. Sie hatte impulsiv gesprochen, aus einer Befürchtung heraus, die mit dem Dreimonatswechsel des Leutnants Gramm zusammenhing, ausgestellt auf den Untergang der Revolution. Lenz! Was würde mit ihm geschehen, was würde mit ihm *und* mit ihr geschehen, wenn je... »Ich meine«, sagte sie mit der plötzlichen Klarheit der Verzweiflung, »ich bin in Rastatt gewesen, in den ersten Tagen. Ich habe die Reise hierher gemacht und habe Karlsruhe gesehen, die Hauptstadt der Revolution. Ich war im Rathaus, ihrem angeblichen Herzen...« Warum half Lenz ihr nicht! Warum saß er da und blickte finster vor sich hin! »Ich kam mir vor wie auf einem steuerlosen Schiff.«

»Also wirklich, Lenore!« protestierte Amalia. »Steuerloses Schiff! Wo Struve zum Landesausschuß kooptiert wurde und Franz Sigel...«

»Amalia!« mahnte Struve und fuhr sich durch sein dürftiges Haar. »Das Mädchen hat ein Recht auf eine eigene Meinung! Und ich versichere dir...«

Becker wischte sich den Mund ab und erklärte mit nüchterner, ruhiger Stimme: »Ich fürchte, Mademoiselle Einstein hat recht.« Er kratzte sich das glattrasierte, energische Kinn. »Madame Struve, Ihr Mann hat Ihnen erzählt, daß ich Berufsrevolutionär bin. Vergeben Sie mir deshalb, wenn ich die Dinge mit den Augen des Fachmanns auf diesem Gebiet betrachte. Außer der kleinen Pfalz ist das Großherzogtum Baden zur Zeit der einzige revolutionäre Staat in ganz Deutschland. Ich habe diesen Staat von der Schweizer Grenze bis zu seiner Hauptstadt Karlsruhe durchquert. Ich habe sehr viel Feiern erlebt, aber nicht eine einzige revolutionäre Maßnahme feststellen können; ich bin betrunkenen Soldaten begegnet, fand aber nicht die Spur einer Massenerhebung; ich habe Reaktionäre aller Art frei herumlaufen sehen, aber mir ist nirgends aufgefallen, daß auch nur ein Stück ihres Besitzes, ein Gulden ihre Vermögens beschlagnahmt worden wäre. Sie meinen vielleicht, es sei zu früh für all das; so weit wären Sie noch nicht? Aber wenn Sie es nicht jetzt tun, wann wollen Sie dann damit anfangen?«

»Ich bin Mitglied des Landesausschusses«, warf Lenz ein. »Was sollen wir Ihrer Ansicht nach tun?«

»Organisieren!«

»Organisieren – wie?«

Becker schob seinen Teller zurück, als brauchte er Raum zum Handeln. »Retten Sie, was von Ihrem stehenden Heer übriggeblieben ist. Mobilisieren und bewaffnen Sie jeden revolutionär gesinnten Bürger in einer Volkswehr. Verschmelzen Sie diese beiden Truppen zu einer bewaffneten und ausgebildeten revolutionären Armee, die imstande ist, die Konterrevolution im Staat zu unterdrücken und die Revolution über die badischen Grenzen hinaus zu verbreiten.«

»Ich bin nicht nur Mitglied des Landesausschusses«, erklärte Lenz, »sondern auch Soldat, wie Sie sehen können. Der Erfolg oder Mißerfolg dieser Revolution wird sich nicht in Ihrer hübschen kleinen Pfalz entscheiden, sondern hier, wo wir wenigstens ein paar bewaffnete Truppen zur Verfügung haben und dazu die Heeresausrüstung sowie Mittel, die wir uns sofort verschaffen können...«

Er brach ab, erstaunt über sich selbst. Immer war er der Bruder Leichtfuß gewesen, der Sänger und Dichter, der den Funken lieferte, den man brauchte, um hier oder da ein Feuerchen zu entfachen; und er hatte sich in seiner Rolle gefallen. Woher auf einmal dieser Ernst? War er ein Ergebnis des doppelzüngigen Hin und Hers der Vormittagssitzung? Oder der allgemeinen Lage, die ihm allmählich erschreckend klar wurde? Oder lag es an Lenores Anwesenheit?

Becker war nachdenklich geworden. Jetzt erhob er sich und begann auf und ab zu gehen.

»Diese bewaffnete revolutionäre Armee«, sagte Lenz, »könnten wir sie nicht – gemeinsam mit Ihnen auf die Beine stellen?«

Becker murmelte etwas. Es klang nicht nach Zustimmung.

»Ich habe es doch gesagt!« rief Struve und starrte Lenore an. »Ein phänomenaler Schädel! Amalia, ich bewundere deinen Instinkt, der dich solche Freundinnen wie Mademoiselle Einstein wählen läßt!«

Befriedigt verschränkte er die Hände im Rücken.

»Ich begebe mich jetzt zu Bürger Brentano«, verkündete er, »und verlange von ihm, daß er Bürger Becker und Bürger Sigel dorhin stellt, wo sie den Interessen der Revolution am besten zu dienen vermögen.«

Neuntes Kapitel

Nachdem wir vom 2. Regiment uns schon einige Tage geweigert hatten, brachten es der Oberst und die alten Offiziere so weit, daß wir ausmarschirten... Als man uns nach einigen Tagen wieder nach Freiburg zurückzukehren versprach, uns aber an Freiburg vorbei und weiß Gott wohin – die Offiziere wußten es selbst nicht – führen wollte, da gab's erst Krawall, der damit endete, daß wir Soldaten uns trennten. Die Freisinnigen zogen ohne Offiziere und nur mit wenigen Unteroffizieren nach Freiburg; die anderen, die nicht wußten, ob sie Hischt oder Hott wollten, aber bei weitem der größte Haufen waren, marschirten mit den engherzigen Offizieren das Höllenthal hinauf, wurden aber von den schwarzwälder Bauern zurückgescheucht.

(Aus »Lebensgeschichte eines badischen Soldaten, von ihm selbst geschrieben im Zellengefängnis zu Bruchsal«; Autor anonym; herausgegeben von Prof. K. Röder, Heidelberg 1862. – Das Exemplar der Broschüre unter den Papieren des A. L. trägt die handschriftliche Widmung *»To Captain Andreas Lenz, in memory of old times. H. Christoffel«*)

Sie hatten Hunger. Der letzte Zwieback war alle, gestern abend oder heute früh aufgegessen; manche Soldaten hatten seit vierundzwanzig Stunden keinen Bissen mehr bekommen. Die Dragoner klaubten die letzten Körner aus den Futtersäcken und bestahlen ihre eigenen Pferde.

Und es regnete – nicht so ein richtiger Guß mit dicken Tropfen und dann war es vorbei, sondern ein anhaltender Sprühregen. Dunstig hing er in den Zweigen der Bäume und verdichtete sich weiter oben an den Berghängen zu grauen, schweren, unbeweglich stehenden Wolken. Der Regen durchweichte die dicken weißen Mäntel, drang durch das schlechte Tuch der Uniformen und ließ keinen Faden am zitternden Leib trocken. Er verwandelte die Lagerfeuer in stinkenden Rauch, der einem in Hals und Nase stach, ohne Wärme zu spenden.

»Wär ich bloß mit den anderen nach Freiburg zurückgegangen!« seufzte ein junger Soldat, dessen blonder Schnurrbart noch nicht ausgewachsen war. »Stellt euch vor, wie die jetzt trocken und im Warmen sitzen –«, die Zähne begannen ihm wieder zu klappern, »und essen. Essen, na vielleicht Erbsensuppe, schöne dicke Erbsensuppe, in der ein großes Stück Speck herumschwimmt, ebentuell sogar Speck durchwachsen mit Fleisch...« Er befestigte eine Blechtasse voll Wasser an einem Zweig und hielt sie über das mühsam flackernde Feuer.

»Ich schlag dir die Zähne aus«, warnte sein Nachbar, »wenn du nicht aufhörst zu schwatzen. Mit ist schon elend genug ohne dein Gerede!«

»Wart, bis ich das Wasser heiß hab«, erwiderte der Junge ganz friedfertig. »Dem Menschen wird wohler, wenn er was Heißes im Bauch hat. Und heißes Wasser im Bauch ist besser als gar keine Wärme!«

»Und warum bist du nicht mit den andern zusammen abgerückt?« fragte Christoffel und zog die Knie hoch bis an die Brust.

Ein schieläugiger Korporal untersuchte betrübt die aufgelösten Sohlen seiner Stiefel. »Möchte mal wissen, was die heutzutage für Leder verwenden«, klagte er.

»Pappe«, meinte Christoffel. »Die ist billiger, und so ein Soldat merkt den Unterschied gar nicht.«

»Ich dachte, du bist Schuster von Beruf?« wunderte sich der Korporal.

»*Ich* kenne den Unterschied«, entgegnete Christoffel bissig. »Und nicht nur beim Schuhleder.«

Der junge Soldat hatte einen Schluck heißes Wasser getrunken, doch seine Zähne klapperten immer noch. »Stellt euch vor!« sprach er unter Schwierigkeiten weiter, »heut abend kommen die dann aus der Kaserne, und welche gehen trinken, einen guten Schoppen Wein in einer netten gemütlichen Schenke, und andere kriechen mit ihrem Mädchen unter eine schöne warme Decke und machen sich eine schöne heiße Zeit...«

»Zum Teufel mit ihnen!« Ein weißhaariger Sergeant, der bis jetzt wütend geschwiegen hatte, legte los. »Zum Teufel mit ihnen allen!

Mögen ihnen die Eier brennen und groß werden wie Kürbisse und die Schwänze verfaulen und abfallen! Eine schöne heiße Zeit...!«

»Warum schimpfst du auf Leute, nur weil sie gescheiter waren als du?« fragte Christoffel. »Verfluche die da oben, wenn dir so ist.«

Er wies mit dem Daumen über die Schulter auf den Hang, wo die Offiziere unter dem einzigen Dach weit und breit saßen, dem Dach einer Köhlerhütte.

»Und was machst dann *du* hier, Bruder Christoffel, wo du doch so verdammt klug bist?« fragte der Sergeant zurück. Er nahm den Tschako vom Kopf und schüttelte das Wasser ab, so daß die Tropfen Christoffel ins Gesicht schlugen. »Weil du so klug bist, haben wir dich als Delegierten für Offenburg gewählt; warum bist du dann hier und nicht bei den gescheiten Freisinnigen in der Kaserne in Freiburg?«

Christoffel stützte das Kinn auf die breiten Daumen und überlegte. Die Frage war berechtigt. Er war einer der eifrigsten Fürsprecher einer sofortigen Rückkehr in ihre Garnision gewesen; er hatte den Soldaten erklärt, daß es zwei Arten von Disziplin gab, die alte, blinde, gedankenlose, die zu dem Auspeitschen und dem Krummschließen und den feudalen Vorrechten jedes Sohns einer hochgeborenen Hure gehörte, und die neue Disziplin, die verlangte, daß der Soldat einen Kopf auf den Schultern trug – und ihn auch gebrauchte. Und dann war er doch nicht mit den anderen abgezogen. Mehr noch, dem Befehl der Offiziere gehorchend, war er das ganze Höllental hinauf bis zu dieser gottverlassenen Lichtung im Walde marschiert, ein paar Schritte vom Ende der Welt entfernt... Und wenn dieser alte Sergeant das bemerkt hatte und deshalb Fragen stellte, sollte es dann nicht auch einem der Offiziere oben in der Köhlerhütte aufgefallen sein und Anlaß zum Nachdenken gegeben haben?

Christoffel stand auf. Er war klamm und kalt, und der leere Magen zog sich ihm im Leibe zusammen. »Warum ich hier bin?« sagte er zu dem Sergeanten. »Weil ich nicht mit ansehen mag, wie gute Soldaten zum Teufel gehen. Weil ich mich vielleicht noch für eure Dummheiten verantwortlich fühle. Weil –«

Ein Trupp Dragoner kam die Wagenspur zur Lichtung heraufgeritten; sie hingen schwer im Sattel, ihre Pferde strauchelten müde.

Nur der Offizier an der Spitze hielt sich aufrecht, die Peitsche in seiner Hand kitzelte abwechselnd den Schaft seines Stiefels und die Flanke seiner Stute. Auf einmal versetzte er ihr einen Schlag. Das Tier wieherte vor Schmerz, bäumte sich auf und stürmte dann quer über die Lichtung – übersprang ein paar Feuer, spritzte Schmutz über die Soldaten, streute ihr Zeug umher.

»Das ist der Glaubitz«, sagte der Sergeant mit ausdruckslosem Gesicht. »Der bringt einen Menschen mit derselben Leichtigkeit um wie ein Pferd.«

»Das ist der Glaubitz!« äffte der schielende Korporal nach. »Und was ist der Glaubitz schon? Der liebe Gott persönlich? Hat er uns was zu essen beschafft?« Er versuchte seinen schielenden Blick auf die beschmutzten Reiter zu heften, die absaßen und ihre Tiere festbanden. »Furagieren! Ich sag euch, die haben es nicht mal versucht! Seht ihr vielleicht einen Wagen? Seht ihr irgend etwas, das nach Mehl, Speck, einem Stück Rind aussieht? Ich sag euch, diese Stinkstiefel, die sind einfach losgeritten und haben sich selber vollgefressen, und uns haben sie dabei glatt vergessen!«

»Sich selber vollgefressen – mit was denn?« Der junge Soldat schien den letzten Rest Zuversicht verloren zu haben. »Hast du mal die Bauern hier gesehen? Hast du mal gesehen, wie sie dastehen, mit der Jagdflinte in der Hand, und wenn es keine Flinte ist, dann ist's die Sense, oder zumindest eine Mistgabel? In der eigenen Heimat sind wir in Feindesland, jawohl, genau wie in Feindesland...«

Christoffel wandte sich zum Gehen.

»Wo willst du hin, Bruder Christoffel?«

In dem Ton des Sergeanten lag Mißtrauen. Christoffel blieb stehen, kam zum Feuer zurück, zuckte die Achseln.

»Die Wälder hier sind verflucht schwarz«, sagte der Sergeant. Er kratzte sich die grauen Stoppeln im Gesicht. »Wir sind immer weniger geworden in den letzten vierundzwanzig Stunden. In Freiburg waren wir noch zwölfhundert oder mehr. Dann kam die Spaltung, und wir blieben ungefähr neunhundert, einschließlich Glaubitz' Schwadron. Jetzt sind wir sechshundertfünfzig, wenn überhaupt so viel. Willst du etwa auch verschwinden?«

»Ich will nur nach meinen Schlingen sehen«, erwiderte Christoffel.

»Ein Hase wär schon schön«, seufzte der schielende Korporal. »Ein schöner fetter Hase, über dem offenen Feuer gebraten...«

Christoffel zuckte zusammen beim Alarmruf der Feldwache. Das ganze Lager war nervös angesichts der namenlosen, gestaltlosen dunklen Drohung, die von überallher zu kommen schien. Die Wagenspur entlang wurden zwei fremde Reiter, in bürgerliches Schwarz gekleidet, von Soldaten geleitet. Oben vor der Köhlerhütte zeigte sich ein Offizier. Christoffel wischte sich den Regen von der Nase. Boten? dachte er. Gefangene?...

Dann ging er. Eine kurze Zeit lang hörte man das Knacken der Zweige und das Schmatzen des durchnäßten Bodens unter seinen Stiefeln. Danach wurden auch diese Geräusche gedämpft durch den leisen Regen und den Dunst, der die Herrlichkeit der Bäume und Berge dicht verhüllte.

Gramm stand am Eingang zur Köhlerhütte, nahm den breitrandigen Hut ab, schlug die Hacken zusammen und salutierte.

»Wer zum Teufel ist das?« rief eine betrunkene Stimme.

Gramm trat über die Schwelle.

»Bleib lieber stehen!« Etwas klickte: der Hahn einer Pistole wurde gespannt.

Die Umrisse des Raums begannen sich herauszuschälen; Gramm konnte die Gestalten der Männer erkennen, die um den grob gezimmerten Tisch und die Feuerstelle dahinter saßen. Es waren etwa fünfzehn Offiziere. Ab und zu kam ein Luftzug durch die Risse in dem Ölpapier, mit dem die Fenster verklebt waren, und ließ den Feuerschein über Gesichter und Uniformen, Waffen, Gerät und Flaschen flackern.

»Und wer sind Sie?«

Gramm blickte direkt in die Mündung der Pistole. »Leutnant Gramm!« meldete er steif. »Vom Stab des Generals von Strathmann in Rastatt.« Und auf den bandagierten Kopf der Gestalt hinter sich weisend: »Der da ist Sergeant Rinckleff, ebenfalls von dort.«

»So, so, so«, äußerte die Stimme hinter der Pistole, »aus Rastatt. Und wo wollen Sie hin?«

»Ursprünglich wollten wir nach Frankfurt.«

»Ein Spion«, rief eine betrunkene Stimme. »Die Welt ist voll davon. Spione, Verräter, Advokaten, Anarchisten.«

Der Offizier mit der Pistole erklärte: »Sie sind hier im Höllental, Leutnant. Sie haben einen ziemlich großen Umweg nach Frankfurt gemacht, was?«

Von denen, die am Feuer saßen, waren mehrere interessiert näher gekommen. Dadurch bekam Gramm den Mann auf dem großen Holzklotz gleich neben dem Feuer zu sehen; der hatte nur seine Unterhose an, und die nackte, behaarte Brust war von der Glut gerötet.

»Wegen Frankfurt... Wir haben es uns anders überlegt«, verteidigte sich Gramm. »Ich versichere Sie...« Es sah beinahe so aus, als wäre er unter eine Räuberbande geraten.

»Sie haben es sich also anders überlegt?« wiederholte der Frager. »Sie haben sich nach Süden gewandt, während Frankfurt nördlich liegt, und Sie sind den ganzen Weg bis in dieses elende Tal hinauf geritten, um uns zu finden...«

»Jawohl.«

»Er gibt alles zu!« triumphierte der Betrunkene. »Ein Spion. Ein Intellektueller.«

»Herrgott nochmal!« Gramms Enttäuschung brach aus ihm heraus. »Warum hören Sie mich nicht bis zum Ende an! Wir erfuhren, daß es immer noch ein paar treue Truppen gibt, die zu kämpfen bereit sind gegen diese – diese –«

»Revolution?« schlug der Offizier hinter der Pistole vor.

Gramm merkte, daß der Halbnackte am Feuer ihn prüfend ansah. »...Revolution«, stimmte er nervös zu. »Und deshalb sind wir Ihrer Spur gefolgt, haben den Weg von den Bauern erfragt, und jetzt sind wir hier...«

»Jetzt sind wir hier!« Der Betrunkene begann zu lachen. »Willkommen! Willkommen, sagte der Strick zum Halse, halte ich dich fest genug?«

Der Mann am Feuer stand auf. Er war krummbeinig, sehnig, mit einem flachen, harten Bauch. »Das ist wirklich der Gramm«, warf er ein. »Ich kenne ihn.«

Gramm sah jetzt das Gesicht, die eingeschlagene Nase, den rotblonden Schnurrbart. »Glaubitz!« rief und und breitete die Arme aus.

Er tötete den Hasen mit einem Schlag der flachen Hand hinter den Kopf. Das Tier zitterte noch einmal und streckte sich; die Augen, eben noch übergroß vor Angst, wurden glasig. Christoffel packte den Kadaver bei den Ohren, die noch weich und warm waren, und schritt langsam weiter. Das Herz war ihm schwer. Nicht wegen des Tiers; er war keineswegs gefühlsduselig, und er hoffte, in den anderen Schlingen, die er in der vergangenen Nacht gelegt hatte, noch mehr zu finden. Er war ein Landkind, und Töten gehörte zum Leben; wenn da – was selten genug geschah – ein gemästetes Schwein zu schlachten war, hatte er zugeschaut und das heiße Blut auffangen geholfen; und was er draußen in der Welt gesehen hatte und dann später in der Armee, war auch nichts für empfindsame Seelen gewesen.

Doch die Stimmung stak in ihm, und das Tier in seiner Hand, so tot und naß und schwer, vertiefte sie noch. Er sah sich selbst anstelle des Kadavers und lehnte sich gegen diese Vorstellung auf; dabei wußte er, daß die Herren Offiziere, wenn ihnen noch ein Funken von Courage verblieben war, einen Soldaten, den seine Kameraden als Delegierten nach Offenburg geschickt hatten, mit weniger Skrupel töten würden als er den Hasen. Und irgend jemand würde ihn wiedererkennen – das war gar nicht zu vermeiden... Und wer würde um ihn trauern? Seine Angehörigen im Dorf etwa, die nur zu froh wären, den Bastard von Bruder los zu sein, der womöglich seinen Anteil an Haus und Feld beanspruchte – die aber ständig etwas von seinem bißchen Sold erbettelten, um dies und das und jenes zu kaufen oder den Wucherer zu bezahlen? Josepha, der er selber geraten hatte, zu einem anderen zurückzukehren, dem sie nichts bedeutete? Christoffel seufzte. Vielleicht brauchte sie ihn, weil er Schultern hatte, die gebaut waren, Lasten zu tragen; aber er war hier und sie irgendwo anders, und so endete die Geschichte wie das Tier in seiner Hand, tot und naß und schwer.

Er schüttelte sich. Unsinn, das alles. Er mußte aufpassen und seinen Verstand beisammenhalten, weiter nichts. In Freiburg hatte er keine Angst vor diesen Offizieren gehabt; warum also jetzt nervös werden, wo sie schon im Laufen waren, im Stich gelassen von einem Teil ihrer Truppe und mit Mißtrauen betrachtet von den übrigen?

Die zweite und dritte Schlinge waren leer.

Als Christoffel sich wieder aufrichtete, sah er den Köhler direkt vor sich. Der Mann, in einer Art Umhang aus zerrissener Sackleinwand, schien aus dem Boden gesprungen zu sein. Er grinste und zeigte weiße, ebenmäßige Zähne.

»Magere Beute, was?«

Christoffel nickte.

»Ein hungriger Soldat«, sagte der Köhler, »fängt an zu denken.«

»Hoffen wir's«, antwortete Christoffel.

Der Köhler führte ihn den Hang hinauf, wo sie unter einem Felsvorsprung auf verhältnismäßig trockener Erde sitzen konnten. »Wie steht's?« erkundigte er sich.

»Der Furagierzug ist mit leeren Händen zurückgekommen. Die Offiziere halten so etwas wie eine Besprechung ab – in deiner Hütte. Die Soldaten wären überall lieber als hier.«

Der Köhler holte ein dickes Stück Brot hervor und reichte es Christoffel. Der begann zu kauen.

»Und du?« fragte der Köhler. »Sind sie hinter dir her?«

Christoffel zuckte die Achseln. »Ich habe dir gestern nacht schon gesagt, daß mir nicht ganz geheuer ist. Und ich hab dir gesagt, du sollst deine Leute zusammenholen, wenn es sich machen läßt. Wie viele hast du erreicht?«

»Fünfzig, vielleicht fünfundfünfzig...« Der Köhler nahm den Hasen und besah ihn sich. »Du kennst unsere Bauern: sie sind schwer zu bewegen. Aber die, die ich hab gewinnen können, werden das Notwendige tun.«

»Fünfzig sind nicht viel.«

»In diesen Bergen sind fünfzig sehr viel«, sagte der Köhler.

Christoffel betrachtete das mächtige Handgelenk des Mannes und den Unterarm, der nur Knochen und Sehnen war.

»Ein Mann mit Flinte, hinter einem Felsblock aufgestellt, kann eine ganze Kompanie aufhalten.« Der Köhler gab den toten Hasen zurück und legte die Hand auf Christoffels Knie. »Wie ich dich gestern nacht getroffen hab, beim Schlingenlegen – warum hast du mir da getraut?«

»Jemandem muß der Mensch trauen.« Christoffel wurde nachdenklich. »Und du bist selbst ein armer Mann, der mit seinen Händen arbeitet...« Plötzlich fiel ihm die Frage ein, die der zigarrenrauchende Redakteur in Köln ihm gestellt hatte: *Wissen Sie irgend etwas über Klassen?* Natürlich wußte er. Und auch der Köhler wußte es. Und irgendwo in einem Winkel ihres Gehirns wußten es auch die Soldaten.

»Jemandem muß der Mensch trauen«, wiederholte der Köhler. »Und warum jetzt nicht?«

»Schon gut, schon gut!« Christoffel lehnte sich zurück und schloß die Augen. Mit dem Stück Brot im Magen wurde er müde. Ihm fiel ein, daß er nicht einmal den Namen des Köhlers kannte. »Siehst du, wir sind marschiert, tagelang, hierhin und dorthin, bergauf und bergab. Zuerst haben die Offiziere gesagt: Übung. Meine Freunde und ich dachten: Sie wollen die Soldaten fern von der Stadt halten, fern vom Volk und der Revolution. Dann haben die Offiziere gesagt: Wir marschieren zurück. Meine Freunde und ich dachten: Vielleicht haben sie doch etwas gelernt. Als dann die Türme von Freiburg in Sicht kamen, haben die Offiziere gesagt: Wir haben Befehl, an der Stadt vorbeizumarschieren. Meine Freunde und ich dachten: Befehl von wem? Und meine Freunde sprachen mit jedem Soldaten, der ihnen Gehör schenkte, und dann haben sie den Offizieren gesagt, schert euch zum Teufel, und sind nach Freiburg zurückgezogen, etwa dreihundert Mann im ganzen.«

»Aber du bist geblieben?« sagte der Köhler.

»Jemand muß schließlich die übrigen auch zurückbringen, nicht?«

Der Köhler schwieg. Er nahm ein Stück Erde und zerkrümelte es zwischen den Fingern.

»Und was sagen die Offiziere jetzt?« fragte er endlich.

»Nichts.«

Der Köhler schniefte. »In diesem Tal kann eine Truppe nur zwei Richtungen einschlagen: vorwärts oder rückwärts. Der Weg nach vorwärts ist schwierig; aber er führt über die Grenze.«

»Und der Weg nach vorwärts könnte versperrt werden?«

»Von fünfzig Männern hinter Felsblöcken – ja.«

Christoffel stand auf. »Am besten wäre es heute getan!«

»Heute«, bestätigte der Köhler, »wenn es anfängt, dunkel zu werden. Etwas Licht brauchen wir, aber nicht zuviel. Und dann kommt auch der Nebel, in dem jeder Schatten zum Gespenst wird...«

Wer in solcher Einsamkeit arbeitete wie er, kannte sich wohl in der Geisterwelt aus, kannte die Erlkönige und Kobolde und die Käuzchen, die mit Menschenstimmen riefen, und die Gespenster, die dem Nebel entstiegen und sich einem auf die Brust setzten.

»Das wär's dann!« sagte Christoffel unbeholfen.

»Das wär's!« bestätigte der Köhler.

Christoffel zögerte, dann wandte er sich um und ging.

»He!« Der Hase kam angeflogen. »Den hast du vergessen!«

Etwas hatte sich verändert. Christoffel kannte die Anzeichen: die Leute suchten ihr Zeug zusammen, Sergeanten sammelten ihre Trupps – das Lager wurde abgebrochen.

Christoffel fand seine kleine Gruppe. Der schielende Korporal war gerade dabei, das Feuer auszutreten; plötzlich stand er regungslos, ein Auge starrte auf Christoffel, das andere ins Nichts, und seine Stiefelsohle begann zu rösten. Es ist der Hase, dachte Christoffel; doch weder der Sergeant noch der junge Soldat schienen das Tier zu beachten. Soldaten aus anderen Gruppen blickten herüber; ein paar von ihnen standen auf und kamen herangeschlendert, als erwarteten sie irgend etwas.

»Warum –«, staunte der Korporal, »warum bist du zurückgekommen?«

Christoffel reichte ihm das Tier, das jetzt ganz steif und kalt war, und sagte: »Zieht ihm die Haut ab, schnell. Und tritt das Feuer nicht aus. Wir müssen etwas essen, bevor wir abmarschieren.«

»Warum bist du zurückgekommen?« Diesmal stellte der Sergeant die Frage; er sah mürrischer aus denn je und bewegte nervös die Lippen. »Sie haben nach dir gefragt.«

Christoffel schwankte einen Moment. Dann setzte er die Füße breiter auseinander und grub die Nägel in die Handflächen. »Wer hat gefragt?«

»Ein Offizier«, gab der Korporal Auskunft.

»Glaubitz«, fügte der Sergeant hinzu.

Mit einer raschen Handbewegung warf der Korporal das Eingeweide des Hasen fort. Der junge Soldat blickte auf den Haufen bläulich glänzenden, verschlungenen Zeugs. »Warum machst du nicht, daß du wegkommst«, sagte er, »bevor sie wieder da sind!«

Glaubitz, überlegte Christoffel. Glaubitz bringt einen Menschen mit derselben Leichtigkeit um wie ein Pferd. Aber die Zeiten, wo solche Herren einfach drauflos töten konnten, waren vorbei; oder wenigstens kämpfte er, Christoffel, dafür, daß diese Zeiten ein für allemal vorbei sein würden. Und fünfzig Männer und ein Köhler warteten hinter Felsblöcken. Er wollte das erleben, wollte wissen, was geschah, es würde immer noch etwas Licht sein, aber nicht zu viel.

»Los, lauf weg!« forderte ihn der Sergeant auf. »Wem hilfst du?«

Der Korporal riß dem Hasen das Fell ab. Er arbeitete schnell und gewandt; die schielenden Augen verzerrten sich vor Anstrengung; Regen und Schweiß standen ihm auf der Stirn, und er schmierte das Blut dazu, als er sie mit dem Handrücken abzuwischen versuchte.

Christoffel sagte: »Ich hab das Tier gefangen; ich will auch was davon essen.«

Der Korporal verlangte einen Ladestock, bekam ihn und stieß ihn der Länge nach durch den gehäuteten Hasen. Dann hängte er den improvisierten Spieß übers Feuer. Von dem Fleisch über dem Feuer ging ein würziger, berauschender Duft aus, der den Leuten das Wasser im Munde zusammenlaufen ließ und immer mehr von ihnen herbeilockte. Der Sergeant, der den Spieß drehte, bemerkte, wie sie sich die Lippen leckten und wie ihre Augen sich auf den Braten hefteten, und in einem plötzlichen Anfall von Wut schrie er: »Verschwindet!« und zu Christoffel: »Du auch!«

Ein paar Soldaten gingen wirklich, aber nicht aus Angst vor dem Sergeanten. Jemand war zu ihnen getreten – ein Offizier. Der Sergeant sprang auf, doch Glaubitz winkte ab mit einem nachlässigen »Weitermachen!« Der Sergeant stand unbeweglich.

»Na dann!« Glaubitz kauerte sich hin und drehte den Spieß. »Sie werden doch das schöne Fleisch nicht verbrennen lassen? Wie sind Sie dazu gekommen?«

»Christoffel hat es gebracht«, antwortete der junge Soldat.

»Christoffel!« Der Rittmeister richtete sich auf. »Ein Jäger ist ein guter Mann! Wer von euch ist der Christoffel?«

Der junge Soldat erkannte den Fehler, den er gemacht hatte, und wurde bleich. Der Rittmeister blickte sich um, strich sich den gelblichen Schnurrbart und wiegte sich leicht auf seinen krummen Beinen. »Sie da!« sagte er schließlich.

In diesem Tal, dachte Christoffel, gibt es nur zwei mögliche Richtungen; vorwärts oder zurück. Fünfzig Männer und ein Köhler, dachte er, und wieviel Mann hier: zwei, zwanzig, zweihundert?

Das Fleisch, sich selbst überlassen, begann zu brennen. »Mit Ihrer Erlaubnis, Herr Rittmeister!« Der Korporal kniete nieder, um es zu wenden. »Es ist gutes Fleisch. Bloß ein kleiner Hase, aber gutes Fleisch, Herr Rittmeister. Würden Sie gern etwas davon kosten, Herr Rittmeister?«

»Sie da!« rief Glaubitz. »Haben Sie den Hasen beschafft?«

»Jawohl, Herr Rittmeister.«

»Ausgezeichnet.« Der Rittmeister wiegte sich immer noch auf den Beinen. »Sie kommen jetzt mit mir. Wir beide werden uns mal ein bißchen unterhalten.«

Der Korporal blickte von dem Hasen auf Christoffel. Der Sergeant sah ihn ebenfalls an, die anderen auch. Christoffel rührte sich nicht.

»Wollen Sie Ihren Kameraden ein schlechtes Beispiel geben?« fragte Glaubitz. »Oder haben Sie etwa Angst?«

Jemand lachte.

»Ich bin ganz allein hierhergekommen«, fuhr der Rittmeister fort, »obwohl ihr so viele seid. Haben Sie Angst, Christoffel, mit mir allein zu sein?«

Der bringt einen Menschen mit derselben Leichtigkeit um wie ein Pferd, dachte Christoffel. Aber auch ich kann ihn umbringen.

»Gehen wir, Herr Rittmeister!« sagte er.

Glaubitz nickte. »Überfreßt euch nicht!« warnte er beim Weggehen.

Eine Trompete gab ein Signal. Der Regen fiel immer noch.

Christoffel schritt langsam neben dem Rittmeister her. Sie gingen bergan, der Köhlerhütte zu. Solange aller Augen uns folgen können, bin ich sicher, dachte Christoffel.

Glaubitz blickte ihn mit leicht geneigtem Kopf an. »Wir haben nicht viel Zeit«, begann er. »Was für ein Spiel ist das eigentlich, das Sie da treiben?«

Sie waren am oberen Ende der Lichtung angelangt; zur Linken lag die Hütte; der Rauch aus dem Schornstein suchte himmelwärts zu steigen.

Christoffel blieb stehen.

»Ich habe Sie etwas gefragt!« mahnte der Rittmeister.

»Ich treibe kein Spiel.«

Glaubitz stand ihm gegenüber, die Hände in die Hüften gestemmt, das Gesicht gerötet; nur die eingeschlagene Nase blieb weiß; sie sah aus, als wäre sie geschminkt, wie bei einem Clown. »Sie sind doch einer von diesen elenden Agitatoren«, sagte er halblaut, »die uns die ganze Armee ruiniert haben. Die anderen sind weg, Sie sind geblieben –«, er erhob die Stimme, »warum?«

Sie können uns immer noch sehen, dachte Christoffel; wahrscheinlich beobachten uns Hunderte von Augen.

»Als ich Sie vorhin suchte, waren Sie fort«, sprach der Rittmeister weiter und wiegte sich auf den Absätzen. »Wo waren Sie?«

Das ist einfach lächerlich, dachte Christoffel. Er brauchte bloß kehrtzumachen und den Hund stehen und das Nichts ankläffen zu lassen.

»Sie sind zu schlau, um impulsiv zu handeln«, fuhr Glaubitz fort, die Nase weißer denn je. »Sie haben doch einen Plan. Heraus damit!«

Christoffel schüttelte sich. Er begriff plötzlich, was für einen Fehler er begangen hatte. Augen erreichten ihn wohl, nicht aber die Ohren. Dabei war das Ohr sein einziger Verbündeter; nur durch Worte, nur durch das Ohr konnte er Hirn und Herz der Soldaten erreichen. Und von ihnen hatte er sich trennen lassen.

Er wollte gehen. Ein vertrautes Klicken. »Bleiben Sie lieber, wo Sie sind, Soldat!«

Christoffel erkannte den Mann im schwarzen Umhang, der – für die Soldaten im Lager unsichtbar – an der rückwärtigen Hüttenwand lehnte; er bemerkte die auf ihn gerichtete Pistole. Einen Moment lang dachte er an Flucht; er war flink; aber eine Kugel war flinker.

Sie gingen nicht weit. Da war eine kleine Bodensenkung und eine Baumgruppe, hochgewachsene Fichten, deren Wurzeln aus der Erde herausragten wie die Adern eines alten Mannes. Dort stand jetzt der Zivilist im schwarzen Umhang, neben ihm der andere, der mit ihm ins Lager gekommen war; sein einst weißer Verband war durchtränkt und verkrustet von Blut.

»Gramm«, sagte Glaubitz, »darf ich Sie bitten, mir zu helfen.«

Christoffel sah den Dunklen näher treten. Das Furchterregende an ihm war nicht die Körpergröße, sondern das fast kindliche Gesicht mit der rosigen Haut und der einfältig runden Form. Er kannte dieses Gesicht – aber woher? Unwichtig...

»Nein!«

Christoffel warf sich zurück, stürzte aber – eine Wurzel hatte ihn zu Fall gebracht, oder aber das krumme Bein des Rittmeisters. Beide Zivilisten waren über ihm, preßten ihm die Arme nach hinten und zerrten ihn an den Handgelenken hoch.

»Oberkörper freimachen!« befahl Glaubitz.

Christoffel wehrte sich. Er hörte das Ächzen der beiden, die ihn festzuhalten suchten. Dann sah er die Stiefel des dritten in plötzlicher Nähe. Etwas Stumpfes, Schweres traf ihn am Hinterkopf.

Als er zu sich kam, erblickte er dunkelbraune, schwarz durchklüftete Kontinente vor sich. Berge erhoben sich auf diesen Kontinenten, bewachsen mit seltsamen gräulich-grünen Pflanzen; glitzernde Ströme flossen träge talabwärts; und ein Geruch von Feuchtigkeit und Fäulnis hing über der ganzen Welt. Ihn schauderte. Der Kopf tat ihm weh; etwas Hartes schnitt ihm in die Brust; seine Arme waren schmerzhaft auseinandergezogen. Stimmen kamen zu ihm geflutet, und dann endlich stellte sich die richtige Perspektive wieder ein. Er umarmte eine der Fichten, war gebunden, unfähig, sich zu bewegen, atmete mühsam, und der Regen fiel ihm auf die nackten Schultern, große Tropfen klatschten von den Zweigen herab.

»Sergeant Rinckleff!«

Das ist der mit dem Verband, dachte Christoffel und wunderte sich schwach, wer wohl den Sergeanten Rinckleff zusammengeschlagen hatte, und wo das geschehen sein mochte. Und dann fiel ihm ein, was die Soldaten über Bastion Dreißig erzählt hatten... Offensichtlich waren diese beiden aus Rastatt entwischt...

»Machen Sie den Kerl wach!«

Jetzt erbebte die Erde. Etwas pfiff, und die Erde erbebte, und seine Haut zuckte und schwoll heiß an, brannte, scharfes stechendes heißes Brennen, unerträglich, bis sie platzte, Gott sei Dank, und der Schmerz, wenn auch noch immer scharf, gleichmäßig wurde. Die Tropfen von den Bäumen fielen ihm auf die Schultern und rollten an seiner Haut herab und sammelten sich in dem offenen Schnitt, der quer über seinen Rücken verlief, und mischten sich mit dem daraus strömenden Blut.

Er stöhnte.

»Christoffel!« sagte Glaubitz, »ich liebe es durchaus nicht, wenn mit einem Menschen derart verfahren wird.«

Glaubitz schien auf Antwort zu warten.

»Aber ich sagte Ihnen bereits, wir haben nicht viel Zeit«, fuhr er fort. »Also raus mit der Sprache: Was für ein Spiel treiben Sie?«

Fünfzig Männer und ein Köhler, dachte Christoffel. Wir brauchen etwas Licht, aber nicht zu viel... Der Abend war nicht mehr fern.

Glaubitz trat näher; Christoffel fühlte, wie sein Kopf beim Kinn hochgedrückt wurde, wie ihm die Lider von erfahrenen Fingern gewaltsam geöffnet wurden. »Dieser Hurensohn!« hörte er Glaubitz ausrufen. »Tatsächlich, er simuliert!«

Der zweite Schlag – diesmal mit vollem Bewußtsein empfangen, hellwach, jedes Organ in ihm schrie auf. Gott segne den Baum, segne ihn, weil er da steht, still und stark, segne seine Borke, daß man das Gesicht an sie pressen kann, segne seine Zweige hoch oben, daß sie über dir weinen. Ein Klumpen bildete sich in Christoffels Brust und verstopfte ihm die Luftröhre.

»Christoffel!« begann Glaubitz von neuem. »Die anderen sind abgezogen, Sie sind geblieben – warum?«

Josepha, dachte Christoffel; volle, weiche, warme Lippen hatten seine Wange gestreift, einmal, nicht länger als eine halbe Sekunde. Sie besaß etwas, das kein Mann mit gesundem Verstand freiwillig aufgeben würde; er aber hatte es getan, freiwillig; hatte gar nicht erst versucht, sie zu halten; was war er, ein Wohltäter, ein verdammter Heiliger, oder einfach blöd?

»Sauber!« mahnte der, dessen Name Gramm war. »Sie müssen sauber zuschlagen, Sergeant Rinckleff. Sie wollen doch nicht, daß der Bursche uns bewußtlos wird.«

Die Haut auf Christoffels Rücken schreckte zurück vor der Berührung der prüfenden Hand; er brachte es fertig, die Lider zu öffnen, und sah mit einem Seitenblick Rinckleffs Gesicht, breite Nasenlöcher, aus denen Haare herauswuchsen, schwarze vorstehende Brauen über kleinen, verschlagenen Augen, großporiges, mißfarbenes Fleisch.

»Der wird schon nicht bewußtlos!« erwiderte Rinckleff. »Der nicht!«

Das Gesicht verschwand. Und dann kam das kurze, scharfe Zischen der Peitsche, und das Leder wand sich um den Rücken wie eine züngelnde Flamme.

Christoffel hörte sich schreien. Der Schrei stieg auf, hoch, unnatürlich, unmenschlich.

Glaubitz fing wieder an. »Sie waren lange Zeit weg vom Lager. Zu lange. Wo waren Sie?«

Christoffel stöhnte.

»Antworten Sie! Antworten Sie!... Sergeant Rinckleff!«

Christoffel wartete. Gleich würde es kommen – das Pfeifen, und dann wieder ein Schlag, der einem durch den ganzen Leib brannte und dem flatternden Herzen keinen Schlupfwinkel ließ...

Die Trompete blies, drängend.

»Oh, verdammt!« rief Glaubitz. Er schien die Notwendigkeit des Aufbruchs gegen die Zeit abzuwägen, die er noch brauchen würde, um ein Geständnis zu erzwingen. Dann entschied er: »Losbinden!« und fügte hinzu: »Das ist nur ein Aufschub. Wir geben ihm Gelegenheit, sich die Sache zu überlegen.«

Langsam fiel Christoffel an dem Baumstamm zusammen. Die Kontinente glitten an seinen trüben Augen vorüber, ihre Berge, ihre Flüsse. Es war, als fiele er von einem Planeten in die Endlosigkeit des Raumes.

Die Straße führte stetig aufwärts, bald zur Linken des Flüßchens, das über die Felsbrocken in seinem Bett stürzte und brodelte, bald zur Rechten. Zuweilen war eine primitive Holzbrücke da, oft auch nicht; dann watete man durch, so gut man konnte, die Infanterie balancierte von einem schlüpfrigen Stein zum anderen, verlor den Halt, tauchte bis an die Hüften und tiefer in das regengeschwollene Wasser, so daß der letzte trockene Faden am Leibe, das letzte trockene Pulver durchweicht wurde; die Train-Wagen blieben auf dem Grund stecken und mußten einzeln von einem Dutzend fluchender, überanstrengter, erschöpfter Soldaten durchgeschoben werden; die Kavalleriepferde, müde und bockig, stolperten zwischen den Steinen durch, bäumten sich auf, warfen Reiter und Bagage ab; und alles das in einer Atmosphäre, die halb Wolke, halb Regen war, wo die Männer, zehn Schritte voraus, sich in Schatten verwandelten und das gedämpfte Rauschen des Wasserfalls weiter oben klang, als käme es von außerhalb der Welt.

Christoffel ritt hinter den letzten Dragonern, zwischen dem bandagierten Rinckleff und Gramm, der immerzu vor sich hin summte und sang. Der Sergeant, wie es schien in mehr als einer Sache Fachmann, hatte ihm mit einem Strick die Knöchel unter dem Bauch des Pferdes zusammengebunden und die Handgelenke an den Sattel gefesselt; auf diese Weise war er eins mit dem Pferd, jeder Schritt des Tiers durchfuhr ihn wie ein Stich, jedes Stolpern riß seine Wunden von neuem auf; das Hemd, ihm nachlässig über den Rücken geworfen, klebte blutgetränkt am wunden Fleisch; Waffenrock und Mantel, die über seinen Schultern hingen, rieben und scheuerten. Er wußte, daß er Fieber hatte: der dumpfe Schmerz hinter den Augenhöhlen ließ keinen Zweifel daran. Und immer noch hatte er keine Stimme – der Schrei, der bei dem ersten Peitschenhieb aus ihm herausgebrochen war, schien etwas in seiner Kehle gesprengt zu haben. Er war beinahe froh darüber. Einen Mann ohne Stimme konnte man nicht zum Sprechen bringen.

Gramm war offensichtlich glänzender Laune. Er unterbrach sein Summen, um Rinckleff gegenüber mit ihrer erfolgreichen Flucht aus Rastatt zu prahlen und mit ihrem ungehinderten Ritt mitten durch das aufrührerische Land, und wie sie schließlich auf Soldaten gestoßen waren, die, wie er sich ausdrückte, immer noch Soldaten waren. Sein Singen und sein Geschwätz, Rinckleffs einsilbige Antworten, das dumpfe Aufschlagen der Pferdehufe, die Schmerzanfälle – alles das verschmolz in Christoffels Kopf zu einem traumhaften Durcheinander.

Der Traum endete ebenso unerwartet wie der Nebel. Sie hatten eine steinübersäte Landschaft erreicht, auf der es keine Bäume gab, nur vereinzelte Flecken windzerzausten Unterholzes. Hinter und unter ihnen wogte ein weißlicher Ozean, über ihnen war grauer Himmel, den die letzte Tagessonne tapfer zu durchbrechen versuchte. Vor ihnen und zu beiden Seiten ragte nackter Stein empor, schwarze Spalten, riesige braune Felsbrocken mit rosigen Spitzen. Es sah aus, als hätte eine Riesenhand diese Schlucht aus der Ur-Materie geschaufelt, unbekümmert um die Krumen, die zwischen ihren Fingern hervor auf die Erde zurückfielen.

Es gab keinen Weg mehr. Weiter oben, wo die Schlucht endete, konnte man kaum die Grate erkennen, zwischen denen ein Paß verlaufen mochte oder auch nicht. Die ganze Truppe hatte haltgemacht, ohne daß jemand einen Befehl gegeben hätte, und die Stille, tief und das Herz zusammenpressend, wurde nur von dem Kreischen einer Schar Vögel unterbrochen, die über den Köpfen der Menschen kreiste.

Nach den Stunden und Stunden im Nebel erschien jetzt alles besonders klar, jede Einzelheit ätzte sich in die Netzhaut des Auges ein. Man sah vorn den Adjutanten zu Rittmeister Glaubitz galoppieren, der seine Dragonerschwadron anführte; dann ritt Glaubitz an der wartenden Infanterie vorbei zu der kleinen Gruppe der im Sattel gebeugten Offiziere; ein winzig wirkender Arm wies in Richtung von Gebirgskamm und Paß.

Ein Schuß fiel. Kiesel spritzten auf in der Nähe der Gruppe von Offizieren.

Einen Augenblick lang war die gesamte Truppe wie erstarrt.

Dann krachte eine ganze Salve von Schüssen, hallte wider, die gegenüberliegende Felswand warf das Echo noch einmal zurück. Die Offiziere zerstreuten sich rasch; innerhalb von Sekunden verlor die Infanterie jeglichen Zusammenhalt, da jeder Soldat schnellstens in

Deckung ging; die Dragonerpferde wieherten, warfen die Köpfe hoch; etliche scheuten und stürmten mit ihren fluchenden, schreienden Reitern davon; Sergeanten brüllten, Offiziere gellten wilde, einander widersprechende Befehle, die Trompete blies »Attacke!« – aber es war niemand da, den man angreifen konnte.

Gegen den Himmel erhoben stand hoch oben auf einem Fels der Köhler, das Gewehr über die Schulter gehängt. Er hielt die Hände trichterförmig vor den Mund: »Ihr seid eingekreist!«

»...gekreist!...kreist!...eist!...« das Echo.

»Feuer!« Glaubitz' Stimme trug bis über die Schlucht. »Schießt auf den Hurensohn!«

Ein paar vereinzelte Schüsse fielen, es waren nicht viele: im Regen und beim Durchwaten des Flusses war eine Menge Munition verdorben.

Der Köhler blieb stehen, die Hände vor dem Mund. »Der Paß ist blockiert!«

»...ockiert!...kiert!...iert!...«

Christoffel sammelte alle Kraft, die ihm noch geblieben war. Er grub die Absätze seinem Pferd in den Bauch und zerrte es an der Mähne. Nervös von den Schüssen, bäumte sich das Tier unter dem plötzlichen Zugriff auf, riß die Zügel aus Rinckleffs hemmender Hand und schoß vor, zwischen die Felsen, mitten unter die Infanterie, die noch immer versuchte auszuschwärmen.

Soldaten! wollte Christoffel ihnen zurufen. Kameraden!

Doch er hatte keine Stimme. Das ungezügelte Pferd, in panischem Schrecken, raste wild drauflos und schleuderte ihn bei jedem Schritt hoch.

Und dann erzitterte die Erde. Steinbrocken stürzten von den Bergen herab; sprangen von Fels zu Fels wie Korkbälle, gewichtlos, manche zersplitterten in der Luft, andere brachten ganze Lawinen ins Rollen, die sich auf die entsetzte Infanterie zu wälzten. Die Leute ließen Waffen und Gerät fallen und rannten, in der einzigen Richtung, die ihnen offen war, talwärts, zurück in den Nebel, aus dem sie gekommen waren. Nur die Dragoner standen; sie waren nie so weit vorn in der Schlucht gewesen, um von der Steinlawine getroffen zu werden; ihre Pferde drängten sich furchtsam zusammen; vor ihnen hatte sich Glaubitz aufgepflanzt und richtete die Pistole auf sie.

Christoffel versuchte sein Pferd anzutreiben, aber schon waren Rinckleff und Gramm über ihm. Eine Faust krachte gegen seinen Kiefer, eine andere schlug in seine offenen Wunden. Er fiel in sich zusammen. Undeutlich spürte er, wie das Pferd irgendwohin geführt wurde, und dann war die Welt um ihn herum ein weiches Nichts. Später drang aus diesem Nichts das Getrappel vieler Hufe zu ihm, Hufschlag von vorn wie auch hinter seinem Rücken; wie schwer den Pferden der Atem ging, sie schnauften und stolperten; der Ritt führte wohl steil bergauf.

»Die Hurensöhne!«

Das war Glaubitz' Stimme. Christoffel würde sie überall wiedererkennen.

»Uns so in die Falle zu locken!...« Glaubitz knurrte wütend. »Wissen Sie, Gramm, ich habe so ein Gefühl, daß dieser Hurensohn hier es die ganze Zeit gewußt hat!«

Das, dachte Christoffel, bezieht sich auf mich.

»Passen wir diesmal besser auf ihn auf, Gramm!« ließ Glaubitz sich wieder vernehmen. »Denn den röst ich mir langsam, und mit Genuß!«

Die Betäubung, die sich seines gemarterten Leibs bemächtigt hatte, wirkte sich nun wohl auch auf sein Hirn aus. Sie machte Christoffel unfähig, Angst oder irgendein anderes Gefühl zu empfinden.

»Wir haben noch fast die ganze Schwadron«, fuhr Glaubitz fort. »Die Leute wissen, daß der erste Dragoner, der gegen meinen Befehl aufmuckt, eine Kugel in den Kopf bekommt, von mir persönlich.«

Christoffel glitt langsam in das weiche Nichts zurück.

»Nein, Gramm«, hörte er Glaubitz wie durch dicke Wolle hindurch erläutern, »auf diesem Weg kommen wir niemals über die Grenze. Den Paß haben sie ja blockiert, die Hurensöhne. Wir ziehen nach Norden!«

Nach Norden, dachte Christoffel. Ich muß mir das merken. Nach Norden.

Glaubitz lachte kurz auf. »Wir werden auf Karlsruhe marschieren und es einnehmen und den Mob von dort vertreiben...«

Christoffel versuchte, die Augen zu öffnen. Es gelang ihm nicht. Dann verschlang ihn das weiche Nichts.

Zehntes Kapitel

Der gebildetere Theil der Jugend war größtentheils überaus nüchtern, verließ zahlreich das Land, um nicht zum ersten Aufgebot zu müssen, oder ließ sich geradezu erst mit Gewalt zum Kampfe »für die Freiheit« pressen... Wohl waren unter den Volkswehren und Freiwilligen, die sich in den ersten Tagen der Bewegung anschloßen, enthusiastische und frische Elemente vorhanden; kräftige und heitere Burschen aus dem Schwarzwald, dem Hanauer Land oder der üppigen Rheinebene, die auch der Schmutz der Revolution in ihrer ehrlichen Begeisterung nicht irre machte... Viel schlimmer waren die verwilderten und verlüderlichten Handwerksburschen, die mit Mord und Todtschlag eine sociale Republik zu gründen dachten, oder gar die aus Strafanstalten und dem Galgen entronnenen praktischen Communisten. Es kam vor, daß die einquartierten Kämpfer für die »deutsche Reichsverfassung« sich bei Tische ungenirt vor ihrem Wirthe über die verschiedenartige Behandlung in den Zuchthäusern verschiedener Länder unterhielten...

(Handschriftlicher Auszug von Andreas Lenz aus den »Denkwürdigkeiten zur Geschichte der badischen Revolution« von Ludwig Häusser, Professor der Geschichte zu Heidelberg; Heidelberg 1851)

Im linken Flügel des Karlsruher Rathauses, auf dem Flur im zweiten Stock, ging es zu wie bei einem Umzug. Die nüchternen Büros, auf deren Regalen und Schränken die Zeit ihre Staubschichten abgelagert hatte, wurden umgeräumt; Männer in unvollständigen Uniformen oder blauen Baumwollblusen schleppten Tische, Bänke, Stühle von einem Raum in den anderen oder auf den Flur, verschmierten die Fußböden mit Eimern voller Wasser, rückten Möbel hierhin und dorthin, schwitzten, sangen, schimpften, diskutierten. Die unglücklichen Kanzlisten, aus jahrelangem friedlichem Federkratzen aufgestört, suchten nach Akten, die man ihnen unter der Nase weggezogen hatte, und jammerten den Kissen nach, die ihnen unter ihren knochigen Hintern fortgenommen worden waren.

Ein alter Mann bahnte sich einen Weg durch die Unordnung. Sein weißes Haar reichte fast bis an die Schultern, die er straff hielt wie ein Soldat; der weiße Bart war angegilbt von der Zigarre, an der er paffte. Seine Augen lachten, während er die Asche von der schwarzrotgoldenen Schärpe klopfte, die er über der Brust trug. Ein langer krummer Säbel klirrte ihm bei jedem Schritt gegen die Wade.

Durch die offene Tür drangen heftige Stimmen zweier streitender Männer. Dann trat mit langen Schritten Florian Mördes heraus. Seine kleinen glitzernden Augen wurden der kalten Blicke gewahr, die ihn von allen Seiten trafen. Er zog seinen gestärkten Hemdkragen hoch, packte den Spazierstock fester und ging. Gleich darauf erschien Becker, ein Stück Pappe in der Hand, den Leimtopf in der anderen. Der Disput hatte Spuren auf seinem Gesicht zurückgelassen. Seine Hand zitterte ein wenig, während er etwas Leim auf die eine Seite der Pappe tropfte und sie dann an die Tür klebte, ein behelfsmäßiges Schild.

Der Alte las, was mit grober Hand darauf geschrieben stand: *Volkswehr, Becker, Oberkommandant.*

»Treten Sie ein, Böning«, forderte Becker den Alten auf und rief in den Flur: »Tiedemann, Lenz, Dortu, Walcher – Besprechung!«

Er zog sich in sein Zimmer zurück, in dem Stühle aller Art einen großen Tisch umgaben. Vor der an die Wand gehefteten Karte blieb er stehen. »Gott!« sagte er zu Böning und schlug mit der flachen Hand auf die Stelle, wo *Karlsruhe* zu lesen war. »Ich hätte sie ihrem Durcheinander und ihrem Philistertum überlassen sollen.«

Böning warf seinen schwarzen breitkrempigen Hut auf den Tisch und setzte sich. »Das einzig Tröstliche an den Dummheiten der Revolution ist«, erwiderte er philosophisch, »daß die Dummheiten der Konterrevolution mindestens ebenso groß sind.«

Die Männer, die Becker gerufen hatte, kamen ins Zimmer – Tiedemann, gegürtet, gestiefelt, zugeknöpft, jeder Zoll seiner Uniform sauber und korrekt; Dortu, ein junger griechischer Gott mit der Präzision eines preußischen Regierungsbeamten; Dr. Theophrast Walcher, vertrauenerweckendes Gesicht, gütige Augen; und als letzter Lenz, schmutzig vom Hin- und Hertragen nötiger und unnötiger Gegenstände für das Rekrutierungsbüro, das er übernehmen sollte.

»Setzt euch, Freunde!« bat Becker und warf einen Blick zur Tür; aber Lenz hatte sie zugemacht. »Die Regierung hat uns endlich etwas zukommen lassen!«

»Ausrüstung?« fragte Tiedemann. »Waffen?« Erregung durchbrach seine gewöhnliche Zurückhaltung; alles an dem Mann war sonst kurzgehalten: Schnurrbart, Haartracht, Gefühle.

»Nein«, antwortete Becker, »dieses hier!«

Ein Blatt Papier, längsgefaltet, lag auf dem Tisch. Becker reichte es herum. Lenz, wieder der letzte, behielt es am längsten. Ohne Illusionen betrachtet, bewies das Dokument, welche Art Einfluß Struve ausübte und was für ein Mensch Brentano war – ein Mensch, imstande, mit ein und derselben Bewegung zu geben und zurückzunehmen. Das Dokument war Beckers Ernennungspatent; es machte ihn zum obersten Befehlshaber der Volkswehr, einer Truppe, die gar nicht existierte; es war ein Witz.

»Mördes wird Oberkommissär des Unterrheinkreises –«, eine Bewegung von Beckers Arm zur Karte hin, »Mannheim, Heidelberg, das Neckartal – und er findet viertausend Männer und Burschen; ein paar davon bewaffnet; sie strömen nach Mannheim, sind versessen darauf, eingereiht, ausgebildet, in den Kampf geführt zu werden...« In Beckers Gesicht arbeitete es. »Und was tut Mördes? Er schickt sie nach Hause.«

»Grund?« Tiedemanns knappe Frage verriet den Berufssoldaten.

Becker rieb sich den Backenbart gegen den Strich. »Das weiß Gott! Vielleicht hatte er Angst, eine solche Menge revolutionärer Begeisterung auf einem Haufen könnte zu viel revolutionäre Energie erzeugen. Auf jeden Fall behauptet Mördes, auf Anweisung von Brentano gehandelt zu haben...«

»Wissen die denn nicht?« fragte Dr. Walcher.

Becker schaute ihn an. »Was denn?«

»Daß es in diesem Kampf keinen Pardon gibt!« Schatten lagen um Walchers gütige Augen. »Es ist kaum zwei Wochen her, seit die Barrikaden in Dresden bombardiert und die Unsrigen eingekreist und in Stücke gehauen wurden... Ich habe das alles miterlebt... Verwundet und sterbend sind sie zu mir gebracht worden... Junge Burschen, mit dem Bajonett durchbohrt; verstümmelte Frauen...«

»Wenn Sie mich fragen, es ist ganz einfach Verrat.« Böning spuckte ein Stückchen Zigarrenblatt aus. »Wieviel Zeit glauben diese Herren zu haben zum Organisieren, Ausrüsten, Bewaffnen, Ausbilden, bevor die unheilige Allianz preußischer Junker und Frankfurter Bankiers wie Hölle und Schwefel über sie herfällt?«

Man hegte hier keine Illusionen, fand Lenz, wenigstens nicht mehr als er selbst; die Männer hier am Tisch waren in der Welt herumgekommen, hatten das Ihre zu den revolutionären Kämpfen beigetragen: Böning und Tiedemann in Griechenland, Walcher in Dresden, Dortu, so jung er war, in Berlin; sie waren der Polizei eines halben Dutzends europäischer Mächte entschlüpft, und diese Sache in Baden, was bedeutete sie für sie – eine neue Hoffnung? Eine letzte Schlacht? Oder war's ihnen nur ein alltäglicher Zwischenfall in einer lange währenden Entwicklung, die vermutlich vor Jahrhunderten schon begonnen hatte und vielleicht erst in Jahrhunderten enden würde?

Dortu sprach. Zu der griechischen Nase und der edel geformten Stirn gehörten Lippen, wie Lenz sie auf Reproduktionen italienischer Renaissance-Engel gesehen hatte – klein, aber voll: Der Gesamteindruck stand in seltsamem Widerspruch zu der leidenschaftslosen, beinahe statistischen Redeweise des jungen Mannes. »Item eins: Verrat«, begann er. »Ich bezweifle es. Man kann nur das verraten, dem man sich verbunden fühlt. Item zwei: Zeit. Frankfurter Bankiers kämpfen nicht; preußische Junker sind langsam. Hinzu kommt: Unzuverlässigkeit des preußischen Militärs, besonders der Landwehreinheiten; schlechte Ausrüstung, ausgenommen die neuen Hinterladergewehre, die die Feuerkraft des einzelnen Soldaten beträchtlich erhöhen. Hinzu kommt ferner: innere Unruhen in Preußen, besonders in der Rheinprovinz, wie sich an den lokalen Aufständen in Elberfeld, Düsseldorf, Hagen, Solingen gezeigt hat. Weiter: notdürftig verdeckte Konflikte mit Österreich über Führung in der unheiligen Allianz sowie über künftige Form eines eventuellen zentraleuropäischen Mächteblocks. Schlußfolgerung: Spanne von ein bis zwei Monaten bis zum Beginn einer wirklich wirksamen Intervention.«

Tiedemann applaudierte. Ein rasches Lächeln ließ Beckers

Schnurrbart aufzucken. Lenz blickte überrascht auf: Dortu, kaum älter als er selbst, eine Kleinigkeit jünger vielleicht, war ein wahres militärisches Handbuch. Er war verfeinertes preußisches Beamtentum. Er war so genial als Beamter, daß die Bürokratie ihm nicht mehr Genüge tun konnte – entweder er übernahm Potsdam, wo er Regierungsassessor gewesen war, oder er zerstörte es.

»Nun«, sagte Becker und ließ seine lebhaften, klugen Augen von einem zum anderen seines Stabes schweifen, »sind Sie geneigt, Max Dortus Einschätzung beizupflichten?«

Böning warf seinen Zigarrenstummel auf den Fußboden und trat ihn mit dem Absatz aus. »Gott, ja«, meinte er. Lenz sah, wie er sich unters Haar griff und hinter einer Stelle kratzte, wo ein Ohr hätte sein müssen. Böning bemerkte den Blick und hörte auf mit seiner gräßlichen Gewohnheit. Das Haar, das ihm ein so verehrungswürdiges Aussehen gab, fiel an seinen Platz zurück. »Die Türken, wissen Sie!« erklärte er. »Sie sind groß darin, einem Teile des Körpers abzusäbeln...«

»Gut, gehen wir an die Arbeit!« unterbrach ihn Becker und begann seine Pläne zu erläutern: die Bildung einer neuen Art Armee, die nicht bloß eine militärische Macht darstellte, sondern eine politische. Solche Armeen, erklärte er, hatte es schon gegeben – er erwähnte Cromwell, von dem Lenz kaum gehört hatte, und die Truppen unter George Washington und die ersten Armeen der Französischen Revolution. Welche Widerstandskraft hatten diese Armeen bewiesen! Ja, er sei für *terreur,* sagte er, das französische Wort benutzend. Gewiß, alle die deutschen Spießbürger seien dagegen und zitterten davor – genau der Grund, warum man sich der Sache bedienen mußte! Man setze *terreur* gegen den kleinlichen Terror und die Intrigen all der Leute, die die Revolution hemmen wollten! Man setze *terreur* gegen den großen, alles durchdringenden administrativen Terror von sechsunddreißig deutschen Regierungen, eine dümmer und niederdrückender als die andere! Und was sollte das Instrument des revolutionären *terreur* sein, wenn nicht diese neue Armee?

»Aber wie steht es dann um die Freiheit?«

Lenz verkniff den Mund unter den Blicken, mit denen seine Zwischenfrage aufgenommen wurde. Er war wirklich etwas verlegen: vielleicht war seine Frage *de trop* zu einem Zeitpunkt, wo so viele dringendere Probleme diese Männer bedrückten; oder sie hatten diese Frage für sich bereits gelöst. Aber, in drei Teufels Namen, der Freiheit wegen war diese Revolution doch gemacht worden, Freiheit war ihre einzige große Verheißung; für ihn war sie der Atem all dessen, was seinen Worten und Versen Klang verlieh.

»Wie soll es damit stehen?« fragte Becker trocken.

»Die Freiheit ist die ausgesprochene Antithese Ihres *terreur*!«

»Das läßt sich kaum leugnen«, gab Becker zu.

»Ich bin Dichter«, sagte Lenz. »Einiges von dem, was ich geschrieben habe, wurde mit der Hand vervielfältigt und weitergereicht. Das war damals, als man ein Nachtquartier im Gefängnis bekam und manchmal auch noch mehr, wenn man meine Verse laut sang. Was soll ich jetzt den Menschen erklären: daß wir gegen die eine Tyrannei gekämpft haben, um einer anderen zu verfallen?«

»Erklären Sie ihnen gar nichts«, schlug Dortu vor. »Tun Sie nur, was ihren Interessen dient.«

»Aber es geht doch um ihn selbst, verstehen Sie denn nicht?« rief Dr. Walcher. »Sich selbst muß er es erklären!«

Böning hatte seine neue Zigarre angeraucht und beäugte sie kritisch. »Ich habe gegen Napoleon gekämpft«, erwähnte er mit tiefer, heiserer Stimme, »gegen die Türken und gegen das Haus Hessen-Nassau. Ich bin mein ganzes Leben lang hinter der Freiheit hergejagt; sie ist eine schwer zu fassende Dame. Jetzt, mit einundsechzig Jahren, hoffe ich für einen kurzen Moment mit ihr in Berührung zu kommen.«

»Wir alle haben eine Vergangenheit in diesem Kampf!« Tiedemann blickte Lenz offen an. »Erscheint Ihnen einer von uns als möglicher Tyrann?«

Von ihnen keiner, spürte Lenz. Trotzdem – etwas in ihm klammerte sich eigensinnig an den Standpunkt, den er eingenommen hatte. »Die Linie führt von Danton zu Robespierre und zu Napoleon...«, sagte er und fügte hinzu: »Natürlich würde sich in Deutschland alles in kleinlicheren Proportionen halten.«

Becker stand auf. Er war nicht hochgewachsen, wirkte aber massig; hart, unerschütterlich gegen jeden Herausforderer. »Ich weiß nicht, Bürger Lenz«, sprach er langsam, »ich sehe keinen anderen Weg zur Verteidigung der Freiheit, als sie zu beschränken. Und möge der Fluch der Geschichte über uns kommen, wenn wir dabei zulassen, daß die Freiheit von den falschen Führern oder auf dem falschen Gebiet oder zur falschen Zeit beschränkt wird.«

Aus der Eintragung in Andreas Lenz' Tagebuch vom 19. Mai 1849:

Ich lerne schnell. Ich bin härter geworden, nüchterner und älter. Mir kommt es vor, als wären die acht Tage, die vergangen sind, seit sie mich aus der Kasematte herausgeholt und ins Licht des freien Tages gebracht haben, ebenso viele Jahre gewesen.

Ist es, weil der allgemeine Wirbel mich in die Nähe der Großen und weniger Großen dieser Revolution getrieben hat und ich sie zu sehen bekomme, wenn sie von ihrem Piedestal heruntersteigen? Oder gewinne ich zu schnell einen Einblick in das gebrechliche, knarrende Triebwerk dessen, was von außen aussieht wie eine erhabene historische Bewegung? Oder ist es einfach die Thatsache, daß auf jeden Gefühlsüberschwang, sei es eine Revolution oder irgend etwas Anderes, die Enttäuschung folgt; die Menschen sind wieder, was sie immer waren, sie thun, was sie immer gethan haben; so daß es unglaublich scheint, daß sie einmal, für einen kurzen Tag, eine Stunde, eine Minute über ihren eigenen Schatten gesprungen sind?

Vielleicht beginnt sich wirkliche Größe erst dann zu zeigen, wenn der Schwung nachgelassen hat und man sich abmühen muß, anstatt mitgerissen zu werden, und wenn man die Kraft der eigenen Muskeln und des eigenen Verstandes gebrauchen muß...

Die Menschen haben sich ebenfalls verändert. Was in Offenburg wie eine vergnügliche Angelegenheit ausgesehen hatte, mit Hüpfen und Springen und Tanzen – ein ländliches Fest unter Zusatz eines großen politischen Zirkus' –, ist zu einer Aufgabe geworden, deren Ernst auf die Gefühle der Menschen einwirkt, wenn nicht gar auf ihr Bewußtsein. Aus ist es mit der schönen Einmüthigkeit, mit der sogar die servilen Karlsruher Hofjuweliere und Hofschneider und Hofpastetenbäcker den Einzug der revolutionären Regierung begrüßt hatten, mich selbst nicht ausgenommen, der als letzter anmarschirt kam. Heute früh gingen die Trommler durch die Straßen, und unsere Aufrufe wurden verlesen; Mittags wurden die Plakate angebracht – Männer zwischen achtzehn und fünfunddreißig haben sich zum Dienst in der neuen Volkswehr zu melden. Wir durften nicht sa-

gen, daß die Republik in Gefahr ist; wir sind keine Republik; wir sind, wie es scheint, ein Zwischending: ein Großherzogthum ohne Großherzog, regiert von einem Häufchen von Delegirten, die man aufs Geratewohl auf einer Kundgebung eines nicht einmal öffentlichen Vereins gewählt hatte!

Den ganzen Nachmittag bis zum Abend schoben sich vor mir die Freiwilligen vorbei, die sich gemeldet hatten zur Vertheidigung dieser Regierung ohne Status, dieser Republik ohne Namen, dieser Revolution ohne Ziel. Es kamen die Zerlumpten, mancher von ihnen sogar barfuß; und auch die, deren Kleidung abgetragen, aber peinlich sauber war. Männer kamen, deren Rippen errathen ließen, daß drei Mahlzeiten am Tage eine Seltenheit in ihrem Leben waren; ich sah Augen, die im Fieber glänzten, hörte das Husten der Schwindsüchtigen; und obwohl ich an den Geruch der Kasernenstuben gewöhnt bin, brannte mir der Gestank von Obdachlosigkeit und Vagabundenleben in der Nase. Dr. Walchers Augen wirkten jedesmal trauriger, wenn er hinter dem Wandschirm auftauchte, den wir für seine Untersuchungen aufgestellt hatten: so viele Lungen und Herzen zu krank, als daß wir sie tauglich finden könnten; wer nur unterernährt ist, wird genommen, bei reichen Leuten einquartiert und auf diese Weise aufgefüttert.

Von den Bewohnern der Hauptstadt aus gesehen, scheint die Revolution die Sache der unteren Klassen geworden zu sein – und das, obwohl diese bis auf den heutigen Tag nichts Greifbares von ihr erhalten haben. Wir können unseren Rekruten nicht einmal sagen, wieviel Sold sie in unserer Volkswehr bekommen werden; ein paar wagten zu fragen, ob sie eine rote Kokarde am Hut tragen dürften. Ich sagte ja.

Ich empfand eine große Zuversicht, wenn ich mit ihnen sprach und erfuhr, woher sie kamen – einige von weit her, aus Breslau und Berlin, Besançon und Basel. Gleichzeitig mußte ich ständig daran denken, wie furchtbar es wäre, wenn sie eine Enttäuschung erleben müßten...

Das Karlsruher Rathaus hatte sich verändert.

Ein deutlicher Unterschied war entstanden zwischen dem rechten und dem linken Flügel des Gebäudes. Rechts gingen und kamen die Menschen ruhig, würdevoll, entsprechend ihrer allgemeinen Stellung im Leben und ihrer Position in der Hierarchie, der neuen wie der alten. Der linke Flügel wirkte dagegen wie ein Mittelding zwischen der Kaserne einer abenteuerlichen, fremden Truppe und einem Asyl für Landstreicher. Dort trugen die Männer die neuen, von dieser Revolution geschaffenen Kostüme: breitkrempige Hüte mit oder ohne Federn, mit oder ohne Kokarden; übergroße Epauletten oder breite Schärpen; Degen jeden Alters, jeder Form und Ausführung. Oder sie hatten die blauen Blusen der Arbeiter an, schlecht sitzende, schmucklose, verschossene Baumwolle; oder Uniformstücke aus halb Mitteleuropa und einigen weiter entfernten Ländern. Die meisten jedoch trugen die Montur der Armen – geflickte Hemden und zerlumpte Hosen.

Der Lärm von Pfiffen und Hänseleien erfüllte die Luft. Ab und zu kam eine Gruppe von Männern aus dem linken Flügel, Zettel schwenkend mit den Adressen der unglücklichen Bürger, bei denen sie einquartiert worden waren. Sie zogen scharenweise durch die Stadt, Fremdkörper in den sauberen, geraden Straßen.

Der Korridor war nur schwach beleuchtet. Lenore mußte gegen einen Brechreiz ankämpfen, als sie eintrat in die stickige Luft und den Gestank der vielen ungewaschenen Menschen. Das Licht, das durch die wenigen Fenster fiel, schnitt farbige Vierecke aus der Dunkelheit heraus und verlieh den darin erscheinenden Menschen und Gegenständen merkwürdig starre Dimensionen; alles andere lag im Schatten.

In einem dieser erhellten Vierecke saß Lenz, schreibend, an einem Tisch. Seine Augen blickten übergroß aus dem hageren Gesicht; der Tschako lag neben seinem Ellbogen; er hatte den Kragen des Waffenrocks aufgeknöpft, und eine Haarsträhne fiel ihm über die Stirn.

Eine Schlange von Männern zog langsam an ihm vorbei; jeder Mann blieb stehen, wenn Lenz ihn prüfend ansah, Fragen stellte und die Antworten niederschrieb – zuerst auf ein Blatt Papier und dann in ein Hauptbuch. Nachdem sie Lenz passiert hatten, gingen die Männer weiter und verschwanden hinter einem Wandschirm.

Die Aufmerksamkeit, die Lenores Erscheinung erregte, ließ ihn hochblicken. Er stand auf. Unwillkürlich fuhr er mit der Hand zum Kragen, um ihn zuzuhaken – dann unterdrückte er die Bewegung und erkundigte sich mit belebter Stimme: »Was führt dich hierher, Lenore?«

Sie hatte die Frage halb erwartet. Krieg war Männersache; dies hier gehörte zu den Vorbereitungen auf den Krieg; also war es Männersache; und selbst wenn er es nicht ganz so empfand, so war doch für ihn Mademoiselle Einstein immer noch jemand, den man vor der Realität des Drecks und Gestanks und der Roheit der Menschen bewahrte.

»Ich bin gekommen, um dir zu helfen«, antwortete sie.

Einen ewig währenden Augenblick lang schien er erwidern zu wollen: Mach dich nicht lächerlich. Die Männer in der Schlange vor dem Tisch betrachteten sie, einige mit unverhohlener Neugier, andere mit offenem Hohn, und ein paar mit offenkundiger Begierde nach dem, was ihr Kleid mehr enthüllte als verdeckte. Hastig zog sie sich den Schal enger um die Schultern.

Doch dann besann er sich eines anderen. Das Schiefergrau in seinen Augen wurde dunkel; er wischte sich die tintenbefleckten Finger an einem Lappen ab, bevor er ihr beide Hände entgegenstreckte und sagte: »Würde bitte jemand einen Stuhl für die Bürgerin holen?«

Der Stuhl wurde gebracht und neben den seinen gestellt. Eine kurze Handbewegung lud sie zum Hinsetzen ein. Er schob einen Stoß Kanzleipapier, Tinte und Feder vor sie hin und zeigte ihr die Rubriken, unter denen er die Antworten zusammengefaßt und eingetragen haben wollte. Es war so einfach, daß jedes Schulmädchen es hätte tun können, aber sie ließ ihn weitererklären und betrachtete unterdessen den Haaransatz in seinem Nacken, der war wie bei einem kleinen Jungen; sie hätte das Haar berühren mögen, ganz zart, mit den Fingerspitzen.

Endlich spürte er, daß sie ihm gar nicht zuhörte. Er brach schroff ab.

»Fang bitte an zu schreiben!«

Sie schrieb: Name, Vatersname, Vorname, Alter, Geburtsort, Beruf, Werdegang, Grund der Meldung zur Volkswehr, besondere Bemerkungen. Anfangs war es schwer, bei dem Wechsel von Frage und Antwort mitzuhalten; Lenz' Nähe ließ ihr das Blut zum Herzen strömen; ihre Gedanken verknoteten sich mit dem Leben der Männer, die an ihr vorüberzogen, sie spann die Antworten aus, sah sie halbverhungert auf staubigen Landstraßen wandern, oder auf steinigen Feldern über die Hacke gebeugt, oder in dumpfigen Werkstätten schwitzend weben. Immer wieder merkte sie, daß Lenz schon zu einem anderen Punkt übergegangen war, und versuchte hastig, mit ihren Aufzeichnungen nachzukommen. Es brauchte Zeit, bis sie lernte, das Wesentliche zu entnehmen aus den unsicheren, gewundenen Reden der Männer, die zum erstenmal jemand gefunden hatten, der sich für ihr armseliges Leben interessierte und wissen wollte, was sie fühlten und dachten, und warum.

Allmählich kristallisierten sich aus den Antworten der Männer gewisse Einstellungen und Ansichten heraus. Sie glaubten, bestimmte Rechte zu haben; wie diese aussehen sollten, war ihnen selbst nicht ganz klar, doch lebten sie in der festen Überzeugung, daß sie dafür kämpfen müßten. Sie hegten einen Groll gegen die Welt wegen der allgemeinen Ungerechtigkeit, von der alle betroffen wurden; sie hatten keine bestimmte Vorstellung, wie die Verhältnisse geändert werden sollten, aber eine Änderung mußte eintreten. Sie glaubten an ein äußerst bescheidenes Paradies auf Erden als Belohnung für ihre Kämpfe: an ein Reich, in dem die Menschen die Früchte ihrer Arbeit in Ruhe und Gerechtigkeit genießen durften und wo es für niemanden besondere Privilegien gab. Manche glaubten, dies wäre die Bedeutung des Wortes Republik; andere nannten es Freistaat oder Kommunismus oder Sozialdemokratie und verglichen es mit Amerika, wo die Menschen ebenfalls frei und gleichberechtigt seien; nur daß in Deutschland vielleicht ein Kaiser an der Spitze stehen müßte – keiner dieser modernen Kaiser, die Betrüger waren wie alle anderen Fürsten, sondern einer wie der Kaiser Barbarossa, der schon so viele hundert Jahre lang tief in seiner Höhle auf ein besseres und anständigeres Reich wartete, während sein langer roter Bart durch den Marmortisch wuchs, an dem er eingeschlafen war.

Lenore stellte sich ihren Vater vor, wie er hinter ihr stand und mit seinen schweren Lidern blinzelte, während die lange Reihe von Rekruten an ihm vorüberzog, und sie sah sein Gesicht nachdenklich werden bei der Aussicht, daß der Wechsel von Leutnant Gramm vielleicht doch nicht eingelöst werden würde. Nach nochmaliger Überlegung fand sie es besser, er blieb, wo er war: er würde bestimmt versuchen, sie mit einer seiner spitzen, so schwer zu widerlegenden Bemerkungen zu entmutigen; und daß sie Seite an Seite mit Andreas Lenz saß, würde nur auf ihres Vaters Leber einwirken und seine Galle reizen.

Andreas Lenz, dachte sie und fühlte, wie ihr das Herz schlug. Sie spürte die Wärme in seiner Stimme, wenn er die Männer befragte, obwohl sich seine Fragen mehr oder weniger wiederholten. Sie träumte neue Obertöne in seine Stimme hinein, eine Zartheit, nur für sie bestimmt, die sie ihm entlocken würde heute nacht morgen nächste Woche nein heute nacht sie wartete schon so lange. Übrigens, er war verändert. Er hatte kaum noch etwas von dem Romantiker an sich, von dem Bruder Leichtfuß, dem dichtenden Schwadroneur, der in ihr Herz spaziert war und Gott weiß in wessen Herzen noch; sein Gesicht war abgemagert und verhärmt, und sein gelegentlicher Blick schien zu fragen: Was soll aus uns werden?

Allmählich machte sich die Anstrengung der Arbeit bemerkbar. Die stickige Luft legte sich um ihren Kopf wie eine Klammer. Sie hatte Eau de Cologne in ihrem Täschchen, aber vielleicht würden die Leute sie für hochnäsig halten, wenn sie es benutzte. So arbeitete sie hartnäckig weiter; Schweiß biß ihr in die Augenwinkel; die Unterwäsche, die frisch und sauber gewesen war, klebte ihr am Leibe; das Kleid hatte seine Fasson verloren; ihr Haar, das sie so sorgfältig frisiert und aufgesteckt hatte, war durcheinander geraten, weil sie es ständig aus dem Gesicht strich. Die Männer, die sie registrierte, verschwammen, Name, Vatersname, Vorname, zu einem einzigen Grau, beugten sich über sie, stanken, schlurften weiter, der nächste. Kerzen waren gebracht worden und kämpften flackernd um ein bißchen Sauerstoff. Die Finger taten ihr weh und die Handgelenke, und weiße Pünktchen tanzten hinter ihren Augäpfeln.

»Der nächste!«

Niemand antwortete.

»Der nächste!« wiederholte sie mechanisch. Dann blickte sie auf. Es war keiner mehr da, nur der Korridor gähnte sie an, die gelben Flämmchen der Kerzen betonten die Dunkelheit. Eine Reinemachefrau begann, den Schmutz zusammenzufegen. Hinter dem Wandschirm trat ein schmächtiger Mann hervor und kam auf sie zu.

Lenz schloß sein Hauptbuch und sammelte die von Lenore ausgefüllten Listen zusammen. »Müde?« lächelte er. Und als der Mann bei ihnen angelangt war: »Doktor Walcher – darf ich Ihnen Mademoiselle Lenore Einstein vorstellen.«

Lenore spürte den prüfenden Blick der gütigen Augen. »Meine Liebe –«, sie hörte Walchers Stimme wie durch Watte hindurch, »Sie brauchen etwas – schnell!«

Er stellte seine kleine Tasche auf den Tisch, öffnete sie, nahm ein Fläschchen heraus und goß etwas Flüssigkeit in ein Medizinglas. »Trinken Sie das, bitte!«

Sie schluckte tapfer. Wärme begann in sie einzusickern; das Gefühl der Benommenheit wich einem anderen, angenehmeren Gefühl; sie stand auf, schwankte ein wenig und stützte sich auf Lenz' Arm.

»Sie ist doch nicht etwa krank?« erkundigte sich Lenz besorgt. »Was haben Sie ihr da gegeben?«

»Branntwein!« antwortete Dr. Walcher. Seine Augen, groß und voller Mitgefühl, ruhten immer noch auf ihr, und er lächelte ihr tröstend zu. »Ich habe aufgepaßt, Bürger Lenz. Sie haben Mademoiselle Einstein vierundeinehalbe Stunde lang arbeiten lassen, ohne Pause, in dieser Luft, und an einer Aufgabe, für die sie nicht geschaffen ist...«

»Ich habe es selbst gewollt!« erklärte Lenore. Die Schwäche in ihren Knien wurde gefährlich. Ihre Finger suchten Lenz' Hand.

»Bürger Lenz«, riet Dr. Walcher, »gehen Sie jetzt lieber und sorgen Sie dafür, daß Mademoiselle Einstein etwas zu essen bekommt... Sie können mir diese Papiere dalassen. Ich werde sie abgeben.«

Er nickte nur, als Lenore sich bedankte. Er sah zu, wie Lenz sich den Tschako auf den Kopf stülpte und die Hand des Mädchens nahm. Sie gingen langsam, ihre Schritte hallten in dem leeren Korridor wider. Dr. Walcher seufzte. Dann befeuchtete er Daumen und Zeigefinger und löschte die letzte Kerze auf dem Tisch.

»Ich glaube, ich habe dir zu danken«, sagte er.

»Nein«, entgegnete sie. »Es hat mir Freude gemacht, mit dir zu arbeiten.«

Der Mond beleuchtete zwei Reihen Schäfchenwolken, und am Himmel standen ein paar Sterne.

»Er ist ein gütiger Mensch, nicht?« fuhr Lenore fort.

»Doktor Walcher?«

»Ja«, antwortete sie. »Man sieht ihn und weiß sofort, was für ein großes Herz er hat.« Die Benommenheit war jetzt völlig verschwunden. »Ich hätte gern noch etwas von seinem Branntwein getrunken.« Sie hob den Kopf. »Möchtest du mich nicht küssen, Andreas?«

»Hier vor dem Rathaus?«

»Hier vor dem Rathaus!« bestätigte sie und fügte, mit einer Spur von Herausforderung in der Stimme, hinzu: »Und es ist nicht der Branntwein!«

Sie fühlte seine Lippen, hart und heiß. Ihre Arme umfingen ihn, ihr Körper kam dem seinen entgegen.

Sofort zog sie sich zurück, nahm aber seinen Arm.

Sie gingen schweigend nebeneinander her; sie wußte nicht wohin. Die dunklen Straßen mit ihrem Geruch, die aus Häusern und Gassen dringenden Stimmen, die Lichter der Tavernen, gelegentlich die Schritte eines Postens, die Rufe des Nachtwächters – alles das war da, sie spürte es; Wirklichkeit aber war das Klopfen ihres Herzens, das Blut, das schwer durch ihre Glieder floß, der Mann an ihrer Seite.

»Wohin führst du mich?« erkundigte sie sich nach einer Weile.

»Hast du großen Hunger?« fragte er zurück.

Sie schüttelte den Kopf. »Ich könnte jetzt nichts essen.«

»Ich bringe dich zum Haus der Witwe Steeg.«

Sie nickte. Sie wußte, er würde mit in ihre Dachkammer kommen wollen, und sie wußte, sie würde ihn mitkommen lassen. Es war unmoralisch, gegen alle Gebote und Grundsätze, und hinterher war man entehrt für den Rest seines Lebens. Und sie fühlte sich ihm so ausgeliefert.

»Sollte ich mich nicht eigentlich schämen oder Angst haben?« fragte sie nach weiterem Schweigen.

Er nahm ihre Hand von seinem Arm, als befreie er sie. Sie blieb stehen. Die Laterne neben ihnen schwankte im leisen Wind, die Schatten bewegten sich.

Er blickte ihr ins Gesicht. »Lenore –«, seine Augen waren bittend. »Ich weiß nicht, was daraus werden soll; vielleicht ein großes Unglück für uns beide. Du mußt jetzt überlegen: denn ich will nicht, daß du jemals denkst, ich hätte dich ausgenutzt oder dich in etwas hineingezwungen...«

»Das ist ungerecht!« rief sie. »Die ganze Verantwortung auf mich abzuschieben – hast du das bei den anderen auch getan?«

»Die anderen haben um die Feinheiten nicht so viel Wesens gemacht«, erwiderte er schroff.

Lenore schluckte. Ausgeliefert? Sie konnte ihn ja stehen lassen, er würde sie nicht festhalten. Sie warf den Kopf zurück. »Ich bin genauso gut wie die anderen – oder genauso schlecht.«

Er lachte. Er legte den Arm um ihre Taille, und sie schritten aus, so schnell sie konnte. Sie hatte keine Angst mehr. Sie würden zusammensein als Mann und Frau, und sie würde ihr Bestes tun, ihn nicht zu enttäuschen. So hatte sie es von Anfang an gewollt. Deswegen war sie hier in Karlsruhe, eine Frau in der Revolution. Ihm ausgeliefert, ja, aber es war ein unsagbar beglückendes Gefühl.

Sie gab ihm den Hausschlüssel. Im Flur zogen sie die Schuhe aus und gingen auf Zehenspitzen die Treppen hinauf. Sie kamen sich vor wie Kinder, die einen Unfug vorhatten, oder sie taten wenigstens so. Erst als sie wohlbehalten in der Dachkammer waren, hinter verschlossener Tür, gaben sie ihre vorgetäuschte Heiterkeit auf und standen da und sahen einander an, und der Mund wurde ihnen ganz trocken.

»Soll ich den Vorhang zuziehen?« fragte er nach einer Minute.

Sie schüttelte den Kopf. Das weiße Mondlicht drang in den Raum, und sie stellte es sich auf seiner Haut und seinen Rippen vor.

Er hustete verlegen. Jetzt schien er sich davor zu fürchten, den ersten Schritt zu tun.

»Dreh dich um«, sagte sie weich. »Und schau nicht her, bevor ich dir's sage.«

Er trat ans Fenster. Sie sah seine Silhouette gegen das Licht, während sie sich rasch auszog. Er starrte hinaus auf die Dächer und Schornsteine und auf die Schäfchenwolken darüber.

Sie entstieg den zu ihren Füßen liegenden Kleidern.

»Andreas!«

Er wandte sich um. Sie sah seine Augen und fühlte seine Hände, scheu, bewundernd, und ein Schauer durchfuhr sie.

»Andreas?«
»Ja, Lenore?«
»Bin ich schön?«
»Wunderschön«, flüsterte er.
Er zog sich rasch den Waffenrock, die Wäsche aus. Ihre Lippen streiften die Haut seiner Schultern, die weich und warm war wie die eines schlafenden Kindes.
»Es wird weh tun«, warnte er.
»Andreas!« Sie zog ihn an sich und klammerte sich an ihn, und er empfand ein Gefühl der Zärtlichkeit für sie, das alles andere hinwegschwemmte.
Später, während er sich auf einen Ellbogen stützte und ihre dunkelglatte Nacktheit betrachtete, wurde ihm auf einmal klar, daß sie beide an das Gleiche dachten, an das gleiche Thema, an die gleiche Person: Josepha.
»Andreas!«
Seine Hand streichelte sie, fuhr fort, sie zu streicheln.
»Was kümmert sie mich, Andreas. Verstehst du? Es gibt nur eine Wirklichkeit: das Wir-Zwei, das Jetzt.«
»Das Wir-Zwei!« wiederholte er. »Das Jetzt.«
Sie schloß die Augen.

Elftes Kapitel

Rechnung bis einschließlich 26. Mai 1849

An: Herrn S. Einstein in Rastatt

Ein Damenreisekorb		
1 dito kleiner Koffer (zum Gebrauch für Mlle. Josepha Wundt)	Sa.	3 Fl. 10 Kreuzer
Zwei Fahrkarten Erster Klasse Rastatt–Karlsruhe, für die Badische Staatsbahn		5 Fl.
Kutsche in Rastatt		65 Kreuzer
Dto. (verschiedene) in Karlsruhe		7 Fl. 48 Kreuzer
Trinkgelder, Träger etc. in Rastatt		25 Kreuzer
Dto. in Karlsruhe		2 Fl. 35 Kreuzer
Logement in Karlsruhe, Pariser Hof (Zwei Zimmer, eine Nacht)		3 Fl. 10 Kreuzer
Kleider, Hüte, Schuhe, passende Unterwäsche, passende Toilettenartikel für Mlle. J. W., wie beigeheftet	Sa.	560 Fl. 44 Kreuzer
Miete für einen Monat, im voraus zahlbar, für die Wohnung der Comtesse von Holtzheim (geflüchtet), einschließlich Weißwäsche		55 Fl. 45 Kreuzer
Lebensmittel, Weine, Liköre etc. für den Haushalt der Mlle. J. W. (wie beigeheftet)	Sa.	48 Fl. 27 Kreuzer
Verzehr der Mlle. J. W. in Hotels, Restaurants, Tavernen (wie beigeheftet)	Sa.	103 Fl. 18 Kreuzer
Salair für eine Woche, im voraus zahlbar, für die Zofe		3 Fl. 10 Kreuzer
dto. für das Hausmädchen		2 Fl. 30 Kreuzer
Taschengeld, bar, für Mlle. J. W.		14 Fl.
Salair für den Unterzeichneten, Fl. 5,00 Kr. pro Tag	Sa.	35 Fl.
Tagesgeld für Unterzeichneten, einschließlich Mahlzeiten und Nebenausgaben, à Fl. 8	Sa.	56 Fl.
Summa summarum		902 Fl. 7 Kreuzer

Gezeichnet: Sebastian Stäbchen

...und wird Dich, liebe Schwester, die Anlage interessiren, die in der Geldkassette unseres theuren verstorbenen Vaters gefunden wurde, unter seinen persönlichen Effekten. Ich muß es natürlich Deiner Diskretion überlassen, ob Du dies Deinem lieben Gatten zeigen willst oder nicht. Immerhin beeinträchtigt es Deinen Antheil an dem Vermögen, da es auf der Debetseite der Kontobücher unseres theuren verstorbenen Vaters eingetragen war. Auf jeden Fall ist, wie Du Dich selbst überzeugen kannst, eine beträchtliche Geldsumme für die Dame aufgewendet worden, besonders angesichts der Thatsache, daß spätere Rechnungen, die unser theurer verstorbener Vater offensichtlich vernichtet hat, auf diese gefolgt sein müssen. Deine Brüder und ich hoffen und beten, daß Du und Deine Lieben sich bester Gesundheit erfreuen und daß es Euch gut geht in der Neuen Welt.

Dein Dich liebender Bruder
Bernhard Einstein

Rastatt am 24. Juli 1851

P.S.: Mein kleiner Sohn Heinrich wünscht sich sehr einen Gegenstand, den man Tomahawk nennt. Kann man so etwas in Chicago kaufen?

(Brief und Anlage, an Madame Lenore Lenz adressiert, ohne Anmerkungen unter Lenz' Papieren gefunden)

Die Nachtluft ließ sie erschauern. Sie war vollkommen nüchtern, trotz des vielen Branntweins in Fidel Freis »Türkenlouis«, und sie fürchtete sich – nicht vor etwas Greifbarem; was konnte ihr noch geschehen, das nicht bereits geschehen war? – sondern vor dem Schicksal. Auf eine geheimnisvolle und unerklärliche Weise war der kleine Mann mit dem Zylinderhut und dem schäbigen Gehrock, der sie zur Eile antrieb, Schicksal; seine trockene widerliche Hand die Hand des Schicksals, die sie zum bösen Ende schleifte.

Aber ein paar Häuser weiter setzte sich ihre Widerstandskraft wieder durch. Sie riß sich von seinem Griff los und erkundigte sich mürrisch: »Wohin bringen Sie mich?«

Stäbchen lachte in sich hinein. »Unverdient gewinnt oft. Oder, die dümmsten Bauern ernten die größten Kartoffeln. Manche Leute haben immer Glück. Ich beneide Sie, Mademoiselle Josepha!«

»Hören Sie mal, Sie!« Sie blieb stehen. »Seit wann sind Sie unter die Zuhälter gegangen?«

»Falsch geraten!« sagte er, sich offensichtlich amüsierend. »Aber es ist ein Gedanke. Die Sache könnte eine große Zukunft haben.«

»Sie – Sie Mistfink! – Sie Fliegendreck! Eher schneide ich Ihnen die Kehle durch, als daß ich Sie in meinem Leben herumpfuschen lasse. Da...« Sie wirbelte herum und hob beim Drehen ihre fliegenden Röcke und ließ ihn im trüben Licht einer nahen Straßenlaterne einen kurzen Blick auf das weiße, saftige Fleisch ihres Hinterteils werfen. »Da! Da können Sie mich...«

»Aber, aber!« Stäbchen nahm sie bei der Hand. Diesmal gab es kein Entkommen, es war der Schraubstockgriff eines Polizeimannes. »Nennen Sie das Dankbarkeit? Da bringe ich Sie zu einem netten alten Herrn...«

»Wußt' ich's doch!« Der Zorn kochte wieder in ihr hoch. »Lassen Sie mich los! Ich schreie Mord! Ich wecke die ganze Nachbarschaft auf! Ich rufe die Wache!«

Er lachte.

»Ich bin nicht so eine!« protestierte sie.

»Aber ja doch, genau so eine! Bei uns liegt eine dicke Akte über Sie – vom erstenmal an, wo Sie's getrieben haben, und in welchem Hinterhof, und für wieviel Geld.«

»Wenn Sie so gut informiert sind...«, ihre Stimme wurde schrill, »dann wissen Sie auch, daß ich nicht die Rechte bin für Ihren alten Knaben. Soldaten – das ist meine Kost. Ich will einen Mann, der auch ein Mann ist...« Sie konnte schließlich doch ihre Hand losreißen und demonstrierte ihm ihren Begriff von einem Mann, der ein Mann war. »Und jetzt steht mir der Sinn überhaupt nur nach einem einzigen Mann. Sagen Sie Ihrem netten alten Herrn, er soll sein dreckiges Geld nehmen und es sich hinten hineinstecken...!«

»Warum sagen Sie ihm das nicht selber?« Stäbchen zuckte nachsichtig die Achseln. »Er wird schon zuhören!«

»Werd ich ihm auch sagen! Da machen Sie sich mal keine Sorgen!« Trotzdem war Stäbchens gleichmütige Haltung nicht ohne Wirkung. Josepha wurde unsicher und blieb vor der nächsten Straßenlaterne stehen, um einen winzigen Spiegel aus ihrem Retikül zu nehmen und sich Gesicht und Haare zurechtzumachen.

Er wartete geduldig. Er empfand nichts für oder gegen sie außer

der rein berufsmäßigen Verachtung für eine Person ihrer Geradlinigkeit. Solche Menschen mußten stranden, und sie verdienten es nicht anders. »Es ist nicht mehr weit«, sagte er. »Bloß um die Ecke.«
Um die Ecke war die Poststraße, und dann kam das Haus mit dem wohlbekannten kleinen Laden und dem wohlbekannten Namen, der auf dem Messingschild neben dem Privateingang eingraviert war. Verrückte Gedanken begannen ihr im Kopf herumzuschwirren: von allen Häusern in dieser Stadt gerade dieses! Was wollte man hier von ihr? Nichts Gutes, dessen war sie sicher. War Lenz etwas zugestoßen?
Stäbchen zog an der Klingelschnur.
Die Tür wurde sofort aufgeschlossen. Der Diener schien Bescheid zu wissen. Josepha spürte seine Verachtung und rauschte an ihm vorbei. Was auch immer sie hier erwartete – Gutes, Böses oder Gleichgültiges –, wer waren die Einsteins, daß sie so vornehm taten?
Der Herr, der sich bei ihrem Eintritt ins Zimmer erhob, war nicht ganz so alt, wie Stäbchen sie hatte annehmen lassen. Aus der Art, wie seine Augen über sie wanderten, von oben nach unten und wieder hinauf, schloß sie, daß da ein beträchtliches Feuer unter der Asche glomm.
»Sie also sind Mademoiselle Josepha«, stellte er nachdenklich fest; dann lud er sie mit einer liebenswürdigen Handbewegung zum Sitzen ein. Der Diener brachte eine Karaffe mit Sherry und zwei Gläser – für sie offensichtlich, und für den Gastgeber; Stäbchen, der an der Tür stehengeblieben war und zur Decke starrte, war von der Bewirtung ausgeschlossen.
Einstein goß ein.
Josepha nahm einen kleinen, damenhaften Schluck und stellte, wie es sich gehörte, das Glas ab. Sie bemühte sich, sittsam dazusitzen, mit geschlossenen Knien, die Hände hielten das Retikül auf ihrem Schoß.
Einstein lächelte. »Genau, wie ich Sie mir vorgestellt habe.«
»Sie meinen, Sie wußten von mir?« Josephas Mißtrauen war von neuem geweckt.
»Ich habe einen höchst schmeichelhaften Bericht von Stäbchen erhalten.«

Josepha warf einen scheelen Blick in Richtung der Tür.

»Er sagte, Sie wären eine sehr hübsche junge Dame, ein wenig eigenwillig vielleicht – aber im wesentlichen sehr vernünftig.«

Sie verzog das Gesicht.

»Nein, nein!« versicherte er. »Sie können gar keinen besseren Freund haben als Herrn Stäbchen.«

»Wo ist Ihre Tochter?« platzte sie heraus. »Falls Sie mich hierherschleppen ließen, um mich dazu zu bringen, daß ich Andreas Lenz aufgebe, dann kann sie ebenso gut hinter Ihnen hervorgekrochen kommen und das selber von mir verlangen!«

Einstein massierte sich die schlaffe Hand unterm Kinn. »Und wie würde Ihre Antwort lauten, wenn meine Tochter etwas Derartiges von Ihnen verlangte?«

Josepha strich sich ein paar Locken, die durcheinandergeraten waren, von der Stirn. Ihr Haar schimmerte kupferfarben im Licht der grünbeschirmten Lampe.

»Ich möchte nicht zudringlich erscheinen«, fügte er hinzu. »Sagen Sie nichts, was Sie nicht sagen möchten.«

»Die Antwort ist Nein!« erklärte sie unversöhnlich.

»Ah, das ist gut!« rief er. »Ausgezeichnet!«

Sie hob die Brauen. Was für ein Katz-und-Maus-Spiel meinte er zu spielen – immer das Gegenteil von dem zu sagen, was sie erwartete!... Sie griff nach dem Sherry auf dem zierlichen Tischchen neben ihrem Stuhl und trank das Glas leer.

Er füllte nach. »Leider ist meine Tochter nicht hier, um Ihnen diese oder irgendeine andere Frage zu stellen. Sie ist ebenfalls eine höchst eigenwillige Person. Sie hat es vorgezogen, nicht auf ihres Vaters Ratschläge zu hören. Sie ist Andreas Lenz nach Karlsruhe gefolgt.«

»Der Sherry ist gar nicht schlecht«, bemerkte Josepha.

»Trinken Sie nur!« Seine Augen unter den schweren Lidern schienen mit ihr zu leiden. »Genieren Sie sich nicht.«

»Der Mensch sollte sich an seine eigene Klasse halten«, sagte sie gereizt. »Was will sie von ihm?«

»Das frage ich mich manchmal selbst!«

Ihre Blicke begegneten einander. Verbündete – sie beide?

»Mehr Stolz müßte sie haben!« Josepha behielt den Sherry auf der Zunge. »Sich diesem Schürzenjäger an den Hals zu werfen! Ich sage Ihnen, Herr Bankier, er ist so verderbt wie nur einer. Jedes hübsche Frätzchen wird ihn von ihr weglocken; er wird sie genauso unglücklich machen wie mich!«

»Aber auf andere Weise, fürchte ich!«

Sie fühlte sich geschmeichelt, daß er so mit ihr redete, so... wer hatte ihr jemals so viel Aufmerksamkeit, so viel Vertrauen entgegengebracht? Lenz? Natürlich war dieser vornehme Herr in dem leuchtend weißen Hemd und der brokatenen Hausjacke darauf aus, sie für etwas zu benutzen; immer wurden die Armen von den Reichen benutzt; doch er tat es auf eine so nette Art.

»Wie gewöhnlich ist Geld der Kern der Sache.«

»Geld«, stimmte Josepha zu, »ist die Ursache alles Bösen.«

Er nickte, etwas überrascht über ihre Wendung zum Philosophischen.

»Meine Tochter Lenore dürfte eines Tages zu einer Menge Geld kommen.«

»Sie könnten sie doch enterben?« schlug Josepha listig vor.

»Ich könnte, zweifellos...« Er zögerte. »Aber sehe ich aus wie ein Mann, der so etwas tun würde?«

»Nein!« erwiderte sie impulsiv.

»Na also!« sagte er erfreut. »Und genau das nimmt der junge Herr Lenz auch an: Ich bin nicht der Vater, der sein Kind von sich stößt, nur weil dessen Herz sich verirrt hat. Und solange er überzeugt ist, daß er am Ende doch an das Geld gelangt, wird er nicht lockerlassen in Erwartung des großen Augenblicks...«

Er beobachtete sie; ihre vollen, sinnlichen Lippen, die sich schmollend verzogen. »Ich weiß, was Sie denken, Mademoiselle Josepha«, begann er vorsichtig von neuem. »Sie halten den jungen Herrn Lenz mancher Schurkerei für fähig – seine dreiste Untreue in Ihrem Fall ist ein Beispiel dafür –, aber er ist kein Ränkeschmied, und daß er so lange im voraus auf das zukünftige Vermögen meiner Tochter spekuliert, liegt nicht in seinem Charakter... Das haben Sie doch gedacht, nicht wahr?«

»Etwas in der Richtung«, gab sie zu. »Aber Sie setzen alles in ein so scharfes Licht... Sehen Sie, Herr Bankier«, sie saß nicht mehr so steif und gerade da, ihre Fürsprache drückte sich in der ganzen Haltung ihres Körpers aus, »sehen Sie, Lenz ist nicht wirklich schlecht. Er macht sich nur kein Gewissen daraus, wenn es um Frauen geht.«

Einstein blickte rasch auf. Wäre es nicht so komisch, es könnte einen direkt rühren: so ein Seelchen, diese Hure, die es sich nicht nehmen ließ, ihren Galan noch zu verteidigen, obwohl er sie längst abgeschoben hatte. Er lächelte. »Geld ist mein Geschäft. Darum werden Sie mir vergeben, Mademoiselle Josepha, wenn ich an seine Macht glaube: selbst über einen so charakterfesten jungen Mann wie Lenz.« Er suchte den Ausdruck ihrer überraschend schönen grünen Augen zu ergründen, in denen im Lampenlicht winzige goldene Fünkchen tanzten. Sie schien nachdenklich geworden zu sein: Er hatte ihr ein überzeugendes Argument geliefert: Wenn ihr Liebhaber sie des Geldes wegen verlassen hatte, dann verlor das Demütigende an der Tatsache etwas von seinem Stachel. »Mademoiselle Josepha...« Er zog seinen Stuhl näher zu ihr heran und nahm ihre Hand. »Wollen Sie mir helfen?«

Sie überließ ihm die Hand. »Wenn ich das kann...?«

»Ich möchte meiner Tochter den Kummer ersparen, den Sie gelitten haben müssen. Eines Tages werden ihr auf jeden Fall die Augen aufgehen. Ich möchte die Ankunft dieses Tages beschleunigen – bevor der Schaden nicht wiedergutzumachen ist...« Er tätschelte ihr Knie. »Er ist ein Narr, dieser Lenz. Ich bin überzeugt, mit Ihnen wäre er glücklich geworden.«

Sie nahm behutsam seine Hand von ihrem Knie. Netter alter Herr, dachte sie; war auch nicht erhaben über das Bedürfnis, ein bißchen an ihr herumzutasten. Aber das hatte sein Gutes: beinahe wäre es ihm gelungen, sie dumm zu machen; jetzt aber war's bei ihr vorbei mit der Gefühlsduselei, sie war auf der Hut; und wenn er etwas von ihr wollte, mußte er ihr schon ein interessantes Angebot machen – *sie* ihm helfen!

Er steckte die Hand in die Tasche seiner Hausjacke. »Wir könnten zwei Dinge mit einem Schlag erreichen, Mademoiselle Josepha: Ich würde meine Tochter zurückerhalten und Sie Ihren jungen Mann.«

Ihre Augen hatten sich verengt; winzige Krähenfüße erschienen in den Winkeln: diese Augen waren darauf aus, ein Geschäft abzuschließen, sich zum höchstmöglichen Preis zu verkaufen.

So gefiel es ihm besser; es lag mehr in seiner Linie. »Ich würde die notwendigen Mittel zur Verfügung stellen, und Sie, Mademoiselle Josepha, die Reize. Stäbchen würde mit Ihnen nach Karlsruhe fahren und Sie in einer schönen Wohnung etablieren, Sie mit den entsprechenden Kleidern ausstatten, Sie vor Schaden bewahren und Ihnen in jeder Weise helfen. Alles übrige wäre Ihre Sache; ich habe volles Vertrauen zu Ihren Talenten.«

Wohnung... hörte sie. Kleider... Ihr wurde wieder schwindlig. »Was ist das Äußerste?« gelang es ihr zu fragen.

»Das Äußerste?«

»Nun ja! Was für eine Wohnung? Wieviel Kleider?«

Er lachte.

»Ein Tageskleid?... Und ein Abendkleid, mit Volants am Rock?«

»Ja, warum nicht?«

»Und eins aus Seide, mit tiefausgeschnittenem Mieder?«

»Gewiß.«

»Und Spitzen, und Putz? Und ein Umhang? Und ein langer Mantel? Und ein Hauskleid, und Unterwäsche, und auch für die Nacht?«

»Ja, ich sagte es Ihnen doch!«

»Wie viele Hüte?«

»Wie viele brauchen Sie?«

»Schuhe? Handtaschen? Und was sonst noch dazugehört?«

»Alles!«

Sie holte tief Luft. Dann hielt sie ihm ihr Glas hin: »Bitte!«

Er goß ihr noch einen Sherry ein. »Sie sollen alles haben, was nötig ist, um Sie in den besten Kreisen der Revolution einzuführen. Natürlich werden Sie in mancher Hinsicht etwas für sich tun müssen: Sie haben wunderschönes Haar, aber es muß gewaschen und frisiert werden; Ihre Hände sind rauh und rot, sie müssen eingekremt und massiert und weich gemacht werden; Ihre Nägel, verzeihen Sie, sind abgebrochen und haben schmutzige Ränder, man muß sie maniküren. Legen Sie den Puder nicht so dick auf, und nehmen Sie täglich ein Bad, zweimal am Tag, wenn nötig. Vergessen Sie nicht, meine Liebe – Sie werden mit einer sehr feinen und wohlerzogenen und gebildeten jungen Dame zu konkurrieren haben.«

Josepha trank. »Konkurrieren!« Sie erhob sich. »Ja, glauben Sie denn, Herr Bankier, eine Frau gewinnt einen Mann durch die Menge heißes Wasser, die sie verbraucht?« Sie begann auf und ab zu gehen, ließ ihn ihre Figur sehen. »Schauen Sie mich an! Genauer! Begreifen Sie jetzt, warum er zu mir zurückgelaufen kommen wird, wenn ich nur einmal zu ihm kann?« Sie blieb direkt vor Einstein stehen und griff nach seiner Hand. »Hier – fühlen Sie das – und das – und das! Glauben Sie jetzt, daß Ihre Bohnenstange von Tochter keine Chance hat, trotz all ihren Bädern und ihren feinen Manieren und ihren schönen Reden! Wenn er mich nur noch einmal sehen und mich spüren und in den Armen halten kann...«

Das Blut war ihr in die Wangen geströmt, ihre Augen funkelten. Arme Lenore, dachte Einstein und fragte sich, was wohl geschehen würde, wenn er Stäbchen für eine oder zwei Stunden wegschickte. Doch er unterdrückte den Gedanken; Geschäft und Vergnügen miteinander zu verbinden war immer schlecht.

»Also werden Sie morgen reisen?« fragte er beiläufig. »Stäbchen wird sich um alles kümmern.« Und als Stäbchen das Mädchen hinauswinkte, hob er die Hand: »Einen Moment bitte noch!« Er ging hinüber zu seinem Schreibpult, setzte sich hin und nahm ein Blatt Papier heraus. »Ich möchte, daß Sie einen kurzen Brief mitnehmen an einen guten Bekannten...«

Er schrieb in großen, sicheren Buchstaben. Die Feder kratzte, als er unterstrich: *An Seine Exzellenz Lorenz Brentano, per: Landesausschuß, Karlsruhe.*

»Gestatten Sie mir«, schrieb er, »eine junge Freundin von mir, Mademoiselle Josepha Wundt, Ihrer persönlichen Obhut anzuempfehlen. Sie steht ganz allein auf der Welt, und ich würde jede Hilfe, die Sie ihr zuteil werden lassen, zu schätzen wissen...«

Zwölftes Kapitel

Meinetwegen gebt ihnen, was ihr wollt; aber wenn der Großherzog wiederkommt, so soll er wenigstens wissen, wer ihm seine Vorräthe so verschleudert hat!

Lorenz Brentano, von Engels zitiert.

(Auszug von Andreas Lenz aus Friedrich Engels: »Die deutsche Reichsverfassungs-Campagne«)

»Jetzt werde ich euch zeigen, wie ihr das Gewehr laden müßt.« Die Gruppe scharte sich dichter um Lenz; die hinten standen, reckten die Hälse. Er bemerkte ihre eifrigen Gesichter, mager, verschwitzt, die geflickten Blusen, bei denen oft ein Stück Schnur den Gürtel ersetzte.

»Versucht euer Gewehr so zu halten, wie ihr es bei mir seht!«

Er hielt sein Gewehr am Schaft und balancierte es mühelos. »Nicht mit der rechten Hand«, korrigierte er, »mit der linken! Man hält es mit der linken und lädt mit der rechten!«

Sie folgten seinen Instruktionen aufmerksam und hielten ihre Besenstiele in der linken Hand. Gegen die Sonne blinzelnd, die auf den Exerzierplatz niederbrannte, erwarteten sie Lenz' nächste Anweisung.

»He, Herr General!« Faulenzer in Uniform standen in der Nähe und sahen der Übung zu. »Herr General!« Sie lachten über ihren Witz.

»Seht ihr diesen kleinen Hammer?« sagte Lenz zu seiner Gruppe. »Das ist der sogenannte Hahn. Zieht ihn mit dem Daumen zurück, so, bis ganz nach hinten.«

Sie spannten die imaginären Hähne ihrer imaginären Gewehre. Lenz wartete, bis auch der letzte diesen Handgriff beendet hatte, und nickte dann in vorgetäuschter Befriedigung.

»Herr General!« Die Zwischenrufer waren näher gekommen.

»Wen willst du schlagen mit deinem zusammengewürfelten Heer?«

»Achtet nicht auf das Gesindel!« sagte Lenz. »Hört lieber zu, was ich euch erzähle. Seht ihr dieses Ding hier... Das ist das Zündhütchen. Das entzündet die Pulverladung, die wiederum die Kugel aus dem Lauf drückt, direkt ins Herz des Feindes, vorausgesetzt, daß ihr richtig gezielt habt. Euer eigenes Leben, das Schicksal der Revolution, die Freiheit kann von diesem kleinen Zündhütchen abhängen. Faßt es an, drückt es hier in das Schloß und preßt es fest herunter. Danach laßt den Hahn in Mittelruhe nieder, so... Los, nachmachen!«

Sie legten imaginäre Zündhütchen in imaginäre Verschlüsse von imaginären Gewehren. Sie taten genau, als ob; wenn auch keiner von ihnen lachte, so begann doch die Wut an Lenz zu nagen.

»He, Herr General!« Es waren ihrer drei, mit schief aufgesetzten Mützen, aufgeknöpften Waffenröcken, dreckigen Stiefeln. »Wollt ihr auf euern Besenstielen reiten oder sie bei euern Mädchen ausprobieren?«

»Jetzt stelle ich mein Gewehr, mit dem Kolben nach unten, links von mir hin«, fuhr Lenz mit harter Stimme fort. »Mit der rechten Hand packe ich diese Patrone –«, er hielt sie hoch, damit alle sie sehen konnten, »so, zwischen Daumen und Zeigefinger, das Ende, das die Kugel enthält, zum kleinen Finger hin... Schaut auf die Patrone!« knurrte er, »nicht auf diese Idioten! Ihr müßt eure Waffe kennen, ihr müßt wissen, wie man sie lädt!... Beißt das Papier der Patrone an dem eingekniffenen Ende ab, da, dicht über dem Pulver...«

»Herr General!« rief der erste Soldat. »Die haben ja keine Patronen!«

»Sie haben nichts zum Abbeißen!« bemerkte der zweite.

»Sie haben doch Finger!« schlug der dritte vor. »Laß sie ihre Finger abbeißen!«

Sie lachten schallend. Ein unterdrücktes Gekicher in der Volkswehrgruppe, die Lenz ausbildete, war das Echo.

Lenz hob sein Gewehr, den Lauf in Richtung der drei gerichtet. »Verschwindet!« Mit dem Daumen drückte er den Hahn zurück.

»Die dort haben keine Patronen – noch nicht! Aber ich hab welche!«

Die drei zogen sich einen Schritt zurück. Weiter hinten wurden andere Volkswehreinheiten und einige Liniengruppen in Sektionen und Zügen exerziert. Lenz wandte sich von diesem Anblick ab. Das alles war ebenso planlos, gleichgültig und deprimierend wie seine Aufgabe, zwei Dutzend erwachsenen Männern den komplizierten Mechanismus eines Besenstiels zu erklären. Etwas mußte geschehen, und zwar bald.

Er wandte sich wieder seinen Leuten zu. An ihnen brauchte er seine Enttäuschung nicht gerade auszulassen; sie hatten es schwer genug: keine Monturen, keine Schuhe, keine Waffen, und zu essen bekamen sie auch nur gelegentlich.

»Achtet nicht auf diese Besoffenen«, sagte er zu ihnen. »Seien wir nachsichtig und nehmen wir an, daß die Freiheit ihnen zu Kopf gestiegen ist... Also, wir waren bei der Patrone.«

Sie nickten.

»Nachdem ihr das Papier abgebissen habt, schüttet ihr das Pulver, das sie enthält, in den Lauf eures Gewehrs – macht es mir mal vor, ja, so ist's recht, genau so! –, und jetzt drückt ihr die Kugel nach, mit dem Zeigefinger...«

Sie waren wirklich sehr bei der Sache. Sie drückten ernsthaft imaginäre Kugeln hinter imaginärem Pulver in imaginäre Gewehrläufe, und nachdem sie diesen Unsinn vollbracht hatten, blickten sie ihn voller Vertrauen und Erwartung an.

»Weiter – an eurem Gewehr befindet sich der Ladestock...«

»An eurem Besenstiel befindet sich der Besenstock!« Der höhnische Zwischenruf kam von rechts.

»Zieht den Ladestock«, Lenz' Stimme zitterte, »dreht ihn und schnellt ihn zweimal kräftig in den Lauf, um die Ladung festzustampfen...«

Sie stampften imaginäre Ladungen mit imaginären Ladestöcken fest. Mein Gott, dachte Lenz, dabei hatten die Preußen ihre neuen Hinterladergewehre; eine Patrone, ein Handgriff, ein Klicken, und man war schußbereit – und das alles war nicht imaginär!

»Dann steckt ihr den Ladestock wieder unter den Lauf«, endete er, »und ihr seid fertig zum Zielen.«

»Dann steckt ihr den Besenstock wieder unter den Besenstiel«, plapperte der andere Betrunkene, »und ihr seid fertig zum Kasernenhof-Fegen.«

»Schultert – Besenstiele!« schrie der zweite.

Der dritte kommandierte: »Vorwärts – marsch!«, und die drei marschierten im Paradeschritt, imaginäre Besenstiele über den Schultern haltend, und sangen mit halb erstickten Stimmen:

> »Wir sind die Besenstielbrigade
> Mit unsern Stielen zur Parade...«

Lenz ließ sein Gewehr fallen; mit einem Satz sprang er den ersten Soldaten an. Der Mann, genau in den Magen getroffen, ging in die Knie und schnappte nach Luft. Die beiden anderen warfen sich nach einer Schrecksekunde auf Lenz. Er setzte sich zur Wehr, trat mit den Füßen um sich, biß, zerrte. Es war großartig; er lebte richtig auf, da er endlich seinen Fäusten freien Lauf ließ und sich schlug, wie er wollte und wohin er gerade traf. Sie waren ihrer drei, derbe Burschen vom Lande, mit Fäusten wie Hämmer und Füßen wie Ziegelsteine; Lenz wußte, daß er den ungleichen Kampf nicht weiterführen konnte. Er war zweimal am Kinn getroffen worden, ein schwerer Fuß war genau in der Nähe des Herzens gelandet; sein Atem kam keuchend.

Plötzlich ließ die Wucht des Angriffs nach. Nicht sechs Beine, sondern Dutzende verschlangen sich, traten aus, schlugen um sich, stampften. Instinktiv versuchte Lenz, seinen Hinterkopf zu schützen. Da bemerkte er, daß der Kampf sich verlagert hatte; er war nicht mehr der Mittelpunkt. Er konnte durch eine Lücke hindurch fortkriechen, verdreckt, mit einem Riß im Waffenrock, Blut an den Händen und im Gesicht. Er kroch ein Stück weg und setzte sich auf, versuchte wieder zu vollem Bewußtsein zu gelangen, versuchte, dem Schwanken des Himmels und des Exerzierplatzes Einhalt zu gebieten. Unsicher stand er auf; er hielt sich aufrecht; sein Blick wurde allmählich klar.

Das erste, was er mit Bewußtsein erkannte, war sein Gewehr, das auf der Erde lag. Er hob es mühsam auf, untersuchte es: es war sauber und geladen. Er ging langsam auf die Kämpfenden zu, das Gewehr mit dem Kolben nach unten als Krücke benutzend. Jesus, dachte er, was für ein Glück, daß Lenore nicht hier ist und mich in dieser Verfassung sieht – es würde sie anwidern. Dann nahm die Schlägerei seine Gedanken in Anspruch. Sie hatte sich beträchtlich ausgewachsen – praktisch die gesamte Volkswehr auf dem Exerzierplatz war jetzt daran beteiligt; praktisch alle anwesenden Linientruppen waren dabei, schwangen die Fäuste, schrien, fluchten.

Er blickte sich nach einem Trommler oder Trompeter um; es war keiner da. Er kannte diese Prügeleien, in denen die Menschen ihre Haßgefühle und Enttäuschungen abreagierten. Und dieser Konflikt ging tief: die Linientruppen, die die Revolution entfacht hatten, standen inzwischen nahezu führerlos da; ernüchtert und enttäuscht, verloren sie den letzten Rest an Zusammenhalt und Disziplin. Die Volkswehrmänner andrerseits, die sich freiwillig für die kommenden Kämpfe gemeldet hatten, fühlten sich schlecht behandelt, behindert, ausgehungert; ihr guter Wille verschmäht, ihre Begeisterung abgelehnt. Linie und Volkswehr, von Feindseligkeit erfüllt, nach der Ursache für alles das suchend, sahen nur eine in der anderen die Quelle ihrer Verärgerung.

Lenz fiel das Gewehr ein, das er in der Hand trug, sein geputztes, geladenes Gewehr, Pulver und Kugel sauber im Lauf, das Zündhütchen ordentlich aufgesetzt. Schnell entschlossen spannte er den Hahn, hob es an die Schulter, zielte auf eine Wolke am Himmel und drückte auf den Abzug.

Der trockene Knall des Schusses durchschnitt die Luft.

Die Männer schraken auf, hielten inne.

»Seid ihr wahnsinnig geworden!« brüllte Lenz. »Soldaten, Männer der Volkswehr! Bürger! Ihr habt einen gemeinsamen Feind!...«

Die auf der Erde Liegenden erhoben sich, klopften ihre Kleidung ab. Lenz straffte sich. »Alles antreten!« befahl er.

Die Masse teilte sich; Linie hier, Volkswehr dort. Sergeanten und Offiziere, die gestern noch Sergeanten gewesen waren, übernahmen gehorsam wie Schafe das Kommando über ihre Detachements und führten sie ab.

Lenz betrachtete seine Abteilung mit gemischten Gefühlen. Ohne ihr Eingreifen hätten die drei Spaßvögel ihn in Stücke gerissen. Seine Leute hatten einen höchst lobenswerten *esprit de corps* gezeigt; und sie hatten sich wie Dummköpfe benommen, ohne Überlegung oder Einsicht – und von ihnen allen war er der größte, gedankenloseste, verdammenswerteste Dummkopf, ein noch größerer als die drei, die den Krawall angefangen hatten und die jetzt nirgends zu sehen waren.

Er warf einen schrägen Blick auf die hoch am Himmel stehende Sonne. Zum Teufel mit allem!... »Ich denke, wir haben genug für heute«, erklärte er, und da die Zustimmung der Männer offensichtlich war, rief er: »Achtung!... Schultert's – Gewehr!... Links – um!... Vorwärts – marsch!«

Er sah mit finsterem Gesicht zu, wie sie abrückten. Ein paar Besenstiele waren bei der Balgerei verlorengegangen. Er horchte auf den Marschtritt – *eins*, zwei, drei, vier – *eins*, zwei, drei, vier. Da zogen sie hin, in imaginären Stiefeln, imaginäre Waffen tragend, eine imaginäre Armee, auf imaginäre Ziele zu...

Es war an der Zeit, mit Becker darüber zu reden, und er würde das Problem auch vor einer höheren Instanz zur Sprache bringen, wenn es sein mußte.

Becker entschied, eine Lösung von Brentano zu fordern. Brentano, der sein Büro aus dem rauhen, revolutionären Lärm des Rathauses in die Zurückgezogenheit des Ständehauses verlegt hatte, die mehr nach seinem Geschmack war, ließ sie im Vorzimmer warten.

Lenz zählte die Minuten, indem er mit seinem Säbel leicht auf den Parkettfußboden klopfte. Becker, der ihm gegenüber saß, las die Zeit von einer enormen Taschenuhr ab, die eine dicke Beule bildete, wenn sie in seiner Westentasche steckte.

Der Kanzlist kam heraus und verneigte sich. »Bürger Brentano bedauert, Sie nicht empfangen zu können«, meldete er mit farbloser Stimme.

Becker schob den Mann beiseite und bedeutete Lenz mit dem Kopf, ihm zu folgen. Schweres, gequältes Husten drang durch die Tür. Er klopfte und trat ein, ohne zu warten.

Brentano wischte sich gerade mit einem Batisttaschentuch den

Mund ab. Lenz sah das zornige gelbe Funkeln in seinen Augen.
»Aber ich habe Ihnen doch ausrichten lassen, Bürger Becker...«
»Gewiß«, bestätigte Becker und setzte sich. »Das haben Sie.«
»Und?«
»Die Sache verträgt keinen Aufschub.«

Brentano schien zu überlegen. Sein Blick wanderte zu Lenz hin. »Sie sind Mitglied des Landesausschusses...?«
»Ja.«
»Ach ja, ich weiß. Soldat aus Rastatt?... Sie waren in die Schlägerei von heute früh verwickelt?... Wozu das?... Sparen Sie Ihre Kraft.«

Unwillkürlich zog Lenz sein eigener Vers durch den Kopf: *Da lebte ein kleiner Mann, und der lebte in einer großen Zeit...* Aber jetzt, wo er dem bleichen, krank aussehenden Mann mit dem schütteren Bart von Angesicht zu Angesicht gegenüberstand, jetzt, wo er diese brennenden Augen aus größerer Nähe sah als im Sitzungssaal, erkannte er, daß Brentano nicht der kleine Mann seines Liedes war: im Gegenteil, er vibrierte förmlich vor Möglichkeiten; und ein ganz eigener Zauber ging von ihm aus, der ihn von anderen Menschen unterschied.

»Also gut«, seufzte Brentano. »Obwohl ich zu meiner nächsten Verabredung zu spät kommen werde!«

Becker stieß sofort zum Kern der Sache vor. Er erklärte mit kurzen Worten die tiefere Ursache für den Aufruhr am heutigen Vormittag und bat Lenz gelegentlich, eine Einzelheit zu ergänzen. Er verlangte die Beseitigung der Ursache. Er zählte auf, was alles dringend gebraucht wurde. Er rechnete den Mindestbedarf aus und bat Lenz, dessen absolute Notwendigkeit zu bezeugen. Er forderte Zusammenarbeit aller Behörden, ziviler wie militärischer, einschließlich der höchsten.

Brentano hörte mit leicht geneigtem Kopf und beherrschter Miene zu. Sein Gesichtsausdruck blieb sich die ganze Zeit gleich, und er änderte sich auch nicht, als Becker mit den Worten endete: »Sie kennen die strategische Situation der Revolution; Sie wissen, wovon unsere geringen Aussichten auf Erfolg abhängen. Und man wird Sie, Bürger Brentano, nach der Entscheidung beurteilen, die Sie jetzt treffen.«

Auch als Becker geendet hatte, schien Brentano noch in die klare Mittagsstille des kleinen, gemütlichen Raumes hineinzulauschen. »Männer in meiner Position«, sagte er schließlich, »werden nach jeder Entscheidung beurteilt, die sie treffen.« Dann schwieg er wieder, als hätte er alle Zeit der Welt, als hätte die nächste Verabredung, die er vorgeschützt hatte, ihre Dringlichkeit verloren.

Männer in meiner Position... Lenz versuchte, sich in Brentanos Position zu versetzen. Hatte Brentano beabsichtigt, was geschehen war? Hatte er damit gerechnet, daß der Großherzog auf dem harten Sitz eines Artilleriemunitionswagens fliehen würde? War es sein Wunsch gewesen, Chef einer Regierung zu werden, die ihre Legitimität der Erhebung einiger weniger Bataillone Soldaten verdankte; deren provisorischer Charakter ihr durch jeden Saum und jedes Knopfloch hindurchschien? Nach welchem Stern setzte er seinen Kurs? Glaubte er überhaupt an einen Stern, und wenn ja, an was für einen? War er überhaupt imstande, einen festen Kurs zu setzen – oder war er froh, wenn er die Klippen und Untiefen des Tages zu umschiffen vermochte?...

Brentano stand auf. Er knöpfte seinen Gehrock auf, hob die Hände und sagte: »Durchsuchen Sie mich, Freund Becker! Sehen Sie ein einziges Gewehr, eine Pistole, oder auch nur ein Taschenmesser? Ich würde es Ihnen mit Vergnügen für Ihre Volkswehr geben!« Er ließ die Hände sinken, griff in die Tasche und brachte ein paar Gulden Papiergeld zum Vorschein und mehrere Münzen. »Nehmen Sie, Freund Becker! Es ist das letzte, was ich habe!« Er lachte unfroh. »Sie können es mir glauben: Der Premierminister dieser Regierung ist ein armer Mann! Seit Februar dieses Jahres habe ich nur für die Sache gearbeitet. Ich bin nicht in der Lage gewesen, auch nur einen einträglichen Prozeß zu führen, und ich habe für die meisten meiner Klienten aus meiner eigenen Tasche gezahlt, außerdem mehr als meinen Anteil an den Kosten unserer Organisation. Und bis jetzt war noch keine Zeit, zu beschließen, was für Gehälter und Tagegelder die Mitglieder der Vollzugsbehörde beziehen sollen. Wenn mein Freund, Bürger Thiebaut, nicht einen Anteil am hiesigen Pariser Hof besäße, ich könnte weder essen, noch hätte ich ein Dach über dem Kopf.«

»Ich habe nicht erwartet, daß Sie die Volkswehr aus Ihrer Tasche ausstatten und bewaffnen«, knurrte Becker.

»Dann sind wir der gleichen Meinung, wie ich erfreut feststelle!« Becker schaute Brentano mißtrauisch an. »Wirklich?«

»Aber ja!... Bezüglich der Tatsache, daß Sie sich an die falsche Person gewandt haben! Sie müssen mit Amand Goegg sprechen – er hat die Finanzen unter sich. Sie brauchen Waffen, Stiefel, Kleidung, Proviant, Soldgelder – mit anderen Worten, große Summen. Nur Goegg kann sie beschaffen...«

Das war blanke, unantastbare Logik. Und doch, dachte Lenz, steckte ein Trugschluß darin, aber wo? Er warf einen Blick auf Bekker. Der kaute an seiner Unterlippe, vergeblich nach einem Argument suchend, das diese glattgefügte Oberfläche sprengen konnte.

Becker fluchte den ganzen ersten Teil des Weges zum Finanzministerium. Er verfügte über einen riesigen Schatz an Flüchen und Schimpfworten, mit denen man einen Menschen und die Vorfahren dieses Menschen bis zurück zu seiner Ur-Urgroßmutter bedenken konnte, und er verteilte diesen Schatz sehr gerecht zwischen Brentano und sich selbst. Er verfluchte Brentano, weil dieser ihn überlistet hatte; er verfluchte sich selbst, weil er sich so leicht hatte an der Nase herumführen lassen.

Nur Goegg kann das Geld beschaffen!... Goegg würde nicht einen einzigen Gulden aushändigen ohne Brentanos Genehmigung; und selbst wenn man etwas Geld ausgezahlt erhielt, wo konnte man Waffen und Munition kaufen, um Tausende von Freiwilligen auszustatten, außer in den staatlichen Arsenalen – die wiederum nur mit Brentanos Zustimmung verkaufen durften?

»Bürger Becker!« Lenz senkte die Stimme. »Glauben Sie, daß er ein doppeltes Spiel treibt?«

Die heiße Sonne stach auf die fast leere Straße. Jemand hatte Abfall in den Rinnstein geworfen; der Gestank wurde durch die Hitze noch intensiver.

»Verrat ist ein häßliches Wort«, antwortete Becker. »Es gibt so etwas wie ehrliche Meinungsverschiedenheiten, müssen Sie wissen!«

»Aber was will er wirklich?« fragte Lenz hartnäckig weiter.

»Das ist schwer zu sagen.« Becker steckte die Hände in die Taschen und beschleunigte seine Schritte. »Vielleicht will er einfach am Leben bleiben!«

»Die beste Garantie, am Leben zu bleiben, ist der Sieg, meine ich.«

»Aber wenn Sie dafür keine große Möglichkeit sehen? Wenn Sie nie recht daran geglaubt haben? Wenn Sie sich in Wirklichkeit sogar ein wenig davor fürchten?«

Also glichen Beckers Überlegungen seinen eigenen!... Das überraschte Lenz und beunruhigte ihn noch mehr.

»Bedenken Sie, daß er ein Advokat ist«, entgegnete Becker. »Was hat er Gesetzwidriges getan? Der Großherzog, oberste gesetzliche Macht im badischen Staat, ist geflohen; die Regierung des Großherzogs, anstatt die Ordnung zu sichern, hat sich aufgelöst. Er, Lorenz Brentano, hat lediglich die schlaffen Zügel der Regierung in die Hand genommen, um die öffentliche Ordnung aufrechtzuerhalten und die Achtung vor Gesetz und Besitz zu wahren, entgegen allen anarchistischen Bestrebungen und was weiß ich... Verstehen Sie jetzt, was für einen wunderbaren Fall Brentano für sich selbst aufbauen könnte, wenn er jemals genötigt wäre, seine Handlungen als Chef der revolutionären Regierung zu verteidigen? Er hat keinerlei Gesetze verletzt – er hat sie aufrechterhalten; er würde erst anfangen, sie zu übertreten, wenn er unserer Volkswehr etwas von dem Geld, den Gewehren, den Heeresvorräten des Großherzogs gäbe.«

»Aber das *ist* Verrat!« Lenz fuhr sich mit der Hand durchs Haar. »Er ist nicht der zeitweilige Vertreter des Großherzogs! Er ist der Führer der Revolution!«

»Wessen Revolution?« fragte Becker zurück. »Der Revolution der Soldaten? Der Bauern? Der Advokaten und Schulmeister und Intellektuellen? Der Revolution der Fleischer, Bäcker, Kerzenmacher? Der Revolution der Arbeiter? Thiebauts, Mördes', Goeggs, Struves, Ihrer Revolution?«

»Der Revolution des Volkes!« erwiderte Lenz, mit Überzeugung.

»Der Revolution des Volkes!« wiederholte Becker aufgebracht. »Solange ihr euern Großherzog hattet und seine Regierung von großen und kleinen Bürokraten, konntet ihr alle dagegen sein. Aber jetzt muß man *für* etwas sein. Wofür seid ihr? Für Freiheit? Welche

Sorte von Freiheit? Wessen Freiheit? Für eine konstitutionelle Monarchie? Aber habt ihr die denn nicht gehabt, mehr oder weniger? Für eine Republik? Welche Sorte Republik? Wer soll die Macht darin haben?«

Die Flut der Fragen überschwemmte Lenz. »Vielleicht erklären *Sie* es mir«, protestierte er.

»Kann ich nicht.«

»Aber Sie müssen doch irgendeine Vorstellung haben!«

»Die habe ich!« Die Falten auf Beckers Gesicht glätteten sich, seine Augen wurden weich. »Wie hätte ich mein Leben lang für diese Revolution kämpfen können, wenn ich mir keine Gedanken darüber gemacht hätte! Sie sind sehr erregend, meine Vorstellungen von der Revolution, und vermutlich utopisch.«

Utopisch? Glaubte Becker wirklich, daß diese seine Vorstellungen nicht zu realisieren waren, zumindest nicht zu seinen Lebzeiten? Und waren seine eigenen Vorstellungen nicht gleichfalls utopisch – etwas, an dem gemessen Beckers utopische Ideen sich als die nüchternste Art von Realismus erwiesen? Und mußte es nicht so sein? War nicht Phantasie die Triebfeder des Lebens, des Willens zu verändern, zu kämpfen?

Lenz lächelte. »Aber sagen Sie mir: Warum sollen wir uns mit Goegg aufhalten? Wäre es nicht zeitsparender, kehrtzumachen, im Pariser Hof zu erscheinen, Brentano beim Kragen zu packen und sich an ihn zu hängen, bis er sich so oder so festlegt?«

Sie hatten den bräunlichen, vornehm aussehenden, zweistöckigen Bau erreicht, in dem sich das Ministerium für Finanzen befand. Ein ältlicher Hausdiener mit einer rot-weiß gestreiften Schürze über dem Spitzbauch fegte gemächlich den Durchgang, der in den Hinterhof führte; niemand sonst war in der Nähe, weder ein Wachtposten noch ein Portier. Eine Handvoll entschlossener Männer hätte mit dem gesamten Staatsschatz durchgehen können.

»Meine Ideen mögen utopisch sein«, meinte Becker, als er an dem Hausdiener vorbei und durch eine Glastür das Gebäude betrat, »aber in praktischen Dingen bin ich Pragmatist: wir werden in dieser ganzen Sache Schritt für Schritt vorgehen. Vielleicht tut Goegg wirklich etwas...« Sie stiegen die ausgetretene Sandsteintreppe hinauf. »Auf jeden Fall ist es besser, ihn auf unserer Seite zu haben.«

Die reichhaltige Vergoldung an der letzten Tür des Korridors wies auf die Bedeutung des Beamten dahinter hin. Becker stieß die Tür auf und trat ein, Lenz folgte ihm auf dem Fuße. Vor ihnen erstreckte sich ein saalartiger, lichtdurchfluteter Raum. Er ließ jede menschliche Gestalt, die ihn betrat, zwerghaft erscheinen. An einem Rokokotisch neben dem am weitesten entfernten Fenster saß der Minister und las.

Goegg erhob sich schnell und kam ihnen mit ausgebreiteten Armen den halben Weg entgegen. Er entschuldigte sich wegen des Zustandes seines Ministeriums: Mehr als die Hälfte seiner Beamten, von den Abteilungsleitern bis hinunter zu den Reinemachefrauen, mußte entlassen werden, weil er darauf bestanden hatte, daß sie den Treueid auf den Landesausschuß und die Herrschaft des badischen Volkes ablegten, was viele abgelehnt hatten, sofern die Eidesformel nicht die Klausel »unbeschadet früher geleisteter Eide« enthielt.

Goegg lachte; es klang bedrückt. »Stellen Sie sich vor – uns den Eid leisten zu wollen, ohne gleichzeitig Seiner Hoheit den Gehorsam zu kündigen! Nein, nein – lieber bin ich mein eigener Sekretär, Assessor, Buchhalter und Reinemachefrau, als diese verfluchte Heuchelei zuzulassen!...«

Womit er andeutete, daß gerade dies in anderen Ministerien geschehen war. Nein, Goegg ist nicht der Schlechteste, dachte Lenz; er blieb die Verkörperung der Revolution – schlank, jung, die schwarzrotgoldene Schärpe über dem schwarzen bürgerlichen Gehrock, den dünnen, kunstvoll gearbeiteten Degen an der linken Hüfte. Dennoch hatte er sich verändert seit Offenburg: Müdigkeit oder die Sorgen seines nicht leichten Amtes hatten seinen Zügen eine graue Tönung verliehen; die Lippen waren schmal geworden, und das Feuer in seinen Augen war bis auf ein gelegentliches Flackern ermattet.

»Wir sind auf Anregung von Bürger Brentano gekommen«, begann Becker ohne Vorrede. »Ich brauche Ihnen nicht zu erzählen, was für ein Problem es ist, Tausende von unausgebildeten Männern innerhalb von Tagen, bestenfalls Wochen, zu einer kampfbereiten

Armee zusammenzuschweißen. Erste Bedingung dafür sind Geldmittel. Wir brauchen alles: von Schuhsohlen bis zu Hüten, von Schlafdecken bis zu Patronen...« Das weißgoldene Stühlchen, auf dem Becker sich rittlings niederließ, knarrte gefährlich.

»Die meisten unserer Leute besitzen gerade die Kleider auf dem Leib, wenn überhaupt so viel«, erklärte Lenz.

»Ich weiß.« Goegg schaute unglücklich drein. »Aber was kann ich tun? Zuerst hofften wir, im Ministerium wenigstens einigermaßen geordnete Verhältnisse vorzufinden: Bargeld zur Verfügung, Banknoten, Soll und Haben, und so fort...« Er schüttelte den Kopf. »Nach all diesen Tagen weiß ich immer noch nicht, wie der Großherzog überhaupt zurechtgekommen ist.«

»Weiß das hier irgend jemand?« fragte Becker.

Goegg ging zu einer der kleinen Türen, öffnete sie und rief: »Schicken Sie mir den Finanzrat Lommel!« Zurückkehrend fuhr er fort: »Alle kommen sie mit geöffneten Händen zu mir: Gib! Gib! Der Landesausschuß, die Ministerien, die Zivilkommissäre, das Heer, jeder verdienstvolle Fremde und Flüchtling vor reaktionärem Terror in den anderen deutschen Staaten – ich bezweifle nicht ihre Verdienste oder ihre Bedrängnis; bitte, verstehen Sie mich! Aber woher soll ich es denn nehmen? Doch nur vom laufenden Einkommen! Und ich versichere Ihnen, wenn es darum geht, Steuern zu zahlen, schimpft der gleiche Bürger, der gar nicht genug von der Regierung fordern kann: Ist das der Sinn der Revolution? Ist das die gepriesene Freiheit?... Und ich habe keine Steuereinnehmer – und auch nicht die Mittel, Zahlungen einzutreiben, falls ich welche hätte. Wir haben ein bißchen was zusammengekratzt, hier und dort, wo immer wir etwas in einer örtlichen Kasse gefunden haben. Aber wir mußten den Soldaten ihren Sold erhöhen! Wir mußten das Versprechen der Revolution gegenüber den altgedienten Sergeanten erfüllen und die Einstandsgelder auszahlen, die die Regierung des Großherzogs ihnen schuldig geblieben war. Und ich habe, wie Sie wissen, Einkäufer ausgesandt, nach Belgien, nach Frankreich, um uns Waffen zu besorgen...«

Goegg hatte sich außer Atem geredet. Er öffnete ein Fenster, um frische Luft zu bekommen, und sagte mit halber Stimme: »Heute morgen kam die Nachricht, daß die Preußen unsere Schiffsladung in Köln zurückgehalten haben. Und unser Mann in Frankreich wird mit zwei Kisten Münzgold von Louis Bonaparte festgehalten...«

Er hielt inne. Finanzrat Lommel war eingetreten, einen Folianten unterm Arm. Sein Gesichtsausdruck war unbeteiligt, der eines wohlerzogenen Lakaien.

Goegg endete: »So ist das! Ich drucke das Geld nicht, wissen Sie!«

»Sie könnten es aber tun!« bemerkte Becker trocken.

Eine leichte Röte stieg Goegg in die Wangen. »Das hat Struve auch gesagt! Aber Struve versteht genausowenig vom Bankwesen und von Finanzen wie seine geniale Frau!«

Lenz konnte sich ein Lächeln nicht verbeißen. Es war nicht schwer, sich den jungen Goegg vorzustellen, überwältigt von Amalia Struves Wortschwall über die Möglichkeiten zu Badens finanzieller Rettung.

»Wenn ich Geld drucke«, rief Goegg aufgebracht, »was soll ich als Deckung benutzen?«

»Ein Interventionskrieg entwickelt sich gegen uns.« Beckers Augen verengten sich. »Wenn wir ihn verlieren, brauchen wir uns über Deckung für irgendwelche Scheine keine Sorgen mehr zu machen. Gewinnen wir aber, so werden die Werte und Liegenschaften von ganz Deutschland als Deckung für unser Papiergeld dienen.«

Lenz sah, wie Goegg auflebte – Amalias Gedankengängen hatte offensichtlich ein derart durchschlagendes Argument gefehlt.

Doch sofort hakte Lommel ein. »Das Wohlergehen von Staat und Volk und das Vertrauen zu diesem Staat gründet sich auf die Festigkeit der Währung«, sagte er freundlich und ließ die Worte einwirken. »Ich würde eher zurücktreten als zusehen, wie das öffentliche Vertrauen in den badischen Gulden untergraben wird.«

Der junge Minister zuckte sichtlich zusammen bei der Rücktrittsdrohung seines Finanzrats.

Becker schien weniger beeindruckt. »Vertrauen zu dem Geld eines Staates bedeutet einfach Vertrauen in den Bestand dieses Staates. In unserem Fall muß dieser Bestand jetzt mit Bajonetten gesichert werden. Bajonette wiederum kosten Geld – was uns zum Anfang unserer Überlegungen zurückbringt. Herr Finanzrat –!« Er erhob sich und schob den Stuhl unter sich weg. »Ich sehe nur eine Stelle, an der wir diesen Teufelskreis unterbrechen können: beim Geld! Sie besorgen uns das Geld, wir beschaffen die Bajonette und durch diese die Sicherheit für das Geld.«

Das brachte Lommel denn doch aus der Ruhe. Auf seinem fahlen Gesicht brach leichter Schweiß aus; seine tintenfleckigen Finger versuchten den Kragen zu weiten, der ihm zu eng geworden war. Lommel neigte zur Korpulenz, zu jener Art von Korpulenz, die sich, schwammig, ohne feste Form, beim Sitzen auf Bürostühlen bildete und während des langsamen Aufstiegs auf der Rangleiter des Bürokratismus, wobei jede zusätzliche Unze Fett aufgewogen wurde durch den Verlust eines ganzen Pfundes an Charakter.

Nachdem er seinem dicken Hals Luft verschafft hatte, fand Lommel die Antwort. »Mein Herr«, sagte er nachsichtig, die farblosen, etwas vorstehenden Augen auf Becker geheftet, »für illusorisches Geld können Sie nur illusorische Bajonette kaufen!«

»Wirklich?« Becker war offensichtlich im Begriff, die Geduld zu verlieren. »Wohlgemerkt, Herr Finanzrat, ich behaupte nicht, daß Sie geistige Vorbehalte hatten, als Sie der revolutionären Sache den Treueid schworen – Sie sind bloß nicht imstande, Geld als ein Stück Papier zu betrachten, als ein Mittel zum Zweck...«

»Geld ist Geld!« beharrte Lommel, aber in seinem kategorischen Imperativ schwang ein Unterton von Furcht mit.

»Bürger Lenz!« verlangte Becker. »Ich bitte Sie um Ihre wohlüberlegte Schätzung! Wenn Sie und ich mit einer Kompanie Soldaten durch die Straßen nur der Stadt Karlsruhe zögen, von Haus zu Haus, und alle vorgefundenen Gewehre requirierten, Gewehre der Bürgerwehr, Jagdflinten, als Souvenir aufbewahrte Waffen sowie dazugehörige Munition und Patronentaschen – wieviel Mann könnten wir wohl bewaffnen?«

»Zwei Bataillone«, erwiderte Lenz, rasch überlegend.

»Aber das wäre ja ungesetzlich!« rief Lommel.

»Die Revolution –«, Becker reckte herausfordernd das Kinn vor, »schafft sich ihre eigene Gesetzlichkeit, und derartige Waffen dürften sich sowieso nicht in den Händen unzuverlässiger Elemente befinden... Und Sie, Bürger Goegg, wieviel Geld könnten wir Ihrer

Schätzung nach innerhalb von vierundzwanzig Stunden nur in der Stadt Karlsruhe auftreiben, wenn besagte Kompanie Soldaten eine besondere patriotische Notsteuer von zehn Prozent des Vermögens eines jeden Bürgers forderte, der, sagen wir, mehr als achtzig Gulden im Monat Einkommen hat?«

»Das ist nicht nur ungesetzlich –!« Goegg ächzte, »es würde alle bessergestellten Schichten gegen uns aufbringen.«

»So«, Becker zuckte die Achseln, »und?... Würden die denn jemals für uns kämpfen? Oder werden nicht, wie immer, die Armen das Kämpfen besorgen müssen?«

Das Gleichgewicht der Züge in Goeggs Gesicht war gründlich zerstört. »Ich bin Minister einer verantwortlichen Regierung«, erklärte er. »Ich darf nicht einmal mit dem Gedanken spielen, daß Notmaßnahmen, wie Sie sie vorschlagen, nach dem Gutdünken eines einzelnen ergriffen werden könnten...« Er wandte sich an Lenz. »Sie sind doch gewähltes Mitglied des Landesausschusses! Sie können Vorschläge machen, und wir werden darüber debattieren und durch eine demokratische Abstimmung entscheiden!«

»Und Sie glauben«, fragte Lenz, »daß ein solcher Vorschlag eine Mehrheit finden würde?« Er zögerte, dann fuhr er fort: »Um mich genauer auszudrücken, daß Brentano ihn unterstützen würde?«

Die Frage parierte ganz geschickt die Entschuldigungen Goeggs für sein Nichtstun. Doch empfand Lenz keine Freude daran, Goegg mit ein paar Worten entwaffnet zu haben; er spürte den schrecklichen Widerspruch, in dem Goegg sich wie in einer Falle befand. Unfähig, aus seinem Dilemma herauszufinden, und zu anständig, seine beiden Bittsteller zu Brentano zurückzuschicken, wählte Goegg den einzigen Weg, der ihm übrigblieb – den armseligen Kompromiß, nach dem Becker vielleicht getrachtet hatte. »Herr Finanzrat Lommel«, fragte er, »wieviel Geld haben wir? Zeigen Sie mir den Tagesbericht...«

Lommel zog den Folianten unter seinem Arm hervor, öffnete ihn und legte ihn vor Goegg auf den Tisch.

Goegg prüfte die Seite, eine tiefe Furche zwischen den Brauen. Dann schrieb er ein paar Worte auf ein Blatt Papier, unterzeichnete die Anweisung und händigte sie Lommel aus. Zu Becker gewandt, sagte er: »Es ist bei weitem nicht genug. Aber es ist alles, was ich im Augenblick für Sie auftreiben kann.«

»Und wann kann ich mehr bekommen?« fragte Becker.

»Wenn der Landesausschuß eine Finanzpolitik bestimmt, Steuergesetze annimmt, seine finanziellen Möglichkeiten veranschlagt...«

Becker hörte ihm jedoch nicht zu. Er schlug Finanzrat Lommel auf den fleischigen Rücken und sagte: »Gehen wir und lassen uns das Geld auszahlen, bevor auch diese Anweisung illusorisch wird, eh?«

Ausnahmsweise und nur für einen Moment zeigte sich ein Ausdruck auf Lommels fahlem Gesicht: Haß.

Dreizehntes Kapitel

In Karlsruhe nahm die Sache schon größere Feierlichkeit an. Im Pariser Hof war Table d'hôte um ein Uhr angesagt. Aber es wurde nicht angefangen, bis »die Herren vom Landesausschuß« gekommen waren. Dergleichen kleine Aufmerksamkeiten gaben der Bewegung schon einen wohlthuenden bürokratischen Anstrich.

(Auszug von Andreas Lenz aus Friedrich Engels: »Die deutsche Reichsverfassungs-Campagne«)

Es war lehrreich, einen Spaziergang durch die Hauptstadt der Revolution zu machen. Abgesehen von ein paar Soldaten, die auf der anderen Straßenseite betrunken daherschwankten, schien Karlsruhe wie ausgestorben. Das Klirren der überlangen Sporen eines Offiziers der Freikorps durchbrach die Stille. Engels stellte seine Reisetasche ab und starrte auf die prunkvollen Epauletten und die dreifarbene Schärpe und den Degen, der die Bewegungen der gewichsten Stiefel behinderte.

»Du könntest auch so schön aussehen«, bemerkte Marx. »Du hast die Schultern und die Brust für dieses Kostüm.«

»A propos«, entgegnete Engels, »was ist eigentlich mit unseren Gewehren geschehen?«

»Die sind in Sicherheit. Dafür habe ich gesorgt, bevor die Gendarmen erschienen... Gehen wir weiter?«

Engels hob seine Tasche. »Gehen wir!«

Marx beobachtete ihn aus dem Augenwinkel. Engels litt nicht einmal so sehr darunter, daß die königlichen Truppen kurzen Prozeß mit den voneinander isolierten Zentren des Aufstands in Rheinpreußen gemacht hatten und daß die schönen Barrikaden in der Stadt Elberfeld, die er selber geplant und mitgebaut hatte, so leicht überrannt worden waren. Weit schlimmer war die Tatsache, daß die guten Bürger, die den Aufstand leiteten, ihn mittendrin fortgeschickt hatten – weil ihre Angst, der Redakteur Friedrich Engels von der »Neuen Rheinischen Zeitung« könnte ihre widerwillige Revolte in eine rote, proletarische Revolution verwandeln, weitaus größer war als die Angst vor den königlichen Kanonen. Ihn kränkte nicht so sehr, daß die preußischen Behörden, sobald sie mit den örtlichen Aufständen fertig geworden waren, die Zeitung verboten hatten, die sie für die Quelle des Ärgers hielten – wirklich am Herzen nagte ihm, daß sich keine Gelegenheit geboten hatte, die acht schönen Gewehre zu benutzen, die da an der Wand des Redaktionsbüros säuberlich eins neben dem andern gestanden hatten. Was ihn verwundete, war nicht so sehr der augenblickliche Rückzug in dem dauernden Vor und Zurück eines Kampfes auf Jahre – am schmerzlichsten war ihm seine gegenwärtige Rolle als Commis voyageur der Revolution, der mit den simpelsten politischen Taktiken hausieren gehen mußte bei Männern, die entweder zu beschränkt oder zu feige waren, um die letzten noch vorhandenen Chancen für eine Demokratie in Deutschland zu nützen.

»Ich überlege mir, ob ich nicht umsatteln soll«, begann Engels wieder.

»Zum Militär?«

»Möglicherweise bleibt uns nichts anderes übrig, als bei einer letzten Schlacht mit der Waffe in der Hand teilzunehmen... Aber das meinte ich nicht. Ich habe mich immer als ernsthaften Schriftsteller gesehen – Geschichte, Politik, Philosophie. Aber um diese Gesichter beschreiben zu können, muß man wohl Satiriker sein...«

Diese Gesichter, wußte Marx ohne zu fragen, gehörten den Abgeordneten der Nationalversammlung, mit denen sie gestern in Frankfurt gesprochen hatten. Er streckte besänftigend die Hand aus. »Vielleicht haben wir hier mehr Glück. Diese Männer in Karlsruhe sind kein Parlament ohne jede Macht. Sie haben eine Armee, haben Geld und so etwas wie einen Regierungsapparat. Sie müssen doch begreifen, daß sie alles verlieren, wenn sie ihre Mittel nicht dazu benutzen, ihre Macht zu erweitern.«

Engels schnitt eine Grimasse. »Die Stadt ist voll von bankrotten radikalen Advokaten und besiegten demokratischen Politikern aus allen Enden Deutschlands, die sich selbst und ihre Patentlösungen anbieten im Austausch für eine bezahlte Beamtenstelle oder ein Offizierspatent mit dazugehöriger Phantasieuniform...«

Auf der Straße, die sie jetzt betraten, herrschte etwas mehr Leben. Mehrere Kutschen ratterten vorbei, Männer in würdevollen Gehröcken, die Köpfe von würdevollen Zylinderhüten gekrönt, lenkten ihre Schritte auf den Hoteleingang zu; ein paar Straßenjungen hatten sich um den schmuddligen Soldaten auf Wache geschart.

»Wir sind nicht einfach du und ich...« Marx betrachtete die Szene, die sich vor ihnen abspielte. Die verschiedenen vor dem Hotel eintreffenden Herren waren offensichtlich wichtige Persönlichkeiten. »Wir selbst haben keine Macht, das ist wahr – aber wie kommt es, daß sie in Elberfeld solche Angst vor dir hatten, Engels? Ein Gespenst geht um in Europa...« Er lachte in sich hinein. »Und du und ich, die wir hier mit unserem mageren Gepäck entlangspazieren, sind ein Teil dieses gespenstischen Wesens...« Er nahm den Zigarrenstummel aus dem Mund und warf ihn bedauernd weg. »Wir müssen einfach feststellen, was für eine Politik Brentano und seine Freunde betreiben wollen; dann werden wir entscheiden, ob diese Politik genügend beeinflußt werden kann, so daß sie irgendwelche Hoffnung bietet und uns berechtigt, die offizielle Beteiligung...« Er brach ab. Er hatte bemerkt, daß die Aufmerksamkeit seines Begleiters auf etwas anderes gerichtet war.

»Ich höre genau zu!« sagte Engels.

Marx jedoch wollte sehen, was Engels vom Thema abgelenkt hatte. Die Antwort befand sich auf dem Rücksitz einer offenen Kalesche, die, von zwei feurigen Pferden gezogen, einem schwarzen und einem weißen, gerade vor dem Pariser Hof vorfuhr. Marx, der seines Freundes Hang zur Galanterie keineswegs immer billigte, war geneigt, diesmal Verständnis zu zeigen – die Frau im Wagen war tatsächlich aufsehenerregend; sie besaß Schönheit mit gerade einer Spur von Demimondaine; ein Hauch von großer Welt in diesem schläfrigen großherzoglichen Regierungssitz, dessen Langweiligkeit offensichtlich auch die Revolution nicht zu ändern vermocht hatte.

Die Straßenjungen waren unterdessen durch eine Gruppe von

Gaffern verstärkt worden, die scheinbar aus dem Nichts heraus sich angesammelt hatten, um den Wagen, die Frau und den zu ihrer Linken sitzenden Herrn anzuglotzen; das Individuum auf dem Sitz ihr gegenüber war zu unbedeutend, sein unbestimmtes Gesicht paßte zu dem unbestimmten Grau seines Anzugs; ein Bediensteter vermutlich, entging er den gepfefferten Bemerkungen. Vom Hotel her kam mit der Mütze in der Hand eine Mischung von Portier und Hausdiener an den Straßenrand gestürzt, um die Wagentür aufzureißen.

Der Herr links von der Dame erhob sich, stieg hinunter auf den Bürgersteig und küßte, den Hut ziehend, ihre Fingerspitzen. »Stäbchen wird mit mir in Verbindung bleiben«, versprach er ihr und sagte Adieu. Die Spur von Vertrautheit mit der Frau betonte den Gegensatz zwischen ihrer frappierenden Anziehungskraft und seiner ostentativen Häßlichkeit, dem schiefen Mund, den spitzen Ohren mit den Haarbüscheln, den glitzernden Augen.

Die Wache salutierte lustlos, während der Herr ins Hotel hineinging. Marx zog seinen Freund am Ärmel: »Komm doch endlich!« – aber Engels blieb, wo er war. Die Frau hatte ihn entdeckt; ihre Augen, groß, grün, weit auseinanderliegend, fesselten Engels' Blick, bis sich ihre Lider senkten und ihre Lippen sich zu einem leisen Lächeln verzogen. Engels strich sich über den rötlichen Bart. Er ist schon ein sehr gut aussehender Mann, dachte Marx, und er hat so eine Art mit den Frauen... In diesem Moment gab das graue Individuum dem Kutscher ein Zeichen, und der Wagen fuhr davon.

»Mein Bester!« Engels hielt den Hausdiener an. »Wer waren die beiden da?«

»Die beiden?« Der Mann hob die Brauen. »Aber das war doch Monsieur Mördes, unter Seiner Hoheit dem Großherzog Staatsprokurator... Damals hatte er alle roten Revolutionäre ins Loch gesteckt, die er erwischen konnte, bis er der beste Freund von Herrn Brentano wurde. Jetzt ist er Oberkommissär für den Niederrheinkreis...«

»Und die Dame?«

Der Hausdiener spreizte die Hände. »Das kann ich Ihnen nicht sagen, mein Herr. Die ist neu hier.«

Eine Münze fiel in seine offene Hand.

Der Hausdiener beäugte sie. Dann vertraute er Engels an: »Alle möglichen Leute werden jetzt hochgeschwemmt, von da und dort und überall. Sie ist hier bekannt als Mademoiselle Josepha...« Er verbeugte sich vor Engels und hielt ihm die Tür auf.

Engels schritt an dem Posten vorbei in die Vorhalle. Marx, der langsam hinter ihm herging, wurde dagegen angehalten und mußte erklären, daß er zu dem anderen Herrn gehörte. Schließlich durfte auch er das Hotel betreten.

Der Empfangschef machte Einwendungen. Im Pariser Hof sei nicht ein Bett zu haben. Herr Engels sei weltbekannt? Herr Doktor Marx gleichfalls? Schriftsteller seien sie? Redakteure? In Karlsruhe wimmelte es von Schriftstellern und Redakteuren...

»Herr Engels?«

Der häßliche Mann, der mit der Kalesche gekommen war, trat näher und betrachtete Engels mit wohlwollendem Interesse. »Von der ›Neuen Rheinischen Zeitung‹?«

»Von der ehemaligen ›Neuen Rheinischen Zeitung‹.«

»Oh.« Mördes verzog die Lippen zu einem Lächeln. »Wie bedauerlich!«

»Monsieur Mördes?« fuhr Engels fort. »Gestatten Sie mir, Ihnen meinen Freund Doktor Marx vorzustellen.«

Mördes verbeugte sich. Marx murmelte eine Höflichkeit in seinen Bart. »Übrigens, Herr Engels«, sagte Mördes, »woher wußten Sie, wer ich bin?«

»Wir sind ziemlich gut informiert...«

»Das allerdings«, gab Mördes zu. »Stimmt.« Dann sprach er mit halber Stimme ein paar Worte mit dem Empfangschef, und wieder an Engels gewandt: »Sie werden ein Zimmer bekommen, wenn es Ihnen nichts ausmacht, es mit Ihrem Freund zu teilen. Ihr Gepäck –«, das mit einem Nicken zu ihren Besitztümern hin, »wird besorgt werden. Sie kommen direkt aus Köln?«

»Wir haben unsere Reise für eine Nacht in Frankfurt unterbrochen«, sagte Marx.

»Wie stehen die Dinge dort?«

Marx zündete sich eine Zigarre an. Schließlich antwortete Engels:

»Ich bin überzeugt, Monsieur Mördes, daß Sie mindestens ebenso gut informiert sind wie wir.«

»Trotzdem –«, Mördes war ganz Liebenswürdigkeit, »man kann niemals genug Informationen haben. Vielleicht essen Sie, wenn Sie sich erfrischt haben, mit einigen Herren vom Landesausschuß und mir zu Mittag?« Er warf einen Blick auf die zwischen zwei Säulchen eingehängte Uhr auf dem Kaminsims. »In etwa zehn Minuten? Auch Bürger Brentano wird kommen...«

Mördes erwartete seine Gäste in der Vorhalle und führte sie in den Speisesaal zu dem großen Tisch, wo er sie rechts und links neben sich placierte. Dabei entging ihm nicht Engels' hungriger Blick auf den Serviertisch, wo dampfende Terrinen standen. Der Strom seines Geplauders riß jedoch nur ab, als er Thiebaut, Hoff und Goegg vorstellte, die sich zu ihnen setzten. Er ließ sich über Demokratie aus: Demokratie bringe Handel und Industrie mit sich, und Handel und Industrie machten die Menschen aufgeschlossen.

»Sie werden uns doch dabei helfen, Herr Engels, nicht wahr, und Sie auch, Herr Doktor Marx? Bürger Thiebaut und Bürger Hoff werden mir bestätigen: die Möglichkeiten für Männer Ihrer Geisteshaltung und Erfahrung sind hier unbegrenzt...«

»Ich habe die allerbeste Empfehlung zu bieten«, sagte Engels.

»Oh. Wirklich?« Mördes schien angenehm überrascht.

Engels kramte in seinen Taschen, brachte ein Blatt Papier zum Vorschein, das offensichtlich von einer Wand abgerissen worden war, und reichte es Mördes.

Einen Augenblick lang verdunkelte sich Mördes' Gesicht. Dann nahm es wieder den ungerührten Ausdruck an. »Soll ich es laut vorlesen?« fragte er.

»Wie Sie wollen.« Engels lächelte.

Mördes glättete das Papier. »Steckbrief«, las er. »Auf Grund der durch den königlichen Instruktionsrichter erlassenen Vorführungsbefehle ersuche ich die betreffenden Zivil- und Militärbehörden, auf folgende Personen, und zwar: erstens *Friedrich Engels*, Redakteur der ›Neuen Rheinischen Zeitung‹, geboren in Barmen, zuletzt wohnhaft zu Köln... welche sich der gegen sie wegen des im Artikel sechsundneunzig des Strafgesetzbuches vorgesehenen Verbrechens eingeleiteten Untersuchung durch die Flucht entzogen haben, und deren Signalement ich nachstehend mitteile, vigilieren und sie im Betretungsfalle verhaften und mir vorführen zu lassen...«

Mördes hielt inne, um einen Blick auf seinen Nachbar zu werfen, als verdiente der Mann eine neue und sorgfältigere Einschätzung. Diese Affiche des Königlich Preußischen Prokurators dem ehemaligen Prokurator des Großherzogs von Baden in die Hand zu geben war unleugbar ein starkes Stück... Mördes beschloß jedoch, ruhig mitzuspielen.

»... *Signalement. Erstens. Engels...*«, nahm er den Text wieder auf. »Alter sechsundzwanzig bis achtundzwanzig Jahre, Größe fünf Fuß sechs Zoll, Haare blond, Stirn frei, Augenbrauen blond, Augen blau, Nase und Mund proportioniert, Bart rötlich, Kinn oval, Gesicht oval, Gesichtsfarbe gesund, Statur schlank. Besondere Kennzeichen: spricht sehr rasch und ist kurzsichtig... Elberfeld, sechsten Juni achtzehnhundertneunundvierzig. Für den Oberprokurator: Der Staatsprokurator, *Eichhorn*.«

»Die Beschreibung paßt auf ihn«, bemerkte Geheimrat Thiebaut.

»Einige Punkte schmeicheln mir«, sagte Engels bescheiden.

»Aber alles in allem eine brauchbare Beschreibung.« Mördes blieb gleichmäßig freundlich. »Und was haben Sie getan, daß der Elberfelder Prokurator sich all diese Mühe macht?«

»Nicht allzu viel«, warf Marx ein.

Mördes blickte Marx lange an, die dunklen Augen in dem dunklen Gesicht. Welcher von beiden war gefährlicher – der Herr Doktor, der bislang zumeist geschwiegen hatte, oder der andere Kerl mit seinen hinterhältigen Überraschungen?

Marx erwiderte den Blick milde. »Er hat nichts weiter getan als ein königlich preußisches Zeughaus geplündert, die Waffen an die Arbeiter verteilt, Barrikaden gebaut, Geschützstände errichtet, Unruhe gestiftet und Aufruhr organisiert.«

»Genau das, was wir brauchen«, stellte Mördes fest.

Bürger Hoff warf einen unbehaglichen Blick auf Bürger Thiebaut, dessen Augen im Fett seiner Wangen verschwanden. Der Geheimrat schien aufzuwachen. »Die Suppe wird kalt!« sagte er. »Kellner!«

An den anderen Tischen erhoben sich die Leute, ihre Blicke folgten dem schmächtigen, blassen Mann, der ganz allein eingetreten war und abgehetzt aussah und so, als wollte er sich bei allen Anwesenden entschuldigen. Sein Erscheinen wirkte gar nicht wie ein Auftritt; es war vollkommen demokratisch, keine Herablassung, kein gnädiges Winken der Hand; und doch war es gerade der völlige Mangel an Dünkel, der in Engels den Verdacht erregte, daß jeder Schritt und jede Geste sorgfältig einstudiert waren.

»Herr Engels! Doktor Marx!« stellte Mördes vor. »Bürger Brentano.«

Die schmale, zerbrechliche Hand berührte die Handfläche erst des einen, dann des anderen. »Willkommen in Karlsruhe!« Und nach einem Moment: »Ich bedaure, daß so widrige Umstände Sie hierhergeführt haben.«

Brentano setzte sich. Im ganzen Saal scharrten Stuhlbeine. Die Kellner eilten zu den Tischen, schöpften die Suppe aus den Terrinen, zogen sich zurück.

»Jedoch«, fuhr Brentano fort, »hier werden Sie Frieden und Stille finden. Wir werden keine Mühe scheuen, damit Sie sich zu Hause fühlen. Unsere Menschen sind freundlich und gut; unsere Landschaft, wie Sie bemerkt haben werden, ist abwechslungsreich und reizend, vom lieblichen Neckartal bis zu der schwermütigen Schönheit des Schwarzwaldes und der Berge...«

Engels grinste.

Marx brach sein Brot in kleine Stücke. Mördes hatte wenigstens Aufgaben und Arbeit angedeutet – dieser Mann bot ihnen einen Ferienaufenthalt an!...

»Ich bin überzeugt, Ihr Arkadien ist herrlich«, warf Engels ein. »Aber gerade weil wir wünschen, daß die Lieblichkeit seiner Täler und die Schönheit seiner Berge von preußischen Stiefeln unbehelligt bleibt, glauben Marx und ich, alle Urlaubspläne zurückstellen zu müssen.«

Marx' Temperament war jedoch gereizt. »Wir haben Frieden und Stille gefunden...! Jawohl, Bürger Brentano – auf *Ihrer* Seite der Grenze! Wir haben gestern von Frankfurt her Ihre Grenze überschritten! Bis nach Heppenheim hinauf ist die ganze Eisenbahnlinie von hessischen und württembergischen Soldaten besetzt; Frankfurt selbst und Darmstadt sind voller Militär; kein Bahnhof, kein Dorf ohne seine Truppenabteilung; reguläre Vorposten direkt an der Grenze aufgestellt. Aber von der Grenze bis nach Weinheim, Ihrer ersten Stadt, nicht ein bewaffneter Mann, auch in Weinheim kein einziger...«

Brentano hatte aufgehört zu essen und hörte zu, sein graugewordenes Gesicht war ausdruckslos.

»Ein kleiner Trupp kam an«, bemerkte Engels, »gerade als wir dort eintrafen. Fünfundzwanzig Mann vom Leibregiment.«

»Und danach nichts mehr!« Marx blickte aufgebracht von einem zum anderen. »Tiefster Friede!« fuhr er fort. »Bis hinauf nach Mannheim! Gelegentlich ein Volkswehrmann oder einer von der Bürgerwehr, meistens in angeheiterter Stimmung – und ich meine beträchtlich angeheitert. Grenzkontrolle? Keine Spur davon. Die merkwürdigsten Individuen übertreten Ihre Grenze in beiden Richtungen, ungehindert...«

»Aber das ist ja furchtbar! Wir sollten sofort unseren neuen Kriegsminister, General Sigel, informieren! Er muß Truppen abkommandieren...«

Mördes sprach hastig dazwischen. »Bürger Goegg! Da ja mein Kreis derjenige ist, den Herr Doktor Marx und Herr Engels so schlecht gerüstet fanden, werde ich das untersuchen. Aber das Schlimmste, was wir jetzt tun können, wäre, in Panik zu verfallen.«

Engels legte den Suppenlöffel nieder. »Warum wurden Ihrer Ansicht nach diese Truppen auf der anderen Seite der Grenze konzentriert?«

»Aus Angst!« Mördes' Brauen erhoben sich zu spitzen Winkeln. »Die Reaktion fürchtet uns! Ein erzürntes Volk, das sich zur Verteidigung seiner natürlichen Rechte erhebt, hat Kraftquellen –«

»Dann nutzen Sie sie!« sagte Marx scharf.

»Der Fisch«, unterbrach Thiebaut. »Der Pariser Hof rühmt sich, beinahe das ganze Jahr über frischen Fisch servieren zu können. Und ich empfehle sehr diesen Wein.«

»Wir stehen doch nicht allein«, sagte Brentano. »Mehrere der besten Köpfe Deutschlands sind mit uns, und erfahrene Offiziere – eine wirkliche Sammlung demokratischer Kräfte. Wir haben uns die Dienste eines großen Feldherrn gesichert, des Generals Mieroslawski, der unsere bewaffneten Kräfte befehligen soll.« Er hob sein Glas und sagte, durch seinen schütteren Bart lächelnd: »Und ich glaube, wir werden auch für Sie, Herr Doktor Marx, und für sie, Herr Engels, ein Plätzchen finden.«

»Wir sind nicht gekommen, um Stellung und Gehalt zu suchen«, erwiderte Marx.

Brentanos Glas blieb erhoben. »Das habe ich auch nicht andeuten wollen. Aber Sie werden uns doch helfen?«

»Wenn Ihnen noch zu helfen ist...«

Alle Blicke richteten sich auf Marx.

»Und wenn Sie unsere Art von Hilfe überhaupt haben wollen«, schloß Marx.

Brentano trank. »Würden Sie sich darüber etwas näher auslassen?«

Marx spielte mit dem Stiel seines Glases. »Sie können nicht erwarten, diese Sache in Ihrem schönen Arkadien durchzustehen«, begann er. »Ihre Revolution breitet sich entweder aus, oder sie wird abgewürgt. Der Soldatenaufstand, der Ihnen die Macht verschafft hat, war Ihre große Chance. Das war der Zeitpunkt für die Maßnahmen, die ich vorschlagen würde. Jetzt ist es zu spät dafür. Aber ohne diese Maßnahmen sehe ich keine Möglichkeit, wie Engels und ich –«, er zögerte, »wie die deutsche Arbeiterklasse Ihnen wirksam helfen soll.«

Goegg hörte gespannt zu. Mördes starrte mit zusammengepreßten Lippen ins Leere. Thiebaut, eine Kartoffel in seine Buttersoße drückend, erklärte: »Arbeiterklasse!... Nichts gegen einen guten Arbeitsmann, aber Demokratie ist jedermanns Sache, und jedermann hat seinen Nutzen davon.«

Brentano spürte seinen Kopfschmerz herannahen. Es war, als wäre sein Körper darauf aus, die vor ihm liegenden Unannehmlichkeiten noch zu verstärken. »Was für Maßnahmen wünschen Sie uns vorzuschlagen, Herr Doktor Marx?« erkundigte er sich.

»Wann hatte die Führung einer Insurrektion jemals Ihr unglaubliches Glück«, fragte Marx zurück, »über eine ganze intakte revolutionierte Armee verfügen zu können?«

Seinen Zuhörern fiel kein Beispiel ein.

»Mit Ihren Eisenbahnen können Sie acht- bis zehntausend Linientruppen innerhalb von zwei Tagen zusammenziehen.« Marx stocherte in seinem Fisch. »Diese werfen Sie nach Frankfurt...«

Brentano verzog die Stirn.

«...und geben bekannt, daß die dortige Nationalversammlung von den Preußen bedroht ist und daß Sie sie deshalb unter Ihren revolutionären Schutz stellen.«

Engels begann mit Genuß zu essen. Marx machte seine Sache sehr gut; er entwickelte einfach den umgekehrten Vorschlag, den er den ängstlichen Großmäulern in Frankfurt gemacht hatte; und Bürger Thiebauts Köche waren wirklich ausgezeichnet.

»Mit einem Schlage würden Sie Ihren lokal begrenzten Aufstand aus dieser kleinen Ecke Deutschlands hinaustragen und ihn zu einer nationalen Angelegenheit machen, die die Flammen der Empörung in ganz Europa neu zu entfachen vermag. Sie würden den revolutionären Ungarn helfen; Sie würden die französische Linke ermutigen; Sie wären sogar imstande, die Nationalversammlung in Frankfurt aus einem Debattierklub in ein wirkliches Machtinstrument der Demokratie zu verwandeln; Sie würden das fehlende Glied in einer Kette revolutionärer Zentren bilden, die von Budapest bis Paris reicht; Sie würden den König von Preußen und den Wiener Hof zwingen, um die Intervention des Gendarmen Europas, des russischen Zaren, zu ersuchen, und ganz Deutschland würde sich zu einem nationalen Befreiungskrieg vereinigen, und das alles würde zu einer gewaltigen revolutionären Woge werden, die ein für allemal die Könige und die Fürsten und jedes unverdiente Privileg hinwegschwemmt...«

Einen Augenblick lang blieb der Eindruck, den diese große Vision hervorgerufen hatte, haften.

Mördes ließ sich als erster vernehmen. »Ich habe gar nicht gewußt, daß in der Politik eine solche Poesie steckt«, sagte er. »Kein Wunder, daß man in Preußen Ihre Zeitung nicht mochte, Herr Doktor Marx.«

Goegg widersprach: »Aber das sind gar keine Phantasiebilder! Ich habe auch das Gefühl, daß wir eingekreist werden, und Doktor Marx bietet ein reales Programm...«

»Der Spatz in der Hand«, brummte Thiebaut, »ist besser als die Taube auf dem Dach.« Er nickte dem Oberkellner zu. »Sie können den Braten bringen!« Und wieder an Marx gewandt: »Wir haben unsere badische Freiheit, Herr Doktor. Wir können nicht allen die Glückseligkeit bringen; und ich glaube nicht, daß der russische Zar sich unsertwegen aufregen wird.«

»Das stimmt!« Hoff bediente sich großzügig von dem Fleisch. »Ich leugne nicht, daß Ihre Ideen einen großen Atem haben, Herr Doktor Marx, aber es ist einfach, Offensiven mit anderer Leute Truppen zu planen.«

Engels sah, wie sich Bitterkeit in Marx' Augen schlich. Marx, der nicht zu seinem Fisch gekommen war, wurde jetzt der Appetit auf das Fleisch verdorben.

Mördes vermittelte. »Ich gebe zu, daß ein Unternehmen, wie Sie es vorschlagen, Herr Doktor Marx, wünschenswert wäre. Aber unsere militärischen Möglichkeiten?... Sie selbst sagten uns einige harte Wahrheiten über die Verhältnisse an unserer Grenze. Vielleicht sind keine Truppen von uns dort, weil wir einfach keine haben? Unsere Soldaten haben sich für die Freiheit erhoben – jetzt haben sich viele die Freiheit genommen, nach Hause zu gehen. Und da wären auch noch die hessischen und württembergischen Regimenter, die auf der anderen Seite der Grenze stehen – den ganzen Weg bis nach Frankfurt, sagten Sie?...«

»Also wirklich!« Engels wurde langsam böse. »Haben nicht Sie die Zeit verschwendet, bis die gegnerischen Truppen Aufstellung nehmen konnten?... Aber Sie vergessen, daß sich Deutschland seit dem vorigen Jahr in revolutionärer Gärung befindet. Sie würden unter den hessischen und württembergischen Soldaten viele finden, die mit Ihnen sympathisieren, wenn Sie einen entschlossenen Angriff wagen. Stellen Sie sich die Wirkung eines militärischen Sieges der Revolution vor...«

»Der Feind würde zerbröckeln!« rief Goegg, der das auch für eine Lösung seiner finanziellen Probleme hielt. »Die Revolution würde überall von neuem aufflammen, sogar in Berlin, und diesmal würde der König mehr abnehmen müssen als seinen Hut – vielleicht sogar seine Krone... Vielleicht seinen ganzen Kopf!... Die Freiheit, getragen von unserer Armee –«

»Soße?« fragte Thiebaut, Marx die Schüssel reichend.

»Gibt es irgendeine Garantie?« erkundigte sich Hoff.

»Ja«, antwortete Engels.

Mördes war interessiert. »Wirklich?«

»Ja.« Engels' Stimme klang nüchtern. »Es gibt die Garantie, daß Sie geschlagen werden, wenn Sie nichts unternehmen oder nur halbe Maßnahmen ergreifen.«

»Und keine Garantie für einen Sieg?« fragte Mördes. »Angenommen, wir riskieren unsere besten Truppen. Angenommen, unsere besten sind nicht genug. Was bleibt uns dann noch zur Verteidigung, wenn der Feind angreift?...«

»Herr Doktor Marx, Herr Engels!« Brentano wischte sich den Mund ab. Er hatte ein wenig gegessen, in der Hoffnung, das würde seinen Kopfschmerz lindern und ihm helfen, seinen immer größer werdenden Widerwillen gegen die beiden Besucher zu bekämpfen. Es hatte nichts geholfen... Wenn er die zwei nicht jetzt zurechtstutzte, würde er nie dazu imstande sein. »Sehen Sie«, erklärte er, »ich persönlich bin nicht der Meinung, daß die Kühnheit eines Projektes es von selbst verbietet; im Gegenteil; beweist nicht der Erfolg unseres lokal begrenzten Aufstandes, wie Sie es bezeichnen, unsere Neigung auch zum großen Wagnis?... Wir halten es durchaus mit Dantons unsterblichem Kredo: *De l'audace, de l'audace, encore de l'audace!*«

»Bravo!« Goegg glaubte, den Brentano früherer Tage wiederzuerkennen, den Redner auf zahllosen polizeiwidrigen Versammlungen, den Schöpfer des geheimen Netzes der jetzt eingeschlafenen Volksvereine. Thiebaut leckte sich einen Krümel von der Lippe. Mördes erleichterte sich mit einem Zahnstocher. Engels warf einen kurzen Blick auf Marx: Marx wartete ebenfalls auf die Fliege im Mustopf.

»Ich würde nicht einen Moment zögern«, fuhr Brentano fort, seine dünnen Brauen reibend, hinter denen der Schmerz bohrte.

»Ich würde jedes Risiko eingehen, würde jeden letzten Mann wagen, den wir haben. Aber ich muß Sie fragen, Herr Doktor Marx, und Sie, Herr Engels – hat die Nationalversammlung in Frankfurt den Wunsch geäußert, unter unseren Schutz gestellt zu werden?«

»Nein«, sagte Marx und begann sich dem Braten zu widmen.

»Ah – sehen Sie?«

Die Karten stehen gegen Marx, dachte Engels. Brentano wußte nur zu gut, daß man in Frankfurt die badische Armee nirgendwohin in Marsch gesetzt zu sehen wünschte und daß man schon gar nicht die Redakteure der selig dahingegangenen »Neuen Rheinischen Zeitung« beauftragen würde, die Geschäfte der Nationalversammlung mit Karlsruhe zu führen...

Marx blieb eisig. »Warten Sie immer, bis Sie aufgefordert werden, Bürger Brentano? Haben Sie etwa auf eine Einladung gewartet, der Premierminister des Großherzogs zu werden, oder haben Sie nicht vielmehr eine Gelegenheit geschaffen, die revolutionäre Macht zu übernehmen?«

»Was meinen Sie damit?« Brentanos Reaktion war unmittelbar und heftig. »Wollen Sie andeuten, Doktor Marx –« Er hielt inne. Er bemerkte das Hohnlächeln um Mördes' Mund. Engels fragte sich: Hatte Brentano gerade auf diese Einladung gewartet, und hatten ihm die Ereignisse einen Streich gespielt?...

»Herr Doktor Marx...«

Brentano war wieder ruhig geworden. »Ich möchte Sie bitten, eben den Gesichtspunkt, den Sie gerade erwähnten, im Sinne zu behalten: Meine Freunde hier und ich haben in diesem Winkel unseres Landes die revolutionäre Macht übernommen. Sie werden uns daher das Recht einräumen, zu entscheiden, ob wir Ihre guten Ratschläge befolgen wollen oder nicht. Ihr Vorrecht wird es sein, die Politik festzulegen, sobald Sie irgendwo eine erfolgreiche Revolution durchgeführt haben, was, wie ich hoffe, der Fall sein wird... Nehmen Sie Kaffee?«

Marx schüttelte den Kopf. »Ich fürchte, wir haben alles Wissenswerte erfahren – oder hast du noch Fragen, Engels?«

»Nein«, sagte Engels.

»Meine Herren!« Goegg versuchte zu vermitteln. »Eine taktische

Meinungsverschiedenheit heißt doch nicht, daß wir auf verschiedenen Seiten stehen...«

»Natürlich nicht!« fiel Mördes ein.

»Und eine Mahlzeit ohne Kaffee!« tadelte Thiebaut. »Kellner!«

Er klatschte in die Hände. »Kaffee und Kognak!«

Goegg wandte sich an Engels: »...und wir brauchen jede Hilfe, glauben Sie mir! Gibt es wirklich keinen Weg, uns ohne die Bedingungen zu unterstützen?«

Engels blinzelte den jungen Mann kurzsichtig an. Die Bitte und die Besorgnis klangen aufrichtig. »Ich werde Sie auf die einzige mir mögliche Weise unterstützen«, sagte er kurz. »Wenn das Schießen beginnt, werde ich ein Gewehr nehmen und mich Ihnen anschließen.«

»Nun, wir werden das zu schätzen wissen«, meinte Mördes.

Thiebaut lachte, um die Verlegenheit zu überdecken, die sich am Tisch ausbreitete.

Auszug aus der Eintragung in Andreas Lenz' Tagebuch vom 21. Mai 1849:

...zwei Besucher, die zum ungünstigsten Zeitpunkt kamen. Becker, Tiedemann und ich teilten gerade das Geld zu, das wir aus Goegg herausgepreßt hatten – alles schien höchst dringlich zu sein.

Es stellte sich heraus, daß die Besucher die Männer waren, zu denen Comlossy damals den Christoffel geschickt hatte. Doch ich greife mir selber vor. Die beiden traten ein, stellten sich vor als Karl Marx und Friedrich Engels von der »Neuen Rheinischen Zeitung« und wurden von Becker begrüßt, der sie persönlich nicht kannte, wohl aber eine Menge über sie wußte. Von den zweien ist Engels der lebhaftere; aber beide haben einen Sinn für Humor und die Gabe, die Menschen für sich zu erwärmen. Becker, der eher dazu neigt, Distance zu wahren, lebte sichtlich auf – vielleicht weil ihre und seine Politik in so vielen Punkten übereinstimmen.

Die zwei kamen direkt von einer Unterredung mit Brentano, Mördes, Thiebaut und Hoff – enttäuscht zwar, aber sie meinten, sie hätten kaum etwas anderes erwartet. Wir unterrichteten sie über eine Reihe von Fragen; dafür gaben sie uns eine Aufstellung über Truppenstärke und Standorte nördlich der Grenze. Engels redete wie ein Stabsoffizier, obgleich er behauptet, niemals über den Rang eines gewöhnlichen Kanoniers im Königlich Preußischen Garde-Artillerieregiment zu Fuß hinausgekommen zu sein. Marx entwickelte die große Strategie; so wie er aussieht, bezweifle ich, ob er den Lauf eines Gewehrs vom Schaft unterscheiden kann. Becker berichtete ihm, daß wir häufig über einen Marsch nach Frankfurt gesprochen hätten. Wir sind dafür. Engels sagte, er halte die preußische Führung und die Moral der Truppen für schlecht; die wirkliche Stärke der Preußen läge in den Bedenken und dem Dilettantismus unseres Brentano und Compagnie, die an Verrat grenzten. Meine Augen trafen sich mit denen Beckers: Hier war ein Mann, der nach ein paar Stunden in dieser Stadt die gleichen Empfindungen äußerte, die wir uns kaum selber einzugestehen wagten!

Ich begann den Ruf zu begreifen, den diese beiden Männer haben. Das liegt nicht nur an dem, was sie sagen, es ist das, was man hinter ihren Worten spürt – ein Erfassen der Situation, die Fähigkeit zur Analyse, der feste Standpunkt, von dem aus sie die Dinge beurtheilen. Überdies sind sie sehr menschlich – keine von ihrer Mission besessenen Propheten, à la Struve. Engels empfahl Christoffel an Becker: Christoffel war in der Redaktion der »Neuen Rheinischen Zeitung« in Cöln gewesen; Christoffel sei der richtige Mann, uns bei der Organisirung unserer Volkswehr zu helfen – mutig, anspruchslos, Soldat und Organisator, ein Mann mit Klassenbewußtsein. Marx und Engels hoben beide immer wieder diesen Punkt hervor: Klasse... Sie glauben, daß die Gedanken der Menschen und die Entwickelung der Geschichte davon bestimmt werden...

Lenz griff instinktiv in die Tasche. Er hatte den Zettel zerreißen wollen, als die Wache ihn brachte; bei der Frage, wer ihn abgegeben hatte, zuckte der Mann die Achseln; irgendein barfüßiger Junge. Becker hatte aufgeblickt, ärgerlich über die Unterbrechung, und hatte auf den Tisch geklopft: Uniformstoff – wie viele Gulden sagten Sie, Lenz?

Die Handschrift auf dem Zettel war ihm unbekannt; aber die Redewendungen, die Unterschrift und die Liebesworte stammten unzweifelhaft von Josepha. Sie gab ihm ihre Adresse an. Sie sei dort und warte auf ihn. Zu jeder Zeit, Tag oder Nacht. Sie wisse, daß er mit der anderen zusammenlebe. Sie fordere nichts. Sie gehöre ihm, ganz ihm.

Und jetzt, als Lenore mit Dr. Walcher hereinkam – entwickelte sich Dr. Walcher zu einem ihrer Verehrer? –, zerknüllte Lenz das

Stück Papier zwischen den Fingern. Aber er zerriß es nicht; er warf die Schnitzel nicht in den nächsten Aschenbecher, damit sie unter der Asche von Marx' und Bönings Zigarren begraben wurden. Er setzte ein Lächeln auf, das, wie er hoffte, echt wirkte, stellte einen Stuhl für Lenore neben den seinen und versuchte sich auf das zu konzentrieren, was Engels gerade sagte.

»...in Elberfeld und woanders lag die Führung, genau wie hier, in den Händen kleinbürgerlicher Elemente; aber die Industriearbeiter griffen als erste zu den Waffen. Sie trugen die Hauptlast des Kampfes gegen die preußischen Truppen...«

Lenz bemerkte, daß Engels' Blick auf Lenore ihm nicht mehr einbrachte als höfliches Interesse; für einen Moment nahm Lenz Lenores Hand und hielt sie fest, dann spürte er einen Stich im Gewissen und gab sie frei.

Tiedemann fragte Engels über operative Einzelheiten aus. Dortu interessierte sich für die in dem Zeughaus erbeuteten Gewehre, Böning für die Flüchtlinge aus dem Rheinland, die er für seine Legion gewinnen wollte.

Dr. Walcher stand auf. »Ich kann zu gelegener Zeit wiederkommen«, sagte er. »Ebenso Mademoiselle Lenore, denke ich.«

»Nein, bleiben Sie bitte...« Becker lächelte entschuldigend. »Ich bat unseren Arzt, über die Einrichtung eines zentralen Feldlazaretts für die Volkswehr zu berichten, über seinen Bedarf an Geld und so weiter... Er wußte nicht, daß wir berühmte Gäste haben.«

»Aber bitte sehr!« warf Marx ein. »Das ist tatsächlich ein wichtiger Punkt.«

Lenz beobachtete Lenore, während Walcher sprach. Sie war nervös, schien auf etwas zu warten, auf einen besonderen Hinweis, ein Stichwort... Ein Feldlazarett, das in der Lage ist, zweihundert Verwundete zu behandeln, Verbandstationen einzurichten, wo immer die Kampfhandlungen es nötig machten, hörte er den Arzt sagen... Was für Kampfhandlungen?...

Dr. Walcher redete in Prozenten. Soviel Prozent der Soldaten starben, bevor sie in eine Verbandstation kamen, soviel Prozent, während sie auf den Wundarzt warteten, soundso viel Prozent unterm Messer, ein weiterer Prozentsatz später, an Blutungen, Fieber,

Brand. Lenores Gesicht sah blaß und beherrscht aus. Zweihundert Verwundete gleichzeitig, dachte Lenz: mein Gott, sie erwarten einen Krieg, einen richtigen Krieg; auch er hatte damit gerechnet, allerdings mehr oder weniger theoretisch... Ja, wenn man das nötige Geld hätte, schloß Dr. Walcher, und Hilfspersonal, und Schnellkurse durchführen könnte zur Ausbildung von Feldschern und Pflegern, dann wäre wohl ein gewisser, wenn auch nicht hoher Prozentsatz der Verwundeten durchzubringen; und jeder Kämpfer, den man rettete, war ein Kämpfer für die Zukunft, für die große Sache, für Freiheit, Demokratie, soziale Gerechtigkeit...

Die gütigen Augen des Arztes blickten einen nach dem anderen seiner Zuhörer an und blieben endlich auf Lenores gespannten Zügen ruhen. Sie zog ein Taschentuch aus dem Ärmel und trocknete sich erregt die Handflächen.

»Vielleicht möchten Sie das Weitere sagen, Mademoiselle Einstein?« schlug Walcher freundlich vor.

»Jetzt?« Sie machte eine Bewegung zu den prominenten Besuchern hin.

Dr. Walcher nickte ihr aufmunternd zu.

»Ich dachte...« Wieder zögerte sie. Die Zeit war kurz gewesen für den langen Weg, den sie gegangen war.

Lenz, dem sie nun ihr Gesicht zuneigte, die dunklen Augen hilfesuchend, erschien sie in diesem Augenblick unendlich liebenswert.

»Sprich nur«, sagte er flüsternd, »was es auch ist, ich unterstütze dich.«

Sie lächelte.

»Es ist ganz einfach...«, begann sie. »Ich schlage vor, die Frauen zu mobilisieren. Madame Struve hatte den Gedanken als erste, aber nicht in diesem Zusammenhang. Ich schlage Frauen als Pflegerinnen vor. Das würde die Männer für andere Pflichten freimachen und den Frauen ihren Anteil an dem Kampf geben. Und wir haben die sanfteren Hände...«

Unwillkürlich legte sie ihre Hände auf den Tischrand. Alle blickten hin – schlanke Hände mit zarten Fingern, dazu geschaffen, die Sticknadel zu führen oder, als schwerstes, eine Feder. Lenz sah diese

Hände, die ihn gestreichelt hatten, mit Blut beschmiert und mit dem Eiter und Dreck der Verwundeten.

»...feinfühliger beim Berühren der Verwundeten«, fuhr sie fort, »leichter, kühler...« Sie begriff plötzlich, daß es Lenz war, den sie pflegen wollte, und wurde blaß. Gott, o Gott, betete sie hastig. Lieber Gott, ich flehe dich an, nein... Die Angst um ihn hatte sie mit ihrer Idee zu Dr. Walcher getrieben und ihr die Beredsamkeit gegeben, den Arzt zu überzeugen. Aber daran war ja nichts Schlechtes...

Lenz hörte, wie Becker zusammenfaßte: Er würde Dr. Walcher zu Goegg mitnehmen, zusammen würden sie versuchen, Geld für das Feldlazarett aus dem Ministerium herauszuholen; leicht würde es nicht sein; Lenz konnte bestätigen, daß es war, als wolle man Wasser aus einem Stein pressen.

»Jawohl«, nickte Lenz, »das kann ich bezeugen.«

Und dann brach alles aus ihm heraus – die Besenstielgewehre, die barfüßigen Volkswehrleute, der verschwendete gute Wille, die Planlosigkeit, die Tatsache, daß eine junge Frau wie Lenore Einstein sich anbieten mußte, mögliche Verwundete zu pflegen – hat er denn nicht *verstanden*? dachte Lenore – und die Behandlung, die den Bürgern Marx und Engels zuteil geworden war. Alles das paßte zusammen, es ergab das gleiche Bild. Es war kein Zufall, auch nicht Dilettantismus – es war bewußte Politik!

»Bewußte Politik?« wiederholte Böning. Er bearbeitete sein Feuerzeug, brachte die Flamme zum Brennen und reichte sie Marx. »Dann müssen wir diese Politik eben ändern. Die Preußen werden uns auf jeden Fall erschießen, ob wir nun große Sünder sind oder kleine. Also können wir gleich gründlich sündigen.«

Tiedemann öffnete den Kragen seines Waffenrocks, hustete. »Organisieren wir eine Volkswehr oder eine politische Verschwörung?«

Becker war aufgesprungen. Dortu rief: »Schande!« Jeder wollte zugleich sprechen. Nur Marx und Engels blieben schweigsam, beobachtend; der eine, weil er es ablehnte, sich gefühlsmäßig in eine Situation verwickeln zu lassen, in der er so wenig tun konnte; der andere, Historiker im Innersten seines Herzens, weil er damit beschäftigt war, die Chancen dieser Gruppe abzuwägen.

»Hauptmann Tiedemann!« Beckers Stimme setzte sich durch. »Wollen Sie bitte präzisieren, was Sie mit dieser Frage meinen?«

»Die meisten von Ihnen sind von außerhalb Badens...« Tiedemann merkte, daß er zu weit gegangen war. Es war die Rede gewesen von einer Änderung der Politik, weiter nichts. »Ich habe im Ausland gedient, in Griechenland, aber ich bin schon eine Weile zurück – ich kenne die Menschen hier! Sie glauben an Brentano: er ist ihr Sprecher gewesen, jahrelang, in der Zweiten Kammer des Großherzogs; sie hätten ihn nicht vom Krankenbett berufen, um den Landesausschuß zu leiten...«

»Er ist auch der Anwalt meines Vaters geworden«, sagte Lenore. »Ich kenne ihn gleichfalls...«

Tiedemann schluckte. Er hatte nicht die Absicht, sich mit dieser jungen Frau herumzustreiten, die ihr ganzes Geschlecht für den Krieg mobilisieren wollte und die erregbar und streitsüchtig war. »Ich bin Offizier«, sagte er, »Offizier und Revolutionär. Die Revolution braucht ebenfalls Disziplin. Und solange die Menschen Brentano folgen...«

Marx warf ein: »Gewiß Disziplin! Solange sie der Revolution dient!«

»Und wer entscheidet, ob das der Fall ist?« kam Tiedemanns Antwort, militärisch knapp.

»Nun – Sie!« erwiderte Marx. »Und Lenz, und Bürger Becker, und Sie alle hier – Engels und mich selbst eingeschlossen, wenn wir hierbleiben würden.«

»Sie werden doch hoffentlich bleiben?« fragte Becker.

»Nein.«

Engels warf einen Blick auf Marx. Das kurze *Nein* umfaßte Marx' ganze Einschätzung der Situation in Karlsruhe. Das Herz zog sich ihm zusammen ob dieser Menschen, denen es überlassen blieb, den Spitzfindigkeiten Brentanos und schließlich der Übermacht aus dem Norden die Stirn zu bieten.

»Es gibt zwei Wege, eine Politik zu ändern«, sagte Marx. Seine dunklen eindringlichen Augen erzwangen Aufmerksamkeit. »Der eine ist, den Mann zu ändern – der andere, den Mann zu zwingen, seine Politik zu ändern.«

Und wenn diesen Menschen hier keines von beiden gelang? dachte Engels. Nun ja: Wie viele Schlachten mußten verlorengehen, bevor der endgültige Sieg kam...

Die Versammlung löste sich in kleine Gruppen auf. Dr. Walcher schloß sich Lenz und Lenore an. »Ich werde Ihnen die notwendigste Verwundetenpflege beibringen«, sagte er ihr, »vorausgesetzt, daß Sie noch immer den Mut haben.«

»Ich wünschte, Sie ließen es bleiben, Doktor«, erhob Lenz Einspruch.

»Aber warum denn?« wollte Lenore wissen.

Engels ersparte Lenz weitere Erklärungen, indem er sich an Lenore wandte. »Ihr Gedanke, Fräulein Einstein, hat zweifellos eine Zukunft. Ich kann mir durchaus vorstellen, wie Frauen eine ganze Menge Arbeit übernehmen werden – es gibt keinen Grund dagegen außer unseren Vorurteilen und denen der Frauen selbst...« Dann klopfte er Lenz auf die Schulter und sagte: »Kann ich Sie einen Augenblick allein sprechen?«

»Gewiß.«

Mit einem gelächelten: »Bitte, entschuldigen Sie uns!« zu Lenore und Dr. Walcher nahm Engels Lenz beiseite. Er senkte die Stimme. »Sie sind doch aus dieser Gegend, nicht wahr?«

»Ich stamme aus Baden, falls Sie das meinen.«

»Kennen Sie Mördes?«

»Er hat voriges Jahr die Anklage in meinem Fall vertreten«, erwiderte Lenz. »Das ist auch eine Art, eine Bekanntschaft zu beginnen... Und ich habe ihn seitdem agieren sehen, seit Offenburg.«

»Wer ist der wirkliche Kopf hier – er oder Brentano?«

Lenz zuckte die Achseln. »Im Landesausschuß arbeitet Brentano allein. Mördes wurde nicht gewählt.«

»Wer ist die Frau, mit der Mördes verkehrt – eine Mademoiselle Josepha?«

»Josepha?« Plötzlich schien das Stück Papier in Lenz' Tasche zu brennen. Mördes!... Aber das war unmöglich. Wie sollte Josepha auf diese Sprosse der Leiter gelangt sein!

»Sehr hübsch angezogen«, beschrieb Engels. »Sehr gepflegt, gut gewachsen, alles...«

»Ich fürchte, ich habe nicht die geringste Ahnung«, sagte Lenz. »Schade!« antwortete Engels. Und dann, mit einem Kopfnicken in Richtung Lenore: »Sie können sich glücklich schätzen, junger Mann!«

Vierzehntes Kapitel

...Das Herz blutet mir. Gott verzeih mir – der Mensch muß lernen, auch Niederlagen zu ertragen.

(Eintragung in Andreas Lenz' Tagebuch vom 24. Mai 1849)

Funken. Asche. Wind. Die Lokomotive rüttelte ihn schlimmer durch, als es das Pferd getan hätte; er mußte sich mit beiden Händen festhalten. Kein Mond hatte sich gezeigt, seit sie in Heidelberg losgefahren waren; Lenz hoffte, es würde nicht auch noch regnen; das wäre die Krönung allen Übels, Regen, und er ohne Dach über dem Kopf auf dem Führerstand dieser Lokomotive, die in die Nacht hineinrollte.

Ein gelber Keil aus dem offenen Feuerloch erhellte die Gesichter von Lokomotivführer und Heizer. Die Maschine stöhnte und knarrte. Funken wirbelten aus dem Schornstein hoch und säten Sterne in die Dunkelheit.

Der Lokomotivführer, ständig die Augen zusammenkneifend, sagte etwas.

»Was?«

Man mußte schreien, um sich über das Klirren der Eisenteile, das Zischen des Dampfes hinweg verständlich zu machen.

»Ganz hübsche Geschwindigkeit, eh?«

»Ganz hübsche Geschwindigkeit!« bestätigte Lenz. Seine Zustimmung freute den Mann. Der Lokomotivführer klopfte auf die Eisenstange, die ihn vor dem Hinausfallen bewahrte, so wie man einem guten Pferd, das einen treu getragen hat, auf den Hals klopft. Die Geste brachte Lenz die graue Stute in Erinnerung, auf der er nach Heidelberg geritten war, in die einfallende Dämmerung hinein, zwei Stunden ohne anzuhalten, bergauf, bergab; auf der Haut des Tieres hatte der glänzende Schweiß in großen dunklen Flecken ge-

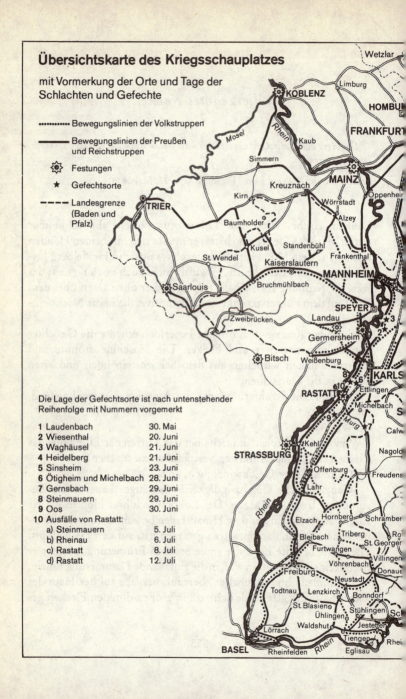

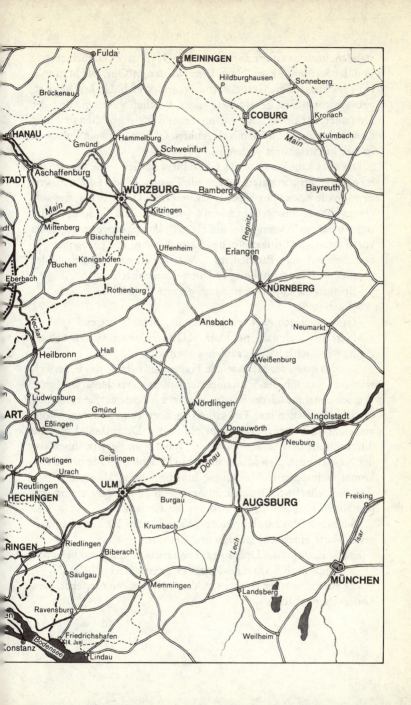

standen, und das zitternde Stöhnen des Gauls, als er endlich abstieg und der Stalljunge kam, klang Lenz wieder im Ohr. Nicht einmal ein Tätscheln für die Graue, dachte er, armes Vieh. Und sie hatte einen schweren Tag gehabt, war unter Beschuß gewesen, und der Dragoner, der sie ritt, war tot von ihrem Rücken geglitten und hing da wie eine große Puppe mit verrenkten Gliedmaßen, ein Fuß noch immer im Steigbügel verfangen.

Das alles kam ihm jetzt ins Gedächtnis zurück – die Menschenmenge, Bauern, Soldaten, schreiende Frauen, Kinder, die sich weinend an die Röcke ihrer Mutter klammerten. Dr. Walcher, der aufgeregt seinen Zylinderhut schwenkte und schreiend die Soldaten um sich zu sammeln versuchte; die Hessen, kompanieweise gegen sie vorrückend, die Offiziere in den Reihen voran, mit gezogenen Säbeln, wie auf dem Paradeplatz... Was für ein trauriges Ende der Großen Volksversammlung in Unter-Laudenbach!...

»Bringen Sie gute Nachrichten?« fragte der Heizer.

»Was?«

»Gute Nachrichten?« wiederholte der Mann schreiend.

»Herrgott nochmal!« rief Lenz. »Hätte ich's euch nicht längst erzählt, wenn ich's hätte erzählen wollen?«

Wortlos nahm der Mann seinen Haken und öffnete das Feuerloch wieder. Lenz sah die Schweißperlen auf der verschmierten Stirn. Warum benehme ich mich so widerwärtig, dachte er. Sie verdienen es nicht. Sie hatten ihre Tagesarbeit beendet, zehn Stunden, zwölf, vielleicht auch mehr, vor einem glühenden Dampfkessel, der sie durchrüttelte und heulte, als wäre er ständig im Begriff, ihnen vor der Nase zu explodieren; sie hatten ihre Maschine gerade in den Lokomotivschuppen in Heidelberg hineingefahren, als er, den Stationsvorsteher im Schlepptau, zu ihnen gekommen war, mit zitternden Knien von dem langen Ritt auf der Grauen.

»Sie haben Blut auf Ihrer Hose«, hatte ihm der Heizer gesagt, als erste Worte eines sehr lakonischen Gesprächs.

Es war das Blut des Dragoners, Lenz hatte es erst dann bemerkt.

»Ich muß nach Karlsruhe«, hatte er geantwortet.

»Er kommt von der Grenze«, erklärte der Stationsvorsteher, »aus Unter-Laudenbach.«

Lenz wußte nicht, ob der Name des Ortes einem der beiden Männer etwas sagte, ob sie überhaupt etwas wußten von der Großen Volksversammlung, von der aus die Menschen und der revolutionäre Geist über die Grenze hinweg nach Hessen überströmen und dort die Menschen und die Armee zum Aufruhr entflammen sollten; von der aus die Revolution sich ausbreiten sollte, soweit ihre Flügel sie trugen. Dennoch hatte der Heizer sich wortlos umgedreht und war wieder auf die Lokomotive geklettert, um Dampf zu machen. Der Stationsvorsteher hatte sich leise mit dem Lokomotivführer unterhalten. Nein, es gab keinen Zug mehr nach Norden ab Karlsruhe: Ihre Maschine, ohne angehängte Wagen fahrend, würde das Gleis für sich allein haben.

Ein Schauder überlief Lenz. Seine Beine und sein Unterleib wurden geröstet, während Brust und Kopf dem Wind ausgesetzt waren. Er hatte keinerlei Befehl, nach Karlsruhe zurückzueilen, weder von Dr. Walcher, der von Becker ausgewählt worden war, um die örtlichen Organisatoren der Versammlung im Auge zu behalten, noch von Sigel, der sich während des Tages verschiedentlich gezeigt hatte, aber gegen Ende durch Abwesenheit glänzte.

Lenz hatte die Ereignisse politisch noch nicht durchdacht: er hatte impulsiv gehandelt. Später dann, als der breite Hals der grauen Stute schweißfleckig wurde, als sich seine Absätze in ihre Flanken gruben, seine Stimme sie abwechselnd verfluchte und liebkoste, hatte er geglaubt, er tue das alles, um als erster die Nachricht zu überbringen, sie vor allem den richtigen Männern zu überbringen; aber selbst mit einer Lokomotive konnte er nicht hoffen, den Eisenbahntelegraphen einzuholen, dessen Drähte neben den Schienen herliefen. Schon in Weinheim, nahe der Grenze, mochte jemand auf den Gedanken gekommen sein, den Telegraphen zu benutzen; oder später, in Heidelberg, wo Mördes oder Brentano – oder alle beide – doch sicher ihre Gewährsleute hatten.

»Hör zu, Soldat!« Lenz spürte die Hand des Lokomotivführers auf seiner Schulter. »Wir sind auf *deiner* Seite!«

»Wir wurden geschlagen«, sagte Lenz. »Wir wurden geschlagen, bevor wir überhaupt begonnen hatten.«

Obwohl er das sagte, ohne die Stimme zu heben, schienen die beiden ihn verstanden zu haben.

»Warum?« fragte der Lokomotivführer.

Ja, warum? dachte Lenz. Weil man in der Geschichte keine alten Rezepte wiederholen kann? Weil der Plan, seine Einzelheiten, die Richtung seines Hauptschlags, verraten worden war? Oder weil es von vornherein unausführbar war, lächerlich, mit einer Kompanie Infanterie, zwischen ein paar tausend einheimische Demonstranten gesteckt, über die Grenze nach Ober-Laudenbach zu ziehen – darunter ein paar besonders ausgesuchte Dragoner als Eskorte für die unvergleichliche Amalia Struve, die, eine neuzeitliche Amazone, in ihrer Mitte ritt, zwei Pistolen im Gürtel und den Busen betont durch ein tief ausgeschnittenes Samtjäckchen. Die ganze Angelegenheit war vermutlich ihre Idee, von Struve propagiert, von Sigel erweitert und von Brentano schließlich gebilligt. Und warum auch nicht? Warum sollte Brentano nicht einer Demonstration seinen Segen geben, die ihn nichts kostete und die den Radikalen mit ihrem ewigen Geschrei nach Taten den Mund stopfen würde?...

»Sie haben mitten in die Menschen hineingefeuert«, sagte Lenz.

Wieder sah er vor seinem geistigen Auge die Hessen, wie sie den Berghang hinab vorrückten, anhielten, die Vorderreihe kniete nieder, die hintere blieb stehen; und dann legten sie die Gewehre an. Die Präzision, mit der das geschah, ließ es unwirklich erscheinen. Die Menschenmenge rührte sich nicht. Die Leute starrten hinüber zu den Hessen, wahrscheinlich kam ihnen das Ganze unglaubhaft vor. Mehrere badische Soldaten, auch Betrunkene darunter, versuchten, sich aus der Masse herauszuwinden, aber sie waren hoffnungslos eingekeilt. Sigel, auf einem langbeinigen Schlachtroß, trabte am Rande der Menge entlang, erfolglos gestikulierend und unverständliche Befehle rufend. Auf der linken Flanke der Hessen hob ein berittener Offizier lässig die Hand. In diesem Augenblick hatte die Masse ihre Stimme wiedergefunden, und Lenz fiel leidenschaftlich mit ein: »Nicht schießen!... Brüder!... Nicht schießen!«

»Tote? Verwundete?« fragte der Heizer.

Die Lokomotive, die in voller Geschwindigkeit über eine Weiche fuhr, schwankte gefährlich. Lenz wurde gegen den Mann geworfen, erlangte sein Gleichgewicht wieder.

»Vierzig Tote«, antwortete er, »oder fünfzig...« Sein Gesicht war verschwitzt trotz des Windes. Und dann fügte er hinzu, als wäre eine Entschuldigung verlangt worden: »Wenn man mittendrin ist, ist es schwer, richtig zu sehen... Verwundete? Es gab viele Verwundete...«

Die ersten Toten dieser Revolution in Baden... Ein ruhiges Land mit lieblichen Tälern, wogenden Feldern, Wein auf den Terrassen der Hügel. Und jetzt diese Toten, steif, grausig – zerfetzte Gesichter, Finger in die Erde gegraben. Ein Kind liegt auf dem Gras, weißes Gesicht, wimmernd, eine kleine Hand verkrampft in die entblößten Eingeweide. Und zwischen den Leichen umhergehend, die Tasche mit den wenigen chirurgischen Instrumenten tragend, Dr. Walcher; seine geschickten Hände bringen Linderung, seine leichten Finger schließen tote Augen. Gott sei Dank war Lenore nicht dort gewesen. Sie gehörte da nicht hinein; sie stand auf einer anderen Ebene. Lenz stöhnte. Immer wenn er begann, von Frauen als auf Ebenen stehend zu denken, war er darauf aus, für irgend etwas eine Entschuldigung zu finden; er kannte sich.

»Jemand wird Kapital schlagen aus der Sache!«

Wer hatte das gesagt? Anscheinend er selber. Vierzig Tote, oder fünfzig... Tot jedoch nur, soweit sie selbst betroffen waren; als politisches Problem lebten sie weiter. Bald genug würden sie gespenstisch zutage treten und die notdürftig überdeckten Risse und Konflikte und Widersprüche dieser Revolution weit aufreißen; Brentano *contra* Struve *contra* Becker, das waren die Symbole, und hinter ihnen, welche Kräfte, Tendenzen, welche Bestrebungen?

Die Lokomotive fuhr langsamer, hielt an.

»Etwas nicht in Ordnung?« fragte Lenz.

Der Lokomotivführer schüttelte den Kopf. »Wir müssen Wasser aufnehmen!« Er und der Heizer sprangen ab, und Lenz kletterte ebenfalls von der Lokomotive herunter. Der feste Grund fühlte sich gut an unter seinen Füßen.

»Müde, Soldat?« Der Lokomotivführer zog eine Flasche aus der Tasche und bot sie an. Lenz entkorkte sie, trank – Branntwein, eine scharfe, selbstgebrannte Sorte, die einem ein Aufstoßen aus der Kehle zwang, bevor sie sich warm und behaglich in der Magengrube ausbreitete. Sie tranken alle noch eine Runde.

»Bruder Soldat«, sagte der Lokomotivführer, »vielleicht denkst du, wir verstehen nicht, was geschehen ist; verstehen nicht, wie dir zumute ist.«

Lenz streckte die Hand nach der Flasche aus. Er nahm noch einen tüchtigen Schluck. »In solchen Zeiten sind zwei Wochen das Gleiche wie zwei Jahre...« Er zögerte, leicht benommen; ein Stück Brot zu Mittag war das letzte gewesen, was ihm in den Magen gekommen war. »Zwei Wochen...«, murmelte er. Es waren nicht einmal zwei Wochen vergangen seit Offenburg, seit sie in den Kongreßsaal marschiert waren, Soldatendelegierte, siegreich, die frühlingsgrünen Eichenblätter an ihre Tschakos gesteckt. Etwas war in diesen elf Tagen geschehen, so daß in Unter-Laudenbach versagte, was in Offenburg so großartig gewirkt hatte. Waren die Blätter weniger leuchtend? Das Volk weniger das Volk? Oder war es, daß die Revolution, einmal gewonnen, zerfiel, wenn sie nicht jeden Tag von neuem gewonnen wurde?

»Bürger!« verkündete er, zwischen seinen beiden Zuhörern hin und her schwankend, »die Sache in Unter-Laudenbach ist mißlungen, weil der Feind gelernt hat!«

Ein Funkenregen erhob sich aus dem Schornstein der Lokomotive und zerfiel in der Nacht.

Sie stiegen wieder auf.

»Oder weil...« Lenz begann sich heiß zu reden. »Da sind Hunderte von Gründen. Gott, wir hatten sie so schön begeistert – Menschen von überallher, aus den Städtchen und Dörfern im Odenwald, auf unserer Seite der Grenze und auf der hessischen Seite. Es gab schon gar keine Grenzen mehr, alles quoll hinüber, die ganze Masse, auf Ober-Laudenbach zu, mit Gesang und wehenden Fahnen – Frauen, Kinder, Wagen und Pferde, unsere Soldaten bereit, sich mit den Hessen zu verbrüdern, falls die sich überhaupt zeigten. Es sah aus, als könnten wir tanzend durch das ganze Großherzogtum Hessen-Darmstadt und durch Hessen-Nassau bis direkt nach Frankfurt ziehen... Einige Hoffnungsvolle forderten schon die Proklamation der Demokratie in Hessen, eine revolutionäre Regierung, einen Appell an die hessische Armee, aus Ober-Laudenbach, an diesem vierundzwanzigsten Mai des revolutionären Jahres achtzehnhundertneunundvierzig... Und dann fielen die Schüsse...«

Die Wirkung des Branntweins erschöpfte sich. Plötzlich fürchtete sich Lenz davor, die ganze Geschichte noch einmal erzählen zu müssen – in einer Stunde, in Karlsruhe, im linken Flügel des Rathauses. Er schauderte, steckte die Hände in die Taschen, fühlte das Stück Papier, Josephas Briefchen, das er niemals weggeworfen hatte, zerknüllte es, glättete es wieder... Er hatte nicht daran gedacht, heute nicht ein einziges Mal, und sonst kaum in all diesen letzten Tagen. Karlsruhe in einer knappen Stunde, ging es ihm durch den Kopf, niemand erwartet mich, niemand weiß, daß ich dort sein werde...

»Wer hat geschossen?« fragte der Lokomotivführer.

Lenz streckte die Hand aus. Die Flasche wurde ihm gereicht. Er setzte sie an die Lippen, den Kopf nach hinten, es war nicht mehr viel übrig von dem Zeug, und es schmeckte miserabel, aber es war besser als gar nichts.

»Die Hessen«, sagte er schließlich.

Die hessischen Soldaten hatten in die Menge geschossen. Sie hatten sich keine Gedanken gemacht, und sie hatten die Gewehre nicht auf die eigenen Offiziere gerichtet – weil in den nicht ganz zwei Wochen seit der Revolution sie alle, er selbst nicht ausgenommen, vergessen hatten, daß es nicht genug ist, Soldaten, die auf einen zumarschiert kamen, Losungen entgegenzubrüllen. Wenn man wollte, daß Soldaten denken und das Gewehr gegen die eigenen Offiziere richten, muß man sie organisieren, Agitatoren zu ihnen schicken, revolutionäre Gruppen unter ihnen bilden. Aber die Hessen hatten mechanisch ihren Befehlen gehorcht, waren mechanisch losmarschiert, hatten mechanisch geschossen und mechanisch getötet. Bei den Grenzsteinen mit dem badischen Greifen hatten sie haltgemacht und zugelassen, daß die entsetzten Überlebenden über die Grenze zurückfluteten – knarrende Wagen, schwer beladen mit Verwundeten, Bauern in panischem Schrecken, weinende Frauen, entmutigte Soldaten; die ihrer Eskorte beraubte Amalia Struve und ihr General Sigel erhielten die Atempause, die sie für ihre gegenseitigen Beschuldigungen brauchten.

»Wir haben es uns selbst zuzuschreiben«, endete Lenz. »Das ist das Schlimmste daran.«

Die Eindrücke des Tages, in scharfen Farben, wenn auch verschwommen gezeichnet, folgten einer dem anderen wie die Bilder einer Laterna magica, die er einmal auf einem Jahrmarkt gesehen hatte. Und dann die Fragen, teuflisch, die auf ihn einhämmerten: Was jetzt? Was wird aus der Revolution? Was ist ihre Zukunft? Würden die Menschen eines Tages lernen, würden die Soldaten lernen, und die Führer der Revolution? Oder würden der Ehrgeiz von Dilettanten und die egoistische Beschränktheit ewig die edelste Sache in die dümmsten Abenteuer treiben? Und was würde aus ihm werden, dem Menschen Andreas Lenz, der in der Ewigkeit der Sterne und Planeten, der sichtbaren wie der unsichtbaren, nur ein kurzes Leben zu leben hatte in dem kürzesten aller Augenblicke – nämlich jetzt?

So viele Fragen, so wenige Antworten... Er murmelte vor sich hin, der gelbe Lichtschein umspielte seine Füße. Der Heizer schleuderte Kohle auf den Rost, der Lokomotivführer beobachtete seine Manometer; die Lichter von Durlach zeigten sich undeutlich in der Ferne.

Sie näherten sich Karlsruhe.

Die Bahnhofsuhr zeigte ein paar Minuten nach elf. Lenz lauschte dem sich entfernenden Echo der Lokomotive, sah den schwachen rosigen Schein, der aus dem Schornstein aufstieg, verschwinden – er war allein.

Die Stille dann war überwältigend. Irgendwo mußten Patrouillen sein, obwohl er sie nicht hören konnte; Becker sorgte für so etwas; Becker hatte kein großes Vertrauen zu dem Frieden in dieser Stadt der Beamten und Hofschranzen und hunderterlei verschiedenen Typen, die alle von der Verwaltungsmaschinerie Seiner Hoheit des verschwundenen Großherzogs abhängig gewesen waren. An die Mauer des Bahnhofs gelehnt, hatte er die Illusion, daß die dunkle Straße mit ihren dunklen Häusern sich unter seinen unsicheren Füßen von ihm fort bewegte; es kam wohl daher, daß die Dinge so lange Zeit in einem ununterbrochenen Vorbeimarsch schattenhafter Umrisse auf seine Augen zugekommen waren.

Er stieß sich von der Wand ab, begann zu gehen, grinste über sich selbst: Andreas Lenz, auf dem Weg zu der bewußten Adresse.

Bruchstücke eines Gedichts, seltsam, ohne Rhythmus, schossen ihm durch den Kopf:

> »...die Toten zu beweinen, die zu schnell
> niedergestreckt wurden,
> Und die verpaßten Gelegenheiten...«

Sie werden über mich sagen – was *werden* sie sagen? Was *können* sie sagen? Was für ein Unterschied war da schon, eine Stunde, höchstens anderthalb; man kann nicht einfach zu einer Frau kommen, guten Abend, da bin ich, bitteschön die Beine breit, und dann weggehen. Man muß reden, eine Tasse voll irgend etwas trinken, noch mehr reden, und hinterher wieder reden, wir haben schließlich eine gute Kinderstube, und sie ist auch kein ordinäres Weibsstück, manchmal tut sie mir leid, warum möchte ich wissen, sie hat was sie braucht, und keine Probleme. Ich bin blöd, eine große Sache daraus zu machen. Ein Stück Papier, die Unterschrift war bestimmte ihre, die Ausdrucksweise auch – er kannte sie. Komisch – dieses Gefühl in seiner Magengrube: Erwartung, Vorgeschmack, es war vieles, sie war gemein, niedrig, schmutzig, er brauchte das, das war die eine Seite in ihm, warum es leugnen. Lenore, sie stand auf einem anderen Blatt, einer anderen Ebene, verdammt, er dachte nicht gern an Ebenen dieser Art, aber er mußte das grüne Gras zwischen Ober-Laudenbach und Unter-Laudenbach irgendwie vergessen, diese Gesichter, diese Hände, seltsam, wie man mit einem Blick den Tod sehen kann, brutalen Tod, den Tod, der den Menschen sofort verändert, nicht die Todesstarre, die kam später, aber die Seele, die Seele, was das auch sein mochte, ein Hauch, weg war sie, Auftritt Dr. Walcher. Armer Walcher, armer Doktor, diskret in Lenore vernarrt, sehr diskret, man merkte es kaum, kein Glück der Walcher, kein Glück der Herr Doktor, Lenore gehörte ihm, war sein, sein Eigen, sein, sein, sein – ich liebe sie! – und nicht Josepha? – das war doch die andere Ebene, ja, verdammt, oder auch ein anderes Blatt, der Tod war schuld, hauptsächlich der Tod, nicht das erstemal, daß er den Tod sah, aber jedesmal mußte man von neuem darüber hinwegkommen, mit Josepha ja, Lenore nein, gut, daß Josepha hier war, Brüste,

Schenkel, Finger, Zunge, wie kam sie übrigens hierher, wer bezahlte das, alles kostet Geld, Zimmer, Bett, Essen. Gut, und?... Er mußte sich beweisen, daß er lebendig war, das war das Wesentliche, die Bilder vertreiben, sie ertränken, sie wegwischen, übermalen – Josepha!... Josepha, zeig mir, daß ich lebendig bin, lebendig, hilf mir, du kannst das... Sie werden eben warten müssen... Sie wissen ja nicht einmal, daß ich hier bin. Niemand weiß es. Der Telegraph. Der Telegraph kann nichts erklären. Nur ich kann es erklären... Wir haben eine Armee. Was tat sie, die Armee, die wir haben? Warum war die Armee, die wir haben, nicht dort, wo wir die Armee, die wir haben, brauchten?

»Da war ein kleiner Mann,
Und der lebte in einer großen Zeit...«

Ich klage an. Trala, trala. Ich werde Anklage erheben. Trala, trala. Die verpaßten Gelegenheiten, die Toten zu früh dahingestreckt, die vergeudete Revolution. Ein Gedicht. Tra – hopsassa. Ein Gedicht, das das Ende sein würde aller Gedichte.
Josepha – hier komme ich, Andreas Lenz, der zu nichts taugt, zu nichts praktisch...
Er stolperte, rappelte sich auf, wischte sein Gewehr ab und schlurfte davon.

Die ölige Grimasse war unverkennbar, sogar in dem flackernden Kerzenlicht, sogar unter der weißen Nachtmütze, die der ganzen Erscheinung etwas unglaublich Kleinbürgerliches verlieh. Lenz fischte nach dem Stück Papier in seiner Tasche, verglich die angegebene Adresse mit der Nummer über der Haustür.
»Wir haben Sie erwartet, Bürger Lenz«, sagte Stäbchen. »Kommen Sie nur herein.«
Lenz starrte die hübschen kleinen Blümchen auf Stäbchens Schlafrock an. Auch das war eins von diesen Bildern, gehörte zu dem Alptraum des Tages. »Mich haben Sie erwartet? Sie?« Er tastete nach seinem Gewehr. Der Schaft war da, fest, glatt, kühl in seiner Hand. »Was treiben Sie hier? Und in dieser Aufmachung?«

Stäbchen schloß seinen Schlafrock am Halse und hustete. »Kommen Sie herein!« wiederholte er. »Hier zieht's.«

Lenz befolgte die Aufforderung. Wer erst einmal anfängt, sich treiben zu lassen, kann nicht in der Mitte des Stroms anhalten, es gibt keinen Platz da, um abzuspringen, ohne zu ertrinken, man treibt mit der Flut in Richtungen, die man nicht plante, nach Gesetzen, die man nicht kennt. Er horchte auf das leise Schlurren von Stäbchens Pantoffeln auf der Treppe; sonst lag das Haus still. Man war wohlhabend in diesem Haus, die Treppen waren gut gewachst, die Wände tapeziert; die Kerze beleuchtete eine Reihe farbiger Stiche, während sie die Treppe hinaufflackerte.

»Folgen Sie mir bitte!« Stäbchens Stimme, leise, von oben her. »Versuchen Sie, nicht so viel Lärm zu machen!«

Lenz schüttelte den Kopf, um den Druck in seinem Schädel loszuwerden. Sein Gewehr klirrte gegen das Messing auf seiner Patronentasche. Das Ende seines Säbels stieß auf die Treppenränder, seine Stiefel knarrten, er rutschte aus, fluchte, unterdrückte den Fluch. Ein Soldat kann sich nicht lautlos bewegen. Ein Soldat ist kein Polizeispitzel. Wohin wurde er geführt? Was war das, eine Falle?

»Einen Augenblick mal!« Er hatte Stäbchen eingeholt, packte ihn bei den Aufschlägen des Schlafrocks, schüttelte ihn, blies ihm den von der Qual des Tages stinkenden Atem ins Gesicht. »Ich schlag dir die Fresse ein, wenn du nicht die Wahrheit sagst!«

Die Kerze knisterte in Stäbchens Hand.

»Ist Josepha hier?... Was hast du ihr getan?... Los, rede!«

»Still!« Stäbchen begann Unruhe zu zeigen. »Sie sind hier in einem...«

»Ja, in einem – was? Einem hochfeinen Bordell? Ich brüll, soviel ich Lust habe! Ich schlage euch den ganzen Laden in Klumpen!«

Stäbchen brachte es fertig, auf eine Tür zu weisen. Lenz schob ihn beiseite, stürzte darauf zu, riß sie auf und fand sich in einem kleinen Salon, blau und weiß, alles blau und weiß, Möbelbezüge, Wände, Lampen.

Er fiel auf ein Sofa und streckte die Beine aus. Er sagte sich, daß er wach bleiben müsse, aber die angenehme Wärme des Zimmers und der schwache Fliederduft überwältigten ihn für einen Moment; er schloß die Augen; das Gewehr fiel krachend auf den Parkettfußboden – Sekunden vergingen, eine Minute vielleicht. Mit einem Ruck setzte er sich auf.

Er rieb sich die Schläfen. Er war durstig. Nicht hungrig, obwohl sich sein Magen um die Leere darin zusammenzog. Er hatte einen widerlichen Geschmack im Mund, den er am liebsten mit etwas Scharfem und Beißendem hinuntergespült hätte... Schritte. Da waren Schritte gewesen, Stimmen. Lenz schlich, so gut er mit seinen Armeestiefeln konnte, auf Zehenspitzen zur Tür, öffnete sie lautlos und trat hinaus in das Dunkel des Flurs. Zwei Männer waren oben auf der Treppe, im Begriff, herunterzukommen, ihre Gestalten von der flackernden Kerze umrissen. Die Nachtmütze ließ ihn Stäbchen erkennen. Der andere aber, unter Mittelgröße, mit schmalen Schultern –

Der andere, einen Fuß bereits auf der Treppe, wandte sich mißtrauisch nach dem Lichtstrahl aus der Tür des kleinen Salons um. Einen Augenblick lang erleuchtete die Kerze das Gesicht, den schütteren Bart, den gelben Widerschein in den verkniffenen Augen: Brentano! Lenz bewegte sich überrascht. Und dann stürmte wieder alles auf ihn ein: der Tag, die Toten, die stampfende, schwankende Lokomotive. Er begann zu singen, seine Stimme überschlug sich:

»Da lebte ein kleiner Mann,
Und der lebte in einer großen Zeit...«

Er hielt inne. Brentano, fahl geworden, starrte, spürte die Drohung.

»Mein Herr«, das war Stäbchen, Panik in der Stimme, »ein unglücklicher Irrtum – ich kenne den Mann nicht – kommen Sie bitte...«

»He, Sie!« rief Lenz heiser.

Brentano flüchtete die Treppe hinunter, aus der Haustür hinaus. Ein Luftzug löschte Stäbchens Kerze. Dunkel. Lenz' Hand tastete nach der Realität seines Gewehrs. Das Gewehr, fiel ihm dann ein, lag auf dem Parkettfußboden des blau-weißen Salons... Also hier war der Führer der Revolution gewesen, während zwischen Unter-Laudenbach und Ober-Laudenbach...

Lenz wandte sich schwerfällig um, das Gewehr zu holen. In dem Blau und Weiß des Zimmers, duftige Spitzen, rote Lippen, feucht schimmernde Augen, stand Josepha. »Du bist gekommen...«, sagte sie mit halber Stimme und unterdrückte eine Bewegung zu ihm hin. »Oh, Andreas – du wirst nie wissen, wie ich gewartet habe.«

Er schloß die Tür.

Sie setzte sich hin und schlug die Hände vors Gesicht; ihre Schultern zuckten. Dann nahm sie sich zusammen, blickte auf, brachte ein Lächeln zustande – »Jetzt wird wieder alles gut werden – du, ich...« Sie tupfte sich die Tränen aus den Augenwinkeln mit einem kleinen Spitzentaschentuch und ordnete eilig das Haar. Das dünne Negligé, das sie trug, enthüllte mehr, als es verbarg.

»Ich verstehe«, sagte er trocken und musterte sie mit hartem Blick.

»Nein!« Das war ein Aufschrei. »Du verstehst gar nichts! Du begreifst nichts. Nie wirst du begreifen.« Sie erhob sich. »Warum bist du nur hergekommen! Du lebst mit deiner Lenore, warum steckst du nicht mit ihr zusammen, warum gibst du keine Ruhe!...« Sie trat dicht an ihn heran. »Ich habe dir geschrieben. Natürlich habe ich dir geschrieben! Immer würde ich dir schreiben, dich rufen, dich auf den Knien bitten. Ich hasse dich!« Sie hämmerte auf seine Brust ein, traf den Patronengurt, die Hände schmerzten, es tat ihr wohl, daß sie schmerzten, sie hoffte, sie würden zu bluten anfangen.

»Josepha?«

Das Schiefergrau seiner Augen verdunkelte sich, er starrte über ihren Kopf hinweg auf ferne Dinge, durch die Wände des Zimmers hindurch, durch das Haus hindurch, weit darüber hinaus. Sie blickte auf zu seinem stoppligen Gesicht, sah die eingesunkenen Wangen, die knochige Nase, den Staub, der in den Linien und Falten seiner Haut eingetrocknet war. Ihre Hände bewegten sich hinauf zu seinen Schultern, bewegten sich, streichelten seinen rührend dünnen, verschwitzten Hals, hielten seinen Kopf, zwangen ihn herab zu ihrem Gesicht, ihren geöffneten Lippen. Sie zitterte, sie preßte sich an ihn, spürte, wie sein Koppelschloß, der Patronengurt, die metallenen

Uniformknöpfe ihr weh taten. Er roch nach Schweiß und nach Pferdedunst, nach Blut und dem Öl der Lokomotive. »Komm«, flüsterte sie. »Komm.«

Das Bett im anderen Zimmer war groß und weich, das Laken, weiß schimmernd im Licht einer blau beschirmten Lampe, war straff gezogen wie ein Trommelfell. Er ließ sich darauf fallen, mit dem Gesicht nach oben, die Arme weit ausgebreitet. Er hakte seinen Gürtel auf, seine Patronengurte, den Kragen, atmete tief. Ich lebe...ich will leben.

»Josepha?«

Sie zog ihm die Stiefel aus, ohne Rücksicht darauf, daß sie in den dünnen Musselin ihres Negligés rissen, daß sie die Haut ihres Schenkels zerkratzten.

»Ich tauge zu nichts, Josepha. Es ist sinnlos.«

Sie wickelte seine Fußlappen ab. Stinken tu ich, dachte er, ich tauge verdammt zu nichts, und ich stinke. Er wandte den Kopf, blickte in einen Spiegel, der anscheinend einem anderen Spiegel gegenüberhing, so daß er einen widerlichen Kerl tausendmillionenmal sich auf dem großen weißen Bett rekeln sah.

»Bist wohl noch nicht genug enttäuscht worden, was, Josepha?«

Sie knöpfte seinen Waffenrock auf, sein Hemd. Tausend Millionen durchsichtige Negligés, beschmutzt, stellenweise zerrissen, am Hals und an der Brust offen, entblößten tausend Millionen Schultern, Hüften, Hinterteile, Schenkel, während tausend Millionen kupfern schimmernde Locken unendlichmal hüpften.

»Josepha!« stöhnte er.

Sie verbarg ihr Gesicht an seiner Schulter. Die Toten, dachte er. Der schweißbedeckte Hals der grauen Stute. Die Lokomotive, die ins Dunkel hineinfuhr.

»Josepha!«

Er riß an den Spitzen und Rüschen, bis nur noch ihre Schultern und Brüste da waren. Er grub seine Fingernägel in ihr Fleisch, biß in ihre Lippen.

»Josepha...«, weich.

»Ja...« Ihr Atem kam schnell, in raschen Stößen. »Ja o ja o ja!«

Er ließ sich zurückfallen, tausendmillionenmal ins Unendliche widergespiegelt.

»Oh – *ja*!« wiederholte sie und lachte, tief aus dem Herzen heraus, und beugte sich über ihn und küßte ihn auf beide Augen. Ihr Haar kitzelte ihm das Gesicht. Er fühlte, wie sie vom Bett aufstand, und hörte den Schritt ihrer nackten Füße vom Teppich weg auf den Boden. Dann drehte er sich zur Wand.

Als sie zurückkehrte, in der Hand ein Tablett mit einer Tasse heißer Schokolade und mehreren Butterbroten, lag er in tiefem Schlaf – so tief, daß er die Schüsse draußen nicht hörte und die Hufe, die über das Kopfsteinpflaster der Straße trabten. Sie lag wach, ihr nackter Körper dicht an seinem; ihre Augen saugten die Umrisse seines Gesichts, seiner Lippen, seiner Brauen ein, bis die graue Dämmerung das Licht der blau beschirmten Lampe verblassen ließ.

Fünfzehntes Kapitel

Von: Joh. Phil. Becker
An: Bürger Lorenz Brentano

24. Mai 1849, 6 Uhr Abends

1. In Anbetracht wachsender Anzeichen, Gerüchte etc., daß ein konterrevolutionärer Anschlag seitens gewisser Gruppen in dieser Hauptstadt im Gange sein könnte;
  in Anbetracht der Nachricht, daß Elemente des Dragoner-Rgts. »Großherzog« immer noch fern ihres Standortes sind und in dieser Gegend gemeldet wurden;
  in Anbetracht der gegenwärtigen Ungewißheit über das Ergebniß der Großen Volksversammlung in Unter-Laudenbach;
  in Anbetracht schließlich des Mangels an zuverlässigen Linientruppen in dieser Stadt und in Anbetracht der zweifelhaften Haltung der hiesigen Bürgerwehr;
  2. ersuche ich hiemit um Ihren sofortigen Befehl, das Großherzogliche Arsenal der Volkswehr unter meinem Kommando zu öffnen;
  3. anderenfalls ich mich außerstande sehen würde, Ruhe und Ordnung hier in der Hauptstadt zu sichern oder Ihre persönliche Sicherheit und die der Mitglieder des Landesausschusses zu garantiren.
Karlsruhe, Rathhaus

Gezeichnet: Becker
Duplikat für die Akten – geheim
Gezeichnet: Dortu

(Kopie einer Mitteilung des Stabes, gefunden unter den Papieren von Andreas Lenz)

»Halt!« Der Reiter, gefährlich im Sattel schwankend, brachte es fertig, sein schwerfälliges Tier zu zügeln. Die auf ihn gerichteten Gewehrläufe schwankten unruhig; die zwei Volkswehrmänner, die in dieser Straße in Karlsruhe patrouillierten, waren ihrer Waffen nicht ganz sicher.

»Wer da?«

Die Frage, obwohl mechanisch auswendig gelernt, hatte mehr als routinemäßige Bedeutung für die beiden. Sie froren in ihren dünnen blauen Baumwollblusen, an ihren Füßen trugen sie etwas, das kaum als Schuhzeug zu bezeichnen war, sie waren aufgeregt angesichts ihres ersten ernsthaften militärischen Auftrags und der Gewehre, die man ihnen anstelle von Besenstielen ausgehändigt hatte; auch sah der Reiter seltsam genug aus: das eingefallene, schmutzige Gesicht, die fiebrigen Augen, die Fetzen an seinem Leibe, die einst Teile einer Uniform gewesen waren.

»Bürger...«, mehr Stöhnen als verständliches Wort.

»Jesus!« Der jüngere stieß den älteren an, »sieh dir die Handgelenke an!«

Die Handgelenke, offene Wunden, waren aneinandergekettet.

»Bürger – bringt mich zu eurem Kommandeur – beeilt euch...«

Der ältere schulterte das Gewehr. »Wer sind Sie, Mann? Was ist passiert?«

Der Reiter sank langsam nach vorn; die Zügel glitten ihm aus den Händen. Das Pferd bewegte sich nervös.

»Hilf ihm doch, warum hilfst du ihm nicht!« rief der ältere dem jüngeren zu und sprang dicht an das Pferd heran, um den Reiter im Sattel zu halten. Der jüngere packte die Zügel. So, der eine das Pferd führend, der andere den Reiter stützend und aufrichtend, brachten sie ihren Fund ins Hauptquartier.

Etwas brannte ihm auf der Zunge. Er wollte die Hand heben, sich das Kinn abwischen, was es auch war, womit sie ihn fütterten, es war gut, eine Schande, auch nur einen Tropfen zu verlieren, aber er konnte die Hand nicht heben.

»Soldat!« Jemand klatschte ihm auf die Wangen. »Soldat! Wach auf! Kannst du jetzt sprechen? Woher kommst du? Wie heißt du?«

»Christoffel...«, flüsterte er, und dann lauter: »Christoffel!«

»Christoffel!« wiederholte jemand. Eine Pause. Danach mit einem Unterton von Erregung: »Aus Freiburg? Zweites Regiment? Sie waren vor einiger Zeit in Köln?«

Christoffel öffnete die Augen. Die funktionierten wieder, sahen die Dinge eins neben dem anderen: verbundene Handgelenke, von den Fesseln befreit, Tisch Stühle, Gewehre gegen die Wand gelehnt,

Militärmützen, Hüte, und die Männer um ihn herum. Der Fragesteller hatte ein energisches Gesicht, umrahmt von einem schon ergrauten Backenbart; dieses Gesicht befand sich so dicht vor Christoffel, daß der Bart ihn fast berührte. Köln, dachte Christoffel mühsam, viele nennen sich Kommunisten, aber die wenigsten sind wirklich welche – so oder ähnlich hatte der Redakteur ihm gesagt.

»Sie waren also in Köln... Und woher kommen Sie jetzt? Wer hat Sie so zugerichtet – Ihre Handgelenke, den Rücken...«

In den Augen des Fragestellers zeigte sich Mitgefühl.

»Glaubitz«, sagte Christoffel. »Seine Dragoner. Bin geflohen.«

Die anderen kamen näher heran: der kurzgeschorene Mann in makellosem Dunkelblau, mit klirrendem Säbel, knarrenden Stiefeln; der weiße Bart, gelblich dort, wo die erloschene Zigarre daraus hervorragte; ein drittes Gesicht, jugendlich, mit Zügen wie denen des Heidengottes, den Christoffel in seinen Wandertagen in einem merkwürdigen Buch gesehen hatte, das seinem Meister gehörte.

»Wie viele Dragoner?«

»Ungefähr hundertsiebzig.«

»Offiziere?«

»Rittmeister Glaubitz, Leutnant Gramm und andere – zehn oder zwölf.«

Der junge Mann schrieb alles sorgfältig auf. »Wer hat Sie so ausgepeitscht?« fragte er. »Glaubitz?«

Christoffel schüttelte schwach den Kopf. »Sergeant Rinckleff.«

»Er wird dafür zur Rechenschaft gezogen werden!« versprach der junge Mann.

»Der gerade ließ mich entfliehen!« sagte Christoffel.

»Ach«, sagte der junge Mann. »Glaubt der Kerl nicht mehr –«

»Das später, Dortu!« unterbrach ihn der andere, der die ersten Fragen gestellt hatte. »Nach der Meldung der Vorwoche befanden sich Glaubitz' Dragoner im Höllental. Wo aber waren sie, als Christoffel ihnen entwischte, und wohin reiten sie jetzt?«

Christoffel runzelte die verschwitzte Stirn. Er versuchte sich die Lichter von Karlsruhe zu vergegenwärtigen, wie sie in der Ferne blinkten. Nachts waren die Entfernungen täuschend. Wie lange war er geritten? Wo war der Nordstern? Jeder einzelne Gedanke erforderte neue Anstrengung.

Der Offizier in dem dunkelblauen Waffenrock wandte sich an den Mann, der Christoffel ausfragte. »Bürger Becker!«

»Einen Augenblick noch, Hauptmann Tiedemann!« Becker sprach wieder zu Christoffel. »Denken Sie nach, Mensch! Irgendein Bodenmerkmal, ein Dorf, das Sie gesehen haben, Häuser, irgendeine Äußerung von einem Dragoner, einem Offizier...«

Christoffel schloß die Augen, preßte die Lider zusammen. Nach Norden, erinnerte er sich, nach Norden, nach Karlsruhe, war Glaubitz' Ruf gewesen, damals im Höllental, am Anfang des langen Ritts.

»Norden«, murmelte er.

»Norden! Ah, gut!« hakte Becker ein. »Als Sie hierherritten, haben Sie da Eisenbahngleise bemerkt? Haben Sie welche überquert?«

»Nein. Keine Gleise... Aber bevor ich floh, in der Dämmerung – pfiff eine Lokomotive, von Westen her.«

Christoffel bewegte sich in seinem Sessel. Jenseits des Schmerzes formten sich seine Gedanken weiter, wie Blasen auf einem stehenden Tümpel – hier einer, dann da einer. Die gestiefelten Schritte eines eiligen Kuriers zerrissen Christoffels lockeres Gedankengefüge. Er sah, wie eine Depesche Becker überreicht wurde; Becker warf einen Blick darauf; dann steckte er sie in die Tasche und entließ den Kurier mit einem Wink.

»Von Westen her...« Becker breitete eine Karte der Stadt auf dem Tisch aus. »Wir können also annehmen, daß Glaubitz mit seinen Dragonern irgendwo südöstlich von Karlsruhe steht. Er dürfte eine direkte Anmarschroute wählen – schon deshalb, weil er seine Leute wie seine Pferde so frisch wie möglich braucht, wenn der Spaß beginnt. So sehr glänzend wird der Zustand der Truppe sowieso nicht sein nach dem langen Zug vom Höllental her.«

Trotz des dumpfen Gefühls in seinem Schädel bemerkte Christoffel die Mischung von ziviler und militärischer Kleidung – in was für eine merkwürdige Horde war er geraten? Er hatte vergessen, die Tage seiner Gefangenschaft zu zählen über dem Fieber, dem Schmerz, den nächtlichen Ritten, da er in einen weichen Nebel hineinglitt, der weder Schlaf noch Wachsein war, bis er auffuhr, wenn er vom Pferd zu fallen drohte oder die Wache ihn an seiner zerfetzten, brennenden Schulter grob hochriß... Vieles konnte geschehen sein in all diesen Tagen; die Revolution blieb ja nicht stehen; aber wo war Lenz, wo waren die Männer, die er kannte, die Freunde, die er in Offenburg getroffen hatte, als die Nachricht von der Flucht des Großherzogs kam?

»Oberst Böning!« Becker gab Anweisungen. »Sie werden mit Ihrer Legion an den südlichen Zugängen stehen, aber Sie werden vermeiden, Glaubitz anzugreifen. Sie werden ihn nach Karlsruhe hereinlassen und ihm den Rückzug versperren und seine Flanken beobachten. Sie werden ihn und seine Dragoner sozusagen zum Marktplatz hinschleusen, zum Rathaus hin, das er auf jeden Fall besetzen wollen wird.«

Böning griff nach seinem unmöglichen Schlapphut, setzte ihn auf seine Prophetenmähne, schnallte Degengehenk und Pistole um und salutierte nachlässig.

»Dortu! Sie nehmen das Mannheimer Arbeiterbataillon und besetzen den Bahnhof, die Post, den Pariser Hof und –«, Beckers Finger stach auf die Karte, »das Ständehaus mit den Büros von Bürger Brentano. Zu seinem eigenen Schutz! – falls irgend jemand Sie fragen sollte.«

Dortu griff sich einen langen Kavalleriesäbel von einem Haken an der Wand und hängte ihn an das Degengehenk, das er über seinem perlgrauen Gehrock trug.

»Hauptmann Tiedemann«, fuhr Becker fort, »wird den Rest unserer Leute um das Rathaus herum in Stellung bringen, mit einer Reserve innerhalb des Gebäudes. Ich selbst bleibe einstweilen hier im Hauptquartier. Dortu und Oberst Böning halten durch Kuriere die Verbindung mit mir. Das ist alles... Und vergessen Sie nicht, Ihre Leute zu instruieren, auf die Offiziere zu zielen, wenn der Befehl zum Feuern gegeben wird, und zu schießen und zu treffen!«

»Bürger Becker!«

Dortu wartete.

»Ja, Dortu?«

»Diese Depesche da in Ihrer Tasche«, erkundigte sich Dortu ruhig. »Was steht darin?«

Trotz seiner Benommenheit spürte Christoffel die Spannung im Raum.

Becker zuckte die Achseln. »Bitte, wenn Sie darauf bestehen...« Er nahm das Papier aus seiner Tasche und breitete es auf der Karte aus. »Die Depesche ist von Doktor Walcher, per Eisenbahntelegraph aus Heidelberg.« Er leckte sich die trockenen Lippen. »Die Sache in Unter-Laudenbach hat genauso geendet, wie wir erwartet haben: mit einem Mißerfolg.«

Böning steckte eine neue Zigarre in seinen Bart und verkündete: »Was haben wir für ein Glück!«

»Glück?« fragte Tiedemann zweifelnd.

»Daß dieser Rittmeister Glaubitz heute nacht kommt!... Morgen, wenn die schlechte Nachricht jedem im Ohr klingt, wäre er ein viel schlimmeres Problem.« Böning stapfte schwerfällig hin zu dem Stuhl, auf dem Christoffel saß, nickte ihm zu und knurrte: »Und seht zu, daß Bruder Christoffel hier in ein schönes weiches Bett kommt!«

Gramm brachte sein Pferd dichter an das von Glaubitz heran.

Hinter ihnen ritt die ganze Schwadron – sie lärmten und stritten und prahlten, was sie tun würden, wenn sie erst einmal Karlsruhe genommen hätten; ihre Phantasie, angeregt vom Schnaps und von Glaubitz' anfeuernden Reden, lief hauptsächlich in zwei Richtungen: Weiber, und die Roten und radikalen Führer aufhängen. Nach den endlosen Tagen des Versteckspiels, wo sie im besten Fall ein vereinzeltes Bauerngehöft, ein in den Wäldern verlorenes Dörfchen berührten, nach den Nächten des Hin- und Herstreifens übers Land wie der verfluchte Ewige Jude, ein Trupp Ewiger Juden zu Pferde, waren sie froh, daß der Marsch sich seinem Ende näherte, daß die Stadt vor ihnen lag, Betten, warmes Essen, ein Dach über dem Kopf, Ställe für die Pferde, Mädchen für du weißt schon was. Einhundertundsiebzig Mann, diszipliniert, in Dreierreihe reitend, mit sauber geputzten und von den Offizieren geprüften Waffen, unter dem Befehl ihres Rittmeisters Glaubitz – wer sollte sie aufhalten?... Sie trabten vorwärts, unbekümmert darum, wer sie hörte und wie weit das Echo von Hufschlag und Stimmen trug.

Glaubitz verbot es ihnen nicht. Bis heute nacht war seine Hauptsorge gewesen, seine Bewegungen zu verdecken. Und in den meisten

Fällen hatten die Dörfler auch gar keinen Argwohn geschöpft gegen ihn und seine Leute geschöpft; das Großherzogtum war voller Soldaten, die einzeln oder in Gruppen, bewaffnet oder unbewaffnet, mit oder ohne Befehl, hierhin und dorthin zogen. Daß er sich nicht die Mühe machte, das Heu zu bezahlen, das er requirierte, die Schweine, die er schlachtete, das Brot, das er backen ließ – schreiben Sie das der Regierung an! Sollten doch die Bauern hingehen und sich beklagen bei ihrem Bürger Struve und Bürger Brentano, der Teufel hole sie! Sollten Bürger Brentano und Bürger Struve bezahlen, von hoch oben an den Karlsruher Laternenpfählen, wo sie hängen würden!...

Nein: heute nacht keine umwickelten Hufe, und ein Ende dem Schweigen! Heute nacht würden sie in die Stadt stürmen, mit Hurra und Heißa und Es lebe der Großherzog. In den dunklen Straßen, zwischen den dunklen Häusern, würde jedes Pferd sich wie zehn anhören, jeder Schuß wie eine Gewehrsalve, jeder Hurraruf würde dutzendmal widerhallen und fortklingen, den Usurpatoren ein Schrecken, würde die von den Demokraten unterdrückten Bürger auf die Straße bringen und die ehrlichen Offiziere, die von dem herrschenden Mob angewidert waren, und die badischen Patrioten, die aufgebracht waren durch das einflutende ausländische Gesindel. Bevor seine Truppe die Mitte der Stadt erreicht hatte oder wo immer diese Regierung saß, würde halb Karlsruhe vor den Häusern stehen und die Befreier begrüßen – und neben seinen Dragonern würde jeder ehrliche, aufrechte Bürgerwehrmann marschieren und wer sonst noch diese Schwindler und Intellektuellen und Sozialisten verachtete.

»Na, Herr Rittmeister!« Gramm war heiter gestimmt. »Heute ist unsere Nacht!«

Glaubitz knurrte etwas. Er glaubte zu wissen, warum dieser plumpe Mensch sich an ihn heranmachte. Rinckleff... Rinckleff war Gramms Mann gewesen!

»Warum, glauben Sie, hat Rinckleff diesen Lausekerl entkommen lassen?« fragte Glaubitz.

Gramm suchte nach einer Antwort. »Vielleicht –«, er kratzte sich den Hals, »vielleicht ist er eingeschlafen...«

»Ein Mann, der auf Wachdienst einschläft, unter Kriegsbedingungen...!«

»Es war absolut richtig, ihn zu erschießen!« beeilte sich Gramm dem Rittmeister zu versichern. »Ich habe nicht gemeint –«

»Aber er war nicht eingeschlafen«, stellte Glaubitz trocken fest. »Er ließ den Burschen laufen.«

»Woher wissen Sie das?«

»Weil ich ihn mir angesehen habe –«, obwohl Gramm auf den durchfurchten Weg vor sich starrte, spürte er Glaubitz' stechenden Blick, »bevor ich auf ihn schoß. Wußten *Sie* denn nicht?«

»Was soll ich gewußt haben?«

»Daß Ihr Rinckleff diesen Hurensohn ausrücken lassen würde.«

»Aber...! Herr Rittmeister!...« Gramms Stammeln wurde peinlich.

Glaubitz jedoch winkte ab, und so ritten sie schweigend weiter. Gramm kam nicht los von der Sache. Hatte er doch neben Rinckleff gestanden, als er den Gefangenen auspeitschte; er hatte Rinckleffs fachmännische Präzision bewundert, die Gefühllosigkeit – ein gut dressiertes Scheusal. Die Wandlung einer solchen Kreatur traf ihn als böses Omen, und er suchte nach einer Erklärung, einem natürlichen Grund für die Tat des toten Rinckleff.

»Ein Hüne, der Kerl –«, murmelte er. »Feiger Hund...!« Glaubitz strich sich aufgebracht den rotblonden Schnurrbart. »Konnte es nicht ertragen! Das Volk! Hatte Angst vor dem Volk!...«

Das war ein Gefühl, das er verstehen konnte; er selber hatte es in seltenen Momenten empfunden und hatte es mit aller Kraft unterdrückt; aber eine Bestie wie Rinckleff besaß kein Recht auf irgendwelche Gefühle... »Gramm! – Was ist Ihrem Rinckleff in Rastatt passiert? Warum war er so zerschlagen und zugerichtet, als Sie damals ankamen, er und Sie?...« Er wartete nicht ab, bis Gramm ihm die Geschichte erzählen konnte. »Ein Handel!« sagte er und preßte die Schenkel gegen die Rippen seines Pferdes, daß das Tier stöhnte und den Kopf hochwarf, »ein Handel; natürlich, das ist es gewesen! Ließ den Burschen entkommen, um einen Freund auf der anderen Seite zu haben –«, Glaubitz lachte, »für den Fall, daß mit uns etwas schiefgeht!«

Er hielt an.

Hinter ihm kam der ganze Trupp zum Stehen. Selbst die lautesten

Stimmen verstummten. Gramm sah Glaubitz' Profil als Schattenriß, die flachgeschlagene Nase, den Schnurrbart, die niedrige Stirn, die Mütze mit dem Schirm; er sah die Straße entlang in einer Linie die Helme der Dragoner, schwarze Flecken gegen das Grau der Nacht; er hörte das Schnauben der Pferde, das Kratzen eines Hufes, das Klirren einer Waffe. Aus der Stadt schlug erst eine Glocke, dann noch eine und noch eine – Mitternacht.

»Nein!« sagte Glaubitz plötzlich. »Er war zu dumm für so etwas!«

Gramm antwortete nicht.

»*Sie* wären fähig, so einen Handel zu machen...« Glaubitz blickte boshaft auf Gramm, dem das Herz wieder in den Magen sank. »Aber nicht ein Tier wie der Rinckleff. Ich werd Ihnen erklären, warum. Was Burschen wie der auch im Innern ihrer Schädel haben, es funktioniert nicht wie Ihr Gehirn oder meins, da besteht ein Unterschied, Gott sei Dank. Wo wäre sonst die Welt?«

Gramm versuchte krampfhaft zu erraten, wo sie wäre.

»Haben Sie es übrigens getan?«

»Was soll ich getan haben?« fragte Gramm heiser, seine Hände an den Zügeln zitterten.

»Den Handel gemacht!« sagte Glaubitz. Dann fing er an zu lachen. Er lachte wild, schlug Gramm auf den Rücken. »Das hat Sie erschreckt, was? Gut! Das Mittel, einen Mann bei der Stange zu halten, ist, ihm die Furcht Gottes einzujagen, merken Sie sich das, Sie sind Offizier. Der Soldat muß mehr Angst vor Ihnen haben als vor dem Feind, dann wird er Ihnen bis zum Ende gehorchen! Dieser Rinckleff – ich vermute, er hatte mehr Angst vor denen als vor Ihnen, Gramm, und das ist der Grund...«

Er sagte das so vergnügt, als wäre ihm Karlsruhe bereits zugefallen. Gramm war zutiefst beunruhigt. In Glaubitz steckte offenbar eine Spur Irrsinn. Die ganze Sache war ja Irrsinn, er erkannte das jetzt und fragte sich, warum er es nicht längst schon bemerkt hatte, so wie es Rinckleff aufgefallen sein mußte: einhundertsiebzig müde Dragoner, ohne Artillerie, nur mit der Munition, die sie in ihren Patronentaschen hatten, versuchten die Landeshauptstadt einzunehmen...

»Gramm!«

»Ja, Herr Rittmeister?«

»Sie werden für jetzt mein Adjutant sein, Gramm. Sie werden sich die ganze Zeit über an meiner Seite halten und dort bleiben, verstanden?«

»Jawohl, Herr Rittmeister.«

Glaubitz richtete sich im Steigbügel auf, zog seinen Säbel und hob ihn hoch.

»Männer!«

Eine Sekunde lang spiegelte sich das Weiß des Mondes, der durch die Wolken stieß, im Stahl des Säbels.

»Es ist soweit!«

Nein, dachte Gramm, das war doch kein Irrsinn. Da war ein Mann, ein Soldat, ein Kommandeur, der diese einhundertsiebzig Dragoner zu einer einzigen Kraft zusammengeschweißt und sie unversehrt und ohne Verluste quer durch ein ganzes aufrührerisches Land geführt hatte und der sie jetzt aufstellte für den Schlag ins Herz der Revolution.

»Der Feind schläft! Aber auch wenn er nicht schliefe, werden wir ihn zurücktreiben in das Rattenloch, aus dem er gekrochen kam!... Dragoner!... Für das Vaterland! Für Seine Hoheit den Großherzog! Vorwärts! – im Galopp – marsch!«

Diesmal folgten sie der Straße, mit kleinen Detachements an den Flanken. Das schnelle Getrappel der Pferde fiel in einen Rhythmus, der Gramm ins Blut ging und eins wurde mit seinem Herzschlag. Aber mit dem Einritt in die Stadt ging es langsamer voran; Seitenstraßen mußten abgesichert werden, während der Haupttrupp vorwärtsritt; zuweilen mußte man haltmachen und die richtige Richtung suchen, eine Stadt bei Nacht ist nicht wie eine Stadt bei Tage, und selbst eine so geometrisch gebaute Stadt wie Karlsruhe kann einen täuschen. Und dann waren da die Schatten, beinahe greifbar, in den Ecken, in den Seitenstraßen – sie wichen, sobald man näher kam; Stimmen, die verklangen; ein klirrender Säbel, vorbei; ein schimmerndes Stück Metall, verschwunden.

Glaubitz schwenkte seinen Säbel. »Dragoner! Ein Gruß an die guten Bürger von Karlsruhe!... Es lebe Seine Hoheit der Großherzog – hurra!«

»Hurra! – Hurra! – Hurra – a – a!«
Dann wieder nur das Trappeln der Pferde.
»Hurensöhne!...« Glaubitz suchte Stärkung in seinem Lieblingsfluch. »Dreckige, feige, charakterlose, verlogene Hurensöhne, allesamt! Händlergesindel; Speichellecker! Von wem lebt so was, wer zahlt ihnen ihre Preise, ihre Gehälter? Aber kommen sie etwa unter ihren Federbetten hervorgekrochen, auch nur für ein schwaches Hurra?« Seine breitgeschlagene Nase war kreideweiß. »Teufel, nein! Gramm, ich wette, die ganze Bande hat sich unter den Betten versteckt, pißt sich in die Nachthemden, wartet ab, wer morgen früh im Rathaus sitzt! Ha!« Sein Pferd stieg hoch unter dem Druck seiner Sporen. »Dragoner!«
»Jawohl, Herr Rittmeister!«
»Denkt daran – es ist Krieg! Kein Erbarmen! Jeden, der Widerstand leistet – niedersäbeln!... Und jetzt, unseren Freunden und Verbündeten, den guten Bürgern von Karlsruhe – hurra!«
»Hurra – a – a!«
Sie ritten weiter, in schnellerem Trab. Die Schatten waren immer noch da – rechts, links, flossen vor einem auseinander, gaben Raum, wie Wasser am Bug eines Schiffes, und schlossen sich hinter einem wieder.
»Leutnant Gramm! Kennen Sie Karlsruhe?«
»Jawohl, Herr Rittmeister!«
»Das Gebäude da – halb rechts – dort, mit dem glatten Dach und den Halbsäulen – das ist das Zeughaus?«
»Jawohl, Herr Rittmeister!«
Beim Zeughaus nahmen die Schatten feste Formen an. Gramm zählte etwa ein Dutzend Mann, bewaffnet, aber schlecht placiert – man konnte sie wahrscheinlich mit einer Salve abschießen oder mit einem Teil seiner Truppe zum Teufel jagen. Und das Zeughaus war ein wichtiges Objekt...
»Herr Rittmeister?«
Glaubitz knurrte.
»Greifen wir an?«
»Nein!«
Gramm begriff. Sie konnten es sich nicht leisten. Sie waren hun-

dertsiebzig Mann, und sie konnten es sich nicht leisten, mit Scharmützeln unterwegs Zeit und Kräfte zu verschwenden. Aber was für Erfolgschancen blieben einem, wenn man alle möglichen Widerstandsnester des Gegners unangetastet hinter sich lassen mußte? Oder war das ganze Abenteuer zwecklos, die Odyssee quer durch das ganze Land für nichts und wieder nichts, der freche Ritt nach Karlsruhe hinein eine verlorene Sache von dem Augenblick an, da Glaubitz' Hochrufe auf Seine Hoheit den Großherzog kein anderes Echo fanden als das Hurra seiner eigenen Leute?

Gramm konnte sich nicht erinnern, je so viele Gedanken über die Handlungen und Entscheidungen eines Vorgesetzten gehabt zu haben. Gramm bevorzugte eingefahrene Wege, ein Befehl kam und du führst ihn aus und alles andere findet sich. Aber seit dem Abend im Hause dieses jüdischen Bankiers, seit dem albernen Besuch bei dieser Madame Struve war sein Leben aus den Fugen geraten; er hatte gehofft und fest daran geglaubt, daß die Dinge heute nacht wieder ins Gleichgewicht kommen würden; er war sich dessen aber nicht mehr so sicher, und das ungewohnte Denken verschärfte sein Unbehagen.

Der Trupp näherte sich dem großen Platz; Glaubitz erhob sich im Sattel, rief sein langgezogenes »Schwadro – o – on! Mir na – a – ach! Atta – a – a – cke!« und ritt im vollen Galopp auf den Platz hinaus, daß die Funken unter den Hufeisen stoben und die Fenster der umliegenden Häuser erzitterten unter dem Hufschlag von hundertsiebzig Pferden, die ihm über das Pflaster folgten, und von dem heiseren: »Hurra – a – a – a!«, das sich aus hundertsiebzig Kehlen erhob.

Vor dem Rathaus zügelte Glaubitz sein Pferd. Der Bau lag dunkel da, nicht ein Licht in der ganzen langen Front seiner Flügel, weder rechts noch links. Gramm an seiner Seite hörte nur das laute Atmen der Pferde, die hinter ihnen herankamen, das gelegentliche: »Brr!« eines Dragoners, wenn er sein Tier beruhigte, und sehr weit weg den Laufschritt eines einzelnen Mannes. Die Attacke quer über den Platz war prachtvoll gewesen. Sie dauerte eine halbe Minute, das Ausschwärmen mit eingerechnet; aber es war ein Vorstoß ins Nichts. Man konnte nicht die Gebäude niederreiten, wie man irgendwelche unglückliche Infanterie vielleicht niederritt, im Gefecht, oder den Pöbel in einem Straßenkampf. Wenn man das Rathaus besetzen wollte, mußte man immer noch absitzen und durch die Tür eintreten wie ein ganz gewöhnlicher Fußgänger.

Doch Glaubitz blieb im Sattel. »Achtung!« rief er, mit kaum verborgener Wut in der Stimme. »Ihr – da im Rathaus! Im Namen Seiner Hoheit des Großherzogs fordere ich Sie auf, sich zu ergeben! Kommen Sie einzeln heraus, die Hände über dem Kopf!... Hört ihr mich! Im Namen des Großherzogs...«

Ein Fenster oben ging auf, aber kein Licht wurde angezündet. Ein leises Lachen ließ sich hören – jemand fand die Situation zum Lachen. Und es war wirklich etwas Lächerliches daran, dachte Gramm, es war lächerlich und gleichzeitig erschreckend: der tapfere Vorstoß, die wunderbare Attacke, und jetzt stand man hier und redete gegen eine Wand.

»Herr Rittmeister Glaubitz!«

Gramm zuckte zusammen – die Wand hatte gesprochen.

»Gestatten Sie, daß ich mich vorstelle«, fuhr die Wand fort. »Mein Name ist Tiedemann, Hauptmann der Volkswehr.«

Gramm blickte zum Fenster hinauf. Aber die Stimme war nicht von dort gekommen. Sie kam von vorn, von der Treppe des Rathauses her. Gramm spannte seine Pistole – Hauptmann der Volkswehr, auch etwas!... Gleichzeitig hörte er Schritte, Befehle; was Schatten gewesen war, begann Form anzunehmen; rund um den ganzen Platz kleine schwarze Gestalten, die immer näher heranrückten, und auf der Freitreppe des Rathauses noch mehr Gestalten, auf der Lauer liegend oder kniend, das Gewehr im Anschlag.

»Ich möchte Sie darauf aufmerksam machen, daß Sie umzingelt sind!«

Der Mann, der das mit kurzen, abgehackten Worten gesagt hatte, trat vor, sehr aufrecht, sehr dunkel, einziger Lichtpunkt der schimmernde Widerschein eines Ordenssterns auf seiner Brust.

»Das Oberkommando der Volkswehr möchte einen brudermörderischen Kampf vermeiden!«

Gramm zielte auf den Ordensstern. Die heiße Wut saß ihm wie ein Kloß in der Kehle; seine Hand zitterte – Rastatt war schlimm genug gewesen, mit dem Mob überall um ihn herum; aber jetzt war der Mob organisiert, mit Offizieren versehen, und operierte als Armee!

»Das Oberkommando der Volkswehr schlägt vor –«

Gramm schoß – zu spät.

Das Ziel verschwand. Aber nicht die Stimme – sie gab weiterhin Befehle, schneidend, präzis, versuchte gegen den Tumult anzukämpfen, in den der Schuß den ganzen Platz sofort geworfen hatte. Es war kein richtiggehendes Gefecht, obwohl Schüsse fielen. Es war kein richtiggehendes Gefecht, weil es viel zu dunkel war, um etwas erkennen zu können und weil die Dragoner nicht mehr das Herz dazu hatten und weil alles ein großes Durcheinander war, Pferde und Menschen, Gedanken und Wünsche, Hurra für den Großherzog und die Angebote des Oberkommandos der Volkswehr. Glaubitz galoppierte hin und her, schrie auf seine Dragoner ein, versuchte sie zu sammeln; Gramm ebenso; auch ein paar der Leutnants – aber kaum war ein Trupp zusammen, löste er sich wieder auf, die Pferde wurden unruhig, niemand wußte genau, in welche Richtung er blicken oder sich bewegen sollte – wohin man sich auch wandte, was man auch tat, man war der Übermacht hoffnungslos unterlegen. Glaubitz' Traum war ausgeträumt.

Jetzt sprach ein anderer zu ihnen. Seine Stimme kam aus dem offenen Fenster oben, gemütlich, beinahe als ob ein Nachbar mit einem schwatzte. Er sagte einem in einfachen Worten, was man die ganze Zeit über gespürt und besonders heute nacht empfunden hatte: daß man ein einfacher Dragoner war, der gegen niemanden etwas hatte und dem deshalb auch niemand etwas zuleide tun wollte; daß die einfachen Menschen zusammengehören, warum also sollte ein einfacher Soldat gegen sie kämpfen; und daß der Großherzog, zu dessen Verteidigung sie hergekommen waren, längst fort war, welchen Sinn hatte es also, Bestehendes verändern zu wollen? Er sagte, er sei Bürstenmacher von Beruf und jetzt der Oberkommandeur der Volkswehr im Staat, und er versprach, daß in den Karlsruher Kasernen Platz für alle sei, ein Bett für jeden Soldaten, und Essen, und in den Ställen genug Heu für die Pferde. Und eine gemütliche Kneipe, fügte der Verstand der einfachen Dragoner hinzu, und Mädchen darin. Und war das nicht auch genau das, was der Rittmeister einem versprochen hatte als Belohnung für den langen Ritt von Freiburg bis ins Höllental hinauf und hin und her durch das ganze Großherzogtum Baden, bis hierher auf diesen Platz?

Gramm erkannte, daß Glaubitz machtlos war und daß die Schwadron, die Glaubitz sammeln wollte, sich jetzt zusammenfand, aber ganz anders und unter anderem Kommando – dem Kommando des dunklen Offiziers mit dem Ordensstern auf der Brust, auf den er geschossen und den er verfehlt hatte. Glaubitz' Gesicht war zusammengefallen; er sah uralt aus, und wieder wurde Gramm von Furcht gepackt – aber es war eine andere Art von Furcht als vorhin, da Glaubitz' zweideutige Drohungen ihn erschreckt hatten. Dreihundert Gulden, dachte er, und dann sah er sich mit verbundenen Augen und einem Dutzend Kugeln in der Brust. Am Ende kam er zu dem Ergebnis, das einzig Befriedigende an der Sache sei, daß dieser jüdische Bankier sein Geld in den Schornstein schreiben konnte.

Die Dämmerung war nicht mehr als eine Verheißung am Horizont, als die Lichter im zweiten Stock des Karlsruher Ständehauses angingen, in Brentanos Amtsräumen. Innerhalb von Minuten hatten sich alle Mitglieder des Landesausschusses, Minister, Persönlichkeiten der Regierung versammelt, die zu dieser Stunde und in dieser Eile zusammengerufen werden konnten – Mördes, Goegg, der fette Geheimrat Thiebaut aus Ettlingen, der, einen alten Umhang um die Schultern, erschöpft in einen Sessel sank. Die Hurrarufe für den Großherzog hatten sie aus ihren Betten im Pariser Hof gerissen; verwirrt, verdutzt, verstört waren sie in den Korridoren aufeinandergestoßen und die Treppen hinuntergestürzt, Goegg mit einem gezogenen Kavalleriesäbel an der Spitze – nur um in der Halle mit Dortu zusammenzutreffen, der sie beruhigte und erklärte: Item eins, seine Leute seien draußen vor der Tür postiert; Item zwei, sie beherrschten die Lage.

Und jetzt warteten sie. Brentano saß am Schreibtisch, die Schatten unter seinen Augen wurden von dem weißen Licht der Schreibtischlampe vertieft. Er hatte nicht ganz eine Stunde geschlafen, und schlecht geschlafen dazu; und die Gesellschaft der jungen Dame, die ihm Erholung bringen sollte von den Unruhen des Tages, war eine Enttäuschung gewesen – sein eigener Fehler, bis zu einem gewissen Grade: er hatte wahrscheinlich zu viel zwischen den Zeilen von Bankier Einsteins Empfehlungsschreiben gelesen.

Becker trat ein, gefolgt von Böning mit den abgehackten Ohren und diesem preußischen Naseweis, der mit seinem Haufen von Sansculotten im Pariser Hof als der große Beschützer der Badischen Revolution aufgetreten war. Brentano erhob sich, um Becker auf halbem Wege entgegenzugehen, er ergriff Beckers Hand und schüttelte sie, und nach einiger Überlegung umarmte er ihn, wobei er seine Lippen Beckers stachlige Wange streifen ließ. Becker blinzelte, als Brentano ihn mit einem Wortschwall überfiel: »...großen Dienst, den Ihre Leute geleistet...« »...werden niemals vergessen...« »...hervorragende Organisation...« »...Verteidigung unserer Hauptstadt...« »...Koordination...« »...Demokratie...«

Böning blies eine Rauchwolke auf Brentano. Brentano hustete und verschluckte sich. Das gab Becker die Möglichkeit zu erklären: »Gut und schön – aber jetzt werden Sie eine Entscheidung über Rittmeister Glaubitz und seine Offiziere zu treffen haben.«

Sie werden eine Entscheidung zu treffen haben, hatte Becker gesagt – nicht *wir*, oder *ich*...! Brentano warf einen raschen Blick auf Mördes. Auch Mördes hatte die Bedeutung von Beckers *Sie* erfaßt. Mit diesem kleinen Wort hatte der unbestrittene Sieger über Glaubitz' Konterrevolution alle Macht dem Landesausschuß zurückgegeben – trotz der Tatsache, daß in dieser Nacht seine Volkswehr die einzig verfügbare, einsatzbereite Truppe in der Hauptstadt gewesen war!... Ein kluger, taktischer Zug, um ihn der Volkswehr zu verpflichten, oder dem Bürger Becker persönlich? Brentano preßte die Fingerspitzen an die Schläfen: dahin war er gebracht worden durch die idiotische Disposition der bewaffneten Kräfte seitens des Herrn Sigel! Nie wieder!...

Becker blickte ihn sonderbar an. »Ich schlage vor, sie sofort vor ein Kriegsgericht zu stellen. Und die schwerste Bestrafung. Das Land ist voll von unsicheren Elementen. Sie müssen erfahren, daß die Revolution es ernst meint.«

»Ich bin überall für die strengsten Maßnahmen«, erklärte Brentano. »Andererseits kommen diese Offiziere nicht als Gefangene; wir haben ihnen sicheres Geleit zugesagt...«

Becker kaute an seiner Lippe. Er hätte alle Maßnahmen ergreifen können, die er wollte; er hatte die ganze Gesellschaft umzingelt und in der Kaserne eingeschlossen; aber Dortu war mit Brentanos Vorschlag gekommen – und es *war* wichtig gewesen, die Offiziere von den Mannschaften zu trennen. »Sicheres Geleit«, bestätigte Becker widerwillig, »bis in diesen Raum, und nicht einen Fußbreit weiter!«

Von draußen kam der Widerhall gespornter Stiefel.

»Diese Regierung«, erklärte Brentano trocken, »steht auch weiterhin zu ihrem Wort.«

Becker spürte, wie ihm das Blut zu Kopf stieg, aber er unterdrückte eine Erwiderung, da Tiedemann eintrat. Hinter ihm kamen, übertrieben forsch, die Dragoneroffiziere, der sehnige, krummbeinige Mann an ihrer Spitze war offensichtlich Rittmeister Glaubitz. Glaubitz, den klirrenden Degen an der Seite, ging bis zur Mitte des Zimmers, als gehörte ihm der ganze Raum. »Leutnant Gramm!« krähte er, »können Sie mir sagen, wer von den Leuten da die Regierung ist?«

»Hauptmann Tiedemann!« fragte Becker. »Warum haben Sie den Herren die Degen gelassen?«

Tiedemanns Blick wurde kalt. Das war offensichtlich ungerecht – *er* hatte sich die Verfügung mit dem sicheren Geleit nicht ausgedacht; aber wenn man so etwas anbot, dann hieß das, daß Offiziere ihre Degen behielten.

»Glauben Sie, Hauptmann Tiedemann«, fuhr Becker fort, »man hätte Ihnen Ihren Degen gelassen, wenn Sie diesen Leuten in die Hände gefallen wären?«

Tiedemann begann zu verstehen, daß das für Glaubitz und Glaubitz' Offiziere gesagt worden war und vermutlich für einige andere in diesem Raum. Dennoch fühlte er sich verletzt: er hatte die ganze Operation auf dem Platz vor dem Rathaus geleitet, durch die die Dragoner umzingelt wurden, er hatte sie zu der Kaserne gebracht und einen Kordon um das Gebäude gelegt, durch den nicht einmal eine Maus entfliehen konnte. Er verdiente Lob, nicht diese Zurechtweisung.

»Ist dieser Kerl da die Regierung?« Glaubitz wies mit dem Daumen auf Becker. »Oder der?« mit einem Nicken auf die dunkelbraune Fleischmasse im Sessel, die Thiebaut war.

Seine Verachtung ärgerte Brentano. »Die Regierung?« sagte er. »Wir alle sind die Regierung.« Und, auf einmal kreischend: »Wir sind auch *Ihre* Regierung, und Sie werden ihr den Treueid schwören!«

Seine Hände fuhren zum Kopf; die eigene laute Stimme tat ihm weh. Er erkannte die Überraschung auf Mördes' Gesicht, auf den Gesichtern der anderen – er selbst war überrascht: das war ein ganz neuer Gedanke; die Idee war ihm ganz plötzlich gekommen, sie gestattete ihm, weiter zu improvisieren.

Glaubitz wiegte sich auf den Absätzen. Ein höhnisches Lächeln bildete sich unter seinem rötlichen Schnurrbart. »Treueid?« fragte er. »Ihnen?«

»Ich bin der Vorsitzende des Landesausschusses, welcher in Abwesenheit des Großherzogs und auf ausdrücklichen Wunsch des Volkes jetzt die rechtmäßige Regierungsgewalt im Staate ist.« Brentano konnte in Fragen von Gesetz und Verfassungsrecht würdevoll genug auftreten. »Die gesamte Armee hat geschworen, die von der Nationalversammlung in Frankfurt beschlossene demokratische deutsche Verfassung zu verteidigen und dem Badischen Landesausschuß Gehorsam zu leisten. Ihre Dragoner, die Sie unnötigerweise in ein gefährliches Abenteuer geführt haben, werden noch heute früh denselben Eid schwören; und ich fordere Sie auf, es jetzt sofort zu tun.«

Diese lausigen Dragoner, dachte Gramm; nach dem Mißerfolg der vergangenen Nacht würden sie des Teufels Großmutter den Treueid leisten, wenn ihnen das half, ihr wertvolles Fell zu retten.

»Nun, meine Herren –«, Brentano kehrte zu seinem Platz hinter dem Schreibtisch zurück, »wenn Sie die rechte Hand erheben und den Eid wiederholen wollen, den Oberst Becker –«, eine Handbewegung, »Ihnen vorlesen wird...!«

»Ja?« sagte Glaubitz, »was dann?«

Brentano runzelte die Stirn. »Dann wird Hauptmann Tiedemann so freundlich sein, Sie zu Ihrem Quartier zurückzugeleiten, wo Sie weitere Befehle abwarten werden.«

Glaubitz streichelte das Heft seines Degens. »Und falls wir uns weigern?«

Aller Blicke richteten sich auf Brentano. Brentano rieb sich die rotumränderten Augen. Er hatte gehofft, diese Frage zu vermeiden. Warum sollte diese Handvoll Offiziere nicht den Eid ablegen? Alle anderen hatten es doch getan, in den Ministerien, den Kreisämtern, den Gerichten, in der Armee – oder so gut wie alle anderen. Und der Eid war wirklich in den harmlosesten Redewendungen abgefaßt.

»Und falls wir uns weigern?« wiederholte Glaubitz mit einer Grimasse.

»Dann werden Sie ganz einfach wegen Bandenbildung vor Gericht gestellt«, schnauzte Becker ihn an.

Glaubitz schob das Kinn vor und blickte herausfordernd auf Brentano. »Stimmt das?«

Brentano fühlte sich entschieden unbehaglich. Aber es blieb ihm nichts übrig, als Beckers Ankündigung mit einem knappen: »Ja« zu bestätigen.

Glaubitz, die krummen Beine gespreizt, wippte leicht auf und nieder, während er die Herren im Zimmer beobachtete und sie etwa wie sein Terrain vor einem Angriff abschätzte. Zwei Gruppen ließen sich da unterscheiden, obwohl sie rein äußerlich nicht getrennt voneinander standen: die eine, deren Sprecher trotz seiner Zivilkleidung von schlechter Qualität als Oberst Becker angeredet wurde; die andere, geleitet von dem kränklichen Mann, der sich selbst als Vorsitzenden des Landesausschusses bezeichnet hatte. Doch der Unterschied zwischen den beiden Gruppen war für Glaubitz uninteressant. Bandenbildung!... Seine Augen verengten sich. Der Tag würde kommen, an dem alle die Banditen, die ihm da gegenüberstanden, hübsch nebeneinandergestellt würden, und wenn er etwas dabei zu sagen hätte, würden sie dann nur drei Worte zu hören bekommen: *Anlegen! Fertig! Feuer!*

»Ich fürchte, ich werde das zunächst mit meinen Kameraden besprechen müssen«, sagte Glaubitz in gespielter Naivität.

Bevor Becker Einwendungen machen konnte, erhob sich Thiebaut schwer schnaufend aus seinem Stuhl. »Was soll das ganze Theater?« knurrte er. Eine blubbrige Masse, watschelte er auf Glaubitz zu und starrte ihn mit blutunterlaufenen Augen an; sein Zorn überraschte jeden, weil er so spät kam. »Ihr Herren reitet zu nachtschlafender Zeit hier ein, erschreckt die anständigen Bürger zu Tode, und jetzt wollt ihr Diskussionen? Hatten Sie nicht vorher Zeit, sich zu besprechen?« Thiebaut schäumte. »Wir sind erwachsene Männer, die ernsthaften Geschäften nachgehen. Denken Sie, einen großen Staat zu regieren ist eine Leichtigkeit? Von frühmorgens bis spät in die Nacht tun wir nichts als darüber nachdenken, wie wir das Wohlergehen aller verbessern können. Wir haben Ihre Launen satt, Herr Rittmeister, Ihre und die Ihrer Freunde, die ein gutes Leben aus unseren Taschen geführt haben. Ich bin in der Hotelbranche. Sie brauchen nicht zu grinsen, es ist ein ehrliches Geschäft. In meinem Betrieb erwarte ich von meinen Angestellten, daß sie mir treu und ergeben sind, denn ich bezahle sie. Und in der Regierung ist es das Gleiche. Wir zahlen für alles, der anständige Bürger zahlt, und wir haben ein Recht zu erwarten, daß die Armee und ihre Offiziere und jeder Staatsbeamte denen treu dient, deren Brot sie essen...«

»Bürger Thiebaut«, sagte Brentano. »Sie dürfen nicht vergessen, daß Männer wie Rittmeister Glaubitz zu einer anderen Denkweise erzogen worden sind. Man muß ihnen ein paar Minuten Zeit lassen... Ja, Bürger Goegg?«

»Merken Sie denn nicht, wie die uns zum Narren halten?« Goegg war bitter. Brentano ließ diese Abenteurer einen Keil zwischen die Regierung und die Männer von der Volkswehr treiben, die diese selbe Regierung vor ein paar Stunden erst gerettet hatten. »Sie hätten uns den Hals umgedreht, wenn sie gekonnt hätten. Ich glaube, wir sollten nicht dulden, daß sie unsere Großmut mißbrauchen.«

Brentano lächelte müde. In einer Revolution, schien es, brachte jede Entscheidung sofort die Weltanschauung eines Mannes ins Spiel. »Meinen Sie nicht, Bürger Goegg«, sagte er milde, »daß sowohl Inhalt als auch Geist unserer Revolution groß genug sind, um diesen Herren ein paar Minuten für ihre Entschließung zu lassen...« Er wandte sich an Glaubitz. »Sie können dort hinübergehen, wenn Sie wollen.«

Glaubitz stapfte ab in die ihm von Brentano bezeichnete Ecke des

Raumes. Gramm und die Leutnants sammelten sich um ihn, Degen an der Hüfte, Helm im gekrümmten Ellbogen – ein seltsamer Kriegsrat, nur ein paar Fuß vom Feinde entfernt.

»Nun?« fragte Glaubitz leise und zog die Brauen zusammen.

Ein Leutnant fing an zu kichern. Sie alle befanden sich an der Grenze der Hysterie.

Glaubitz zwirbelte seinen Schnurrbart. »Wir haben nicht viel Zeit! Was meinen Sie?«

»Zum Teufel!« sagte ein anderer Leutnant. »Was für einen Eid wollen sie uns denn schwören lassen?«

»Ich würde alles schwören«, meinte der Kichernde. »In jedem Winkel des Großherzogtums wohnen Mädchen, denen ich dies und das und jenes geschworen habe.«

»Einmal bin ich ihnen davongelaufen«, sagte Gramm. »Jetzt sitze ich fest. Ich bin unter – wie nennt man das...«

»Zwang?« half Glaubitz nach.

»Zwang, natürlich, ja.« Gramm schien durcheinander geraten zu sein.

»Was ein Mann unter Zwang schwört, ist gesetzlich nicht bindend.«

»Aber das Wort eines Offiziers...!«

»Der Eid, den man diesem Pöbel schwört, ist nicht die Luft wert, die man daran verschwendet.«

»Gerade deshalb darf man eben nicht schwören!«

Glaubitz stampfte mit dem Fuß. »Genug jetzt! Ich bin nicht der Feldkaplan, und wir diskutieren hier keinen Katechismus.« Er senkte die Stimme. »Sie sehen doch wohl, wie schwach die Brüder auf der Brust sind. Wenn die sich wirklich ihrer Sache so sicher fühlen, hätten sie dann den Treueid ausgerechnet von uns verlangt? Wir sind doch hergekommen, um sie aufzuknüpfen, oder nicht?« Er hielt inne – eine Atempause; Haß machte ihn immer kurzatmig. »Wir haben uns nicht zehn Tage lang den Hintern wundgeritten, um irgendwelche lächerlichen Eide zu schwören.«

»Und wenn sie *uns* aufknüpfen?« Der Frage folgte wieder das blöde Kichern.

Gramm schlug den Leutnant auf die Schulter. »Sehen Sie mich an

– schöne Portion für die Vögel, eh?« Und er blickte zu Glaubitz, um sich von dem das Gegenteil versichern zu lassen; doch Glaubitz ging bereits mit langen Schritten auf die wartende Regierung zu.

Jetzt wurde es feierlich. Die Dragoneroffiziere stellten sich in einer Reihe auf, Rittmeister Glaubitz als einzelner vor ihrer Front. Brentano nickte Becker zu; Becker trat vor, straffte die Schultern und wartete, daß es ruhig wurde. Er gab nicht viel auf die meisten der Eide, die in diesen Tagen in Baden geschworen wurden, und schon gar nichts auf den, den er jetzt abnehmen sollte.

»Erheben Sie die rechte Hand«, sagte er, »und sprechen Sie mir nach...«

Keine Hand erhob sich.

Beckers Gesicht rötete sich; seine Augen, gewöhnlich von einem warmen Grau, wurden steinern; seine eigene Rechte, für die Formel erhoben, schloß sich zur Faust.

»Wir gedenken nicht zu schwören!« verkündete Glaubitz und schaukelte auf seinen Absätzen.

»Dortu!« sagte Becker, die Faust senkend. »Rufen Sie die Wachen!« Und zu Tiedemann: »Würden Sie so freundlich sein, die Degen der Gefangenen an sich zu nehmen!«

»Aber meine Herren!« Brentano war aufgesprungen und beugte sich bleich über seinen Schreibtisch. »Sie machen einen großen Fehler, meine Herren!«

Dortus Volkswehrgruppe erschien in der Tür und verteilte sich im Raum, die Gewehre auf die Rücken der Offiziere gerichtet.

»Ich protestiere!« rief Glaubitz.

»Ihren Degen«, forderte Tiedemann. »Oder muß ich ihn selbst abnehmen?«

Fluchend schnallte Glaubitz seinen Degen ab und warf ihn Tiedemann vor die Füße. Dann wies er anklagend mit dem Finger auf Brentano und höhnte: »Ist das das sichere Geleit, das Sie uns versprochen haben...«

Brentano erinnerte sich an Beckers Interpretation. »Sie haben Ihr sicheres Geleit gehabt – bis zu diesem Raum, bis vor diese Regierung...«

Glaubitz spuckte. Zwei Volkswehrsoldaten packten ihn und stießen ihn hinter seinen Offizieren her aus dem Zimmer, während Brentano angewidert den Flecken auf seinem Parkett betrachtete und anordnete: »In die Kasematten von Rastatt allesamt, und unter strengster Bewachung!« Er sank zurück auf seinen Stuhl. Die bläulich schimmernden Lider schließend, fächelte er sich sein verschwitztes Gesicht mit einem rotkarierten Taschentuch. »Ich danke Ihnen, Bürger«, sagte er. Sein Ton deutete an, daß er litt. Becker war der erste, der den Wink verstand. Als letzter ging Thiebaut, der sich knurrend beschwerte, daß es zu spät wäre, um wieder schlafen zu gehen, und zu früh zum Frühstücken. Nur Mördes, der während des ganzen Wortwechsels gar nichts gesagt hatte, blieb zurück, eine Entschuldigung murmelnd, die niemand verstand und die niemanden genügend interessierte, um sie wiederholen zu lassen.

Mördes ging leise auf und ab. Dann betrachtete er sich die Degen, die einen Augenblick, nachdem man sie ihren Eigentümern abgenommen hatte, schon vergessen worden waren und nun nachlässig auf einen Stuhl geworfen dalagen. Schließlich hustete er.

»Ja?« sagte Brentano.

»Würden Sie mir eins erklären«, fragte Mördes. Seine Brauen hoben sich zu einem steilen Winkel. »Warum haben Sie den ganzen Humbug durchgespielt?«

»Demokratie«, erwiderte Brentano, »ist kein Humbug.«

Mördes überlegte. Es stimmte: niemand, rechts, Zentrum oder links, wäre imstande, Brentano vorzuwerfen, daß er unbesonnen oder auf eigene Faust gehandelt hätte.

»Wissen Sie«, Brentano massierte seinen dünnen Nasenrücken, »ich habe schon keine Lust mehr, gefährlich zu leben. Wenn einem nicht gerade ein superradikaler Irrer an die Kehle will, dann ist es eine Bande wild umherreitender Dragoner...«

Mördes zuckte die Achseln. »Sie waren es doch, der an die Spitze wollte!«

»Gewiß, gewiß, natürlich! Aber ich dachte, sobald die Revolution beendet ist, kann man sich damit beschäftigen, die Dinge auf eine normale, regelmäßige Art zu steuern.«

»Sobald die Revolution beendet ist...« Mördes begann zu lachen. »Wußten Sie denn nicht, daß eine Revolution niemals beendet ist?

Daß sie immer weitergeht und alle in ihren Wirbel zieht, die, die sie gemacht haben, genauso wie die, gegen die sie gemacht wurde?«

»Ich fange an, das zu begreifen...« Brentano öffnete eine Schublade, nahm eine Depesche heraus und schob sie über den Schreibtisch Mördes zu. »Sie können sich das ebensogut ansehen.«

Die Depesche kam von Sigel, über den Eisenbahntelegraphen aus Heidelberg. Mördes las: *Trotz anfänglicher Erfolge Laudenbacher Volksversammlung von hessischem Militär auseinandergetrieben. Vierzig Tote, über hundert Verwundete. Persönlicher Bericht nach Rückkehr.*

»Der Dummkopf!« kommentierte Mördes. »Alle sind sie Dummköpfe – er, Struve, diese Person Amalia...« Die Furchen in seinem Gesicht verzogen sich. »Und das ist der Grund, warum Sie sich Glaubitz und Konsorten in den Kasematten aufheben?«

Brentano antwortete nicht. Er hatte keine besondere Absicht im Sinne gehabt. Es gab Momente, wo er aus reinem Instinkt handelte.

Sechzehntes Kapitel

Bürger Amand Goegg: Als Antwort auf die Frage des ehrenwerthen Abgeordneten an den Finanzminister möchte ich feststellen, daß mir zu dieser Zeit nicht bekannt war, daß von der letzten Anleihe Rothschilds an die Großherzogliche Regierung immer noch 900 000 Fl. in Banknoten im Schatzamt lagen.
Bürger Rotteck: Wie war das möglich?
Bürger Amand Goegg: Man hatte uns nicht informirt.
Bürger Lorenz Brentano: Die ehrenwerthen Abgeordneten sollten nicht vergessen, daß weder diese Regierung noch das Volk von Baden durch eine derart negative Einstellung etwas gewinnen. Wir brauchen konstruktive Kritik, positive Vorschläge...

(Aus einem Notizbuch herausgerissene Seite, die eine Abschrift des Protokolls der Sitzung der konstituierenden Versammlung von Baden vom 12. Juni 1849 enthält; zwischen Andreas Lenz' Papieren gefunden)

Goegg führte den Bankier in sein Büro und bot ihm den bequemsten Stuhl an.

»Rauchen Sie?«

»Ich bin ein kranker Mann.«

»Vielleicht möchten Sie etwas trinken? Wein? Rotwein schadet niemandem.«

»Eine Tasse Tee, wenn es möglich ist«, sagte Einstein dem jungen Mann zu Gefallen, der sich so eifrig bemühte, höflich zu sein, und der schließlich auch guten Grund dazu hatte: eine bankrotte Regierung kann nur kleinen Leuten gegenüber große Reden führen.

Goegg ging zur Tür, bestellte Tee und goß ein, nachdem er gebracht wurde. Einstein nippte vorsichtig daran und betrachtete sein Gegenüber, während er trank: die schwarzrotgoldene Schärpe über der dünnen Brust, das romantisch lange Haar, die Blässe, die von unerwiderter Liebe herrühren mochte, wahrscheinlich aber von den Sorgen seines Amtes stammte, die ihm den Magen verdarben – Träumer, allesamt!

Einstein stellte die Tasse abrupt auf den Teller. Genauso ein Träumer hatte sich in seine eigene Familie gedrängt, zum Teufel mit ihm!

»Ich bin Ihnen sehr verbunden«, fuhr Goegg mit seinen Artigkeiten fort, »daß Sie unserer Einladung so schnell gefolgt sind. Die Reise mit der Bahn ist natürlich viel schneller als früher...«

»Ich habe sowieso Geschäfte in Karlsruhe.« Geschäfte... Er war nach Karlsruhe gekommen, um festzustellen, wie die Angelegenheit Josepha–Lenz stand, und Stäbchens Bericht war sehr in die Einzelheiten gegangen. Arme Lenore, dachte Einstein. Das Ganze war widerlich: der Polizeispitzel, der als sein Agent arbeitete, die rothaarige Hure, mit der er hausieren ging; dieser Verseschmied, der sich, sogar in diesem Augenblick noch, in dem Bett dieser Hure sielte. Es würde Lenore weh tun, das alles hinnehmen zu müssen – aber es war besser, ihre Illusionen ein für allemal zu zerstören als zuzulassen, daß sich diese Affäre über Jahre hinschleppte... Und doch, der Gedanke, dies tun zu müssen, trübte ihm die Freude auf das Mittagessen, zu dem er Lenore eingeladen hatte...

Goeggs Stimme holte ihn zurück in die Realität – er saß im Finanzministerium. »Ich hoffe, Ihre Geschäfte entwickeln sich erfolgreich«, sagte Goegg.

»Ich glaube schon.« Einstein lächelte. Dieser Goegg machte einen Fetisch aus dem Gesetz. Gott, was für verdrehte Geschöpfe! Wie wollten die den Widerstand gegen die Preußen organisieren, die ebensowenig Skrupel hatten wie ein Schwarm Heuschrecken? »Aber in welcher Angelegenheit wünschten Sie mich zu sprechen, Bürger Goegg?«

»Wegen Geld«, sagte Goegg. Er war froh, daß das Eis gebrochen war, hatte gleichzeitig aber Angst vor seinem nächsten Schritt.

»Geld«, wiederholte Einstein. »Das Komplizierteste, was es auf der Welt gibt.«

»Ich bin gerade dabei, das zu entdecken«, gestand Goegg naiv. Und nach einer Pause, während der er versuchte, Einsteins Lächeln zu ergründen: »Und es ist besonders kompliziert, wenn man es nicht hat.«

Der junge Mann besaß etwas Entwaffnendes; man war beinahe versucht, ihm zu helfen, wenn man sich vorstellte, wie verraten und verloren er unter den alten Füchsen in diesem Ministerium sein mußte. Und es lag ein gewisser Humor in dem Gedanken, daß Brentano ihn absichtlich hierhergesetzt haben könnte, um ihn zu beschäftigen und sich vom Hals zu halten.

»Das Komplizierte am Geld«, erklärte Einstein, »liegt nicht so sehr in den Sorgen, die es verursacht, wenn man es nicht hat, als in seinem vollkommen fiktiven Charakter. Ebenso wie die Religion ist es auf Vertrauen gegründet, und vielleicht wird es auch eines Tages irgendwo eine Regierung geben, die kühn und ehrlich genug ist, um auf ihren Münzen geradeheraus die Wesensgleichheit des Vertrauens zu Gott und des Vertrauens in ihr Geld zu proklamieren. Verstehen Sie, Bürger Goegg – ich rede Sie wohl am besten als Bürger an, nicht wahr? –, keine Macht auf Erden, auch Ihre revolutionäre Macht nicht, kann einen Bauern zwingen, sich von seinem Schwein zu trennen im Austausch für ein Stück zweifelhaften Silbers; oder einen Schuhmacher, Ihnen ein Paar Stiefel zu geben für ein Stück Papier, das die Unterschrift einer ihm unbekannten Person trägt. Ihr Bauer, Ihr Schuhmacher müssen glauben. Sie müssen glauben, daß sie für Ihr Silberstück, für Ihre Papiere mindestens so viel an Waren bekommen, wie sie ihres Wissens an Arbeit investiert haben, um dieses Schwein oder dieses Paar Stiefel zu produzieren. Erschüttern Sie diesen Glauben, und Ihr Geld wird Ihnen nicht mehr helfen als ein Gott, an den Sie nicht glauben. Lassen Sie Ihren Bauern, Ihren Schuhmacher nur einmal erkennen, daß sein Silber, sein Papier ihm nur ein Viertel dessen erkaufen, was sein Schwein oder sein Paar Stiefel ihn gekostet haben, und Sie haben drei Viertel Ihres Kredits verloren. Auch Ihres politischen Kredits. Und haben Sie die Macht, dreimal soviel Terror einzusetzen, um diesen Verlust wiedergutzumachen?«

Einstein hielt seine Tasse hin. Goegg füllte sie neu.

»Ein ganzer Abgrund tut sich auf, was, Bürger Goegg?«

Goegg nickte. Als er den Riesenschritt tat vom Zollbeamten in Mannheim zum Finanzminister, hatte er geglaubt, der heiße Atem der Revolution, der einen Großherzog mitsamt seiner ganzen Regierung hinweggeblasen hatte, würde irgendwie auch Schulden und Verpflichtungen, Ansprüche und Forderungen beseitigen. Er hatte geglaubt, ein mehr oder weniger laufendes Unternehmen zu übernehmen, aber nach einer Woche klangen die Kassetten leer, und sein Finanzrat Lommel sah ihn vorwurfsvoll an. Es stellte sich heraus, daß die Flut der Revolution vor dem Tor des Finanzministeriums zurückgeprallt war und daß keine ihrer mächtigen Wogen auch nur einen der Grundsätze des Finanzwesens angetastet hatte, die – weiß der Teufel warum – sich stets gegen die revolutionäre Sache auswirkten.

»Ich war der Meinung, Herr Einstein«, Goegg verbarg seine Unsicherheit fast vollständig, »daß Männer wie Sie es sind, die den Kredit dirigieren und beeinflussen – den Kredit einer Person, einer Firma oder sogar eines Staates.«

»Sie sehen unsere Begrenzungen immer noch nicht recht, obwohl ich versucht habe, Ihnen deren Ursprung zu erklären. Es sind dies Begrenzungen, die außerhalb unseres Willens als Bankiers und Geschäftsleute liegen...« Einstein dachte an die staubigen Landstraßen, über die er sein Vieh getrieben hatte, an die geräucherten Heringe, die von der Decke seines Ladens herabhingen, an seine kranke Leber und seine verlorene Tochter. »Außerdem, was wirklichen Kredit betrifft, so bin ich nur ein kleiner Mann von rein örtlicher Bedeutung.«

Goegg begann auf und ab zu gehen, blickte aber weiter auf seinen Besucher. »In unserer Situation, Herr Einstein, könnte auch ein kleiner Kredit recht nützlich sein.«

»Ich befürchte, es gibt niemanden, der Ihnen auch nur den kleinsten Kredit gewähren würde.«

»Und warum nicht?« sagte Goegg, halb ärgerlich, halb entmutigt. »Wir können Sicherheiten bieten! Fiskalische Ländereien, Wälder, Bauten, Paläste, eine ganze Eisenbahn –«

»Und das Risiko, Bürger Goegg? Eins der Gesetze eines gesunden Bankwesens ist, daß der Prozentsatz des Risikos nicht höher sein darf als der Zinsfuß. Ich könnte unmöglich den Zinssatz in Rechnung stellen, der auch nur beginnen würde, das Risiko zu decken, das eine Anleihe an Ihre Regierung mit sich bringt.« Und dachte, als er den gequälten Ausdruck in den nicht unedlen Augen des jungen Mannes sah: Ein direktes Nein mit einem schnellen Abgang wäre barmherziger. »Und die Affäre in Unter-Laudenbach«, endete er, »ist auch nicht gerade ein Anreiz.«

Goegg verkniff das Gesicht. Er erinnerte sich, daß er der Minister war und der andere ein gewöhnlicher Bürger, dessen Geld nichts bedeutete vor dem Gesetz und dem Grundsatz menschlicher Gleichheit. »Es gibt zwei Wege, die Angelegenheit zu besprechen«, erwiderte er im Ton eines bockigen kleinen Jungen, der haben mußte, was er wollte. »Der eine führt uns, scheint's, zu keinen Resultaten.«

»Und was wäre der andere Weg?« fragte Einstein und betrachtete die Reste seines Tees.

»Der Staat besitzt Mittel, um sich zu verschaffen, was er braucht!«

»Es gibt da gewisse Gesetze«, warf Einstein ein. »Wo käme der Staat hin, wenn er seine eigenen Gesetze bräche und das Eigentum des Bürgers nicht mehr schützte? Und Bürger Brentano ist selber Advokat.«

»In Notzeiten geht öffentliches Recht vor Privatrecht.«

»Ich bezweifle, daß Bürger Brentano solche Ausnahmezustände zulassen würde.« Einstein erhob sich. »Auch würde das der Sache Ihrer Regierung nicht helfen in einem Teil Deutschlands und zu einer Zeit, wo die Mehrheit der Bevölkerung danach verlangt, ihr Eigentum zu vermehren, anstatt es für irgendwelche nebulösen Ideen zu opfern... Darf ich mich jetzt verabschieden?«

Goegg erkannte, wie ungeschickt er sich verhalten hatte. »Bitte«, sagte er, »bleiben Sie noch! Gibt es denn keine Grundlage, auf der ich an Sie appellieren kann, kein Ideal, das für Sie irgendwelche Bedeutung hat? Kommt es nur auf Risiko, Sicherheit, Zinsen an? Würden Sie als Angehöriger Ihrer Rasse und Religionsgemeinschaft nicht ebenfalls Nutzen ziehen aus dem Bestand und der Ausbreitung dieser Revolution? Bedeutet Demokratie Ihnen nichts, und Patriotismus, und all die andern edlen Gedanken, für die die Menschen gekämpft haben und gestorben sind und immer wieder kämpfen und sterben werden?«

»Also gut«, ergab sich Einstein nach einer kurzen Pause und setzte sich wieder hin. »Aber denken Sie nicht, daß Sie auch nur einen Kreuzer von mir bekommen werden. Die Gesetze des Staates, jedes Staates, sind unmaßgeblich für mich; aber ich kann nicht gegen die Gesetze des Finanzwesens handeln, die ihre Gültigkeit unter Herzögen oder Königen, Kaisern oder Präsidenten behalten. Ich könnte Ihnen lediglich mit einem kleinen praktischen Rat helfen.«

»Könnten Sie uns helfen, anderswo Geld zu bekommen?«

»Wo?«

»Zum Beispiel bei Rothschild.«

Einstein lachte auf. »Aber Rothschild hat doch eben erst dem Großherzogtum Baden eine Anleihe gewährt! In Noten, zahlbar in ihrem Frankfurter Haus, Noten, die in jedem zivilisierten Land ein hoch angesehenes Zahlungsmittel sind!...«

Goegg starrte.

Einstein sah sein Erstaunen. »Wußten Sie das denn nicht, Bürger Goegg?... Lassen Sie lieber nachprüfen. Ich glaube kaum, daß die ganze Summe in der kurzen Zeit seit der Ausgabe der Noten vertan werden konnte.«

Goegg hatte die Glocke auf seinem Schreibtisch gepackt und läutete sie wütend. Ein Diener kam angestürzt. »Lommel!« bellte Goegg. »Schicken Sie mir Lommel! Sofort!« Und zu Einstein: »Wie hoch war der Betrag der Anleihe? Wann wurde sie gegeben?«

»Warten Sie mal...« Einstein bewegte die Lippen. »Die Besprechungen haben im vorigen August oder September angefangen. Bei Rothschild zeigte man sich nicht sehr begierig; Sie erinnern sich, Ihr Freund Struve machte gerade seine kleine Insurrektion, es gab Schießereien in den Bergen, und Bankiers mögen Schießereien nicht, sofern sie nicht selbst die Waffen finanziert haben... Und dann kamen die Prozesse, bei denen Bürger Brentano die innere Schwäche der Regierung des Großherzogs aufzeigte; so schleppten sich die Besprechungen hin, bis die Rothschilds bestimmte Garantien erhielten –«

»Was für Garantien? Von wem?«

»Wer in Europa kann irgend etwas garantieren, besonders eine Sache wie den *status quo*? – Nur Berlin und St. Petersburg.«

Goegg sperrte den Mund auf. Plötzlich sah er sich selbst und sein Ministerium und diesen kleinen süddeutschen Staat eingereiht in ein ungeheures Mosaik; der kühle Hauch der Geschichte verursachte ihm eine Gänsehaut, und er kramte in seinem Gedächtnis nach einem Moment – es war noch nicht lange her –, da ganz ähnliche Gedanken ausgesprochen und ein ganz ähnliches Netz gesponnen worden war, ein Netz, das die großen Nervenzentren Europas mit den Entscheidungen und Ereignissen in Karlsruhe verknüpfte – ach ja, seitens des Dr. Karl Marx und seines Freundes Engels von der ehemaligen »Neuen Rheinischen Zeitung«. Merkwürdig, daß dieser Viehjude, aus dem ein Bankier geworden war, die Dinge im gleichen Zusammenhang, wenn auch von anderer Seite her, betrachtete wie die roten, radikalen Redakteure und selbsternannten Führer des Proletariats...

Lommel, mit vorstehenden farblosen Augen, trat ein auf leisen Sohlen. »Was ist mit dieser Anleihe?« schleuderte ihm Goegg entgegen. »Dieser Anleihe von Rothschild! Warum weiß ich nichts davon! Wo ist das Geld! Die Noten!« Und als Lommel nach Atem rang, schüttelte ihn Goegg, als könnte er diese wundervollen Noten aus dem schwabbligen Finanzrat herausschütteln.

»Aber Herr Minister! Herr Minister!« Lommel strebte weg von der schwarzrotgoldenen Schärpe, die so gefährlich dicht vor ihm dräute. »Sie sind ja alle vorhanden! Alles, was nicht unter Seiner Hoheit dem Großherzog in Umlauf gekommen ist, liegt im Tresor im Keller des Schatzamtes, neunhunderttausend badische Gulden, gebündelt, gehäuft und abgezählt, jede einzelne Note!«

Goegg stand da, die Hände hingen leblos zu seinen Seiten. »Es tut mir leid, Herr Rat«, sagte er. »Kreiden Sie mein Temperament meinen Jahren an. Ich werde mich in Zukunft bemühen, es zu zügeln.«

Lommel wischte sich das Gesicht und verbeugte sich.

»Aber, Herr Rat«, Goeggs Stirn verdunkelte sich wieder, »warum haben Sie mir nie etwas davon gesagt? Sie haben doch gesehen, wie verzweifelt ich um Geld bemüht bin. Sie haben Männer wie Bürger Becker um ein paar Gulden bitten sehen, um Verpflegung und Kleidung für die Leute zu bekommen, die unsere Revolution verteidigen sollen. Diese neunhunderttausend können den Unterschied zwischen Leben und Tod bedeuten, zwischen Sieg und Niederlage. Sie können doch so viel Geld nicht einfach vergessen haben – Sie, ein Mann, der sein Leben lang mit Finanzangelegenheiten zu tun hatte! Warum nur haben Sie nichts erwähnt?«

»Weil das Haus Rothschild das Geld Seiner Hoheit dem Großherzog geliehen hat!«

»Mann! Lommel!« Goegg wußte nicht, ob er lachen oder explodieren sollte. »Was haben Sie in all diesen Wochen im Kopf gehabt? Haben Sie nicht bemerkt, daß eine Revolution stattgefunden hat, daß ich der Minister bin und daß wir jetzt der Staat sind?«

»Ich habe es bemerkt«, erwiderte Lommel. Ein Ausdruck von schlecht verhehlter Feindseligkeit hatte sich in seine blassen Augen geschlichen und mit der Angst darin vermischt. Einstein sah es und vermutete das Naheliegende.

»Bürger Goegg!«

»Ja, Herr Einstein?«

»Fragen Sie Herrn Finanzrat Lommel, wo die Bücher sind.«

»Welche Bücher?«

»Die Bücher mit den Listen, die die Nummern der Noten enthalten.«

Goegg wandte sich dem Finanzrat zu. »Wo sind diese Bücher, Lommel?«

Die Feindseligkeit wurde offenkundig, obwohl Lommels Furcht jetzt an Panik grenzte. »Diese Bücher wurden dem Hause Rothschild retourniert. Nachdem ich festgestellt hatte, daß Seine Hoheit der Großherzog geflohen war, sandte ich die Bücher durch einen Kurier des Ministeriums nach Frankfurt.«

Die Wahrheit dämmerte Goegg. Aber sie war so katastrophal in ihrer Bedeutung, daß er sich noch dagegen sträubte und weiter fragte. »Also Sie haben die Bücher nach Frankfurt geschickt. Wozu?« Und als Lommel, kalten Schweiß über dem fetten Gesicht, in seinem eigensinnigen Schweigen beharrte: »Zu welchem Zweck, bitte? Antworten Sie mir!«

»Sehr einfach –«, Einstein goß sich den letzten Tee in die Tasse, »damit Rothschild durch öffentliche Bekanntgabe der Nummern die noch nicht im Umlauf befindlichen Noten entwerten konnte. Was Sie im Keller des Schatzamtes liegen haben, Bürger Goegg, ist wertlos. Habe ich Ihnen nicht von der komplizierten Natur des Geldes gesprochen, von dem Nichtgreifbaren, vom Glauben daran? Der Große Hohepriester in Frankfurt verhängt mit Hilfe und Unterstützung Ihres Finanzrats Lommel einen Bann, und Hokus Pokus Fidibus verwandelt sich das schönste gültige Zahlungsmittel, das besser war als irgendein von den sechsunddreißig deutschen Fürsten herausgegebener Geldschein, in gewöhnliches Papier.«

»Mir ist nicht nach Witzen zumute.« Goegg setzte sich bleich an seinen Schreibtisch. Aber der Witz ging auf seine Kosten; und es war ein grausamer Witz, denn er traf die Hoffnungen Tausender von Menschen. Goegg hatte ihr Vertrauen enttäuscht; aber war er nicht selbst betrogen worden, auf die kälteste, berechnendste Weise? Lommel! Lommel stand da, ein untergeordneter Beamter, ein Mann, den man nicht zweimal anblicken würde, träfe man ihn auf der Straße – und doch ein Mörder so klar, als hätte er mit eigner Hand der Freiheit den Dolch in die Brust gestoßen. Goegg läutete die Glocke. Zu dem mürrischen Diener, der endlich erschien, sagte er: »Rufen Sie die nächste Wache. Dieser Mann ist verhaftet!«

»Einen Moment!« Einstein hob die Hand. Der Diener zögerte. Einstein räusperte sich. »Sind Sie sicher, Bürger Goegg, daß der Finanzrat wirklich die Person ist, die in die Kasematten gehört?«

»Ganz sicher, Herr Einstein.«

»Ich wüßte nicht, daß dem Finanzrat irgendeine Schuld zufällt.«

»Wem denn?« böse.

»Denen, die vergaßen, Bürger Goegg, daß man neuen Wein nicht in alte Schläuche gießen und einen neuen Staat nicht auf einer alten Bürokratie errichten kann.«

»Rufen Sie die Wache!« wiederholte Goegg heiser.

»Ich nehme an, ich werde nicht mehr gebraucht?« erkundigte sich Einstein.

Goegg schüttelte den Kopf. Dann erinnerte er sich, daß er seinen Besucher zur Tür geleiten müßte, und er tat es auch, vorbei an Lommel, der mit gesenktem Kopf stand, als erwarte er das Fallen des Beils.

Äußerlich gelassen saß Lenore in der Vorhalle des Pariser Hofs. Ihr Vater hatte sie für ein Viertel vor eins gebeten. Sie sah noch einmal in dem Brief nach, den sie halbzerknüllt in ihrer behandschuhten Hand hielt. Die Uhr in der Halle zeigte noch nicht ganz halb eins.

Als das Dienstmädchen der Witwe Steeg ihr gemeldet hatte, daß jemand mit einer Nachricht für sie da sei, war ihr das Herz beinahe bis an die Kehle gesprungen. Aber es war keine Botschaft von Lenz. Es war nur dieser komische Stäbchen in seinem Begräbnisanzug gewesen, mit dem Bescheid von ihrem Vater. Gewiß, es hatte Stunden gegeben, in denen sie ihren Vater vermißt hatte, seinen bitteren Zynismus, seine Güte... Doch ihr erster Gedanke war gewesen, daß das kein Zufall war: Andreas Lenz' unerklärlich lange Abwesenheit und die plötzliche Ankunft ihres Vaters. Dann sagte ihr ein Funke von Vernunft, daß es keine Verbindung zwischen diesen beiden Dingen geben konnte...

Wo war Andreas Lenz?... Es war eine furchtbare Nacht gewesen. Sie hatte sich gesagt: Spiel nicht die kleine Ehefrau, nicht einmal in deiner Vorstellung, du bist nicht der Typ, und er würde nur weglaufen oder dich auslachen. Und dann war die Straße explodiert: Hufschläge und Rufe, unverständlich zuerst, aber später unzweifelhaft *Es lebe der Großherzog, Hurra!* Von ihrer Dachkammer aus konnte man nichts sehen als den Blumenkasten vor dem Fenster, Pelargonien, und die Dächer. Wie viele Pferde? Wieviel Mann?

Gegen sechs Uhr morgens war sie fertig und angezogen gewesen und auf dem Wege zum Rathaus. Welch herrlicher Tag! Keine Spur der nächtlichen Reiter, keine Spur irgendeiner Unruhe, nur die Wachen vor Beckers Hauptquartier waren verdoppelt worden. Jeder wurde kontrolliert, aber man kannte sie und ließ sie durch. Sie fand Böning, in Rauch gehüllt. Und aus Unter-Laudenbach trafen immer noch Nachrichten ein, Einzelheiten über Verluste, die Reihenfolge der Ereignisse, Namen, Dr. Walchers, Sigels, Amalia Struves. Sie fragte nicht nach dem einen Namen, auf den es ankam, und man behandelte sie wie eine junge Witwe – bestimmte Dinge erwähnt man nicht, und wenn, dann nur mit Umschreibungen... Sie warf sich beinahe schluchzend in Dr. Walchers Arme, als der hereinkam, unangemeldet, erschöpft über die eigenen Füße stolpernd, die Arzttasche immer noch in der Hand. Lenz geht es gut, hatte er gesagt, ihm ist nichts passiert. Nichts ist ihm passiert es geht ihm gut gut geht's ihm gut nichts ist ihm passiert...

Dr. Walcher hatte sie aufgefangen; es war nichts als ein Schwindelanfall gewesen. Er hatte ihr den Schal um die Schultern gelegt, von jemandem einen Wagen geborgt und sie zur Witwe Steeg zurückgebracht. Dann hatte er noch gewartet, ruhig, freundlich, teilnahmsvoll, und sich bemüht, die Umarmung, mit der Amalia sie begrüßte, und Amalias Tränen, die ihr die Wangen herabrannen, nicht aus allzu großer Nähe sehen zu müssen...

Die Uhr schlug: Viertel vor eins. Auf die Sekunde pünktlich trat ihr Vater ein, mit festen Schritten, beinahe federnd, seine ganze Haltung straffte die gelbe Farbe seines Gesichts und die tiefen Falten darin Lügen.

»Meine Liebe...!« sagte er, nahm sie bei den Schultern und schaute sie an, »du bist schöner geworden!«

Die Leute glotzten.

»Ich hab viel Gutes über dich gehört«, fuhr er fort. »Von der Wohltätigkeitsarbeit, die du tust – du wirst von allen hochgeschätzt...!«

Natürlich, er würde das, was sie tat, als Wohltätigkeitsarbeit bezeichnen; er hatte seinen besonderen Sinn für Humor behalten, oder er tat wenigstens, als hätte er ihn noch. »Auch du siehst gut aus«, sagte sie. »Wirst du richtig versorgt?« Sie erwartete, daß er nach Andreas Lenz fragte; die Frage war jetzt am Platze.

Aber er fragte nicht. Er bot ihr seinen Arm und führte sie in den Speisesaal, an einen Tisch ziemlich an der Seite, in der Nähe des Fensters; er wollte gesehen werden und doch im Hintergrund bleiben; er stand auf gleicher Stufe wie die hohen Herren, die herkamen, um hier zu speisen, aber er machte es deutlich, daß er *à la carte* aß und auf seine eigenen Kosten.

Einen Augenblick lang fühlte Lenore, die ihm über den weißen Damast und das schimmernde Porzellan hinweg ins Gesicht sah, die alte Geborgenheit – das Haus in der Poststraße, die bequemen Möbel, der dunkle Laden, durch den die Kunden eintreten mußten. Die kurzen grauen Löckchen über der intelligenten Stirn, die gescheiten beobachtenden Augen – das Ganze ein Bild von Klugheit und Verläßlichkeit. Aber seine erste Frage, obwohl allgemein gehalten, brachte ihr alles, was sie quälte und verwirrte, wieder zu Bewußtsein.

»Nun, wie kommst du zurecht?« erkundigte er sich.

Der Eintritt einer Gruppe von Menschen ersparte ihr die Antwort – Brentano war gekommen, gefolgt von einer Anzahl Mitarbeitern. Brentano, fast am Ende des Ganges zu dem Podest mit dem für die Notabeln gedeckten Tisch, wandte sich plötzlich nach links und kam auf sie zu.

»Mademoiselle!« Seine kühlen Lippen berührten ihren Handrücken. »Herr Einstein!« Er schien sehr erfreut – als wäre ihre Anwesenheit ein persönliches Kompliment für sein Regime. »Ich habe oft an die Unterhaltung gedacht, die wir an jenem Vormittag in Mannheim hatten...« Er ließ offen, ob er sich auf den immer noch schwebenden Grundstücksprozeß des Bankiers bezog oder das Gespräch mit Lenore. Sein Blick verdüsterte sich: »So viel ist seitdem geschehen – Ereignisse, die niemand von uns wirklich voraussah...«

»So?« sagte Einstein. »Ich habe Sie nach unserer Unterredung damals mit sehr viel Respekt für Ihre Voraussicht verlassen, und dieses Gefühl ist meinerseits mit der Zeit nur gewachsen.«

Der dünne Bartwuchs verbarg Brentanos Lächeln nicht. »Ich wünschte, Sie blieben eine Weile hier, Herr Einstein. Ein Abend mit Ihnen und Ihrer reizenden Tochter wäre sicher höchst anregend...« Er bemerkte das bedauernde Achselzucken des Bankiers. »Sie reisen wieder so schnell ab? Zu schade... Hatte Goegg sein Gespräch mit Ihnen?«

»Ja.«

Ein Blick; ein kurzes Schweigen; dann: »Ich verstehe.« Und dann: »*Bon appétit,* Mademoiselle. Ihr Diener, mein Herr.«

Lenore beobachtete ihn, wie er sich umwandte, ein engbrüstiger, schmalschultriger, kränklicher Mann nicht ohne Würde.

Das Essen wurde gebracht. Lenore aß mechanisch, der größte Teil des Ganges blieb auf dem Teller, und die Kellner servierten den nächsten. Die Fragen kamen langsam, wie die Tropfen einer fast vertrockneten Quelle.

Wie lebte sie? Hatte sie genügend Geld? Aß sie richtig? Hatte sie Freunde gefunden? Wie verbrachte sie ihre Zeit? Sie arbeitete? Was für eine Arbeit? Befriedigte sie sie? Und nach der Arbeit? Erholung? Wie? Wo? Nur eine Dachkammer? War es schwer, sich anzupassen?

Struve trieb Phrenologie? Konnte man die zwei ernst nehmen, ihn und Madame Amalia?

Ringsum gedämpfte Stimmen, Gläser stießen an, Bestecke klapperten.

Was hielt sie von der Entwicklung? War alles so gekommen, wie sie gehofft hatte? Waren die Menschen nun glücklicher? Hatte sie sich letzte Nacht sehr gefürchtet? Und was, wenn es sich wiederholte, wenn noch einmal irgendeine Bande von Halsabschneidern mit Gewalt einrückte? Hatte sie die Nachrichten aus Unter-Laudenbach gehört? Sie mußte wohl davon erfahren haben, sie wohnte ja mit den Struves zusammen! Aber wohin führte das, welche Perspektiven sah sie?...

Sie antwortete, Punkt für Punkt, peinlich genau. Es war nicht ihre Schuld, daß sie ihrem Vater nicht mehr die Wahrheit sagte, oder wenigstens nicht die ganze Wahrheit. Und je mehr ihr innerer Widerstand gegen seine Art des Ausfragens, gegen seine Wahl der Fragen, gegen das Verhör als solches wuchs, desto mehr verfiel sie in ihre Propagandasprache, Phrasen anstelle von Tatsachen, Wunschträume anstelle von Vernunft, ein eigensinniges Prahlen, dessen Mangel an Wahrheitsgehalt ihr selbst peinlich war.

Und ihr persönliches Leben? War sie glücklich? Oder, da Glück relativ ist, hatte sie das Gefühl, mehr gewonnen zu haben, als sie aufgegeben hatte? War es vielleicht zu früh, danach zu fragen, da ja eine neue Umgebung, neue Arbeit, neue Menschen einen oft abhielten, die Dinge richtig einzuschätzen?

Sie legte Messer und Gabel nieder. Es war dies eine Geste: fertig.

»Nun?« fragte er.

»Warum bist du gekommen, Vater?«

»Ich hatte geschäftlich zu tun. Du hast Brentano gehört. Ich war bei seinem Finanzminister.«

»Das meine ich nicht. Warum hast du nach mir geschickt?«

»Du bist meine Tochter. Ich hatte Sehnsucht nach dir. Ist das so schwer zu verstehen?... Außerdem wollte ich dir etwas sagen.«

Die Benommenheit war für einen Moment wieder da. Sie trank etwas Wasser, fühlte sich besser. Wußte er irgend etwas? Was wußte er? Über Lenz?

»So sag es mir«, bat sie.

Ihre Augen, dachte er, tief dunkel, wie die ihrer Mutter. Was wissen wir übereinander? Man lebt mit einem Menschen, jahrelang, und schließlich ist sie eine Fremde. Er wünschte, er könnte ihr sagen, wo ihr Andreas Lenz seinen versoffenen Schlaf schlief, und mit wem. Er hatte die feste Absicht gehabt, es ihr mitzuteilen, seit Stäbchen ihm berichtet hatte; er hatte sich vorgestellt, mit welchen Worten er es ihr beibringen und wie sie darauf reagieren würde und wie er sie schließlich wieder beruhigte. Ein guter Plan. Die ganze Sache war gut, und von dem Mädchen Josepha und dieser Polizeikreatur sehr geschickt durchgeführt worden. Die Sache hatte nur einen Haken, und der steckte von Anfang an drin: er hatte sie geplant. Und in dem Moment, da er Lenore alles sagte, würde sie das wissen und würde sich von ihm abwenden wie von etwas Widerlichem.

»Ich wollte dir sagen, daß du, wie sich die Dinge in der Politik oder in deinen persönlichenn Beziehungen auch entwickeln mögen, immer ein Heim hast, in das du zurückkehren kannst, und ein Herz, das bereit ist, dich aufzunehmen.«

Tränen stiegen ihr in die Augen, doch sie beherrschte sich.

»So viele Fragen«, sagte sie, »und keine einzige nach Andreas Lenz.«

Er nickte nachgiebig. »Ich dachte, Lenore, du würdest schon anfangen von ihm zu sprechen, wenn dir danach zumute ist.«

»Wir leben zusammen«, erklärte sie, »als Mann und Frau.«

Seine Kinnbacken traten hervor. Er atmete tief und wickelte die goldene Uhrkette fest um seine Finger.

»Keiner von uns beiden schert sich um Konventionen. Sie sind ein Teil des Gestrigen. Wir leben in einer Revolution...« Sie tat ihm weh. Und fuhr fort, ihm weh zu tun. »Warum solltest du etwas dagegen haben? Du glaubst selbst nicht an Konventionen. Außerdem liebe ich ihn, ob er es wert ist oder nicht.«

Der Kellner goß den Wein nach. Einstein trank das ganze Glas in einem Zuge aus. Dann tupfte er sich den Mund mit der Serviette ab und sagte: »Wir haben uns das letztemal im Zorn getrennt. Wir wollen das nicht wieder tun; die Zeiten sind zu schrecklich dafür. Wie sich die Dinge auch entwickeln, ich wiederhole das, du kannst immer zurückkehren...«

»Eis, der Herr?« fragte der Kellner.
Einstein blickte den Mann an.
»Eis, der Herr?«
»Oh, o nein. Vielen Dank. Aber meine Tochter wird etwas nehmen, nicht wahr, Lenore?«

Siebzehntes Kapitel

...Ich bin, was ich bin, Gott weiß, daß ich es so nicht wollte. Aber ich bin nicht der Dreck unter Deinem Stiefel, den Du auf dem nächsten Türabtreter abkratzt. Jeder zufällige Freund, der sein Geld zahlt, zeigt mehr Achtung als Du, er ist dankbar für den Werth, den er empfängt. Ich bin weggegangen – mit einem Mann, der sich wenigstens die Mühe macht, mich zu prügeln...

(Aus einem undatierten Brief, unterschrieben von Josepha Wundt, in Andreas Lenz' Besitz)

Nerven. Christoffel versuchte, sich darüber klar zu werden: Was waren diese Nerven, die Ruhe brauchten, die zu versagen drohten, die ihn dienstunfähig machten? Dr. Walcher hatte es ihm erklärt: Das waren eine Art dünne Stränge, die vom Gehirn in deinem Kopf durch den ganzen Körper bis in deine Fingerspitzen und hinunter zu deinen Zehen liefen. Wenn du deinen Zeh hin und her bewegst, dann mit Hilfe eines solchen Nervs. Wenn dein Finger auf den Abzug eines Gewehrs drückt, dann lag das wieder an einem anderen Nerv. Aber wenn die Nerven nicht so funktionierten, wie sie sollten, dann kann es geschehen, daß du mit dem Zeh wackelst statt auf den Abzug zu drücken, und was nützt ein Soldat, dem so etwas passiert?

Christoffel streckte beide Hände aus, die Finger gerade, und ging langsam vorwärts. Seine Hände zitterten. Er bemühte sich, das Zittern zu beherrschen, doch es wurde nur schlimmer. Zwei Schlingel kamen angerannt und paradierten an seiner Seite, die Arme steif nach vorn, aufgeregt schwatzend; sie hatten ein neues Spiel entdeckt. Aber ihre Hände hielten still, stellte Christoffel fest, und sein Herz sank.

Er steckte die Hände in die Taschen, schnauzte die Jungens an, zu verschwinden, und ging weiter. Nerven. Er hatte überhaupt nicht gewußt, daß er Nerven besaß, bis ihm der Doktor erklärte, daß mit ihnen etwas nicht in Ordnung wäre. Es war die alte Geschichte: erst wenn man sich die Lungen aushustet, bemerkt man, daß man überhaupt welche hat. Oder denkt sich der Soldat je etwas beim Urinieren, bevor nicht sein Ding geschwollen und voller Eiter ist und das Wasser nicht laufen will?

Können Sie mir einen Nerv zeigen, Herr Doktor? hatte er gefragt. Walcher hatte gelacht. Mein Rücken ist eine Sache, Herr Doktor, ich habe Schmerzen, ich kann die wunde Haut fühlen – aber warum sind diese Nerven krank geworden, und haben Sie keine Pillen, keine Arznei, keine Salbe dagegen? Ruhen Sie sich aus, hatte Walcher gesagt, Sie brauchen sowieso Ruhe, damit Ihr Rücken heilt. Seien Sie froh, wenn es keine anderen Komplikationen gibt. Ruhe. Ruhe. Ruhe.

Wie sollte er Ruhe finden? Er wagte nicht stillzustehen, sich hinzusetzen, allein mit sich zu sein. Nicht nur seine Hände zitterten; alles in ihm schien zu zittern...

Christoffel ging immer weiter. Er war todmüde und gleichzeitig so wach, daß er hätte schreien mögen. Er hatte alles, was ein Soldat sich nur wünschen konnte, eine neue Uniform, Geld, Urlaubspapiere – und er war ohne Bindungen, er konnte sich nicht vorstellen, wie er so einfach in seinem Dorf auftauchen und in sein Elternhaus treten und erklären sollte: Nerven! Sie würden alle glauben, er käme, um Anspruch auf mehr als Brot zu erheben, auf ein Stück von ihrem jämmerlichen bißchen Land, einen Anteil an ihrer elenden Hütte, und als erstes würden sie sagen, seine Mutter genau wie die anderen, du bist der Bankert, geboren, bevor der Vater die Mutter geheiratet hat, du hast keinen Anspruch auf irgend etwas. Es würde den üblichen Streit geben; wenn sie sich nicht gegen ihn zusammenschlossen, würden sie miteinander streiten – der ideale Platz zum Ausruhen.

Er hob den Finger und bewegte ihn vor seinen Augen hin und her. Die Schlingel waren wieder da, wackelten mit den Fingern vor ihren Gesichtern herum und johlten. Sein Finger, kurz, knorrig, der Finger eines Schuhmachers, umriß eine Fläche, rechts, links. Christoffel blickte genau hin: keine Nerven. Er sah keine. Was er sah, war ein Schild, eine Weintraube, in einem unmöglichen Grün gemalt, eine

Tür, halb offen, ihre Schatten winkten. Sein Finger hielt mitten in der Luft an. Nerven! dachte er und sah sich in der hintersten Ecke der Kneipe sitzen, braune Schatten, ein winziger goldener Lichtschein an der Seite des Glases, und er steuerte auf die Ecke zu, die er sich so schön vorgestellt hatte.

»Wein? Bier? Schnaps?«

Christoffel legte Geld auf den Tisch. »Was für Schnaps?«

Der Mann beugte sich über den Tisch, ein paar graue Brusthaare staken aus seinem offenen Hemd heraus. »Die Sorte Schnaps, die der Doktor dir verordnet, Soldat«, zwinkerte er. »Ein Glas heitert dich auf, beim zweiten möchtest du die ganze Welt umarmen, das dritte haut dich um.«

»Drei Gläser.«

»Drei.« Der Wirt zuckte mit den Achseln. »Der Tag ist noch jung.«

»Geh schon!« Christoffels Hand zitterte. »Zum Teufel!«

Der Mann ging und kam zurück mit drei Gläsern, voll bis zum Rand, auf einem schmierigen Zinntablett. Er stellte das Tablett vor Christoffel hin, zählte das Geld auf dem Haufen, nahm seinen Teil. Christoffel hob ein Glas, hielt es gegen das Licht, blinzelte auf die trübe Flüssigkeit, trank sie hinunter und schüttelte sich. Jemand in einer anderen Ecke, unsichtbar hinter einer brusthohen Scheidewand, sang:

»Drei Spatzen, drei Spatzen,
die scheißen von dem Dach,
ah, ah,
scheißen von dem Dach...
Bin so allein und traurig.«

Christoffel gewann Interesse: das Lied paßte genau zu seiner Stimmung. Ein Tschako, der an einem Haken an der Scheidewand hing, kennzeichnete den einsamen Sänger als Kameraden. Christoffel erhob sich schwerfällig, nahm sein Geld und sein Tablett und ging hinüber.

»Drei Mädchen, drei Mädchen,
die küßten meinen Mund,
ah, ah...«

Der Sänger blickte mit verschwommenen Augen auf. Dann breitete er die Arme in der ungefähren Richtung Christoffels aus und rief: »Hallo, Bruder Christoffel!« Die Arme sanken zurück auf den Tisch. »Dein Anblick erwärmt mir das Herz und erfreut meine Augen. Offenburg! Das waren noch Zeiten! Revolution! Erinnerst du dich an die Mädchen? Und an die Herren Politiker? Wie konnte es geschehen, Bruder, daß diese Revolution in die Hände der Mittelmäßigen gefallen ist? Hör zu...« Er holte tief Luft und begann wieder zu singen:

»Drei Fische, drei Fische,
die schnappen so nach Luft,
ah, ah,
schnappen so nach Luft...
Bin so allein und traurig.«

Er griff nach dem Tablett, nahm einen von Christoffels Schnäpsen und trank und forderte Christoffel auf, den letzten zu leeren. Dann fragte er: »Wo bist du gewesen? Du siehst ja schrecklich aus! Was ist los?«

»Nerven«, sagte Christoffel und stellte das Tablett mit seinem Geld auf den Tisch.

»Nerven!« Lenz seufzte. »Oh, Bruder!« Er zwang Christoffel auf die Bank neben sich, beäugte das Geld und rief dann: »Bedienung! Ist denn hier keine Bedienung? – Drei Schnäpse, hörst du?« Dann sang er wieder:

»Drei Schnäpse, drei Schnäpse,
gieß ich mir in den Schlund...«

Er brach ab, legte das Gesicht in die Hände und sprach mit tiefer, weinerlicher Stimme: »Ach, Bruder, ich bin so allein und traurig...« Nach ein paar Sekunden Schweigen breitete er die Finger so weit aus, daß er hindurchblicken konnte, und fragte: »Nerven hast du gesagt? Erzähl mir keine Sachen – dafür bist du nicht der Typ! Ich zum Beispiel...« Er stieß Christoffel in die Seite. »...ich habe ein Recht auf Nerven. Ich sehe, was vor sich geht, die Toten, eine Kinderhand, die kleine blaue Eingeweide zurückhält, ich reite auf Pferden, fahre auf Lokomotiven, ich habe Alpträume – aber du...!«

Der Mann hatte die Schnäpse gebracht und sein Geld genommen. Christoffel trank, seine Hand mit dem Glas bebte so sehr, daß der Schnaps beinahe überlief. Er wollte Lenz nach Josepha fragen. Vielleicht, wenn er noch mehr trank, würde er den Mut dazu aufbringen.

»Wie kommt's, daß mit deinen Nerven was nicht stimmt?« Lenz zeigte plötzlich Teilnahme. »Mach dir keine Sorgen. Mir wird schon was einfallen.« Er lachte. »Courage! Das ist eine ganz andere Sache, Courage. Weißt du, was ich getan habe, Bruder Christoffel, die ganze Zeit seit heute nacht?«

»Nein.«

»Ich hab versucht, Courage zu sammeln, Courage, um den Dingen ins Gesicht sehen zu können. Menschen und Dingen... Eh?«

»Ich hab nichts gesagt.«

»Da gibt's auch nichts, was du sagen könntest. Nerven! Du meinst, du hast ein Gefühl, als ob tausend Finger in dir herumwühlen, tausend Würmer durch deine Adern kriechen, tausend Nadeln dein Gehirn durchstechen? Ja?... Das bedeutet gar nichts. Vertrau nur auf Bruder Lenz. Er hat die richtige Arznei für dich.«

»Der Doktor hat gesagt, es gibt keine Arznei, keine Pillen, nichts.«

»Welcher Doktor?«

»Doktor Walcher.«

Lenz lachte wieder. »Armer Doktor Walcher... Meine Arznei ist ganz was Besonderes. Was versteht *er* davon?«

Christoffel preßte den Daumen gegen das Kinn und runzelte die Stirn. Gehen Sie in Ihr Dorf, hatte der Doktor gesagt, ruhen Sie, spannen Sie aus. Der Doktor verstand auch nichts vom Leben auf dem Dorf.

»Bedienung! Noch eine Runde!« rief Lenz.

Der Wirt brachte den Fusel. Lenz trank. Dann beobachtete er mit verkniffenem Blick, wie Christoffel trank. Er wartete, bis Christoffel sein Glas abgesetzt hatte; dann zog er ein zerknülltes Blatt Papier aus der Tasche, einen Brief, wie Christoffel sah. Lenz riß das untere Stück ab. »Da!«

Es war eine Adresse. Kein Name, nur Straße und Hausnummer. Lenz war betrunken.

»Hör zu, Bruder«, sagte Christoffel mit schwerer Zunge, »du bist verdreht. Das ist keine Arznei!«

»Doch, ist!«

Christoffel schob den Papierschnitzel zu Lenz zurück. »Lies selber.«

Lenz las. Die Buchstaben schwammen ihm vor den Augen. Seine Lippen bewegten sich bei jeder Silbe. »Stimmt! Stimmt genau! Richtige Straße, richtige Nummer. Bestes Rezept der Welt, für die Nerven, für alles. Geh nur hin, sie wird sie dir geben. O Gott, und wie sie sie dir geben wird, beste kleine Arzneigeberin der Welt...«

Seine Augen füllten sich.

> »Drei Rosen, drei Rosen
> die blühn auf meinem Grab,
> ah, ah,
> blühn auf meinem Grab...
> Bin so allein und traurig.«

Christoffel starrte auf die Adresse. Lenz stand auf, schob den Tisch vor, die leeren Gläser klirrten. »Geh nicht...«, bat Christoffel und erhob sich unsicher. Er war ein armer Bankert mit keinerlei Anspruch auf irgend etwas, ein Nervenbündel, der Zeh wackelt, statt daß der Finger abdrückt, er hatte Angst davor, allein gelassen zu werden, niemals in seinem Leben war er wirklich allein gewesen, nicht als barfüßiger Dorfjunge, nicht als Wanderbursche, auch nicht als Soldat. »Ich habe noch Geld...«, bot er an und streckte zum Beweis die zitternde Hand voller Münzen aus.

Lenz lächelte dumm und stopfte die Adresse in Christoffels Tasche. »Nein, Bruder, ich habe keine Ausreden mehr – verstehst du? Muß es durchstehen, muß mich ihnen allen stellen...« Er versuchte strammzustehen und zu salutieren. »Leutnant Lenz – zur Berichterstattung – zurück aus...«

Er stolperte quer durch die Gaststube und zur Tür hinaus. Christoffel folgte ihm. Arm in Arm, im hellen Tageslicht blinzelnd, schwankten sie die Straße hinauf, schlängelten sich zwischen Menschen, Laternenpfählen hindurch, bis Lenz beinahe in einen Steintrog fiel, in dem Wasser zum Tränken der Pferde stand. Er betrachtete sein verschwommenes Bild, über dem Häckselreste schwammen; dann riß er sich in einem plötzlichen Anfall von Energie den Tschako vom Kopf, Waffenrock und Unterhemd vom Leibe und begann, das trübe Wasser über Gesicht und nackte Brust zu spritzen, die ganze Zeit über darauf beharrend, daß Christoffel mittat, der Freundschaft und Brüderlichkeit wegen und weil es gut sei für die Nerven.

Christoffel schien es Schwierigkeiten zu machen, sich des Waffenrocks zu entledigen. »Ach, du...«, brummte Lenz gutmütig. »Kannst keinen kleinen Schnaps vertragen! Was kannst du denn vertragen?...« und mit feuchten, ungeschickten Fingern begann er, den nagelneuen Waffenrock des Freundes aufzuknöpfen. Christoffel zitterte. Dann war der Waffenrock ausgezogen.

Lenz schrak zusammen.

Christoffel wusch sich Hände und Gesicht. »Das ist gar nichts!« sagte er schnaufend. »Das hättest du vor ein paar Tagen sehen sollen!«

Lenz setzte sich auf den Rand des Trogs. Der Kopf schwamm ihm. Sehr behutsam zog er Christoffel den Waffenrock wieder über die Schultern. Und in seinen eigenen schlüpfend, sagte er: »Oh, Bruder, Bruder, was haben sie dir getan!«

Christoffel grinste. Sein eckiges Kinn, die breite Nase glänzten immer noch vom Wasser. Er fing schon an, sich ein wenig wohler zu fühlen, vom Schnaps, vom Waschen, hauptsächlich aber von der Gesellschaft, die er hatte, Freundschaft war doch etwas Wunderbares. »Und diese Arznei...«, sagte er.

»Welche Arznei?« fragte Lenz stirnrunzelnd.

»Oh, du weißt doch!... Die du mir empfohlen hast...« Christoffel klopfte auf seine Tasche. »Ich glaube, du bist der richtige Doktor für mich, Bruder Lenz, und ich werde deine Arznei versuchen.«

Lenz drehte sich abrupt um und ging davon.

Christoffel stand verblüfft da. »Auf Wiedersehen, Bruder!« rief er ihm nach. »Wo treff ich dich wieder?«
Doch der leicht schwankende Lenz war bereits außer Hörweite.

Die nachmittägliche Stille wurde von dem Rütteln an der Tür unterbrochen. Christoffel wartete. Dann, als nichts geschah, zog er noch einmal am Klingelknopf und schlug mit der Faust gegen die Türfüllung, um auch bestimmt gehört zu werden.

Er kratzte sich im Nacken. Vielleicht war seine Arznei gerade spazierengegangen. Oder vielleicht war jetzt nicht die Stunde, wo sie verabreicht wurde. Oder sie wurde gerade an einen anderen Patienten vergeben. Er packte den Türgriff und rüttelte. Plötzlich fand er keinen Widerstand mehr. Der kühle Flur umfing ihn. Eine Fistelstimme, männlich, erkundigte sich im Tone würdevoller Entrüstung: »Was soll der Lärm? Wer sind Sie? Was wollen Sie?« Schritte näherten sich von der Treppe her. Christoffel kam sich blöd vor. Der düstere Flur begann langsam um ihn zu kreisen. Ich bin betrunken, dachte er. Oder es sind die Nerven.

»Warum war die Tür nicht abgeschlossen?« fragte eine Frauenstimme vom Obergeschoß her.

Der Mann auf der Treppe antwortete nicht.

»Ich bitte um Entschuldigung«, sagte Christoffel zögernd. »Ich hoffe, ich bin hier richtig. Ein Freund hat mir diese Adresse gegeben...« Er hielt inne. Der Mann, schwarz, feierlich, erschien auf dem Treppenabsatz. »Ein Freund...«, stammelte Christoffel. »Andreas Lenz...«

Der Mann blieb stehen.

»Oh, bitte kommen Sie herauf!« sagte die Frau oben. Ihre Stimme hatte sich verändert, klang erregt.

»Folgen Sie mir!« sagte der Mann und wandte sich, um Christoffel voranzugehen.

Die Hand ans Geländer geklammert, stieg Christoffel die Treppe hinauf. Also bin ich schließlich doch am richtigen Ort, dachte er, und seine Magengrube zog sich zusammen. Er war kein Unschuldsengel, bei Gott, er war Soldat und war auf Wanderschaft gewesen, und es war nicht das erstemal, daß er huren ging. Aber jedesmal hatte er dieses Gefühl der Erwartung, als ob etwas Großes vor ihm läge, etwas Unerhörtes, das ihn bis in den Grund der Seele aufrütteln würde, und nicht ein Akt, den jeder Hund auf der Straße, jeder Hahn auf dem Mist ein halbes Dutzend Mal am Tag vollzog.

Das Licht war blau.

Alles war blau: die Tapete, der Teppich, die Vorhänge, das Mädchen. Nur der Mann war schwarz, schwarzer Gehrock, schwarze Hose, schwarze Krawatte, schwarze stechende Augen und das schmierige Lächeln des Polizeispitzels. Nerven, dachte Christoffel, Halluzinationen; Dr. Walcher wäre gewiß erstaunt zu hören, auf welch verrückte Weise das Hirn seines Patienten Menschen aus der Vergangenheit heraufbeschwor und sie zu lebenden Bildern zusammenstellte.

Josepha lächelte, Versuch einer Begrüßung. Dann wurde das Lächeln gezwungen und verschwand endlich ganz. »Andreas Lenz schickt Sie?« sagte sie ungläubig.

»Andreas Lenz schickt mich«, wiederholte Christoffel mechanisch. »Arznei, hat er gesagt. Sie hätten die richtige Arznei.« Er versteckte seine zitternden Hände in den Taschen. Dort war das Geld, das Stück Papier mit der Adresse. Nein, er träumte nicht irgendwelche Fieberträume; dies war Wirklichkeit, der blaue Salon mit dem Mädchen darin und dem Polizeiagenten, der heute Schwarz trug.

»Arznei?« fragte Josepha.

»Arznei«, bestätigte Christoffel. Er konnte den Blick nicht von ihr lösen. Er hatte keine Ahnung, was für ein Kleidungsstück sie da trug und wie es angefertigt war; aber es zeichnete ihre Brüste und ihre Hüften und ihre Schenkel ab; es war viel schamloser und erregender, als wenn sie nackt gewesen wäre.

»Und das ist alles?« sagte sie. »Ich verstehe nicht. Weiter hat er Ihnen nichts gesagt?«

»Nur das«, antwortete er.

Stäbchen kicherte.

Sie war sichtlich enttäuscht. Sie sieht mich einfach nicht, dachte Christoffel; das heißt, sie sieht mich, aber was sieht sie in mir, sie erkennt mich, aber was erkennt sie an mir? »Heute früh ist er weggegangen«, sagte sie, »ganz plötzlich. Ich hatte gehofft...« Sie zog die Stirn kraus. »Aber ich habe doch gar keine Arznei für Sie. Sind Sie krank? Welche Arznei...«

Stäbchen bog sich vor lautlosem Lachen. »O ja, Sie haben!« wieherte er endlich los. »O ja, Sie haben schon...«

Ein Schatten von Verständnis zeigte sich plötzlich auf ihrem Gesicht.

»Vergessen Sie Ihre Sorgen, Mademoiselle!« spottete Stäbchen. »Sie sehen ja, er kümmert sich um Sie! Er wirbt für Sie! Er schickt Ihnen Kunden!...«

Christoffel ging auf ihn zu. Stäbchen versuchte zurückzuweichen, aber hinter ihm befand sich die Wand, blaue Tapete, gestreift, Pastelltöne, unerbittlich. Er suchte nach einer Waffe, packte eine Vase, aber Christoffel griff ihn beim Handgelenk, die Vase fiel und zerbrach. Nerven, dachte Christoffel, beinahe froh, daß er seinen Nerven die Zügel schießen lassen konnte. Die halb offenen Wunden auf seinem Rücken schmerzten entsetzlich, als er die Muskeln spannte, als seine Finger wie ein Schraubstock Stäbchens Hals umklammerten, den schönen weißen Kragen zerdrückend, spürten, wie der Knorpel der Kehle nachgab. Stäbchens Augen quollen aus den Höhlen, das Kinn hing ihm herunter, die Zunge zeigte sich bläulich zwischen den Lippen. Dann sackte der ganze Mann unter Christoffels Händen zusammen, eine schwere, leblose Gliederpuppe.

Christoffel ließ von ihm ab.

Josepha starrte ihn an, die Hände vorm Mund, voller Angst.

Christoffel bemühte sich, die Dinge in einen Zusammenhang zu bringen: Josepha; dieser Salon; der Polizeispitzel, der da an der Wand lag und leise vor sich hin stöhnte – nur eines war ätzend klar: die Arznei, die Lenz empfohlen hatte. »Es sind die Nerven bei mir«, sagte er und dachte, was entschuldige ich mich, ich hab ja nicht mal angefangen zu tun, was man hier tun müßte, und hob den Fuß und gab dem nächstbesten Stuhl einen Tritt, daß er quer durch den Raum flog. »Zieh dich an!« befahl er.

Sie rührte sich nicht. Sie sah ihn – stämmig, breitschultrig, die großen Hände, die zusammengekniffenen, zornigen Augen, Stäbchen lag immer noch am Boden, ein schwarzes, zuckendes Häuflein Elend.

»Nicht!« sagte sie und wich vor Christoffel zurück.

Er blickte auf die Möbel, die Bilder, die Porzellanuhr mit den Rokokofigurinen, und befahl: »Zieh dich an, hast du nicht gehört?«

»Warum?« Sie lehnte sich auf. »Ich bin angezogen. Ich bin so angezogen, wie es mir gefällt. Was geht das Sie an? Sie kommen hierher von Lenz. Gehen Sie zu ihm zurück. Gehen Sie zurück zu Ihrem Freund! Ein feines Paar Freunde seid ihr! Arznei...« Sie fand ein Taschentuch, zerknüllte es und biß hinein.

Er kam auf sie zu.

»Gehen Sie weg!« schrie sie. »Lassen Sie mich!«

Er streckte die Hand aus, faßte nach ihrem Hemd oder was es auch sein mochte, das sie trug und das sie so schamlos schön aussehen ließ. Das Material, nicht für seine groben Finger geschaffen, gab nach. Sie stand da, wütend, in ihrem zerrissenen Negligé.

»Wirst du dich jetzt anziehen?«

Sie wehrte sich, zerkratzte ihm die Wangen.

Er schlug ihr ins Gesicht, zweimal, hart. »Ziehst du dich jetzt an!« sagte er. »Du kommst mit mir mit. Zieh dir gefälligst was Anständiges an. Pack dein Bündel, nimm nur das mit, was dir selber gehört, und keinen Firlefanz.«

Sie versuchte, mit den Resten des Negligés ihre Nacktheit zu bedecken und sich gleichzeitig die Nase zu schneuzen. »Ich hasse dich«, sagte sie, und dann: »Du – willst – mich – mitnehmen?«

»Ja«, antwortete er und faßte sie bei den Schultern und drehte sie herum und gab ihr einen leichten Stoß in Richtung der Schlafzimmertür. Stäbchen hatte es geschafft, sich aufzurichten; er saß auf dem Fußboden, den Rücken gegen die Wand gelehnt, mit benommenem Kopf. »Nerven«, sagte Christoffel zu ihm. »Meine schlechten Nerven sind mit mir durchgegangen, verstehst du, Kerl!«

Stäbchen zuckte zusammen. Dann machte er sich hastig davon, wie eine verängstigte schwarze Küchenschabe. Erst als er sicher die Treppe hinunter gelangt war, begann er um Hilfe zu schreien.

Achtzehntes Kapitel

Die Erhebung des badischen und pfälzischen Volkes für die Reichsverfassung kann ihrem Charakter nach nicht auf die engen Gränzen dieser Staaten beschränkt bleiben, eben weil sie eine deutsche ist, weil ihr alle deutschen Herzen im Norden und Süden des großen Gesammtvaterlandes entgegenschlagen... Die Rüstungen der Contrerevolution an unsern Gränzen, die besonders feindselige Haltung der Groß. hessischen Regierung, geben diesem Drange eine bestimmte Richtung, und statt feigen Abwartens ziemt es den Streitern der deutschen Einheit und Freiheit, ihren Feinden muthig entgegenzutreten. Wir werden auf diese Weise den Kriegern, die unwilligen Herzens uns entgegenziehen würden, die Gelegenheit bieten, in treuer Verbrüderung zu beweisen, daß sie für dieselbe Sache glühen wie ihre Kameraden in Baden und der Pfalz, wenn es gilt in der Stunde der Gefahr... Wir beabsichtigen nicht, Krieg gegen die Hessen zu führen, doch gebietet die Pflicht sowohl, als das Recht der Selbsterhaltung, daß die badische Armee diejenigen Punkte besetzt, welche der Feind als Angriffspunkte gegen Baden benützen dürfte. Wir suchen durch unsern Einmarsch in Hessen lediglich zu bewirken, daß die hessische Regierung den feindlichen Truppen den Durchmarsch nicht gestatte und ihre eigenen Truppen auf die Verfassung vereidigen lasse...

(Aus einem gedruckten Appell im Besitz von Andreas Lenz, betitelt »An das deutsche Volk«, datiert vom 28. Mai 1849, und gezeichnet: Der Oberbefehlshaber der badischen Truppen: F. Sigel, Major)

Sie hatten sich in Beckers Büro zusammengefunden, um Lenz' Bericht über die Sitzung des Landesausschusses zu hören.

»Sigels Depesche klang optimistisch, trotz des leichenrednerischen Tons, in dem Brentano sie vorlas«, sagte Lenz vorsichtig. »Offensichtlich mißfiel ihm die ganze Sache.«

Becker hörte auf, die Papiere durchzublättern, die vor ihm lagen. »Kein Wunder! Es heißt, daß Sigel ihm nichts gesagt hat –«, und wieder begann er die spärlichen Informationen zu ordnen, die bis auf seinen Schreibtisch gelangt waren. Eine Tatsache schälte sich heraus: Sigel hatte die revolutionären Truppen in einem unerwarteten und erfolgreichen Vormarsch nach Heppenheim in Hessen geführt. Und er hatte es auf eigene Faust getan, ohne sich mit irgend jemand zu beraten.

Böning schob ein Blatt Papier zu Dortu hin, der am Tisch saß und Entfernungen auf einer Karte maß.

Dortu las vom Blatt ab: »Sigels Detachement zusammengesetzt aus je einem Bataillon des Dritten und Vierten Infanterieregiments, einer Schwadron der Zweiten Dragoner, einer berittenen Artilleriebatterie, den Volkswehrabteilungen aus Offenburg und Lahr...«

»Das ist alles, was Sigel hat?« fragte Becker.

»Das ist alles«, bestätigte Dortu.

Becker schwieg. Dann warf er einen Blick auf Dortus Karte. Schließlich sagte er: »Verdammter Narr!« Und nach einer weiteren Pause: »Verdammter, ehrgeiziger Narr!« Er wandte sich wieder an Lenz. »Wie war die Stimmung im Landesausschuß?«

Lenz setzte sich hin und stützte die Ellbogen auf den Tisch. Die Müdigkeit machte ihm allmählich zu schaffen. »Als ich von dort wegging«, sagte er, »war Struve gerade am Reden. Bei Struve muß man immer mit mindestens einer halben Stunde rechnen.«

»Ich meine«, beharrte Becker, »die politische Stimmung.«

»Sie machen alle in Begeisterung. Thiebaut schwitzte wie ein Schwein und schrie Hurra. Brentano applaudierte bei jeder Erwähnung Sigels. Hoff beantragte, Sigel vom Major zum Oberst zu befördern, und dieser Dummkopf Haas, mit seinem Bart und seinen Pickeln im Gesicht, sprang auf und stellte den Zusatzantrag, ihn zum General zu machen, was durch Zuruf angenommen wurde. Mördes –«

»Mördes? Mördes ist doch gar nicht Mitglied!«

Lenz zuckte die Achseln. »Er war dort.« Die Augen fielen ihm zu.

»Konzentrieren Sie sich doch bitte!« rief Becker ihn zur Ordnung. »Eine Menge hängt davon ab, daß wir eine Vorstellung davon haben, wie die verschiedenen Gruppierungen im Landesausschuß sich verhalten werden!«

»Möglichkeit eins«, sagte Dortu, »Sigel siegt.«

»Siegt der Sigel«, erwiderte Lenz, »dann schwillt ausnahmslos jedem Deputierten derartig der Kamm, daß ihm der Hut nicht mehr auf den Kopf paßt. Struve wird ein großer Mann werden; und wir werden vielleicht sogar richtiges Geld für unsere Volkswehr bekommen.«

»Möglichkeit zwei«, fuhr Dortu fort, »Sigel wird geschlagen.«

»Daran mag ich gar nicht denken«, wehrte Lenz ab.

»Sie müssen daran denken«, meinte Böning eindringlich. »Was wird Brentano dann tun?«

»Woher soll ich das wissen?«

Böning griff unter sein weißes Haar und kratzte sich dort, wo einst sein Ohr gewesen war. »Wie viele Mitglieder des Landesausschusses werden geradestehen, wenn es brenzlig wird?«

»Ein halbes Dutzend«, schätzte Lenz. »Vielleicht auch zehn.«

»Ich möchte nur wissen, warum Mördes in der Sitzung ist«, grübelte Becker.

»Hoffen wir, daß Sigel nicht geschlagen wird.« Lenz wandte sich an Dortu. »Hat Tiedemann nichts von Reserven gesagt?«

»Nichts. Aber –«, Dortu wollte gerne helfen, »das bedeutet nicht, daß keine da sind. Tiedemanns Information muß nicht unbedingt vollständig sein. Und Heidelberg und Mannheim liegen voller Truppen…« Er verglich mit seiner Karte. »Einheiten der Ersten und Fünften Infanterie, der Hauptteil der Zweiten Dragoner und ein Teil unserer Volkswehr. Der Idiot!« Dortus zur Schau getragene Ruhe war für einen Augenblick erschüttert. »Statt das mit uns zu koordinieren!«

Sie versuchten, Sigels Beweggründe zu analysieren… Der Bursche schmiedete das Eisen, solange es heiß war, lautete Bönings Ansicht: Sigel hatte nur vorübergehend das Kommando, bis General Mieroslawski aus Paris eintraf; spätere Lorbeeren, wenn es überhaupt welche gab, würden die Stirn des neuen Mannes zieren… Dortu war weniger zynisch. Trotz seines Ärgers über Sigels Taktik der einsamen Entscheidungen spürte er, daß der Mann ehrlich an umfangreiche Desertionen beim Feind glaubte, sobald sich eine Kolonne Badener zeigte. Brentano mit seinem Advokatenverstand und seinem Zaudern hätte Sigel daran gehindert, das Territorium eines

Nachbarstaates zu verletzen; deswegen hatte Sigel die Sache vor Brentano geheimgehalten... Becker meinte, daß Sigels Offensive nach Norden, der Schlag gegen mögliche Schwerpunkte des Feindes im wesentlichen die erste Phase ihrer eigenen und der von den Bürgern Marx und Engels angedeuteten Pläne seien – und doch gleichzeitig eine Karikatur dieser Pläne, alles zu spät und in zu kleinem Maßstab, heroische Schildbürgerei; von Erfolg nur, falls der Feind noch dümmer und schlechter organisiert war, als irgend jemand das Recht hatte zu erwarten. Hatte Lenz denn keine Meinung?

»Nein.«

»Aber Sie waren doch in Unter-Laudenbach!«

Die Augen unter den überhängenden Brauen schienen mehr zu sagen, als ausgesprochen worden war: Unter-Laudenbach und das, was folgte, war von Lenz niemals vollständig berichtet worden.

»Ich war in Unter-Laudenbach«, bestätigte Lenz. »Und?«

»Sigel ebenfalls.«

»Sie wollen damit sagen, Sigel tut das alles, um seine Schlappe dort auszuwetzen?«

»Ist das so ausgeschlossen?« warf Böning dazwischen. »Größere Narren als Sigel haben aus viel geringeren Gründen noch schlimmere Fehler gemacht.«

»Warum überhaupt so viele Worte um diesen Mann?« Lenz begann sich zu ärgern. Er hatte Sigel in Unter-Laudenbach beobachtet, gewiß. Der Mann war auf der Flucht. Manche Leute flohen in den Schoß des nächsten besten Frauenzimmers, andere flohen nach vorn, hinein in noch größere, noch törichtere Wagnisse. Aber Flucht blieb Flucht – aus einer Lage, die man weder in sich noch außerhalb seiner selbst zu meistern imstande war. Doch das konnte er diesen Männern hier unmöglich sagen: einem Becker mit Frau und Kinderschar, die irgendwo in der Schweiz hungerten; einem Böning, dem diesmal der Kopf abgeschnitten werden könnte statt bloß der Ohren; und einem Dortu, der eine ganze Schlangengrube voller Hoffnungen und Ängste unter seiner bürokratischen Gelassenheit verbarg...

»Die Fehler eines einzelnen werden von allen bezahlt«, sagte Bekker. »Deshalb könnte es von Bedeutung sein, ihren Ursprung zu kennen.«

»Nichts ist in Unter-Laudenbach geschehen«, Lenz' Stimme klang gezwungen, »es war nicht einmal eine militärische Operation...«

Es hatte an der Tür geklopft.

»Herein!« rief Becker.

Amalia trat ein, ihr wohlgemutes Lächeln einen Schimmer zu süßlich und starr wie Zuckerguß. Ihr auf dem Fuß folgte Struve, wischte sich die enorme Stirn und blinzelte gegen das plötzliche Licht des Fensters. Alle erhoben sich.

»Warum fragen Sie nicht die Bürgerin!« durchbrach Lenz das Zeremoniell schließlich.

»Was soll man mich fragen?« erkundigte sich Amalia und neigte den Kopf in genau dem Winkel, der Haube und Gesicht am vorteilhaftesten erscheinen ließ.

»Über Unter-Laudenbach! Über Sigel!« sagte Lenz kalt.

Der Zuckerguß bekam Risse.

»Unter-Laudenbach –«, ihre Stimme hatte etwas Sirupartiges, »das war eine schreckliche Tragödie. Franz Sigel verhielt sich, wie wir, die ihn kennen, es erwarteten: wie ein Held. Aber man kann nicht hilflose Frauen und Kinder gegen eine unmenschliche Soldateska führen.«

»Genau wie wir's uns vorgestellt hatten«, bemerkte Lenz. »Oder nicht?«

Becker, dem das Ganze zuviel wurde, winkte ihm ab und bot Amalia den einzigen anständigen Stuhl an. Struve stellte sich hinter sie, so daß er über ihr zu schweben schien und sich doch zugleich im Schutz ihres Rückens befand.

»Wir haben gehört, daß Sie zum Landesausschuß gesprochen haben, Bürger Struve!« meinte Dortu.

»Es war eine gewaltige Rede!« Amalia betonte das *gewaltig*. »Sogar Brentano – Sie kennen sein Gesicht, es zeigt seine Gefühle sonst nie – sogar Brentano schien bewegt, als er aus der Sitzung kam.«

»Ah – die Sitzung ist beendet?« Böning zerdrückte seinen Zigarrenstummel auf dem Griff seines Säbels.

»Sie wurde vertagt«, erklärte Struve.

»Ich verstehe«, sagte Becker.

Struve legte die Hand auf die Schulter seiner Frau. »Es war leider unvermeidlich. In einer Demokratie entscheidet die Mehrheit.«

»Und ich bleibe dabei, Struve, es war ein Trick, um deine Anträge zu Fall zu bringen!...« Der Zuckerguß war restlos verschwunden.

»Aufgeschoben ist nicht aufgehoben!« Die Falten auf Struves Stirn vertieften sich. »Die Vertagung ist nur kurz – bis weitere Nachrichten von Sigel da sind.«

»Struves Vorschläge wären angenommen worden!« wiederholte Amalia. »Zu einer Zeit, wo Sigel vorrückt und allen die Vitalität und Stärke der Revolution zeigt, hätte man nicht gewagt, Struves Anträge abzulehnen...«

»Zu keiner Zeit kann man wagen, solche Anträge abzulehnen!« beharrte Struve. »Ich habe die sofortige Eröffnung einer großangelegten Offensive gefordert, unter Einsatz aller verfügbaren militärischen Kräfte. Ich habe die restlose Mobilisierung aller Männer zwischen achtzehn und fünfundvierzig verlangt, und regelmäßige Besoldung der Volkswehr, die Schaffung eines Volksartilleriekorps, eine nach Einkommen und Vermögen abgestufte Besteuerung aller, eine aktive Außenpolitik, die feste Verbindungen zu allen fortschrittlichen europäischen Mächten schafft, und organisatorische Einheit mit der revolutionären Pfalz.«

»Ein ganzes Programm«, sagte Böning anerkennend. »Kein Wunder, daß die Herren gekniffen haben.«

»Wie lange wird es dauern, bis die nächste Depesche von Sigel eintrifft?« gab Struve zu bedenken. »Drei Stunden? Oder sechs? Dann muß die Sitzung wieder einberufen werden!«

»Und dann werden Sie die Mehrheit haben?« fragte Dortu mit einem dünnen Lächeln. »Oder glauben Sie, Brentano wird sich plötzlich in einen Danton verwandeln?«

»Vielleicht haben wir die Mehrheit schon heute abend.« Struve war einen Augenblick lang nachdenklich. »Sehr viel hängt von Sigels Vormarsch ab. Wenn er siegt –«

»Und wenn er geschlagen wird?«

Wieder war es Dortu, der fragte. Struve schien in Verlegenheit. Ein eigenartiges Duell, dachte Lenz, bei dem Dortu den abgeklärten Weisen spielte und Struve die Rolle des himmelstürmenden

Jünglings, der an das Gute im Menschen, an Recht und Billigkeit glaubt.

»Item eins«, sagte Dortu, »wird Ihr Programm etwa weniger notwendig, wenn Sigel geschlagen wird? Item zwei: Wie stehen dann Ihre Chancen, eine Mehrheit für Ihre Anträge zu erhalten?«

Struve sah nicht aus wie ein Prophet, mit seinem Bauch und den runden Schultern und seinem lächerlichen Haarkranz, und er wußte das. Doch es war ein inneres Feuer in ihm, als er fragte: »Soll man gegen alle konstitutionellen Grundsätze handeln in einer Revolution, die für eine Verfassung gemacht wird? Würde das nicht unsere eigenen Ziele und Absichten vereiteln?«

»Und was wird aus Ihren schönen Grundsätzen, wenn die ganze Revolution verlorengeht?« entgegnete Dortu.

»Was also ist *Ihr* Vorschlag, Bürger Dortu?« fragte Amalia.

Dortu zuckte die Achseln. Böning stieß mit seinem Säbel auf den Fußboden. »Wir sind Offiziere, Madame. Ihr Mann ist der Fachmann für politische Fragen!«

Struves Augen, immer leicht vorstehend, schienen hervorzuquellen. »Sollte sich der Landesausschuß in einer Notsituation als zu schwerfällig oder aktionsunfähig erweisen, dann werden wir eine Diktatur errichten müssen.«

»Aber wessen Diktatur?« fragte Becker. »Von welchen Kräften getragen?«

»Natürlich von den fortschrittlichsten Gruppen im Lande! Von den konsequentesten Revolutionären: Sie, ich, es gibt viele von uns, wir müssen uns nur organisieren, zusammen denken, zusammen handeln, eine Partei bilden, eine Zelle, einen Klub; und wir werden nicht nur die Mehrheit des Landesausschusses, sondern die Mehrheit des ganzen Volkes mit uns vorwärtsreißen!« Die Begeisterung hatte ihn jetzt endgültig gepackt. Er griff nach Beckers Hand. »Mein Freund – ich habe mir mehr als einmal Gewissensbisse gemacht, daß ich Sie überredete, hier bei uns in Karlsruhe zu bleiben und diesen undankbaren Posten anzunehmen. Doch ohne Sie und Ihre Genossen und die Volkswehr, die Sie aufgebaut haben, weiß ich nicht, was das Schicksal dieser Revolution sein würde...«

Da war er wieder, der Volksredner von früher! Lenz lächelte

wehmütig. Da war der ganze Schwung der Gefühle, mit dem Struve voriges Jahr die Menge mitgerissen hatte, mit dem er diese Bergbauern und Kleinstädter überzeugt hatte, ihre Mistgabeln zu nehmen und ihre altmodischen Donnerbüchsen und ihm ins Feuer der Linientruppen zu folgen.

Aber Becker ließ sich nicht so leicht überreden. »Gustav Struve!« forschte er. »Ist da nicht etwas, das Sie uns vorenthalten?«

»Nein«, erwiderte Struve. Amalia blickte ihn mißtrauisch an. Struve runzelte die Stirn. »Es sei denn eine Vermutung, falls die Sie interessieren würde.«

»Sie würde«, ermunterte ihn Becker.

»Kurz vor dem Antrag auf Vertagung ging Mördes zum Präsidium hinauf und überreichte Brentano ein Papier, das er von einem Boten empfangen hatte.«

»Und Sie fürchten«, sagte Becker, »daß Brentano das Ergebnis von Sigels Offensive bereits kennt?«

Struve hob die Hände. Diesen Gedanken dachte man besser nicht zu Ende.

»Dortu«, bat Becker sehr ruhig. »Würden Sie so freundlich sein, sich zum Bahnhof zu begeben und den Telegraphisten zu bitten, mit Tiedemann in Mannheim Verbindung aufzunehmen?« Und zu Struve gewandt: »Vielleicht sollten wir anfangen zu überlegen, wie man eine Diktatur Brentano verhindern kann!...«

Die Glocken schlugen ein Uhr morgens.

Also Sigel war geschlagen...

Es war eine Nacht voller Sterne; jemand hatte ein paar Fenster geöffnet, um Luft in den Sitzungssaal zu bringen; Lenz lehnte gegen die nächste Bank und blickte hinauf zu dem Schleier der Milchstraße. Das unaufhörliche Stimmengewirr hinter ihm brachte ihm die Spannung in dem getäfelten Raum zum Bewußtsein. Der Rathausplatz draußen war so gut wie menschenleer – Schlachten oder nicht, Sondersitzungen oder nicht, die Karlsruher Bürger krochen bei Nacht unter ihre Federbetten. Nur die Schritte der Patrouillen, immer zwei Mann, hallten auf dem Kopfsteinpflaster wider; zwei Gattungen von Patrouillen: Volkswehr, von Becker beordert, und Bürgerwehr, man konnte erraten, auf wessen Befehl.

Jemand gesellte sich zu ihm. Lenz wandte den Kopf und erkannte das bleiche Profil von Goegg, die dünnen Lippen zusammengepreßt, als versuchte der Finanzminister, etwas Bitteres hinunterzuschlucken. Nach einer Weile lockerten sich die Lippen. Goegg legte den Arm um Lenz' Schulter und sagte: »Wenn man so denkt, worauf diese Sterne in den Jahrmillionen schon herabgeblickt haben, dann schrumpfen die eigenen Sorgen auf das richtige Maß zusammen.«

Lenz nickte zurückhaltend. Der Gedanke war reichlich abgedroschen.

»Manchmal stelle ich mir vor, daß die dort oben zu Gericht sitzen über uns und unsere Fehler«, fuhr Goegg fort, »in ihrem eisigen Weltenraum, unparteiisch, kaltherzig objektiv. Und ich frage mich, wo sie die Linie ziehen würden zwischen Schuld und Schwäche.«

Wahrscheinlich verrät er uns in diesem Augenblick, dachte Lenz. Er klopfte Goegg in der Herzgegend auf die Brust und bemerkte: »Der wahre Richter sitzt hier, Bürger Goegg!«

Goegg sah sich um: niemand war in Hörweite. Trotzdem senkte er die Stimme. »Was wird werden, Bürger Lenz?«

»Sie, ein Minister, wollen das von mir wissen?«

»Sie sind doch Soldat!«

Lenz warf einen Blick auf die Patrouille, die draußen langsam vorbeischritt. »Wenn Sie den Soldaten fragen, wird er Ihnen sagen: Kämpfen werden wir!«

»Und wenn ich Sie als ordentlich gewähltes Mitglied des Landesausschusses frage?«

»Die Antwort bleibt die gleiche!«

»Ah, gut.« Goegg strich sein langes Haar zurück. »Weil ich, ehrlich gesagt, nicht sehr für das bin, was hier unter einigen Abgeordneten geredet wird.« Er zuckte die Achseln. »Sigel hat ein Scharmützel an der Grenze verloren, und diese Leute benehmen sich, als wäre die ganze Revolution schon besiegt. Wie viele Schlachten wurden von den Amerikanern verloren, ehe Cornwallis sich Washington ergab? Wie weit waren die Interventionsheere in Frankreich eingedrungen, bevor die Republik sie vernichtete?«

»Vielleicht sagen Sie das in der Debatte!« schlug Lenz vor und wandte sich zurück in den Saal.

Im Licht der Kronleuchter und Kandelaber trieb der Tabakdunst den Fenstern zu. Darunter bewegten sich die Köpfe der Mitglieder des Landesausschusses, einzeln oder in Gruppen. Da war der allgegenwärtige Mördes, der jedes Gerücht geschickt übertrieb, indem er es scheinbar unterdrückte – nein, nein, nein, es bestehe kein Grund zur Panik; Berichte, der Feind sei bei Heidelberg über den Neckar, seien unbegründet; auch die Mannheim-Heidelberger Eisenbahn sei noch nicht von den Preußen abgeschnitten; warum warteten die Mitglieder nicht Sigels Bericht ab; Bürger Brentano hatte ihn nach Empfang der schlechten Nachrichten von der Grenze sofort zurückberufen. Er mußte jeden Augenblick eintreffen... Struve ging auf und ab, die Hände im Rücken, seine stumpfe Nase sog die Luft ein, als wittere er große Dinge. Oben im Präsidium versuchte Geheimrat Thiebaut, der den Vorsitz führte, sich zu Brentano hinüberzubeugen; es fiel Thiebauts in Fett eingebettetem Kinn nicht leicht, sich zur Seite zu wenden, aber Brentano saß regungs- und leidenschaftslos da und überließ Thiebaut seinen Verdrehungen.

Die Unruhe stieg. Alle waren übermüdet; sie waren seit dem frühen Morgen anwesend; den ganzen Tag über das Auf und Nieder der Hoffnungen, während die widersprüchlichsten Nachrichten durchsickerten und die Gefühle sich erhitzten – eine Atmosphäre, in der alles geschehen kann, dachte Lenz. Sein Gehör registrierte geistesabwesend das Geräusch von einem Wagen und Pferden draußen. Andere schienen es ebenfalls gehört zu haben. Die Unterhaltung erstarb. Aller Augen wandten sich der Tür zu.

Vom Fenster her kam Goeggs Stimme: »Er ist verwundet!« Brentano erhob sich. Ebenso Thiebaut, wobei er seinen Bauch auf den Tischrand stützte.

In die Tür trat Major Thomé. Er salutierte und marschierte gravitätisch zu Thiebaut hinauf. Dort angekommen, trompetete er: »Bürger und meine Herren – der Obergeneral erbittet die Erlaubnis des Landesausschusses, den versammelten Mitgliedern seinen Bericht vorlegen zu dürfen.«

Es war bewundernswert. Lenz hatte nicht erwartet, daß Sigel zu so etwas fähig war – der Mann hatte es fertiggebracht, die Armee der Revolution wie eine Kollektion von Windbeuteln erscheinen zu lassen, die beim ersten Stoß in sich zusammenfielen, aber er hatte die Stirn, dieses Theater aufzuführen. Und es tat seine Wirkung. Schade, daß Amalia das nicht erlebte: sie wäre geborsten vor Stolz.

Thiebaut war dem großen Augenblick gewachsen. »Herr Major Thomé!« verkündete er. »Teilen Sie dem Obergeneral bitte mit, daß der Landesausschuß bereit ist, ihn zu hören.«

Thomé salutierte und machte kehrt. Aber irgendwie klappte die Regie nicht. Sigel kam ein paar Sekunden zu früh herein – eindrucksvoll trotz alledem: die schmutzbefleckte Bandage um den Kopf, der zwei Tage alte Bartwuchs verliehen seiner spitzen Nase und seinen merkwürdig ungleichmäßigen Augen ein beinahe dämonisches Aussehen. Sich auf den dicken Thomé stützend, der ihm entgegengeeilt war, schritt Sigel langsam zum Podium. Er salutierte nicht. Er stand mit steinernem Gesicht, Fleisch und Blut gewordene Tragödie, und sagte mit dumpfer Stimme, bei der den empfänglicheren Mitgliedern ein Schauer die Wirbelsäule herunterrieselte: »Ich stehe Ihnen zur Verfügung, Bürger.«

»Sind sie verwundet, Herr Obergeneral!« Thiebauts Stimme klang teilnahmsvoll. »Ist es für Sie nicht zu anstrengend, zu sprechen?«

»Es ist nichts, vielen Dank, mein Herr.« Sigel lächelte tapfer. »Eine hessische Kugel schlug mir den Tschako vom Kopf...«

Mehrere Mitglieder schnappten nach Luft.

»...und streifte mich am Schädel. Einige unserer braven Soldaten sind viel schwerer verwundet. Und bedauerlicherweise haben wir eine Anzahl Gefallener zu beklagen.«

»Ich beantrage eine Minute Schweigen, den Toten unserer ersten Schlacht zu Ehren«, schlug Brentano rasch vor.

Thiebaut verzichtete auf die Formalität einer Abstimmung. Er schob sein Kinn in dessen Fettfalten und stand ehrerbietig ungefähr eine Minute, seiner Schätzung nach. Lenz sah Struve feuchten Auges seine Rührung hinunterschlucken. Struve war ein Mensch, der auf so ein Schauspiel hereinfiel. Lenz hingegen, wenn er überhaupt etwas empfand, dann kalte Wut auf diejenigen, die immer wieder gezaudert und jede Offensive verhindert hatten, bis der Feind seine

Truppen zusammengezogen hatte – und auf den Poseur da vorn mit seinem Verband am Kopf, der sich jetzt, da es für jeden zu führenden Schlag der sorgfältigsten Vorbereitungen bedurfte, mit einer Handvoll Bewaffneter in ein Abenteuer gestürzt hatte.

»Ich danke Ihnen, Bürger.« Thiebaut seufzte, ließ sich auf seinen Sitz zurücksinken und verkündete nach einem flüchtigen Läuten seiner Glocke: »Die Sitzung geht jetzt zur Tagesordnung über. Wir haben uns versammelt, um den Bericht des Bürgers Sigel entgegenzunehmen über das Gefecht, das an unseren Grenzen stattgefunden hat, und um zu erörtern, welche Maßnahmen zu ergreifen sind.«

Lenz streckte die Beine aus. Die parlamentarische Routine, die mit Thiebauts Worten wieder in den Vordergrund rückte, hatte etwas Beruhigendes.

»Wünscht jemand zur Tagesordnung zu sprechen, bevor ich dem Bürger Oberbefehlshaber das Wort erteile?«

Thiebaut wartete.

»Niemand?... Dann erteile ich General Sigel das Wort.«

Sigel, der immer noch die Achselstücke eines Majors trug, bestieg das Rednerpult. Auf ein Nicken Thiebauts füllte ein Diener ein Glas mit Wasser für den Sprecher.

»Bürger!« Sigel trank das Wasser mit einem Zug aus. »Ich wünschte, ich könnte über den Sieg berichten, den zu erringen wir ausgezogen waren, den Sieg, der dem Heldenmut unserer Soldaten gebührt hätte, den Sieg, der unser hätte sein müssen und der uns durch Verrat entrissen wurde.«

»Hört! Hört!« sagte Struve, und sein Ruf fand an mehreren Stellen sein Echo.

»Aber auch der Feind kann sich keines Sieges rühmen. Im Gegenteil, die Hessen zogen sich gleichfalls zurück und befinden sich nach letzten Meldungen weit hinter ihrer eigenen Grenze.«

»Hurra!« rief Korporal Haas, schwieg jedoch sofort unter dem vernichtenden Blick, den Sigel ihm zuwarf.

»Unser Unternehmen begann mit einer Offizierspatrouille unter Führung des Oberbefehlshabers, die mehrere Meilen in hessisches Territorium eindrang und dort rekognoszierte. Die Patrouille fand den Feind in überlegener Stärke jenseits von Heppenheim konzentriert mit der offensichtlichen Aufgabe, die Straße und Eisenbahnlinie nach seiner Hauptstadt Darmstadt zu blockieren. Da der Sieg einer zahlenmäßig unterlegenen Truppe nur durch einen entschlossenen Angriff errungen werden konnte, wurde entschieden, diesen zu wagen.«

Sigel hielt inne. Vielleicht, dachte Lenz, will er nur feststellen, ob seine bewußt soldatisch gehaltene Sprache auch den gewünschten Eindruck macht.

»Die Anfangsphase unseres Angriffs gab zu den besten Hoffnungen Anlaß«, fuhr Sigel fort. »Trotz unserer begrenzten Anzahl gelang es uns durch gute Disposition unserer Truppen und durch den schieren Mut der Offiziere wie auch der Soldaten, die Vorhut des Feindes auf dessen Hauptlinie zurückzuwerfen, ohne daß ein Schuß abgegeben wurde. So erreichten wir Heppenheim, in dessen Weichbild und Umgebung, wie wir wußten, zwei feindliche Infanterieregimenter aufmarschiert waren.«

Die Geschichte hatte ihre eigene Spannung; der kleine Trupp der Revolutionäre, der da in tiefste Stille hinein vorrückte, zur Rechten die bewaldeten Hügel, zur Linken das üppige Grün sumpfiger Wiesen mit dem stillen Wasser eines Flüßchens, das schwarz und beinahe bewegungslos dalag. So unheimlich war diese Stille, daß jemand vorschlug, die Regimentskapelle spielen zu lassen, und der Oberkommandierende befahl die Kapelle nach vorn. Also marschierte sie vornweg, die Pfeifen wurden geblasen, die Trommeln geschlagen, dann folgte der Oberkommandierende zu Pferde, einige der Freiwilligenoffiziere an seiner Seite. Und so rückten sie vor, bis die Häuser von Heppenheim in Sicht kamen und die Hauptmasse der feindlichen Infanterie.

»Der Feind hatte immer noch nicht geschossen«, sagte Sigel. »Dann plötzlich begannen sie drüben zu winken und Hurra zu rufen, und wir dachten, unsere deutschen Brüder aus Hessen sind im Begriff, mit uns gemeinsame Sache zu machen. Diese Annahme erwies sich als falsch. Als wir uns ihnen mit Gesang näherten, unsere Kapelle spielte immer noch, da teilten sich die Reihen der hessischen Infanterie und gaben einer halben Batterie Artillerie und ihren Kartätschen freies Schußfeld.«

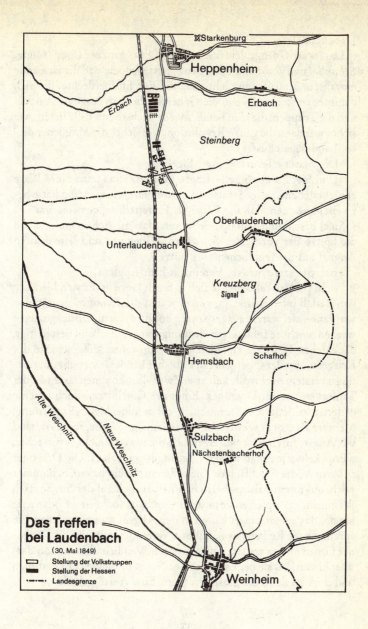

»Schande!«

Das war Goegg, leidenschaftlich. Ein ganzer Chor folgte, *Schande!* und *Buh!* und *Pfui!* Lenz spürte jedoch, daß die lärmende moralische Entrüstung nicht ganz die Furcht überdeckte, die sich dahinter versteckte: Wenn die Generale, die man ausgewählt hatte, und die Truppen, die man besaß, in jede nächstbeste Falle liefen, wie sicher war dann die ganze Revolution, wie sicher die Mitglieder dieses Landesausschusses?

»Die Batterie feuerte«, sagte Sigel.

»Und Sie, Bürger Sigel!« fragte Mördes, »was taten Sie?« Wäre er nicht der ehemalige Staatsprokurator gewesen, niemand hätte bezweifeln können, daß die Frage als Hilfestellung gemeint war.

Sigel beschloß jedenfalls, sie so aufzufassen. »Ich stellte mich an die Spitze der vordersten Schwadron Dragoner und leitete ihren Angriff auf die feindlichen Geschütze.«

»Bravo!« sagte Struve. Vereinzelt kam Applaus.

Nicht ein Muskel bewegte sich in Sigels Gesicht. Er stand jenseits von Beifall oder Kritik. Ja, gewiß wären die Kanonen genommen worden – sie waren ausgespannt, konnten nicht zurückgezogen werden, und ihre Infanteriebedeckung war gerade damit beschäftigt, die eigenen Gewehre zu laden. Aber eins jener Mißgeschicke des Krieges... Er, der Obergeneral, bitte den Landesausschuß, ihn richtig zu verstehen: er wolle keinerlei Zweifel aufkommen lassen an der Tapferkeit unserer Dragoner. Eines der Geschütze jedoch brachte es fertig zu feuern – Kartätschen, auf wenige Meter Entfernung. Mehrere Dragoner schrien auf und fielen; ihre Pferde, reiterlos, wild vor Angst; furchtbar; was eigentlich die Massenflucht verursachte, würde keiner je genau wissen – jedenfalls geschah es. Die Dragoner ritten in wilder Flucht davon. Sie ließen sich nicht halten. Schlimmer noch, auf ihrem halsbrecherischen Ritt zurück auf der Straße nach Weinheim galoppierten sie mitten in ein Bataillon unserer Infanterie hinein, das anmarschiert kam, um den Angriff zu unterstützen. Sie sprengten die Reihen des Bataillons, verbreiteten Panik, die Dragoner flohen immer weiter, einige bis nach Weinheim hinein und darüber hinaus, bis sie bei Einbruch der Nacht in Heidelberg eintrafen und dort zu den bodenlosesten Gerüchten Anlaß gaben.

»Und Sie, Bürger Sigel, was taten Sie?« sagte Mördes.

Es lag etwas Bohrendes in der Schärfe der wiederholten Frage. Sigel blinzelte. »Wir versuchten, uns zu halten«, erwiderte er heiser. »Mit den Resten unserer Infanterie, etwa achthundert Mann, und der Reserveschwadron der Dragoner wehrten wir uns über drei Stunden lang bis zum Einbruch der Nacht gegen einen überlegenen Feind, von der Straße her wie von dem erhöhten Terrain auf der anderen Seite ständig im doppelten Kreuzfeuer der Artillerie!«

»Bravo!« sagte Struve, aber nur Lenz applaudierte.

»Hatten Sie keine eigene Artillerie?« fragte Mördes.

»Eine berittene Batterie, an unserer linken Flanke«, erwiderte Sigel.

»Kam diese Batterie nicht ins Spiel?«

Sigel griff unwillkürlich nach seinem Verband. Seine Müdigkeit machte sich jetzt bemerkbar. »Nachdem unser Rückzug in der Mitte begann«, sagte er zögernd, »versuchte eine Schwadron von hessischen Chevaulegers zu unserer Linken, unsere vier Feldgeschütze abzuschneiden. Daher gab ich der Artillerie den Befehl, sich zurückzuziehen; unglücklicherweise ging die Batterie bis nach Weinheim zurück. Als wir sie endlich erreichen und anweisen konnten, hinter unserer Hauptlinie aufzurücken, war es zu spät.«

»Warum war es zu spät?« Wieder Mördes, der sich offensichtlich in seiner Rolle gefiel.

Das ist widerwärtig, dachte Lenz. Mördes' Verhör hatte die Stimmung der Sitzung verändert: der glattfließende Bericht des Helden verwandelte sich in das gequälte Geständnis eines Angeklagten; und Thiebaut, der in seiner Eigenschaft als Vorsitzender den Oberbefehlshaber hätte beschützen müssen, lehnte sich in seinen Sessel zurück, die Augen geschlossen, und blies jedesmal, wenn er ausatmete, die dicken Wangen auf.

»Ich werde versuchen zu erklären...« Sigels Stimme klang hilflos. »Es wurde dunkel«, sagte er. »Die Truppen – Linieninfanterie, Volkswehr – hatten vier Stunden lang ohne Pause im Feuer gestanden, gegen eine große Übermacht. Wir bereiteten uns gerade auf einen Gegenangriff vor. Plötzlich kamen Schüsse von den Hügeln zur Rechten. Überreizt, müde, immer noch unter dem Eindruck der

Falle, die ihnen in Heppenheim gestellt worden war, begannen die Soldaten zu rufen: Wir sind verraten, abgeschnitten, umzingelt. Wenn ich nicht den Befehl zum Rückzug gegeben hätte, wären sie ohne mich zurückgegangen.«

»Bürger Sigel!« Mördes setzte zu einer letzten, tödlichen Frage an.

Aber da war Struve schon auf den Beinen. »Bürger Vorsitzender! Ich muß hier protestieren! Keiner von uns hat etwas dagegen eingewandt, daß Bürger Mördes in seiner Eigenschaft als Zivilkommissär bei unserer Beratung anwesend ist. Aber er hat kein Recht, störende Fragen zu stellen. Lassen Sie den Redner ausreden. Fragen kann man hinterher an ihn richten!«

Thiebaut läutete kurz seine Glocke. »Ihr Einspruch ist angenommen, Bürger Struve.« Er schnaufte nachdenklich. »Aber es würde dem Landesausschuß viel Zeit ersparen, wenn der Bürger Obergeneral sich in Fragen, die seinen Bericht betreffen, jetzt gleich ausführlicher äußern würde. Ich nehme an, Bürger Sigel, daß Sie dagegen nichts einzuwenden haben...«

Sigel schwieg höflich.

»Nun denn, wenn Bürger Mördes seine Frage an mich richten möchte, werde ich sie dem Bürger Obergeneral vorlegen.«

Struve hob zu einem neuen Protest an, aber er überlegte es sich anders und setzte sich hin. Mördes, den Rücken leicht gekrümmt, sah mit seinen spitz auslaufenden Ohren katzenartiger denn je aus. Liebenswürdig sagte er: »Wenn es Ihnen nichts ausmacht, Bürger Sigel zu fragen, wer denn von den Hügeln zu seiner Rechten gefeuert hat?«

Thiebaut blies seine Wangen auf. »Haben Sie die Frage verstanden, Bürger Oberbefehlshaber?«

»Die Schüsse kamen von unseren eigenen Tirailleurs, die versuchten, uns zu signalisieren.«

»Und noch eine weitere Frage«, sagte Mördes, »die ich Bürger Thiebaut dem Bürger General Sigel zu unterbreiten bitte. Ist es wahr, daß er diesen militärischen Angriff über die Grenzen von Baden hinaus unternahm, ohne den Kriegssenat des Landesausschusses zu informieren?«

»Bürger Struve war informiert.«

»Aber nicht die anderen Mitglieder des Senats? Nicht Bürger Brentano?«

»Nein«, sagte Sigel. »Jedoch –«

»Ich danke Ihnen, Bürger Sigel.« Mördes verbeugte sich leicht.

Struve war aufgesprungen. Erregt eilte er nach vorn zum Podium. »Ich möchte dem Oberbefehlshaber ebenfalls danken!«

»Später bitte!« sagte Thiebaut phlegmatisch. »Sie haben nicht das Wort, Bürger Struve!«

Struve schwenkte die Faust. »Wenn Mördes seinen Dank aussprechen kann, darf ich es wohl auch! Ich meinerseits möchte dem Bürger Sigel für die Freimütigkeit und Ehrlichkeit seines Berichts danken! Ein anderer, geringerer Mann würde versucht haben, die Schuld an dem unglücklichen Ausgang dieser Affäre auf irgendwelche Untergebene zu schieben, auf das Versagen bestimmter Einheiten, auf überlegene Feindstärke, auf alles und jeden außer sich selbst. Nicht so unser General Sigel. Selbst verwundet, erschöpft von der Führung einer Schlacht, während der er nicht davor zurückscheute, sich selbst ins dichteste Kampfgewühl zu werfen, ist er hierhergekommen...«

Thiebauts Glocke hatte schon eine beträchtliche Weile geläutet. Jetzt, als Struve eine Atempause machte, sagte Thiebaut: »Halten Sie es nicht für ratsam, Bürger Struve, daß wir den Bürger Obergeneral seinen Bericht beenden lassen, bevor wir ihm danken?«

»Uh!« Eine ärgerliche Handbewegung. Aber gleich darauf erwiderte Struve mit fistelnder Stimme: »Es ist niemals zu früh, Herr Vorsitzender, einem verdienstvollen Mann Dank zu sagen!« Und kehrte zu seinem Platz zurück.

Struves Einmischung hatte Sigel Zeit gelassen, sich zu sammeln. Der Angeklagte unter Kreuzverhör verwandelte sich wieder in eine Art jugendlichen Napoleon. »Mein Amt, Mitbürger im Landesausschuß, lege ich zurück in Ihre Hände. Aber ich versichere Ihnen, das gestrige Treffen war nur eine Probe des Mutes und der Tapferkeit unserer Truppen. Die braven Soldaten haben gezeigt, daß sie sich schlagen können.« Sein Blick glitt langsam über die Versammlung und blieb auf Mördes ruhen. »Diese Tage waren unsere letzte Gelegenheit, der Welt zu zeigen, daß wir uns nicht ohne Kampf der Gewalt der Mächtigeren unterwerfen werden. Und auch jetzt noch, obgleich viel versäumt worden ist, haben wir noch eine echte Chance zu siegen, wenn wir uns nicht nur auf taktische Maßnahmen beschränken. Eine Strategie großangelegter offensiver Manöver würde den Feind verwirren und seine Pläne und die Formierung seiner Truppen zunichte machen. Wir kennen wohl die Übermacht, die uns gegenübersteht, aber...«, er zwang seinen ermüdeten Stimmbändern eine letzte Anstrengung ab, »wir müssen dem deutschen Volk die Zeit geben, die es braucht, um seine Revolution zu organisieren!«

»Bravo!« rief Struve.

Sigel straffte sich. Seine ungleichmäßigen Augen hatten Feuer, seine Hände zitterten. »Zwar bin ich heute geschlagen worden. Aber was auch geschehen mag, ich werde nie bereuen, dem reaktionären Europa den Krieg erklärt zu haben.«

Er trat vom Podium.

Lenz wußte, daß jeder Abgeordnete in diesem braungetäfelten Raum, der sich in dem Glauben gewiegt hatte, es sei kein Verbrechen, sich eine hübsche demokratische Verfassung zu wünschen, jetzt begriff, worauf er sich wirklich eingelassen hatte – und auch jenen war es klar geworden, die bis dato gemeint hatten, sich hinter den breiten blauen Rücken braver Soldaten verkriechen zu können, die begierig waren zu sterben, damit Bürger Fleischer und Bäcker und Kerzenmacher ihr demokratisches Bier in Seelenruhe und Gemütlichkeit genießen konnten. Diese schöne Hoffnung lag zertreten unter den Hufen der Pferde einer Handvoll Dragoner, die den hessischen Kartätschen nicht die Stirn bieten wollten, und unter den flüchtenden Stiefeln einer Infanterie, die bei ein paar Bum-Bum-Schüssen aus dem Dunkel eines fremden Bergabhangs in Panik gerieten.

Und nach der ersten Sekunde der Erstarrung taten die versammelten Mitglieder genau das, was Lenz von ihnen erwartet hatte. Einige folgten dem von Mördes vorgezeichneten Weg und befragten Sigel; andere boten Universalmittelchen an, die von Aufrufen zur Selbstaufopferung des einzelnen bis zu Vorschlägen reichten, den

Reichsverweser, diesen senilen österreichischen Erzherzog, der zu Frankfurt als Konkursverwalter des bankrotten gesegneten Deutschen Reiches eingesetzt war, um Vermittlung zu ersuchen. Und durch das Ganze hindurch war der Zynismus einer kleinen Minderheit erkennbar, die die Debatte geschickt in bestimmte Kanäle leitete, die die ehrlich gesinnten Radikalen immer wieder provozierte, bis Struve das Wort für eine Grundsatzerklärung verlangte.

»Was wir brauchen«, forderte Struve mit schweißglänzendem Schädel, »ist eine Exekutive, die sich aus den besten Köpfen der Revolution, ihren treuesten, entschlossensten, fortgeschrittensten Vertretern zusammensetzt und die die Vollmacht hat, alle notwendigen Maßnahmen zu ergreifen zur Sicherung der revolutionären Errungenschaften innerhalb der Grenzen unseres Staates und zur Ausbreitung der Revolution über diese Grenzen hinaus durch eine großangelegte, erfolgreiche Offensive...«

Der Buchhändler Hoff hob die Hand und hüpfte auf ein Nicken von Thiebaut hin hoch, als hätte er eine eingebaute Sprungfeder. »Verstehe ich Bürger Struve richtig, wenn ich sage, daß er in dieser Zeit einer akuten Krise die Vollmachten des Landesausschusses in die Hände einer starken, zentralisierten Regierung zu legen wünscht?«

»So ähnlich«, bestätigte Struve widerwillig. Er wußte, daß er sich selbst ein Bein gestellt hatte – eine starke Exekutive, ja, aber doch nur, wenn man sicher war, daß die richtigen Männer darin saßen. Eine Welle von Zwischenrufen überflutete seinen Protest, wonach die gewählten Vertreter des Volkes natürlich stets eine ausreichende Kontrolle über die Exekutive ausüben müßten. Alle sprachen auf einmal; die Konstitutionsdebatte zu dieser Nachtstunde, unter diesem Druck, wuchs sich binnen Sekunden zu einer absurden Schreierei aus. Thiebaut läutete seine Glocke. Brentano hatte sich endlich erhoben.

»Bürger!«

Brentano preßte die Fingerspitzen gegen seine Schläfen, als flehe er die Versammlung an, seinen armen Kopf zu schonen, und wartete auf Ruhe.

»Mitglieder des Landesausschusses!« Brentanos Hände lagen

jetzt flach auf dem Tisch. »Es ist spät – spät in der Nacht, und spät im Verlauf der Ereignisse. Wir müssen zu Ergebnissen kommen...« Seine Stimme, obwohl nicht laut, war zwingend. »Ich würde sagen, wir akzeptieren General Sigels Bericht. Das Kriegsglück war gegen uns bei diesem ersten Versuch – das ist beinahe immer so in den Anfangsgefechten einer Armee, die revolutionäre Umwälzungen durchlebt hat. Ich bedaure natürlich, daß ich vom Bürger Obergeneral vor seinem geplanten Unternehmen nicht um Rat befragt wurde...«

Lenz konnte nicht umhin, das Geschick zu bewundern, mit dem Brentano zu ein und derselben Zeit die Wogen des Streits glättete, sein Opfer küßte und ihm das Messer zwischen die Rippen trieb. Sigel sackte auf seinem Sitz zusammen, während Brentano den Ausschuß mit der Verkündigung tröstete, daß die nächsten Tage die Ankunft des neuen Mannes bringen würden: des Helden großer revolutionärer Schlachten, des Dorns im Fleisch der preußischen Reaktion, des erfahrenen polnischen Soldaten und Generals Louis Mieroslawski. General Mieroslawski würde dann den Oberbefehl im Felde übernehmen. Bürger Sigel – davon sei er, Brentano, überzeugt – würde auch weiterhin seine Talente der großen Sache widmen, am besten vielleicht in seiner früheren Stellung als Kriegsminister. Und jetzt zur Frage der Reorganisierung der Regierung, die offensichtlich von allen Seiten des Hauses, von Bürger Struve bis Bürger Hoff, gewünscht werde...

Brentano hustete leise, griff nach der Karaffe und goß sich ein Glas Wasser ein.

Die Sterne draußen vor dem Fenster verblichen; ein Vogel trillerte in einem Baum; das erste schwache Grau der Morgendämmerung ließ Lenz' müde Nerven erschauern. Doch sein Ohr blieb geschärft für jeden Halbton, jede Nuance. Brentano steuerte schamlos auf den sofortigen Selbstmord des Landesausschusses zu.

»Was für ein Mandat haben wir denn wirklich?« fragte er. »Wir alle wurden mehr oder weniger zufällig auf einer zufälligen Versammlung in einer zufällig ausgesuchten Stadt von einer zufällig zusammengekommenen Menge gewählt. Und trotzdem haben die Mitglieder dieses Landesausschusses mutig und klug die volle Bürde der Regierung getragen. Aber ich behaupte, daß in dieser Zeit einer ernsten Krise eine solche Verantwortung nur von Männern getragen werden kann, die das Vertrauen aller besitzen, von Männern, die in freier und gleicher und geheimer Abstimmung vom gesamten Volke Badens gewählt worden sind...«

Lenz rechnete rasch nach. Die Wahl war für den nächsten Sonntag angekündigt; die neue Konstituante würde nicht vor dem zehnten Juni zusammentreten – Brentano verlangte beinahe zwei Wochen Interregnum.

»Bis zu der Zeit, wo wir die Macht des Staates in die Hände von auf diese Weise gewählten Männern legen können«, erklärte Brentano, »schlage ich eine Provisorische Regierung vor mit voller Macht, alle Angelegenheiten des Staates zu leiten, äußere wie innere, und Krieg zu führen, falls uns einer aufgezwungen werden sollte – eine Regierung...«

»Eine Regierung Brentano!« rief Hoff, beide Hände erhoben. »Ich schlage vor, daß Lorenz Brentano dieser Regierung angehört!«

»Goegg!« nominierte ein anderer.

»Mördes!«

»Sigel!« warf Brentano ein und lächelte. »Vergessen wir unseren Kriegsminister nicht!«

»Hurra für General Sigel!« schrie Korporal Haas.

Thiebaut schwang seine Glocke.

»Ich schlage Struve vor!« rief Lenz, obwohl er wußte, daß sein Versuch zwecklos war.

Thiebaut läutete unaufhörlich. »Bürger!« Endlich konnte er sich verständlich machen. »Eins nach dem anderen! Wir stimmen zunächst über den Antrag ab, den Landesausschuß aufzulösen und seine Vollmachten...«

»Ich erhebe Einspruch!« Die Augen traten Struve hervor, als er, bleich vor Zorn, dem Podium zustrebte. »Ich verlange eine Debatte!«

»Aber Sie selbst haben doch eine starke Exekutive gefordert, Bürger Struve!« entschied Thiebaut.

»Keine Debatte mehr!«

»Ich beantrage Schluß der Debatte!«

Die Glocke. Thiebaut hatte sich aus seinem Sessel gezwängt und stand massig, gleichgültig gegenüber den Wellen der Erregung. »Wir stimmen über den Antrag auf Schluß der Debatte ab. Alle, die dafür sind, heben die Hand!«

Ein Blick aus den in Fett eingebetteten kleinen Augen. Es war die Mehrheit.

»Dagegen?«

Lenz hob die Hand.

»Vier. – Keine Enthaltung.«

Lenz ging hinüber zu Goegg. »Werden Sie nicht dazu sprechen?«

Goegg fuhr sich mit der Hand durchs Haar. Er sah gequält aus, als er mit gesenkter Stimme sagte: »Sie sehen ja, wie die Dinge laufen. Und es ist besser so... Dieser Landesausschuß... Er hätte doch nichts mehr genützt...«

»Der Antrag, den Landesausschuß aufzulösen und seine Vollmachten einer Provisorischen Regierung anzuvertrauen: Wer ist dafür?«

Die Maschine arbeitete. Brentano hatte sich hingesetzt und untersuchte seine Fingernägel.

»Dagegen? – Zwei Gegenstimmen. Enthaltungen? – Keine Enthaltungen.« Thiebaut dirigierte das wie den Küchenbetrieb in einem seiner Hotels, jeder Gang gut vorbereitet, großartig serviert, geschickt und zur rechten Zeit. »Wir kommen jetzt zur Wahl der Provisorischen Regierung. Ein Vorschlag ist gemacht worden, daß jedes Mitglied vier Namen zu Papier bringt für die Kabinettsposten. Äußeres, Inneres, Finanzen und Krieg; diejenigen, die die meisten Stimmen erhalten, werden als gewählt betrachtet. Von den vier so Gewählten wird der mit der höchsten Stimmenzahl der Premier sein. Findet das die Zustimmung des Landesausschusses?«

Beifall. Die Maschine lief. Die Diener verteilten Papier. Nur ein Stern war noch am Himmel. Die Kerzen in den Kronleuchtern flakkerten über den großen wächsernen Tränen zu ihren Seiten.

Lenz stand auf und schritt langsam den Gang entlang und wandte sich dann nach links der schweren Tür zu. Im harten grauen Licht des Morgens sah alles schäbig und vergänglich aus, der Saal, die Tische und Bänke, die Menschen. Wie durch Schichten von Schleiern hörte er Thiebaut die Namen der gewählten Regierungsmitglieder verlesen: »Lorenz Brentano, Florian Mördes, Amand Goegg, Franz Sigel...«

Er tat sich auch nicht selber leid, wie nach dem sinnlosen Gemetzel von Unter-Laudenbach; jetzt taten ihm die anderen leid, die vielen, deren Rechte und Träume und Sehnsüchte, deren Anhänglichkeit und Vertrauen von zwei Dutzend furchtsamen Kleinstadtpolitikern verraten wurden – er war traurig und angewidert und verzweifelt müde.

In den leeren Korridoren des Rathauses hallten seine Schritte überlaut wider. Seine Augen brannten, und sein Verstand arbeitete fieberhaft: Komplotte, Geheimpläne, Konspirationen – eines immer abenteuerlicher als das andere, ein jedes bald verworfen. Was war er eigentlich: ein Mann allein? Er ging über den Treppenabsatz zum linken Flügel des Gebäudes. Das Notwendige zuerst: berichten, dann schlafen.

Aber hinter der Tür mit dem Pappschild: *Volkswehr, Becker, Oberkommandant* fand er nur den diensthabenden Offizier, einen verschlafenen, bärtigen Studenten, der ihm mitteilte, daß Becker hinterlassen hätte, er möchte unbedingt warten. Lenz nickte und ging den Flur entlang zu seinem Dienstraum.

Er stieß die Tür auf.

Das Feldbett, auf dem er manchmal schlief, wenn er spät arbeitete, war frisch zurechtgemacht – ein weißer Kissenbezug, die Decken glattgezogen mit einer übergeschlagenen Ecke; er brauchte nur hineinzusteigen. Lenore saß an seinem Tisch.

Tagelang war er ihr ausgewichen, und jetzt mußte er sich ihr stellen, und er war darauf nicht vorbereitet... Unter-Laudenbach, Josepha, Christoffel, seine Trunkenheit, alles das war immer noch zu frisch. Und er konnte sich jetzt nicht damit auseinandersetzen; er war einfach zu müde.

Lenore schloß das Buch, in dem sie gelesen hatte, und stellte die beinahe niedergebrannte Öllampe zur Seite.

»Du hast auf mich gewartet?« sagte er. »Hättest du nicht tun sollen...«

»Und wenn ich's nicht getan hätte«, erwiderte sie, »wer dann?«

Er blickte sie an, die Schatten auf ihrem Gesicht, das Profil, das sich dunkel gegen den frühen Tag am Fenster abhob.

»Möchtest du sprechen?« fragte sie.

»Nein.« Er setzte sich auf sein Feldbett und zog sich die Stiefel aus. Die Füße waren ihm geschwollen. Sie sah seine nicht sehr sauberen Fußlappen; er murmelte eine Entschuldigung.

»Ich hätte mich schon längst um deine Wäsche kümmern müssen«, sagte sie.

Dann knöpfte sie seinen Waffenrock auf und half ihm aus den Ärmeln. Er reckte sich und gähnte.

»Andreas?«

»Ja?«

»War es sehr schlimm in Unter-Laudenbach?«

»Ziemlich schlimm.«

»Sigel hat auch bei Heppenheim eine Niederlage erlitten?«

»Ja.«

»Du mußt erschöpft sein.«

»Bin ich.«

Er legte seinen Kopf auf dem Kissen zurecht. Sie zog die Decken über ihn und schlug sie an seinen Schultern ein.

»Ich habe die Arme lieber frei«, widersprach er.

Ihre Hand streifte die seine; er wußte nicht, ob sie es beabsichtigt hatte. Plötzlich nahm er ihre beiden Hände und hielt sie fest und zwang Lenore, sich auf der Seite des Feldbetts hinzusetzen. »Ich möchte, daß du etwas erfährst«, begann er. »Nämlich: ich bin froh, daß du hier warst. Ich bin froh, daß du auf mich gewartet hast. Ich bin froh, Lenore, daß du bist, wie du bist, und daß du hier bist, für mich. Verstehst du, was ich zu sagen versuche?«

Sie nickte. »Und ich bin froh, daß du es gesagt hast.«

Er seufzte zufrieden. »Dann, glaube ich, wird sich alles zum Guten wenden.«

Sie zog ihre Hände zurück und beugte sich über ihn, ihre Lippen berührten die seinen. »Gute Nacht. Schlaf gut, Liebster.«

»Weck mich, sobald Becker zurückkommt!« Er schloß die Augen. »Versprich mir's!«

Lenore versprach es, aber er hörte ihre Worte nicht mehr. Er schlief schon.

Neunzehntes Kapitel

...und der Unempfindlichste kann spüren, wie sich die Situation in diesen letzten paar Tagen verschärft hat. Sobald er sich von der Überwachung seitens des Landesausschusses, so schwach dieser auch war, frei wußte, hat Brentano Anweisungen ergehen lassen, die der Armee kategorisch verbieten, die Grenzen zu überschreiten. Das bedeutet, daß nichts gegen die Zusammenziehung feindlicher Truppen in Hessen oder jenseits des Rheines an den Zugängen zur Pfalz unternommen werden kann. Mieroslawski ist noch nicht da. Sigel ist aufgebracht abgereist und hat sich zu den Truppen an der Nordgrenze begeben. Sämmtliche Soldzahlungen und Zuschüsse für die Volkswehr sind gesperrt worden. Becker bezahlt sein Mittagessen, indem er Tiedemann anpumpt, der Geld von seinem Vater, dem Heidelberger Professor, bekommt. Der arme Böning ist bei seiner letzten Cigarre angelangt. Ich habe zu essen, weil Lenore die Struves veranlaßt, mich einzuladen, und weil ich das Gedicht vom Kleinen Mann an Dr. Oppenheim von der Karlsruher Zeitung verkauft habe. Brentano hat ihn wegen der Veröffentlichung böse angefaucht; er halte es zu diesem Zeitpunkt für schlechte Politik, das allgemeine Vertrauen zu führenden Persönlichkeiten der Revolution zu untergraben. Am nächsten Tag brachte Herr Hock, Großherzoglicher Hofschauspieler am Großherzoglichen Hoftheater zu Karlsruhe, dem Dr. Oppenheim ein Gedicht, in dem die Tugenden Ciceros in den Himmel gelobt werden. Cicero war gleichfalls ein Advokat mit wackligen Grundsätzen...

...aus Rastatt auf einmal Comlossy mit tollen Geschichten: über die alten großherzoglichen Bureaukraten, die wie eh und je in ihren Stellungen sitzen und Morgenluft wittern; über ihre freche Eigenmächtigkeit den Menschen gegenüber, ihre offene Sabotage alles Revolutionären... Dazu die merkwürdige Militärpolitik der Provisorischen Regierung – und Comlossys Analyse gewinnt an Wahrscheinlichkeit: Brentano steuert auf die Liquidirung der Revolution zu, auf eine Rückberufung des Großherzogs, mit Herrn Brentano als dem konstitutionellen Premierminister. Man versteht dann, warum er niemals die Republik ausrief, nicht einmal während des revolutionären Hochgefühls der Rastatter und Offenburger Tage...

...von einem wandernden Kesselflicker hat Becker schließlich Näheres über Aufmarsch und Stellung der feindlichen Truppen erfahren. An unserer nördlichen Grenze: das sogenannte Neckar-Corps, schätzungsweise 18000 Mann mit 24 Ge-

schützen; nördlich der Pfalz: das Erste Preußische Armeecorps, nicht ganz 20 000 Mann in vier Divisionen, mit 50 Geschützen... Und als Reserve das Zweite Preußische Armeecorps, ein Minimum von zwei Divisionen plus Artillerie, die exakten Zahlen haben wir noch nicht...

...Dortu theilt dem Stab mit, daß an die Karlsruher Bürgerwehr scharfe Munition ausgegeben wurde. Aus Bruchsal haben wir Nachricht, daß Einheiten des Ersten Infanterieregiments Befehl erhalten haben, sich für einen Marsch nach Karlsruhe bereitzuhalten. Dortu und ich gehen die Runde zu allen Volkswehrgruppen in Karlsruhe und Umgebung und machen sie heimlich alarmbereit. Manche unserer Leute haben noch immer keine Schuhe...

...Struve hat sich an Goegg gewandt. Goegg ist einverstanden, eine kleine, heimliche Sitzung der demokratischen Führer einzuberufen. Goegg zufolge sieht sich Brentano außerstande, die Macht ohne die Unterstützung der Bourgeoisie aufrechtzuerhalten, und die Bourgeoisie ist gegen radikale Maßnahmen. Brentano steht stark unter Mördes' Einfluß, und kein Mensch weiß, wessen Mann Mördes wirklich ist...

...Ich habe Becker im Verdacht, daß er etwas über die heutige, von Struve und Goegg anberaumte Zusammenkunft an einige unserer Volkswehrmänner hat durchsickern lassen, besonders an unsere neue Volks-Artillerie-Abtheilung, alles Arbeiter und Handwerker. Sie kamen en masse. *Böning hat Leute von seiner Freiwilligen-Legion mitgebracht. Die Zusammenkunft war halb Protestversammlung, halb Fraktionsgründung, aufrührerisch, formlos, widerspruchsvoll. Ein Hinterzimmer des Rathhauses: Struve als gewählter Vorsitzender, Goegg, beunruhigt und unbehaglich. Der Raum voller Menschen, lärmend, ruhelos – die Leute, die das Kämpfen und Sterben besorgen werden müssen; ein paar in Armeeuniform; die meisten in den sackartigen blauen Blusen der Arbeiter; oder im civilen Rock, mit schwarzrothgoldenen Freiwilligen-Abzeichen darangesteckt und riesigen Kokarden oder rothen Federn auf ihren wilden Schlapphüten. Ein Anblick, geeignet, die Karlsruher Bürger zu erschrecken...*

...Forderungen von allen Seiten: Entlassung und Bestrafung reaktionärer Staatsbeamter und Armeeoffiziere; unverzügliche Offensivoperationen, besonders zur Unterstützung der Pfalz; weitgehende Beschlagnahmen, schwere Besteuerung der Reichen, um die Vertheidigung der Revolution und die revolutionäre Tätigkeit außerhalb der Grenzen zu finanziren; Proklamation des Kriegsrechts... Comlossy stellt diese Forderungen zu elf Punkten zusammen, die Brentano unterbreitet werden sollen...

...unser Dortu! Nicht mehr Item eins, zwei, drei – alles in ihm Flamme. Sein Aufruf: Losschlagen, jetzt, und mit allen Bajonetten, die uns zur Verfügung stehen! Marsch auf die Regierung! Zwingt sie, ihre Politik zu ändern! Unsere Macht liegt in unseren Bajonetten! Zeigt unsere Macht!...

Applaus, Bravo, Hurrah!... Struve bleich, aufgebracht. Goegg ist aufgesprungen. Becker ausdruckslos. Hat er Dortu veranlaßt, diesen Vorschlag zu machen?... Aber ein solcher Coup kann doch nur schiefgehen. Brentano ist bei den Fortschrittlichen in Mißkredit, aber noch nicht bei der Masse der Bevölkerung...

...Goegg überzeugt, daß die Regierung die Ansichten und Meinungen dieser Versammlung zur Kenntniß nehmen wird und daß das Stillschweigen des Volkes ihr unlieb ist. Aber darf man Männern, die ihr ganzes Leben und Glück der Freiheit und der Revolution geopfert haben, mit Bajonnetten entgegentreten? Männern, die vielleicht zu allzu menschlichen Fehlern neigen, die aber gewiß von den besten Absichten geleitet werden? Darf man sie behandeln wie Feinde, Verräther, Fürsten? Er ist entschieden dagegen...

...Goeggs Rede bringt die Meinungen ins Schwanken. Dortus Forderung niedergestimmt. Hat Goegg sich je gefragt, warum das Volk so schweigsam geworden ist? warum man die Volksvereine eingehen ließ? warum sich der Landesausschuß auflöste?... und wer davon den Nutzen hatte?

...ein Antrag, diese Versammlung in eine ständige politische Organisation, in einen Klub zu verwandeln; Comlossys elf Punkte Brentano durch eine Delegation des Klubs vorlegen zu lassen. Ein solcher Klub als geistiges und politisches Centrum der Revolution – dieser Gedanke findet Beifall...

...ein langwieriger Streit über den Namen. Struves Vorschlag gewinnt – Klub des Entschiedenen Fortschritts. Becker flüstert mir zu, daß von jetzt an eindeutig zwei politische Parteien in Baden bestehen – die Clique um Brentano und dieser Klub mit dem hochtönenden Namen. Aber das sind nicht zwei Riesen, die um die Herrschaft über die Zukunft kämpfen; eher sind sie wie zwei Zwerge, die sich auf den Zehen hochrecken, um festzustellen, wessen Nase höher reicht. Er kann sehr bitter sein, unser Freund Becker...

...eine große Delegation, die Brentano aufsuchen soll, zehn Mann, darunter Struve, Becker, Tiedemann, Comlossy und ich. Wiederholen sich historische Ereignisse? Mit einer Delegation an die Regierung begann die Revolution; wird sie auch so enden oder tritt sie in eine neue Phase?...

(Aus Notizen in Andreas Lenz' Handschrift, die erste vom 2. Juni, die letzte vom 5. Juni 1849 datiert)

Brentano bestellte Goegg in sein Büro und verlangte eine Erklärung für die stattgefundene Versammlung, den dabei gegründeten Klub des Entschiedenen Fortschritts und die durch Abstimmung gewählte Delegation...

Er kannte alle Einzelheiten; seine eigenen Beobachter waren dabeigewesen. Er überschüttete Goegg mit Verachtung, weil er eine Rolle bei dieser abscheulichen, verräterischen Angelegenheit gespielt hatte, und beklagte die Tatsache, daß ihm seine persönlichen Opfer von allen Seiten mit Lug und Trug gedankt würden – von Goegg, von Struve, von Sigel...

Brentanos Sekretär unterbrach ihn mit der Ankündigung, die Delegation sei eingetroffen.

»Bitten Sie sie herein«, antwortete Brentano kurz und erhob sich, als die Männer vom Klub des Entschiedenen Fortschritts eintraten und sich im Halbkreis um seinen Schreibtisch gruppierten.

»Willkommen alle miteinander«, sagte er. »Ich glaube, ich kenne die meisten von Ihnen dem Namen nach oder vom Sehen, oder beides...«, eine beredte Bewegung mit der Hand, »durch gemeinsame Interessen und durch gemeinsame Arbeit.« Seine Anspannung machte sich bemerkbar; er sah noch gebrechlicher aus als sonst; und die Stimme, mit der er anordnete, Stühle für die Besucher zu bringen, zitterte.

Lenz empfand ein merkwürdiges Gefühl des Außerhalb-Stehens. Zwar war er zutiefst beteiligt an der Kraftprobe, die nun kommen würde; und doch fühlte er sich, wie er so dasaß, als Beobachter. Seit Beginn der revolutionären Ereignisse hatte sein Hirn tausend Bilder, tausend Eindrücke gespeichert – nüchtern registrierend, beharrlich, während sein Herz und seine Seele sich an die wildesten Hoffnungen klammerten. Jetzt waren diese Hoffnungen, wenn auch nicht ganz aufgegeben, doch sehr zusammengeschrumpft; seine persönliche Krise in Unter-Laudenbach sowie die Selbstkastration des Landesausschusses machten die Möglichkeit einer Niederlage nunmehr unbestreitbar. Was also bleibt dem Dichter, dessen Schwingen gebrochen sind, dem Schriftsteller, der nicht mehr in der Lage ist, die Ereignisse zu beeinflussen? Die Rolle des Chronisten... Die zufälligen Notizen, die er gelegentlich hingekritzelt hatte, das Tagebuch, das er dann und wann geführt hatte, mußten erweitert, systematisiert, vervollständigt werden durch Dokumente, Papiere. Wir leben nicht nur für unsere Zeit, wir sind Glieder in einer Kette, die sich ohne Ende erstreckt, wir haben eine Pflicht...

Becker sprach. Ohne große Debatte war er zum Wortführer der Delegation gewählt worden – er repräsentierte die einzige Kraft, die Brentano wahrscheinlich respektieren würde: Männer mit Waffen, die Volkswehr.

Nein, der Klub des Entschiedenen Fortschritts war nicht in Opposition zur Provisorischen Regierung gebildet worden, erklärte Becker. Im Gegenteil, der Klub bestehe gerade zu dem Zweck, der Regierung eine verläßliche Basis und Unterstützung zu verschaffen. Dies würde Bürger Brentano und die anderen Minister der Regierung in die Lage versetzen, die notwendigen revolutionären Maßnahmen ohne Furcht vor der Reaktion oder vor Gegenstößen seitens des inneren Feindes zu ergreifen. Die Delegation sei ermächtigt, der Regierung einige dieser Maßnahmen schriftlich vorzuschlagen...

Becker griff in die Innentasche seines Rocks und zog ein sorgfältig gefaltetes Papier heraus. »Dies sind die elf Punkte. Sie sind nicht als Ultimatum zu deuten. Aber wir hätten gern eine Antwort der Regierung innerhalb einer annehmbaren Zeit, und eine verbindliche Äußerung.«

»Darf ich das mal sehen?...« Brentanos Gesicht hatte eine ungesunde blaugraue Färbung angenommen. Er entfaltete das Papier, überflog es, las es dann noch einmal langsam durch. Daß das Papier in seinen Händen nicht das Ergebnis einer einheitlichen Meinung war, mußte für ihn klar erkennbar sein; Lenz kannte und fürchtete den zusammengeflickten Charakter des Dokuments. Allgemeine Wünsche von beinahe metaphysischer Natur wechselten ab mit Forderungen nach Änderung der Politik, finanziellen Reformen, praktischen administrativen Maßnahmen und nach der Absetzung namentlich benannter, verhaßter Beamter. Wahrscheinlich war dieser Schönheitsfehler unvermeidlich, dachte Lenz – im Hinterzimmer des Rathauses hatten sich aufgebrachte und erregte Menschen zusammengesetzt, mehrere davon Augenzeugen der Desorganisierung und des Durcheinanders bei den Truppen im Norden an der Neckarlinie, wo die widersprüchlichsten Befehle umliefen und ganze Eisenbahnzüge und Truppenteile sinnlos hin- und hergeschickt wurden.

»Ich weiß nicht recht, was ich daraus machen soll«, begann Brentano. »Bürger Becker sagt mir, Ihr Dokument sei nicht als Ultimatum aufzufassen. Nun, was ist es denn? Ein Vertrauensvotum bestimmt nicht!« Brentano warf einen Blick auf das Manifest. »Dieser letzte Punkt zum Beispiel: *an alle politischen Maßnahmen vom Standpunkt des großen Kampfes der europäischen Völker heranzugehen...*«

Lenz sah Struve zusammenzucken. Es war Struves Formulierung, die Brentano mit sicherem Instinkt angriff; Struve hatte die kleinstaatliche badische Beschränktheit kritisieren wollen, mit der an der Grenze die Söhne braver Schweizer Bauern und Arbeiter, die als Freiwillige gekommen waren, zurückgeschickt wurden; mit der die bereits in Baden weilenden fremden Revolutionäre behindert und benachteiligt wurden, auch wenn sie Deutsche waren; und mit der die Illusion genährt wurde, daß sich schon niemand in die badische Glückseligkeit einmischen würde, wenn sich nur kein Badener in Angelegenheiten außerhalb des Großherzogtums einmischte.

Brentano gab Struve keine Zeit zu Erklärungen. »Niemand kann abstreiten«, fuhr er mit einer großen Geste fort, »daß in der Periode des Landesausschusses und ebenso jetzt diese Regierung alles getan hat, um in ganz Europa mit jeder demokratischen Bewegung zusammenzuarbeiten, um jede Hilfe von außerhalb heranzuziehen, die wir bekommen konnten, und daß wir unsere Aufgabe so breit wie möglich auffassen. Oder Punkt vier: *Standrecht*...« Seine Stimme wurde schneidend. »Sie fordern die Verkündung des Kriegsrechts. Ist es Ihrer Aufmerksamkeit entgangen, daß Ihr Wunsch erfüllt worden ist und daß Sie seit Mitternacht Kriegsrecht im Staate haben und daß dies sich auf Sie, werte Bürger, ebenso bezieht wie auf jeden anderen?«

Dies war der Fehdehandschuh. Comlossy griff ihn auf. Er räusperte sich, zog seine geblümte Weste straff und fragte: »Darf ich erfahren, Bürger Brentano, ob Ihr Hinweis auf den Zuständigkeitsbereich Ihres Kriegsrechts einen Teil Ihrer Antwort auf unsere elf Punkte darstellt?«

Brentano hatte sich erhoben. »Ich lasse mir keine Worte in den Mund legen!« stellte er scharf fest. »Ich habe überhaupt keine Antwort gegeben auf dieses – ich werde es Ultimatum nennen. Und ich kann keine Antwort geben, sofern und solange ich nicht mit allen meinen Ministern und meinen für die von Ihnen erhobenen Punkte zuständigen Beratern gesprochen habe.«

»Sofern und solange«, erwiderte Struve, das stubsnasige Gesicht streitlustig, »klingt recht unbestimmt.«

Brentano wandte sich fragend an Goegg. »Morgen um zehn?«

Goegg wußte, daß er nur gefragt worden war, damit es wie eine gemeinsame Entscheidung aussah. Was auf der Welt konnte Brentano bis morgen um zehn geändert haben? »Morgen um zehn«, stimmte Goegg trotzdem zu und wünschte, wenigstens ein paar Mitglieder der Delegation würden ihm beim Abschied die Hand reichen.

Aber keiner tat es.

Die vertrauten Formen des Hauses, das der Witwe Steeg einziges Erbe und Besitztum darstellte, waren trotz der Dämmerung klar erkennbar; ebenso erkennbar war die Gestalt des Mannes, der in diesem Augenblick aus der Tür trat, sich nach allen Seiten umblickte und zu verschwinden suchte – Stäbchen. Ein paar Schritte, und Lenz hatte ihn beim Kragen. Stäbchen fuhr zusammen. »Sie werden meinen Anzug zerreißen, Bürger Lenz! Ich bin ein armer Mann, ich kann mir das nicht leisten!«

Soviel stimmte; Stäbchen trug einen schäbigen gelben Gehrock, zu eng unter den Achseln, die Ärmel zu kurz, mit einem braunen Samtkragen, der dem Nacken zu abgeschabt war. Lenz fuhr ihn heftig an: »Was haben Sie in diesem Hause gewollt?«

»Nichts!«

Lenz' Griff wurde fester.

»Sie spionieren hinter den Struves her! Los, los, reden Sie! Wer hat Sie beauftragt? Wer bezahlt Sie?«

»Würde ich nicht besser aussehen, wenn ich mich mit Spionage befaßte?«

»Werden Sie nicht frech!« warnte Lenz. »Das nämlich können Sie sich nicht leisten –«

»Wieso nicht?« Stäbchen versuchte sich loszuwinden. »Vielleicht wissen Sie besser Bescheid als ich...« Und wiederholte: »Wieso nicht?«

Lenz spürte, wie ihm das Blut zu Kopf stieg. Er zerrte an dem Samtkragen. Irgendwo krachte eine Naht in dem fadenscheinigen Stück.

»Ich kann Ihre Stimmung ja verstehen«, sagte Stäbchen. »Aber warum lassen Sie sie an mir und meinem Rock aus? Ich bin auf meine Art auch ein nützlicher Mensch. Ich versuche schließlich nur, meinen Lebensunterhalt zu verdienen...«

»Hören Sie, Stäbchen –«, Lenz hob ihn leicht vom Boden, der Gehrock drohte nachzugeben, »ich schwöre zu Gott, daß ich Ihnen hier und jetzt das Gesicht einschlage und Sie dann meinen Leuten von der Volkswehr übergebe, wenn Sie nicht den Mund aufmachen und reden, und zwar sofort!... Na?«

»Lassen Sie mich los!« bat Stäbchen.

»Sind es die Struves?«

»Nein!« Stäbchen hing immer noch an seinem Kragen. Er schlug mit den Füßen aus und ächzte.

Lenz zögerte und atmete tief. Dann zwischen den Zähnen: »Wer dann?«

»Mam'selle Lenore...«

Lenz konnte Stäbchen nicht mit der Faust treffen und ihn gleichzeitig festhalten. Oder es war die Schrecksekunde. Jedenfalls ließ er los, und in dem Moment duckte sich Stäbchen und war auf und davon, mit fliegenden Schößen, seinen Hut festhaltend, schreiend: »Hilfe! Mord! Hilfe!«

Lenz trat ins Haus und stieg hinauf zur Dachkammer, nachdenklich, die Hand am Treppengeländer. *Mam'selle Lenore...* Was für Geheimnisse konnte es um Lenore geben, die aufzuspüren jemandem das Geld wert war... Plötzlich blieb er stehen. Das Herz schlug ihm bis hinauf in die Ohren. Stäbchen war nicht gekommen, um Geheimnisse zu entdecken, sondern um sie mitzuteilen – zu einem Preis...

Sie war beim Packen. Ihre Sachen lagen ordentlich aufgeräumt auf dem Bett; der Handkoffer war schon zu einem Drittel gefüllt. Sie hatte keine Tränen in den Augen und schien auch vorher nicht geweint zu haben.

»Guten Abend«, sagte er gehemmt.

Lenore arbeitete weiter.

Er setzte sich auf den einzigen Stuhl. »Ich bin diesem Stäbchen begegnet«, erklärte er.

Sie faltete ein Mieder zusammen. Er beobachtete ihre feinen, geschickten Hände. Eine seltsame Art von Wut begann sich in ihm zu sammeln – auf Stäbchen, auf sich selbst, auf sie.

»Wieviel hast du ihm bezahlt?« fragte er.

»Fünf Gulden.«

»Das war zuviel!« stellte er fest.

»Mir war es das wert.« Sie unterbrach ihre Arbeit und blickte ihn an, ihre Lippen verzogen sich spöttisch. »Bestimmt!«

Wenn sie nur weinen würde, dachte er, weinen und eine Szene machen und drohen und zanken und es aus sich herausbringen! So aber fraß sich die Säure in sie hinein. Er erwog einen Versuch, Stäbchen zu entwerten: Ein Mann, für dessen Informationen man zahlte, wird einem alles Mögliche erzählen. Dann gab er den Gedanken auf. Er war nicht ungeschickt im Lügen, aber sein Fall war sehr verfahren; und er war nicht sicher, ob er überhaupt lügen wollte.

»Und jetzt?« erkundigte er sich. »Wo willst du hin?«

»Wo kann ich denn hin?« Ihre Gewißheit verlor sich. »Nach Hause.«

»Vielleicht ist das sogar ganz gut«, meinte er. »Vielleicht ist das der sicherste Ort für dich, in diesen Zeiten.«

»Du weißt, daß ich mir nie das Sicherste ausgesucht habe!« erwiderte sie tonlos. »Etwas von meinem Stolz solltest du mir wenigstens lassen.«

»Stolz...« Er blickte sie an, wie sie da stand – die jüdische Prinzessin im Moment der größten Niederlage ihres Lebens. »Zum Teufel mit Stolz. Ich krieche, siehst du! Wenn ich etwas dringend genug will, dann krieche ich, wie eine Schlange, wie ein Wurm, ich fresse Dreck... Verstehst du denn nicht, Lenore, daß ich ohne dich nicht leben kann?«

Einen Augenblick lang verlor sie die Haltung. Sie setzte sich aufs Bett, schlug die Hände vors Gesicht und sagte: »Warum hast du das getan?«

»Warum...!« Warum hatte er es getan? Er war, was er war; und sie hatte es gewußt, als sie sich ihm gab, sie hatte es vorher gewußt und wußte es auch jetzt. Und wenn ihn morgen – oder in einer Woche, einem Monat, einem Jahr, in zehn Jahren – wieder die Stimmung überkam, war er durchaus nicht sicher, ob er nicht wieder mit hängender Zunge zu Josepha zurücklaufen würde; und was für ein Leben würde das sein, wenn er jedesmal Szenen wie diese erlebte und wenn all das Gute und Große und Schöne eines Lebens mit Lenore in regelmäßigen oder unregelmäßigen Abständen in Frage gestellt würde?

»Warum ich das getan habe...«, wiederholte er. »Hat dir dein Vater nicht gesagt, daß ich gewissenlos, skrupellos, unzuverlässig bin? Ich bin nicht der Typ, den du an deinen Schlüsselring anbinden und mit dir herumschleppen kannst. Aber heute abend, wo Entscheidungen bevorstehen, die dein Leben und meins und das Schicksal der ganzen Revolution beeinflussen werden, habe ich mir die Zeit genommen, zu dir zu kommen – um Kraft, um Verständnis, um Kameradschaft – aber vor allem um Liebe...«

Sie legte die Hände in den Schoß, die eine hielt die andere fest, damit ihre Arme sich ihm nicht öffneten. »Du kannst es nicht auf zweierlei Art haben«, erklärte sie und hielt inne, aus Angst, ihn vor eine unwiderrufliche Wahl zu stellen, aus Angst, ihn ganz zu verlieren.

Er saß mit gerunzelter Stirn.

Ein bißchen wie ein trotziger Junge, dachte sie und ärgerte sich über den Gedanken und ihre Reaktion. Es stellte sich heraus, daß sie diejenige war, die in dem Dilemma steckte, nicht er; daß sie zu wählen hatte... Diese abscheuliche Schwäche der Frau, angeboren, ererbt, mit der Muttermilch eingesogen... *Wir leben wie Mann und Frau*, hatte sie ihrem Vater erklärt. Und: *sie können mir jeden Knochen im Leibe brechen, sie können mir das Herz brechen, und ich werde ihn immer noch lieben, ob er es wert ist oder nicht!*... Und was für eine erbärmliche Wahl – entweder nach Rastatt zurückzukehren, ihre Niederlage einzugestehen, dem Leben einer leicht lädierten jungen Dame entgegenzusehen – oder diesem Mann zu vergeben, den sie liebte, und ihm immer wieder zu vergeben, und die Augen zu schließen, nicht nur dieses eine Mal, und schließlich ihre

Liebe welken zu sehen trotz all ihrer Bemühungen, weil Liebe eine Pflanze ist, die man nicht ständig bluten lassen kann, und wer garantierte ihr, daß nicht eines Tages eine Josepha kommen würde, die einen dauerhafteren Einfluß auf ihn hatte als Josepha Nummer eins oder, um es deutlicher zu sagen, sie selbst?

Sie glaubte ihn lachen zu hören und zuckte zurück vor seinem Mangel an Gefühl. »Wirklich«, sagte sie, »ich kann nichts Lustiges an unserer Lage finden.«

Sie hatte den Klang ihrer Stimme gehört. Und sie wußte, wie scharf ihr Gesicht wurde, wie spitz, wenn diese Art zu sprechen sie überkam. Gott, betete sie, laß mich nicht zu einem bitteren, keifenden Weib werden, laß ihn mir das nicht antun, oder ich bin verloren.

»Es ist nicht das Lustige daran«, sagte er, »sondern das Paradoxe. Hier stehen wir zwei uns gegenüber und verlangen Entscheidungen für kommende Jahre und Garantien für ein ganzes Leben – wenn alles, was uns bleibt, vielleicht ein paar Tage sind. Ja –«, er wurde bittend, »ich weiß, du wirst sagen: Kurze Zeit oder nicht, Vertrauen muß da sein, Aufrichtigkeit...« Er stand auf. »Das ist schon richtig, ich stimme dir bei...« Seine Hände hoben sich, die Flächen nach oben, in einer Geste der Hilflosigkeit. »Ich kann nur für den Mann sprechen, der jetzt vor dir steht, heute abend – und der ist zu dir gekommen, um dich zu bitten...«

Ihre Augen, groß, dunkel, fragend, änderten ihren Ausdruck. Er spürte ein plötzliches überwältigendes Verlangen nach ihr, eine quälende Erinnerung. Es dauerte einen langen Moment, bis er seine Stimme wieder beherrschte und fortfahren konnte. »Ich wünschte, ich brauchte es nicht zu erklären!« sagte er schließlich. »Ich wünschte, du spürtest es selber!« Und dann, mit erneutem Ärger über sich selbst und alles, was ihm und seinen Wünschen zuwiderlief: »Josepha hat nie Forderungen gehabt! Josepha hat nie Bedingungen gestellt!...«

Sie blickte ihn an. »Gewiß«, sagte sie mühsam, »ich habe mich weggeworfen. Aber damit ist's nun vorbei.«

Was war es, dachte er, das ihn veranlaßte, zu demütigen, was er liebte, zu zerstören, wonach er sich sehnte, zu vernichten, was er tief im Herzen wahren und schützen sollte?... War es seine ungezähmte Neugier? Oder seine Rastlosigkeit, die ihn nicht auf einem Kissen bleiben lassen wollte, befriedigt, schnarchend? Das Rebellische in ihm? Oder einfach lockere Moral?

Sie stand auf, um weiterzupacken. Der Gedanke kam ihm, sich auf die Knie zu werfen. Aber das war zu theatralisch, obwohl es ihm todernst war. Er tat einen Schritt auf sie zu, wollte ihre Hand berühren, gab aber den Versuch auf. Sie arbeitete weiter, nahm die Stiche von der Wand, die gestickte Decke vom Tisch, die Vase vom Fensterbrett; sie beseitigte alles, was dieser kleinen Dachstube – wie jedem Ort, an dem sie länger als einen Tag weilte – ihre persönliche Note verliehen hatte.

»Vierundzwanzig Stunden...«, sagte er. »Lenore! Bitte... Gib dir vierundzwanzig Stunden. Gib sie uns beiden...«

Sie war schön, hol's der Teufel, mit ihrem Haar, das weich zum Nacken fiel, und der hohen, ovalen Stirn und ihrem stolzen Mund, der immer noch zeigte, wie tief sie verwundet war – eine klassische Schönheit, die zu verlieren ihm unerträglich schien, denn jetzt hatte er erkannt, wie sehr sie ein Teil seines Lebens geworden war und wie viele Fäden er im Geiste zwischen sich und ihr und um sie beide gesponnen hatte.

»Ich weiß, ich tauge nichts im bürgerlichen Sinne«, erklärte er, »in jeder Beziehung, wirst du vielleicht sagen. Aber so hast du mich doch geliebt, so hast du mich genommen; ich habe dir keine Illusionen gemacht. Ich habe dir keine Versprechungen gegeben. Ich bitte dich um vierundzwanzig Stunden. Danach entscheide.«

Sie hörte mit dem Packen auf.

»Vierundzwanzig Stunden?« bat er.

»Also gut«, sagte sie. »Aber du mußt mich jetzt allein lassen.«

Auf der Treppe begegnete er der Witwe Steeg. Sie trat zur Seite und murmelte etwas über die Sorte Leute, die man sie in ihr Haus zu nehmen gezwungen hatte. Aber ein paar von ihnen waren bereits beim Packen...

Die Lampe in ihrer Hand verlieh ihren Augen einen bösartigen Schimmer. »Jetzt muß ich wohl die Tür aufschließen?« fragte sie. »Mam'selle Einstein kann nicht bemüht werden?«

»Nein, kann sie nicht«, sagte Lenz. Und schrie sie plötzlich an: »Wird's bald, alte Ziege! Ich habe nicht die ganze Nacht Zeit!«

Die Dinge streben rapide einem Höhepunkt zu, und über Nacht wird ein Bürgerkrieg innerhalb des Bürgerkrieges zur greifbaren Drohung.

Man wird hellhörig in Situationen wie dieser; kleine Informationen, normalerweise unbeachtet, gewinnen an Bedeutung: das Geschwätz eines Mädchens, die Prahlerei eines Betrunkenen, die Bemerkung eines Ladenbesitzers. Ein Eisenbahner erwähnt so ganz nebenbei, daß ein Sonderzug, leer, nach Bruchsal abgehen soll. In Bruchsal ist das Zweite Bataillon des Ersten Infanterieregiments stationirt... Und dann, in der Nacht, bringen zwei wachhabende Volkswehrleute Herrn Hock an, Hofschauspieler von Großherzoglichen Gnaden, der zwar protestirend seine Unschuld betheuert, aber doch keine plausible Erklärung für die zahlreichen Besuche findet, die er abgestattet hat. Er trug eine lange Liste mit Adressen in der Tasche...

Böning hat so seine eigenen Methoden. Mit Hilfe eines Bajonnetts, das er sich von einem der Volkswehrmänner ausgeborgt hat, und durch Entblößung der Stelle, wo sein nicht vorhandenes Ohr sein müßte, überzeugt er den Hofschauspieler, daß ein Geständniß einer Behandlung nach Art der Türken vorzuziehen sei: unter diesen Adressen ist ein Theil der Karlsruher Bürgerwehr zu finden. Die gesammte Bürgerwehr soll sich um 9 Uhr Morgens auf dem Schloßplatz versammeln, bewaffnet und nach Einheiten... Das ist eine Stunde, bevor Brentano die Delegation des Klubs des Entschiedenen Fortschritts empfangen will, um ihr seine Entscheidung mitzutheilen. Kaum ein Zufall...

Wir beschließen, Herrn Hock erst einmal in Gewahrsam zu nehmen. Becker bekommt eine dunkle Ahnung von der Entwicklung der Dinge, vor allem, da er inzwischen über den Eisenbahntelegraphen erfahren hat, daß die hessischen und mecklenburgischen Einheiten des feindlichen Neckarcorps die badische Grenze in Richtung Weinheim überschritten haben. Die Invasion hat begonnen... Dortu und ich werden jeder mit einer Kompagnie von Bönings Freiwilligen und der Volkswehr auf den Schloßplatz marschiren, vor 9 Uhr. Der Befehl lautet: »...uns unsere Handlungsfreiheit zu sichern, einen bewaffneten Zusammenstoß zu vermeiden und die Revolution zu schützen...«

Die Schlacht auf dem Schloßplatz versprach homerische Proportionen anzunehmen. Die Bürgerwehrleute brachten sogar zwei kleine Geschütze heran, vor denen sie jedoch mehr Angst hatten als wir. Wir standen uns auf dem großen Platz gegenüber: Dortus und meine Leute zerlumpt, ungehobelt, den Bürgern Schimpfworte zurufend – die Bürgerwehr in sauberem Grün, etwas gehemmt von der Sonne, die sie blendete, sowie durch die Anwesenheit ihrer Frauen und Kinder, die gekommen waren, sich die Schlacht aus sicherer Entfernung mit anzusehen. Auf einmal eine Kutsche mit Struve und Amalia, Struve auf dem Weg zur Delegation... Ich versuchte, die beiden aus dem möglichen Schußfeld zu entfernen. Struve begriff schließlich; und, zu jedermanns Überraschung, marschirte er plötzlich los, ganz allein, auf die Linien der Bürgerwehr zu, während Amalia mich anflehte: Um Gottes willen, gehen Sie mit ihm – diese Leute hassen ihn, sie werden ihn tödten. Mir blieb keine andere Wahl, als den Achilles dieses Agamemnon der Revolution zu spielen...

Es gelang Struve thatsächlich, die Bürgerwehroffiziere zu überzeugen, daß sie jede Aktion aufschieben müßten, bis die Delegation bei Brentano gewesen war. Nicht, daß es diese Herren so sehr nach einem Kampf gelüstete – aber einige der Beleidigungen, die ihnen von unserer Seite her an den Kopf geflogen waren, hatten sie zutiefst gekränkt. Ich versuchte zu erklären, daß es meinen Leuten an der rechten Erziehung mangele...

Nachdem die Struves abgefahren waren, standen beide Parteien wartend auf dem Schloßplatz, der noch immer Niemandsland war. Ungefähr zwanzig Minuten nach 10 kam die Kutsche zurück, den Pferden stand der Schaum vorm Maul, Amalia schwenkte wie verrückt ihren Sonnenschirm. Brentano hatte im Rathhaus die gesamte Delegation verhaften lassen, einschließlich Struve, der als letzter eingetroffen war... Was war mit Bönings Wachtposten geschehen? Wußten die Bürgerwehrleute, die uns gegenüberstanden, etwas davon? Zum Überlegen blieb keine Zeit. Ich informirte meine Leute und gab den Befehl: Zum Rathhaus – Laufschritt, marsch!...

Und wir kamen gerade rechtzeitig, um einen Kordon um das Rathhaus zu ziehen und das Zweite Bataillon aus Bruchsal aufzuhalten, das vom Bahnhof her anmarschirt kam. Ich teilte den kommandirenden Sergeanten mit, wir wären ja da, um die Regierung zu schützen; und daß sie sich in Reserve halten sollten. Dann betrat ich das Rathhaus. Dortu blieb draußen in Bereitschaft...

Ich dachte, die Nerven würden mir durchgehen. Einen Augenblick lang lehnte ich den Kopf an die kühle Wand, schloß die Augen: Niemals hätte ich gedacht, daß das Schicksal der Revolution einmal in meinen Händen liegen würde; und doch war es so... Irgendwie brachte ich es fertig, die Treppe hinaufzugehen, vorbei an Beamten und prominenten Bürgern, die fluchten und fragten, was denn eigentlich los sei und wer sie eingeschlossen habe. Ich stieß die Gewehre der Wachen beiseite, die mich vor dem Sitzungssaal aufhalten wollten, und riß die Tür auf...

Was ich sah, hätte komisch gewirkt, wäre es nicht so gefährlich gewesen: Comlossy und Tiedemann standen mit dem Gesicht zur Wand, Bajonnette im Rücken.

In der Mitte des Saales ein Handgemenge: Bürgerwehr- und Armeeoffiziere, unter Führung des dicken Thomé, gegen die wenigen Delegirten, die noch nicht überwältigt waren; Böning stieß und schlug um sich und schrie, die gottverdammten Türken hätten ihn nicht gekriegt und diese Karlsruher Bastarde bekämen ihn schon gar nicht zu fassen; Struve stand auf einem Stuhl und redete auf alle ein, die sich in Hörweite befanden; Becker, mit gefesselten Händen, fauchte Brentano an, der ohne Erfolg seinen Degen aus der Scheide zu ziehen versuchte und gellend »Verschwörung!« und »Mord!« und »Kanaille!« rief...

(Auszug vom 6. Juni 1849 aus dem Tagebuch von Andreas Lenz)

»Genug jetzt!«

Von der Tür her sprach Lenz in ganz normalem Tonfall. Seine gespannte Pistole war auf Brentano gerichtet, während er in den Saal hineinschritt. Vielleicht hatte er Erfolg. Oder sie warfen sich auf ihn, die grünuniformierten Bürger, die Armeeoffiziere, die Beamten, Mördes, der Major Thomé mit dem dicken Gesicht – rissen ihm die Pistole aus der Hand – schlugen ihn nieder...

»Wie Sie wissen, Bürger«, fuhr Lenz mit ruhiger Stimme fort, »habe ich das Rathaus von mehreren hundert Volkswehrleuten und Freiwilligen umzingeln lassen.« Er gab der Mündung seiner Pistole eine andere Richtung. »Aber, aber, Bürger Mördes, bleiben Sie gefälligst vom Fenster weg!«

Mördes kratzte sich das Ohr. Becker grinste unter seinem Bart. Böning durchkämmte seine weiße Mähne mit den Fingern der einen Hand und durchsuchte mit der anderen seine Taschen nach einer Zigarre.

»Sehen Sie, Bürger Mördes, die Soldaten, die Sie und Bürger Brentano aus Bruchsal herbeordert haben, sind doch aus demselben Holz geschnitzt wie wir, die diese Revolution gemacht haben. Selbst wenn ich Ihnen gestatten würde, mit der Truppe zu sprechen – wissen Sie, wie viele sich auf Ihre Seite stellen würden? Bestenfalls, und das kann ich Ihnen versichern, würde es zu einem Gefecht vor der Haustür Ihrer Regierung kommen – und sogar das könnten wir gewinnen...«

»Hochverrat!« Brentanos Stimme überschlug sich.

»Wir wollen lieber vorsichtig umgehen mit solchen Ausdrücken«, meinte Lenz. »Am Ende ist es nämlich immer der Sieger, der bestimmt, was Verrat ist.«

»Wäre es nicht für alle besser, zu einer Übereinkunft zu gelangen?« wandte Goegg sich an Brentano.

»Hört! Hört!« Struve stieg von seinem Stuhl herunter. »Eine Übereinkunft ist doch genau das, weswegen wir hierhergekommen sind – wir wollen nicht die Reihen der Revolution spalten...«

Für Brentano wurde es peinlich, mit gezogenem Säbel in der Hand dazustehen. Er steckte ihn zurück in die Scheide und setzte sich auf den Präsidentenstuhl. »Im Interesse der Revolution«, verkündete er gallig, »muß die Regierung von den eigenen Bürgern wie von den Demokraten, die aus anderen Staaten zu uns gekommen sind, ein diszipliniertes Verhalten erwarten. Und die Regierung wird mit niemandem unter Druck verhandeln.«

»Kein Bürger«, erklärte Struve, »und kein Demokrat von außerhalb kann mit der revolutionären Regierung verhandeln, solange man sie bedroht, in den Turm geworfen zu werden...«

»Stecken Sie die Pistole in die Tasche, Bürger Lenz!« Beckers Stimme war mit Sarkasmus durchsetzt.

Nach einem kurzen Blick auf das verbitterte Gesicht Brentanos wies Goegg Thomé an, Beckers Handgelenke von ihren Fesseln zu befreien und die an die Wand gestellten Delegierten gehen zu lassen. Auf Tiedemanns Verlangen wurden ihnen auch die Degen wieder ausgehändigt.

Lenz, die Pistole wieder im Halfter, wunderte sich über Beckers plötzliche Nachgiebigkeit; einen Moment lang, während diese Pistole auf Brentano gerichtet gewesen war und seine Leute das Rathaus umzingelten, hatte es ausgesehen, als neigten sich die Waagschalen der Geschichte zu ihren Gunsten. Dann begriff er – Becker handelte eine sehr kurz andauernde Überlegenheit gegen einen Waffenstillstand ein, gegen die Chance, die Revolution zu retten: der große Wettkampf zwischen den beiden Zwergen, die sich auf den Zehen streckten, hatte unentschieden geendet; der Ort der Handlung mußte aus diesem stickigen Raum voller aufgeregter Bürger anderswohin verlegt werden; die Entscheidungen würden auf einem größeren Schauplatz fallen.

Brentano hatte ein Dokument in der Hand und besprach einige Punkte mit Goegg und mit Mördes, während seine Exgefangenen sich wieder zusammenfanden – zu der Delegation, als die sie heute früh das Rathaus betreten hatten. Lenz fühlte sich überflüssig; er hätte hinuntergehen und sich um seine Leute kümmern und den drei unglückseligen zu Offizieren beförderten Sergeanten des Bruchsaler Bataillons mitteilen müssen, daß sie ihre Soldaten in der Infanteriekaserne verpflegen lassen sollten. Aber er wollte das Ende hören – ein Ende im doppelten Sinn: einmal des Versuchs, die Regierung zu revolutionieren; und dann des Versuchs der Regierung, die auf ihrer Seite stehenden Kräfte zu entrevolutionieren.

Die improvisierte Konferenz um Brentano brach ab.

Es war Goegg, der jetzt sprach, nicht Brentano. Er redete zuerst zögernd, als erwarte er störende Zwischenrufe. Dann, als keine kamen, wurde seine Stimme fester. »Hinsichtlich der elf Punkte, die der Provisorischen Regierung von Mitgliedern des Klubs des Entschiedenen Fortschritts vorgelegt wurden, ist die Antwort der Regierung wie folgt: Zu Punkt eins, daß alle verfügbaren Truppen so schnell und energisch wie möglich in den Kampf geschickt werden sollten – die Regierung bringt ihre Freude zum Ausdruck über den Wunsch der Volkswehrleute und Freiwilligen, in den Kampf geführt zu werden. Seit gestern haben militärische Operationen an der hessischen Grenze begonnen; unsere gesamte Neckararmee wird vorrücken, und alle kampfbereiten Truppen werden zu ihrer sofortigen Unterstützung abgehen. Die notwendigen Befehle werden noch heute erteilt werden...«

Lenz schlüpfte aus dem Saal. Trotz der Wärme des Tages froren ihm Hände und Füße. Er würde die Nachricht seinen draußen wartenden Leuten bringen müssen; und er würde es tun müssen, ohne ihnen die ganze schreckliche Situation zu enthüllen, die sie im Rücken haben würden, während sie dem Feind gegenüberstanden.

Auch Lenore durfte es nie erfahren – um ihret- und um seinetwillen nicht.

Sie gingen schweigend die Treppe hinauf. An der Tür zu ihrer Dachstube lud sie ihn mit einer Handbewegung ein hereinzukommen.

Er bemerkte, daß alles fertig gepackt war, zugeschnallt, ordentlich zugebunden, reisebereit. Er setzte sich auf den Rand des Bettes und starrte auf das von seinen Stiefeln abgegrenzte Stück Fußboden. Dann wurde er wütend über sich selbst – so viel Theater um eine so alltägliche Sache! Auf Wiedersehen, meine Süße, und viel Glück; morgen kommt ein neuer Tag, neue Menschen, neue Liebe. Was drückte denn auf sein Herz – daß er in den Krieg ging und nicht wußte, wie viele Tage ihm noch blieben für neue Liebe? Daß er sitzengelassen wurde, anstatt selbst zu gehen mit einem leichten Kuß auf die Lippen und einem leichten Klaps auf den Hintern der Dame? Oder daß dies etwas Neues war, eine Erfahrung, die tief ging, an den Kern des Seins?

Lenore blickte auf die kleine Reiseuhr auf dem Nachttisch, das letzte Stück, das noch in ihrem Gepäck verstaut werden mußte. »Wir haben nicht viel Zeit.«

»Adieu ist schnell genug gesagt, und wenn dann noch eine Stunde bleibt oder auch nur eine halbe, und man hat nichts als unwesentliche Worte, um sie auszufüllen...«

Sie zog einen Stuhl heran und setzte sich ihm gegenüber, ihre Hände glätteten nervös ihren Rock. »Ich bin dir doch nicht widerwärtig?« sagte sie leise.

Er fuhr auf. »Um Gottes willen! Wie kommst du auf den Gedanken?«

»Weil du vermeidest, mich anzusehen. Aber ich möchte dich bitten, mir noch einmal zu gestatten, dich anzusehen, ja, so, von vorn. Andere Frauen tragen Miniaturen bei sich; wir hatten nie die Zeit, eine von dir anfertigen zu lassen, oder wir dachten nie daran. So... Noch einen Augenblick bitte... Danke.«

»Ich verstehe dich nicht, Lenore.«

»Was verstehst du nicht?«

»Was willst du anfangen mit diesem Bild von mir, das du dir einprägst? Nadeln hineinstecken? Und wäre es nicht besser, du vergißt mich, auch die letzte Falte, den letzten Schatten auf meinem Gesicht – alles, was du gern gehabt hast an mir?«

»Das habe ich längst schon versucht, bevor ich überhaupt zu dir kam.«

Er wußte nicht, ob er geschmeichelt, gerührt oder ärgerlich sein sollte. Und warum hatte sie ihm das gesagt?

»Dann versuch es noch einmal«, schlug er vor. »Versuch es gründlicher. Die Zeit wird auch dazu helfen. Die Zeit, und die Tatsache, daß du Mademoiselle Einstein bist. Das zählt, sobald du wieder zu Hause lebst.«

»Ich gehe nicht nach Hause!«

Er stand auf. »Und das?« Eine Geste zu den Koffern und Bündeln.

»Eine Kutsche wird bald hier sein«, sagte sie, ungeduldig jetzt, sie wollte zum Kern der Sache kommen. Ihre Hände schienen befriedigt zu sein, daß der Rock in richtigen Falten lag, und bewegten sich nicht mehr. »Andreas«, sagte sie, »ich muß mich da allein durchfinden. Zu Hause geht das nicht; dort würde ich nur in die alten Abhängigkeiten zurückgleiten. Und ich muß dir die Möglichkeit geben, dir darüber klar zu werden, was du wirklich willst. Nein, nein –«, sie schüttelte den Kopf, »sag jetzt nichts. Auch nicht, wenn du selbst an deine Worte glaubst. Der Moment, bevor man in den Krieg zieht, ist zu beladen mit Gefühlen, um die Dinge und besonders die eigene Zukunft vernünftig zu beurteilen.«

»Vernünftig! Vernünftig! Du und deine jüdische Vernunft!«

Sie zuckte zusammen. »Es ist die Vernunft derer, die gelernt haben zu überleben. Ich liebe dich. Ich möchte mit dir leben. Und ich möchte auch dieses Zusammenleben mit dir innerlich unversehrt beginnen; ich will nicht zu einem weinerlichen Geschöpf werden, das um ein bißchen Liebe bettelt, oder zu einem eifersüchtigen, zänkischen Weibsstück, das jeden deiner Schritte überwacht und die Stunden und Minuten deiner Abwesenheit nachzählt und dich jedesmal, wenn dein Blick wandert, an den Rockschößen zurückzerrt...«

Sie hatte sich in Hitze geredet. Er sah das böse Licht in ihren Augen, die beiden tiefen Falten auf ihrer ovalen Stirn, das Rot auf ihren Wangen, die ebenmäßigen Zähne zwischen feuchten Lippen... Sie war wunderschön in diesem Licht: Prinzessin Salome, die den

Kopf des Mannes fordert, den Kopf *ihres* Mannes. Und warum nicht?

»Dieser Wagen, der dich abholt«, sagte er. »Wem gehört er?«

»Doktor Walcher. Er hat Befehl, zur Front abzurücken. Ich werde mit ihm arbeiten.«

»Wirst du nicht!« Das kam automatisch.

»Nein?« fragte sie. »Ich dachte, du würdest eher stolz auf mich sein!«

»Mir wär's lieber, wenn du nach Hause fahren würdest. Und du wirst auch nach Hause fahren! Du wirst nach Hause fahren und dort auf mich warten!«

Sie lächelte – ihr überlegenes Lächeln, mit den gekräuselten Lippen.

»Und dort auf mich warten!« wiederholte er. »Du liebst mich, hast du gesagt. Du willst mit mir leben. Dann höre gefälligst auf mich!«

Sie blieb unbeeindruckt.

»Lenore! Du hast ja nicht die leiseste Ahnung, was Krieg bedeutet! Hast du je einen Menschen sterben sehen, mit zerrissenen Gliedmaßen, und das Gedärm hängt ihm aus dem Leibe? Stelle dir ganze Reihen solcher Männer vor, wie sie in ihrem eigenen Dreck liegen, und den Gestank von Blut, von kaltem Angstschweiß – was kann ein Arzt da tun? Was kannst du tun? Hast du sie je im Delirium gehört? Ein Soldat ist nie besonders schön, und am allerwenigsten, wenn es ihn erwischt hat. Kriege sind immer schmutzig, und der schmutzigste Krieg ist der Bürgerkrieg. Wenn sie uns gefangennehmen, werden sie uns quälen und uns aufhängen, und ich hoffe, wir tun das Gleiche mit ihnen, der Teufel hole sie. Bleib da heraus! Ein Bajonett ist keine Nähnadel, es macht ein häßliches Loch. Was willst du dort, Lenore, ich bitte dich!«

»Ich will sein, wo du bist.«

Eine einfache Feststellung, ganz undramatisch gesagt: Anspruch und Hingabe zugleich. Er kniete nieder und legte seinen Kopf in ihren Schoß und spürte, wie sie mit leichten Fingern ihm den Nacken streichelte.

»Meinst du, wir beide werden es meistern, Andreas?« fragte sie.

Er hob den Kopf. Er nahm ihre Hände und küßte ihre Handflächen und die Innenseiten ihrer Handgelenke. »Ich hoffe zu Gott, ja«, sagte er. »Ich hoffe es von ganzem Herzen.«

Drittes Buch

Zwanzigstes Kapitel

Nicht nur Männer, Bursche und Buben, sondern auch die Weiber, Mädchen und viele Kinder können den fuseligen »Kartoffelstinker« sehr gut beißen, und manche Mutter ist dumm und thöricht genug, sich damit zu rühmen, daß ihr Kind, das noch nicht in die Schule geht, schon Schnaps saufen kann... Das Schnapsen, Tabakrauchen und -kauen und das Kartenspielen, das sind Dinge, die in meiner Heimat viel gelten... Das Wilddieben ist auch noch so ein schönes bisle Tugend, die in meiner Heimat und der ganzen Umgebung stark geübt wird. Die Wilderer – gewöhnlich zwölf bis zwanzig Mann stark – gehen in den Leiningeschen Thiergarten... Während einem solchen Ausfall haben sie einem Jäger, der so frech war, ihnen zu nahe zu kommen, einen »runden Guten Morgen« gewünscht, d. h. eine Kugel durch den Leib geschossen, daß er am selben Tag noch starb... Es gibt bei uns in jeder Beziehung geachtete Bauern, deren Kleider größtentheils von gestohlenem Tuch sind und deren Töchter Sonntags herausgeputzt sind wie die Pfaue mit gestohlenen seidenen Halstüchern, Schürzen und dgl. Das Gestohlene, welches die Bauern ums halbe Geld bekommen, zu kaufen, das halten sie gerade für keine so große Sünde...

(Aus dem in Lenz' Besitz gefundenen Exemplar der »Lebensgeschichte eines badischen Soldaten aus der Zeit des Aufstandes 1849, von ihm selbst geschrieben im Zellengefängnis zu Bruchsal«, Autor anonym, jedoch mit der Widmung: »To Captain Andreas Lenz, in memory of old times. H. Christoffel«)

Christoffel stolperte aus der Dorfkneipe heraus und ging langsam zu der Bank draußen. Er setzte sich, seine Stimmung war auf einem Tiefpunkt angelangt. Nach einer Weile begann er, den Rücken zu strecken. Die Bewegung unter dem groben handgesponnenen Hemd war sonst eine Qual; aber jetzt, da seine Haut gut verheilte, spürte er nur noch ein etwas lästiges Jucken.

Trotzdem wollte seine Stimmung sich nicht bessern. Er horchte auf die trunkenen Debatten, die aus dem Wirtshaus drangen, wo die Honoratioren des Dorfes sich versammelt hatten; auf das Brüllen der Kühe, die auf der staubigen Dorfstraße nach Hause getrieben wurden; auf die knirschenden Räder des Hausiererkarrens, der vor dem Trog anhielt.

Die Sonne begann hinter einigen Pappeln zu sinken. Pfarrer Tuller, zu alt, um noch viel zu sündigen, zottelte auf sein Pfarrhaus zu, eine Flasche unter dem Umhang, auf dem pergamentartigen Gesicht ein frommes Lächeln, das die Frauen aufseufzen ließ, wenn sie vor ihm knicksten. Casper, der Dorftrottel, hinkte hinter ihm her, schieläugig, die dicke Lippe gespalten, und brummelte vergnügt vor sich hin; der Pfarrer kaufte nämlich immer den Kuhdung, den der Idiot von der Straße aufsammelte, denn der Pfarrer besaß keine Kuh und brauchte das Zeug für seinen Garten.

Christoffel verzog den Mund. Er hätte längst nach Hause gehen müssen, statt hier zu sitzen und in diese Gesichter zu starren – die Gesichter seiner Kindheit, jetzt älter und gröber geworden, aufgedunsen, mißtrauisch... Da waren sie, Vergangenheit und Gegenwart ineinander verschwimmend: der Bürgermeister, bei dem Christoffel als Kuhhirt gearbeitet hatte als Entgelt dafür, daß die einzige Kuh der Familie auf seiner Weide grasen durfte; der Lehrer, der den wehrlosen Buben verprügelt hatte, weil er weder Äpfel noch Geld als Bestechung mitbringen konnte; der Krämer, der den hungrigen Jungen aus dem Laden hinausgeworfen hatte. Er sah ihre hinterhältigen Blicke auf sich gerichtet. Er kannte die Fragen in ihren Köpfen: Was will der wirklich im Dorf? Bei ihnen schmarotzen mit dieser Dirne, die er mitgebracht hatte? War er ein Deserteur? Oder ein Spion, von der neuen Regierung hergeschickt, um festzustellen, wie hoch sie besteuert werden konnten, da sie doch jetzt keinen Zehnten und keine Steuern mehr an den Grafen von Leiningen und die anderen Grundbesitzer zahlten?

Er müßte nach Hause gehen. Nach Hause, dachte Christoffel: das war ein Verschlag unter dem Dach, eine halb auseinandergefallene Bettstelle, neugierige, mißtrauische Augen, die jede seiner Bewegungen verfolgten, Ohren, die jedes seiner Worte aufzuschnappen versuchten, sogar jene tief in seinem Herzen verschlossenen Worte, die er Josepha gern zugeflüstert hätte... Und Josepha, die ihn in der einen Minute verzweifelt liebte und ihm in der nächsten ihren Haß entgegenschrie. Das Mädchen im Spitzennegligé aus dem blauen Salon hatte sich innerhalb von Tagen in eine faule Schlampe verwandelt, die ihren Groll pflegte; und da er am bequemsten erreichbar war, ließ sie diesen an ihm aus.

Trotzdem liebte er sie. Was war Liebe? Er war mit offenen Augen aufgewachsen: die trunkenen Tänze, das Stöhnen im Gebüsch, die Knechte, die durchs Fenster zu den Mägden kletterten, Männer, die auf ihren Weibern lagen, sie wohl auch verprügelten, Schwangerschaft, Geburt, Blut, Elend – er hatte nicht sehr viel Illusionen über die Liebe; aber jetzt, da sie ihn gepackt hatte, zerrte sie an ihm wie ein Hund an einem Stück Lumpen. Er trank sein Glas aus. Das Zeug verbrannte ihm fast die Kehle; er hustete und wischte sich den Mund ab. Als er wieder die Augen öffnete, fiel sein Blick auf die Rollen von bunten Bändern auf dem Hausiererkarren. Der Mann tränkte sein knochiges Pferd am Trog und kippte gleichzeitig ein Glas von dem trüben Kartoffelschnaps hinunter, das er beim Gastwirt gekauft hatte, um das allgemeine Geschäftsklima zu verbessern.

»Bänder!« verkündete er, Christoffels Interesse bemerkend. »Bänder, Kopftücher, Knöpfe, Garn! Alle Farben, alle Sorten! Broschen, Ringe, Medaillons, Nadeln, nur das Beste, für die Frau, für die Braut, für die Herzallerliebste! Töpfe und Pfannen, Löffel und Teller! Uhren, groß und klein, für das Haus, für die Wand! Meine Damen und Herren, oder, wie es jetzt heißt, Bürgerinnen und Bürger, kommen Sie und sehen Sie selbst! Gute Christenmenschen, hier findet ihr Preise, die den Juden unterbieten, fragt mich nicht, wie ich das mache, aber es ist Tatsache, es ist nicht unmöglich, da liegt es vor euren Augen, weil ich weiß, wie man die Ware bekommt, und weil ich keine Geschäftskosten habe, nur mich selber zu ernähren und mein braves Pferdchen, wie ihr seht. He, Sie da, Herr Soldat, nicht wahr, Sie sind Soldat, ich erkenn das an der Hose und den Stiefeln, treten Sie nur näher und suchen Sie sich aus, was Sie haben möchten für das Fräulein Braut! Kaufen Sie heute! Kaufen Sie jetzt! Kaufen Sie, bevor die Preußen kommen und die Preise steigen und die Soldaten in den Krieg ziehen müssen und die Frauen ihr Süßes den Kerlen hinhalten, die schlau genug sind, daheim zu bleiben. Werden Sie nicht blaß, Herr Soldat, wenden Sie sich nicht ab, noch ist es Zeit! Zeit genug, Bänder und Spitzen zu kaufen und ein schönes Medaillon und vielleicht einen Ring mit einem Stein, nehmen Sie den grünen Stein hier, das ist kein Glas, der ist echt, das ist ein Glücksstein, schenken Sie ihr den, damit sie Sie nicht vergißt und an Sie denkt und anderen Freiern die Augen auskratzt. Die Preußen sind in der Pfalz, ja, Herr Soldat, sie sind über die Grenze, und überall kämpfen die guten Leute gegen sie, also ist auch nicht alles eitel Wonne und Zuckerlecken für die verfluchten Feinde der Freiheit, aber es sind ihrer viele, mit Pferden und Geschützen, darum sparen Sie Ihr Geld nicht, Herr Soldat, womöglich ist es bald nicht mehr soviel wert, kaufen Sie jetzt, solange die Gelegenheit sich bietet, vielleicht eine Brosche und ein Tüchlein, das das Herz Ihrer Liebsten warm hält und ihren zarten Hals und den weißen Busen schützt gegen den kalten Wind und gegen die geilen Blicke der alten Hurenböcke, die um sie herumschwirren werden wie die blauen Fliegen ums Aas, während Sie, Herr Soldat –«

»Woher weißt du das alles?« fragte Christoffel heiser.

»Über die Preußen?« Der Hausierer gab sein Glas dem Gastwirt zurück. »Ich komme doch herum, nicht?«

Das Pferd hatte sich endlich satt getrunken am Trog und schnaubte durch feuchte Nüstern. Christoffel merkte, daß alle ihn beobachteten.

»Du kommst also herum«, bestätigte Christoffel. »Aber wie sollen wir wissen, ob du die Wahrheit sagst?«

Der Hausierer war ein magerer Mann mit schlechten Zähnen und dunklen, ewig blinzelnden Augen. »Sie wollen mir nicht glauben?« Er hörte auf zu blinzeln. »So warten Sie eben, bis Sie die preußischen Kanonen hören...« Und begann rasch von neuem mit seinen Anpreisungen: »Bänder, Tücher, Knöpfe, Garn. Alle Farben, alle Sorten...«

»Warte mal!« schnitt Christoffel das Geplapper ab. »Wann sind die Preußen eingerückt?«

»Ah, auf einmal rede ich die Wahrheit?«

Christoffel trat näher an den Mann heran. »Hör jetzt auf mit dem Theater! Das ist kein Thema für Witze! Was weißt du wirklich?«

»Was ich erzählt habe!« sagte der Mann. »Die Preußen sind bereits in der Pfalz. Und auch im Norden, an der hessischen Grenze, wird schon gekämpft; man kann den Geschützdonner in Heidelberg hören...«

»Na, Christoffel!« meinte der Bürgermeister. »Da bist du gerade zur rechten Zeit nach Hause gekommen, scheint's! Wir liegen abseits der Straße, bei uns bist du sicher, wir sind deine Freunde. Zieh diese Hose und die Stiefel aus... Wir verraten dich schon nicht...«

Der Lehrer grinste. »Aber nein! Nicht unser Christoffel! Der versteckt sich nicht! Er war immer ein bockiger Bub, wenn ich mich recht erinnere, und kam lieber und steckte seine Strafe ein – war's nicht so?«

Der Hausierer hielt Christoffel ein grünes Band mit gelben Rändern vor die Augen. »Kaufen Sie jetzt!« versuchte er ihn zu überreden.

Christoffel packte die Rolle Band und warf sie auf den Karren zurück. Dann wandte er sich zu den Menschen um. »Wenn ihr zulaßt, daß die Preußen kommen«, rief er, »heißt es Lebewohl, Freiheit, Lebewohl, Grund und Boden! Der Preußenstiefel bringt euch die alten Zeiten zurück. Wenn ihr das wollt...« Er dachte plötzlich an den Köhler oben im Höllental, an die Steinlawine. »Ich ziehe morgen vor Sonnenaufgang los. Ich nehme jeden gesunden Mann mit, der Mut genug hat, zu stehen und zu kämpfen...«

Ein Bauer meinte: »Es ist eine schlechte Zeit. Die Felder... Bald ist Ernte. Was sollen wir im Winter essen?«

»Mit der Freiheit ist das so eine Sache.« Der Krämer blickte Christoffel durch verschwollene Lider an. »Vielleicht ist sie wichtiger für Habenichtse wie dich.«

Der Bürgermeister kratzte sich das massige Kinn; solange der Mensch nicht sicher war, wie sich die Dinge gestalten würden, mußte man jedes Wort abwägen. »Was den Boden betrifft«, sagte er, »der kann uns nicht mehr weggenommen werden. Wir bezahlen dafür, das ist unter jeder Regierung rechtsgültig. Lebewohl, Grund und Boden... Nein, dagegen würden wir uns wehren! Aber nicht einmal die Preußen...«

»Was hat die neue Regierung für uns getan?« fragte ein runzliger alter Mann und rülpste. »Was hat sie für den Bauern getan?«

Vielleicht haben sie nicht unrecht, dachte Christoffel; vielleicht hätte die revolutionäre Regierung an die Hoffnungen der Bauern denken sollen und daran, wie schnell die Hoffnung in der Brust des Menschen erstirbt; daß dem ersten Schritt ein zweiter folgen muß; und daß eine große Anzahl von Bauern immer noch lebte wie das Vieh, vielleicht sogar schlechter.

Doch dann packte ihn der Zorn. Warum wollten sie nicht begreifen, daß keine ihrer Hoffnungen, auch die winzigste nicht, sich verwirklichen würde, wenn diese Regierung gestürzt wurde und im Schlepptau der Preußen der Großherzog mit seinen Adligen und Hofschranzen wiederkehrte? Er begann seine Zuhörer zu beschimpfen. Sie waren doch keine Krüppel! Viele von ihnen besaßen Gewehre! Wenn es darum ging, Fuchs oder Wildschwein oder Rehbock zu schießen, waren sie schnell genug bei der Hand und fürchteten weder Gendarm noch Förster!

»Und eure eigene Zukunft? Daß wir für euch kämpfen, das wollt ihr, was? Und ihr wollt schön hinterm Ofen hocken, in Sicherheit – und hinterher kommt ihr zum Sieger gelaufen, brav mit der Mütze in der Hand, und grinst und kratzt euch am Arsche. Ihr wollt die Soldaten für euch bluten, die Revolutionäre für euch sterben lassen, damit ihr den Boden bekommt, frei von Schulden und Verschreibungen, die Kredite, die ihr braucht, um ihn zu bearbeiten, Besteuerung der Reichen und Unterstützung für die Armen...«

Er sah die Gesichter, einige gefühllos, andere betrunken, manche einfach blöd; aber es waren auch welche darunter, in denen sich ein Funke von Verstehen zeigte und eine beginnende Bereitschaft, darüber nachzudenken.

Der Bürgermeister schien das zu spüren. Seine kleinen Augen wurden berechnend. »Du bist keiner von uns, Christoffel! Du kommst von irgendwo hierher, und du gehst wieder weg –«, er kaute zwischen den Sätzen und spuckte den gelben Tabaksaft aus, »aber wir müssen wohl oder übel hier bleiben und unter diesem oder jenem Herrn arbeiten. Menschen, die ans Land gebunden sind, müssen alles zweimal überlegen. Wir lehnen der Regierung nichts ab...« Er spreizte die kurzen, schmutzigen Finger. »Aber sie hat keine Anweisung gegeben. Und du bist nicht die Regierung...«

In dem schwindenden Licht erkannte Christoffel, wie sich die Gesichter, die sich vor ihm aufgetan hatten, wieder verschlossen. Er fand nicht richtig zu ihnen. Er konnte mit Soldaten umgehen; und selbst da mehr durch Beispiel als durch Worte. Oder lag es daran, daß vor diesen besonderen Menschen in diesem besonderen Dorf, vor diesem besonderen Bürgermeister, Krämer, Gastwirt, Lehrer seine Vergangenheit in ihm wach wurde, daß er hier wieder der barfüßige, zerlumpte Junge war, der geschlagen, getreten, ausgenutzt worden war – voller Haß, aber machtlos gegen die Verwurzelten und Besitzenden: nicht zu ihnen gehörig, wie der Bürgermeister gesagt hatte, sondern Dreck unter ihren Füßen, ein Wurzelloser, ein Bankert, ein Ausgestoßener?

Er suchte in seiner Tasche sein letztes Geld zusammen und warf es auf den Hausiererkarren. »Gib mir ein Stück von dem Band da«, sagte er. »Und ein Kopftuch.«

Als Ältester sprach er das Tischgebet.

Sobald das Amen erklungen war, blickten alle auf und stürzten sich auf die Kartoffeln, über die eine karge Portion abgerahmter Milch gegossen war. Die große Schüssel in der Mitte des Tisches war schnell geleert; man mußte sich beeilen, wenn man seinen Anteil auf dem Teller vor sich haben wollte. Eine Zeitlang hörte man nur Schlürfen und Schmatzen und Kauen; die hölzernen Löffel legten die kurze Entfernung zwischen den Tellern und den Mündern seiner Schwester und seiner Brüder mit mechanischer Regelmäßigkeit zurück, während der fast zahnlose Gaumen seiner Mutter mahlende Bewegungen machte, bei denen ein Teil des Breis auf den Tisch zurücktropfte.

Josepha legte ihren Löffel hin.

Gier schlich sich in die stumpfen Augen seiner Schwester Tina. Sie schluckte erwartungsvoll, die Muskeln an ihrem dürren Hals zuckten dabei.

»Gib«, sagte sie, rückte zu Josepha hin und berührte sie. »Gib, eh?«

»Laß Josepha essen«, sagte Christoffel.

»Sie mag unser Essen nicht«, bemerkte Niklas, ohne aufzublicken.

»Sie ist verwöhnt.« Jobst leckte sich die Finger. »Möchte Butter und weißes Brot und Braten.«

»Laßt Josepha essen!« rief Christoffel.

»Ihr kann man doch nichts recht machen!« Die Worte seiner Mutter klangen schrill – ganz anders als die warme, gütige Stimme, die Christoffels kindliches Ohr vernommen und die er über Jahre hinweg im Herzen behalten hatte... »Dies ist zu einfach und das zu gewöhnlich! Kaffee...! Wir sind arme Bauern!«

Die Brüder lachten.

»Dabei arbeite ich mir die Finger wund!« Die alte Frau hob die Hand. Es war zu dunkel, um die gichtigen Knöchel erkennen zu können; doch Christoffel hatte sein Bild davon; sie hatten ihn zutiefst erschreckt, als er die Mutter wiedersah: wie war sie gealtert, hart geworden, verbittert, neidisch, und beherrschte seine einfältigen Brüder und seine junge Schwester Tina mit der Geißel ihrer Zunge.

»Ich behaupte ja nicht, daß es ihre Schuld ist!« fuhr die Mutter spitz fort. »Gott schafft alle Arten von Menschen, und jede ist zweifellos für irgendwas gut.«

Niklas stieß Jobst in die Seite und kicherte. Seine feuchten dunklen Augen versuchten so viel von Josepha in sich aufzunehmen, wie der Docht des Talglichts enthüllte. Tina leckte verträumt ihren Löffel ab. Christoffel begann zu schwitzen in der drückenden, säuerlichen Luft der niedrigen Stube.

»Man sollte erwarten, daß du eine Frau ins Haus bringst, die mit zupackt«, fuhr die Mutter fort. »Aber was ist sie? Eine Prinzessin? Wo ist dann ihre Mitgift? Vielleicht ist sie an Dienstboten gewöhnt, die ihr das Stroh aus dem Haar kämmen?«

Christoffel schaute unwillkürlich zu Josepha hin. Da war ein Stückchen Stroh, weißer Widerschein in dem rötlichen Glanz des Haars, das sich unordentlich ringelte.

Josepha spürte seinen Blick. »Mich langweilt das«, erklärte sie mürrisch.

»Es langweilt sie!« Die Stimme der Mutter hob sich vor Entrüstung.

Niklas klatschte sich auf die Schenkel, als wäre der Gedanke, daß jemand sich langweilen könnte, eine neue, unerhörte Entdeckung.

Jobst öffnete den schwarzen Mund mit den großen Zähnen und lachte lautlos. Tina rieb ihre Knie aneinander und starrte von Josepha zu Christoffel und zurück, in die Beobachtung der beiden versunken.

»Es langweilt sie!« Die alte Frau konnte nicht darüber hinwegkommen. »Wir füttern sie, ein Maul ohne Hände, und sie langweilt sich! Niklas! Jobst! Tina! Warum tanzt ihr nicht einen Ländler für sie?«

Christoffels Faust krachte auf den Tisch. Schüssel, Teller, Löffel klirrten. Die Brüder erstarrten. Die Augen seiner Muter blinzelten furchtsam, dann beruhigten sie sich.

»Ich habe euch Geld geschickt«, sagte er. »Wo ist es? Von meinem Gesellenlohn, von meinem Sold habe ich euch Geld geschickt. Ihr habt von Krankheit geschrieben, von der Kuh, der Saat, Schulden. Eine Jacke für Niklas, Schuhe für Jobst, Stoff für Tina. Kein Ende hat es genommen!«

»Wir sind deine Angehörigen«, sagte die Mutter. »Du bist der Älteste!«

»Ah, wirklich?«

Die Mutter erkannte sofort ihren Fehler. Er war der Älteste, aber weder sie noch das Gesetz räumten ihm Rechte ein. Und er war aus dem Hause, verloren für sie, seine Arbeitskraft kam nicht dem Stück Land zugute, das sie ernährte.

»Der Älteste«, wiederholte sie, »in gewissem Sinne...«

Christoffel schluckte. »Ich bin nicht hergekommen, um einen Anteil an dem Land zu fordern.«

»Du hast keinen Anteil«, erklärte seine Mutter eilig.

»Ob ich einen habe oder nicht, ich will ihn nicht.«

»Was willst du dann?« fragte Niklas schwerfällig.

»Ich will euch beide.«

Niklas kratzte sich die Stoppeln auf der Wange. Jobst schien das Ganze komisch zu finden.

»Die Preußen kommen. Ich gehe zurück, um zu kämpfen. Wir brauchen Männer.«

»Die bekommst du nicht«, sagte die Mutter. »Sie gehören mir.«

»Versteht ihr denn nicht?« rief Christoffel. »Jobst, Niklas – wenn ihr nicht mitgeht, wird auch keiner von den anderen mitkommen. Wir müssen ihnen ein Beispiel geben!«

»Und wen läßt du mir?« rief die alte Frau mit schriller Stimme. »Tina?... *Die* da?«

»Es ist nur für ein paar Monate«, bat Christoffel. »Wir werden sie schlagen, Niklas, Jobst – ihr könnt doch laden, zielen, schießen. Ihr trefft das Wildschwein auf der Flucht, mit einer einzigen Kugel. Ein Preuße ist ein ruhigeres Ziel.«

Jobst hob die Hände, als hielten sie ein Gewehr, und drückte auf einen imaginären Abzug. »Peng!« sagte er. »Tot!«

»Und die Preußen schießen nicht zurück?« erkundigte sich Niklas.

»Peng!« machte Jobst. »Tot!« Er lachte. Es war ein großer Spaß.

»Du wirst als erster schießen!« sagte Christoffel eindringlich. »Ich werde euch zeigen, wie man das macht. Und ihr werdet die großen Städte sehen, und wenn ihr zurückkommt, werden die Leute Respekt vor euch haben, weil ihr eure Freiheit und die Revolution verteidigt habt.«

»Sie sind keine Soldaten!« sagte die Mutter. »Sie haben Land!«

»Land!...« Christoffel dachte an den kargen, steinigen Boden am Berghang – aber er genügte, um ihnen an den Hacken zu kleben und sie zu halten; er sah schon Niklas' habgierige Hand nach dem Land greifen, sobald die alte Frau sich zum Sterben in ihrer Dachstube verkroch; er sah Jobst, wie er sich daran zu klammern suchte mit seinen großen Zähnen und den starken, gekrümmten Nägeln. Damit beherrschte seine Mutter sie – mit dieser elenden Hoffnung auf das Stückchen Erde. Daran waren sie alle gefesselt! Besitz! Geld! Ein Spatz in der Hand ist besser als die Taube auf dem Dach! Auf diese Weise wurde die ganze Revolution verraten, vom Volke selbst: in dem Moment, wo sie etwas zu verlieren hatten, spaltete sich das große *Wir* in tausend kleine *Ichs*.

»Jawohl, Land!« sagte die Mutter. »Dein Vater ist dafür gestorben. Wir haben dafür gehungert; aber wir haben durchgehalten. In dem Jahr nach der Kartoffelpest...«

Er sah ihre hageren, spitzen Knochen und begriff, daß er wieder einmal besiegt war.

»Nimm *sie* doch mit!« rief sie verächtlich, ihren Sieg spürend. »Sie wird den Preußen so den Kopf verdrehen, daß sie gleich woandershin marschieren...«

Die Brüder brüllten vor Lachen; Tina blickte Josepha mit stumpf glänzenden Augen an.

»Sie bleibt hier!« erklärte Christoffel.

»Ich will aber nicht!«

Mit einem Wink brachte Christoffel Josepha zum Schweigen. Dann wandte er sich wieder seiner Mutter zu und wiederholte: »Ich habe euch Geld geschickt – mehrere hundert Gulden.«

Die alte Frau wollte Einwendungen machen; er ging darüber hinweg: »Auf jeden Fall mehr als genug, um damit Unterkunft und Beköstigung für Josepha zu bezahlen, bis ich sie holen komme...«

»Wann?« fragte Josepha.

»Sobald ich kann«, erwiderte Christoffel; dann, angestachelt von der Beharrlichkeit ihres Schweigens, gab er widerwillig zu: »Ich weiß noch nicht...« Und dann barst es aus ihm heraus: »Wie kann man das sagen – wo ein Krieg bevorsteht...«

Josepha stand auf.

»Wo gehst du hin?«

»Meine Sachen holen.«

Er packte sie am Handgelenk; zwang sie mit einer Drehung seiner Hand wieder auf ihren Platz.

»Ich bleibe nicht hier«, sagte Josepha mit flacher Stimme.

»Darüber reden wir später!« schlug Christoffel vor.

»Mach dir keine Sorgen!« sagte Niklas und kratzte sich am Halse, »wir werden für dich auf sie aufpassen!«

»Entweder sie werden mich umbringen«, sagte Josepha, »oder ich bring sie um!«

Etwas in ihrem Ton ließ die Brüder erstarren. »Umbringen!« kam die kreischende Stimme der Mutter. »Nimm ja deinen bösen Blick von meiner Familie...« Aberglaube brach plötzlich bei ihr durch und mischte sich mit Angst und Haß. Krankheit konnte von überallher über sie hereinbrechen... Eine Fremde im Haus... Die Kuh hatte gefiebert... Krieg, Soldaten, Schüsse...

Sie wies ihn zurück.

Aber dann, auf der schmalen Bettstelle, während das Mondlicht ein Schattenmuster auf die alte, geflickte Decke warf, fühlte sie seinen nackten, zitternden Körper, seine bebenden Schultern, seine zu Fäusten geballten Hände; er bemühte sich, nicht darum zu betteln.

So gab sie sich ihm geduldig hin, streichelte seinen Kopf und den narbigen Rücken, fühlte das Gewicht seiner Brust und die Kraft seiner Lenden und hoffte, das Verlangen, das in ihr aufstieg und ihr das Herz zu sprengen drohte, würde gestillt werden, damit sie nicht würde liegen müssen hinterher, stundenlang, ruhelos, wach, die Gedanken an den anderen Mann verscheuchend, an Lenz, die aber immer wiederkehrten wie Maden ins Aas.

»Josepha!«

Sie streichelte ihn.

»Wie war's, Josepha?«

»Wie soll's gewesen sein?«

»Aber ich möchte es wissen!«

Sie lauschte. Das Stroh raschelte. Das Haus war voller Geräusche. Holz stirbt niemals; und da waren die Würmer, Küchenschaben, Mäuse.

»Sag es mir!« bat er.

»Was ist da zu sagen? Man tut's und fertig.«

»Ich liebe dich so sehr«, flüsterte er, den Kopf an ihrer Brust. »Sag mir, daß es schön war. Sag, daß du manchmal an mich denken wirst.«

»Natürlich.« Sie bewegte sich. Er war schwer, und ihr tat alles weh von diesem Bett. »Warum sollte ich nicht an dich denken?«

Er seufzte. »Das ist die letzte Nacht.« Und fügte hinzu: »Für ich weiß nicht wie lange...« Und nach einer weiteren Pause, drängend: »Du wirst auf mich warten! Sag es mir! Sag's, Josepha...«

Sie wollte ihn beruhigen. Und er sprach die Wahrheit, wenn er sagte, daß er sie liebte. Wenige Frauen haben so viel, sie kannte sich im Leben aus. Und wer war sie denn, daß sie Forderungen stellen durfte? Sie würde an Christoffel denken, so oft sie konnte, und um seine glückliche Heimkehr beten.

»Ich weiß, wo du mit deinen Gedanken bist«, begann er wieder. »Du denkst an *ihn*!«

»Nein. Nein, nein!«

»Belüg mich nicht. Ich hab ja Verständnis dafür. Ich werde dir nicht weh tun, dich nicht schlagen, nichts. Ich werde nehmen, was immer du mir gibst, wie ein Hund, und dir dafür die Hand lecken.«

»Warum mußt du die ganze Zeit reden, wenn wir so zusammen sind? Du bist doch sonst nicht so gesprächig!« Sie war nicht gewöhnt, Gefühle auseinanderzupflücken, weder ihre eigenen noch die eines anderen. »Du redest, und dann zerbröckelt alles.«

»Ich höre ja schon auf zu reden.«

»Das wäre besser.«

Sie begann ihn wieder zu streicheln, mechanisch, um irgendein Unrecht wiedergutzumachen, das sie ihm offensichtlich angetan hatte. Er erwiderte ihre Liebkosungen; sie spürte seine rauhe Hand auf ihrem Körper. Es entspannte sie. »Ach, du!« wisperte sie, ihre Zungenspitze suchte sein Ohr. »Du bist ein Dummer.«

»Ja.« Seine Hand hielt inne. »Wahrscheinlich bin ich wirklich dumm. Warum kann ich morgen nicht leichten Herzens weggehen, mit dem Bewußtsein, daß du hier sein wirst, wenn ich zurückkomme...«

»Aber ich werde nicht hier sein!«

»Unsinn! Wo willst du hin? Wer wird dir zu essen geben? Sich um dich kümmern? Du willst doch nicht wieder dein altes Leben anfangen, oder?«

»Ich kann überall hingehen«, sagte sie; ihre Hand tröstete ihn. »Ich kann arbeiten.«

Er schob ihre Hand beiseite. Er stützte sich auf den Ellbogen, hob das Gesicht, versuchte in dem Halblicht ihre Augen zu erforschen, und fragte: »Aber wie soll ich dich wiederfinden?«

»Du hast mich einmal gefunden, nicht wahr?«

Sie preßte die Lippen zusammen; sie wollte nicht daran denken, wo er sie gefunden hatte, und in welchen Verhältnissen.

»Ja«, bestätigte er, »das stimmt.«

Sie versuchte zu lachen. Sie nahm sein Gesicht zwischen die Hände und zog es zu sich herab und küßte ihn.

»Versprich mir's«, verlangte er.

Sie küßte ihn weiter. Sie führte ihre Fingerspitzen über seinen Nacken und an den Seiten seines Körpers entlang.

»Versprich mir!« bat er. »Versprich mir, daß du für mich hier sein wirst!«

»Das kann ich nicht.« Sie schüttelte den Kopf. »Es wäre unerträglich. Deine Familie...« Sie zögerte. »Und ohne dich...«

»Du brauchst keine Angst zu haben.« Er zwang sich ein Lachen ab. Mein Gott, dort, wo sie herkam, war sie mit weit schlimmeren Kunden fertig geworden; der »Türkenlouis« in Rastatt war ihm nicht wie eine Anstalt für höhere Töchter erschienen. »Meine Mutter – du mußt verstehen, was sie durchgemacht hat. Aber sie ist nicht böse von Natur; und meine Brüder sind leicht zu lenken.« Er spürte, daß sich das nicht allzu überzeugend anhörte, und fügte hinzu: »Sie werden sich gegenseitig in Schach halten.« Und nach einer Pause: »Und du bist kein hilfloses kleines Mädchen.«

»Ich werde meine Tage nicht damit verbringen, angeschrien zu werden und mich herumzustreiten, um jeden Bissen von diesem scheußlichen Fraß zu kämpfen, mich betasten zu lassen und mich mit Händen und Füßen dagegen wehren zu müssen.«

»Wenn du arbeiten würdest...«, schlug er zögernd vor. »Wenn du versuchen würdest, der alten Frau zu helfen...«

»Als Hausmädchen! Als verdingte Magd, nur ohne Lohn! Hast du mich deswegen hergebracht, in diesen Dreck?«

»Schrei nicht so! Sie werden uns hören!«

»Wennschon.«

»Bitte.«

»Ich schreie so laut, wie ich will. Dreck! Stumpfsinniges, geiles Bauernpack! Gemeine, zahnlose alte Hexe! Zum Teufel mit ihnen allen!«

Er hielt ihr die Hand vor den Mund. Sie grub ihre Zähne hinein. Er zuckte zusammen, zog aber die Hand nicht weg. Ihre Zähne waren scharf. Sie schmeckte das Salz eines Blutstropfens, ihr Kopf sank zurück, ihr Leib zuckte.

»Josepha...« Seine Stimme war heiser. »Begreifst du denn nicht: wenn du hier weggehst, habe ich dich verloren.«

»Aber nein! Natürlich nicht!«

»Trotzdem wird es so sein«, beharrte er ruhig. Er drehte sich um, griff hinüber auf den gebrechlichen Tisch neben dem Bett und holte ein kleines Päckchen herunter. »Ich wollte dir das morgen früh geben«, sagte er, wickelte das Papier ab und legte das Kopftuch, das er gekauft hatte, und das grüne Band mit der gelben Borte auf die Decke.

Sie befühlte die Seide. Ihre Augen wurden feucht. Sie sah sein kantiges Gesicht wie durch einen Schleier. Er beugte sich über sie und flüsterte: »Versprich mir! Du versprichst?«

»Bedeutet es dir so viel?«

»Es bedeutet das Leben für mich.«

Und warum soll ich es nicht sagen? dachte sie. Was ist schon ein Wort? Wenn es ihn so glücklich machte...

»Es ist ein wunderschönes Band«, sagte sie und hielt es in einen Lichtstreifen.

»Josepha!« Drängend.

»Und das Kopftuch! Du hättest nicht so viel ausgeben sollen!«

»Josepha!...«

»Und wenn ich ja sagte, würdest du mir nicht glauben. Ich selber würde es nicht glauben.«

»Also gut!« Er setzte sich auf. »Tu, was du willst! Werd wieder zur Hure! Lauf hinter deinem Lenz her, der auf dich pfeift...« Er sah, wie sie starr wurde, das Gesicht weiß, die Augen ausdruckslos. Er ließ die Schultern hängen.

»Ich werde bleiben«, sagte sie mit lebloser Stimme. »Ich werde versuchen hierzubleiben und auf dich zu warten.«

Er nickte mechanisch.

»Bist du nun zufrieden?« fragte sie, immer noch tonlos.

Er legte sich hin. Das Stroh aus dem Strohsack stach ihn in den Rücken. Was hatte er jetzt? Sie hatte gegeben und zurückgenommen, mit ein und derselben Bewegung. Oder sie hatte ihm nie etwas gegeben. Gequält wandte er sich zur Seite. Er fühlte sie neben sich, ihre Wärme, ihr Fleisch. Sie zog sich nicht zurück. Einen Augenblick lang dachte er, sie wäre eingeschlafen; aber ihre Augen waren weit offen, der bleiche Schimmer darin eine Widerspiegelung der bleichen Nacht. Unbeholfen begann er sie zu streicheln, jede Liebkosung eine halbe Entschuldigung. Dann wurde er wütend: wer war sie denn, daß sie ihn mit Verachtung strafte? Er nahm sie brutal, wollte sie verletzen. Sie biß die Zähne zusammen. Nach einer Weile gab sie es auf, sich gegen ihn zu wehren.

Er ließ sich über ihre Brust fallen.

Sie streichelte seine Schulter. »Du bist schwer!«

Er verlagerte sein Gewicht auf den Ellbogen. »Josepha?«

»Was ist jetzt wieder?«

Er haßte sich, weil er fragte, aber es tat es doch. Es war ein Zwang.

»O Gott«, seufzte sie, »fängst du wieder damit an!« Und nach einer Pause: »Es war schön«, sagte sie. »Ich werde dich niemals vergessen. Laß es dir gut gehen, ja?«

Er strengte sich an, horchte auf die Untertöne, auf das Geheimnis von Wahrheit und Lüge, auf das Leben und was es enthielt. Er streichelte langsam ihr Haar, seine Finger teilten behutsam die Strähnen, die sich verwickelt hatten. Dann küßte er sie leicht auf den Mund und sagte: »Ich danke dir.«

»Schon gut«, erwiderte sie, und mit einem Lächeln: »Ich wünschte, es wäre mehr gewesen.«

Irgendwo in der Ferne begann ein Hahn zu krähen, brach aber rasch wieder ab, als schämte er sich, sich in der Zeit geirrt zu haben.

Christoffel erhob sich. Für einen Augenblick stand er barfuß neben der Bettstelle und blickte hinab auf ihren nackten Körper, ihre runden Brüste mit den rosigen Spitzen, den weißen festen Bauch. Dann deckte er sie mit der grauen Decke zu, schlüpfte in seine Hose und griff nach einem Handtuch. Ihn fröstelte bei dem Gedanken an den dünnen Strahl kalten Wassers aus der Pumpe im Hof.

Einundzwanzigstes Kapitel

1. General Mieroslawski tritt als Oberbefehlshaber der Truppen der beiden in militärischer Beziehung vereinigten Landestheile Baden und Rheinpfalz in den Dienst der Volksregierungen dieser beiden Landestheile.
2. Die Anordnung und Ausführung der militärischen Operationen wird dem ernannten Oberbefehlshaber überlassen.
3. Zu diesem Zweck erhält er das Recht, mit Zustimmung von drei, durch die Provisorischen Regierungen ernannten Civilcommissären, auf Scheine auf die Staatscassen der oben genannten Landestheile, alle für das Militär und die Kriegsführung erforderlichen Gegenstände zu requiriren.
4. Der Oberbefehlshaber hat das Recht des Vorschlags bezüglich der Anstellung der ihm untergebenen Officiere. Alle noch anzustellenden Officiere werden, bezüglich ihrer Fähigkeit, von einer durch die Regierungen der beiden Landestheile zu ernennenden Commission geprüft, vorbehaltlich jedoch des gesetzlich bestehenden Wahlrechts.
5. Alle militärischen Arbeiten sind der Controlle des Oberbefehlshabers unterworfen.
6. Der Oberbefehlshaber hat die Volkswehr nach Maßgabe der bestehenden Gesetze und im Einverständnis mit den Civilcommissären zu organisiren.
7. Die Regierungen Badens und der Pfalz haben das Recht der Rückberufung, der Oberbefehlshaber das Recht der Kündigung.
Carlsruhe, den 15. Juni 1849

Für die verfassunggebende Versammlung Badens
der erste Vicepräsident
Ganter
Die Provisorische Regierung
L. Brentano   Werner

(Vertrag zwischen General Mieroslawski und der neuen verfassunggebenden Versammlung Badens. Auf dem Exemplar in Lenz' Besitz ist vermerkt: »An den Oberst Joh. Phil. Becker zur Information«.)

... kann man zwar einer in ihrem politischen Prolog verderbten Revolution durch strategische Maßnahmen nicht mehr aufhelfen, aber ich bin wenigstens noch eben recht angekommen, um eine heroische Leichenfeier zu leiten.

(Unterstrichen in Lenz' Exemplar der »Berichte des Generals Mieroslawski über den Feldzug in Baden«, Bern 1849, bei Jenni und Sohn)

Der Gestank war wie eine riesige, formlose, sich ausbreitende Masse. Lenore öffnete noch ein Fenster. Draußen schien die Sonne.

Die Straße war vollgestopft mit farbig bewegtem Militär. Die Fenster des Hauses gegenüber blitzten; die Blumen, die Dachziegel, der Himmel, die ganze Welt schienen sauber gewaschen zu sein.

Lenore wandte sich zurück in den Krankensaal. Der Raum war überfüllt, denn der Sieg, den sie nördlich des Neckars errungen hatten, war teuer bezahlt worden. Wo vor ein paar Tagen noch Schulbänke gestanden hatten, waren Pritschen aller Art aufgestellt, aber sie reichten nicht aus, und Dr. Walcher hatte angeordnet, Decken über Strohhaufen zu breiten. Da lagen die Verwundeten mit tief in die Höhlen gesunkenen Augen, Stoppeln wuchsen auf grauer Haut; sie husteten, stöhnten, fluchten; schlimmer als jeder Aufschrei jedoch war das plötzliche Schweigen, das periodisch unter ihnen einsetzte. Über dem Kopf eines jeden Mannes hing an der Wand ein Stück Papier mit Namen, Dienstgrad, Einheit und ein paar Worten, die in Dr. Walchers hingeworfenen Buchstaben das Urteil über ihn verkündeten. Lenore verstand nicht alles von dem, was der Doktor geschrieben hatte. Aber sie las in den Gesichtern, und sie hegte den Verdacht, daß die Männer doch wohl mehr wußten, als sie ihr gegenüber zugaben, wenn sie an ihr Bett trat, um den Puls zu fühlen, ihnen die Stirn zu trocknen, den Verband zu erneuern, die Exkremente wegzuschaffen. Sie wußten. In ihrem Fieber, in den ruhelosen, schweratmend verbrachten Nächten blickten sie immer auf die Tür zwischen Leben und Tod, die Tür zum Nebenraum, wo Dr. Walcher seinen Operationstisch aufgestellt hatte: es gab zwei Ausgänge aus diesem Raum, und nur einer davon führte hierher, zurück ins Leben.

Die Tür... Lenore versuchte, nicht hinzuschauen. Sie trat an die nächste Pritsche, legte den Tornister zurecht, der dem Soldaten als Kopfkissen diente, und konzentrierte sich auf sein bleiches Gesicht, das mit Schweißtropfen bedeckt war.

»Wie fühlen Sie sich?«

»Heiß«, erwiderte er. »Heiß, Mam'selle Lenore.« Dann, die Zähne entblößend: »Hat es nicht geschafft, der Kamerad, was?«

Lenore gab es auf, sich zu verstellen. Drüben bei der Tür rollten Walchers zwei Lazarettgehilfen die leere Tragbahre zusammen und legten sie in eine Ecke. Dem einen schien etwas übel zu sein; der andere, mit der niedrigen Stirn, ein Muskelpaket, paffte gleichgültig an einer Zigarre.

»Hatte die Beine zerschmettert«, sagte der Soldat auf der Pritsche, »alle beide. Ein Wunder, daß er nicht schon gestorben ist, bevor er hierherkam...« Das Herausfordernde verschwand aus seiner Stimme. »Mam'selle Lenore?«

»Ja?«

»Aber gewonnen haben wir doch!«

»Ja, das haben wir!« bestätigte sie und versuchte, ihn durch den Klang ihrer Stimme nicht nur den Sieg in dieser Schlacht in den Bergen nördlich des Neckars fühlen zu lassen, sondern auch seinen eigenen, persönlichen Sieg, den er über die Qual des Operationszimmers und den Gestank dieses Krankensaales errungen hatte. »Heute abend werden Sie durchs Fenster das Feuerwerk sehen können.«

Heute abend... Sie dachte an Lenz, der mit Beckers Division an dieser Schlacht teilgenommen hatte. Heute abend würde ganz Heidelberg festlich erleuchtet sein, und der Wein würde in Strömen fließen, und Bürger und Soldat würden sich in den Armen liegen, während riesige Feuer auf den Berggipfeln bis tief ins hessische Land hinein den Rückzug der Interventionsarmee verkündeten.

»Und habe ich nicht Glück gehabt«, sagte der Soldat, »an diesen Doktor zu geraten! Er hat goldene Hände, Mam'selle Lenore...«

Sie nannten sie Mam'selle Lenore, nachdem sie das erste Mißtrauen überwunden hatten gegen eine Frau an einem Ort, wo Soldaten litten und starben, eine Männersache. Sie wandten sich sogar lieber an sie als an die männlichen Pfleger, sobald sie einmal ihr Vertrauen gewonnen hatte mit einer Handbewegung, einem Wort, einer Berührung.

»Heute abend schau ich mir das Feuerwerk an, und morgen stehe ich auf. Ich hab eben bloß sehr viel Blut verloren, und mir ist immer so heiß, und dann habe ich ein Gefühl, als wenn mein Körper sich von mir löste...«

Er schloß die Augen. Sein Kopf sank zurück. Lenore seufzte. Um die Stirn des Mannes, um die spitze Nase und das Kinn herum bildeten sich die strengen Schatten, die sie zu erkennen gelernt hatte. Es gab Momente in diesem Kampf, wo sie am liebsten davongelaufen wäre, wo eine innere Stimme ihr sagte, daß sie nicht mit so viel Not gerechnet hatte, wo ein blutender Stumpf, eine Wunde voll Eiter, ein sich krümmender Körper den dünnen Willensfaden, der sie aufrechterhielt, zu zerreißen drohte.

Dr. Walcher kam den Gang entlang, mit seiner blutbespritzten Schürze sah er aus wie ein Fleischhacker.

Die Schatten auf dem Gesicht des verwundeten Soldaten vertieften sich. Lenore rief nach dem Arzt. Der beugte sich hinab, um den Puls zu fühlen. Nach ein paar Sekunden ließ er das Handgelenk los und flüsterte Lenore zu: »Innere Blutung. Holen Sie die Träger. Ich möchte nicht gern, daß er hier im Saal stirbt...«

Lenore half den sterbenden Soldaten auf die Bahre legen und blickte ihm nach, während er durch die Schicksalstür hinausgetragen wurde.

Dann spürte sie, daß jemand sie beobachtete.

In der Tür vom Flur her stand Lenz, das Gesicht hager und schmutzig, die Augen schmal vor Müdigkeit. Ihre Lippen formten seinen Namen. Der Gestank schien von ihr abzufallen; die Verwundeten im Saal und die blutbespritzte Schürze Dr. Walchers verschwanden.

Langsam ging sie auf Lenz zu. Sie wollte die Arme ausbreiten, ihn zu begrüßen, doch ihre Arme gehorchten ihr nicht.

Sie hakte sich bei ihm ein.

Die Nacht war jung, voller Licht; die Luft süß; sie lebte, Lenz lebte... Gesprächsfetzen erreichten sie, Jubel. Namen: Ladenburg, Käferthal, Schriesheim – die Menschen sprachen von diesen drei Walddörfern, als handelte es sich um die eroberten Hauptstädte fremder Staaten. In den Biergärten schmetterten Kapellen revolutionäre Melodien; in den nach billigem Wein riechenden Tavernen fielen die Betrunkenen einander in die Arme und weinten vor Freude oder drohten, nach Berlin zu marschieren; auf Straßen und Plätzen und an den Neckarufern kampierten Soldaten neben Volkswehreinheiten, die keine Unterkünfte gefunden hatten; mit von Feuern geröteten Gesichtern schauten patriotische Bürger und ihre züchtigen Frauen und Töchter glücklich zu, wie die siegreichen Verteidiger der Revolution die mit solcher Freude besorgten Mengen an Hühnchen und Wurst, Braten und Innereien verzehrten; über die Brücken rumpelten Geschütze und Train, um den Vormarsch von Sigels und Beckers kampfmüden Bataillonen zu stärken; im Schutz von Bäumen und Büschen, Ecken und Toreingängen und Gassen lachten die jungen Mädchen, und junge Männer führten den uralten Grund an für ihr uraltes Verlangen: morgen würden sie nicht mehr hier sein...

»Wie soll ich das erzählen, Lenore...«, sagte er. »Angst?... Natürlich habe ich Angst gehabt.«

»Sei mir nicht böse!«

»Aber ich bin dir nicht böse!«

Mit gewaltigem Gezisch erhoben sich die ersten Raketen des Feuerwerks über der efeuumrankten Schloßruine oben auf dem Berg; die leeren Fenster waren schwarz in dem gelben Glanz; und dann fiel ein goldener Regen auf die Baumwipfel nieder.

»Wie soll man das erklären?« fuhr er fort. »Könntest du, wenn ich dich danach fragte, deine Gefühle erklären, die du im Krankensaal hast beim Leiden und beim Sterben der Verwundeten?«

»Also gut«, sagte sie, »wechseln wir das Thema.« Sie streichelte sein Handgelenk. »Alles, alles, was du willst.«

»Du verstehst nicht! Ich will ja davon reden! Wir haben gesiegt! Wir haben sie geschlagen!«

»Du bist hier«, sagte sie. »Du bist bei mir. Nur darauf kommt es an.«

»Es war nicht so wie in Unter-Laudenbach...«, sagte er hastig. »Der Dragoner, der von seinem Pferd herabhing. Das Kind, weiße Händchen hielten blaue Eingeweide. Amalia in Tränen...

Ein neuer Strom von Farbe stieg hinauf in den Nachthimmel, purpurne, rosige, grüne, gelbe Speichen eines Rades, das sich langsam drehte.

»Ganz anders«, sagte er. »Es war ganz anders.«

Mit einer unerwartet heftigen Bewegung preßte er sie an sich und küßte sie.

»Bravo!« rief jemand. »Zeig's ihr, Soldat!«

Er lachte verlegen. Weiße Streifen hoben sich kreuz und quer über dem Fluß, rote Kugeln explodierten und schütteten Sterne ins Wasser. Von weither kam das Echo lauter Rufe: »Hurra! Viktoria!«

»Ich kann dir erzählen, wie es sich abgespielt hat«, sagte er. »Das ist nicht schwer. Aber das ist nur das Äußerliche.«

Sie glich ihren Schritt dem seinen an. Auf ihren Lippen hatte sie noch das Gefühl seines Mundes; der Lichtschein oben auf den Bergen, der gezackte Umriß der Ruine, die Dächer der Häuser, die Baumkronen waren wie ein Karussell, das langsam, angenehm um sie kreiste.

»Als ich diese Mecklenburger laufen sah und plötzlich begriff, daß ich die feindliche Flanke durchstoßen hatte, fragte ich mich auf einmal, wieviel von meiner Handlungsweise geplant, bewußt überlegt war...« Er schüttelte den Kopf. »Was ist daran geplant, wenn ein Hund dem anderen an die Kehle springt, sofern er die Möglichkeit dazu hat?... Es war eine Sache von Minuten. Oder von Stunden, die kurz waren wie Minuten. Ich habe so viel gebrüllt, daß ich zum Schluß keine Stimme mehr hatte. Ich weiß nicht mehr genau, was ich geschrien habe, ich erinnere mich kaum noch, was für Befehle ich gab...«

Lenore blickte zu ihm auf. In seinem Gesicht arbeitete es, das Grau seiner Augen war fast schwarz.

»Nein, es war nicht Tapferkeit. Es blieb einem gar nichts anderes übrig. Ich bin nicht bescheiden. Ich lasse mich gern bewundern, warum auch nicht... Siehst du, da stehe ich, westlich von Schriesheim, mit einer Kompanie Volkswehr, unter Normalstärke, hauptsächlich meine Leute aus Karlsruhe. Links soll ich Anschluß haben mit Rossmayrs Division, aber ich habe keine Spur von ihr zu sehen bekommen. Durch mein Fernglas kann ich die Kämpfe in Ladenburg beobachten, Rossmayrs Zentrum – dort versuchen sie, den Neckarübergang und die Eisenbahnbrücke zu verteidigen. Auf der Brücke stehen zwei Geschütze gegen den Feind gerichtet, man sieht kleine schwarze Wolken, wenn sie feuern, und dann kommt der Knall. Der Feind greift in Wellen an, Hessen nach den Helmen zu urteilen; sie rücken vor, verlieren ein paar Tote oder Verwundete, ziehen sich zurück, gruppieren sich neu, rücken wieder vor. Unterdessen singen auf meinem Hügel die Vögel, die Bienen summen im Gras, auf einem ausgefahrenen Weg kommt ein Bauernfuhrwerk heraufgeknarrt – Frieden; höchst unglaubwürdig; am liebsten würdest du ein bißchen schlafen...«

»Und dann?« fragte sie. Sie hatte mehr als einem Verwundeten zugehört, wenn er versuchte, sich die Dinge vom Herzen zu reden; sie kannte die richtige Dosis von Interesse, die man zeigen durfte, kein Drängen, nur dies: Ich bin da, ich warte.

»Und dann wird es vollkommen verrückt. Truppen nähern sich, aber es sind unsere – Infanterie, Dragoner, Artillerie; sie kommen aus Ladenburg; Rossmayr hat ihnen befohlen, sich auf unsere Stellung zurückzuziehen. Aber das kann doch nicht richtig sein! In Ladenburg stehen immer noch die beiden Geschütze auf der Brücke; doch jetzt ohne Rückendeckung; und die Hessen stürmen weiter. In zehn Minuten, spätestens zwanzig, muß die Brücke fallen, der Feind wird den Neckar überqueren und die Front aufreißen... Da habe ich angefangen zu brüllen.«

Er lachte. Mit sehr viel Geknatter und Gezisch und großer Farbenpracht ging das Feuerwerk zu Ende. Das Ufer und das Wasser lagen plötzlich tintenschwarz da. Lenz lehnte sich an das Geländer. Von unten her kamen Stimmen, ein Mädchen begann zu singen, Ruder plätscherten.

»Wie ist es mit uns?« fragte er. »Nehmen wir ein Boot?«

»Wenn wir eins bekommen können...«

Nun sie ein Ziel hatten, gingen sie schneller das Ufer entlang. Lenore nahm ihren Schal ab und hängte sich das Bonnet über den Arm.

»Auch das weitere«, sagte Lenz, »ist mir nur bruchstückhaft im Gedächtnis. Rossmayrs Dragoner machen eine Schwenkung, um unseren Gegenangriff zu unterstützen. Wir laufen, stolpern, reißen uns wieder hoch. Merkwürdig planloses Schießen, aber mein Eindruck kann falsch sein. Tirailleure hinter Deckung versuchen uns aufzuhalten: Mecklenburger, hörte ich später. Die ganze Zeit über rufe ich: Attacke! – Bajonette aufsetzen! – Vorwärts! – was mir gerade in den Sinn kommt. Dann ein Pferd, ich hab jetzt ein Pferd und reite, als wir den Bahndamm erreichen, ziemlich weit nördlich von der Brücke und der Straße, von der der Angriff des Feindes ausging. Ein Soldat lacht, erzählt mir, daß wir die Hessen abgeschnitten haben und daß sie sich in voller Flucht befinden. Ich schmecke lauwarmes Wasser. Ich sehe, wie es mir die Montur herunterläuft, ich trinke und trinke. Aber erst viel später beginne ich die Dinge richtig zu sehen – am Fuße eines Kirchturms nämlich, wo ich stehe und darauf warte, daß ein paar feindliche Offiziere von ihren Beobachtungsposten im Glockenturm heruntersteigen. Schließlich erscheint der erste – ein Preuße, er macht ein unglaublich dummes Gesicht, wie ich einem verschwitzten, schlechtbewaffneten Arbeiter in blauer Bluse befehle, seinen Degen zu fordern. Es stellt sich heraus, daß der Preuße ein Herr Major Hindersin ist, General Peuckers Stabschef...«

Das Ufer hatte sich abgeflacht zu einem grasbewachsenen Hang, der bevölkert war mit kleinen Grüppchen von Zechern, schnarchenden Soldaten und sich in den Armen liegenden Pärchen. Eine Laterne in der Nähe des Wasserspiegels warf ihr gelbes Licht auf ein paar Ruderboote und auf das einfache Brett, das als Anlegestelle diente. Leute stritten sich – der Bootsverleiher offensichtlich und ein Mann, der aussah wie ein aus der Kirche ausgestoßener Pfarrer, in Begleitung einer beschwipsten Frau mit einem riesigen Hut, der auf gut Glück eine wirre Haarfülle bedeckte.

Sie bemerkte Lenore. »Liebling!« rief sie, »nimm dir bloß kein Boot von dem! Die Sitze sind steinhart und eiskalt unterm Hintern, und dieser Schwindler will zehn Kreuzer mehr berechnen für ein Kissen, das dünn ist wie eine Hostie und aus dem die Läuse schneller auf dich springen, als dein junger Mann es schafft...«

Der Mann neben ihr hob flehend die Hände.

»Nein, ich werde nicht den Mund halten!« Sie stach mit dem Sonnenschirm nach ihm und schob ihn gefährlich schwankend bis an den Rand des Landungsstegs; dann wandte sie sich wieder an Lenore: »Und das will ein gebildeter Mensch sein!... Meine Liebe, glaube bloß keinem von denen! Die wollen doch nichts weiter als dich in einem engen Boot in die Hände bekommen, mit diesem schwarzen Wasser ringsherum und nichts zwischen dir und ihrer schmutzigen Begierde als dein bißchen Tugend...« Sie stach noch einmal zu. »Professor! Ha! Demokrat! Ha! Dichter! Ha! Was erzählen sie nicht alles in so einer Nacht, um ein Mädchen zu verführen!«

»Wir nehmen dieses Boot«, sagte Lenz, und angesichts der Warnung: »Ohne Kissen bitte!«

Sie trieben stromabwärts. Er begann zu lachen und hörte nur auf, um wieder von neuem loszuprusten, bis seine Spannung sich gelöst und seine Nerven sich beruhigt hatten. »Wie wahr!« lachte er, »wie wahr das ist! Konntest du mich nicht direkt vor dir sehen, Lenore, so wie ich in zwei Dutzend Jahren sein werde: ein ältlicher Scharlatan, der wichtig tut mit seiner Halbbildung, seinen volkstümlichen Anschauungen, seinen Versen, die bloß nie richtig veröffentlicht wurden, und der versucht, auf eine alte Schachtel mit gefärbtem Haar und hochgeschnürtem Busen Eindruck zu machen?«

»Andreas!« sagte sie. »Komm her.«

Er verließ seinen Platz, streckte sich am Boden des Bootes auf dem Rücken aus und legte den Kopf ihr aufs Knie. Die Ufer glitten vorüber, die meisten Häuser immer noch erleuchtet, und die Feuer auf den Bergen nach Norden zu sahen aus wie Sterne, die für immer vom Himmel heruntergekommen waren. Lenore steuerte mit einer Hand und streichelte mit der anderen seine Stirn.

»Ich bin so stolz auf dich«, sagte sie.

Er lächelte spöttisch.

»Ich habe über dich und diese andere nachgedacht«, gestand sie.

»Was hast du davon?«

»Ich habe über *uns* nachgedacht...«

»Hör doch auf zu denken!« sagte er. »Sei nicht so intellektuell!«

»Gut«, erwiderte sie, leicht verletzt. »Ich werde so sein, wie du willst.«

»So will ich es auch wieder nicht...«

Er brach ab. Wie denn?... Und was wollte er?

Vom Ufer drang eine Melodie zu ihnen herüber. Die Stadt mit ihren Lichtern lag bereits hinter ihnen, ein heller Hauch auf dem Wasser. Langsam floß der Fluß zwischen niedrigen, runden Hügeln entlang. Eine Wache rief in der Ferne; winzige Wellen plätscherten gegen das Boot, ein Fisch spritzte hoch, ein paar Frösche quakten im Gebüsch am Ufer.

Plötzlich rief Lenz: »Professor! Ha!«

Lenore fuhr hoch.

»Demokrat! Ha! Dichter! Ha!«

Er langte nach oben, sie zu umarmen. Die Lippen dicht an ihren, flüsterte er: »Und nichts als dein bißchen Tugend zwischen dir und meiner schmutzigen Begierde...«

Sie küßte ihn. Ihre Hand glitt vom Ruder. Das Boot trieb langsam auf eine Bucht zu. Nach einer Weile geriet es mit dem Bug auf Grund.

Pünktlich um Mitternacht eröffnete Goegg, der als Vertreter der Provisorischen Regierung aus Karlsruhe nach Heidelberg gekommen war, die Besprechung der höheren Offiziere, in welcher der neue Oberbefehlshaber in aller Form eingeführt werden sollte.

»In Louis Mieroslawski«, rief Goegg, »hat die Revolution einen großen militärischen Führer gewonnen, einen bewährten und zuverlässigen Soldaten des Volkes, einen Mann, der in so mancher Schlacht mit dem gleichen Feind die Klinge gekreuzt hat, dem wir jetzt gegenüberstehen...«

Lenz, die Erinnerung an das Zusammensein mit Lenore noch allzu lebendig im Hirn, hörte nur halb zu. Er war gerade zur rechten Zeit gekommen, nachdem er Lenore zu ihrem Lazarett begleitet hatte: eine letzte lange Umarmung, eine letzte Berührung der Fingerspitzen, ein letzter Blick zurück und ein Winken der Hand – wann wieder? wo wieder? wer weiß...

»Mütterlicherseits verwandt mit Napoleons Marschall Davoust... Der Vater ein polnischer Oberst... Kadettenschule in Kalisch...«

Goegg berichtet über Mieroslawskis Werdegang. Ein paar Einzelheiten waren bekannt; doch als Goegg das Bild abrundete, wurde für Lenz der Mann erkennbar – ein Mann, an den glauben zu können man sich wünschte, der in seiner Person die große Bruderschaft der Revolution darstellte, die von der Weichsel bis zum Neckar und bis zur Seine reichte. Mit siebzehn hatte er zum erstenmal in einem Aufstandskrieg mitgekämpft, 1830 in Polen. Von da an die wohlbekannten Etappen des Rebellenlebens: Exil, illegale Reisen, Konspiration, Kerker, Aufstände – eine Nation, die unter drei Tyrannen aufgeteilt ist, ein Jüngling, der sich nicht unterwerfen will. In Paris wurde Mieroslawski Mitglied des Zentralausschusses des Demokratischen Polens.

»Jedoch –«, Goeggs Beredsamkeit wuchs mit der Entwicklung seines Themas, »ein solcher Mann bleibt nicht lange in der Sicherheit des Hinterlandes. Immer finden Sie ihn an der Front, im dichtesten Kampfgewühl... Er kehrt nach Polen zurück, um bei der Vorbereitung des Februaraufstandes von 1846 zu helfen. Er wird zusammen mit dreihundert seiner Gefährten von den Preußen gefangengenommen; er wird in Fesseln nach Berlin gebracht, man macht ihm den Prozeß, verurteilt ihn zum Tode. Aber selbst in der Todeszelle des berüchtigten Moabiter Gefängnisses...«

Der Bericht war jetzt im März 1848 angelangt, in Berlin: Mieroslawski fordert, der König von Preußen möge seine königlichen Versprechungen erfüllen, Selbständigkeit der polnischen Landesteile Preußens gewähren, nationalen Zusammenschluß...

»Und diese Forderung«, sagte Goegg, »stellte General Mieroslawski dann noch einmal, aber diesmal mit der Spitze seines Degens, in der Schlacht von Wreschen, wo er die revolutionäre polnische Armee befehligte...«

»Und die Schlacht verlor«, murmelte jemand, nur hörbar für Lenz. Lenz blickte überrascht auf. Major Thomé, mit einem Ausdruck von Selbstgefälligkeit auf dem dicken Gesicht, nickte kühl. »Ja, junger Mann«, bekräftigte er, vertraulich die Stimme senkend, »unser Held hat immer verloren – später in Sizilien auch.«

»Warum dienen Sie dann unter ihm?«

Thomé zuckte die Achseln.

»Und jetzt«, verkündete Goegg, »habe ich die Ehre, das Wort unserem neuen Oberbefehlshaber zu übergeben, unserem Freund, unserem Waffenbruder, unserem General Louis Mieroslawski!«

Mieroslawski erhob sich steif und langbeinig. Wortlos ergriff und schüttelte er Goeggs Hand; dann umarmte er seinen Vorgänger Sigel, der erfolglos versuchte, den drei Küssen auszuweichen, die ihm aufgedrückt wurden. Hauptmann Küchelbecker, der Adjutant und Übersetzer des Generals, trat nach vorn.

»Als Fremdling unter euch«, begann Mieroslawski, nach jedem Gedanken auf Küchelbeckers Übersetzung wartend, »mit dem einzigen Bürgerrecht, welches das Gefühl der Liebe zur deutschen Freiheit, ohne die ich keine Befreiung für mein eigenes Vaterland sehe, mir gibt – bin ich machtlos, ohne oder gegen euch.«

Lenz hob die Brauen. Warum die Selbstverleugnung?

»Ich sage euch dies offen, Waffenbrüder, denn der militärische Geist muß sich in euch zur Höhe der Revolution aufschwingen, welche ihr gemacht habt; ihr müßt selbst meinen Befehlen entgegenkommen und mir durch euren Eifer die für einen Fremden unmögliche Aufgabe ersparen, zugleich den Feind und die schlechte Disziplin zu bekämpfen.«

Das war alles andere als Selbstverleugnung! Lenz begriff jetzt: das war ein Frontalangriff gegen die Konflikte, die die Reihen der Armee und der Revolution aufrissen, gegen die Gefahr des Bürgerkriegs innerhalb des Bürgerkrieges, gegen Verrat und Willkür und Feigheit in einem unentwirrbaren Durcheinander – nur ein Fremder und ein Idealist obendrein konnte glauben, daß ein Appell an das Gewissen dem abhelfen würde.

»Hauptmann Küchelbecker!« Mieroslawski klopfte seinem Adjutanten auf die Schulter. »Ich möchte das exakt übersetzt haben!... Wenn also dieses nicht euer unerschütterlicher und einstimmiger Entschluß ist, liebe Waffenbrüder, wenn ihr euch nicht selbst hinlänglich sicher fühlt, euch nicht Herrschaft genug über eure Soldaten und über euch zutraut, um mir für die herzliche, unbedingte und unausgesetzte Unterwerfung der Armee unter meine Anordnungen einstehen zu können, so erklärt es mir hier auf der Stelle, damit ich mich einer illusorischen Gewalt, wodurch euer Glück und meine Ehre aufs Spiel gesetzt wird, begeben könne, solange es noch Zeit ist.«

Er brach ab, die Augen blickten scharf auf seine Zuhörer, das Gesicht über dem sorgfältig gestutzten blonden Bart war gerötet. Die meisten Offiziere schienen verwirrt zu sein, dann verblüfft. Sie waren auf etwas Großes, Erhebendes, Herzbewegendes gefaßt gewesen, in dieser Nacht nach dem Sieg. Und nun wurden sie im ungewissen gelassen und fragten sich, ob der große Mann in dem himmelblauen, goldgeschmückten Waffenrock und der straffsitzenden dunkelroten Reithose – Pariser Schneiderarbeit, sehr teuer – tatsächlich meinte, was er gesagt hatte. Selbst mit dem besten Willen konnten sie ihm die Disziplin nicht garantieren, die er zur Bedingung machte. Die alte Disziplin war von der Revolution zerstört worden, und von einer neuen war nicht viel zu spüren; alles hing von Dutzenden von unkontrollierbaren Faktoren ab. Demokratie – man wußte nie, ob man einen Soldaten beschwatzen oder ihm die Zähne einschlagen sollte. Und wozu war dieser aufgeputzte Kerl eingestellt worden – zu einem Preis von dreißigtausend, manche behaupteten sogar einhundertvierzigtausend Gulden! –, wenn er die ganze Last der Verantwortung ihnen auferlegte? Soll er ein paar Siege erringen wie den von gestern, dann braucht er sich über Disziplin keine Sorgen zu machen! Was wollte er? – Einen Grund finden, sich aus seinen vertraglichen Verpflichtungen herauszuwinden, bevor er überhaupt angefangen hatte?

»Mon général!«

Sigel, der klein und vernachlässigt aussah im Vergleich zu dem neuen Mann, zog den Degen aus der Scheide. Mit schriller Stimme versuchte er, die Gefühlsebbe auszugleichen: »Haben wir nicht gestern und auch vorher schon an unserer ganzen Neckarfront bewiesen, mon général, daß unsere Soldaten und wir, ihre Offiziere, es wert sind, von Ihnen geführt zu werden?«

Das ist echte Selbstverleugnung, dachte Lenz. Mieroslawski hatte die Leitung der Operationen zwar übernommen; aber ein gewisses Verdienst daran, daß Reichsgeneral Peuckers babylonisches Truppengemisch zurückgeworfen worden war, gebührte Sigel – und Sigel schluckte seinen Stolz hinunter.

»Unser revolutionäres Ehrenwort –«, Sigels ungleichmäßig geschnittene Augen blinkten auf, und er stieß den Degen in die Luft,

»wir werden Ihnen als unserem Oberbefehlshaber folgen, wohin Sie uns führen – zum Siege!«

Die Degen aller Anwesenden hoben sich und blieben für den Bruchteil einer Sekunde erhoben. Ein paar Stimmen riefen: »Wir schwören!«, und andere versuchten ein »Hurra!« In der Auswirkung ergab sich ein halb feierliches, halb erleichtertes Gefühl darüber, daß der peinliche Abschluß der Ansprache Mieroslawskis doch abgeschwächt worden war.

Nun bildete sich eine Schlange; die Offiziere, den Degen wieder in der Scheide, reihten sich auf, um dem Oberkommandierenden die Hand zu schütteln. Dies geschah nach Rang und Dienstalter: zuerst kamen die Divisionskommandeure – Leutnant, jetzt Oberstleutnant Mersy von der Dritten, die den linken Flügel der Front bei Mannheim hielt; der Pole Oborski, der gestern die Vierte Division übernommen hatte; der dicke Thomé, der die Erste kommandierte; Rossmayr von der Zweiten wurde nicht einmal rot, als Mieroslawski ihn zu seiner Verteidigung von Ladenburg beglückwünschte; und Becker, dessen Volkswehr zusammen mit einigen anderen Einheiten die Fünfte Division bildete, die in den Bergen operierte.

Als schließlich Lenz an der Reihe war, zusammen mit den Stabsoffizieren niederen Ranges, war Mieroslawskis Händedruck mechanisch geworden; er murmelte nur noch irgend etwas zu dem sich vorstellenden Offizier; Küchelbecker machte sich kaum die Mühe zu übersetzen.

Mieroslawski, der nicht der Meinung war, daß Revolution und kultiviertes Leben einander unbedingt widersprechen, ließ ein mitternächtliches Souper servieren, das im Stehen eingenommen wurde. Viel Wein, Kognak, Zigarren trugen dazu bei, die Stimmung hervorzurufen, die vorher gefehlt hatte; ein Trinkspruch folgte dem anderen. Zwischendurch kamen Depeschen an und wurden Mieroslawski überbracht, der sie las, Anordnungen traf, Papiere unterschrieb und keinen Moment lang versäumte, seinen jeweiligen Gesprächspartner zu bezaubern.

Schließlich bat er die Kommandeure und die Offiziere, sich in seinem Arbeitszimmer zu versammeln. In der Mitte des Tisches, hell beleuchtet von einer grünbeschirmten Petroleumlampe, lag Mieroslawskis Kriegskarte. Lenz, der seinen Hals über Beckers Schulter reckte, erkannte die Front: bunte kleine Vierecke sprenkelten auf beiden Seiten die weichen Bogen des Neckartales. Bei Mannheim, wo Mersy mit drei Bataillonen Volkswehr und elf schweren Festungsgeschützen stand, bildete der Rhein einen fast rechten Winkel zum Neckar. Und dort hörte die Front plötzlich auf. Nach Süden zu, neben dem Lauf des Rheines, der sich hier krümmte wie eine Krampfader, sah Lenz die Markierungen von nur wenigen zerstreuten Einheiten: Mniewskis halb Dutzend Volkswehrkompanien und die polnische Freiwilligenlegion, unterstützt von vier leichten Feldgeschützen – ein schwacher Schutz hauptsächlich für die Stadt Philippsburg an den Zugängen zu der einzigen Rheinbrücke zwischen Mannheim und Karlsruhe. Auf der anderen Seite dieser Brücke lag die Pfalz.

Rossmayr, bequem im Stuhl zurückgelehnt, erkundigte sich anzüglich: »Und wie stehen die Dinge in der Pfalz wirklich?«

Küchelbecker flüsterte Mieroslawski die Frage auf französisch zu. Mieroslawski erhob sich. »Messieurs!... Wie ich höre, ist Major Mniewski nicht anwesend. Wir werden also ohne ihn beginnen müssen.« Küchelbecker übersetzte. »Was Oberst Rossmayrs Frage betrifft: Unsere tapferen Waffenbrüder in der Pfalz stehen in Abwehrkämpfen.«

Mersy klimperte mit den Münzen in seiner Tasche. »Wir in Mannheim haben gehört, daß Homburg und Kaiserslautern schon gefallen sind. Besteht denn keine Verbindung mit dem Kommando in der Pfalz?«

»Wahrscheinlich ist General Sznaide dabei, sein Hauptquartier zu verlegen«, erklärte Küchelbecker.

»Noch so ein Polacke«, murmelte Thomé und sagte, sich über die schlaffen Wangen streichend, laut: »Es wäre eine schöne Bescherung, wenn wir die Preußen an unserer Front schlagen würden, nur damit eine andere preußische Armee an unserer offenen Flanke erscheint...«

»Messieurs!« schmetterte Mieroslawski. Sein Gesicht hatte sich verdunkelt. Lenz hörte Sigel dem dicken Thomé eifrig auseinandersetzen, man habe ja den großen Vorteil der inneren Verbindungslinien. Mit der Eisenbahn könne man Truppen binnen Stunden überallhin werfen, wo sie gebraucht wurden. »Der Oberbefehlshaber ersucht um Ihre Aufmerksamkeit!« verkündete Küchelbecker.

Widerwillig wurden die Gespräche eingestellt.

»Messieurs!« begann Mieroslawski. »Ich begreife Ihre Unruhe. Aber der schnellste Weg, unseren in der Pfalz kämpfenden Freunden aus der Bedrängnis zu helfen, ist, den Sieg auszunutzen, den wir errungen haben und zu dem ich Ihnen und Ihren Truppen gratulieren möchte. Wo ist mein Stock?«

Er wartete, bis Küchelbecker seine Worte übersetzt und ihm ein dünnes Bambusstöckchen gereicht hatte.

»Messieurs!« Der Bambus sauste durch die Luft. »Es war ein Fehler, die Verfolgung des geschlagenen Feindes aufzugeben. Oberstleutnant Rossmayr! Warum diese zögernden Bewegungen in Ihrem Abschnitt? Sie können sich bei Leutnant Lenz für seine schnelle, entschlossene Handlungsweise bedanken. Aber wo waren Ihre Dragoner? Warum haben Sie nicht einen Kavallerieangriff folgen lassen? Und Sie, Oberstleutnant Thomé – die Hälfte Ihrer Truppen saß während des Gefechtes in Heidelberg. General Sigel hat Ihnen keine Instruktionen gegeben? Warten Sie immer auf Instruktionen? Sie sind doch revolutionäre Kommandeure! Die Revolution muß offensiv denken. Sorgen Sie sich nicht um General Sznaide in der Pfalz. Sorgen Sie dafür, daß die Interventionisten vernichtet werden, wo Sie sie treffen! Das ist Ihre Aufgabe!«

Der Bambusstock schnitt Rossmayrs Gestammel und Thomés Verteidigungsversuch ab.

»Nun –«, die Spitze des Bambusstockes senkte sich auf die Karte und blieb auf dem bergigen Abschnitt ruhen, der Becker zugewiesen war, »dort werden wir Peuckers Preußen und Hessen und Mecklenburger, und was er sonst noch hat, schlagen... Was ist?«

Ein Adjutant war hereingekommen und flüsterte Küchelbecker etwas zu.

»Später bitte!« Mieroslawski winkte ungeduldig ab. Lenz merkte, daß Küchelbecker etwas sagen wollte, aber Mieroslawski hörte nicht hin. »Messieurs!« Auf eine Bewegung seiner freien Hand hin beugten sich alle über die Karte. »Peucker kann die Neugruppierung seiner Truppen noch nicht beendet haben. Deshalb werden Sie, ab sechs Uhr morgens, folgendermaßen aufmarschieren: Oberstleutnant Rossmayr –«, die Spitze des Bambusstockes beschrieb einen kleinen Bogen nach Norden und dann nach Osten, »Oberstleutnant Thomé –«, ein weiterer Bogen, »Oberst Oborski mit seinen Reserven –«, ein unterstützender Bogen, »treiben Peuckers desorganisierte Truppen in das schwierige Gelände des Odenwaldes und ins Feuer von Oberst Beckers Division.«

Lenz erkannte die Schönheit des Manövers, seine Einfachheit, seine Gefährlichkeit für Peucker. Mit Ausnahme von Mersy, den man von dem kritischen Rhein-Neckar-Zusammenfluß nicht wegholen konnte, würde die gesamte Front eine Schwenkung durchführen, der Feind von der riesigen umzingelnden Bewegung eingeschlossen und zwischen dem von Rossmayrs, Thomés und Oborskis Divisionen gebildeten Hammer und dem Amboß von Beckers Division vernichtet werden. Der gestrige Sieg verpuffte ohne diese Fortsetzung ins Leere; so fortgesetzt aber konnte er dazu führen, daß eines der drei Invasionskorps bis morgen abend zerschmettert, die ganze Anlage des feindlichen Feldzuges vereitelt, die Straße nach Frankfurt offen, das Schicksal der Revolution gewendet war.

»Messieurs!«

Etwas in Mieroslawskis Trompetenstimme hatte sich verändert und veranlaßte Lenz, ihn anzuschauen. Der goldene Kragen war am Hals offen, das sonst rosige Gesicht war bleich; die Hand, die jetzt den Bambusstock und die Depesche dazu hielt, zitterte ein wenig.

»Messieurs – ich fürchte, wir werden unsere Dispositionen ändern müssen.«

»Ah!« Rossmayr machte es sich wieder auf seinem Stuhl bequem. »Wie schade!«

Mieroslawskis Französisch kam Stakkato; Küchelbecker konnte nur Satzteile wiedergeben. »...die Rheinbrücke bei Germersheim... überraschendes Auftauchen der Preußen... bedauerlicherweise ungehindert überquert... haben begonnen, den Brückenkopf auszubauen...«

Die große Schwenkung der Front – Hammer und Amboß... Lenz

rieb sich die Augen: aus der Traum! Übrig blieb eine offene Flanke, ein sich rapide erweiternder Brückenkopf, der die Armee von ihrer Basis, von Karlsruhe und dem ganzen mittleren und südlichen Teil des Staates abzuschneiden drohte.

»Und was ist mit General Sznaide?« Thomé gestattete sich einen Anflug von Sarkasmus. »Was ist mit unseren tapferen Waffenbrüdern drüben in der Pfalz?«

»Was ist mit diesem anderen Landsmann von Ihnen«, fragte Rossmayr ruhig, »mit Major Mniewski?«

Der Bambusstock stieß abwärts, schlug ein Loch in die Karte. »Major Mniewski wird vor ein Kriegsgericht gestellt werden!« Mieroslawski wandte sich wütend an Rossmayr: »Glauben Sie etwa, ich leite meine Operationen je nachdem, wer mein Freund ist? Oder woher einer meiner Offiziere stammt?... Sie sollen Gelegenheit erhalten, Herr Oberstleutnant Rossmayr, sich zu bewähren!«

Rossmayr lächelte kühl. Er war einer der wenigen Dragoneroffiziere, die im Dienst verblieben waren, und er würde den gedungenen Ausländer überdauern.

»Messieurs!«

Der kurze Ausbruch schien Mieroslawski beruhigt zu haben. Seine Stimme war beherrscht; der Bambusstock tanzte über die Karte, als freute er sich beinahe über die Herausforderung.

»Oberstleutnant Rossmayr! Ihre Division zieht sich sofort von der Neckarlinie zurück und marschiert nach Südwesten, auf der Straße über Schwetzingen nach Wiesenthal, und stellt sich dem Brückenkopf gegenüber auf. Ihnen angegliedert sind die gesamte Kavallerie und Artillerie der Divisionen Thomé und Oborski. Ihre Infanterie folgt mit der Eisenbahn. Die ganze Kolonne steht unter dem Kommando von General Sigel – ihre Aufgabe: den Feind anzugreifen, bevor er von seinem Brückenkopf ausbricht, und ihn über den Rhein zurückzuwerfen.«

Wieder war Lenz gepackt von der Logik der Maßnahmen Mieroslawskis und der ruhigen Präzision, mit der sie erklärt wurden. Wieder weckte diese Stimme, sogar durch die Übersetzung hindurch, den Wunsch zu vergessen, daß eine Landkarte nicht die Erde war, die schwer an den müden Füßen der Soldaten hing, daß ein Pfeil auf dem Papier nicht gleichbedeutend war mit tausend schwitzenden, fluchenden, blutenden Einzelwesen und daß ein kleines rotes oder blaues Viereck nicht identisch war mit den Menschen, von denen jeder einzelne seinen eigenen Willen, seine Träume, seine Schwächen hatte.

»Oberstleutnant Mersy!«

Mersy brummte, das magere, spitze Gesicht zeigte keinerlei Regung.

»Sie bleiben in Mannheim und halten die Stadt. Und Sie, Bürger Becker –«, Mieroslawski heftete seinen Blick auf Becker, den er nur mit dem revolutionären, nicht mit seinem militärischen Titel angeredet hatte. »Sie werden Ihre Division auseinanderziehen, dünn, sehr dünn, fürchte ich, und die Neckarfront verteidigen. Sie werden durch unaufhörliche Angriffe nach Norden und Osten unsere zahlenmäßige Schwäche verbergen und Peucker ständig stören. Sie werden sich nur hinter den Fluß zurückziehen, wenn es absolut notwendig ist, und die Brücken nur im äußersten Notfall in die Luft sprengen, denn –«, Mieroslawskis Stimme hatte wieder den schmetternden Klang, und in seinen Augen leuchtete ein eigensinniges Feuer, »ich beabsichtige diese Brücken wieder zu benutzen!«

Lenz spürte, wie es ihm kalt den Rücken hinablief. In diesem Augenblick glaubte er Mieroslawski.

Zweiundzwanzigstes Kapitel

...Der Prinz, der sich eben noch bei der 2. Komp. 30. Inf.-Regmts. befand, ließ sich von einem alten Bürger ein Stück Brod geben und aß davon sichtlich mit vielem Appetit, brach den Rest durch und gab den einen Theil einem Musketier von der 2. Kompagnie mit den Worten: »Da, Kamerad: iß auch!« Hierauf ritt der Prinz weiter. – Der Jubel der wackern Leute läßt sich denken. Alles drängte sich um jenen Musketier. Jeder wollte ein Stückchen von dem Brod zum Andenken haben und jeder, der ein solches bekommen hatte, verbarg es in der Brusttasche. – Das ist ein kleiner, anscheinend unbedeutender Vorgang, der aber einen freudigen Blick in die Zukunft des Prinzen tun läßt.

(Auszug von Andreas Lenz aus »Tagebuch über die Ereignisse in der Pfalz und Baden im Jahr 1849« von Staroste, Kgl.-Preuß. Oberst-Lieutenant a. D.)

Die Glocken läuteten.

Ein Geschütz mit Munitionskasten kam die Straße entlanggeschwankt, die Mannschaft fluchte und peitschte auf die schäumenden Pferde ein, der aufgeregte Sergeant ritt mit finsterem Gesicht voran. Sie überfuhren den Handkarren von Casper, dem Dorftrottel, und ließen ihn zertrümmert liegen. Dann waren sie fort, den Staub, die Glocken und eine Wolke unheilverkündender Aufregung zurücklassend.

Die Männer kamen eilig von den Feldern. Mit lautem Rufen und Fluchen wurden Schweine und Kühe in die Wälder getrieben; Truhen wurden in Verstecke geschleppt, Geld und Erbstücke vergraben, Mädchengesichter geschwärzt, die Haare zerzaust. Handwaffenfeuer ganz in der Nähe setzte Punkt und Komma in das Durcheinander.

Die Kirchenglocken läuteten immer wilder. Frauen mit fliegenden Haaren schrien nach ihren Kindern und zerrten sie in die Häuser. Der Dorftrottel versteckte sich in einem Schuppen. Innerhalb von Sekunden lag die Straße leer in der Sonne; sogar die Hühner schien man in ihre Verschläge gescheucht zu haben.

Die Straße herauf trotteten ein paar Mann Volkswehr, ihre müden Schritte wurden immer langsamer. Josepha, die durch das schmale Fenster beobachtete, sah, wie sie gelegentlich stehenblieben und aus der Deckung eines Baumes oder einer Zaunecke heraus einen Schuß in Richtung ihrer unsichtbaren Verfolger abfeuerten.

»Du hast dich ja tüchtig herausgeputzt!« nörgelte die Alte. »Die ganze Zeit über waren deine Lumpen gut genug für uns. Erwartest wohl Gesellschaft?«

»Preußische Gesellschaft!« fügte Niklas hinzu und blickte hungrig auf das Kleid und die Formen, die es enthüllte. Jobst lachte, Tina kauerte vor dem Ofen und gaffte.

Die Volkswehrmänner zogen sich weiter zurück. Einer blutete schwer; er humpelte mit, auf die Schultern zweier seiner Kameraden gestützt. Josepha, immer noch beobachtend, bemerkte die weißen Lippen, den eingefallenen Mund.

Die beiden blieben stehen und legten den Verwundeten am Straßenrand nieder, wo ein bißchen Gras eine Andeutung von Weichheit gab. Einer kam auf das Haus zu und klopfte.

Die Mutter saß da, die gichtigen Hände im Schoß gefaltet. Niklas lehnte am Türpfosten und kratzte sich den Bart.

»Macht auf! Um Christi willen! Wir haben einen Verwundeten!«

Josepha trat zur Tür. Niklas riß ihre Hand vom Riegel weg. Sie wehrte sich.

»Bist du wahnsinnig?« kreischte die alte Frau. »Willst du Unglück über uns bringen?«

Niklas preßte Josepha die Arme in die Seiten und drückte sie an sich.

»Er wird sterben!« rief Josepha halb erstickt.

»Der stirbt sowieso!« Die Mutter verschränkte die Arme. »Willst du vielleicht, daß wir mit ihm sterben?«

»Sie haßt uns«, sagte Jobst. »Seht euch an, wie sie uns haßt. Wir füttern sie, und sie will dieses Unglück über uns bringen.« Er lachte auf seine lautlose Art, mit entblößten Zähnen.

Das Klopfen hörte auf. Niklas lockerte seinen Griff für eine Sekunde.

Josepha riß sich los. »Ihr seid widerlich«, sagte sie und trat zurück ans Fenster. »Ihr alle.«

Sie blickte hinaus. Der Verwundete lag jetzt allein da, mit Lidern von wächserner Durchsichtigkeit, durch die schwach das Dunkel der Augäpfel schimmerte.

Josepha zuckte zusammen.

»Was ist?« fragte Niklas hastig, Furcht in den Augen. »Die Preußen?«

Jobst schlurfte näher heran. Tina erhob sich halb, kauerte sich dann aber wieder auf die Bank; der grobe Rock rutschte hoch und entblößte rote, knochig hervorspringende Knie.

Josepha antwortete nicht. Sie hatte die ersten Helme gesehen, das Funkeln der gelben Spitzen – eine Erscheinung, schon waren sie wieder verschwunden. Irgendwo fiel ein Schuß. Das Glockenläuten wurde langsamer und hörte auf. In der Stille sang ein Vogel übermäßig laut. Die Mutter bekreuzigte sich.

Niklas drängte Josepha mit dem Ellbogen vom Fenster weg, während Jobst näher trat. Ein kurzes Stoßen und Schieben – dann brachten sie beide es fertig, die Nasen gegen die kleine Scheibe zu pressen.

»Sieh dir das an!« Niklas war beeindruckt. »So viele!«

»So viele!« Jobst lachte in sich hinein. »Und so vorsichtig!«

»Tatsächlich! Schleichen die Straßenseiten entlang, als ob sie auf Eiern gehen würden! Suchen hinter jedem Busch!«

»Jetzt sind sie gar stehengeblieben!«

»Vielleicht kommen sie überhaupt nicht her?« fragte Jobst.

»Dummkopf!« Niklas war überlegen. »Sie müssen doch. Ist die einzige Straße.«

»Sie könnten durch die Wälder ziehen!«

»Du könntest. Ich könnte. Sie sind aber Fremde. Fremde halten sich immer an die Straßen.«

Tina sagte: »Ein Mann ist draußen.«

»Ein Mann ist draußen!« äffte Jobst nach. »Jetzt hat sie es auch schon gemerkt.«

»Viele Männer sind draußen«, sagte die Mutter. »Und wir wollen mit keinem von ihnen was zu tun haben!«

Tina blickte finster vor sich hin. Josepha setzte sich an den Tisch, das Kinn auf die Fäuste gestützt, und heftete die Augen auf die Tür, als könnte sie durch sie hindurch die Straße sehen, das Gras am Rand und den Mann, der dort lag und verblutete. Was bedeutet er mir, dachte sie. Ich habe ihn nie zuvor gesehen. Was bedeuten sie mir alle? Sie haben mich alle im Stich gelassen. Lenz, Christoffel... Lenz! – Angst durchfuhr sie wie ein Schmerz. Vorbei! Für sie war er auf jeden Fall tot. Was hatte die alte Vettel gesagt? Viele Männer sind draußen... Zum Teufel mit allen Männern; sollen sie sich gegenseitig umbringen...

»Jetzt rücken sie wieder vor«, rief Niklas. »Sie kommen aufs Haus zu.«

»Heilige Mutter Gottes«, der zahnlose Gaumen der alten Frau bewegte sich im Gebet, »wegen der Schmerzen, die du hast leiden müssen um deinen Sohn, welchen du geboren hast und am Kreuz hast hängen sehen, und der auferstanden ist und zur Rechten Gottvaters sitzt, erbarme dich unser...«

»Sie haben ihn entdeckt«, sagte Jobst.

»Er sieht sie nicht«, meinte Niklas. »Er hat die Augen zu. Vielleicht ist er tot.«

»Es sind ihrer drei«, fuhr Jobst fort, »und Bajonette haben sie. Gehen wie auf Eiern.«

»Jesus!« rief Niklas erschrocken. »Sie haben ihn einfach durchbohrt!«

Er drehte sich ins Zimmer um und wischte sich mit dem Handrücken die Stirn. Doch bevor er einen Stuhl erreichen konnte, erzitterte die Tür unter den Schlägen von Gewehrkolben.

»Da ist ein Mann an der Tür«, sagte Tina und stand auf, wie von einem Draht gezogen.

Josepha sprang hoch und zog den Riegel zurück. Die Tür flog auf. Ein blutbeflecktes Bajonett wurde durch die Öffnung gesteckt. Ein sommersprossiges Gesicht, rund, mit glasblauen Augen unter einer Pickelhaube, folgte. Eine fistelnde Stimme fragte: »Wo sind die anderen?«

»Tina!« kreischte die alte Frau.

Wie ein Frettchen war Tina an dem Preußen vorbeigeschlüpft und verschwunden. Der überraschte Soldat starrte einfältig hinter ihr her und wiederholte: »Wo sind die anderen?«

»Welche anderen?« fragte die Mutter und stellte sich mit ausgebreiteten Armen vor ihre Söhne.

Zwei weitere Soldaten erschienen hinter dem ersten. Das verlieh ihm Mut. »Die andern Banditen!« erklärte er.

»Na, das sind die da!« behauptete der Soldat zu seiner Linken, der ein wohlwollendes Familienvatergesicht hatte. »Das sind alles Banditen! Hast du nicht gehört, was der Herr Major gesagt hat?«

»Herr Major Weltzien hat gesagt, wir sollen uns ihre rechten Schultern ansehen«, meinte der dritte. »An den Schultern erkennt man sie, das hat der Herr Major gesagt!«

»Wir sind Bauern!« jammerte die Mutter. »Wir sind einfache Bauern! Wir haben nie –«

»Du da!«

Das blutbefleckte Bajonett war auf Niklas gerichtet.

»Und der andere Kerl! Runter mit den Hemden!«

Die Mutter fiel auf die Knie und packte den nächststehenden Preußen am Hosenbein. »Wir sind arme Bauern!« jammerte sie. »Wir haben keiner Seele was zuleid getan! Nehmen Sie, was Sie wollen – nehmen Sie *die*...« Eine Hand ließ den Preußen los und wies auf Josepha, die halb versteckt hinter der offenen Tür stand, »aber lassen Sie mir die beiden...«

»Was ist hier los! Was soll der Lärm!«

Die Soldaten standen stramm. Der mit dem Familienvatergesicht rief: »Bitte melden zu dürfen, Herr Major – Musketier Liedtke und Suchmannschaft...« Er versuchte sein Bein zu befreien. »Verdammt, Frau –«

Der schwarze Federbusch auf dem Helm des Offiziers schüttelte sich mißbilligend. »Diese Männer – wer sind sie?«

»Wir wollten gerade ihre Schultern untersuchen, Herr Major! Wie Sie uns gesagt haben, Herr Major!«

»Schultern – Quatsch!« Major Weltzien bewegte seinen Hintern, um den Druck zu mildern, den die straffsitzende Reithose auf seine edleren Teile ausübte. »Rebellen! Alle Männer Rebellen! Festnehmen! Abführen!«

Die Mutter wimmerte; Speichel lief ihr die Seite des Mundes herunter, während sie nach den polierten Stiefeln des Majors zu greifen suchte. Mit einem Tritt ließ er die Alte über den Fußboden fliegen.

»Abführen!« krähte der Major. »Sollen Loch graben! Leiche draußen!«

»Jawohl, Herr Major!« bellte Musketier Liedtke.

»Und schnellstens, bitte ich mir aus, Musketier! Muß Dorf säubern! Absichern! Erwarte Seine Königliche Hoheit den Prinzen persönlich!«

»Sofort, Herr Major!« Musketier Liedtke salutierte, machte kehrt, winkte seine beiden Kameraden hinaus, schob sein Bajonett gegen Niklas' nackte Rippen und knurrte: »Bißchen dalli – raus hier – los, los, ihr zwei Hurensöhne!«

»Und wer sind wir denn?« Major Weltzien betrachtete Josepha prüfend. Da seine Musketiere mit ihren Gefangenen abgezogen waren und die alte Frau in der Ecke sich ihre blauen Flecke rieb, antwortete keiner. Aus der Hüfte heraus vorgebeugt, Oberkörper und Schultern steif, staunte er laut: »Sehr nett, reizend! Seltener Anblick unter dem niedrigen Landvolk! Name?«

Josepha blickte ihn finster an.

»Mademoiselle!« Er kicherte, die Finger seiner linken Hand klopften unternehmungslustig auf das Heft seines Degens. »Krieg ist Krieg, Mademoiselle! Dem Sieger –«, er trat zwei Schritte vor, blickte noch einmal, schätzte den Busen ab, »gehört die Beute, eh?«

»Ach, Sie –« Sie wußte nicht, ob sie lachen sollte über die eng beieinanderliegenden, lüstern glänzenden Augen, den schmalen Schnurrbart, der den gemeinen kleinen Mund krönte – oder sich fürchten vor der Drohung, die in seinem Lächeln enthalten war.

Er berührte mit der rechten Hand seinen Helm, verneigte sich leicht aus der Taille, und stellte sich vor: »Major Friedrich von Weltzien! Freunde nennen mich Fritzchen, Mademoiselle – wünsche kleinen Vorschuß auf Recht des Siegers.« Er spitzte den Mund und streckte die Hände aus, um sie bei den Schultern zu fassen.

Sie versetzte ihm einen Stoß vor die ordensgeschmückte Brust. Er verlor das Gleichgewicht und taumelte zurück, wobei sich sein Degen zwischen den Stiefeln verfing.

»Ach, Sie –«, Josepha besann sich auf einen Teil ihres Wortschatzes aus dem »Türkenlouis«. »Sie spinnebeiniger ausgesaugter saftloser alter Kacker, Sie preußischer Schweinearsch, Sie Nonnenfurz, Sie stinkender Kretin.«

»Mademoiselle!« sagte er mit gepreßter Stimme, »wirklich erfreut – verstehen uns.« Er strich sich über den Schnurrbart. »Verheißungsvoller Anfang schöner Freundschaft – bedaure ungemein – außerstande, jetzt weiterzumachen. Seine Königliche Hoheit – Ankunft – erfordert Anwesenheit. Doch heut abend, Mademoiselle – anderweitig vergeben?«

»Sie Krümel!« schrie sie ihn an. »Eierkopf! Rotzpfropfen! Wofür halten Sie mich!«

»Genau das, Mademoiselle!« Er schlug die gespornten Hacken zusammen. »Abgemacht – Rendezvous – heut abend.«

Er ging hinaus, ohne die Tür hinter sich zu schließen.

Die Mutter kam aus ihrer Ecke hervorgekrochen. Sie starrte Josepha an. Ihre Augen flackerten seltsam; dann schrie sie auf: »Niklas! Jobst!«, und nach einer Pause: »Tina! Wo ist das Mädel!... Tina! Tina!...« Sie reckte Josepha die knochige Faust entgegen, »alles deine Schuld, du Schlampe...«, und schrie wieder, wie wahnsinnig geworden: »Tina! Tina! Komm her, oder ich prügele dir die Haut vom Leibe!...« Und stürzte hinaus: »Tina! Tina!«

Josepha folgte ihr.

Am Zaun sammelten sich die Nachbarinnen und schlugen jammernd die Hände zusammen. Die alte Frau war halb verrückt: »Tina! Tina!« Es war, als gipfelte ihr ganzes Elend in diesem einen Verlust: »Tina!...«

Josepha erblickte Tina als erste. Die Kleine kam hinter dem Stall ganz sonderbar hervorgeschlüpft. Ihr stets unordentliches Haar hing völlig wirr, das flache Gesicht war fleckig. Sie versuchte das Kattunkleid, das ihr von der mageren Schulter hing, hochzuziehen, aber es hatte einen großen Riß und wollte nicht halten.

»Tina...!« rief die Mutter.

Tina schniefte.

»Was ist dir passiert...« Dann kreischte die Frau auf. »O Gott! Sie haben ihr ein Leid getan! Jesus, Maria und Joseph!...«

Etwas von der gewohnten Stumpfheit war aus Tinas Augen verschwunden. Sie bewegte sich unbehaglich und kratzte sich, und murmelte dabei: »Wenn das alles ist...«

Die Alte schüttelte sie, als könnte die vollendete Tatsache dadurch rückgängig gemacht werden. »Wer ist es gewesen? Wie hat er ausgesehen? Zeig ihn mir, den Hund, er soll lebendigen Leibes verfaulen! Tina! Sag mir's, sag's deiner Mutter...«

Tina blickte sie an, und dann die anderen Frauen am Tor. »Ist das alles?«

»Ist was alles?«

»Was er gemacht hat!« Tina verzog das Gesicht in ihrem Bemühen, zu begreifen. Die Frauen stießen einander an, ihre Sorgen waren für den Augenblick vergessen. Die eine, jung, hochbusig, fing an zu kichern, wurde aber zum Schweigen gebracht.

Tina stand da, die Beine gespreizt, ihre Zehen krallten sich in den Staub. »Und danach sind die Leute so verrückt?« fragte sie, ohne sich an jemand besonders zu wenden.

Josepha sah, wie Tinas Schultern in plötzlichem Lachen zuckten. Dann kehrte der stumpfe Blick in die Augen zurück. Tina schüttelte den Kopf und schlurfte, immer noch so sonderbar ungeschickt, zum Haus zurück.

Den ganzen Tag über wurden die Männer in der Scheune des Bürgermeisters unter Bewachung gehalten. Josepha ließ sich treiben, wich aber den rohen Aufmerksamkeiten der Musketiere, Grenadiere und Husaren aus, die das Dorf überschwemmten, ringsherum einen Kordon zogen, niemanden heraus- oder hineinließen und den Kartoffelschnapsvorrat des Gastwirts austranken. Für eine Weile hatte sie befürchtet, denunziert zu werden: sie war mit Christoffel zusammen ins Dorf gekommen; irgend jemand, vielleicht sogar die Alte selbst, mochte beabsichtigen, sich durch die Anzeige mit den Preußen gut zu stellen.

Aber dann verschwand ihre Furcht unter einem Gefühl unendlicher Gleichgültigkeit – selbst um denunziert zu werden, mußte man irgendwie der Welt des Denunzianten zugehören; sie aber stand völlig außerhalb. Sie befand sich in ungefähr der gleichen Lage wie der Dorftrottel Casper, den einzusperren sich die Preußen auch nicht die Mühe gemacht hatten und der, da sein kleiner Karren zertrümmert war, nun ohne Sinn und Zweck auf der Straße umherlief, den Soldaten in den Weg geriet, herumgestoßen wurde und als Dank grinste oder glücklich gluckste. Mehr noch, der Eintritt des Majors Weltzien in ihr Schicksal hatte ihr schockartig zu Bewußtsein gebracht, daß sie nicht nur außerhalb des Dorflebens stand, sondern auch außerhalb des Lebens überhaupt. Sie konnte für die Nacht in das Bauernhaus zurückkehren und frühmorgens verschwinden. Nichts würde ihr geschehen.

Trompetengeschmetter unterbrach ihre Gedanken.

Josepha sah, wie eine über die ganze Breite der Straße hinweg reichende Kette preußischer Infanterie einen Haufen verängstigter Frauen, heulender Kinder, benommener Greise und wild bellender Hunde vor sich hertrieb. Fluchende Soldaten und schwitzende Offiziere scheuchten immer neue Dorfbewohner aus den Häusern, während der Zug sich näherte. Josepha selbst wurde von dem jammervollen Strom mitgerissen. Sie hätte gern den nächstbesten Soldaten gefragt, wohin man sie alle bringen wollte; aber niemand wagte zu fragen; daher sagte auch sie nichts.

Vor dem Gasthaus verbreiterte sich die Straße etwas, und der schlimmste Druck ließ nach. Josepha entdeckte Tina und Christoffels Mutter am anderen Ende der Menschenmenge, die jetzt, mit dem Rücken zum Laden, zu einem Halbkreis angeordnet wurde. Der Idiot Casper stand neben ihr; er stank nach Kuhdung und kicherte zu ihr hin, als wüßte er etwas, das er nicht erzählen wollte.

Und dann erblickte Josepha ihren Major. Er kam auf einem gescheckten, schweren Pferd herangeritten und hielt direkt vor der Reihe Pickelhauben an, die die Menge umgab. Er bemerkte sie ebenfalls, denn er beugte sich hinab und gab einem Sergeanten einen Befehl, und plötzlich öffnete sich eine Gasse in der Menge, und ein Soldat zog sie heraus, und sie fand sich auf der anderen Seite der Pickelhauben wieder, zusammen mit dem Idioten, der ihr gefolgt war, und dem Pfarrer Tuller, den man aus dem Pfarrhaus geholt hatte und der in den zitternden Händen einen kleinen Laib Brot und eine Flasche Wein hielt.

»Seht euch die an –«, die kreischende Stimme der Mutter. »Die Hure!«

Die Trompeten bliesen wieder.

Der Roßhaarbusch auf Weltziens Helm bewegte sich leicht. »Achtung!... glücklich... Dorf auserwählt... Seine Königliche Hoheit begrüßen... beim Signal... Hochrufe... Hurra...«

Pfarrer Tullers pergamentartiges Gesicht war von einer dünnen Schweißschicht überdeckt. Der Idiot glotzte auf das Brot. Josepha fiel ein, daß sie seit dem Morgen nichts gegessen hatte, und da auch nur ein paar Löffel voll von dem faden Brei, den die alte Frau zusammenmanschte.

Weltzien hatte geendet. Vom Eingang des Dorfes her konnte man den schnellen Trab eines Trupps Berittener hören. Trommeln. Trompeten. Die Kavalkade kam näher. Weltzien hob seinen Degen an die rechte Schulter; die Klinge glitzerte. Die Soldaten standen stramm.

Seine Königliche Hoheit zügelte sein Pferd und musterte die Szene. Er wirkte groß zu Pferde, gutgenährt, gesund; sein Backenbart betonte den hochmütigen Schnitt seines Gesichtes und den geringschätzigen Ausdruck in seinen Augen, mit dem er während Weltziens Meldung die Menge, den Pfarrer, den Dorftrottel und – den Bruchteil einer Sekunde länger – Josepha betrachtete. Man konnte sich schwer vorstellen, daß dieser selbstbewußte Reiter der gleiche Prinz Wilhelm war, von dem Lenz im »Türkenlouis« gesungen hatte, der gleiche, der im vergangenen Jahr vor dem Volk von Berlin ausgerissen war, unter falschem Namen, bei Nacht und Nebel, bis hin nach London.

»Hirschfeldt!...« Ein herablassendes Winken mit zwei Fingern für den hinter ihm haltenden General, ein nervöses Zucken des Gesichts. »Hirschfeldt, ich bin ergriffen! Ich möchte, daß Sie einen Tagesbefehl an die Truppen ausgeben.«

»Jawohl, Euer Hoheit. Wie Euer Hoheit wünschen.«

Wieder zeigte sich das eigenartige Zucken auf dem Gesicht des Prinzen. »Etwa in der Art, daß wir unsere braven Truppen auf Befehl Seiner Majestät des Königs in dieses Land führen, wo der Aufstand wütet und der Despotismus herrscht und die Rechte und Freiheiten anständiger Menschen täglich mit Füßen getreten werden. Und daß Preußens ruhmreiche Waffen aufgerufen sind, diesem

Lande Gesetz und Ordnung, Frieden, Freiheit zurückzubringen, und so weiter und so weiter, Sie wissen schon, was ich meine, Hirschfeldt.«

»Jawohl, Euer Hoheit, ich weiß.«

Nein, dachte Josepha, es besteht nicht die geringste Chance, auf ihn zu schießen. Ja, wenn Christoffel hier wäre, oder Lenz... Sie schloß die Augen, wie um sie vor der überwältigenden Herrlichkeit des Bildes zu schützen – Lenz herangaloppierend an der Spitze des Angriffs, wehende Fahnen, sich bäumende Pferde, rauchende Gewehre, donnernde Geschütze, und dann das tausendstimmige heisere, erschreckend nahe Hurra!...

»Hurra!«

Weltzien, sehr komisch in seinem Eifer, gestikulierte zu den eingeschlossenen Menschen hinüber, den zitternden Greisen, die hinter dem Ofen hervorgeholt worden waren, den zahnlosen alten Weibern, die man aus ihren Dachstuben gezerrt hatte. Sie mußten »Hurra!« rufen, und noch einmal auf sein Drängen hin »Hurra!«

Der Prinz beugte sich von seinem Pferd hinab und ließ sich huldreich von Pfarrer Tuller Brot und Wein geben, die der alte Mann ihm die ganze Zeit hingehalten hatte. Ein Adjutant trabte herbei mit dem persönlichen Becher des Prinzen, ergriff die Flasche und goß ein. Der Prinz trank, hustete. »Wird hier Essig angebaut?« Er zuckte und blickte unsicher drein – machte man sich etwa über ihn lustig? Dann brach er hastig ein Stück Brot ab, kaute es schnell und schluckte, wußte aber nichts mit dem Rest des Laibes in der Hand anzufangen. »Nun«, sagte er ungehalten, denn er brauchte freie Hände für die Zügel. »Nun!« Und dann hilflos: »Hirschfeldt!«

General Hirschfeldt beugte sich zu ihm hinüber und flüsterte ihm etwas ins Ohr.

»Ah so, ja! Ausgezeichnet, Hirschfeldt!« Der Prinz blickte sich nach einem geeigneten Gesicht um und fand auch eines, das ihm genügend vertrauenswürdig erschien. »Der da!« nickte er. »Musketier!«

Der Mann blickte einfältig auf seinen Oberbefehlshaber.

»Ja, du, komm mal her!«

Der Mann begriff allmählich. Er trat vor, blieb vor dem Steigbügel des Prinzen stehen und rief: »Melde gehorsamst, Euer Hoheit – Musketier Liedtke, zweite Kompanie dreißigsten Infanterieregiments!«

»Sehr gut!« Der Prinz nickte befriedigt. Und dem Musketier Liedtke den Brotlaib reichend, verkündete er laut, damit er von den Soldaten und dem versammelten Volk deutlich gehört werde: »Da, Kamerad, iß auch!«

»Hurra!« schrie der Idiot. Pfarrer Tuller lächelte dünn. Josepha blickte auf Weltzien: dessen Gesicht glühte vor Treue und Begeisterung. Gott, dachte sie, was für Menschen! Und dann: Je dümmer sie sind, desto besser zahlen sie.

Sie beobachtete, wie die Kavalkade kehrtmachte und die Straße hinunter verschwand und wie das Blau und Rot und Gold der Uniformen und Helme vom Staub verschluckt wurde. Der Kordon löste sich auf, die Menschen strömten über die Straße. »Hol's der Teufel!« sagte Musketier Liedtke, »zu Hause geben sie dir keinen Krümel ab!« Und begann zu brüllen: »He, du!...«

Aber es war zu spät. Casper, der Dorftrottel, hatte das Brot gepackt und versuchte damit wegzulaufen. Die Kinder warfen sich schreiend über ihn, schlugen auf ihn ein, knufften ihn in die Kniekehlen. Er fiel hin. Das Brot rollte ihm aus den Händen. Ein Junge griff danach, mußte aber wieder loslassen. Jetzt versuchten zwei Dutzend kleine Hände danach zu fassen, sie rissen daran; der Laib Brot brach in Stücke, die zertrampelt wurden, bis nichts übrigblieb als ein paar schmutzvermengte Brocken.

Niklas und Jobst waren wieder da. Sie saßen am Tisch, aßen geräuschvoll und hörten sich die Klagen der alten Frau an. Das ganze Unglück – Tina, ihre Festnahme, die preußische Pest und Gott weiß was ihnen noch alles bevorsteht! – war Josephas Schuld.

Die Brüder blickten sie zuweilen an, kauten dabei und knurrten und bohrten sich in den Zähnen. Josepha hielt ihren Blicken stand. Sie hatte gepackt und war reisefertig, und sie würde fortgehen, sobald der Morgen kam und die Preußen die Straße freigaben. Die Verhältnisse hatten sich geändert, und niemand würde sie je holen kommen, kein Lenz, kein Christoffel, nicht einmal dieser lächerliche preußische Major; aber das Leben ging weiter, und man mußte sich irgendwie durchwinden.

»Die Preußen«, Niklas kratzte sich den Bart, »sind große Freunde von ihr, wie?«

Die Mutter nickte.

Ein bestimmter Gedanke begann sich hinter Niklas' dicker Stirn zu entwickeln. »Vielleicht werden sie herkommen und sie besuchen wollen, na, solange sie hier sind?«

Jobst erfaßte den Plan. Er öffnete den Mund zu seinem seltsamen Lachen. »Solange sie hier sind – und solange *sie* hier ist.«

»Sie wird schon hier sein, keine Bange.« Niklas stützte die Ellbogen auf den Tisch und starrte auf seinen leeren Teller. »Sie hat Schulden bei uns – für Bett, Beköstigung, Stroh, Licht, Steuern, Zehnten, Bedienung, Abnutzung...«

Jobst beugte sich vor zu seinem Bruder: »Vielleicht glaubt sie, Christoffel hat für sie schon mitbezahlt?«

»Christoffel hat gezahlt«, stimmte Niklas zu. »Aber er schuldet uns viel mehr. Hat er nicht hier im Haus gelebt und hat sein Essen und seine Kleider gehabt und ist zur Schule geschickt worden, was alles viel Geld gekostet hat? Aber er hat kein Anrecht darauf gehabt, er ist der Bankert, und der muß zahlen, und es bleibt noch zu zahlen.«

»Wenn's eine Gerechtigkeit gäbe«, meinte Jobst, »dann müßte sie für ihn zahlen, sie ist seine Braut.«

»Aber wie kann sie zahlen? Sie hat doch kein Geld.«

»Sie kann's abarbeiten.«

»Sie kann doch nicht arbeiten, das weißt du.« Niklas blickte bekümmert drein. »Du weißt, wie sie von vorn und von hinten bedient werden muß.«

»Ja – dann bleibt eben nur ein Weg.« Jobst erhob sich und pflanzte sich vor Josepha hin. »Du hast kein Geld. Aber die Soldaten haben welches, Soldaten haben immer Geld. Von denen kriegst du's. Kannst's hier im Haus tun, wir erlauben's dir, oben. Und dann mußt du uns das Geld geben.«

»Wofür haltet ihr mich eigentlich!« Josepha stand auf und blickte erst Jobst, dann Niklas wütend an.

»Vielleicht denkt sie, sie kann weglaufen?« Niklas gab seinen dunklen Augen einen nachdenklichen Ausdruck. »Aber jetzt, wo die Preußen hier sind, wird auch wieder Recht und Ordnung eingezogen sein, und der Bürgermeister wird sagen, daß niemand weggehen kann, der nicht bezahlt, und daß wir sie hierbehalten und sie einschließen sollen, bis alles beglichen ist.«

Sie hob die Fäuste und wollte Jobst ins Gesicht schlagen; aber der lachte sein lautloses Lachen, und die Fäuste sanken ihr kraftlos herab. Sie fühlte sich müde und elend und hilflos. Sie konnte nicht gegen die ganze Welt kämpfen.

Von draußen klopfte jemand hart an die Tür.

»Mach auf, Mutter«, sagte Niklas. »Hab keine Angst. Du weißt, was sie wollen.«

Die Alte gehorchte. Aus dem Dunkel trat der Musketier Liedtke und hielt die Tür auf für einen untersetzten, lustig aussehenden Menschen, der eine preußische Armeefeldmütze auf dem strohfarbenen Haar hatte und eine viel zu kurze Uniformjacke trug und Hosen, die einen Teil seiner stämmigen Waden unbedeckt ließen. Der Mann sah sich in der niedrigen Stube um, wobei seine listigen Augen, soweit es das Licht gestattete, jeden Anwesenden abzuschätzen schienen.

Dann wandte er sich an Josepha. »Ich nehme an, Sie sind die Mademoiselle, die der Herr Major gemeint hat. Ich bin August, sein Bursche. Der Herr Major hat befohlen, ich soll Ihnen sagen, daß er um die Ehre Ihrer Anwesenheit bei einem Gläschen Wein bittet. Kein schlechter Wein –«, fügte er hinzu. »Hab ihn selber probiert.«

»Sie bleibt hier«, erklärte Niklas. Er war einen Kopf größer als Weltziens Bursche und fast zweimal so breit. »Wer etwas von ihr will, kann es hier bekommen.«

»Das wird dem Herrn Major nicht gefallen«, erwiderte der Bursche. »Ganz und gar nicht.«

»Sie ist uns Geld schuldig«, sagte Jobst. »Wenn sie bezahlt hat, kann sie gehen, wohin sie will!«

Der Bursche blickte Musketier Liedtke an. Musketier Liedtke war kein kämpferischer Typ, er selbst ebensowenig. »Wieviel schuldet sie denn?« erkundigte sich August.

In Niklas' dunklen, feuchten Kuhaugen glomm etwas auf. »Wir sind gerade beim Nachrechnen. Mutter, wieviel ist es zusammen?«

Die Alte begann zu murmeln. Tina schlurfte zu Musketier Liedtke hin, beäugte ihn träge und leckte sich dabei die Lippen.

»Hundertzweiundvierzig Gulden«, stellte die alte Frau endlich fest.

»Hundertzweiundvierzig Gulden?« sagte der Bursche. »Ich dachte, es wäre mehr... Diese Kleinigkeit erledigen wir gleich.« Ohne zu warten, bis das offensichtliche Erstaunen auf Musketier Liedtkes Familienvatergesicht sich zu einer vielleicht peinlichen Frage entwickelte, setzte er sich an den Tisch, holte Notizbuch und Bleistiftstummel aus seinen Taschen, winkte Jobst, das Licht näher zu bringen, und begann zu schreiben. Er machte sich das Schreiben nicht leicht, und murmelte dabei: »Zahlbar – an – Überbringer – dieses – die Summe – von einhundertzweiundvierzig Gulden – Badisch – für – Seiner Majestät – dem König – von – Preußen – geleistete – Dienste... Fertig!« Er hielt den Kopf schief und betrachtete das Dokument mit Stolz. »Jetzt die Unterschrift: August Kroll, Offiziersbursche.«

Jobsts Mund stand offen, ein schwarzer Schlund. Niklas sah den untersetzten kleinen Mann an, als hätte der ein Wunder vollbracht. Die Mutter sagte immerzu: »Jesus Maria und Joseph«, und bekreuzigte sich.

»In Ordnung –.« Der Bursche riß die Seite aus dem Notizbuch und überreichte sie feierlich Niklas. »Damit sind alle Schulden von Mademoiselle an Sie bezahlt. Morgen früh bringen Sie das dem Bürgermeister Ihres Dorfes; er wird wissen, was er damit zu tun hat.« Er stand auf und sagte mit einem höflichen Schwung seiner kurzen, schwieligen Hand: »Wenn Sie mir folgen wollen, Mam'selle...!«

Einen Moment später war sie aus dem Haus. Sie war im Freien, sie atmete die reine, kühle Nachtluft, während sie zwischen dem Burschen und Musketier Liedtke, dessen Bajonett im Mondlicht schimmerte, einherschritt. Jobst rief hinter ihnen her: »Woher wissen wir, ob er auch zahlen wird?«, und Niklas brüllte: »He, ihr, stehenbleiben! Kommt zurück!« Aber keiner von beiden wagte ihnen nachzulaufen.

»Weißt du!« kicherte Musketier Liedtke. »Unter Umständen kriegen sie's sogar ausgezahlt!«

»Ich hab meine Zweifel. So ein Dorfbürgermeister ist zwangsläufig ein noch größerer Halsabschneider als seine Bauern. Der nimmt das Papierchen und versucht, für sich selber zu kassieren – und so geht es seinen Dienstweg, bis es in der Königlich Preußischen Intendantur zu Berlin landet, Gott segne sie, und unter Kriegsschulden, nicht eintreibbar, abgelegt wird.« Er versetzte Josepha einen Klaps auf den Hintern. »Wie bist denn du unter diese Spitzbuben geraten? Du siehst doch wie ein nettes, anständiges Mädchen aus!«

»Ach, das ist eine lange Geschichte«, seufzte sie. »Vielleicht erzähle ich sie Ihnen mal. Es ist alles wegen einem Mann, den ich geliebt habe...«

»Die Armen«, sagte der Bursche, »können sich Liebe nicht leisten. Das hättest du wissen müssen.«

»Sehr richtig.« Musketier Liedtke nickte weise. »Die Reichen fressen das Huhn, die Armen den Sterz.«

Josepha blickte in das treuherzige Gesicht des Mannes, in die Augen, die niemandem übelwollten. Er hatte direkt danebengestanden, als der junge Soldat mit den Sommersprossen den verwundeten Volkswehrmann mit seinem Bajonett aufspießte; jetzt redete er von Reichen und Armen; sie waren allesamt Gauner und Halsabschneider; der einen Bande von Halsabschneidern war sie entführt worden, damit eine andere sie ausnutzen konnte – aber die Luft war frisch, und ein Wechsel konnte nur zum Besseren führen.

Sie blieben vor dem Pfarrhaus stehen; dahinter ragte undeutlich die Kirche mit ihrem Turm auf; die Glocke, die die Ereignisse des Tages eingeläutet hatte, schwieg.

August, der Bursche, weckte die Wache. »Die Gefangene«, verkündete er laut, »die der Herr Major zu verhören wünscht!«

Der Posten trat beiseite. Musketier Liedtke hatte seine Pflicht erfüllt und verschwand in der Nacht. Die Tür knarrte auf, und Josepha wurde in das muffige, kalte Pfarrhaus geführt, in dem es nach Mäusedreck und Friedhof roch.

In der Wohnstube lag verstreut das Gepäck des Majors, Waffen, Stiefel, der Helm. Der Major saß in Hausschuhen und Hemdsärmeln auf dem Sofa des Pfarrers, die Füße hochgezogen, den Rücken gegen die Armlehne gestützt, in der Hand eine offene Flasche.

»Mademoiselle«, rief er mit schwerer Zunge, »treten Sie näher.«

Er stellte die Füße auf den Fußboden, machte einen halben Versuch, sich zu erheben, sank aber zurück auf seinen Sitz.

»Mademoiselle, ich bin unglücklich.«

Er winkte August und wies auf ein Glas auf dem Tisch. Der Bursche nahm ihm die Flasche ab und goß ein.

»Mademoiselle, à la vôtre!«

Er sah zu, wie sie trank, und befahl August mit einer Handbewegung, nachzufüllen. »Name, Mademoiselle?«

»Josepha.«

»Josepha, ah. Nenn mich Fritzchen.«

»Fritzchen.«

»Setz dich!« brüllte er. »Nein, nicht dorthin – hier! Danke. Näher. Ich bin unglücklich.«

»Warum sind Sie unglücklich?«

»August!«

»Zu Befehl, Herr Major!«

»Erzähl Mademoiselle, warum!«

Der Bursche trat näher und stand vor dem Sofa stramm. »Melde gehorsamst, Herr Major, der Herr Major sind unglücklich, weil der Herr Major mit dem trockensten Stück Holz in der ganzen Provinz Brandenburg verheiratet sind!«

»Falsch, August – in ganz Preußen!«

»In ganz Preußen. Melde gehorsamst, Herr Major, Frau Major sind ein so trockenes Stück Holz, daß ein Mann sich im Bett Splitter einreißt.«

»Stimmt absolut. Hast du gehört, Josepha? Splitter. Rühren, August, rühren! Füll das Glas nach. Mach noch eine Flasche auf. Haben wir genug Flaschen? Gut. Die Beute gehört dem Sieger, eh, Mademoiselle Josepha?« Er stieß mit einem Finger gegen ihre Brust, die scharfen kleinen Augen blickten herausfordernd auf sie. »Hübsch«, sagte er. »Federt hübsch. Warum sprichst du nicht? Wir sind Preußen, keine Barbaren. Wir machen Konversation mit den Damen.«

»Was soll ich sagen?«

»Heute morgen –«, er lachte mißtönend, »hast du schnell genug gesprochen!... August, hab ich dir's nicht erzählt?«

»Jawohl, Herr Major, Herr Major haben mir's erzählt!«

»So sag was, Josepha!« Seine Hand untersuchte ihre Waden, ihre Knie, ihre Schenkel. Er atmete schwer: »Bin Offizier – der Armee seiner Majestät – des Königs von Preußen! Ich befehle dir –«

Sie betrachtete sein Gesicht, die schwitzende Nase. »Du Zwerg«, sagte sie, ihr ganzer aufgespeicherter Protest gegen das Unrecht, das ihr angetan worden war, und gegen die, die es ihr angetan hatten, verwandelte sich plötzlich in Haß gegen diesen Mann, »du dreckiges, stinkendes, ausgelaugtes, vereitertes Miststück, du Hundedreck, du Fäulnis, du schweineschnäuzige Mißgeburt, du...«

»Ah«, seufzte er, »das ist gut. Wie eine Seelenmassage. Mehr!« Er betastete sie. »Mehr davon!«

»Nein!« Sie wehrte sich. »Du Schwein! Du abscheuliches Schwein! Du bist wirklich ein Schwein!«

»Preußenschwein!« bestätigte er. »August!«

»Zu Befehl, Herr Major!«

»August – Licht aus!... Kehrt!... Abtreten!«

Er zerrte an ihren Kleidern. Seine Hände taten ihr weh. Josepha schloß die Augen, versuchte Gedanken, Gefühle, alles abzuschalten. Es gelang ihr auch, nur ihr Geruchssinn arbeitete weiter. Fritzchen, das Schwein, stank nach Wein und merkwürdigerweise nach etwas wie Sägemehl.

Endlich rollte er von ihr ab und stand keuchend da und sagte immer wieder: »Verdammt, Josepha. Verdammt. Verdammt.«

Sie weigerte sich, die Augen zu öffnen. Plötzlich dachte sie an Lenz und grub sich stöhnend die Nägel in die Kopfhaut.

»Was ist denn los?« fragte er.

»Nichts, Fritzchen«, sagte sie, »gar nichts!« Und dann war wieder diese Leere in ihrem Hirn, Gott sei Dank.

Dreiundzwanzigstes Kapitel

Die Ereignisse von Waghäusel beweisen uns, trotz des unglücklichen Ausgangs, die Großartigkeit und Zähigkeit der besiegten Revolution. Denn obwohl Alles bisher versäumt war, was der Revolution zum Siege hätte verhelfen müssen, obwohl sie gegen Außen hin alles Terrain, gegen Innen hin die meiste Kraft verloren hatte, wäre doch dieselbe bei Waghäusel, wo jede Niederlage der vollständige Ruin der Feinde gewesen wäre, ohne den Zufall des Verraths, gerettet gewesen. Freilich, der Zufall ist kein historisches Wort, paßt auch nicht in diesem Falle, da der Verrath Rossmayrs durch die feige und principlose Leitung der Revolution bedingt war. Aber das kann man sich nicht verhehlen, daß schon diese kleine, in einem Winkel von Deutschland keimende Revolution so mächtig war, daß sie drei Viertel ihrer Macht opfern konnte und dennoch der Sieg möglich blieb ... Deshalb wachsen uns auf den blutgetränkten Feldern bei Waghäusel große Hoffnungen auf.

(Auszug von Andreas Lenz aus Johann Philipp Becker: »Geschichte der süddeutschen Mai-Revolution«)

Die revolutionäre Armee war die halbe Nacht marschiert und schon wieder seit dem frühen Morgen unterwegs. Bei Tagesanbruch hatte Christoffel gesehen, wie die Artillerie auf der Landstraße herangeschafft wurde, Geschütz auf Geschütz, abgehoben gegen einen rosigen Himmel, der einen heißen Tag verhieß. Hinter der Artillerie kamen die Dragoner, nach Schwadronen geordnet, in flottem Trab reitend, ihre Mäntel flatterten, und die Helme schimmerten. Die Infanterie schlug sich mühsam durch die Kornfelder durch, die sich zu beiden Seiten der Straße von Neulußheim nach Waghäusel erstreckten. Das Korn, das gut stand, bis zu den Schultern und höher, wogte im Morgenwind; eine Schande, es mit den Soldatenstiefeln niederzutrampeln, dachte Christoffel, das Bauernherz in ihm drang durch. Dann erinnerte ihn der Anblick der geknickten Halme an fallende Menschen. Er brummte ärgerlich. Besser, man las ein paar

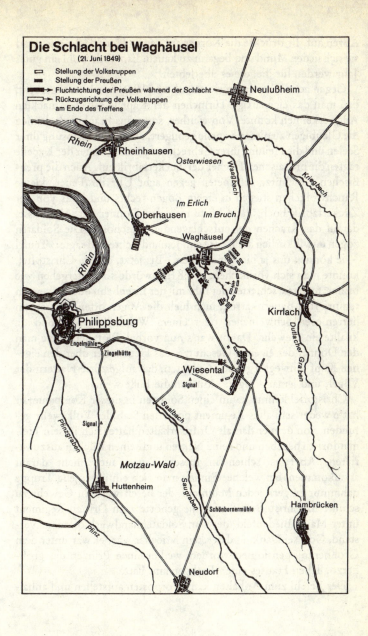

Ähren auf. Er drückte die Körner auf seiner Handfläche aus, warf sie sich in den Mund und begann zu kauen. Es würde wohl ein gutes Jahr werden für die, die es überlebten.

Gegen acht Uhr waren sie so nahe an Waghäusel herangerückt, daß man das eigenartige Türmchen der Kapelle mit dem nackten Auge erkennen konnte. Von weither, sogar aus Frankreich, kamen die Gläubigen zu dieser Kapelle gepilgert, um für die Erlösung ihrer Seelen und die Heilung ihrer Gebrechen zu beten; hinter der Kapelle ragten die prosaischen Dächer der Zuckerfabrik auf. Auch die preußischen Geschütze eröffneten gegen acht Uhr ihr Feuer, kleine Rauchwölkchen stiegen in einem Bogen rechts und links von der Zuckerfabrik hoch, dann hörte man den Donner der Abschüsse, darauf das Krachen der aufschlagenden Geschosse. Die Soldaten zogen unwillkürlich die Köpfe ein. Jemand lachte und sagte: »Teufel – sie können uns ja nicht mal sehen.« Bis jetzt, dachte Christoffel, konnte man sich vormachen, der Krieg würde so weitergehen wie bisher: man marschierte oder fuhr mit der Eisenbahn oder auf einem requirierten Bauernkarren; man hielt die Augen offen nach einem herrenlosen Schweinchen oder einem Weinkeller; hier und da knallte ein Gewehr. Damit war's nun vorbei. Plötzlich hörte man den Donner der eigenen Geschütze, das Heulen der über den eigenen Kopf hinwegfliegenden Granaten, das aufgestörte Flattern der Vögel; und jemand sagte: »Mir tun die Füße weh.«

Christoffel kannte kaum einen Soldaten in dieser Kompanie; er hatte weder sein altes Regiment noch den Stab der Volkswehr gefunden, von dem er damals Ordre erhalten hatte, sich in sein Heimatdorf zu begeben und seine Nerven und seinen Rücken auszukurieren. Aber es schien in diesen Tagen auch nicht darauf anzukommen, bei welcher Einheit man sich einfügte; jede Truppe nahm nur zu gern jeden Mann auf, der bereit war, ein Gewehr zu schultern. Christoffels Kompanie gehörte zum Dritten Regiment unter Major Biedenfeld, der sein Soldatenhandwerk offenbar verstand, Gott sei Dank, und der kein Kriecher war: er war unter dem Großherzog pensioniert worden, weil er einen Prinzen des großherzoglichen Hauses einen Esel genannt hatte.

Der Befehl zum Anhalten kam. Vorposten aufstellen und anhalten. Die Männer ließen sich auf die Erde fallen, erschöpft, stumm. Major Biedenfeld, an einer krummen Pfeife paffend, die Augen undeutlich hinter stahlumrandeten Brillengläsern, stand auf seinen massigen Beinen und sah sie an. Rufe klangen von den Vorposten herüber. Ein Soldat hastete auf den Major zu. Er zeigte auf das preußische Geschützfeuer und erstattete atemlos eine Meldung, von der Christoffel nur das wiederholte: »Husaren... Husaren...« verstand.

Biedenfeld nahm die Pfeife aus dem Mund. »Na schön«, sagte er, für jeden ringsum hörbar, »auf Husaren schießt man genau wie auf jeden anderen Reiter.« Dann gab er seine Befehle, wies auf das dichte hohe Korn rechts und links und verteilte seine Leute zu beiden Seiten des Feldweges, auf dem die Husaren offensichtlich vorzurücken beabsichtigten.

»Los!« Biedenfeld deutete die Richtung mit seiner Pfeife an.

Christoffel bemerkte, daß die Artillerie, die eigene wie die preußische, mit einer gewissen Regelmäßigkeit verfuhr. Man konnte die Zeit genau bemessen, die gebraucht wurde, um die Geschütze neu zu laden und zu visieren. Dann kamen die Salven, erst die der Preußen, dann die der Revolutionäre. In den Pausen dazwischen hörte man das Zirpen der Grashüpfer und den Schlag des eigenen Herzens; man fühlte, wie sich einem der Magen zusammenzog; die Augen schmerzten und der Hals juckte – man hatte Angst, einfach Angst, mehr Angst als damals, da Glaubitz und Gramm einen an den Baum gebunden hatten.

Christoffel wischte sich den Schweiß von der Oberlippe. Sterben, dachte er. Gewiß, er hatte auch vorher ans Sterben gedacht, aber wie an etwas Fernes, Selbstverständliches, nichts, was ihn betraf. Er wußte nicht, warum er jetzt anders empfand – vielleicht Josephas wegen. Er versuchte sich vorzustellen, wie der Tod war: die Erde drückte einem schwer auf die Brust, das Dunkel, die Kälte, das Für-immer-und-ewig daran; und er rang nach Atem inmitten der leise wogenden Halme, im Duft des Sommertages, in der Sonnenwärme. Er rief sich all die alten Soldatenregeln ins Gedächtnis, die besagten, daß es immer den Nebenmann traf, und fand, daß es ihnen an Überzeugungskraft mangelte. Revolutionär! dachte er ärgerlich.

Ein schöner Revolutionär bist du! Er versuchte zu zählen, wie oft er ohne zu fragen sein Leben riskiert hatte, bloß um festzustellen, daß er sich diesmal der Gefahren bewußt war. Man mußte zu vergessen suchen, an ein schönes kühles Glas Bier denken, an ein schönes sauberes Bett zum Hineinkriechen, an schöne süße Träume zum Träumen; oder an die Arbeit: wie man, den Mund voller Holzzwekken, den Schusterhammer mit dem breiten Ende schwang, daß er säuberlich die Sohle traf und sie mit dem Schuh verband; der Soldat arbeitet nicht, das ist ja das Elend, wird denn nie der Tag kommen, an dem alle Soldaten der Welt heimkehren können, niemals wahrscheinlich. Tod... Nicht das Sterben ist schlimm; wenn man das Geborenwerden überstehen kann, läßt sich auch das Sterben ertragen; es ist das Nachher...

»Da kommen sie!«

Christoffel straffte sich.

Biedenfeld schob sein Fernrohr zusammen und steckte es in die Tasche. »Du siehst nicht gut aus, Soldat«, sagte er. »Hast du gefrühstückt?«

»Nein, Herr Major!«

Biedenfeld klopfte seine Pfeife am Absatz aus und zertrat die Asche sorgfältig. »Tatsächlich ist es besser, man kämpft auf leeren Magen, Soldat. Man kriegt schneller die Wut, und man muß richtig wütend sein, wenn man Husaren vor sich hat!«

»Jawohl, Herr Major!«

Jetzt hörte man die Pferde schon, den dumpfen Aufschlag der Hufe auf dem weichen Boden. Wenn man ein paar Halme beiseite schob, die die Sicht versperrten, konnte man die Reiter sehen, obwohl die Tiere immer noch von dem dichten Getreide verdeckt wurden. Die Husaren näherten sich langsam, hielten an, blickten sich argwöhnisch um, dann galoppierten sie ein Stück weiter – mehr als eine Schwadron in schöner Ordnung, aufrecht im Sattel, die hohen Tschakos mit den silbernen Totenkopfabzeichen bewegten sich mit dem Schritt der Pferde, die roten Dolmans mit blauem Pelzbesatz hingen ihnen lässig über den Schultern.

Biedenfeld hob den Degen, ein seltsam stählernes Aufblitzen im Gelb des Feldes. »Für die Freiheit!« rief er. »Fertig! – Feuer!«

Die Schüsse krachten, stotternd, unregelmäßig. Von der anderen Seite des Feldwegs her kam von den Leuten, die Biedenfeld dort aufgestellt hatte, unterstützendes Feuer, unsystematisch, aber wirksam. Christoffel sah, daß die Husarenkolonne sich auflöste. Ein paar fielen von ihren Pferden, die stolzen Pelzmützen gerieten ins Wanken, die Arme hoben sich in sonderbaren Winkeln wie bei Marionetten. Die Aufschreie der Verwundeten mischten sich mit den Rufen der Offiziere und dem wilden Wiehern der Pferde. Mehrere Tiere brachen aus, warfen ihre prächtig bunten Reiter ab oder schleiften sie durch den Staub. Aber nach dem ersten Schreck legte sich das Durcheinander; Gruppen bildeten sich neu. Mit blitzenden Säbeln ritten die Husaren hinein in das Korn, aus dem der plötzliche Überfall gekommen war.

In Christoffel war eine Ruhe eingezogen, die ihn die Dinge mit großer Klarheit sehen ließ: die feinen Härchen an der Spitze einer Kornähre, die lockeren Hautfalten unter Biedenfelds Kinn, als der seine Pistole schußfertig machte; das große rotgeäderte Auge des Pferdes, das auf ihn zustürmte; das angstverzerrte Gesicht des Husaren; Biedenfeld, die Pistole feuernd, und das Funkeln der Sonne auf seinen Brillengläsern; ein Säbel, der zuhieb; Biedenfelds abgehauene Epaulette, durch die Luft segelnd; und sich selbst, wie er mit seinem Bajonett zustieß; Blut, Stöhnen, stampfende Hufe; jemand schrie: »Vorwä-ä-ärts!«

Und dann die Trompetensignale und die große Stille über dem zertrampelten Feld, nur unterbrochen von dem Geschützdonner in der Ferne, der vermutlich die ganze Zeit nicht aufgehört hatte. Mehrere Pferde standen reiterlos herum und knabberten am Korn. Auf dem Feldweg drüben zog sich der Rest der Husaren in schnellem Galopp nach Waghäusel zurück.

Christoffel ging auf die Straße zu, wo sich die anderen bereits sammelten. Biedenfeld gestikulierte mit seiner Pfeife und berührte zuweilen die zerfetzte Schulter seiner Montur, als könne er immer noch nicht begreifen, daß sein Achselstück wirklich abhanden gekommen war. Er begann ein paar Offiziere anzuschreien. Endlich schwärmte das Regiment aus, zögernd, wie Melasse, und ging in der Richtung vor, in der die Husaren sich zurückgezogen hatten.

Stakkato der Trommeln. Dröhnen der Geschütze.

Das Gelände, jetzt sumpfige Wiesen, streckte sich. Es kostete Mühe, nur den Fuß zu heben. Christoffels Tornister lag schwer auf seinem kaum verheilten Rücken. Alles verschwor sich, ihn zu Boden zu zerren: Gewehr, Ledertaschen, Quergurte. Der Tschako drückte auf seinen Schädel wie ein Eisenring.

Wieder die Geschütze, preußische diesmal. Trommelstöcke wirbelten auf straffgezogenem Fell.

Das Gehölz da vorn würde guttun – Bäume, Blätter, Schatten. Von dort waren die Husaren aufgebrochen; Dummköpfe, diese Preußen, in eine so einfache Falle hineinzureiten; zu glauben, wir wären bloß Pöbel; aber wir haben sie geschlagen.

Womöglich haben die Husaren im Gehölz haltgemacht, lauern auf uns, und wir müssen sie davonjagen. Und das auf nüchternen Magen. Magen, zum Teufel! dachte Christoffel. Eine Armee marschiert mit dem Magen, hat Napoleon gesagt oder ein anderer Feldherr; aber eine Revolution marschiert mit – womit? Mit etwas Größerem, Edlerem zweifellos – Klassen, wissen Sie irgend etwas über Klassen? Das hatte ihn dieser Kölner Redakteur gefragt. Und der andere, der General werden wollte, was immer auch aus ihm geworden sein mochte...

Die Geschütze, aus größerer Nähe jetzt. Und keine Trommeln mehr – dafür Stimmen, Stimmen unter den Bäumen, unter den Blättern, im Schatten des Gehölzes. Christoffel brauchte einen Moment, um zu erfassen, was seine Augen sahen – drei von den Ästen herabhängende Menschen, die Füße senkrecht mit den Zehen nach unten, die Hälse langgestreckt und die Köpfe schräg, als lauschten sie noch im Tode auf etwas Fernes. Es waren Volkswehrmänner, in blauen Blusen, mit weiten, zerlumpten Hosen, und die Augen des einen waren mit einem scharfen Instrument, einem Messer oder einer Säbelspitze, ausgekratzt worden.

»Schneidet sie ab«, sagte ein Sergeant. »Um Christi willen, schneidet sie ab!«

Die anderen sprachen halblaut. Die drei an dem Baum waren noch nicht lange tot; sie waren wohl Gefangene der Husaren gewesen.

Eine Melodie zog Christoffel durch den Kopf, und Worte, vielleicht von Lenz, ja, von Lenz, er hatte Lenz sie singen hören, damals bei Comlossy...

>Und wenn sie dich fragen,
>Wo ist Absalom?
>Sollst du ihnen sagen:
>Ach, er hänget schon –
>Er hängt an keinem Baume,
>Er hängt an keinem Strick,
>Er hänget an dem Traume
>Der Deutschen Republik...

»Ganz einfach!« erklärte einer. »Die Husaren setzen sie auf ein Pferd, mit der Schlinge schon um den Hals. Dann ein Schlag mit der Peitsche, das Pferd trabt los, der Mann fällt; rasche, saubere Arbeit.«

Der Soldat, der auf den Baum geklettert war, hieb auf die Stricke ein. Einer nach dem anderen fielen die Toten herab, seltsame blaue Gewichte, und wurden auf dem niedergetrampelten Gras ausgestreckt. Eine Anzahl Soldaten entblößte den Kopf und bekreuzigte sich, andere standen unschlüssig da; ein Offizier kam und fluchte hemmungslos – dann sah er, was sie aufhielt, verfiel für einen Moment in verblüfftes Schweigen, und sagte dann sachlich: »Also, Bürger, wir rücken vor...«

Sie rückten vor zum Schlag der Trommeln, aus dem Gehölz heraus, immer noch in drei Wellen, über Niederungen, die stellenweise sumpfig waren, mit grünen Grasbüscheln auf kleinen Erhebungen. Geschosse krepierten in der Zuckerfabrik und wirbelten ganze Fontänen von Ziegeln und Geröll auf. Die Fabrikfenster waren verbarrikadiert, erkannte Christoffel, ebenso verbarrikadiert war ein großer, halboffener, scheunenähnlicher Bau. Über den dicken Balken, die als Gerippe der Befestigung dienten, tauchte zuweilen die Messingspitze eines preußischen Helmes auf, und dann hörte man den typischen trockenen Knall der preußischen Hinterlader und das scharfe, bedrohliche Pfeifen ihrer Kugeln. Ein Soldat dicht vor Christoffel warf die Arme hoch und fiel; sein dünner Schrei durchschnitt die Monotonie der Trommeln. Ein anderer brach lautlos zusammen, wie auf einen plötzlichen Befehl hin. Christoffel hämmerte das Herz; die Bilder, die er sah, trübten sich, wurden wieder klar. Die Linien des Regiments bogen sich stellenweise, schwankten, rückten aber ständig vor: drei Wellen, ihnen voran Biedenfeld, der mit seinen stämmigen Beinen einherschritt, als nähme er jeden Fußbreit Boden persönlich in Besitz.

Und auf einmal empfand Christoffel die Schönheit des Ganzen, die Kraft, die darin lag, und den Schwung. Er meinte, immer so weiter marschieren zu können, trotz seiner zitternden Knie. Bajonett und Gewehr, auf den Feind gerichtet, waren wie mit ihm verwachsen; und er wiederum war verwachsen mit der ganzen Linie, war Teil der großen Bruderschaft, die im Begriff war, die Zitadelle des Unterdrückers zu stürmen. Vielleicht war es seine Einbildung; vielleicht dachten die Soldaten links und rechts von ihm an die schmerzende Hornhaut auf ihren Fußsohlen, oder an ihre Weiber, oder an gar nichts – zugegeben –, und dennoch spürte er, daß ihre und seine Gedanken die gleichen waren und daß dieser hartnäckige, zornige, unnachgiebige Vormarsch über das Feld nach Waghäusel einen Gipfelpunkt seines Lebens bildete und daß alles einen Sinn gehabt hatte – seine Wanderschaft und seine Arbeit, sein Suchen und seine geheimsten Gedanken, Verschwörung und Aufstand, die beiden Redakteure in Köln und die großen Reden in Offenburg, Comlossy und der Köhler, die Striemen auf seinem Rücken und Glaubitz, die Kontinente auf jenem Baum und die Nebel des Höllentals, und Josepha, Josepha, Josepha... Alles führte bis zu dem heiligen Schrein von Waghäusel mit dem eigenartigen Türmchen darauf, und es endete bei der Zuckerfabrik, deren Verteidiger nicht mehr nur Spitzen auf einem Helm waren, sondern Gesichter, Schultern, Gewehre; hinter ihnen aufsteigender Rauch und gelbe Flammen: die Fabrik brannte, die Brandgeschosse der revolutionären Artillerie krachten in das Holz, hurra.

»Hurra!«

Christoffel rannte, Biedenfeld rannte, in der einen Hand den Säbel, in der anderen die Pistole, die Mütze tief in die Stirn gedrückt, die linke Schulter, merkwürdig nackt, ein weißes Rechteck. Die Trommler rannten, und die Soldaten rannten, mit wippenden

Tschakos, überfluteten die Straße nach Waghäusel und beide Seiten der Fabrik. Die Artillerie schwieg.

»Hurra-a-a-a!«

Er schmetterte seinen Gewehrkolben gegen das Fensterkreuz. Das Holz splitterte, gab nach. Er schoß in den Rauch hinein, dann kletterte er über das Fensterbrett. Jemand stieß mit dem Bajonett nach ihm. Der Raum war klein: Stühle, ein Tisch, vermutlich ein Kontor. Der scharfe Rauch biß ihm in die Augen, in die Lungen. Von weither knallten Schüsse; Stöhnen, Schreie; eilige Schritte. Aber hier drinnen war nur der andere Mann und er selber, sie pirschten einander im Qualm an, ihre Schienbeine stießen gegen Möbelstücke.

»Hurensohn«, rief Christoffel schwer atmend. »Hände hoch!«

Nichts als das Knistern der Flammen antwortete ihm. Ein Windstoß durch das offene Fenster verschaffte ihm einen flüchtigen Blick auf den Preußen – ein sommersprossiges Gesicht, bleich vor Furcht, runde, glasblau starrende Augen.

Christoffel sprang zurück. »He!« rief er – eine instinktive Warnung.

Zu spät. Ein Funkenregen, und dann das Krachen des einstürzenden Balkens, welcher Pickelhaube, Schädel, glasblaue Augen und Sommersprossen unter sich zerdrückte. Wo die Wand gewesen war, klaffte jetzt eine große, schartige Lücke, dahinter Flammen, jemand streckte Christoffel die Hände hin, half ihm. Der Gestank von brennendem Fleisch war überwältigend.

Er fand sich in einem Hof wieder; er erbrach gelben Schleim und Bitterkeit. Der Hof war ein Durcheinander von Haufen leerer Säcke, zertrümmerten Karren, einem rostigen Kessel, verlassenen preußischen Trainwagen. Gefangene wurden vorbeigeführt; sie hielten die Hände über dem Kopf, ihre stolzen Pickelhauben waren eingeschlagen und verbeult. Eine Trompete blies.

Wie lange blies sie schon? Christoffel packte sein Gewehr und folgte dem großen Strom, aus dem Hof hinaus, durch ein zerschossenes Tor. Das Regiment sammelte sich. Brot wurde ausgeteilt. Auf einem Munitionswagen, den die Preußen dagelassen hatten, standen Biedenfeld und ein aufgeregter Leutnant; Biedenfeld kaute, der

Leutnant blickte abwechselnd durch Biedenfelds zusammenklappbares Fernrohr und rief aus, was er gesehen hatte: »Sie fliehen! – Ah, großartig! – Unsere sind hinter ihnen her! – Sie fliehen nach Philippsburg hinein! – Sie versuchen, es zu halten! – Sie schwärmen aus! – Ah, nein, nein! Ihre Tête verläßt Philippsburg schon, der Rückzug geht weiter...«

Die Soldaten drängten sich um den Munitionswagen.

»Da! Da!« Der Leutnant stieß Biedenfeld an. »Der Fluß! Ich kann Boote erkennen! Boote kommen vom Westufer herüber! – Große Kähne, eine Fähre! – Tatsächlich, sie beginnen mit der Evakuierung!...«

Biedenfeld streckte die Hand nach dem Fernrohr aus. Der Leutnant gab es widerwillig her und zeigte mit dem Finger weiter: »Dort, Herr Major, können Sie den Rhein sehen, nördlich von Philippsburg, die Biegung...«

Biedenfeld nickte.

»In vollem Rückzug!« rief der Leutnant. »Wenn doch jetzt unsere Artillerie...«

Gott, ja, dachte Christoffel. Wenn die Artillerie diese Boote unter Beschuß nahm und wenn der Angriff fortgeführt wurde – wie viele Meilen waren es noch? Eine? Zwei? – Und wenn man die Preußen in Philippsburg mit dem Rücken zum Fluß faßte... Welche Tageszeit war es? Die Sonne stand hoch, ein weißer Glanz, der schmerzte. Er blicke die Soldaten um sich herum an, hagere Gesichter, die Augen tief in den Höhlen, dreckig, verschwitzt, der Mund hing ihnen offen vor Erschöpfung – womit marschierte eine revolutionäre Armee? Nerven? Willenskraft? Und wieviel davon konnte man verausgaben?

Ein Meldereiter, sein Pferd keuchte, die Flanken waren blutbefleckt von den Sporen, die sich hineingegraben hatten. Papiere wurden Biedenfeld auf den Munitionswagen hinaufgereicht. Christoffel beobachtete den Major, wie er seine Brille zurechtrückte, las, mit unbewegtem Gesicht. Dann kritzelte Biedenfeld eine Meldung, die der Reiter dem General mitnehmen sollte.

Der Reiter galoppierte davon.

Das Dröhnen der Artillerie machte sich wieder bemerkbar.

»Soldaten!« Biedenfeld hob die Hand. »Wir haben bewiesen, daß wir sie schlagen können!« Seine tiefe, heisere Stimme hallte weithin, trotz der Anspannung darin. »Wir haben ihre Husaren geschlagen! Wir haben ihre Infanterie geschlagen!«

»Hurra!« rief der Leutnant.

Biedenfeld brachte ihn mit einer Handbewegung zum Schweigen. »Aber die Arbeit ist erst zur Hälfte getan. Soldaten! –«, er zögerte, runzelte die Stirn und fügte dann hinzu: »Bürger! Brüder! Jetzt frisch ans Werk, sie zu Ende zu führen!«

»Hurra…«, sagte Christoffel, und es klang wie »Amen«.

Sie marschierten ab. Die Kolonnen, mit so vielem Geschrei und so vieler Mühe von den Sergeanten gebildet, fielen immer wieder auseinander – vor Müdigkeit oder wegen der Hitze oder weil der Boden sumpfig war und sie aufhielt. Und sie rückten nicht auf Philippsburg vor. Die Dächer von Philippsburg leuchteten wie eine Fata Morgana zu ihrer Rechten, spotteten ihrer, blieben einfach außer Reichweite, und die erbarmungslose Sonne stach ihnen ins Gesicht. Die Soldaten murrten: War es nicht immer so in der Armee, niemals ging man geradeswegs dorthin, wo man hin mußte, sondern immer vorwärts und rückwärts und rundherum! Manövrieren! Flankenmärsche! Warum immer wir, sind wir nicht schon genug marschiert? Gebt uns Preußen zum Dreinschlagen, und wir werden sie schlagen, bis ihnen die Luft ausgeht, das können wir, der Herr Major hat es selber gesagt. Aber wer fragt uns schon, ein Soldat hat ja nichts zu sagen, er darf bloß marschieren und schwitzen und kämpfen und sterben. Demokratie und Revolution heißt es, dabei hast du nicht mehr Rechte als unter dem Großherzog und bei Oberst Pierron, der Teufel hole den Schweinehund, wißt ihr noch, wie wir ihn gehetzt haben, zu Hause in Rastatt, wahrscheinlich ist er jetzt bei den Preußen. Wenn du meine Meinung hören willst, an dieser ganzen Sache ist etwas faul. Was dran faul ist? Na, wer kann schon wollen, daß wir in dieser Hitze herummarschieren, aus dem Gefecht heraus, wo wir die Männer sind, die Preußen zu schlagen, wie der Herr Major selber gesagt hat! Schuld sind diese Polacken! Polakkenoffiziere überall, ein Polackengeneral kommandiert uns, dabei hab ich gehört, daß er kein anständiges Wort Deutsch spricht. Nein, es liegt an den alten Offizieren, mit denen wir vergessen haben abzurechnen, wo du auch hinguckst, findest du einen von ihnen, der dich herumkommandiert, nicht Biedenfeld, Biedenfeld ist in Ordnung, hat diesem Prinzen gesagt, daß er ein Esel ist, dazu gehört ein Mann, das einem Prinzen zu sagen, aber die anderen – wen glaubst du, lieben sie mehr, dich oder den Großherzog, wie?

Auf einmal der Lärm von Kanonen.

Aber er kam von Süden, sie marschierten also darauf zu.

»Noch mehr Preußen?« fragte ein Soldat gespannt.

»Na und?« entgegnete Christoffel. »Wir sind die Männer, sie zu schlagen! Wir haben ihre Husaren geschlagen! Wir haben ihre Infanterie geschlagen! Los!...«

Trommeln! betete er. Wo bleiben die Trommeln?

»Ho! He!«

Er schreckte auf.

Die Chaussee entlang kamen die Dragoner, in schnellem Trab, mit flatternden Wimpeln. Die Soldaten auf der Straße sprangen beiseite. Ein paar fingen an zu rufen: »Hurra!« Und es war ein Anblick, der einem die Hurrarufe aus der Brust riß – Reihe auf Reihe schwere Pferde, das Pfauenblau der Uniformen leuchtete in der Sonne, rote und gelbe Schabracken, die Helme mit dem schwarzen Lederkamm schimmerten golden.

»Hurra-a-a-a!«

Die Dragoner trabten vorüber, frisch, ausgeruht, mit geröteten Gesichtern, zwölfhundert oder mehr, Christoffel hörte auf zu zählen, und nicht einer von ihnen ließ sich herab, einen Blick auf die erschöpften, staubigen Infanteristen zu werfen, an denen sie vorbeiritten, auf die blutbespritzten Uniformen, die rauchgeschwärzten Verbände.

Noch eine Schwadron, und noch eine, schwarze Pferde, weiße Pferde, dreizehnhundert, vierzehnhundert, die gesamte Kavallerie der Armee wurde nach Süden geworfen gegen die preußischen Reserven, die daran gehindert werden mußten, in die Schlacht einzugreifen.

»Da ziehen sie hin...«, sagte einer. »Das war der letzte Schwanz vom letzten Pferd...«

Das Dröhnen vom Süden her hatte sich verändert; jetzt waren es einzelne Salven, klar zu unterscheiden, rhythmisch, gnadenlos. Der Himmel veränderte sich ebenfalls; der Hitzedunst schien alle Farben auszulöschen, ohne dabei den brennenden Glanz zu mildern.

»Seid wohl im Stehen eingeschlafen? Hebt gefälligst die Beine, marsch! Vorwärts! – Marsch!«

Christoffel stolperte weiter. Man konnte auch halb dösend marschieren und dabei träumen von schattigen Bäumen, oder von einem Biergarten, in dem sich's so angenehm sitzt, oder von einer gemütlichen, nach Wein riechenden Schenke, oder von Frauen... Frauen, ach... Komisch, dafür ist ein Mann nie zu müde, zu durstig, zu hungrig... Werden wir uns je wiedersehen, Josepha?...

»Verdammt! Paß auf, wo du hintrittst!«

Marschieren... Marschieren... Die Zeit war unwesentlich geworden. Die Offiziere besaßen Uhren; Major Biedenfeld, irgendwo vorn mit seiner Pfeife und seinem Fernrohr; du hast bloß die Sonne, und die Sonne hat sich in ein einziges Blenden verwandelt, das sich über den Himmel breitet und dir das Gehirn die Augen das Blut im Leibe verbrennt. Zeit... Zeit...

Christoffel schreckte auf. Die Soldaten neben ihm starrten verständnislos, besorgt. Das Geschützfeuer hatte aufgehört, aber ein neues Geräusch stieg in der Ferne auf, und das Beben der Erde drang ihm durch die Stiefelsohlen bis hinauf in Adern und Nerven, bis ins Herz.

Und dann sah er: zuerst die schwarzen Punkte am Horizont, die aber sehr schnell größer wurden; Reiter und Pferde und reiterlose Pferde, im reißenden Galopp, ein wildes Rasen; zuschlagende Peitschen, behelmte Köpfe dicht an fliegende Mähnen gepreßt; auf ihn zu stürmend, keine Reihe, kein Glied, keine Ordnung, ein Durcheinander, wirr, gellend –

»'s sind unsere...«, sagte einer, voller Entsetzen.

»Unsere...!« Verblüfft, erschrocken.

Schäumende Pferde, mit vor Schrecken weit aufgerissenen Augen, zur Eile angespornt; pfauenblaue Rücken fluchtgekrümmt, goldene Helme mit schwarzen Kämmen tief über angstverzerrten Gesichtern, Stimmen, die nur noch zu Panikschreien fähig waren –

»Verra-a-a-a-at!« – »Wir sind verraten!« – »Umzingelt!« – »Zurück! Zurü-ü-ü-ück!« – »Rettet euch!« – »Rette sich, wer kann!«

Christoffel hob das Gewehr, zielte, schoß. Ein Pferd, schwarz mit weißem Fleck auf der Stirn, blieb stehen, schüttelte langsam den Kopf und schnaubte. Dann rollte es auf die Seite, den Reiter unter sich begrabend.

»Dragoner!« brüllte Christoffel. Er hatte keine Zeit, neu zu laden. »Drago-o-o-oner!« Er richtete Gewehr und Bajonett gegen sie und schritt auf sie zu: »Halt, Ha-a-alt! Ha-a-a-alt!«

Wo waren die Seinen? Wo war das Dritte Regiment? Die Sieger von Waghäusel?

»Halt! Ha-a-a-lt!«

Er brüllte immer noch, konnte sein eigenes Gebrüll aber nicht hören in dem Krachen der Hufe und dem Tumult der Flucht. Er hatte das Gefühl, als wate er wie einst als Kind gegen das frühjahrsgeschwollene Wasser des Bachs, die Strömung stieß und wirbelte ihm um die Beine, Holzstücke schwammen vorüber, ein ganzer Busch mit einem Vogelnest darin, dann eine grüne Flasche, wie Juwelen in der Sonne glänzend. Josepha, ich liebe dich.

Warum floh er nicht? Alle flohen sie doch, vor wem flohen sie...

»Feiglinge!« fluchte er. »Der Teufel hole euch!«

...ein einziger gegen den Strom, es hatte keinen Sinn. Oder doch? Wissen sie irgend etwas über Klassen? Er reckte das Kinn vor, er marschierte – Richtung Feind.

Und wieder ein Haufen Dragoner, gellend: »Verrat!« – »Rettet euch!«

Christoffel wurde zurückgerissen, mitgeschleift; er richtete sich auf, suchte wieder vorwärts zu gehen mit vorgestrecktem Bajonett, suchte sich einen Weg zu bahnen und rief immer noch mechanisch: »Halt! Feiglinge! Halt!«

Einer von ihnen hielt wirklich an – ein Offizier, ordenübersät, der weiße Handschuh fest am Zügel des Pferdes. »Soldat!« sagte er. »Du marschierst in der falschen Richtung!«

Einen Augenblick lang maßen sie sich gegenseitig. Nein, ging es Christoffel durch den Kopf, der da oben zu Pferde war nicht Glaubitz. War überhaupt keiner, den er aus der Vergangenheit kannte.

Der da oben zu Pferde war ein ganz gewöhnlicher Dragoneroberst, mit Orden auf der Brust, stramm im Sattel, der vor den Preußen ausriß.

»Verräter!« sagte Christoffel.

Er bemerkte die Pistole zu spät. Den Knall hörte er nicht mehr. Er sah nur das Aufblitzen und verspürte einen Schlag wie von einer Riesenfaust.

Ein heftiger Schüttelfrost brachte Christoffel zu sich.

Sein Kopf war klar, erschreckend klar, und er konnte sehen, hören, fühlen. Er sah den Mond bleich am Himmel stehen. Er sah Wolken am Himmel entlangziehen und im Wandern ihre Form verändern. Er sah die vom Winde bewegten Grasbüschel, und dahinter etwas, das ihm vorkam wie ein flacher Stein, geglättet und abgewetzt vom Sand und Regen Tausender von Jahren.

Er wurde aufgehoben und auf einen Karren gelegt, auf dem schon viele andere lagen.

Vierundzwanzigstes Kapitel

Unter diesen Umständen blieb dem General Mieroslawski zur Rettung des Heeres nichts übrig, als den Versuch zu machen, zwischen den Baiern, Hessen und Mecklenburgern, welche von Nordosten, und den Preußen, welche von Südwesten auf uns eindrangen, hindurchzukommen...

(Auszug von Andreas Lenz aus Gustav Struve: »Geschichte der drei Volkserhebungen in Baden«)

... Wir kamen nach Ettlingen, wo uns Herr Corvin-Wiersbitzki aufforderte, nach Durlach zu marschiren, wo Becker den Feind aufhalten solle, bis Karlsruhe ausgeräumt sei. Willich schickte einen Chevauxleger mit einem Billet an Becker, um zu erfahren, ob er sich noch einige Zeit halten wolle; der Mann kam in einer Viertelstunde mit der Nachricht zurück, die Truppen Beckers seien ihm schon in vollem Rückzug entgegengekommen. Wir marschirten also nach Rastatt ab, wo sich Alles konzentrirte.

Die Straße nach Rastatt bot das Bild der schönsten Unordnung dar. Eine Menge der verschiedensten Corps marschirten oder lagerten bunt durcheinander, und nur mit Mühe hielten wir unter der glühenden Sonnenhitze und der allgemeinen Verwirrung unsre Leute zusammen. Auf dem Glacis von Rastatt lagerten die Pfälzer Truppen und einige badische Bataillone. Die Pfälzer waren sehr zusammengeschmolzen... Auch unser Corps, wenn auch keineswegs entmuthigt, war doch durch Verluste, Krankheiten und Desertion der Studenten auf wenig mehr als 500 Mann zusammengeschmolzen...

(Auszug aus Friedrich Engels: »Die deutsche Reichsverfassungs-Campagne«, von Lenz exzerpiert)

Die Stationen dieses Weges würden für immer in ihrem Gedächtnis eingeätzt bleiben, ebenso wie die Erinnerung an Lenz, wie sie ihn zuletzt sah: ein schmaler Rücken und das Haar, das in seinem Nakken wuchs wie bei einem kleinen Jungen.

Wo war er jetzt? Beckers Division, hieß es, würde als letzte abrücken. Sie sollte Heidelberg verteidigen, solange sie konnte, um den Rückzugsweg für die geschlagene Armee offenzuhalten.

Oh, dieser Rückzugsweg und seine Stationen: Heidelberg – Gutleuth – Neckargemünd, wo das glitzernde Band des Flusses sichtbar wurde und einen mit seiner Schönheit verhöhnte. Dann bog die Straße, enger werdend, nach Süden ab. Sie schlängelte sich in die Berge hinein – Wiesenbach – Mauer... Es wurde immer heißer; die Pferde schleppten sich und gerieten ins Stolpern; die Stimmung wurde schlechter. Die langsam vorwärtskommende Lazarettkolonne wurde ständig von Gruppen Bewaffneter überholt, die sich hastig zurückzogen; und die Zahl der Verwundeten wuchs ständig. Irgendwo, sie konnte sich nicht mehr erinnern, wann das gewesen war, hatte man ihnen Christoffel gebracht, halb bewußtlos vom Blutverlust, Dr. Walcher hatte die Kugel aus seiner Schulter herausgeholt. Christoffel hatte leise gestöhnt und ihr Handgelenk umklammert... Er stand in irgend einer Beziehung zu Lenz. Was zwischen ihnen war, wußte Lenore nicht, aber es war etwas Besonderes, und deshalb fühlte sie sich persönlich verantwortlich für den Mann...

Was konnte man tun für verwundete Leiber, die von den Löchern in der Straße gefoltert wurden, Löcher, die sich ständig vertieften und verbreiterten, da immer mehr Geschütze und Fahrzeuge die Lazarettkolonne überholten und den Boden von neuem aufwühlten? Mit schlechten oder gar keinen Federn versehen, rüttelten und schaukelten die Fuhrwerke und Karren; Schmerzen, die für einen stilliegenden Mann auszuhalten waren, wurden unerträglich; und dazu kam noch der Staub und der Durst und der Hunger. Die Gehöfte, der ganze Landstrich waren leergegessen, bevor die Lazarettkolonne sie erreichte. Was konnte man tun? Was konnte man seinen Verwundeten geben außer ein paar Worten, einer Berührung der Hand und einem so heiteren Gesicht, wie man es zuwege brachte? Hoffnung wob sich um Ortsnamen, Städte, die vielleicht auf der Rückzugsroute lagen: in Sinsheim, in Bretten, in Durlach, spätestens in Karlsruhe würde es Betten geben, Medikamente, Verbände, Ruhe, Schatten – sogar der Gestank des Krankensaals in Heidelberg erschien rückschauend als etwas Wünschenswertes.

Die Soldaten marschierten nicht mehr in Einheiten; der Straßenrand war übersät mit weggeworfenen Ausrüstungsgegenständen; die sonderbarsten Fahrzeuge, von der Luxuskalesche bis zum Bauernfuhrwerk, zogen vorüber, überfüllt, Beine hingen über die Seiten herab, die schweißüberströmten Pferde stöhnten unter der Peitsche. Die Leute bettelten darum, ein Stück mitgenommen zu werden, und wurden abgewehrt, unbarmherzige Gewehrkolben schlugen auf angeklammerte Hände und fluchende Münder ein; ob Linie, ob Volkswehr, die Männer kippten um am Wegrand und lagen wie erstarrt, ein krankhaftes Rot oder das Grau der Erschöpfung auf den Gesichtern; Betrunkene wankten vorbei, sangen lächerliches Zeug oder rotteten mit schwerer Zunge alle Feinde aus, von den Preußen bis zu den verdammten Polacken, die ihnen ihren Krieg verloren. Nur die Artillerie wahrte so etwas wie Disziplin: Lenore sah sie vorüberziehen, Geschütze und Munitionswagen, die Kanoniere waren abgesessen und gingen neben ihren Geschützen her, um den Pferden die Last auf der steilen Steigung zu erleichtern.

Die Straße war zu eng für die Masse von Menschen, Pferden, Fahrzeugen, die sich darauf bewegte. Immer wieder mußte Dr. Walchers Kolonne zur Seite geschoben werden für ein Geschütz oder eine requirierte Kutsche, deren Insassen laut rufend das Vorfahrtsrecht verlangten und Gewalt androhten, falls sie behindert wurden; oder ein Wagenrad rutschte in den Graben, und jeder Gesunde, einschließlich Dr. Walcher und Lenore, mußte mit anpacken. Und mehr als einmal hielt nur Walchers Überredungskunst und der Anblick der Verwundeten die Trupps verzweifelter, verrohter, führerloser Soldaten davon ab, sich der Lazarettfahrzeuge für die eigene Flucht zu bemächtigen.

»Lenore...« Dr. Walchers Stimme schreckte sie aus ihren Gedanken auf. »Halten Sie noch durch?«

»Aber ja«, erwiderte sie, »danke!« und blickte unwillkürlich auf ihre Schuhe, die nicht für diese Art Straßen geschaffen waren. Auch ihre Füße nicht, dachte sie, und dann dachte sie an den Wechsel in der Hand ihres Vaters, dreihundert Gulden, zahlbar durch Leutnant Gramm innerhalb von drei Monaten – und einen Augenblick lang ging ihr das ganze Grauen dieses Marsches auf, und sie fror trotz der Hitze.

»Etwas nicht in Ordnung?« fragte Walcher hastig, die großen braunen Augen zeigten seine Besorgnis. »Macht Ihnen die Hitze zu schaffen? Haben Sie Fieber? Bleiben Sie einen Moment stehen – ich fühle Ihnen den Puls.«

Sie lachte und schritt weiter. »Ich fühle mich gut, wirklich!...«
Er warf einen Blick auf sie, auf das durch die Anstrengungen schmal gewordene und auf dem Marsch sonnengebräunte Gesicht, auf ihr Kopftuch, das sie wie eine Bäuerin trug, auf das zerdrückte und beschmutzte Kleid, den langen Rock, der ihr um die Beine schlug und ihr beim Gehen äußerst unbequem sein mußte. »Meine Liebe«, sagte er, »ich habe mir oft gewünscht, einmal auszusprechen, wie sehr ich das Außergewöhnliche zu schätzen weiß, das Sie tun, und die beispielhafte Art, in der Sie arbeiten. Ich will Ihnen keine Komplimente machen. Ich versuche nur auszudrücken, was ich empfinde; ich versuche mich zu entschuldigen, daß ich nie die Zeit gefunden habe, Ihnen das zu sagen...« Und warum hatte er keine Zeit gefunden? Er wurde verlegen. »Sie müssen mir glauben!...« Er zögerte wieder. Dann festigte sich seine Stimme, wenn sie auch immer noch warm und persönlich klang: »Es war auch für mich nicht immer einfach. Das wird es auch weiterhin nicht sein. Die Revolution in Dresden geschlagen, unsere tapferen Leute in der Welt zerstreut – und jetzt dies...«

»Dann erwarten Sie...?« Ihre Lippen preßten sich nervös zusammen.

Er fing sich sofort. »Ich erwarte gar nichts. Ich prophezeie weder Sieg noch Niederlage! Ich versuche nur zu erklären, warum ich Ihnen niemals gesagt habe, daß ich Sie für einen wunderbaren Menschen halte... Und wie froh ich bin, daß ich jetzt, auf dieser Straße, die Gelegenheit habe...«

»Bitte!« Sie wußte, was er für sie empfand; sie hatte es gewußt, seit er hinter dem Wandschirm auf dem kerzenbeleuchteten Korridor im Karlsruher Rathaus hervorgetreten war.

»...die Gelegenheit habe, es auszusprechen. Vielleicht hätte ich die Zeit finden sollen, den rechten Moment, die rechten Worte. Aber ich vermied es, davon zu reden, teils wegen Ihrer Gefühle für Lenz, teils wegen meiner Gefühle für Sie. Doch jetzt, da wir uns in einem oder zwei Tagen trennen werden, kann ich mir Offenheit leisten... Ja trennen!« wiederholte er auf ihren Einspruch hin. »Sie mußten mehr durchmachen, als Sie erwartet hatten. Es wird Zeit, daß Sie nach Hause kommen.«

»Nach Hause?«

»Irgendwohin! Ganz gleich wohin! Wo immer Sie Schutz finden können.«

Sie zögerte. »Warum zollen Sie mir dann ein solches Lob? Als Abgangszeugnis?« Sofort bereute sie ihre Frage. »Verzeihen Sie mir«, sagte sie. »Bitte, verzeihen Sie mir!«

»Wir wollen alles vergessen«, antwortete er tonlos. »Wir wollen alles vergessen, was zwischen uns gesagt wurde, und weiterarbeiten. Ich bin überzeugt, daß ich es kann, und Sie können es auch. Ich brauche Ihre Hilfe...«

Eine Handbewegung forderte sie auf, zusammen mit ihm zu warten, während die Kolonne an ihnen vorüberzog – brüchige Fahrzeuge, stolpernde Pferde; Augen brannten im Fieber, an den Verbänden klebte das geronnene Blut; Stümpfe, Krücken, Fliegen. Lenore hatte das den ganzen Tag miterlebt, doch es war nie in seiner ganzen niederdrückenden Gesamtheit an ihr vorbeidefiliert.

Der letzte Wagen kam heran. Er war so gedrängt voll, daß er sich über der Achse senkte. Christoffel saß vorne, und als der Wagen sich näherte, bemerkte er Lenore und nickte lächelnd. Sie winkte ihm grüßend zu. Er konnte nicht zurückwinken, denn seine gesunde Hand umfaßte eine der Streben, die das Seitengerüst des Wagens hielten, und der andere Arm stak in der Schlinge, um die Wunde zu schützen. Er sah blaß aus, aber sein Kinn wirkte schon wieder eigensinnig, und seine Augen, gegen die Sonne blinzelnd, zeigten Interesse am Leben. Sie dachte an Lenz, und die Ungewißheit quälte sie wieder, und plötzlich wurden ihr die Knie schwach.

Dr. Walcher hielt sie aufrecht. »Glauben Sie, daß Sie weiterkönnen?« fragte er besorgt.

»Natürlich«, erwiderte sie, sich zusammenraffend. »So lange und so weit wie nötig.«

Jemand hatte ihn auf sich aufmerksam machen wollen.

Engels mit seinem für Details geschärften Blick hatte die Bewegung wahrgenommen, doch sein Verstand, übervoll von den Eindrücken der letzten Tage, registrierte sie erst, nachdem er bereits vorbeigaloppiert war und sich fast bei der Spitze der Kolonne befand, wo sein Chef Willich inmitten einer Abteilung Arbeiterinfanterie in blauen Blusen ritt.

»Am liebsten marschierte ich bis Rastatt durch«, sagte Willich zu ihm. »Wenn wir das tun, sind wir in etwa einer Stunde dort.«

Engels nickte zustimmend. In den Wochen, seit er sich drüben in der Pfalz von Marx getrennt und Willichs Freiwilligenkorps angeschlossen hatte, war sein Vertrauen in das militärische Urteil dieses einstigen preußischen Leutnants, der im Umgang mit seinen Leuten das brüderliche Du gebrauchte und ihnen umgekehrt gestattete, ihn auf die gleiche Weise anzureden, nur gestiegen.

Willich beobachtete die Vorgänge auf der Chaussee, die lange, in Hitze und Staub dahinziehende Kolonne: Schützen und einige wenige Reiter, dazwischen Wagen, die zu seinem Korps gehören mochten oder nicht. »Wir müssen da wieder Ordnung hineinbringen!« meinte er stirnrunzelnd. »Engels, sag den Kommandeuren der Einheiten, sie sollen ihre Leute aufrücken lassen. Sobald wir uns Rastatt nähern, wünsche ich, daß das Korps im Gleichschritt marschiert, in geschlossenen Reihen, mit wehenden Fahnen und Trommelschlag...« Er hielt inne. Sein energisches Gesicht verzog sich zu einem raschen Lächeln. »Das wird unserer eigenen Moral gut tun und auch allen anderen Beteiligten!«

Engels ritt davon, die Straße zurück, die er vor einer Minute entlanggekommen war, froh, daß er ein kräftiges Pferd hatte und daß die Textilfabrik seines Vaters einträglich genug war, ihm schon in früher Jugend Pferd und Reitstunden zu gestatten. Er kam sich vor wie ein Schäferhund: wo immer er eine Gruppe des Korps sah, hielt er an, rief den Leuten ein paar ermutigende Worte zu und trieb sie vorwärts. Im großen und ganzen waren sie nicht schlecht als Soldaten. Der Kern des Korps bestand aus Arbeitern, die vergangenes Jahr in Berlin und anderen deutschen Städten auf den Barrikaden gekämpft hatten. Sie waren den Fahndungslisten der Polizei entschlüpft, indem sie ins französische Exil gingen; die wohltätige Pariser Regierung zog sie in Besançon zusammen, um sie bequemer überwachen zu können; dort in Besançon hatte sie der ebenfalls emigrierte Willich für die nächste Runde im Kampf ausgebildet, die sie alle zuversichtlich erwarteten. Im großen und ganzen, das wußte Engels, hatte er die Zuneigung dieser Männer gewonnen, obwohl er Anforderungen an sie stellte und keinem je schmeichelte und gelegentlich auch heftig wurde; durch eine Art Osmose sickerte diese Zuneigung auch in die dem Korps angegliederten Einheiten durch.

Nur bei der Studentenkompanie habe ich versagt, dachte Engels. Ein paar wirklich revolutionäre, mutige, kampfbereite Burschen ausgenommen, hatte er sie vom Beginn der Kampagne an als malkontente, ängstliche junge Herrchen erlebt, die immer in alle Operationspläne eingeweiht sein wollten, über wunde Füße klagten und sofort anfingen zu murren, wenn der Krieg nicht alle Annehmlichkeiten einer Ferienreise bot. Während des Rückzugs hatten die Studenten eine Delegation zu Willich und ihm geschickt: Ihnen mißfiele das endlose Marschieren, und sie forderten ihre Entlassung. Er war damals wütend geworden und hatte sie angeschrien, daß es im Kriege Entlassungen nicht gäbe – aber sie könnten ja desertieren. Die Hälfte von ihnen tat das denn auch.

Da, wieder. Jemand winkte ihm zu.

Diesmal reagierte er sofort. Er hielt sein Pferd an, nahm die staubbedeckte Brille ab, säuberte sie sorgfältig und blickte sich um – nur ein paar Wagen zogen langsam die Straße entlang.

»Bürger Engels!«

Engels lenkte sein Pferd auf einen der Wagen zu und blinzelte kurzsichtig auf den Verband an Schulter und Arm, auf das grau gewordene Gesicht des Soldaten, der ihn da ansah, das eckige Kinn, die eckige Stirn. Aus verschwommenen Erinnerungen tauchte das Redaktionsbüro in Köln auf; ein Mann, der vor Marx' Pult stand...

»Christoffel!« rief er. Dann sprang er vom Pferde und ergriff die Hand, die sich durch die Querstäbe des Karrens ihm entgegenstreckte. »Schwer getroffen? – Sie werden doch wieder in Ordnung kommen?«

»Es gehört mehr als eine Kugel dazu, meiner Mutter Sohn umzubringen!« Christoffel grinste. Er fühlte sich wirklich etwas besser.

Wenn sich kein Fieber einstellte und keine Infektion... Aber Mam'selle Lenore wusch und verband seine Wunde, wann immer sie konnte. »Ich bin ein bißchen schwach in den Knochen, weiter nichts.«

»Wo hat es Sie erwischt?«

»Waghäusel.«

»Waghäusel!« Engels wurde lebhaft. »Wie war das bei Waghäusel? Was hat sich da tatsächlich abgespielt? Ich meine – bevor die Kugel Sie traf...«

Waghäusel... Christoffel versuchte nachzudenken. Er spürte die dünne Schweißschicht, die seine Stirn plötzlich bedeckte. »Ich weiß wirklich nicht... Ich – ich erinnere mich an die furchtbare Hitze und daß wir lange marschiert sind, und an Lärm und Laufen, und Rauch und Gestank, an Menschen, hoch am Baume hängend, an preußische Husaren im gelben Korn, und dann an unsere elenden Dragoner...« Er stockte und schloß die Augen. Er sah den Dragoneroffizier vor sich aufragen, ordengeschmückt, riesig; die Pistole. »Es tut mir leid, daß ich Ihnen nicht besser behilflich sein kann... Dieser Bürgerkrieg, von dem Sie und Bürger Marx damals in Köln gesprochen haben – jetzt haben wir ihn, was?«

»Einen leicht verkümmerten Bürgerkrieg, ja«, gab Engels zögernd zu. Waren seine eigenen Eindrücke denn viel klarer und deutlicher und besser durchdacht in dem Auf und Ab und Hin und Her, das ihn und Willichs Freiwillige hierhergeführt hatte: ausgehend von den vergeblichen Angriffen auf die von bayrischen Truppen gehaltene Festung Landau in der Pfalz – dann auf eiligem Rückzug an der Seite der Pfalzarmee über den Rhein ins Badische und bis Karlsruhe, und dann ins Gebirge – und wieder zurück zum Zusammenschluß mit Beckers Division und weiterem Rückzug? Was waren die Scharmützel, die er mitgemacht hatte, anderes als Verwirrung auf beiden Seiten, in die ein paar Offiziere, fluchend über die Karten gebeugt, etwas Logik hineinzulesen versuchten?

»Dieses Büchlein von Ihnen und Bürger Marx...«, sagte Christoffel. »Werden Sie ein neues Buch schreiben? Über dies hier – über uns? Haben sie mich deshalb wegen Waghäusel befragt?«

Engels warf Christoffel einen Blick zu. Nein. Er beabsichtigte nicht, ein Buch über diesen Bürgerkrieg oder was immer es war zu schreiben; wenigstens nicht, solange er noch schwankte, ob die ganze Angelegenheit als ein komisches Stück mit Musik aufzufassen war oder als die Tragödie, die gleichfalls darin steckte; nicht, solange er dazu neigte, sie in einem Augenblick mit dem Sarkasmus zu behandeln, den sie verdiente, um sich im nächsten die Haare zu raufen über die verlorenen Chancen, die vergeudeten Menschenleben; nicht, solange er sich nicht im klaren war, ob dieser Bürgerkrieg so kleinlich und dumm verlief, weil er von Kleinbürgern oder weil er von Deutschen geführt wurde.

»Oder schreiben Sie es für Ihre Zeitung?« fragte Christoffel weiter.

»Die Zeitung besteht nicht mehr. Verboten.«

»Und wo ist Bürger Marx?«

»Ich wünschte, ich wüßte es. Als wir uns die Hand gaben und adieu sagten, war er auf dem Weg nach Paris...«

Engels ging neben dem Karren her, sein Säbel rasselte leise bei jedem Schritt, die Stiefel waren vom Staub der Straße überpudert. Das Pferd schmiegte die Schnauze in seine Handfläche und schnaubte; Engels streichelte ihm den Hals.

»Dann wird's also ein Buch!« sagte Christoffel schließlich. »Aber ist ein Buch nicht eine ziemlich endgültige Sache? Wir sind noch nicht am Ende – oder glauben Sie doch?«

»Nein, nein!« Engels begann zu stottern wie immer, wenn seine Gedanken seiner Zunge vorauseilten. »Ich habe überhaupt nicht an ein Buch gedacht...«

Christoffel verfolgte das Thema nicht weiter. »In Köln«, sagte er, »wollten Sie General werden...« Seine Augen betrachteten fragend die ausgeblichene schwarzrotgoldene Schärpe über Engels' gutsitzendem grauen Gehrock und die zerfetzte rote Feder auf dem weichen, breitkrempigen Hut, die einzigen sichtbaren Rangabzeichen.

»General!« Engels lachte kurz auf. »Im nächsten Bürgerkrieg vielleicht...«

Er brach ärgerlich ab. Da hatte er doch durchblicken lassen, daß dieser Krieg bis auf ein paar letzte Schießereien vorbei war, und hatte damit bestätigt, was Christoffel in seine Worte hineingelesen hatte...

»Es ist Zeit, wieder mal nach Ihnen zu sehen!«

Engels drehte sich um. Obwohl man die Absicht spürte, schien der ermunternde Ton in der Stimme der jungen Frau den ganzen Karren voll Verwunderter zu beleben. Augen, die ins Leere gestarrt hatten, begannen wieder aufzumerken, Köpfe hoben sich; Christoffels Gesicht erhellte sich.

Die junge Frau blickte Engels ruhig an und wartete, bis der Wagen herankam. Als sie sich dann nebeneinander befanden, sagte Christoffel: »Mam'selle Lenore – das ist mein Freund, Bürger Engels!«

»Wir kennen uns bereits«, erwiderte sie.

Engels, der gerade seine Brille abnehmen wollte, hob die Hand statt dessen hastig zur Krempe seines Hutes – ein halb militärischer, halb ziviler Gruß.

»Mademoiselle Einstein –«, sie war bereits dabei, Christoffels Verband zurechtzurücken, »es freut mich, daß Sie Ihr schönes Vorhaben doch durchführen konnten, sogar unter den beschwerlichen Umständen dieses Rückzugs.«

»So«, sagte sie zu Christoffel, »jetzt ist's besser!« Und zu Engels: »Sie werden auch einiges durchgemacht haben, seit wir uns damals in Karlsruhe begegneten...«

Engels verzog das Gesicht. Hatte er sich so verändert? Denn *sie* war verändert: sie hatte nichts mehr von der jungen Dame der besseren Gesellschaft an sich, die er im Gedächtnis trug.

Er beobachtete sie bei der Arbeit, bemerkte die Geschicklichkeit der Hände und den klaren, bestimmten und doch bei jedem Patienten persönlichen Klang ihrer Stimme. Engels' medizinische Kenntnisse waren begrenzt; doch wußte er genug, um zu sehen, wie wenig sie unter den obwaltenden Umständen tun konnte – und wie gut sie das wenige tat. Sie hatte sich einen Platz geschaffen in diesem Männerkrieg. Das war etwas Neues. Auch das gehörte ins Bild des Ganzen – die zukunftweisende Hoffnung, ganz gleich, wie eine Schlacht verlief oder ein Krieg endete.

Sie hatte ihre Arbeit getan. Langsam neben dem Wagen einhergehend, blickte sie ihn an, selbstsicher, doch mit einer gewissen Erwartung.

»Er wird ein Buch schreiben!« bemerkte Christoffel, der sich mit der unverletzten Hand festhielt. »Wir erleben gerade das letzte Kapitel!«

»So?« fragte sie und befeuchtete sich die Lippen.

»Nein, nein, Bruder Christoffel, zunächst einmal wollen wir den Krieg richtig führen – und dann können wir ans Schreiben denken!« Letztes Kapitel! Niederlage!... Bei jedem Kampf, dachte Engels, ging man das Risiko ein, geschlagen zu werden, sobald man den Fehdehandschuh aufnahm; aber war das ein Grund, sich selber für besiegt zu erklären? Und war eine Niederlage nach schwerem Kampf nicht eine Tatsache von ebenso großer revolutionärer Bedeutung wie ein leicht errungener Sieg?... Doch das sprach er nicht aus. Dem Mädchen Lenore hätte er es vielleicht gesagt, wäre er mit ihr allein gewesen; sie mochte Verständnis dafür haben – aber würden es auch die Verwundeten auf diesem Karren, würde es auch der Soldat Christoffel verstehen, bei dem im Augenblick Hoffnung und Glaube das Blut, das er verloren hatte, ersetzen mußten?

»Angenommen jedoch«, sagte Leonore, »jemand schriebe ein solches Buch – Sie, oder Andreas Lenz...« Sie zögerte, damit sich das letzte einprägen konnte. »Nicht der Autor würde bestimmen, wie viele Kapitel das Buch haben oder wie das Ende aussehen soll. Das hängt immer noch von uns ab. Oder nicht, Bürger Engels?«

Engels beschloß, nicht auf den Gedanken eines literarischen Wettbewerbs mit besagtem Lenz einzugehen – er selbst hatte schon vor Jahren das Versemachen aufgegeben. »Ich sprach Oberst Bekker, vor wenigen Stunden«, erwiderte er statt dessen. »Becker war optimistisch: wir haben uns der Gefahr einer Umklammerung durch die Preußen längst entzogen. Und die Armee besteht – zusammengeschrumpft zwar, aber immer noch in der Lage zurückzuschlagen.«

Gott ja, dachte Engels; er übertrieb nicht einmal. Selbst in Anbetracht des dauernden Schwankens und der Feigheit der Preußen war es eine Leistung gewesen, die Armee zu erhalten.

»Und sehen Sie den Geist dieser Armee, sagte mir Becker. Nach einer Niederlage wie Waghäusel – mit schlechten Offizieren, von Zwietracht gespalten, den Feind auf allen Seiten – hat sie unter teilweisen Kämpfen einen schwierigen Rückzug auf schwierigen Straßen vollführt und in drei Tagen Marsch eine Entfernung zurückgelegt, die in Friedenszeiten mehr als eine Woche erfordert hätte.«

»Wir haben den Marsch mitgemacht«, sagte Lenore einfach. »Wir wissen das.«

Lenores trockene Feststellung hatte die Frage des nächsten Kapitels nicht berührt – obwohl er die Antwort darauf kannte, wenigstens soweit es um taktische Dinge ging.

»Becker erwähnte die Murglinie...«, fuhr Engels daher fort. »Wenn wir unsere linke Flanke auf die Festung Rastatt stützen, kann sich hinter dieser Linie die Armee reorganisieren, ihre Reihen auffüllen, den Gegenschlag vorbereiten.«

Der Ausdruck auf Lenores Gesicht verriet ihm nichts. Er blinzelte, und nach einem Augenblick meinte er: »Zeit, daß ich weiterkomme!« Dann nahm er Christoffels freie Hand in die seine und sagte: »Viel Glück! Werden Sie bald gesund!... Gute Besserung euch allen!«

»Bürger Engels?«

»Ja, Mademoiselle Einstein?«

Ihre Lippen, so aufgesprungen und rissig sie auch waren, kräuselten sich zu einem leichten Lächeln. »Sobald wir die linke Flanke auf die Festung Rastatt gestützt haben...«

»Sobald wir die linke Flanke auf die Festung Rastatt gestützt haben, hoffe ich Ihnen und Leutnant Lenz dort wieder zu begegnen.« Engels nahm seine Brille ab und steckte sie in die Tasche. Er hatte es schriftlich von der Staatsanwaltschaft mehrerer deutscher Staaten, daß seine strahlend blauen Augen eins seiner markantesten Kennzeichen waren. Dann salutierte er, schwang sich auf den Rücken seines Pferdes und gab dem Tier die Sporen.

Fünfundzwanzigstes Kapitel

...Da wird erzählt, es sei noch ein Jude namens Weill wegen Spionage verhaftet... »Der Jude muß heraus!« schrieen jetzt die Mörder, voll Ungeduld, an einem Schuldlosen ihre blutgierige Wuth zu kühlen... Seine Betheuerungen, er sei unschuldig, sind fruchtlos. Die Autoritäten üben auf die bestialische Masse keinen Einfluß mehr; mit Mühe gelingt es den Führern noch, das Eine wenigstens zu erlangen, daß man den Gefangenen nicht auf der Straße massacrire, sondern vor dem Thore nach Kriegsgebrauch erschieße. Er wird vors Rheinthor geführt und dort in einem Laufgraben erschossen...

(Auszug von Andreas Lenz aus: »Denkwürdigkeiten zur Geschichte der Badischen Revolution« von Prof. Ludwig Häusser)

Leider hat das Volk hier gestern die Justiz, welche bisher zu gelinde gegen die Verräther des Vaterlandes ausgeführt wurde, selbst in die Hand genommen und zwei Menschen getödtet, die es für Spione hielt... Das sich überall für verrathen haltende Volk griff zu diesem verzweifelten Mittel, um sich zu schützen...

(Von Lenz unterstrichen in seinem Exemplar von Gustav Struve: »Geschichte der drei Volkserhebungen in Baden«)

Die beiden älteren Herren an der Ecke der Poststraße, eingezwängt wie sie waren zwischen Männern mit verbitterten Gesichtern, Frauen mit tränenerfüllten Augen, Kindern mit verwirrten Fragen, empfanden etwas von der sie umgebenden Stimmung, wenngleich sie sich bemühten, nicht davon ergriffen zu werden.

Der Sprachlehrer Weill, dessen alttestamentarische Anschauungen ihn geneigt machten, jede Bestrafung für gerechtfertigt zu halten, die den Rebellen zugemessen wurde, sah die armselige Prozession zu Tode erschöpfter Männer vor seinen Augen vorbeiziehen und flüsterte Einstein zu: »Die werden nicht noch einmal kämpfen. Als hätte Gott sie geschlagen...«

Er war am Morgen in einer extra gemieteten Kutsche in Rastatt eingetroffen, mit Briefen für Einstein aus Frankfurt, aus Paris. Mit seinem französischen Paß – der französische Botschafter in Karlsruhe benutzte Weill gelegentlich für kleine Aufgaben, die Diskretion und geistige Wendigkeit erforderten – hatte er die Grenzen überquert und sehr viel gesehen.

Einstein tippte sich nachdenklich mit dem Griff seines Spazierstocks gegen das Kinn. Auch er konnte die Zeichen deuten – Männer sanken um, wo ihre Kräfte sie verließen, im Schatten, in der Sonne, als wäre bei der Ankunft im Schutz der Festungswälle die Energie, die sie bisher in Bewegung gehalten hatte, erloschen. Aber Einstein kannte aus seinem eigenen Leben die aufraffende Kraft des menschlichen Willens. Kein Zweifel, daß der Wechsel von Leutnant Gramm eingelöst werden würde, doch hinsichtlich des Rückzahlungstermins war er sich nicht so sicher, wie Weill es zu sein schien – oder dieser Stäbchen, der ebenfalls heute morgen aufgetaucht war und Geld von ihm verlangt hatte... Sehr viel hing davon ab, wieviel Zeit der Gegner dieser Armee ließ, sich wieder zu sammeln, und was für Leute die Führung übernahmen, um sie zu sammeln. Der Stern seines Freundes Brentano war im Sinken – gewogen und zu leicht befunden... Gab es bei den Revolutionären einen Mann, der einen Kampf bis zum Äußersten zu führen vermochte, und hatte es für ihn, Simon Einstein, einen Sinn, hinter seinem Laden mit den hängenden Räucherheringen auszuharren, während dieser Kampf ausgefochten wurde?

Wie um seine abweichende Meinung zu bekräftigen, änderte sich das Bild. Etwa eine Minute lang lag die Poststraße, abgesehen von den zu beiden Seiten wartenden Menschen, leer in der Sonne. Dann kam ein Trupp Reiter in schnellem Trab durch, einige in fremdländischen Uniformen, andere in Zivilröcken, aber mit Wehrgehänge und Degen. Dann wieder nichts – aber eine Trommel klang auf, keck, herausfordernd. Und dann die Spitze einer im Gleichschritt marschierenden Kolonne, eine Fahne, rot, ausschließlich rot, ein grelles Feuerrot, das in die Augen stach, und die in der Kolonne begannen zu singen, heiser, aber triumphierend – *Allons enfants de la patrie...!* In schäbigen und verschwitzten Blusen, in geflickten Hosen, in Schuhwerk, wo bei mehr als einem die nackten Zehen herauslugten, stampften sie vorüber, Schultern gerade, Kopf hocherhoben, und die Bajonette schimmerten und die Gewehrläufe glänzten und eine Welle von Hoch- und Hurrarufen lief neben ihnen her und wuchs und schwoll an mit dem Widerhall von den Häuserwänden und dem begeisterten Winken der Menschen.

»Die Freiwilligen!« hörte Einstein. Der das gesagt hatte, war ein kleiner alter Mann in abgetragener Jacke, dessen Hände auf den Schultern eines mit großen Augen staunenden kleinen Jungen lagen und diesen so davon abhielten, sich loszureißen und nebenherzumarschieren. »Willichs Freiwillige! Arbeiter, weißt du, wie dein Vater einer war, und sie sind gekommen, um für die Freiheit zu kämpfen. Eines Tages wirst du groß und stark sein, aber nie vergessen, daß du sie gesehen hast. Hörst du?«

Einstein warf einen Blick auf Weill; seine eigenen Gefühle waren gemischter Natur. Er selbst wußte viel zu gut, was es hieß, unterdrückt zu werden, um nicht eine gewisse Sympathie für diese auf andere Art Unterdrückten zu empfinden; aber er erkannte auch die Gefahr, die sie für sich selbst und für ihn, für jede irgendwie vernünftige Entwicklung darstellten.

Sie hatten die Marseillaise beendet. Einstein verstand nur Bruchstücke des Liedes, das sie jetzt sangen – etwas von einer Welt des Arbeitsmannes, von Gerechtigkeit und gesprengten Ketten. Er dachte an seine Tochter, und er dachte daran, wie sie zusammen mit den Fanatikern dort in den blauen Blusen vernichtet werden würde, und ein an Panik grenzendes Gefühl krampfte ihm das Herz zusammen. Gott, wenn sie so versessen darauf war, diesen Tunichtgut, diesen Dichter zu haben, laß sie doch – wenn sie nur nicht darauf beharrte, sich kopfüber, töricht, eigensinnig in diese persönliche und allgemeine Katastrophe hineinzustürzen...!

Das Lied war Hufgetrappel gewichen und dem harten Rasseln von Rädern auf dem Rastatter Kopfsteinpflaster. Ein Feldgeschütz nach dem anderen rollte vorüber, hinter jeder Kanone der Munitionswagen, die Mannschaften saßen auf den Munitionskästen wie zur Parade. Die Sergeanten und Offiziere der Artillerie ritten ungeschickt auf rassigen Pferden. Einstein kannte Zucht und Brandmal nur allzu gut aus seiner Viehhändlerzeit: die Tiere waren aus dem großherzoglichen Marstall und den Ställen der großherzoglichen Prinzen und des Fürsten von Fürstenberg requiriert worden. Wenn er sich diese Schaustellung mächtiger Geschütze und erstklassigen Pferdefleisches betrachtete, konnte Einstein die Menschen verstehen, die nicht glauben wollten, daß sie geschlagen waren; und ebenso eindrucksvoll war die auf die Artillerie folgende Truppe.

»Die Schweizer Legion!« erklärte der alte Mann dem Jungen. »Viele Schweizer sollen dabei sein, aber noch mehr Männer aus ganz Europa und aus den anderen deutschen Staaten. Auch die sind gekommen, um für die Freiheit zu kämpfen. Vergiß das nicht, mein Junge, vergiß niemals, daß du sie gesehen hast. Der Weißhaarige an der Spitze ist ihr Oberst, Böning heißt er – siehst du ihn?«

Böning saß auf einer breitbrüstigen Stute, die aussah, als wäre sie von einem Pflug weggeholt worden; er rauchte eine Zigarre und klopfte die Asche auf die Straße ab. Hinter dem Pferd marschierte eine Reihe Querpfeifer und Trommler, und hinter diesen kamen, wie der kleine alte Mann dem staunenden Jungen mitteilte, die Helden, die beinahe eine ganze preußische Division bei Durlach aufgehalten hatten. Einstein sah sich die Helden an – wissen sie denn nicht, daß sie geschlagen sind? War ihnen befohlen worden, sich so aufzuspielen?

Die letzten der Legion waren vorübergezogen. Aber keine Trommeln folgten, keine Fahne, kein Geschütz, kein Reiter, weder einzeln noch in Gruppen. Was statt dessen kam, wirkte aus der Ferne wie eine Parodie, ein Witz, eine Zigeunerkarawane – Pferde schleppten sich mit letzter Kraft die Straße entlang, an die merkwürdigsten Fahrzeuge angeschirrt, von denen manche alt, manche neu, manche halb zerfallen, andere bunt bemalt waren, darunter offene und geschlossene Kutschen, Landauer, Chaisen, hauptsächlich aber große Bauernfuhrwerke, zwischen deren Latten das Stroh heraushing – und auf dem Stroh in jeder Lage, die der gedrängte Raum und die Wunden zuließen, die traurige Hinterlassenschaft der Schlacht, die Wirklichkeit, die bleibt, nachdem alle großen Worte gesagt, alle großen Taten getan sind.

»Und wer sind die?« fragte der Junge mit unbarmherzig klarer Kinderstimme.

Doch der alte Mann antwortete nicht. Der Bankier Einstein, die Faust um den Griff seines Spazierstocks geklammert, versuchte einen Gedanken, der unterhalb seines Bewußtseins auftauchte, daran zu hindern, an die Oberfläche zu gelangen. »Widerwärtig!« murmelte er. »Die Volksstimmung so aufzupeitschen!«

»Wie bitte?« fragte Weill, Teilnahme auf dem ausdrucksvollen Gesicht. »Was sagten Sie?« Und dann, aufgeregt mit dem Finger zeigend: »Sehen Sie – dort!... Hinter dem Wagen!... Ist das nicht...?«

Seine Hand suchte den Arm seines Auftraggebers zu ergreifen. Aber Einstein war nicht mehr an seiner Seite, war davongeeilt, in der Menge verschwunden. »Stimmt schon! Das ist sie!« bestätigte jemand, der direkt hinter Weill stand. »Mademoiselle Lenore Einstein persönlich!« Ein leises Lachen folgte den Worten, jemand drängte sich näher heran, und Weill bemerkte neben sich den bescheidenen kleinen Mann in der zu großen blauen Volkswehrbluse, der in Einsteins Haus gekommen war.

Stäbchen schüttelte den Kopf und brachte eine Reihe glucksender Laute hervor. »Armer Herr Einstein! Und das alles nur, weil so ein Schurke der jungen Dame den Kopf verdreht hat! Aber ich sage Ihnen, das kommt von dieser modernen Erziehung. Wenn die junge Dame weniger Literatur und Wissenschaften gelernt hätte und mehr Religion und Kochen – koscheres Kochen, hi, hi...« Er kicherte.

Weill versuchte von seinem neuen Begleiter abzurücken, aber die Menschen auf allen Seiten hemmten ihn, und Stäbchen klebte an ihm wie ein lästiges Insekt.

»Es ist wirklich ungerecht«, fuhr Stäbchen unerschütterlich fort. »Da knausert und spart ein Mann sein ganzes Leben lang, bezahlt keinen Menschen nach seinem Wert, und nachdem er sein Bankgeschäft hochgebracht hat, kommt so ein junger Taugenichts daher und verführt die Tochter des Hauses und hängt sich an die Millionen des Alten; dabei hält der Kerl sich noch andere Weiber neben dem unschuldigen Opfer – ich könnte Ihnen Geschichten erzählen – Geschichten!...«

Seine Großsprecherei wurde übertönt von dem Geschmetter einer Regimentskapelle – Blasinstrumente und Becken und Kesselpauken – und als Antwort das Hurra der Menschen.

»Das ist das Dritte Regiment«, erklärte der kleine alte Mann dem Jungen. »Die sind von hier, aus Rastatt, sie haben die Revolution begonnen, und sie sind nun zurückgekommen, um sie zu verteidigen. Vergiß nicht, mein Junge, wenn du erwachsen bist, daß du einmal deutsche Soldaten gesehen hast, die für die Freiheit kämpften.«

Mit Major Biedenfeld an der Spitze marschierte das Regiment vorbei, mit gelichteten Reihen, aber in guter Ordnung. »He, du!« rief zuweilen ein Mädchen, und eine Blume wurde ihnen zugeworfen, und ein Soldat winkte dann zurück, und allmählich zerbröckelte die unsichtbare Scheidewand zwischen dem Straßenrand und den vorbeimarschierenden Truppen. Zuerst eine, dann immer mehr, liefen die Mädchen vor, um sich an den Arm eines Soldaten zu klammern, das Gesicht dem ihres Burschen zugewandt, als wären sie im Schutz eines dunklen Hausflurs oder in der säuerlich riechenden Nische einer niedrigen Schenke.

Weill, der keinen Sinn für Dienstmädchenromantik hatte und dessen gichtige Gelenke ihm weh taten, wollte gerade das Nachlassen des Drucks ausnutzen, um sich zu entfernen. Da blieb einer der vorbeiziehenden Soldaten stehen und starrte und zwang seine Hintermänner, gleichfalls anzuhalten. Im Nu bildete sich eine erregte Gruppe, aus der sich ein Schrei erhob: »Spion!«

Weill fuhr zusammen; er tat das automatisch, seine Nerven reagierten auf jahrhundertealte Erfahrungen im Blut, die ihn lehrten, jede wildgewordene Horde Menschen zu fürchten. Doch der junge Soldat mit dem runden Gesicht und den dicken Lippen wies nicht auf ihn – er wies auf seinen beharrlichen Nachbarn.

»Der da! Das ist der Spion!«

Stäbchen blickte wild um sich. Gott verfluche das gute Gedächtnis des Soldaten und den »Türkenlouis«! Ausgerechnet hier und jetzt entdeckt zu werden! Das waren verzweifelte Burschen, mit dem Rücken zur Wand; überall witterten sie Verrat, Spione, Agenten, Ausländer, Juden...

Juden...!

»Haltet ihn!« schrie Stäbchen, was seine Lungen hergaben. »Da ist er! Haltet den Juden!« Mit der ganzen Kraft seiner Angst packte er Weill am Rockkragen.

Weill verfiel in Panik. Er riß sich los und wandte sich zur Flucht. Aber er kam nur langsam vom Fleck gegen die Menge, gegen die Soldaten, gegen Stäbchen, der immer noch gellend rief: »Ein Spion! Haltet ihn! Haltet den Juden!«

Dann verschwand Stäbchen eilig in einer nahegelegenen Haustür.

Weill lief. Jemand stellte ihm ein Bein. Man schlug und stieß auf ihn ein. Er stürzte auf die Knie. Ein Säbelhieb zerschnitt ihm die Kopfhaut, Blut floß durch das graue Haar über die Stirn ins Gesicht und machte ihn halb blind. Er hob flehend die Hände: »Ich bin unschuldig...« Ein Faustschlag über den Mund brachte ihn zum Verstummen. Er stöhnte schwach, fiel zusammen.

»Hängt ihn!« – »Hängt den Juden!« – »Laßt mich heran an ihn!« – »Verräter!« – »Spion!«

Sie waren sich gegenseitig im Wege. Fäuste, Füße, Säbel waren ein einziger Wirrwarr. Frauen schrien, Männer fluchten. Zuweilen konnte man ein Wimmern hören: »Gott – o Gott...«

Die wenigen Stimmen der Vernunft wurden von dem schrillen, hysterischen Chor übertönt: »Spion!« – »Jud!« – »Den Herrn Jesus habt ihr gekreuzigt!« – »Tod dem Verräter!« – »Tod!« – »Tod!...«

Weill wurde hochgerissen. Zwei kräftige Männer packten ihn an den Schultern und schleppten ihn die Straße hinunter. Die Menge schwoll immer mehr an; zeitweilig verschwand Weill vollkommen hinter dem Gewirr erhobener Fäuste, geschwungener Säbel. Dann tauchte er wieder auf, sein Rock hing in blutigen Fetzen, sein Halstuch war verschwunden, der Hals und die grauhaarige Brust waren nackt über der zerrissenen gepunkteten Weste. Das linke Auge war geschlossen, das rechte blickte irre zwischen purpurnen Schwellungen hervor. Er versuchte nicht mehr, die auf ihn gerichteten Schläge abzuwehren. Seine blutigen Lippen bewegten sich unaufhörlich – ob lallend oder im Gebet, wer mochte das wissen...?

Das Vorzimmer, jedes Vorzimmer machte Einstein gereizt. Antichambrieren zu müssen versetzte ihn zurück in die Jahre, wo er das Belieben eines jeden Polizeisergeanten, Dorfbürgermeisters, Gutsverwalters, Pförtners abwarten mußte, um einen Stempel, ein Stück Papier, einen Ausweis zu bekommen, bloß damit er leben und weiterziehen und seinen Geschäften nachgehen konnte. Es erinnerte ihn an das Buckeln und Dienern, an das Kriechen, an die Geschenke, die er gemacht, und die Bestechungsgelder, die er bezahlt hatte – und wofür? Für das, was einem Menschen durch Natur und Menschenrecht gebührte. Ah!... Er knurrte ärgerlich. »Wie lange wird das wohl noch dauern?«

Der Adjutant, der mit übergeschlagenen Beinen auf einem Stuhl neben der Tür zur Zimmerflucht des Generals saß, blickte gelangweilt auf und zuckte die Achseln. »Ich sagte Ihnen ja, daß der Herr General Sie bitten läßt zu warten!«

Der polnische Akzent verlieh seiner Gleichgültigkeit einen Schein von Herablassung. Alle diese Polen sind im Herzen Judenhasser, dachte Einstein.

»Ich habe es recht eilig«, entgegnete er.

Der Adjutant trat ans Fenster und schloß es, um den Straßenlärm fernzuhalten, ein Durcheinander von Schreien und den Widerhall hastiger Schritte.

Die Luft war schwül, Einstein fiel das Atmen schwer. Er ging zum Fenster, riß es auf, sog die frische Luft ein. Der Lärm draußen war erschreckend, ein wahrer Aufruhr. Er sah einen Haufen Menschen, die einer Gruppe erregt die Arme schwenkender, wütend gestikulierender Gestalten nachliefen. Er hörte Rufe: »Hängt ihn!« und »Verräter!« Gesetzlosigkeit, dachte er, Anarchie: der Anfang vom Ende. Und plötzlich bekam er Angst, nicht so sehr um sich selbst als um Lenore.

»Hören Sie sich das an!« Einstein wandte sich um. »Junger Mann! Will Ihr General nicht etwas gegen diese Unordnung unternehmen? Vielleicht gehen Sie doch hinein und machen ihm Mitteilung, und erinnern ihn gleichzeitig –«

Er stockte. Die Tür des Konferenzzimmers hatte sich geöffnet. Lenz stand da, zögerte, wollte dann aber an ihm vorbeieilen.

»Bürger Lenz!« rief Einstein.

Lenz wandte sich um.

»Kennen Sie mich nicht mehr?« Einstein betrachtete ihn kritisch. »Wollen Sie mich nicht mehr kennen?«

»Ich kenne Sie, Herr Einstein. Aber Sie müssen verzeihen...«

Lenz nickte in Richtung des Fenster, durch das immer noch der Lärm einer Menge, die jemanden verfolgte, heraufklang. »Ich habe eilige Ordre...«

»Ich werde Sie nicht lange aufhalten.« Die bitteren Linien in dem gelblichen Gesicht vertieften sich. »Ich setze voraus, daß die Interessen meiner Tochter Ihnen ebenso am Herzen liegen wie mir.«

»Mindestens ebenso sehr, Herr Einstein.«

»Ich setze ferner voraus, daß Sie, da Sie dort aus dem Zimmer kamen –«, Einstein wies müde auf die Tür, hinter der die Besprechung stattfand, »mindestens ebenso gut informiert sind wie ich.«

»Ich fürchte, Herr Einstein, ich muß jetzt wirklich eilen...«

»Ich bitte, hören Sie mich an!«

Lenz wartete, zurückgehalten von der Besorgnis, die in Einsteins Stimme mitklang.

»Nur für kurze Zeit, bitte, veranlassen Sie, daß Lenore bei mir bleibt«, fuhr Einstein fort. »Überreden Sie sie dazu. Ich möchte sie retten aus diesem – diesem...« Er packte Lenz' Handgelenk.

»Lenore, Herr Einstein, wird immer darauf bestehen, ihre Entscheidung selber zu treffen... Aber wenn Sie mich nun entschuldigen wollen – dieser Tumult draußen – es geht um ein Menschenleben...« Er eilte hinaus.

Einstein setzte sich bedrückt hin. Der von der Straße heraufdringende Lärm verzog sich. Er straffte sich, als die Tür zu der Zimmerflucht des Generals aufgestoßen wurde, um eine Anzahl von Offizieren zu entlassen. Der Adjutant sagte mit stärkerem polnischen Akzent als zuvor: »Der Herr General wird Sie jetzt empfangen!«

Einstein folgte ihm. Mieroslawski saß, die langen gestiefelten Beine unter dem Tisch ausgestreckt, die entzündeten Augen auf den Besucher gerichtet, ohne ihn anscheinend zu bemerken. Der Adjutant zog sich zurück und ließ Einstein wie einen Bediensteten stehen.

Einstein hustete leise. Er ärgerte sich. Ein General von Strathmann hatte ihn mit der Achtung behandelt, die seinem Vermögen gebührte – aber dieser arrogante polnische Aristokrat, dessen Feldherrnruhm nirgends unter Beweis gestellt worden war, ließ sich nicht einmal herab, ihm einen Platz anzubieten. Einstein nahm den nächsten Stuhl.

»Küchelbecker! Wollen Sie bitte übersetzen!«

»Das wird nicht nötig sein«, erklärte Einstein in ausgezeichnetem Französisch. »Ich nehme an, Sie hatten noch keine Gelegenheit, Monsieur Brentanos Brief zu lesen, den ich Ihnen übergeben ließ, Herr General?«

»Küchelbecker?«

Der Hauptmann legte den Brief in den Lichtkreis der Petroleumlampe auf den Tisch und berichtete: »In dem Brief werden alle Behörden, zivile wie militärische, ersucht, Monsieur Einstein, Bankier zu Rastatt, jeden erdenklichen Beistand zu gewähren.«

»Monsieur Brentano scheint eine hohe Meinung von Ihnen zu haben«, sagte Mieroslawski. Sein Ton ließ durchblicken, daß diese Wertschätzung ausschließlich Brentanos Meinung war. »Und was wünschen Sie?«

»Einen Passierschein.«

»Einen Passierschein?«

Einstein machte es sich bequem. Er schlug die Beine übereinander und stützte die Hände auf den Griff seines Spazierstocks. Es erforderte keine große Mühe, diesen äußerst nervösen Menschen zu durchschauen, dessen Verärgerung die Niederlagen der letzten Tage bis ins Unerträgliche gesteigert haben mußten. »Einen Passierschein für meine Tochter Lenore und mich selbst«, fügte Einstein hinzu. Ich nehme an, man braucht ein Schriftstück, um die Tore von Rastatt passieren zu können. Sie werden sie zweifellos schwer bewachen lassen.«

»Wir ergreifen jede mögliche Maßnahme gegen Deserteure, Monsieur«, sagte Mieroslawski.

»Ich bin Geschäftsmann«, erwähnte Einstein ungerührt und betrachtete den blonden, kurzgelockten Bart, die feuchten Lippen, das Gesicht, das sogar in dem schwachen Lampenlicht verriet, wie gern Mieroslawski aus dem vollen lebte. Ein solcher Mann, mit seinem Pariser Bankkonto, dürfte sich der Tatsache bewußt sein, daß Geschäftsinteressen über alle Tore, Wälle, Frontlinien, Grenzen hinausreichten.

»Ich muß Sie trotzdem fragen, warum Sie zu diesem besonderen Zeitpunkt abzureisen wünschen.«

Bevor Einstein entgegnen konnte, flog die Tür auf. Der Adjutant kam mit langen Schritten herein, und ihm auf den Fersen folgte Lenz; er sah aus, als stünde er noch ganz unter dem Eindruck von etwas Fürchterlichem, das er erlebt hatte.

»Herr General –«, Lenz hatte fast keine Stimme. »Ich konnte es nicht verhindern. Ich habe es versucht. Auch andere haben ihr Bestes getan...«

»Bitte? – Oh, Küchelbecker!«

Doch Lenz wiederholte seine Worte bereits in stockendem Französisch. Dann fuhr er fort: »Der Mann war schon halb tot, als ich ihn erreichte. Unmöglich, festzustellen, wer er war –«

»Küchelbecker! – Geben Sie dem Leutnant einen Kognak!«

»Jawohl, Herr General.« Küchelbecker goß ein Glas voll aus einer grünen, metalleingefaßten Flasche.

Lenz schluckte den Kognak. »Erschlagt den Juden! brüllten sie. Hängt ihn auf!...«

Einstein war aufgesprungen. »Widerwärtig! Mitten im neunzehnten Jahrhundert! Mitten in Deutschland!...«

»Ich habe wie mit Engelszungen auf sie eingeredet!... Schließlich erfuhr ich, daß sie ihn für einen Spion hielten.« Lenz holte Luft. »Ob ich vielleicht auch ein Spion wäre, wollten sie wissen. Warum sonst verteidigte ich den Juden?«

»Ein Jude...« Mieroslawskis Stimme klang eisig. »Haben wir nicht ohnedies genug Schwierigkeiten?«

Einstein fuhr auf, schwieg aber.

»Nun, Leutnant?« Mieroslawski wollte zu einem Ende kommen. »Und dann?«

»Ich sagte ihnen, der Mann gehöre vor ein Gericht. Man prügelt einen Menschen doch nicht zu Tode, sagte ich.« Lenz zögerte. »Das schienen sie einzusehen.«

»Ein schöner Gerechtigkeitssinn!« bemerkte Einstein. »Ist das nun Ihre Freiheit, Lenz? Ihre Demokratie? Ihre Republik der...«

»Der Leutnant bemüht sich nur, Bericht zu erstatten, nichts anderes, Monsieur«, sagte Mieroslawski zurechtweisend.

»Und jedesmal, wenn die Welt, in der Sie leben, Ihnen nicht gefällt, hauen Sie den Juden – ja?« Einstein brach ab. Er wollte immer noch einen Passierschein von Mieroslawski.

»Es bleibt nicht viel zu berichten«, sagte Lenz. »Man schleppte den Mann durchs Rheintor hinaus, stieß ihn in den Festungsgraben, der an dieser Stelle trocken ist, und erschoß, was von ihm noch lebendig war...«

»Danke, Leutnant!« Mieroslawski hatte anscheinend genug gehört. »Sie haben getan, was Sie konnten! – Küchelbecker! Veranlassen Sie die nötigen Ordres, damit die Aufrechterhaltung der Ordnung wenigstens unmittelbar hinter der Front gesichert ist... Sonst noch etwas, Leutnant?«

Lenz zog ein blutbesudeltes Papier aus der Tasche und legte es dem General auf den Tisch. »Das war sein Paß. Französisch. Auf den Namen Leopold Weill...«

Einstein trat unsicheren Schritts näher. Eine Hand schwer auf die Tischplatte gestützt, griff er mit der anderen nach dem Paß, doch seine Finger gehorchten ihm nicht.

»Monsieur! Sie kannten den Mann?«

»Er war« – Einstein straffte sich, sein Gesicht war graugelb – »ein Freund von mir.«

»Höchst bedauerlich«, sagte Mieroslawski. »Es tut mir leid. Aber Sie haben selbst gehört, daß wir alle Maßnahmen ergreifen...«

»Herr General...!«

»Ja, Monsieur?«

»Sie fragten mich vorhin, warum ich einen Passierschein von Ihnen will...« Einstein wies auf den Ausweis des Toten. »Das sollte Ihnen doch nun klar sein.«

Der letzte ihrer Patienten war versorgt; die schlimmsten Fälle hatte man im Militärlazarett der Festung untergebracht. Jetzt begann der Boden unter ihren Füßen zu schwanken, und die billigen Talglichter an der Wand des Lazaretts verloschen in einem schwarzen weichen Nebel.

Doch das war nur ein momentanes Gefühl. Sie klammerte sich an einen Türpfosten, bis sie ihre Umwelt wieder erkennen konnte. Walcher, von einem Wärter herbeigerufen, packte sie in einen Wagen und brachte sie in die Poststraße. Er hinterließ Anweisungen bei dem Hausmädchen, Mademoiselle Einstein sei zu Bett zu bringen, mit einer Tasse Tee und etwas Leichtem zu essen, und hier seien ein paar Tabletten; er werde am Morgen wiederkommen, um nach der Patientin zu sehen.

Lenore lag in ihrem Zimmer, in ihrem alten Bett, zwischen frischem weißen Linnen; die abgeschirmte Lampe warf ein schwaches Licht auf den Toilettentisch, das kleine Pult, auf die gestreifte Tapete. Ihr Vater war Gott sei Dank nicht zu Hause gewesen – wenn doch die Tablette nur wirkte, bevor er zurückkam; ihm gegenüberzutreten war eine Aufgabe, die besser auf morgen verschoben wurde. Aber die Tablette wollte nicht wirken; Lenores Nerven waren überreizt, hundert Bilder, bruchstückhaft, tauchten vor ihr auf wie Wolkenfetzen im Winde – und Lenz, immer und immer wieder Lenz. Das Herz tat ihr weh. Alles in ihr tat ihr weh: Muskeln, Gelenke, Knochen, ihre Seele. Lenz... Wenn Lenz käme und im Armeelazarett nach ihr fragte... Sie hatte vergessen, Walcher Bescheid zu sagen, daß er immer hinterlassen solle, wo sie war... Sie mußte ein Briefchen schreiben, der Brief mußte zum Lazarett gebracht werden, heute nacht noch, jetzt... Wo war Papier, Feder, wo war die Glocke, dort, auf dem Nachttisch, eine kleine Glocke, Meißener Porzellan, ein blauer Granatapfel darauf, Blumen, Blätter, Zweige ineinander verschlungen, ein ganzer Garten in sich, eine ganze winzige Welt... Ihre Decke war so schwer, sie konnte sie nicht heben, konnte den Arm nicht heben, konnte nicht die Glocke läuten, konnte nicht schreiben, konnte Lenz nicht sehen...

Schritte.

Da war jemand, Lenz? Nein, nicht Lenz. Aber Schritte. Jemand, der ihr Papier, Feder, Tinte geben, der den Brief mitnehmen konnte...

Ihr Vater.

Er kam herein, leise, trat auf Zehenspitzen an ihr Bett, blickte sie an, lächelte. Wie alt er geworden war, wie lose die Falten an seinem Kinn, wie schwarz die Schatten unter seinen Augen, wie tief die Augen in den Höhlen lagen!

»Nun, Lenore – wieder zu Hause?«

Seine leichte, trockene Hand berührte ihre Stirn.

»Gut, zu Hause, nicht wahr?«

Sie nickte mühsam.

»Und jetzt wird alles wieder gut, nicht?«

Seine Hand suchte die ihre, hielt sie, wie er sie gehalten hatte, als Lenore noch ein Kind gewesen war.

»Du siehst aus, als brauchtest du ein bißchen Pflege.«

Sie versuchte zu lächeln.

»Wir werden das schon machen. Morgen oder übermorgen, sobald du richtig ausgeschlafen hast, reisen wir ab, du und ich, fahren irgendwohin, wo nichts von alledem ist – kein Lärm, keine Aufregung, kein Krieg...«

»Nein.«

Er schien nicht gehört zu haben.

»Ich habe nachgedacht. Und sehr viel ist inzwischen geschehen, furchtbar viel. Sollst du deinen Lenz haben, wenn dein Herz so an ihm hängt. Aber bis die Unannehmlichkeiten hier vorüber sind, werden wir uns erholen, du und ich, eine Ferienreise.«

»Nein. Bitte, nein.«

Er mußte es gehört haben. Sie hatte sich selbst deutlich sprechen gehört.

»Ich bin überzeugt, dein Lenz wird einverstanden sein. Du willst dich doch nicht gegen ihn *und* mich auflehnen. Und du hast ja getan, was du für deine Pflicht hieltest; wo gibt es denn noch eine junge Frau, die sich so eingesetzt hätte! Also, wir werden reisen – vielleicht in die Schweiz, an einen Bergsee, der in Frieden liegt, wunderschön...«

»Nein. Bitte. Ich kann doch nicht.«

Warum wollte er nicht hören? Vielleicht wenn sie die Glocke läutete. Die Glocke mit dem Granatapfel. Papier, Feder, Tinte. Ein ganzer Garten.

»Schlaf, meine Liebe. Morgen wird die Sonne scheinen, und der Himmel wird klar sein. Du wirst finden, wie wohl es einem tut, in einem bequemen Wagen zu sitzen, vier schnelle Pferde davor, und die Bäume vorbeigleiten zu sehen, die Berge, die Dörfer, und den Klang des Posthorns zu hören. Besser als jede Eisenbahn.«

Er streichelte ihr Handgelenk. Ich muß den Brief schreiben, dachte sie. Walcher. Lenz.

»Also kommst du mit? Ich habe alles Notwendige vorbereitet. Den Passierschein, die Pferde...«

»Nein. Bitte. Ich bleibe.«

Hatte er immer noch nicht gehört? Er lächelte. Er beugte sich über sie, küßte sie leicht auf beide Augen. Dann ging er auf Zehenspitzen hinaus, drehte sich aber in der Tür um und flüsterte: »Gute Nacht...«

Die Glocke! Der Granatapfel, der Garten, der Brief. Das Gesicht des Toten. Nein. Bitte. Nein! *Nein!* Lenz. Andreas Lenz. Andreas.

Sechsundzwanzigstes Kapitel

Schon das Gefecht selbst war lebhaft und erbittert geführt worden; beim Eindringen in Gernsbach aber konnte die bis zur Wuth gesteigerte Erbitterung der Soldaten kaum gezügelt werden, und die einzelnen in der Stadt herumirrenden Insurgenten und die in den Häusern und Kellern vorgefundenen wurden fast ohne Ausnahme niedergestochen. Viele derselben wurden des andern Tages aus den Kellern der brennenden Häuser, wohin sie sich vor den Truppen geflüchtet hatten, als Leichen herausgezogen...

(Aus: »Tagebuch über die Ereignisse in der Pfalz und Baden im Jahr 1849« von Staroste, Kgl.-Preuß. Oberst-Lieutenant a. D., von Lenz exzerpiert)

Drei Tage.

Es waren die drei Tage, die Lenz sich selbst gegenüber und im Gespräch mit Becker als das Wunder an der Murg bezeichnete – drei Tage Zeit, um die gelichteten Reihen aufzufüllen, die schlecht Bewaffneten nach Möglichkeit neu zu equipieren, den Truppen Gelegenheit zum Ausruhen und Sattessen zu geben, sie zu inspizieren – drei Tage, sie in einem Bogen Stellung beziehen zu lassen, der sich, grob gesagt, von Steinmauern unweit des Rheins durch Oetigheim, Rauenthal, Bischweier und das Städtchen Rothenfels bis nach Gernsbach im Gebirge, an der württembergischen Grenze, zog – drei Tage ständiger Auseinandersetzungen im Stabe, da Mieroslawski sich nicht entscheiden konnte, ob er seine Hauptverteidigungslinie vor oder hinter der Murg bilden sollte – drei Tage, die die Preußen der Revolutionsarmee schenkten, während sie selber in Karlsruhe umherstolzierten, den Damen den Hof machten und die Gefängnisse mit Leuten aller Art füllten.

Heute aber waren die Preußen im Anmarsch. Lenz hatte einen Teil des Nachmittags bei den äußersten Vorposten verbracht, die die Straßen von Ettlingen und Karlsruhe her deckten, und hatte sie gesehen – zuerst durchs Fernglas, dann mit bloßem Auge: Vorsichtig, beinahe widerwillig rückten sie vor, suchten jeden Hohlweg, jedes Gehölz, jedes Bauernhaus systematisch ab, zogen sich zurück, wo immer sie Widerstand argwöhnten, schafften Reserven heran, legten ein Sperrfeuer mit ihren Batterien und benahmen sich überhaupt, als stünden sie dem Heer einer europäischen Großmacht gegenüber und nicht den Überresten einer Armee von Aufständischen.

Es war ein faszinierender Anblick gewesen – lächerlich durch die als Gründlichkeit getarnte Feigheit, mit der sich das Ganze abspielte, und erschreckend zugleich durch die Bedrohung, die in der Überzahl lag. Zur Kaffeezeit kam einer der Vorposten zu Lenz herübergekrochen und teilte ihm mit, daß die Tirailleurlinie bis hinter das Dorf Oetigheim und auf die Verbindungsstraße von Oetigheim nach Muggensturm zurückgezogen würde. Lenz hatte genug gesehen. Er ritt zurück zur Bretterhütte, zum Kommandoposten, um zu berichten.

Becker schien gealtert zu sein; die Haut unter seinen Augen und unterm Kinn war schlaffer geworden. Doch seine Fragen waren wie üblich präzise, seine Bemerkungen zuversichtlich. Die Aufstellung der Preußen war klar: Hirschfeldt rückte auf der Karlsruher Straße heran; das neue zweite preußische Korps unter von der Gröben stieß von Ettlingen aus vor, um das revolutionäre Zentrum anzugreifen; und im Gebirge, entlang der württembergischen Grenze, näherte sich langsam das deutsche Völkergemisch des Reichsgenerals von Peucker, um die rechte Flanke der Revolutionäre anzugreifen.

Becker erhob sich. »Aber wir werden sie nicht so gemütlich in Ruhe lassen. Heute abend unternehmen wir einen Gegenangriff!«

Lenz konnte den Blick nicht vom Kalender abwenden – eine große 28; darüber, in verschnörkelten Lettern: *Juni*.

»Ich habe das bereits mit Böning abgesprochen«, endete Becker. »Sie übernehmen eine Kompanie der Internationalen Legion und besetzen Oetigheim wieder.«

Lenz wandte den Blick vom Kalender ab. »Mit einer Kompanie?«

»Mehr kann ich Ihnen nicht geben.«

Das war Beckers letzte Bemerkung gewesen.

Natürlich ist dieser Nachtangriff ein Wahnsinn, dachte Lenz, und Becker wußte das auch. Vermutlich wußten es sogar die Leute, die da bei Sonnenuntergang anmarschiert gekommen waren, um sich von Leutnant Lenz in die Attacke führen zu lassen. Tatsächlich lag die einzige Erfolgschance des Angriffs gerade in seiner Unwahrscheinlichkeit – die Preußen würden erwarten, daß zumindest ein Regiment kam, sie aus Oetigheim zu vertreiben, nicht aber diese Handvoll halber Zivilisten.

Lenz stellte fest, daß er lachte. Es war auch des Lachens wert! David, der mit seiner Schleuder auf Goliath schießt; Birnams Wald, der feindlich gegen Macbeth' Feste Dunsinan emporsteigt – wie herrlich und wunderbar! Eine ausgleichende Gerechtigkeit lag darin.

Er spürte, wie seine Leute sich enger hinter ihm zusammenschlossen, je näher sie dem Feind kamen. Das preußische Feuer wurde stärker, blieb aber unregelmäßig, da die Preußen immer noch nur auf Schatten zielen konnten. Aber dort zwischen den ersten Häusern des Dorfes zeigte sich ein Reitertrupp – eine halbe Schwadron oder mehr, noch in einer Gruppe, doch offensichtlich im Begriff auszuschwärmen.

Lenz lief mit erhobenem Säbel vorwärts. Hinter ihm krachten die Schüsse in wilder Salve. Er schlug auf den nächsten Reiter los, wie in einem Traum, nur daß sein Arm sich tatsächlich bewegte und sein Säbel zuschlug, während einem im wirklichen Traum der Arm stets in der Luft erstarrt. Dann auf einmal waren seine Leute neben ihm – Bajonette knirschten auf Kochen, wieder Schüsse, ein Mann heulte auf vor Schmerz, und schließlich war da eine Stimme, die überraschend klar und langsam sprach: »Die sind fort. Ausgerissen.«

Sie hatten jetzt die Straße erreicht, die Bäume dienten als Deckung; die preußische Verteidigung war schwächer geworden. Diesmal marschierte Lenz an der Seite seiner Leute, einer von ihnen, gleiche Reihe, gleicher Rhythmus, gleicher Schritt.

Ein Gartenzaun. Blumenduft, widerwärtig süß. Hinter dem Giebel des Hauses die knisternden Flammen einer Scheune, grelles Gelb und Rot, Schüsse, aber bereits aus größerer Ferne. Eine Pickelhaube tauchte über einem Rosenbusch auf, ein Gewehr klirrte zur Erde, ein Mann bat: »Tötet mich nicht! Ich ergebe mich! Ich bin selber Demokrat, wirklich!«

»Wo sind die anderen Demokraten?« fragte Lenz.

Der Mann blickte einfältig drein. »Weggelaufen.«

»Und warum sind Sie nicht mitgelaufen?«

»Ich sollte ihren Rückzug decken.«

Lenz hob das Gewehr auf – ein neuer Hinterlader. »Hände hinter den Kopf!« befahl er, »kehrt – um! – Marsch!«

Der Mann stolperte vorwärts durch das Gartentor auf die Straße. Die Straße war ein einziges Durcheinander – an einem Ende wurde noch gekämpft, vom anderen kamen die Menschen aus den Häusern gelaufen, Frauen weinten vor Freude, Kühe flohen vor dem Feuer, und halbnackte Kinder verstopften den Weg, ein Mann spie mit verzerrtem Gesicht den Gefangenen an, der Pumpwagen der freiwilligen Feuerwehr wurde herangerollt, ein zahnloser Alter hielt Lenz beim Knopfloch fest: »Aber werdet ihr auch in Oetigheim bleiben? Werdet ihr? Ja?...«

Gegen zwei Uhr morgens war Lenz wieder in der Bretterhütte an der Federbachbrücke; er kam zur Tür herein, gerade als Becker den Befehl zur Räumung von Oetigheim gab. Zuerst entging ihm der Sinn der Worte. Dann trat er an den primitiven Tisch, legte die Faust darauf und sagte: »Wir haben den Ort eben erst genommen!«

»Und?« Beckers Lippen zitterten. Die zurückgehaltene Wut war erschreckender als ein Ausbruch. »Das Gros der Division wird über die Murg zurückgezogen. Wir behalten nicht genügend Truppen auf diesem Ufer, um eine so exponierte Stellung verteidigen zu können.«

Lenz fühlte sich wie ausgeleert; nur die Enttäuschung blieb und Müdigkeit. »Wie werden die Leute das aufnehmen?« fragte er mit lebloser Stimme.

»Schlecht!« erwiderte Becker. Und nachdem er eine Sekunde überlegt hatte: »Sie müssen jetzt schlafen, Lenz. Sie werden Ihre Kraft noch brauchen.« Er wies auf eine offene Tür, die zu einem Verschlag führte – anscheinend früher einmal eine Art Werkzeugschuppen.

Lenz ging hinaus, um nach seinem Pferd zu sehen. Er kehrte mit Sattel und Satteltaschen zurück und begann sich in dem Verschlag ein Lager zu bereiten, neben dem schnarchend daliegenden Tiedemann und einem wohlriechenden Offizier, der aufwachte, sich auf den Ellbogen stemmte und sagte: »Ich heiße Corvin-Wiersbitzki, guten Morgen, und wer sind denn Sie?« Worauf er sich sofort umdrehte und rasch wieder einschlief.

Doch Lenz fand keinen Schlaf. Der Raum roch trotz des geöffneten kleinen Fensters unangenehm nach Teer. Die Dielenbretter knarrten jedesmal, wenn jemand beim Stab nebenan sich bewegte; es herrschte ein ständigen Kommen und Gehen von Kurieren und Offizieren; von draußen kam der Widerhall ferner und nicht so ferner Schüsse und von Trompetensignalen in verschiedenen Tonarten und Höhen. Nach einer Weile dachte er an Lenore, und dann an Josepha, und dann ans Sterben und daß der Tod die dümmste, endgültigste Leere sei, und er war dankbar, wenigstens etwas von den guten Dingen des Lebens gehabt zu haben, und wünschte sich, er hätte jetzt ein bißchen davon Lenore ja Josepha ja, was ist der Mensch, ein Haufen Dreck, und das einzig Unsterbliche ist die Liebe...

Er mußte wohl doch geschlafen haben. In der schmalen Fensteröffnung zeigte sich ein schwaches Grau. Tiedemann wie auch Corvin-Wiersbitzki waren schon fort. Aus dem Nebenraum klang Bekkers Stimme, erschöpft, aber ungeduldig: »Lenz! – Wenn es Ihnen nichts ausmacht...!«

Becker hatte eine Tasse schwarzen Kaffee für ihn. »Ich dachte, Sie wären auch weg!« sagte Lenz übelgelaunt. »Zurück über die Murg!«

Beckers dichter Schnurrbart schien sich zu sträuben, aber er beschränkte sich auf die kurze Bemerkung, daß die Division, ihr Train und das Hauptquartier sich genau wie befohlen in Niederbühl befänden, südlich der Murg, und daß Mieroslawski jeden Augenblick zu erwarten sei.

Die Stunden vergingen, und das preußische Sperrfeuer hielt an, ohne Pause.

Gegen elf Uhr kam Mieroslawski endlich an der Spitze eines großen Gefolges aus Rastatt angeritten.

Becker begegnete ihm am Fuß der Federbachbrücke. Mieroslawski stieg vom Pferde, hob die Brauen, als er Becker hier vorfand und nicht in seinem Divisionshauptquartier am anderen Ufer der

Murg, sagte aber nichts. Auch die Tatsache, daß Becker laut Befehl von gestern nacht nicht nur zwei Bataillone in der vorderen Linie hatte, sondern drei – das dritte war die Freiburger Volkswehr unter Dortu –, überging er mit Schweigen. Er hörte sich Beckers Bericht an, nickte mehrmals, verglich Beckers Fakten mit den Eintragungen auf einer Karte, die Küchelbecker ihm hinhielt, und ordnete schließlich an, Becker möge weitere zwei seiner Bataillone nach vorn bringen. Auf Beckers Einwand, daß diese erst von Niederbühl anmarschieren müßten, bevor sie am Gefecht teilnehmen könnten, und daß die schweren Waffen nur auf dem Umweg über Rastatt herankommen könnten, erwiderte Mieroslawski grob: »Dann beeilen Sie sich eben!«

Lenz war gerade von Dortu gekommen, wo er eine Stunde unter preußischem Feuer im Dreck auf der Erde gelegen hatte. Die Preußen hatten Oetigheim schließlich wieder besetzt und griffen von dort aus an – drei Wellen in dieser einen Stunde. Lenz war schmutzig und verschwitzt und begann seine Müdigkeit zu spüren. Aber das Bild, das sich jetzt darbot, war zu phantastisch, als daß man es sich entgehen lassen konnte: Mieroslawski hatte sein Pferd wieder bestiegen und ritt den Bahndamm hinauf, um oben auf der Brücke zu halten – eine einsam ragende Silhouette gegen einen fast weißen Himmel, den Rücken leicht gebeugt, das Käppi im Umriß beinahe wie das Barbierbecken, das der berühmte Seigneur de la Mancha auf dem Kopfe trug. Lenz beobachtete ihn vom Eingang der Bretterhütte her. Mieroslawski blieb dort auf der Brücke, voller Verachtung für die preußischen Schrapnellaufschläge und die vorbeiirrenden Kugeln. Ab und zu konnte man Küchelbecker den Damm hinaufklettern und neben dem Pferd seines Chefs warten sehen, um Befehle zu empfangen, die mit großen, ausholenden Gesten erteilt wurden. Mieroslawski setzte sämtliche verfügbaren Truppen Bekkers zu einem Gegenstoß ein, der die preußischen Umklammerungsbemühungen von Oetigheim und Muggensturm her vereiteln sollte; hinter den provisorischen Verschanzungen und in den Laufgräben ließ er nur ein Minimum an Mannschaften.

Dann schien die Silhouette zu erstarren, das Pferd bewegte sich kaum, der Mann gar nicht.

Eine jener Pausen trat ein, wie sie in der Schlacht vorkommen – wenn man alles eingesetzt hat, wenn die Entscheidung nicht mehr in der eigenen Hand liegt und man nichts mehr tun kann als warten. Die Batterie an der Straßengabelung feuerte, so schnell ihre Rohre es zuließen; das monotone »Wumm!« fand seinen Kontrapunkt auf der preußischen Seite und seine Orchestrierung in dem heftigen Rattern von Gewehren und Musketen, dem Zischen der Kugeln, dem Heulen der Geschosse, dem häßlichen Krachen der Explosionen, den verworrenen Schreien mordender und sterbender Menschen. Nur die schweren Festungsgeschütze schwiegen; sie konnten nicht ins Spiel gebracht werden, solange eigene Truppen in ihrem Schußfeld manövrierten.

Becker, vom Obergeneral praktisch seines Kommandos beraubt, saß auf einer Munitionskiste am Eingang seiner Hütte und rauchte eine Zigarre. Vier Meldereiter hatten eine Decke auf der Erde ausgebreitet und begannen ein Würfelspiel; Geld ging von Hand zu Hand, und immer mehr Offiziere sammelten sich, um mitzutun.

Mieroslawski zügelte sein Pferd vor der Hütte, sein langes Gesicht war ungehalten, als er sagte: »Sie können sich zurückziehen, Oberst Becker. Die Preußen haben die Verschanzungen umgangen; Ihre Leute laufen davon.«

Wie um das zu illustrieren, kam eine Handvoll Volkswehr in unordentlichem Rückzug vorbei; sie riefen, die Preußen stünden auf beiden Flanken, die Gräben wären nichts als eine Falle.

»Was ist mit Dortu?« flüsterte Lenz Becker zu. »Und mit den anderen, die man in diesen Angriff gehetzt hat? Sie werden doch abgeschnitten, wenn sie's nicht schon sind!«

Mieroslawski galoppierte nach Rastatt zurück, mit seinem Gefolge im Schlepptau. Beckers Gesicht bestand aus lauter dunklen, von dem borstigen Backenbart eingerahmten Falten. »Soll ich versuchen, durchzubrechen?« schlug Lenz vor.

Becker schüttelte den Kopf. »Das machen wir schon.«

Lenz bemerkte, daß die Meldereiter ihr Würfelspiel abbrachen und sich eilig zu ihren Pferden begaben.

»Um Ihnen die Wahrheit zu sagen«, ließ sich Becker vernehmen, »es ist nicht einmal unser Abschnitt, der mir die größten Sorgen macht.«

Die Bretterhütte wurde in aller Hast geräumt; ein Volkswehrmann warf alle möglichen Papiere in ein kleines Feuer, das mehr Rauch als Flammen entwickelte.

»Wir werden uns einfach unter die Wälle von Rastatt zurückziehen«, fuhr Becker fort, »und den Festungsgeschützen Gelegenheit geben, sich mit den Preußen zu beschäftigen. Heute abend machen wir dann einen Gegenangriff. Ich vermute sogar, die Preußen wissen, daß wir das tun werden, und ich fürchte, ihr ganzer Vorstoß hier ist ein Ablenkungsmanöver.«

Beckers Pferd, das sich vor überschüssiger Kraft bäumte, wurde für ihn gehalten.

»Lenz!« Becker setzte sich den Hut auf den Kopf. »Ich möchte gern wissen, was am anderen Ende der Front vorgeht, in Richtung Gernsbach. Nehmen *Sie* mein Pferd...«

Lenz zögerte.
Beckers Stimme wurde scharf. »Na los schon!«

Lenz gelangte nie bis Gernsbach, obwohl er Beckers Pferd keine Atempause gönnte und nur in einen langsameren Trab verfiel, wenn das Gelände ihn für die Fesseln des Tieres fürchten ließ oder wenn er wegen vorbeimarschierender Truppe, wegen eines heranrollenden Geschützes oder wegen vor ihm berstender Schrapnells anhalten mußte.

Der Charakter des Murgtales – bis zu diesem Punkt flach, zuweilen leicht gewellt, Felder und Wiesen mit eingestreuten bewaldeten Stellen – begann sich zu wandeln. Die ersten Berge erhoben sich zu beiden Seiten, dunkles Grün bis zu düsterem Grau und Braun; sie verengten das Flußbett, zwangen die Straßen und Ansiedlungen, sich mehr nach dessen Lauf zu richten, und milderten mit ihren Schatten die Hitze des Nachmittags. Ein Stück weiter vorn schmiegten sich die ersten Häuser von Rothenfels an die Bergabhänge, hübsche Dächer und blitzende Fenster, ein sommerliches Idyll, tiefster Friede, absurd; direkt vor Lenz lag die Brücke über die Murg und vereinigte die zwei Straßen, die bis zu diesem Punkt an beiden Seiten des Flusses entlangliefen. Die Brücke war offensichtlich eine Art Sammelplatz. Lenz beobachtete das ständige Hin und Her; die Truppe von Soldaten an beiden Ufern; auch die angrenzenden Felder waren übersät von Militär – Linie, Volkswehr, Freiwillige, die in jeder erdenklichen Haltung erschöpft umhersaßen oder -lagen.

Eine Gruppe von Offizieren stand um einen Pfälzer Volkswehrhauptmann geschart, der mit erregter Hand immer wieder auf die Berge weiter oben wies. Dort oben, als stiege sie aus unsichtbaren Tiefen, zeigte sich eine rasch anwachsende Rauchwolke; schmutziges Schwarz gegen den blaßblauen Himmel. Stellenweise sich leicht verdickend, wuchs sie zu einer Art Pilz, bis der Wind Fetzen herausriß und sie zerstreute. Und jetzt, da sein Pferd stillstand, konnte Lenz auch das schwache Dröhnen von Geschützen aus der gleichen Richtung hören und des Hauptmanns jammerndes: »Brandgeschosse! Gott, es war die Hölle! Und alles kam so unerwartet!«

Gernsbach brannte.

Lenz stieg vom Pferde. Er lockerte die Gurte und begann das Tier mit einem alten Stück Tuch trockenzureiben. Lenz spürte, wie ihm die Knie zitterten; er wußte nicht, ob von dem langen Ritt, vor Hunger oder wegen des Berichts, den der Pfälzer Hauptmann, schrill und atemlos, auf seine bruchstückhafte Art gab.

Am Morgen hatten Patrouillen mit den württembergischen Truppen jenseits der Grenze gesprochen und waren ihrer freundlichsten Absichten versichert worden – die Württemberger seien nur an ihrer Grenze aufmarschiert, um die Preußen zu hindern, über neutralen württembergischen Boden einen Umgehungsangriff vorzutragen. Und als dann, kurz nach Mittag, die ersten württembergischen Soldaten die Grenze ins Badische überschritten, riefen sie den Volkswehrvorposten immer noch zu: Schießt nicht auf uns, Brüder, wir kommen euch zu Hilfe – bis dann, auf achtzig Schritt Entfernung, ihre Reihen sich teilten und die hinter ihnen stehenden Preußen auftauchten und das Feuer eröffneten.

Lenz lehnte die Stirn gegen den Sattel. Er kannte das alles – den gleichen alten Trick hatten die Hessen zu Beginn des Krieges angewandt, hatten das gleiche kindliche Vertrauen der Revolutionäre in die Ehrenhaftigkeit des Feindes ausgenutzt; aber jetzt ging der Krieg ja dem Ende zu, wahrscheinlich war dies seine letzte Schlacht; lernten die Menschen denn nie?

»Nun, mein lieber Lenz...«

Er hob den Kopf, wandte sich um und fand sich einer Hälfte der Chefredaktion der eingegangenen »Neuen Rheinischen Zeitung« gegenüber – gestiefelt und gespornt diesmal, der engsitzende graue Rock von halbmilitärischem Schnitt, das verschlossene, etwas kühle Gesicht beschmiert vom Schmutz der Schlacht.

»Hab ich Sie richtig wiedererkannt!« rief Engels.

»So haben Sie sich uns doch angeschlossen«, sagte Lenz, »zum letzten Gefecht?...«

»Ich bin Adjutant bei Willich.«

Der Pfälzer Hauptmann erzählte gerade, wie die Preußen von der Grenze her geströmt kamen, zu Tausenden, Infanterie, Kavallerie, Geschütze, gegen ein paar hundert in der kleinen Stadt Gernsbach überrumpelte Volkswehrmänner.

»Was, glauben Sie, kommt jetzt?« fragte Lenz in der Hoffnung, Engels mit seinem analytischen Verstand würde eine annehmbare Lösung aus dem Ärmel schütteln.

In Engels' Gesicht zuckte es nervös; er sagte: »Das kann ich Ihnen nicht beantworten. Ich bin gerade erst aus Richtung Bischweier gekommen. Wir hatten den Ort beinahe genommen; dann mußten wir uns zurückziehen und unsere Verwundeten zurücklassen. Die Preußen haben sie vermutlich gefangengenommen; Gott weiß, was sie mit ihnen tun werden.«

Nein, sagte der Pfälzer Hauptmann hitzig, es war den Preußen nicht gelungen, in Gernsbach einzudringen – oder zumindest nicht sofort... Die Volkswehr hatte sich in den Häusern eingenistet, und jede Mauer wurde zu einer Befestigung. Die kleine Holzbrücke, die dort über die Murg führte, wurde abgebrochen; die Preußen wurden bei dem Versuch, den Fluß zu durchwaten, einzeln abgeschossen; ihre Leichen, vom Wasser mitgerissen, stauten sich am Mühlenwehr. Oh, nein, es ging nicht alles nach dem Willen der Preußen – bis sie sich dann zurückzogen und anfingen, ihre Brandbomben in die Stadt zu werfen, ein Haus nach dem anderen schossen sie in Brand – dabei waren Kinder in diesen Häusern, und Greise...

»Wir sehen uns noch«, sagte Engels.

Eine Kolonne Infanterie zog einer kampfzerschlissenen Fahne nach über die Brücke und bog dann ab, wo es steil in die Berge hinaufging; vier Feldgeschütze ratterten hinter ihnen her, die Pferde legten sich ins Zeug, die Kanoniere stemmten sich gegen die Speichen. Engels bestieg eine Fuchsstute und ritt davon; am anderen Ufer schloß er sich der Kolonne an.

Seines Wissens, erklärte der Pfälzer Hauptmann, wurde in Gernsbach noch gekämpft – in den rauchenden Ruinen, jawohl, aus den Kellern heraus. Und warum hatte *er* Gernsbach verlassen? erkundigte sich jemand. Der Hauptmann begann zu stottern – etwas von Verstärkungen, die nie eintrafen, und wo blieb Oberst Mersy, und all die Truppen hier, was nützten sie hier... Der Hauptmann gestikulierte in Richtung der Volkswehrmänner und Liniensoldaten, die sich in der Nähe der Brücke herumtrieben oder in tiefer Niedergeschlagenheit auf der Erde saßen oder lagen, abgestumpft, gleichgültig gegenüber dem Lärm der Schlacht.

Sie sind wie Menschen unter Schockwirkung, dachte Lenz; und ihre Zahl wuchs, je mehr Gruppen bei der Brücke eintrafen. Lenz sprach mit mehreren der Neuankömmlinge: sie waren aus dem gebirgigen Teil der Front gekommen, von Michelbach her, von Gaggenau, sie hatten die Preußen zurückgeschlagen, wo sie ihnen begegneten; aber was hatte das für einen Sinn, sagten sie, gegen Verrat und Umgehung war die größte Tapferkeit vergebens, es war die alte Geschichte, schauen Sie hinauf nach Gernsbach, Herr Leutnant. Lenz sagte, es gäbe keinen Beweis, daß Gernsbach schon gefallen wäre, und solange sich Gernsbach hielt, konnte die ganze Linie gehalten werden; die Leute überließen ihn seinen Argumenten.

Lenz beschloß, sich selbst zu überzeugen. Er galoppierte über die Brücke, dann nach rechts, den Fluß entlang, vorbei an den ersten Häusern von Rothenfels, dem Ziel zahlreicher Ausflüge in seiner Kindheit. Von vorn war deutlich Schießen zu hören; ein halb Dutzend Gefechte schien gleichzeitig in den Bergen im Gange zu sein; aber der Strom der Versprengten, die die Straße herab kamen, verdichtete sich, und ihre Gesichter trugen jenen verdrossenen, angewiderten Ausdruck, der nur zu deutlich von ihrer Resignation sprach. Lenz kehrte um, wieder durch Rothenfels hindurch, wieder auf die Brücke zu.

Inzwischen hatte sich Oberst Mersy eingefunden; aber das Durcheinander schien noch größer geworden zu sein. Mersy saß auf einem Feldstuhl, von Adjutanten umringt, eine Karte auf dem Schoß. Lenz sprang vom Pferd und wartete, ihm Meldung erstatten zu können.

»Nun, Leutnant?« Mersy hob den Kopf.

Lenz erklärte, er wäre von Becker ausgesandt worden, um einen unmittelbaren Eindruck von der Lage zu erhalten.

Mersy blickte ihn von seinem Feldstuhl her an. Zu spät begriff Lenz, daß seine Auskunft einen unbeabsichtigten Sarkasmus enthielt. Aber Mersy wies nur mit einer ausholenden Handbewegung auf die nähere Umgebung und fragte: »Glauben Sie, Sie können aus all dem einen genügend unmittelbaren Eindruck gewinnen?«

»Wie steht es in Gernsbach?« sagte Lenz nach einer Pause.

Mersy faltete seine Karte zusammen. »Wir haben Ordre von General Sigel persönlich, daß die Garnison von Gernsbach sich kämpfend absetzen soll, falls der Druck auf sie zu stark wird.«

»Ich verstehe...«, antwortete Lenz. Sein Blick wandte sich der Rauchwolke zu. »Und hat man denen da oben die Ordre mitgeteilt?«

»Ein paar von ihnen ist es gelungen durchzukommen«, Mersy klimperte nervös mit den Münzen in seiner Tasche. »Eine Anzahl von Offizieren hat sich salviert. Mit den anderen in Gernsbach haben wir die Verbindung verloren...«

Lenz fühlte sich entlassen; er bemerkte Engels, der gerade von der Fuchsstute abstieg. Engels grüßte ihn mit einem kurzen Nicken, trat eilig näher, salutierte flüchtig vor Mersy und begann sofort: »Oberst Willich schickt seine Empfehlung, Herr Oberst...« Die Dringlichkeit der Sache verursachte ein leichtes Stottern. »Oberst Willich würde es zu schätzen wissen, wenn Sie ihm ein paar Kompanien Verstärkung schickten. Er glaubt Gaggenau halten zu können, vorausgesetzt, daß sie bald eintreffen.«

Wieder Mersys ausholende Handbewegung. Dann sagte er mit einem Auflachen: »Nehmen Sie die ganze Division, wenn Sie mit den Leuten noch etwas anfangen können!...«

»Sie meinen, Herr Oberst...?«

Mersy erhob sich und steckte seine Karte in die Tasche. »Sie haben mich gehört. Ich gebe Ihnen *plein pouvoir*!« Sein Gesicht wie versteinert, wandte er sich seinen Adjutanten zu.

Engels blickte Lenz an. Ohne ein Wort miteinander zu wechseln, entfernten sie sich beide, die Pferde am Zügel führend, quer über die Wiesen, vorbei an den Gruppen apathisch gewordener Menschen; beide suchten sie nicht ein Bataillon, nicht eine Kompanie – aber vielleicht wenigsten einen Zug von Soldaten oder Volkswehr, die noch in einer solchen geistigen Verfassung waren, daß man sie ins Feuer zurückführen konnte.

»Wer hat sie so geschlagen?« fragte Lenz endlich und massierte sich mit der freien Hand den Hals, um ein plötzliches Gefühl des Erstickens zu bekämpfen. »Doch nicht die Preußen! *Sie* haben die Preußen geschlagen, wo immer sie ihnen entgegengetreten sind.«

Engels deutete auf die regungslose Rauchwolke. Der Wind hatte sich mit dem Abend gelegt, die Wolke hing steil und schwarz über Gernsbach. »*Das* da hat sie vernichtet«, sagte er. »Der Gedanke, in Gernsbach umgangen worden zu sein, den Feind im Rücken stehen zu haben, womöglich eingekreist, abgeschnitten zu werden...«

»Und was ist das?« fragte Lenz. »Eine besondere Art von Feigheit?«

Engels kratzte sich den rötlichen Bart, der dringend eines Kammes bedurfte. »Das heute ist das vierte Gefecht, an dem ich teilgenommen habe. Ich sage Ihnen: Der vielgerühmte Mut des Dreinschlagens ist die allerordinärste Eigenschaft, die man haben kann. Das Kugelpfeifen ist eine ganz geringfügige Angelegenheit. Ich habe in diesem Feldzug trotz vieler Feigheit kein Dutzend Leute gesehen, die sich im Gefecht feig benahmen. Desto mehr aber, sagen wir, tapfere Dummheit...«

Sie begegneten einem gerade eintreffenden Trupp Linie, immer noch in einigermaßen ordentlicher Marschkolonne, die Gewehre geschultert, einen Sergeanten an der Spitze, der aussah wie ein zuverlässiger Soldat. Engels hielt sie an, erklärte die Lage – Gaggenau, nur ein kurzer Marsch, die Freiwilligen hielten den Ort noch, wir können es schaffen, die Preußen zurückschlagen...

Lenz sah, wie die Gesichter der Leute sich verschlossen. Mittlerweile wußte jeder, daß die Preußen aufgehalten werden mußten, oder es blieb nur noch die Flucht, und wie weit konnte man fliehen in dem kleinen Land Baden, von dem die eine Hälfte bereits verloren war?

»Was nun?« sagte Lenz, als Engels zu ihm zurückkehrte. Die Leute hatten sich auf die Erde geworfen, jeder ein Wesen nur für sich, keiner mehr Teil eines Ganzen; die Kraft, die sie bisher zusammengehalten hatte, war plötzlich erschöpft.

»Was nun? Ich muß Willich finden.«

»Ich meinte –«, Lenz zögerte, »auf etwas längere Sicht...«

Sie bestiegen ihre Pferde und ritten davon, ohne die zwei Kompanien, die Willich angefordert hatte. Engels schien es nicht eilig zu haben, Willich die schlechten Nachrichten zu überbringen; und Lenz wußte, daß er nur allzu bald das Ergebnis der Ereignisse in diesem Abschnitt erfahren würde, und drängte Engels nicht.

Die Pferde, froh, sich nicht anstrengen zu müssen, gingen im Schritt.

»Auf längere Sicht«, begann Engels, »hat dieser Feldzug, wie auch sein Ende verlaufen mag, vor allem die Situation vereinfacht. Die wirklichen Verlierer sind das Kleinbürgertum, die Männer mit dem großen Mund und den kleinen Gedanken, die den Menschen den konstitutionellen Sand in die Augen gestreut haben und ihnen eine Demokratie für Prinz und Pauper gleichzeitig aufschwatzen wollten. Da –«, er zeigte auf die Berge, wo Gernsbach brannte, »was dort in Rauch aufgeht, ist nicht bloß eine kleine Stadt, sondern eine große Illusion. Die preußischen Generale demonstrieren, daß von jetzt an nur zwei Kräfte ernsthaft um die Macht kämpfen werden: die Reaktion in ihren gemeinsten Formen und brutalsten Gestalten – und auf der anderen Seite die Revolution, die wirkliche Revolution.«

Vielleicht, dachte Lenz, konnte selbst ein so scharfer Verstand wie der des Redakteurs Engels sich nicht erkühnen, der Geschichte ihre endgültigen Termine zu setzen, obwohl es der Courage eines Menschen unerhört zuträglich wäre, wenn er wenigstens eine ungefähre Vorstellung davon hätte. Lenz betrachtete Engels, den kleinen ausdrucksvollen Mund, die großen ausdrucksvollen Augen. Engels stützte sich auf eine philosophische Anschauung, die er, Andreas Lenz, nicht hatte. Er, Lenz, hatte einen zu großen Durst nach dem Jetzt, und die um sie herum so spürbare Niederlage war ihm wie ein physischer Schmerz im Herzen, während Engels, Schmerz oder nicht, das Bild in einem größeren Rahmen sah.

Im Hotel »Elisabethenquelle« in Rothenfels fanden sie Willichs Hauptquartier. Lenz kannte das Lokal – hierher kamen die Rastatter Gymnasiasten zu ihren verbotenen Bierabenden, hierher fuhren die bessergestellten Familien in ihren Kaleschen zum sonntäglichen Nachmittagskaffee mit Kuchen. An einem solchen Nachmittag, vor tausend Jahren, schien es, war er Lenore hier begegnet. Er sah sich selbst: kein Knabe mehr und noch nicht recht ein Mann, aus den Nähten seiner schäbigen Jacke platzend – während sie sich mit ihrer Wespentaille bewegte wie die geborene kleine Prinzessin. Und genau wie vor tausend Jahren, im Frieden, kam auch jetzt der Stallknecht vom Eingang her, um sein und Engels' Pferd zu übernehmen; ein absurder Gegensatz zu der nervös auf und ab schreitenden Wache, zu den Kurieren, die die Treppe hinaufeilten, dem halb Dutzend abgekämpfter Männer in blauen Blusen, ein paar davon verwundet, die auf der Veranda saßen und in ihre Biergläser blickten, blind gegen alles, was um sie herum vorging.

»Nichts?« sagte Willich, von einem mit Papieren übersäten Tisch im Speisesaal her den Gruß erwidernd.

»Nichts«, bestätigte Engels und warf sich in einen Lehnstuhl; dann fügte er hinzu: »Darf ich dir Bürger Lenz von Beckers Stab vorstellen.«

Ein weiterer Kurier kam herein. Willich brach das Siegel der Meldung, las, schluckte; endlich wandte er sich mit blassen Lippen an den Reiter: »Falls Sie Oberst Mersy sehen, richten Sie ihm meinen Dank aus und sagen Sie ihm, daß ich unter diesen Umständen genötigt bin, seiner Entscheidung Folge zu leisten.«

Der Mann machte kehrt. Etwa eine Minute lang saß Willich da und starrte auf den Zettel in seiner Hand; dann hob er Engels ein verzerrtes Gesicht entgegen und las, Lenz' Anwesenheit vergessend, laut: »Ich halte alles für verloren. Ziehe mich Richtung Oos zurück.« Willichs Stimme klang, als wäre seine Kehle innen mit Sandpapier gerieben worden. »Ihre Einheit ist hiermit aus meinem Kommando entlassen. Ich schlage jedoch vor, daß Sie einen Weg wählen, auf dem Sie einer Einkreisung durch den Feind entgehen. Adieu und viel Glück. Mersy.«

Willich erteilte Marschbefehle und schien keine Nachricht für Bekker zu haben. Engels machte sich Notizen und schickte Melder aus. Vielleicht war es am besten, dachte Lenz, man entfernte sich in aller Stille; hier konnte er nichts helfen, und er hatte alles erfahren, was es zu wissen gab.

Er fand sein Pferd und das von Engels an einen Pfosten hinter dem Hotel gebunden, in der Nähe des Laubenganges, aus dem vor tausend Jahren Lenore auf ihn zugetreten war. Das »Wumm!« der preußischen Artillerie war ziemlich dicht herangerückt; die Rufe und das Hin und Her des aufbrechenden Stabes von Willich, all das konzentrierte sich auf die Vorderseite des Hotels; hier war er ganz allein mit den beiden Tieren. Der Laubengang erschien viel kleiner, als er ihn in Erinnerung hatte: die Jahre lassen die Größenvorstellungen der Jugend zusammenschrumpfen. Er bekämpfte die Versuchung, in den Laubengang hineinzugehen, wenigstens bis zu der Stelle, wo sie damals stehengeblieben war, die großen dunklen Augen ernst auf ihn gerichtet. Er erinnerte sich des Musters, das die zitternden Sonnenflecken gebildet hatten; er war stumm geblieben, als er Lenore erblickte, und hatte sich selbst wegen seines plumpen Benehmens fürchterlich verachtet. Plötzlich hatte sie sich auf die Zehenspitzen erhoben, war ihm mit den Fingern durchs Haar gefahren und hatte gesagt: Ach, Andreas – und hatte ihn mit brennendem Gesicht und einem Klingen im Herzen und einem den ganzen Nachmittag anhaltenden Gefühl zurückgelassen, daß alle Menschen ihn anstarrten und errieten, was geschehen war.

Schritte wurden hinter ihm laut; er zuckte zusammen. Die Fuchsstute hob den Kopf und schnaufte leise.

»Ich hatte befürchtet, Sie wären bereits fort!« Engels sprach hastig. »Vielleicht sehen wir uns so bald nicht wieder!«

»Wenn überhaupt«, erwiderte Lenz.

»Nun, ja...« Engels streichelte sein Pferd und zog den Sattelgurt nach. »Das Leben... Empfehlen Sie mich – an Mademoiselle Einstein. Bemerkenswerte Frau! Sie wissen natürlich, daß ich ihr auf dem scheußlichen Rückzug nach Rastatt begegnet bin...« Seine kurzsichtigen Augen blinzelten Lenz an, als wollte er noch etwas sagen, etwas Wichtiges – aber schließlich ergriff er nur Lenz' Hand, drückte sie kurz und murmelte: »Adieu!«

Sie selbst öffnete ihm die Haustür.

Das Licht eines neuen Morgengrauens, fahl im Korridor, vertiefte die Schatten auf ihrem Gesicht. Ihre Finger berührten immer noch seine Lider, seine Schläfen, sein Haar, als wollten sie sich vergewissern, daß er wirklich da war, unversehrt.

Während sie langsam die Treppe hinaufstiegen, spürte Lenz durch den Schleier seiner Müdigkeit hindurch, wie eng sie zusammengewachsen waren und wie einfach es war, zusammen zu sein, jetzt, da sie allein waren, wie auf einem Schiffswrack, und sich treiben lassen konnten. Der Krieg hatte sie beide gezeichnet, ein brutaler Bildhauer, der glatte Oberflächen nicht mochte.

»Ein Echo – als ob das Haus leer wäre!...« sagte er und zwang sich ein kurzes Lachen ab.

Sie führte ihn ins Wohnzimmer. Er nahm den Tschako ab, den Degen, Pistole und Gurte, und legte alles vorsichtig beiseite.

»Als Vater abfuhr«, sagte sie, »hat er die meisten Dienstboten und Kanzlisten beurlaubt. Es sind jetzt nur noch zwei oder drei da – um das Haus nicht ganz sich selbst zu überlassen. Ich brauche überhaupt niemand. Ich bin die meiste Zeit im Lazarett.« Mit einer Handbewegung wies sie auf eine Polsterbank. »Ich komme gleich mit dem Frühstück zurück.«

Lenz rieb sich die Augen. Wären nicht die sporadischen Salven der Festungsgeschütze gewesen und das Zittern der Fensterscheiben, dazu verworrenes Marschgeräusch von den Straßen, das Ganze hätte seinen Zauber gehabt. Ein Soldat sollte Komfort, der ihm geboten wird, nie ausschlagen; Rastatt war die modernste deutsche Festung, und die Belagerung würde, wenn nicht gewisse andere Umstände eintraten, lang und bitter sein; da sollte man ruhig alle Annehmlichkeiten nutzen.

Ein kleiner Tisch stand vor ihm, bedeckt mit einem feinen weißen Tischtuch, darauf geblümtes Porzellan und glänzendes Silber. Das Brot war bereits geschnitten. Alles war da: Sahne, Butter, Honig. Schlaraffenland, dachte er. Unser ganzes Leben lang suchen wir das Schlaraffenland; hier liegt es: im Zusammenbruch unserer besten Hoffnungen.

»Hab ich geschlafen?« fragte er.

Sie lächelte. »Vermutlich brauchst du Schlaf.«

»Und du nicht? Wann bist du – nun – nach Hause gekommen?«

»Wenige Minuten vor dir. Es war eine schlimme Nacht. Gestern abend fingen wir endlich mit dem Abtransport der leichteren Fälle an; dann war wieder kein Zug da; dann bekam Walcher eine Lokomotive und drei Wagen, aber unterdessen bombardierten die Preußen den Bahnhof; schließlich haben wir auf offener Strecke verladen, irgendwo südlich des Flusses. Dein Freund Christoffel ist übrigens auch mit weggekommen.«

»Ich hörte, daß er bei Waghäusel verwundet wurde. Geht es ihm gut?«

»Mehr oder weniger...« Sie zögerte. Sein Mund war verkniffen. »Walcher wollte übrigens, daß ich mitfahre.«

»Und warum bist du nicht mitgefahren?«

»Warum ich nicht mitgefahren bin?... Warum bist *du* geblieben?«

Wirklich, warum war er geblieben? überlegte er. Warum hatte er sich nicht Becker angeschlossen, als der mit den Resten seiner Division aus Niederbühl abzog? Dann wäre er jetzt schon in der Nähe von Oos, das ganze badische Oberland vor sich, in das man sich zurückziehen konnte, mit seinen Bergen und Tälern, seinen Straßen und Pfaden, statt hier in der Falle zu sitzen...

»Nebenan steht ein Waschtisch«, hörte er Lenore sagen. »Auch ein Krug heißes Wasser, Seife, Handtuch.«

Sie dachte an alles. Er stand auf und ging gehorsam, sich den Dreck zweier Gefechtstage von den Händen zu waschen. Ein schmutziges, unrasiertes, unappetitliches Individuum starrte ihm aus dem Spiegel entgegen. Er schüttelte sich und kehrte schleppenden Schritts zu Lenore zurück.

Sie goß den Kaffee ein – vollkommen unbefangen, wie es schien. Engels hatte recht, dachte er: sie war wirklich bemerkenswert – nach dieser schwierigen Nacht und wie vielen anderen Nächten, die ebenso hart gewesen sein mußten, hatte sie sich bewundernswert in der Hand.

»Zucker?« fragte sie.

»Nein, danke.«

»Glaubst du, wir werden das alles rationieren müssen?«

Er warf einen raschen Blick auf sie. Sie rührte in ihrer Tasse, ganz Haltung, keine Spur von Unruhe. Für Walcher mußte sie eine unschätzbare Hilfe gewesen sein.

»Ich meine –«, sagte sie, »weil du und ich doch wohl so etwas wie einen gemeinsamen Haushalt führen werden. Natürlich muß ich die Speisekammer noch einmal gründlicher überprüfen...«

Er lachte.

Sie hob die Brauen.

»Ich bin ganz deiner Meinung, meine Liebe«, erklärte er und kaute. »Laß uns Gebrauch machen von all den guten Sachen, die dein Vater freundlicherweise zur Verfügung gestellt hat. Mir kam bloß der Gedanke so komisch vor – aber wenn man darüber nachdenkt, stellt man fest, daß auch Hektor, nachdem er auf den Wällen von Troja seinen Dienst getan hatte, zu Andromaches Kochtöpfen zurückgekehrt sein muß.« Er hob den Löffel, um sich das zähflüssige Gelb des Honigs aufs Brot tropfen zu lassen. »Ich kann dir nur leider nicht voraussagen, wie lange das Idyll dauern wird. Ich weiß lediglich, daß ich einer der letzten war, die noch nach Rastatt durchgekommen sind – kurz nachdem ich das Tor erreichte, habe ich selbst gesehen, wie die Straße von Niederbühl, auf der ich einen Augenblick vorher geritten war, von preußischen Husaren wimmelte.«

Ihre Hand, die ihn berührte, war eiskalt.

»Für den Augenblick«, sagte er, »ist der Ring geschlossen.«

»Und wir befinden uns innerhalb dieses Ringes...«

»Stimmt.« Er wärmte ihre Hand mit seinen beiden Händen. »Dafür ist Rastatt ja gebaut worden – mit seinen Wällen, Bastionen, mit drei starken Forts! Wir werden den Preußen wie ein Knochen im Kropf stecken!«

»Aber der Ring kann doch durchbrochen werden!«

»Gewiß«, bestätigte er, ihr seine Tasse zum Nachfüllen hinhaltend. »Es ist nur eine Frage der Zeit. Die Armee muß sich neu gruppieren und reorganisieren, Nachschub aus dem Oberland muß die Reihen auffüllen...«

Er hörte seiner eigenen Rede zu. Seine Worte enthielten genau die richtige Dosis an Gleichmut und Zuversicht. Doch konnte er sich des Verdachts nicht erwehren, daß sie schon zu viel gesehen hatte, während des großen Rückzugs und später, und daß sie zu viel von ihren Verwundeten zu hören bekommen hatte, um ihm so ganz zu glauben; auch war er nach beinahe achtundvierzig Stunden im Gefecht nicht in bester Verfassung zum Lügen.

»Ich kann mir nicht vorstellen, daß Männer wie Mieroslawski und Becker oder sogar Sigel uns im Stich lassen«, sagte sie.

»Ich auch nicht!« Er dachte an seinen Ritt in der vergangenen Nacht von Rothenfels nach Niederbühl, die aufgebrochene Front entlang – Kuppenheim, der wichtigste Punkt des Mittelabschnitts, verlassen, kein Mensch an der Murgbrücke; Niederbühl und sein Zusammentreffen dort mit Becker; sein hastiger Bericht; und schließlich das Schauerliche des unvermeidlichen Rückzugs, und ein letzter, ganz prosaischer Abschied, in dem er Becker mitteilte, daß er, aus sentimentalen, politischen und persönlichen Gründen, es vorziehe, die Sache in Rastatt auszukämpfen.

»Du müßtest endlich etwas schlafen«, sagte sie. »Du träumst ja mit offenen Augen. Komm!« Sie nahm ihn bei der Hand und führte ihn den Flur entlang.

Er wunderte sich wegen der Treppe und daß Lenore sie nicht hinaufstieg; ihr Zimmer befand sich im oberen Stockwerk, lavendel und grau, die Porzellanfigur zerbrochen. Sie öffnete eine recht große Tür und ging ihm voran, dann wandte sie sich um und blickte ihn an; die Unsicherheit auf ihrem Gesicht war trotz des gedämpften Lichts zu erkennen.

Das Ehebett – offensichtlich das ihrer Eltern –, ein riesiges Himmelbett, das Weiß des Leinens wurde immer leuchtender, je mehr sich seine Augen an das Halbdunkel gewöhnten; Vorleger; ein Gemälde, Fleischtöne; Hausschuhe, die ihren, sie hatte wahrhaftig an alles gedacht.

Er küßte sie.

»Bist du froh, daß du hiergeblieben bist?« Immer noch ihre Unsicherheit. »Vielleicht wären deine Chancen besser gewesen, wenn du dich dem Rückzug der anderen angeschlossen hättest...«

Er setzte sich auf das Bett, die Hände auf den Knien. Das Bett war weich, bequem, ein beträchtlicher Unterschied zu dem Bretterboden des Schuppens letztens, mit dem schnarchenden Tiedemann und dem wie ein Parfümladen duftenden Herrn Corvin-Wiersbitzki zur Seite.

»Ich dachte, ich würde dich hier finden«, sagte er sachlich.

»Und ich dachte, du würdest mich finden wollen«, erwiderte sie.

Er begann seine Kleider abzulegen und ließ sie liegen, wo sie gerade hinfielen.

»Ich habe ein Nachthemd für dich«, erwähnte sie.

»Auch eine Schlafmütze?«

»Andreas!« – Die Angst klang durch. Sie war den Tränen nahe.

Er legte sich hin und zog die Decke über sich. »Steh nicht herum!« brummte er. »Komm ins Bett!«

Sie trat an den Bettrand. »Schlaf gut«, sagte sie. »Ich gehe jetzt nach oben.«

Er packte ihr Handgelenk. »Zum erstenmal schlafen wir beide in einem Bett, das groß genug für zwei ist«, sagte er. »Also komm rein. Ich bin zu müde, mich herumzustreiten. Ich bin sogar zu müde zum Denken.«

»Aber ich – ich habe mir vorgestellt – daß es anders sein würde...«

»So?... Ach Gott...« Er drehte sich schläfrig zur Seite. »Es tut mir leid.«

Nach einer Weile merkte er, wie sie unter die Decke kroch. Sie schmiegte sich an ihn, ihre Hand suchte die seine, ihre Wärme tat seiner Erschöpfung wohl. Hektor war heimgekehrt zu Andromache.

Siebenundzwanzigstes Kapitel

An den Bürger Obergeneral Ludwig Mieroslawski.

Von der Provisorischen Regierng zum Kommando unserer Armee berufen, sind Sie bis zu diesem Augenblicke an der Spitze derselben geblieben, und obgleich auf manchen Schlachtfeldern siegreich, hat sie sich durch das Zusammenwirken verhängnißvoller Umstände in Unordnung zurückziehen müssen.

Sie selbst, General, Sie haben es für nothwendig erachtet, die Offiziere der verschiedenen Corps zu fragen, welches die wirksamsten Mittel wären, um die Ordnung und den Gehorsam wieder herzustellen. Diese Offiziere erklärten, daß durch ihre Kenntniß der Sprache und der Sitten unserer Soldaten die »Einheimischen allein« im Stande wären, die Ordnung und die Disciplin wieder herzustellen.

In Folge dieser Erklärung haben Sie, General, Ihre Entlassung eingegeben. Sie haben keinen Augenblick gezaudert, unserer heiligen Sache dieses große Opfer zu bringen. Sie haben auf diese Weise der Reaction, welche unablässig das Mißtrauen gegen die fremden Offiziere hervorruft, den letzten Vorwand genommen, dessen sie sich so treulos bedient hat, um unsere gemeinschaftliche Sache zu gefährden und zu verderben.

In diesen Umständen, Bürger General, glauben wir eine heilige Pflicht zu erfüllen, indem wir Ihnen Ihr Begehren gewähren, Sie des hohen Amtes zu entheben, das wir Ihnen anvertraut haben, so schmerzlich auch für uns der Verlust eines Mannes sei, der sich mit so vieler Selbstverleugnung, mit so vielem Muthe und so vieler Beharrlichkeit der kämpfenden Demokratie geweiht hat.

Es bleibt uns nur noch übrig, Ihnen, Bürger Oberbefehlshaber, im Namen unseres Vaterlandes unsere lebhafte Erkenntlichkeit für die edlen und muthvollen Anstrengungen zu bezeigen, durch welche, ungeachtet der Verräthereien, mit denen Sie umstrickt waren, Sie unsere Armee so oft zum Siege geführt haben. Brüderliche Grüße.

Offenburg, den 1. Juli 1849.

*Die Provisorische Regierung von Baden
gez.: Goegg, Finanz-Minister*

(Handgeschriebene Abschrift des Originaldokuments, mit einer Fußnote von Lenz: *Erhalten von Goegg, 12. Febr. 1852*)

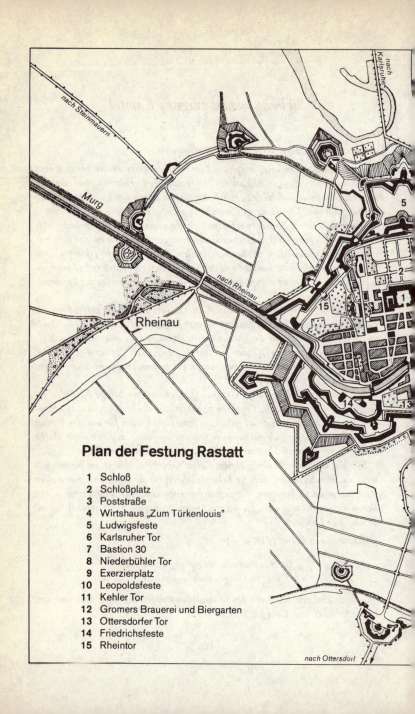

Plan der Festung Rastatt

1. Schloß
2. Schloßplatz
3. Poststraße
4. Wirtshaus „Zum Türkenlouis"
5. Ludwigsfeste
6. Karlsruher Tor
7. Bastion 30
8. Niederbühler Tor
9. Exerzierplatz
10. Leopoldsfeste
11. Kehler Tor
12. Gromers Brauerei und Biergarten
13. Ottersdorfer Tor
14. Friedrichsfeste
15. Rheintor

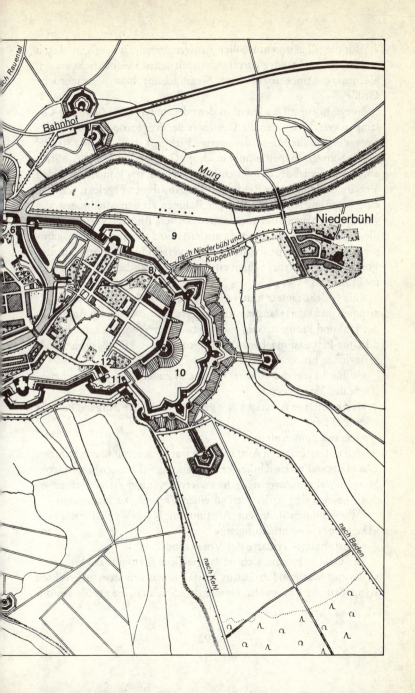

»...für die edlen und mutvollen Anstrengungen zu bezeigen, durch welche, ungeachtet der Verrätereien, mit denen Sie umstrickt waren, Sie unsere Armee so oft zum Siege geführt haben. Brüderliche Grüße...«

Goegg hörte auf zu lesen. In dem deprimierenden Gelb der Öllampen verschwammen die Gesichter der Abgeordneten; die Galerie war eine graue Masse, der einzige Farbfleck darin Amalia Struve.

Das Schweigen hielt immer noch an. Goegg wischte sich die Stirn ab. Der Entwurf des Briefes an Mieroslawski, der konstituierenden Versammlung von der Regierung zur Annahme vorgelegt, war wie eine Begräbnisrede, ein würdiger Rahmen zu den Meldungen, die von der geschlagenen Armee kamen, zu dem Bild der Versprengten, die nach und nach in Freiburg eintrafen und auf den Straßen kampierten. Alles war provisorisch; man versuchte, die Form um der Form willen zu wahren, hielt eifrig an den Äußerlichkeiten der Demokratie fest.

Eine Glocke läutete hinter Goegg. Er sammelte seine Papiere zusammen und kehrte langsam zur Regierungsbank zurück. Brentano, der fahl und krank aussah, rückte etwas zur Seite, um seinem Mitdiktator Platz zu machen. Die Augen mit der Hand beschattend, kritzelte er hin und wieder ein paar Notizen nieder.

»Wünscht jemand zu dem vorgeschlagenen Brief zu sprechen?« fragte der Vorsitzende.

»Ich beantrage Annahme wie verlesen«, knurrte Bürger Thiebaut vom Saal her.

»Jemand zum Antrag?«

»Ich unterstütze den Antrag!« Das war Struve, mit klarer Stimme. Das Haus war offensichtlich einer Meinung – die einen waren froh, Mieroslawski loszuwerden; die anderen, weniger erfreut, sahen jedoch keinen Sinn darin, sich an einen Verlierer zu klammern.

»Wir kommen dann zur Abstimmung!« – »Wer ist dafür?« – »Dagegen?« – »Enthaltungen?«

»Einstimmig!« erklärte der Vorsitzende.

Die Galerie begann sich zu langweilen. Brentano blickte angesichts des wachsenden Lärms finster hinauf zu dem überfüllten Rang: örtliche Volkswehr, verwundete Soldaten, die gerade aus der

Gegend um Rastatt evakuiert worden waren, Eisenbahner, Viehtreiber, Wanderburschen, unangenehm aussehendes Volk die meisten von ihnen; es war ein Fehler gewesen, der Struve-Fraktion nachzugeben, die behauptet hatte, die Zulassung des Publikums zu den Beratungen der Versammlung würde dazu beitragen, Menschen für die gefährdete Sache der Demokratie zu gewinnen. Als ob Struve selber solchen Unsinn glaubte!...

»Nächster Punkt –«, rief der Vorsitzende. »Der Krieg und seine Entwicklung. Ich habe eine Wortmeldung des Abgeordneten Hoff aus Mannheim. Bitte, Bürger Abgeordneter Hoff!«

Bürger Hoff kam den Seitengang herangetrippelt und stieg aufs Podium. »Bürger, Sie haben den Wortlaut des Briefes vernommen, den die Regierung an den großen revolutionären Helden, den General Mieroslawski, zu senden beabsichtigt. Bedenken Sie! Bedenken Sie, was es bedeutet, wenn ein Mann von solchem Format, mit solcher militärischer Erfahrung es an der Zeit glaubt, sich vom Oberbefehl zurückzuziehen, und weiteren Widerstand für zwecklos hält –«

»Lüge!« Amalia Struve, in der vordersten Reihe der Galerie, war aufgesprungen. »Lüge! Das hat der General nie behauptet...«

Das Gemurmel auf der Galerie schwoll gefährlich an. »Feiglinge! Kapitulanten!«

Abgeordneter Hoff schrie über den Lärm hinweg: »Keiner spricht hier vom Kapitulieren! Aber wir müssen der Wirklichkeit ins Auge sehen!«

Brentano warf einen Blick auf Mördes, der ihm zur Linken saß. Mördes hatte klugerweise die Rolle abgelehnt, die dann dem Abgeordneten Hoff zugewiesen wurde. Brentano schob Mördes einen Zettel zu; dieser gab ihn an Bürger Hoff weiter. Der Vorsitzende, plumpes Gesicht über breiter Brust und Schultern, läutete seine Glocke.

»Wenn die Würde dieses Hauses nicht respektiert wird, lasse ich die Galerie räumen!« drohte er. »Ich bitte die Saalordner, für Ruhe und Ordnung zu sorgen!...«

Die auf der Galerie postierten grünuniformierten Freiburger Bürgerwehrmänner machten einen zaghaften Versuch, in die dichtbesetzten Reihen einzudringen.

»Es gibt eine Würde des Hauses und eine Würde des Volkes!« protestierte Struve. »Und die Würde des Volkes ist durch das, was hinter den Bemerkungen von Bürger Hoff steckt, zutiefst verletzt worden! Das Volk hat einen sehr gesunden Instinkt für...«

»Ich muß Sie darauf aufmerksam machen, Bürger Struve, daß Sie nicht das Wort haben!« Wieder war die Glocke in Tätigkeit.

Die Galerie begann zu pfeifen.

»Darf ich vor diesem Hause und vor allen Anwesenden feststellen«, fuhr Hoff beharrlich fort, »daß die Würde und Ehre des souveränen Volkes von Baden zu keinem Zeitpunkt in Frage gestellt war. Ich erlaubte mir lediglich zu bemerken, daß der Rücktritt eines hohen Militärs, auf den Regierung, Armee und Volk ihr größtes Vertrauen setzten, irgendwie die Situation kennzeichnet, in der wir uns befinden...«

In Hoff haben wir uns nicht den Schlechtesten ausgesucht, dachte Brentano. Immer wieder pirschte er sich an den Kern der Sache heran, kam ihm immer näher, brachte seine Zuhörer allmählich dazu, sich an eine gewisse Betrachtungsweise der Wirklichkeit zu gewöhnen... So viel Aufhebens wegen einer so offensichtlichen Notwendigkeit! Glaubten die Leute etwa, ich sähe es nicht lieber, wenn die Preußen geschlagen würden und uns um Frieden bitten müßten?

Dieser teuflische Kopfschmerz! Er brauchte eine Erholungskur, absoluten Frieden und Ruhe. Warum hatte er die ganze Sache je begonnen?... Macht... Besaß die Macht einen heimlichen Reiz? Daß man das Schicksal eines Menschen in der Hand hatte, ihn erheben oder fallen lassen konnte, ihn im wahrsten Sinne des Wortes aus dem Nichts zu erschaffen, ihn aber auch zu vernichten vermochte?

Brentano versuchte Hoff zuzuhören. Der Mann arbeitete sich immer noch an sein Ziel heran, drechselte wortreiche Phrasen voll edler Bilder und Hinweise auf die Großen der Geschichte. Sie alle redeten gern auf diese Art, rechter Flügel oder linker, in ihre eigene Demagogie verfangen. Und er selbst – was für ein Narr war er, daß er nach seinen Erfahrungen mit dem Landesausschuß noch irgendwelche Hoffnungen auf diese konstituierende Versammlung setzte?... Schwachköpfe, deren einzige politische Maxime war, alle Verantwortung ihm aufzubürden. Wenn Goegg zu unfähig war, Geld zu beschaffen, wer bekam die Schuld? – Lorenz Brentano. Wenn der Kriegsminister nicht in der Lage war, Waffen und Munition zur Verfügung zu stellen, wer erntete dafür die Beschimpfungen? – Lorenz Brentano. Wenn die Armee geschlagen wurde, am Neckar, bei Waghäusel, an der Murg, so wurden Mieroslawski Komplimente gemacht; und wer diente als Prügelknabe? – wieder Lorenz Brentano. Und welch ein Sturm würde erst über seinen schmerzenden Kopf hereinbrechen, wenn Hoff zu dem unvermeidlichen Schlußpunkt seiner gewundenen Rede kam!

Sei's drum! dachte Brentano. Wenn nötig, würde er auch allein stehen, so allein, wie er es in diesen letzten Tagen in Karlsruhe gewesen war, als die Bürger Abgeordneten schon nicht mehr wagten, in der Hauptstadt zu übernachten, und ihn bestürmten, den Sitz der Regierung nur ja zu verlegen – nach Rastatt, nach Offenburg, nach Freiburg, je weiter südlich auf der Landkarte, desto besser. Wenn nötig, würde er fest ausharren und auch allein den einzigen Weg, den er für richtig hielt, verteidigen, den einzig möglichen Weg. Allein... Stand er aber wirklich so allein? Er hatte den Instinkt des Politikers dafür, wo die wirkliche Mehrheit lag, und die Fähigkeit des Politikers, seinen und den Willen der Mehrheit zu verschmelzen und auf diese Weise den Mehrheitswillen dem seinen entsprechend zu formen. Wer von den Großsprechern, die auf ihren Bänken da unten mit gemischten Gefühlen zuhörten, wie Hoff sich an das heiße Eisen herantastete, war wirklich bereit, sich für seine demokratischen Rechte zu opfern und für eine Verfassung zu sterben, die bestenfalls ein äußerst verwickelter Balanceakt war? Also hatte er durchaus die Mehrheit. Er mußte diese Mehrheit nur so weit bringen, daß sie den Schein fallen ließ.

»...Verhandlungen!«

Da, Hoff hatte es ausgesprochen, und zögerte jetzt. Das Wort war gefallen und nahm sofort seine eigenen Dimensionen an. Dann eine Frauenstimme, Amalia, nicht einmal besonders laut, aber furchtbar klar in der Stille: »...mit dem Feind?«

Auf der Galerie brach ein schrilles Pfeifkonzert aus. »Verrat!« – »Nieder mit den Verrätern!«

»Was soll das heißen?« schrie Hoff mit rotem Gesicht. »Regiert hier der Mob?«

Struve war aus seiner Bank herausgetreten. Ungeschickt durchschritt er auf seinen kurzen Beinen die geringe Entfernung bis zum Podium.

»Hurra für Struve!« rief es von der Galerie. »Struve an die Führung!«

Der Vorsitzende beugte sich über sein Pult, um Struve zu hören.

»Zeig's ihnen, Bruder Struve!« von der Galerie.

Die Glocke läutete aufgebracht. »Der Abgeordnete Bürger Struve bittet ums Wort zur Geschäftsordnung. Da Geschäftsordnungsfragen Vorrang vor allen anderen haben, möchte ich Bürger Hoff bitten, das Wort für einen Moment zu übergeben.«

Struve stand am Rednerpult, bedeutete Hoff mit einer Geste zu bleiben und sagte: »Ich brauche bloß eine Minute.« Dann stellte er sich so hin, daß er zur Galerie hinaufblicken konnte. »Mitbürger! In dem gegenwärtigen Notstand, in dem sowohl Volk als auch Armee von der Regierung und von dieser Versammlung hier Richtung und Weisung erwarten, ist Zeit das Wesentlichste. Ich schlage deshalb vor, daß wir den Antrag, den ich jetzt formulieren werde, annehmen!«

Struve durchstöberte seine Taschen nach seiner Brille. Hoff benutzte die Gelegenheit, sich mit scharfer Stimme an den Vorsitzenden zu wenden: »Zu einem Geschäftsordnungspunkt zu sprechen schließt nicht das Recht ein, Anträge zu stellen!«

Die Galerie hatte begriffen, daß unter dem Vorwand einer Geschäftsordnungsdebatte etwas Entscheidendes vor sich ging. »Wir wollen Struve!« riefen sie. »Wir wollen den Antrag!«

Brentano erhob sich angewidert. »Lassen Sie die Galerie räumen!«

Der Vorsitzende hob hilflos die Hände.

Plötzlich herrschte wieder Ruhe. Struve hatte seine Brille gefunden, setzte sie auf die Nase und hielt in den zitternden Händen ein zerknittertes Stück Kanzleipapier. »Ich beantrage«, begann er feierlich, »jeder Versuch einer Unterhandlung mit dem Feinde soll als Verrat am Vaterlande betrachtet und bestraft werden.«

Er stieg vom Podium herab. Er hatte den Fehdehandschuh hingeworfen. Jetzt endlich, nach ihren doppelzüngigen Reden während der Revolution und des ganzen Krieges, würden Messrs. Brentano und Co. Stellung nehmen müssen.

»Tod den Verrätern!« rief eine Stimme von der Galerie.

»Dieser bodenlose Trottel...« Brentano, wieder auf seinem Platz, sprach flüsternd auf Mördes ein. »Sie müssen Struve antworten. Wir sind keine Wahnsinnigen, wir sind nicht darauf erpicht, uns selbst zu vernichten! Wenn wir noch etwas retten wollen, müssen wir verhandeln...«

Mördes' Brauen wölbten sich. »Ich dachte, Hoff sollte das sagen...!«

»Gegen diesen Antrag?«

Die Galerie raste. »Abstimmen! Abstimmen! Abstimmen! Wir fordern Abstimmung!« Amalia dirigierte den Chor mit beiden behandschuhten Händen. »Abstimmen! Abstimmen! Abstimmen!«

»Mein lieber Brentano –« Mördes' Mund war ein sarkastischer Strich. »Offen gesagt, glaube ich nicht, daß ich viel Eindruck machen würde.«

»Aber die Abstimmung!« Brentano gestikulierte erregt. »Der Antrag wird doch angenommen werden!«

»Und?« fragte Mördes. »Wen kümmert das?«

»Mich.«

Brentano begab sich ans Rednerpult. Ein Stirnrunzeln entfernte Bürger Hoff. Die Galerie spürte, daß der Höhepunkt nahe war; das Rufen im Chor hörte auf. Brentano musterte seine Zuhörer im Saal und oben auf dem Rang. Kümmert es mich wirklich? dachte er. Oder hatte Mördes nicht eher recht mit seiner Verachtung für die Gefühle und Gedanken des Pöbels. Brentano befeuchtete sich die Lippen. Nein – das Verhalten eines Mannes war abhängig von dem Bild, das er den Nachkommenden von sich hinterlassen wollte. Er hatte diese Revolution in Baden gemacht, auf Gedeih und Verderb; er hatte der Revolution den Stempel seiner Persönlichkeit aufgedrückt; und obwohl sie nun in ihren letzten Zügen lag, war er nicht gewillt, sie sich ohne Kampf aus den Händen reißen zu lassen.

Und wenn er den Kampf dennoch verlor?

Die Frage blieb in seinem Unterbewußtsein haften, während er zu sprechen begann. Auch die Antwort auf die Frage, obwohl noch nicht deutlich formuliert, war da, und war irgendwie tröstend: Ein Führer, der von denen, die er führte, verleugnet wurde, hatte ihnen gegenüber auch keine Verpflichtungen mehr; der abgesetzte Diktator war zugleich auch von denen befreit, die seinem Willen nicht mehr unterworfen waren.

»In dieser Stunde der Krise, Mitbürger«, sagte er, »brauchen wir vor allem eines – Einigkeit! Einigkeit und Vertrauen! Der Antrag von Bürger Struve, so redlich seine Absichten auch sein mögen, ist geeignet, Mißtrauen zu säen und unsere Reihen zu spalten...«

Er hielt die Hand hoch, um die ersten »Nein!«-Rufe der Galerie abzuwehren.

»Ich bitte Sie zu verstehen«, seine Stimme durchschnitt den Lärm, »daß dieser Antrag nicht ist, was er zu sein scheint: der Ausdruck eines allgemeinen und patriotischen Empfindens. Er ist ein klug formulierter Appell für ein verstecktes Mißtrauensvotum, und die Regierung muß ihn als solchen betrachten.«

»...wem der Schuh paßt, nicht wahr?« bemerkte Struve von seinem Platz aus.

Eine ärgerliche Handbewegung schnitt das Gelächter ab. »Irgendwelche Verhandlungen können nur von der Regierung eingeleitet werden. Da nichts Derartiges geschehen ist, besteht keinerlei Grundlage für den Antrag des Abgeordneten Struve oder für eine Abstimmung darüber.«

Struve war aufgesprungen. »Wir wollen lediglich im voraus schon jeden Gedanken an Verhandlungen unterbinden, wie ihn Abgeordneter Hoff nur zu klar angedeutet hat. Unsere Revolution wird sich niemals so weit erniedrigen, mit Gendarmen, Kosaken und Fürsten zu verhandeln...«

Die Glocke schrillte.

»Keine Gendarmen, keine Kosaken, keine Fürsten!« griff die Galerie die Losung auf. Und jemand höhnte:

»Da war ein kleiner Mann,
Und der lebte in einer großen Zeit –
Trala, trala, tra – hopsassa!«

Brentano lief rot an. »Ferner ist es untragbar, daß Verhandlungen dieser Regierung, ob vergangene, gegenwärtige oder zukünftige –«, seine Stimme schallte bis in den letzten Winkel des Saales, »und ganz gleich, mit wem sie geführt werden mögen, als verräterisch bezeichnet werden. Keine Regierung kann unter derartigen Bedingungen arbeiten, und schon gar nicht eine Regierung, die in einem solchen Kampf steht wie die unsere. Und damit kein Mißverständnis entsteht zwischen Ihnen, Bürger Abgeordnete, und mir: Falls dieser Antrag durchgeht, werde ich zurücktreten müssen.«

Er drehte sich schroff um und ging zurück zur Regierungsbank. Aus dem Saal kam vereinzelter Beifall. Aber die Mehrheit der Abgeordneten war nachdenklich; das Herz sank ihnen, als sie sich auf einmal auch dem eventuellen Verlust des einen Mannes gegenüberfanden, der ihnen so lange Zeit hindurch als die personifizierte Klugheit und Regierungskunst erschienen war.

Struve spürte die Gefahr, die in der Stille lag. »Epressung!« sagte er mit einem Bühnenflüstern und eilte zurück aufs Podium.

Goegg war auf den Beinen. »Es befindet sich nicht ein Mann in diesen vier Wänden, der die Augen vor unsren Schwierigkeiten verschlösse. Und doch – ich glaube im Sinne der Mehrheit zu sprechen – sind wir entschlossen, wenigstens in diesem kleinen Winkel Deutschlands das edle, kampfzerschlissene Banner der Demokratie hochzuhalten.«

Struve stand erhobenen Hauptes da, die Buckel auf der Stirn und die wulstigen Brauen betont durch den Lichtschein einer Lampe. »Vielleicht werden wir mit fliegenden Fahnen untergehen – aber ergeben werden wir uns nicht, und ebensowenig über eine Kapitulation verhandeln!«

»Niemals!« kam das Echo von der Galerie. »Niemals Kapitulation!« – »Nieder mit den Verrätern!« Amalia, leuchtenden Auges, begeistert, sah aus wie eine in die Neuzeit versetzte Prophetin.

»Um Gottes willen!« zischte Brentano dem Vorsitzenden zu.

»Unterbrechen Sie diese Phrasendrescherei! Kommen Sie zur Abstimmung!«

Aber Struve klammerte sich an seinen Vorteil. »Darf ich Bürger Brentano versichern, daß er sich im Irrtum befindet, wenn er einen Vorwurf irgendwelcher Art – geschweige denn eine persönliche Beleidigung – in den Wortlaut meines vorliegenden Antrags hineinliest. Aber ich versichere gleichfalls, daß dieses Haus vor Gott und dem Volke sich keinen Drohungen beugen wird, von welcher Seite sie auch kommen mögen. Diese Versammlung ordnungsgemäß gewählter Vertreter des badischen Volkes wird einzig und allein nach ihrem Gewissen entscheiden, nach den Interessen der deutschen Revolution...«

»Genug jetzt!« Brentano schlug zurück. »Genug! Sie kennen meinen Standpunkt! Stimmen Sie ab!«

Und diesmal nahm die Galerie, des Hin und Her müde, den Ruf Brentanos auf. »Jawohl, abstimmen!« – »Schluß endlich!« – »Abstimmen!«

Der glockenschwingende Arm des Vorsitzenden beschrieb große Kreise. »Wird der Antrag –«, er blickte auf seine Notizen: »*Jeder Versuch einer Unterhandlung mit dem Feinde soll als Verrat am Vaterlande betrachtet und bestraft werden* – wird dieser Antrag unterstützt?«

Aus dem Saal kamen Rufe: »Jawohl!« – »Unterstütze den Antrag!«

»Nun, dann –«, der Vorsitzende hatte sich erhoben, »wer für den Antrag ist, sage bitte ja...«

»Zur Geschäftsordnung! Zur Geschäftsordnung!« Struve hatte beide Hände erhoben. »Ich protestiere! Zur Geschäftsordnung!«

»Abgeordneter Struve! Als Vorsitzender frage ich Sie – ist das notwendig?«

»Es ist notwendig, Bürger Vorsitzender! Ich muß auf einer namentlichen Abstimmung bestehen! Das Volk von Baden, das unsere konstituierende Landesversammlung wählte, hat ein Recht zu wissen, wie jeder einzelne seiner Vertreter in dieser Frage entscheidet!«

Der Vorsitzende blickte unsicher auf Brentano.

Brentano drohte der Schädel zu platzen. Namentliche Abstimmung... Das bedeutete, daß jeder einzelne sich stellen mußte; keiner konnte sich hinter der Anonymität eines allgemeinen »Ja« oder »Nein« verstecken; jede einzelne dieser Memmen im Saal würde unter den Augen der Mitabgeordneten und dieser Galerie, die Struve mit Pöbel vollgepackt hatte, aufstehen und sprechen müssen. Sollte er, Lorenz Brentano, der nichts bei dieser Revolution gewonnen hatte als eine große Müdigkeit, sich noch einmal in die Bresche werfen und versuchen, gegen Struves Kunstgriff, diese namentliche Abstimmung, anzukämpfen? Alles war ja so fadenscheinig und durchsichtig – ekelhaft. Hatte es überhaupt einen Sinn, inmitten des allgemeinen Zusammenbruchs das Gesicht zu wahren? Wie die Abstimmung auch verlief, der Traum war vorbei.

Der Vorsitzende wartete immer noch. Desgleichen Mördes, und auch Goegg.

Brentano zuckte die Achseln, senkte müde den Kopf und verbarg das Gesicht in den Händen.

Die Stimme des Vorsitzendes zitterte ein wenig, als er sagte: »Der Vorstand entscheidet, daß der Einwand des Abgeordneten Struve zur Geschäftsordnung berechtigt ist und daß wir entsprechend verfahren werden.«

Struve nickte kurz und trat vom Podium ab.

»Wir beginnen mit der namentlichen Abstimmung. Der Sekretär mag die Liste verlesen.«

Von einem Tisch unterhalb des Podiums erklang eine trockene Stimme. Hinten im Saal versuchte jemand sein Husten zu unterdrücken.

Die Antworten. Ja. Nein. Ja. Ja. Brentano vermochte nicht mehr mitzuzählen. Außerdem wußte er. Und es kümmerte ihn nicht mehr.

Das letzte Ja.

Dann eine Pause. Der Sekretär verhandelte im Flüsterton mit dem Vorsitzenden. Brentano nahm die Hände von seinem Gesicht und blickte auf die beiden. Sein Kinn zuckte unter dem dünnen Bart.

»Hier sind die Ergebnisse«, erklärte der Vorsitzende langsam. »Von insgesamt fünfundsiebzig Abgeordneten der Landesversammlung sind dreiundvierzig anwesend. Achtundzwanzig stimmten mit Ja, fünfzehn mit Nein. Der Antrag ist angenommen.«

Die Galerie fing an zu lärmen, als wäre eine große preußische Niederlage verkündet worden. Amalia kam die Treppe von der Galerie heruntergestürmt. Das Retikül am Arm schaukelte wild.

Die Abgeordneten, einige auf ihren Plätzen erstarrt, andere erregt aufgesprungen, sahen, wie Brentano sich erhob. Einen Augenblick lang stützte er sich auf das kleine Pult, an dem er gesessen hatte. Dann schob er seine gesamten Papiere in eine Aktenmappe, nickte Mördes und Goegg kurz zu und begann den langen einsamen Weg durch den ganzen Mittelgang.

Struve handelte als erster. Er kam eilig auf Brentano zu, beide Hände ausgestreckt, halb Bitte, halb Schranke. Aber Brentano schob ihn zur Seite. Mit gebeugten Schultern, die bläulichen Lider über die Augen gesenkt, ging er ohne sich umzublicken zur Tür hinaus, die ihm von einem der grünberockten Bürgerwehrmänner aufgehalten wurde.

»Struve!«

Das war Amalia; ihr Gesicht brannte.

»Ja, meine Liebe«, erwiderte er und starrte leeren Blicks auf die Tür, die immer noch in ihren Angeln schwang. »Ja.«

»Wir haben gewonnen, Struve!« sagte sie. »Begreifst du nicht! Endgültig! Gewonnen haben wir!«

»Ja, meine Liebe«, wiederholte Struve. Es stimmte ja wohl auch, er hatte wirklich den Sieg davongetragen über Brentano – jetzt, wo dieser Sieg keinen Wert mehr hatte.

»Eine Pause!« verkündete der Vorsitzende. »Wir unterbrechen die Sitzung!«

Doch dieselbe Versammlung verschweigt wohlweislich, daß sie noch am selben Abend beschlossen hat, des anderen Morgens durch eine Deputation mich bitten zu lassen, daß ich bleiben solle, mich, den Verräther, mich, den sie zur wohlverdienten Strafe ziehen will: Ich habe wohl berechnen können, welchen körperlichen Mißhandlungen ich ausgesetzt wäre, wenn ich der Deputation eine abschlägige Antwort ertheilte, daß ich am Ende gar noch meiner persönlichen Freiheit beraubt worden wäre, deshalb zog ich es vor, in der gastlichen Schweiz die für mich so nöthige Ruhe zu suchen... Wenn die Zeit kommt, wo das Volk meiner bedarf, wird sein Ruf nicht vergeblich an mein Ohr tönen! Niemals aber werde ich mich bereit finden lassen, einer Schreckensherrschaft zu dienen, welche sich nur erhalten kann durch die verächtlichsten Thaten... Von den Fürsten ein Hochverräther, von Euern Vertretern in Freiburg ein Landesverräther genannt, überlasse ich Euch das Urtheil, ob ich solche Behandlung verdient habe.

(Auszug von Lenz aus Lorenz Brentanos »Ansprache an das badische Volk«)

Viertes Buch

Achtundzwanzigstes Kapitel

Als wir die Schweizer Grenze betraten und die Gewehre von der Schulter nehmen mußten, um sie in der Hand zu tragen, da stürzte mir das Wasser aus den Augen... Ich war aber nicht der einzige, dem es so sonderlich zu Muthe war, sondern die meisten sahen drein, als ob sie jetzt lieber in den Boden schlupfen möchten als nur jemand anschauen. Als wir noch gar auseinandergescheucht wurden wie ein Trupp junger Hennen, da nahm der Mißmuth und das unheimliche Wesen immer noch zu...

(Aus Andreas Lenz' Exemplar der »Lebensgeschichte eines badischen Soldaten, von ihm selbst geschrieben im Zellengefängnis zu Bruchsal«; Autor anonym. Das Exemplar trägt die Widmung: *»To Captain Andreas Lenz, in memory of old times. H. Christoffel«)*

Wenn man ganz still lag, hörte man das Rauschen der riesigen Fichten und das Knarren ihrer Stämme. Durch das grob aus belaubten Zweigen geflochtene Dach der Hütte konnte man die Wolken, die die Bergspitzen umkränzten, mehr ahnen als sehen. Von weither erklangen die Schritte der Wachen und ein vereinzeltes: »Wer da!« – ein sinnloser Ruf in dem Frieden und der Ruhe der Nacht.

Christoffel bewegte sich vorsichtig, um die Schläfer in der Hütte nicht zu stören. Dies war also das Ende der Revolution, ihr letztes Feldlager, ihr letzter Zufluchtsort – ein Stückchen Erde, auf drei Seiten von den Bergen der Schweiz umringt und mit Deutschland nur durch einen Streifen Land verbunden, der nicht breiter als eine Meile war; zwei Dörfer, Jestetten und Lottstetten; zwei Dutzend Geschütze; zweihundert Mann Kavallerie; zweieinhalbtausend Soldaten zu Fuß; Linie, Volkswehr, Freiwillige; zerlumpt, müde, geschlagen. Bis zur vergangenen Nacht hatte es Gerüchte über einen allerletzten Widerstand gegeben, der die Preußen zwingen sollte, auf Schweizer Gebiet einzudringen. Dadurch sollte die Schweizer Republik in den Kampf hineingezogen und mit Unterstützung der Schweiz eine siegreiche Rückkehr nach Deutschland ermöglicht werden.

Bei dem gestrigen Kriegsrat hatte Willich angeblich laut erklärt, bis dato sei überhaupt keine richtige Schlacht geliefert worden, und jetzt, da man mit dem Rücken gegen die Wand stehe, sollte man endlich anfangen, ernsthaft Krieg zu führen. Aber die Artillerie hatte nur noch Munition für zwei Stunden, und die Lebensmittelvorräte gingen zu Ende. Ein Abgesandter der Schweiz, hieß es, sei gekommen und hätte gedroht, daß jeder in der Nähe der Grenze begonnene bewaffnete Zusammenstoß seine Regierung veranlassen würde, den Insurgenten das Asylrecht zu verweigern – den Mannschaften ebenso wie den Offizieren.

Christoffel zerrte an seinem Verband. Die Wunde an der Schulter heilte gut. Als er in dem Lazarettzug aus Rastatt abfuhr, war er nur ein Verwundeter gewesen, einer von vielen. Als sie in Freiburg ankamen, waren die guten Bürger gerade dabei, die Vorbereitung zum festlichen Empfang der Preußen zu treffen. Von dort an also mußte man auf eigenen Füßen weiter. Als die arg mitgenommene Truppe dann in Donaueschingen einzog, verkündete der Bürgermeister des Städtchens gerade die Wiederkehr von Gesetz und Ordnung einschließlich Seiner Hoheit des Großherzogs. Zum erstenmal seit seiner Verwundung hatte Christoffel da die Muskete wieder in die Hand genommen, in die gesunde, und hatte geholfen, die Revolution, wenn auch nur für achtundvierzig Stunden, wieder in den Sattel zu heben. Und die Waffe in der Hand hatte sich gut angefühlt; was war ein Soldat ohne Gewehr? Von Donaueschingen an erinnerte er sich nicht mehr an Ortsnamen. Die Berge wurden immer höher, die Tannen immer dunkler, die Nachrichten immer schlechter. Struve – der gleiche Struve, der ein paar Tage zuvor Brentanos Verdammung erreicht hatte – nahm seine Frau am Arm und folgte Brentano in die Schweiz. Die Regierung – Bürger Goegg und Bürger General Sigel – erließ Aufrufe, während sie von einem Gebirgsstädtchen des badischen Oberlands ins nächste eilte und selten an einem Ort verweilte, bis die Aufrufe auch nur gedruckt waren. Die Hetzjagd hatte begonnen, durch die Täler zunächst; die Haltung der

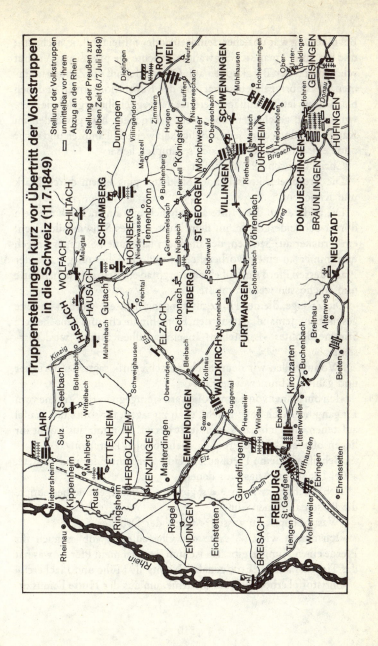

Bevölkerung war unsicher, feindselig oder mitleidvoll, je nachdem; und wo immer man sich hinwandte, tauchte die preußische Vorhut schon hinter den Bergkuppen auf. Christoffel biß die Zähne zusammen. Was übriggeblieben war von der Revolutionsarmee und sich bis in dieses letzte Feldlager gerettet hatte, glich ihm irgendwie: verwundet und geschlagen, aber nicht gebrochen; hart geworden im Kampf und doch ohne jede Möglichkeit weiterzukämpfen und sogar ohne einen Platz, auf dem sich's kämpfen ließe.

Christoffel schrak zusammen.

Die Trompete, kreischendes Stakkato, ging einem durch Mark und Knochen.

Die anderen in der Hütte setzten sich mit einem Ruck auf: ein dürrer Schneidergeselle mit dem Husten eines Schwindsüchtigen; ein Drucker aus Sachsen, der in einem langsamen Singsang sprach und immer an einem vorbeiblickte; und ein Chevauleger aus der Pfalz, dessen Pferd sich auf einem Bergpfad ein Bein gebrochen hatte und erschossen werden mußte.

Die Zweige, die der Hütte als Eingang dienten, wurden beiseite geschoben. Jemand steckte den Kopf hindurch, und eine heisere Stimme drohte: »Aufstehen! In einer halben Stunde wird marschiert!«

»Wohin sollen wir denn noch marschieren!« sagte der Drucker und gähnte. »Immer diese Eile!«

»Ich bin keiner von euern Politikern«, entgegnete die Stimme vom Eingang her. »Ich habe Befehl, euch zu sagen, ihr sollt zum Teufel aufstehen, und ich hab's euch jetzt gesagt. Von mir aus könnt ihr liegen bleiben, bis die Preußen euch abholen kommen.«

»Scheiß auf deine Preußen!« meinte der Schneider und hustete. »Wer hat schon Angst vor denen?«

»Ich möcht nur wissen...«, sagte der Chevauleger und besichtigte die Blasen an seinen Füßen.

»Was möchtest du wissen?« fragte der Drucker.

»Ich möcht wissen«, sagte der Chevauleger, »ob es auch für Pferde einen Himmel gibt. Da ist zum Beispiel mein Pferd – was hat das Tier hier auf der Erde gehabt? Nichts als Mühe und Plackerei.«

Christoffel erhob sich auf die Knie, um aus der Hütte herauszukriechen. »Ich glaube eher an deinen Pferdehimmel als an einen Himmel für Menschen. Wenn ich mir vorstelle, daß ich dort oben die gleiche Bande von Offizieren treffen würde, die ich hier unten genossen habe – Offiziere und Herren und Gutsbesitzer, und daß ich sie für alle Ewigkeit um mich herum haben soll und sie mir sagen, wie ich meine Harfe zu zupfen und mit den Flügeln zu wedeln hab und mich losschicken, ich soll die Wolken sauberfegen und ja nicht vergessen, den verrosteten Stern da zu polieren, und daß du dich ja sputest! – nein, vielen Dank!«

»Himmel ist eben der Himmel, bloß weil die Leute glauben, daß es oben anders ist als hier unten«, warf der Schneider ein.

Christoffel war zum Eingang gelangt und stand nun draußen vor der Hütte und rieb sich die Augen. »Ein Himmel für Menschen«, sagte er zu dem Blätterdach hin und zu den drei Männern darunter, »wird höchstwahrscheinlich so ähnlich regiert wie das Großherzogtum Baden. Wenn es uns gelungen wäre, *das* zu ändern, dann hätte ich vielleicht an Gerechtigkeit und Demokratie dort oben geglaubt...«

Er ging fort. Das Zigeunerhafte des Lagers trat im Dunst des frühen Morgens weniger in Erscheinung. Die Menschen bewegten sich wie auf einer milchigen Ebene und senkten die Stimmen, als zögerten sie, den gedämpften Ton zu durchbrechen. Christoffel wusch sich Gesicht und Hals in dem eiskalten Wasser eines nahen Baches. Ein magerer kleiner Soldat, der barfuß neben ihm stand, gurgelte lange und gründlich. Dann spuckte er aus und sagte: »Hast du etwas davon gehört, daß wir ausgezahlt werden? Jemand hat uns erzählt, alle, die gestern bei Konstanz über die Grenze gingen, haben fünf Gulden von Goegg in die Hand gezählt bekommen; Korporale und Sergeanten sechs.«

Christoffel hatte nichts dergleichen gehört.

Der magere kleine Soldat setzte sich hin, um sich die Füße zu waschen. »Weißt du«, sagte er und blickte den eilig dahinhüpfenden Wellen nach, »bei meinem Glück muß ich natürlich hierher geraten statt nach Konstanz. Dieser Sigel ist imstande, uns ohne einen Kreuzer in der Tasche in ein fremdes Land ziehen zu lassen. Kennst du die Schweiz?«

Christoffel sagte ja.

»Nicht sehr gastfreundlich, die Schweizer, was? Ich meine, zu Leuten, die bis aufs letzte Hemd herunter sind –«, er ließ sein Hemd sehen, »und das besteht auch mehr aus Löchern als aus Stoff.«

Christoffel bezweifelte, daß die Schweizer sehr erpicht darauf waren, einen Haufen von Bettlern in ihr Land aufzunehmen.

Der magere kleine Soldat seufzte und stand auf. »Gehn wir frühstücken«, sagte er und schritt langsam davon.

Christoffel sah die Feuer unter den großen Kesseln und die Leute, die sich unlustig anstellten. Er holte seinen Blechnapf und den Löffel aus der Hütte. Die Köche schöpften wäßrige Suppe in die Feldgeschirre; und jeder Soldat erhielt eine Scheibe Brot, schon alt und trocken.

Sie setzten sich hin zum Essen und streckten die Beine aus. Der Chevauleger wollte wieder von seinem toten Pferd anfangen, aber der Schneider hieß ihn den Mund halten. Der Drucker, wie üblich an allen gerade vorbeiblickend, beklagte sich, daß er barfuß in die Schweiz würde gehen müssen – jemand hatte ihm seine Stiefel gestohlen. »Kaum zu glauben, daß jemand sich die Mühe machen würde«, sagte er. »Die Stiefel waren schon keinen Dreck wert, wie ich sie bekam, und die Löcher und Steine im Schwarzwald haben ihnen den Rest gegeben; aber natürlich waren sie besser als gar nichts.«

»Hättest sie eben anbehalten sollen«, sagte Christoffel. Er steckte sein letztes Stück Brot in die Tasche und stand auf. Eine Minute später erklang wieder die Trompete; Pfeifen schrillten: »Antreten!« Christoffel griff nach seinem dürftigen Gepäck und nahm sein Gewehr von der Pyramide neben der Hütte. Der Drucker, der kein schlechter Kerl war, half ihm, Tornister und Gewehrriemen über die gesunde Schulter zu legen.

Dann begann der Marsch, mehr ein Dahinschlurfen als der Schritt einer Armee; der Himmel war klar, der Tau funkelte im Grase, die Tannen rochen so frisch und rein, und die Eichelhäher krächzten aufgeregt beim Nahen der Kolonne; doch die Männer bewegten sich, als trügen sie ein unsichtbares Joch im Nacken – mit Ausnahme derjenigen, die es fertiggebracht hatten, sich schon am frühen Morgen zu besaufen, und die eingehakt vorüberschwankten und kriegerisch drauflosbrüllten, sie wußten selber nicht gegen wen. Eine Trommel schlug langsam, stetig, wie bei einem Begräbnis. Der Chevauleger sagte: »Das kann doch nicht das Ende sein?«

Aber keiner antwortete ihm.

Die Kolonne hielt an. Dann bewegte sie sich noch ein paar hundert Schritt weiter, und dann hielt sie endgültig und verharrte. Christoffel betrachtete die Umgebung. Man befand sich auf einer Lichtung; hinter ihnen, wie die Pfeiler einer Kirche, standen die dunklen Stämme der Tannen mit ihren grauen Moosflecken; vor ihnen lag eine Brücke. Die Lichtung war vollgepfropft mit Geschützen aller Art und jeden Kalibers, mit Fahrzeugen jeglicher Bauweise und beliebigen Alters. Gefesselte Pferde grasten; Uniformen jeder Form und Farbe mischten sich in Gruppen, die sich zusammenfanden und wieder auflösten, da das erneute Warten erneute Unruhe schuf; den Kragen aufgerissen, den kahlwerdenden Schädel unbedeckt im leichten Wind, der vom Fluß herankam, stand ein bärtiger Kanonier auf einem Baumstumpf und predigte, daß die apokalyptischen Reiter über ihnen wären, daß aber auch das Reich Gottes und der Gerechtigkeit nicht mehr fern sein könne – seid guten Muts, Brüder, ihr habt tapfer und wahrhaft gekämpft und werdet ernten, was ihr gesät habt. Die Morgensonne warf ihre Strahlen auf das Messing der Dragonerhelme und auf das Schwarzrotgold der Fahne, die neben dem Zugang zu der Brücke stand.

»Appell!«

Das Kommando wurde einmal und noch einmal wiederholt. Christoffel suchte seinen Trupp. Die Leute stellten sich in Reihen auf. Sergeanten eilten mit Papieren vorüber, nahmen Aufstellung vor ihren Gruppen und Zügen und begannen Namen zu verlesen.

»Hier!« – »Hier!«…« – »Hier!«…«

Aber öfter als das »Hier!« folgte Schweigen dem Aufruf; dann zögerte der Sergeant wohl einen Augenblick, runzelte die Stirn und strich den Namen auf seiner Liste aus. Unterdessen wurden zwei große Kesselpauken quer über die Lichtung getragen und neben der Fahne aufgestellt; ein paar Offiziere sammelten sich dahiner; Papiergeld und Münzen wurden auf die Pauken gehäuft.

»Geld!« sagte jemand. »Jesus! Geld!«

Sie wurden zugweise zu den Pauken geführt. Christoffel war fast der letzte in seiner Reihe, und er sah, wie sich die Hände ausstreckten, um den Sold zu empfangen, während die Reihe sich langsam vorwärtsschob – eine Hand nach der anderen, zumeist derbe, schwielige, die Hautfalten schwarz von der Arbeit oder vom Waffenöl; Hände, mit denen man bauen, Hände, mit denen man eine Welt bewegen konnte; es schien unmöglich, daß es für sie nichts mehr zu tun geben sollte.

»Christoffel, Hans!« sagte eine gleichgültige Stimme.

Christoffel trat vor. Der Mann, der vor dem Trommelfell saß, zählte das Geld, Daumen und Zeigefinger bewegten sich geschwind. Christoffel hielt ihm die flache Hand hin, er kam sich vor wie ein Bettler, doch dann dachte er, zum Teufel, mir wird ja viel mehr geschuldet als das. Seine Hand schloß sich um die paar Münzen.

»Der nächste!« sagte die gleichgültige Stimme.

»Christoffel!«

Diese Stimme klang anders, teilnahmsvoll. Christoffel blickte auf. Aus der Gruppe von Offizieren hinter dem Zahlmeister trat Bürger Becker, um die Lippen ein halbes Lächeln, das Begrüßung oder Ermutigung oder auch beides sein mochte. Tiefe Furchen zogen sich quer über seine Stirn; die weit in die Höhlen gesunkenen Augen, die eingefallenen Wangen zeigten, was er durchmachte; trotzdem hielt er sich aufrecht, beherrscht, soldatisch.

»Freut mich zu sehen, daß Sie's gut überstanden haben«, sagte Becker über das Zählen an der Pauke hinweg.

»Jawohl, Bürger Becker, gut überstanden. Aber im Herzen tut mir was weh.«

»Die Armee mag dort drüben aufgelöst werden...« Becker nickte in Richtung von Brücke und Fluß. »Aber wir bleiben Soldaten.«

»Was ist der Soldat ohne Armee?«

Becker stand da, breitbeinig, und rührte sich nicht. »Andere Armeen werden kommen«, sagte er mit rauher Kehle. »Solange dieser Kampf nicht beendet ist, werden sie immer von neuem entstehen – hier, dort, wie ein unterirdisches Feuer. Sie dürfen nur nicht vergessen, Bürger Christoffel, daß auch Sie den Funken tragen...«

Die Münzen in seiner Hand hinderten Christoffel, sie zum Gruß an die Mütze zu heben, er war Teil einer langen Reihe, die Reihe schob sich weiter.

»Der nächste!« rief die gleichgültige Stimme, jetzt ungeduldig. »Was stehst du herum und glotzt, wir müssen hier fertig werden!«

Wieder die Trompete – sie rief zum letzten Sammeln, und ihr Ruf brach mittendrin ab. Die Artilleristen begannen die Pferde vor ihre Geschütze zu spannen. Auf der Brücke war ein halbes Dutzend Schweizer Miliz erschienen. Sie lehnten müßig am Geländer, rauchten langstielige Pfeifen und starrten mit stumpfer Gleichgültigkeit auf das Bild am deutschen Ufer.

Von den Tannen her näherte sich ein barhäuptiger Reiter auf einem schwerfällig trottenden Gaul. Es war Sigel, der zum Schluß noch an Mieroslawskis Stelle zum Obergeneral ernannt worden war. Ein paar Strähnen seines dunklen Haars bewegten sich im Winde, während er finster zusah, wie die Leute antraten.

Endlich hob er die Hand. »Soldaten!« begann er. »Bürger! Brüder!« Die Stimme versagte ihm, die Hand sank ihm herab. Er setzte sich auf seinem Pferd in Positur; seine sonst so peinlich wirkende napoleonische Haltung hatte jetzt einen fast tragischen Zug. »Wir werden über den Rhein gehen«, sagte er dann und hielt wieder inne, als zergrübelte er sich den Kopf nach einem Wort für diese Männer, deren Ausdauer und Treue sie in diesen verlorenen letzten Winkel Deutschlands geführt hatte. Sie warteten. Irgendwo hinten rief ein Betrunkener ein kurzes Hurra.

Sigel hob sich im Sattel. »Vorwärts –«, rief er heiser, »marsch!«

Die Infanterie zog zuerst ab, ohne Tritt. Christoffel heftete den Blick auf die nackten, schmutzverkrusteten Fersen des Druckers, der vor ihm marschierte; er sah nichts von der Schönheit des Rheins; er sah nur gelegentlich ein graues Blinken durch die Spalten zwischen den Planken der Brücke und war sich nicht einmal bewußt, was er da sah. Ein Schweizer Offizier, der genau in der Mitte der Brücke postiert war, wiederholte ständig in der kehligen Mundart der Gegend: »Los, beeilt euch, Leute! Immer geradezu! Was haltet ihr da! Ein bißchen rascher! Wir wollen auch fertig werden!«

Geradezu lag ein Berg von Gewehren und ein Haufen Säbel; sie sahen aus wie zwei Riesenigel, deren Stacheln durcheinandergeraten waren. Man kam von der Brücke herunter und zog im Gänsemarsch zwischen beiden hindurch und warf das Gewehr auf den einen, den Säbel auf den anderen Igel. Christoffel folgte seinem Vordermann wie ein Blinder; die ganze Welt verschwamm ihm vor den Augen; ich bin doch kein kleiner Junge, sagte er sich immer wieder, ich kann hier doch nicht anfangen zu heulen, ich bin Soldat, verdammt nochmal; aber da war diese sonderbare Stille, in der man nur das Aufschlagen und Klirren des Metalls hörte und das langsame Schlurfen der Füße auf dem Gras; und Christoffel spürte, wie es ihm hinter den Lidern brannte.

»Los, los, Soldat! Worauf wartest du! Gewehr hierher – Säbel dorthin!«

Jemand wollte ihm helfen.

»Nicht«, sagte Christoffel leise. »Ich kann's schon allein.«

Langsam nahm er das Gewehr von der Schulter, hielt es einen Augenblick, drückte den Schaft, als wäre der ein lebendes Wesen, und warf die Waffe auf den Haufen, wo sie mit einem scheppernden Laut liegen blieb. Darauf machte er seinen Säbel los und ließ auch den fallen. Dann stolperte er vorwärts.

Seine Sehkraft begann zurückzukehren, sein Hirn begann zu verarbeiten, was er sah. Die Welt schien im großen und ganzen die gleiche zu sein wie vor fünf Minuten – unter den Füßen befand sich die Erde; über dem Kopf der Himmel; und zwischen beiden alle Arten von Lebendigem: Gras, Bäume, Käfer, Vögel, Menschen. Und doch war die Welt anders geworden, und nicht etwa nur, weil man keine Waffe mehr auf dem Buckel schleppte. Selbst der Rückzug war Bewegung gewesen, selbst die Flucht hatte einen Zweck gehabt, selbst in der Auflösung hatte es Momente des Zusammenhangs gegeben. Aber wie die Menschen hier nun herumstanden, einzeln oder gruppenweise, waren sie ohne Ziel; waren sie Staubkörnchen in einem Vakuum, hingen dort gewichtslos und trieben dahin; aller Kampf war zu Ende und ebenso die Flucht, und jetzt war man völlig ohne Richtung, Spannung, Bewegung. Auch Christoffel stand so, dumpf, in der unbestimmten Hoffnung, daß irgend etwas geschehen würde, um die Dinge wieder ins Rollen zu bringen, oder einfach weil nichts anderes zu tun war, als dazustehen und auf irgend etwas zu warten. Wie lange hatte er schon so gestanden? Eine Minute? Oder zehn? Oder gar eine halbe Stunde? Von der Brücke her klang immer noch das Scharren der Schuhsohlen, der Aufschlag der Hufe, das Rumpeln der Räder...

»He, du da!«

Ein Bajonett stieß ihn unsanft.

»Was schaust denn so blöd! Vorbei ist's! Nimm die Beine in die Hand und zieh ab, dort geht die Straße, und laß dich hier nicht noch mal von mir erwischen, oder's gibt ein Stück Blei zwischen deine fetten faulen Arschbacken!«

Das kam von einem Burschen, dem der erste Flaum noch nicht einmal auf Kinn oder Oberlippe sproß, einem Burschen in einer schmierigen Schweizer Uniform, mit einem Durchschnittsgesicht, der sich, ein gutes kräftiges Schweizer Frühstück im Magen, seine überschüssigen Kräfte abarbeitete, indem er Menschen, die kein Ziel mehr hatten, mit seinem Bajonett umherstieß.

Der Chevauleger ging mit erhobener Faust auf den Burschen los; aber Christoffel hielt ihn zurück. »Ich bring den Hund um!« drohte der Chevauleger.

»Komm, gehen wir!« sagte Christoffel. »Der elende Bengel hat ja recht: wir stehen nur herum! Dort ist die Straße – irgendwo führt sie schon hin!...«

Neunundzwanzigstes Kapitel

Karl Moor: Nein! Ich mag nicht daran denken! – Ich soll meinen Leib pressen in eine Schnürbrust und meinen Willen schnüren in Gesetze. – Das Gesetz hat zum Schneckengang verdorben, was Adlerflug geworden wäre. Das Gesetz hat noch keinen großen Mann gebildet, aber die Freiheit brütet Kolosse und Extremitäten aus. Sie verpalisadieren sich ins Bauchfell eines Tyrannen, hofieren der Laune seines Magens und lassen sich klemmen von seinen Winden ... Ah! ... Stelle mich vor ein Heer Kerls wie ich, und aus Deutschland soll eine Republik werden, gegen die Rom und Sparta Nonnenklöster sein sollen.

(Schiller »Die Räuber«, Erster Akt, Zweite Szene – der Abschnitt ist in Lenz' Exemplar dieses Schiller-Bandes, das sich unter seinen Papieren befand, am Rande angestrichen.)

Frauen und Kinder – alte Leute – am Kampf nicht betheiligt ... Sie sind die Opfer der preußischen Art, Krieg zu führen! Niemand soll sagen, daß die preußischen Kanoniere nicht besser zu zielen vermochten, oder daß ihre Offiziere nicht den Unterschied erkennen konnten zwischen militärischen Zielen und den Behausungen wehrloser Familien. Die Sache ist die, daß dieser rücksichtslose Beschuß und die Verwendung von Brandgeschossen Politik ist – eine kühle, wohlberechnete Politik des Schreckens, die nicht dazu bestimmt ist, die unzerbrechbaren Wälle von Rastatt zu brechen, sondern den Willen und die Herzen seiner Bevölkerung ... Wir können Prinz Wilhelm und dem General von der Gröben versichern, daß die Herzen und der Wille der Vertheidiger der Freiheit so beständig sind wie der Felsen, aus dem der Stein für unsere Festung gehauen wurde. Wir werden Widerstand leisten, wir werden einen Gegenstoß führen, wir werden sie-

(Aus einem Leitartikel in »Der Festungsbote« vom 9. Juli 1849, unter Lenz' Papieren gefunden)

Als Lenz, ein Bündel Zeitungen unterm Arm, den »Türkenlouis« betrat, war Corvin-Wiersbitzki gerade niedergekniet in seiner Rolle als Franz Moor. Er hielt Lenores Hand und bedeckte sie mit kleinen Küssen. »Nimmer«, rief er und schloß die Augen in Ekstase, »nimmer, nimmer wird er wiederkehren, und ich hab's ihm zugesagt mit einem heiligen Eide!«

Lenz lächelte Lenore zu. Er hatte es nicht gebilligt, daß sie mitwirkte bei Corvins Inszenierung von Schillers Jugenddrama, das zur Zerstreuung der Truppen und der Bevölkerung aufgeführt werden sollte. Aber sie hatte darauf beharrt, die Rolle der Schillerschen Heldin zu spielen, der unglücklichen Amalia, trotz ihrer Pflichten im Lazarett, trotz ihrer begrenzten Zeit für die täglichen Proben auf der improvisierten Bühne im »Türkenlouis«... Das Haus in der Poststraße vermochte Andromache nicht in seinen Mauern zu halten...

Er umging einen Tisch, stieg über eine Bank hinweg und begrüßte Comlossy mit kurzem Händedruck.

Corvin lockerte seine Haltung und hörte auf zu spielen. »Wollen wir eine kurze Atempause einlegen, während der Hauptmann uns mit seiner neuesten Zusammenstellung der Siegesnachrichten bekanntmacht?« Er klatschte in die Hände. »Pause!« Und zu Lenz: »Was kostet Ihre Zeitung? – Zwei Kreuzer? Billig für das Gebotene!«

Lenz händigte ihm das Blatt aus, dessen Kopf in großen, kräftigen schwarzen Lettern den Titel »Der Festungsbote« trug und dessen Redaktionsvermerk in kleiner Type die Angabe *Herausgeber: Hauptmann Andreas Lenz* enthielt. Wegen seines neuen Ranges hatte Lenz immer noch ein etwas unbehagliches Gefühl; eingeschlossen und ganz auf sich selber angewiesen, wie man in der belagerten Festung war, hatte man sich auf der ersten Sitzung des Kriegsrates zunächst einmal gegenseitig mit schöner Großzügigkeit frischen militärischen Glanz verliehen: Tiedemann, Biedenfeld, Böning waren zu Obersten ernannt worden, Corvin-Wiersbitzki wurde Oberstleutnant, Konrad Heilig Major und Chef der Artillerie, Dr. Walcher wurde jetzt Oberstabsarzt betitelt, und ihm als relativ untergeordnetem Offizier hatte man den Hauptmannsrang zugesprochen. Dennoch – die Zeitung, mit der man ihn betraut hatte, war etwas Reales. Was von ihm abhing, würde er tun, damit sein »Festungsbote« zu einer Bastion wurde so stark und fest wie Bastion Dreißig; und daß das Blatt Wirkung hatte, ließ sich aus dem Interesse des preußischen Stabes ersehen, der keine Mittel scheute, um Exemplare der Zeitung in die Hände zu bekommen.

Er hatte die Handvoll erster Abzüge verteilt, die er aus der Druckerei mitgenommen hatte. Nun ging er zum Ausschank und goß sich einen kleinen Apfelschnaps ein. Schweigend erhob er sein Glas: Josepha. Dies war ihr Platz gewesen, ihre Welt. Vorbei... Lenz trank, seine Gedanken kehrten in die Gegenwart zurück. Fidel Frei, mit völlig verrutschter Graf-Moor-Perücke, war mit der Zeitung beschäftigt. Alle lasen sie, Comlossy, Corvin und die an der Probe teilnehmenden Soldaten und Volkswehrmänner, die als freiwillige Bühnenarbeiter mithalfen oder als Mitglieder von Schillers Räuberbande mit dem aus der Heimat verbannten, feurigen Karl Moor durch Böhmens Wälder zogen. Lenz betrachtete die über die Ausgabe seines »Festungsboten« gesenkten Köpfe; er spürte eine Art Erregung, die sich schwer beschreiben ließ: waren es doch seine Worte, die jetzt ins Denken seiner Leser übergingen. Nur Corvin trug die müde Blasiertheit des Literaten zur Schau, der die Arbeit eines minderen Kollegen zu genießen gezwungen ist.

Lenore kam zu Lenz und flüsterte, nur für seine Ohren bestimmt: »Da ist wenig Neues!«

»Ich kann Neuigkeiten nicht erfinden...!« Unmöglich, Lenore von seinem mitternächtlichen Besuch bei Tiedemann zu erzählen, in dem Zimmer im Obergeschoß des Markgrafenpalais, das das Nervenzentrum der Festung war. Er hatte gehofft, der Mann, den sie zum Befehlshaber und Gouverneur von Rastatt ernannt hatten, könnte ihm die Frage beantworten: *Wo ist Sigel?*

»Wo ist Sigel?«

Lenz zuckte zusammen. Der Fragesteller war nicht festzustellen; wahrscheinlich war er einer der Statisten; aber die Frage, einmal ausgesprochen, gewann an Substanz und ließ sich nicht einfach abtun.

»Wo ist die Armee?« – »Ist denn gar keine Nachricht gekommen?« – »Wir stehen doch nicht etwa allein?« – »Oder ist's ein militärisches Geheimnis?...«

Lenz wandte sich vom Ausschank fort und wollte zu einer jener tiefsinnigen strategischen Analysen ausholen, die jedermanns Hoffnungen stärkten, ohne jedoch die Tatsachen direkt zu verdrehen. Aber Corvin-Wiersbitzki klatschte in die Hände. »Wir sind nicht hier, um an Ereignissen herumzurätseln, von denen keiner von uns irgendwelche Kenntnis hat – wir sind hier, um den ersten Akt eines in der deutschen Literatur sehr berühmten Stückes einzustudieren, dessen Aufführung dazu beitragen kann, die Langeweile der Belagerung zu vertreiben, unsre Gesinnung zu stärken und unsere Stimmung zu heben... Also dann, Bürger Comlossy, Bürgerin Einstein – wir wollen die Boudoir-Szene noch einmal durchnehmen, beginnend mit Franz Moors falscher Beschreibung seiner letzten Zusammenkunft mit seinem Bruder Karl! Comlossy, Sie sagen zu Amalia: Es war ein stiller, heiterer Abend...«

Mit einem Lächeln zu Lenz hin kehrte Lenore auf das Karree von Brettern zurück, das als Bühne diente; Comlossy zog den Bauch ein und begann zu rezitieren.

Draußen vor dem Fenster hallte das Echo eiliger Schritte, erregte Rufe, Geschrei, Fidel Frei hatte sich die Perücke vom Kopf gerissen, machte einen Satz über ein paar ihm im Wege stehende Möbelstücke und hastete zur Tür. Bevor Corvin gegen das Verschwinden von Graf Moor protestieren konnte, war Frei schon auf und davon.

»...wo ihr so oft zusammensaßet in Träumen der Liebe«, wiederholte Comlossy automatisch. »Stumm blieben wir lang – zuletzt ergriff er meine Hand und sprach leise mit Tränen –«

»Ein Parlamentär!« Frei stand wieder in der Tür. »Die Preußen schicken einen Parlamentär!« Er holte tief Atem und fügte mit fistelnder Stimme hinzu: »Sie wollen Frieden machen, heißt es. Sigel hat sie in einer großen Schlacht bei Freiburg geschlagen...«

Corvin sah ein, daß es unmöglich war, seine Schauspieler weiterhin für das Stück zu interessieren. Er nahm ein Fläschchen Eau de Cologne aus der Tasche, spritzte etwas davon auf seine Handfläche und rieb sich Stirn und Schläfen ein. »Die Probe ist für heute vormittag zu Ende!« verkündete er. »Wir treffen uns morgen zur gleichen Zeit am gleichen Ort und werden den Rest des ersten Aktes und den zweiten Akt probieren. Irgendwelche Fragen?«

Lenz und Lenore fanden sich eingezwängt in der ständig dichter werdenden Menschenmenge neben dem Niederbühler Tor. Vor ihnen ragte das Ziegelrot des dicken, zinnengekrönten Mauerwerks auf; oben auf dem Wall richteten zwei Geschütze ihre stumpfen Schnauzen feindwärts. Die Stimmung der Masse änderte sich bei jedem neuen Gerücht; Stimmen, die sich vorsichtig für eine Übergabe der Festung aussprachen, wurden wütend niedergeschrien; immer wieder erhob sich anklagend der Ruf: »Verräter!«

Lenz hatte den Arm um Lenore gelegt, um sie, so gut er konnte, gegen das Gedränge zu schützen. Er warf einen Blick auf sie. Ihr Gesicht sah spitz und müde aus; die Lippen hatten keine Farbe.

»Lenore!«

»Es ist nichts!« Sie zwang sich ein Lächeln ab. »Mir ist nur ein wenig übel. Das geht vorüber.«

»Das kommt von deiner elenden Arbeit im Lazarett!« schimpfte er. »Du wirst noch krank werden. Und was dann? Außerdem wollte ich schon lange mit dir wegen dieses Schaumschlägers Corvin sprechen: er ist verheiratet, falls du das nicht selbst vermutet hast; ein bekannter Schürzenjäger...«

Er brach ab. Er war gerade der Mann, der das Recht hatte, Herrn von Corvin-Wiersbitzkis Seitensprünge zu verurteilen.

Sie umklammerte seine Hand. »Bitte – kannst du mich von hier wegbringen?«

Er warf sich gegen die dichtgedrängte Masse von Leibern, schuf dadurch eine Lücke, durch die hindurch er Lenore hinter sich herzog bis zu einer kleinen Pforte in der Mauer. Drinnen führte eine steinerne Treppe steil empor. Unangenehme Kellerluft umgab alles, ein muffiger Geruch, der nicht vom Alter des Mauerwerks herrühren konnte, sondern von dem noch feuchten Mörtel und von dem durchgesickerten Wasser ausging. Lenz wies auf die Treppe. »Glaubst du, du schaffst es dort hinauf?... Komm, ich helf dir!«

Sie stieg vor ihm nach oben und blieb nur hin und wieder stehen, um sich an ihn zu lehnen und Kraft zu schöpfen.

»Nur noch ein paar Schritte«, sagte Lenz, »dann sind wir oben auf dem Wall – dort ist gute Luft und die schönste Aussicht in ganz Rastatt.«

»Es tut mir leid, daß ich dir solche Mühe mache. Ich hatte so einen Anfall noch nie...«

Sie brach ab. Er hatte ihr die letzten Schritte zum Wallgang hinauf geholfen. Jenseits der Zinnen lag wie eine grüne Schürze um das stumpfe, bräunliche Rot der Wälle der sanfte Abhang des Glacis. In der Ferne schimmerten die Dächer des Dorfes Niederbühl durch das Laubwerk der Bäume. Den Rahmen des Ganzen bildeten rechts und links zwei kurzrohrige, auf Schienen aufgestellte Festungsgeschütze und daneben die Gestalt des längsten Soldaten der badischen Armee, des Sergeanten, späteren Hauptmanns und jetzigen Majors Heilig, der gegen die Brüstung gelehnt stand und durch sein Messingfernrohr irgendeine Bewegung außerhalb der Festung beobachtete.

Schließlich bemerkte er, daß jemand den Wallgang betreten hatte, und wandte sich mißtrauisch um; doch als er Lenz erkannte, erhellte sich sein mißmutiges Gesicht, und er wies mit der Hand auf die Landschaft: »Hübsch, nicht?« Seine Verneigung vor Lenore war unbeholfen. »Idealer Standort für diese Geschütze«, erklärte er. »Beherrschen alles bis weit hinter Niederbühl und schützen gleichzeitig Tor und Vorfeld –«, er streichelte die Lafette des einen Geschützes, »aber ich nehme an, das langweilt Sie, Mademoiselle...«

»Keineswegs, Bürger Major«, versicherte sie ihm.

Doch Exsergeant Heilig konnte eine gewisse Befangenheit in ihrer Gegenwart nicht überwinden; noch aus der Zeit des »Türkenlouis« empfand er eine Art Treue zu der üppigen Josepha, die von Lenz inzwischen offenbar fallengelassen worden war, armes Ding.

»Diese Geschütze –«, begann Heilig von neuem, unterbrach sich aber. »Fühlen Sie sich nicht wohl, Mademoiselle? Etwas schwindlig, wie? Wir befinden uns hier in ziemlicher Höhe..«

Eine Trompete blies. Heilig griff nach seinem Glas und richtete es auf ein Gehölz in der Nähe von Niederbühl. Der Trompeter kam zwischen den Bäumen hervorgeritten; er saß auf einem x-beinigen niedrigen Gaul und schmetterte drauflos. Hinter ihm ritt ein Husarenwachtmeister und schwenkte die weiße Parlamentärsfahne; und hinter dem Wachtmeister kam, Wespentaille und steif wie ein Ladestock, der ordenbehängte Parlamentär, der schwarze Roßhaarbusch am Helm schwankte bei jedem Schritt seines breitbrüstigen Pferdes auf und ab.

Von unterhalb der Brüstung vernahm Lenz das Quietschen von Türangeln; die schmale Ausfalltür wurde geöffnet, um einen badischen Leutnant hindurchzulassen. In seinem abgetragenen Waffenrock und mit dem altmodischen Tschako auf dem Kopf sah er schäbig aus im Vergleich zu der Paradeplatzfigur des Preußen, mit dem er nun zusammentraf. Dann nahm der Preuße den Helm ab, damit ihm der Badener eine schwarze Binde über die Augen legen konnte.

Heilig fluchte. »Solches Ungeziefer soll uns nun geschlagen haben!«

Der preußische Parlamentär hatte die Festung betreten.

»Andreas!«

Lenore war bleich geworden. Ein plötzlicher Krampf würgte sie; sie beugte sich vor. Er eilte zu ihr, hielt ihren Kopf, redete ihr zu – lauter Unsinn: bitte, Liebste, werd mir nicht krank, es wird schon vorübergehen, du hast ja selber gesagt...

Ihre Schultern zuckten jedesmal, wenn sich ihr Magen zusammenzog. Endlich hatte sie das Gefühl, das Schlimmste überwunden zu haben. Sie tupfte sich den Mund mit dem Taschentuch ab und sagte immer wieder mit leiser Stimme: »Ich schäme mich so... Schäme mich ja so...«

»Ist's jetzt besser?« rief Heilig vom Geschütz her. »Kann ich euch beiden die Treppe hinabhelfen? Ich muß zum Stab....«

Lang und linkisch kam er auf sie zu. Lenore zuckte zusammen, Lenz beruhigte sie.

»Ist doch nicht schlimm!« versicherte Heilig geräuschvoll. »Meine Schwester hat's jeden Morgen gehabt, wochenlang hintereinander, und sie hat sieben gesunde Bälger zur Welt gebracht, und es werden wohl noch mehr sein, wo die sieben hergekommen sind. Gratuliere!«

»Red keinen Blödsinn!« erwiderte Lenz scharf. »Sie ist einfach überarbeitet. Doktor Walcher wird das schon in Ordnung bringen – nicht, Lenore?«

»Wie du meinst, Liebster...« Sie blickte ihn seltsam an. »Wollen wir jetzt gehen?«

Lenz schlüpfte durch die riesige, lautlos aufgehende Tür und fand sich zwei überlebensgroßen Porträts gegenüber: dem Bild des tapferen Markgrafen Ludwig Wilhelm, des Siegers über die Türken, und seiner Markgräfin Augusta Sibylla, beide mit einem Turban auf dem Haupt und in die kostbarsten orientalischen Gewänder gehüllt.

Unter den Porträts stand der preußische Major, dessen Einzug durch das Niederbühler Tor er zusammen mit Lenore beobachtet hatte. Die Binde war ihm zwar abgenommen worden, aber er schien auf seiner steifen und förmlichen Haltung beharren zu wollen. Seine eng beieinanderliegenden Augen wanderten arrogant von einem zum anderen der anwesenden aufständischen Offiziere und hefteten sich schließlich auf Tiedemann, der an einem Tisch saß, das Gesicht von schlechtverhohlener Erbitterung gezeichnet.

»Tun Sie, was Ihnen beliebt, und bleiben Sie stehen!« sagte Tiedemann gerade, als Lenz eintrat. »Ich nehme an, Herr Major Weltzien, daß Ihre Botschaft kurz ist?«

Weltzien, den roßhaarbuschgeschmückten Helm in der Krümmung des Ellbogens, trat einen Schritt vor; seine Sporen zerkratzten den Parkettfußboden. Alles an ihm war bewußt beleidigend. »Ich habe Ordre«, krähte er, »eine Mitteilung Seiner Exellenz des Generals von der Gröben zu überbringen und eine Antwort mitzunehmen. In meiner Ordre ist keine Rede von Verbrüderung mit einer Bande von Rebellen.«

»Herr Major!« Tiedemann schlug mit der flachen Hand auf die Tischplatte.

»Rausschmeißen!« sagte Böning, die weiße Mähne schüttelnd. »Nein – erst mal nachsehen, ob er ein paar gute Zigarren bei sich hat, und dann rausschmeißen!«

Weltzien griff unwillkürlich nach seiner Brusttasche – keine Zigarren, er hatte sie in seinem Quartier in Kuppenheim gelassen. Böning brach in lautes Gelächter aus, was Weltzien aus dem Gleichmut brachte; Tiedemann klopfte ruheheischend auf den Tisch und erklärte mit großer Zurückhaltung: »Daß ich Ihnen einen Stuhl angeboten habe, Herr Major Weltzien, war eine Geste der Höflichkeit. Wir haben Sie nicht aufgefordert, sich mit uns zu verbrüdern, auch kann unsere Beziehung zu Ihnen oder Ihrem General nicht anders als feindlicher Natur sein. Also, entledigen Sie sich Ihres Auftrags!«

Von der Tür her, wo er noch immer stand, hatte Lenz die ganze Gruppe um Tiedemann im Blick, und er konnte ungefähr abschätzen, mit welcher Verachtung und welchem Unbehagen der preußische Major das versammelte Oberkommando der Festung Rastatt betrachten mußte, besonders da der Gegensatz zwischen der Welt des eitlen Junkers und der dieser Brigantenchefs durch das prachtvolle Dekor des Saals, in dem das Treffen stattfand, noch betont wurde.

Lenz versuchte das beklemmende Bild aus seinen Gedanken zu verbannen: es war tödlich, wenn man dazu die militärische Lage in Betracht zog; tödlich auch für ihn selbst, denn er war ein Teil des Bildes, tödlich für ihn und Lenore – nein, die Frauen würden sie doch wenigstens schonen, oder auch das nicht? Ihr Vater mußte ihr helfen, jetzt besonders mußte er ihr helfen, weil... Ach, er konnte sich direkt vorstellen, wie begeistert der Bankier Einstein davon sein würde, daß seine Tochter den Bankert des verkrachten Poeten Andreas Lenz unterm Herzen trug, der in sein Haus eingedrungen war und das Meißener Porzellanfigürchen zertrümmert hatte... Aber das ist Unsinn, dachte Lenz, alles, einschließlich des Bankerts; seine Phantasie ging wieder einmal mit ihm durch; das uneinnehmbare Rastatt, die neuste und stärkste Festung des Reiches, konnte sich ewig halten, oder doch wenigstens so lange, bis Sigel mit einer neu gebildeten und verstärkten Armee aus den Bergen herbeimarschiert kam...

Die unausstehliche Stimme dieses Weltzien! »...und daher verlangt Seine Exzellenz General von der Gröben, kommandierender General der Truppen seiner Majestät des Königs von Preußen im Gebiet von Rastatt... unverzügliche Übergabe dieser Festung.«

Übergabe, dachte Lenz. Ein Gedanke kann lange Zeit in den Köpfen sein, bevor man ihn ausspricht; ist er aber einmal ausgesprochen, läßt er sich nicht mehr auslöschen.

Tiedemann faltete die Hände und sagte ein wenig heiser: »Und das wäre alles, Herr Major?«

Weltzien zog ein Stück Papier aus dem Ärmelaufschlag seines

Waffenrocks. »Seine Exzellenz General von der Gröben trug mir ferner auf, zu erklären, daß Sie als in Rebellion gegen die rechtmäßig konstituierten Behörden des Großherzogtums Baden und des Deutschen Reiches befindlich angesehen werden und daß jeglicher Widerstand Ihrerseits nicht nur sinnlos ist, sondern sich auch erschwerend auf Ihren Fall auswirken würde.«

Fall, dachte Lenz. Die bereiten sich schon vor, uns aufzuhängen... Nützliche Informationen, das... *erschwerend auf Ihren Fall auswirken würde...*

»Sagen Sie Ihrem General –«, man konnte Böning schwer atmen hören, »er soll sich zum Teufel scheren!«

»Gendarmen!« höhnte Corvin. »Nichts als Gendarmen, diese Herren, und können nur in Gendarmenbegriffen denken. Wir sind stolz darauf, als Rebellen betrachtet zu werden, Herr Major! Jede gegenteilige Ansicht, die Sie über uns haben könnten, wäre sehr wenig schmeichelhaft für uns!«

Biedenfeld klopfte in einem plötzlichen Anfall von Ordnungsliebe die Asche seiner Pfeife in einen Teller aus. »Übergabe!... Soll doch von der Gröben stürmen lassen, damit unsere Leute etwas Bewegung kriegen und Major Heiligs Festungsgeschütze endlich ein Ziel haben!«

Tiedemann hob die Hand. Ein gezwungenes Lächeln entblößte seine starken weißen Zähne, und er sagte: »Da er die Übergabe fordert, muß der Herr General sich doch einige Gedanken über die Frage der Bedingungen dafür gemacht haben! Können Sie uns darüber unterrichten?«

Lenz blickte auf. Warum fragte Tiedemann das? Brauchte er neue Beweismittel gegen jene Elemente in der Stadt, die mehr oder weniger versteckt für Kapitulation eintraten? Oder – Lenz zögerte – gab es da Gedankengänge bei Tiedemann selbst, die in dieser Richtung liefen?

»Bedingungen!...« wiederholte Weltzien. Zum erstenmal wich der arrogante Ausdruck in seinen Augen etwas anderem, einem schlauen, hellwachen Blick. Aber nach einem Moment schon war das vorbei, und seine Stimme näselte wie zuvor: »Bedingungslos natürlich! Bedingungslose Übergabe!«

Die Spannung brach, löste sich in Gelächter auf. Sogar Dr. Walcher lachte auf seine leise Art, wie ein Mann, der im Leben schon viel gesehen hatte, für den aber das Ersuchen, eine weder ausgehungerte noch überhaupt attackierte Festung bedingungslos zu übergeben, die Krönung aller Torheit bedeutete.

Sie lachten ein wenig zu lange, empfand Lenz; Major Weltzien jedoch schien durch das Gelächter etwas außer Fassung geraten. In beinahe kreischendem Ton verkündete er: »General von der Gröben läßt Sie durch mich davon in Kenntnis setzen, daß Ihre Weigerung ihn veranlassen wird, die Festung unter Beschuß zu nehmen. Die volle Verantwortung für daraus entstehende Beschädigung von Eigentum und für Verluste an Menschenleben in der Zivilbevölkerung wird auf Ihre Schultern fallen!« Er trat einen Schritt zurück unter die Bilder des Markgrafen und der Markgräfin. »Nun!« schnarrte er von dort her. »Was soll ich dem Herrn General mitteilen – ja oder nein?«

Lenz durchquerte den Saal, um sich zu der Gruppe um Tiedemann zu gesellen. Er wollte jede Nuance in Tiedemanns Antwort erfassen.

Tiedemann hatte seinen Waffenrock straffgezogen, auf dem die bei den anderen Offizieren beliebten Tressen und das Gold fehlten; sein Ordensstern aus den griechischen Freiheitskämpfen schimmerte silbern. »Beschuß«, begann er. »Sie können Ihrem General sagen, Herr Major Weltzien, selbst wenn er mehr Feuerkraft hätte, als er unseres Wissens besitzt, würde er als einziges Resultat damit erreichen, daß durch den Anblick der von den Granaten zerrissenen und getöteten unschuldigen Frauen und Kinder der Zorn unserer Soldaten und Volkswehren noch mehr entflammt wird. Wenn Ihr General glaubte, die Festung durch Artilleriebeschuß nehmen zu können, hätte er schon längst mit dem Bombardement begonnen. Die Geschichte des Vorjahres und dieses Jahres ebenso hat gezeigt, daß es auf Erden nicht einen General der Reaktion gibt, einschließlich Ihres eigenen Prinzen Wilhelm, der vor irgendeinem Verbrechen zurückgeschreckt wäre, solange es den Zwecken seiner Kaste und seines Monarchen diente. Können Sie mir folgen, Herr Major Weltzien?«

Weltzien stammelte Protest. Tiedemann brachte ihn mit einer einzigen Handbewegung zum Schweigen. Und ich hätte den Mann beinahe falsch beurteilt, dachte Lenz.

»Was nun eine Übergabe betrifft, eine bedingungslose oder anderweitige. Mein Vater ist Professor für Geschichte in Heidelberg; als junger Mann habe ich seine Vorlesungen gehört, und obwohl unsere Ansichten mit der Zeit auseinandergingen, habe ich doch etwas über die großen Soldaten der Vergangenheit gelernt, deutsche, römische, griechische, und darüber, was diese als ihre Pflicht ihrem Volk und ihren Idealen gegenüber betrachteten. Deswegen habe ich gekämpft, um das griechische Volk vom türkischen Joch befreien zu helfen. Sagen Sie Ihrem General, daß ich nicht nach Hause zurückgekehrt bin, um unter ein aus deutschem Holze geschnitztes Joch zu kriechen.« Tiedemann stand auf. »Die Antwort lautet: Nein!«

Weltzien klemmte sich den Helm auf den Kopf. Böning kam auf ihn zu, die Hand an der Degenscheide; ein energisches Kopfschütteln teilte seine Mähne an der Seite und enthüllte die flache, schreckliche Stelle, die ihm statt seines Ohres geblieben war. Es war aus Bönings Gesicht nicht klar zu ersehen, ob er Weltzien mit Brachialgewalt entfernen oder ihn nach Zigarren durchsuchen oder ihm bloß die Augen verbinden wollte.

Weltziens Wut kochte von neuem auf. »Meinung – uneinnehmbare Festung – Angreifer große Verluste – Truppen nur widerwillig...« Er verzog böse das Gesicht. »Verdammt ernsthafter Irrtum – versichere Sie! Ebenso – Entsatz der Festung – gleichfalls Irrtum – hah!«

Lenz gefiel dieses *hah!* gar nicht – es schien mehr darin zu stecken als Prahlerei. Auch Böning reagierte darauf: die Augen zu Schlitzen verengt, kratzte er sich den tabakvergilbten Bart; die anderen um Tiedemann standen regungslos.

»Sigel – eh? Insurgentenarmee im Süden – bitte wo?« Weltzien erhob sich auf die Zehenspitzen. »Wissen nicht, wie? Ah, peinlich, sehr peinlich!«

»Machen Sie sich keine Sorgen um unsre Armee!« knurrte Biedenfeld. »Sie werden sie bald genug am Halse haben!«

»Glauben Sie, eh? Wiederum Irrtum – versichere Sie! Insurgentenarmee nicht mehr vorhanden – weg – puff – verschwunden – in Luft aufgelöst – hah!«

Lenz empfand das letzte *hah!* wie einen Peitschenschlag; er sah den alten Böning unwillkürlich zusammenfahren, und sogar Heilig, nicht gerade der Empfindlichste unter ihnen, zuckte einen Moment mit den Lidern.

»Das ist eine Lüge«, sagte Tiedemann.

»Würde Sie ohrfeigen dafür!« schnarrte Weltzien. »Will aber Hände nicht beschmutzen.«

«Raus!« befahl Tiedemann.

Böning zog die Binde aus der Tasche und band sie um Weltziens Augen. Dann packte er den Preußen grob an der Schulter und schob ihn zur Tür hinaus, dem draußen wartenden Leutnant in die Hände.

»Unerhört!« rief Tiedemann, nachdem sie unter sich waren.

»Ich sage Ihnen –«, Corvin-Wiersbitzkis Gesicht verzog sich zu einem schlauen Grinsen, »das Ganze ist ein Stück Theater!... Bedingungslose Übergabe! Ein Vorwand, um in die Festung zu gelangen und dieses Gerücht bei uns in Umlauf zu setzen!...«

»Nur ist der Mann kein Schauspieler!« stellte Lenz fest. »Dieser Weltzien ist echt, stolzes Produkt der preußischen Kartoffelwüste.«

»Wenn er geschauspielert hätte«, suchte Dr. Walcher zu vermitteln, »dann wäre die Lüge nicht so offensichtlich gewesen.«

Biedenfeld war wütend. »Preußische Kanaille! Ich bin für einen Ausfall, bevor Herr von der Gröben seine Kanonade in Gang bringt!«

Lenz sah Heilig an, der sich ausschwieg. Ihre Blicke begegneten einander; in Heiligs ruhigen, freundlichen Augen lag etwas von der Geduld der Tiere, wie Lenz sie bei Kühen erlebt hatte, die ans Hinterende eines Bauernkarrens gebunden dem Schlächter zutrotteten. Lenz spürte, wie es ihm kalt den Rücken hinablief. Dann mußte er an Lenore denken, aber in einem allgemein bedauernden Sinne – nichts Konkretes.

Der von Biedenfeld vorgeschlagene Ausfall konnte an diesem Tage nicht unternommen werden.

Die Preußen schienen nur auf die Rückkehr ihres Parlamentärs samt weißer Fahne und Trompeter gewartet zu haben, um ihre Kanonade zu eröffnen. Innerhalb von Minuten waren die Straßen von

Menschen leergefegt. Aus der Ferne erklang das aufgeregte Läuten der Kirchenglocken und das Klingeln und Rasseln der Feuerwehr, die auf einen Hilferuf hin herbeieilte.

Lenz erreichte Bastion Dreißig unmittelbar hinter einer Horde schreiender Kinder, jammernder Frauen und wütender Männer, die durch den Eingang strömte. Vorsichtig bahnte er sich einen Weg durch das Gedränge der Flüchtlinge auf der Treppe. Allmählich, Stufe um Stufe, gelangte er hinauf in das feuchte Halbdunkel, das ihm so vertraut war. Dort links in dem Gang, wo ein gelblich-roter Fackelschein in der Zugluft flackerte, hatte Sergeant Rinckleff sich immer aufgehalten. In einer dieser Zellen hatte Struve gesessen; und der Gefangene in einer anderen war ein junger Korporal voller revolutionärer Illusionen gewesen, mit Namen Lenz...

Er ließ den Wirrwarr der Flüchtlinge hinter sich und stieg weiter nach oben. Der nächsthöhere Korridor war durchschnitten von Lichtkeilen: Tageslicht, das durch die Schießscharten hereinflutete; schattenhafte Gestalten, halb gebückt unter der Last der Granaten und Pulversäcke, die sie zum Geschützstand hinauftrugen, drängten vorbei.

Lenz klomm ihnen nach – noch eine Wendung der Treppe, die letzte. Dann mußte er einen Augenblick lang stehenbleiben, geblendet von der Helligkeit. Jemand brüllte ihn wütend an – aus dem Weg, Mensch! –, er wurde heftig beiseite geschoben; dann kam ein Blitz und ein Krachen, das ihn für alle anderen Laute taub machte; eine ungeheure schwarze Masse vor ihm prellte zurück, und der beißende Geruch von verbranntem Pulver fraß sich ihm in die Nasenschleimhaut.

Wieder ein Krachen, wieder ein Rückstoß.

Hinter dem trägen Band der Murg, auf der anderen Seite des Eisenbahndammes, schoß eine Schmutzfontäne hoch und schleuderte eine Anzahl schwarzer fetzenartiger Gegenstände in die Luft.

»Volltreffer!« bemerkte jemand. »Die werden's schwer haben, sich am Jüngsten Tag zusammenzuklauben.«

Heilig schickte Ordonnanzen ab mit Befehlen für die Geschütze von Fort Ludwig und Fort Leopold. Die Preußen hatten zwei oder drei Batterien hinter dem Bahndamm stehen, in der Nähe des Rastatter Bahnhofs, und mindestens eine Batterie in einer gedeckten Stellung bei Niederbühl. Sie schossen Brandbomben, die glühend durch die Luft zischten, eine schwärzliche Rauchspur hinter sich herzogen und mit einem bösen Krachen auf Dächern oder Straßen landeten; und Granaten, die beim Aufschlag explodierten und ringsum alles zerstörten und deren Splitter, wo sie nicht tödlich waren, scheußliche Wunden aufrissen. Wenn ein Windstoß den Rauch etwas beiseite wehte, blitzte silbern der dünne Wasserstrahl auf, der in das Feuer gepumpt wurde; es sah rührend unzulänglich aus; und mehrfach, wenn die Preußen ihre Geschosse von neuem auf das brennende Ziel lenkten, schienen die Feuerwehrleute die Löscharbeit gänzlich einzustellen.

Nach einer Weile jedoch begannen Heiligs Kanonen auf Bastion Dreißig und die schweren Festungsgeschütze der Forts Ludwig und Leopold wirksam zu werden. Die preußische Artillerie mußte ihr Ziel verlegen, um sich gegen die Batterien der Festung zu wehren. Heiligs Geschützmannschaften quittierten das mit Hohnlachen und bedachten die preußischen Kanoniere mit Schimpfnamen, die sogar für Lenz' erfahrene Ohren frisch und erquickend klangen. Schließlich explodierte ein Geschoß direkt im Graben unterhalb der Bastion, warf Schlamm und Dreck und Steine bis hinter die Brustwehr hinauf und gab einem jungen Artilleristen eine Dreckdusche; der Bursche sprang auf die Brüstung, zog die triefende Hose herunter und zeigte unter tosendem Gelächter und Beifall dem Feind seinen blanken Hintern, wobei er mit unmißverständlicher Geste dem Prinzen von Preußen die übliche Einladung zurief.

»Komm gefälligst runter!« brüllte Heilig. »Hier ist kein Zirkus!«

Die Warnung kam zu spät.

Lenz hörte das »Zi-i-i-ing!« der Spitzkugel aus dem preußischen Hinterlader. Einen kurzen Augenblick lang stand der Junge, die Augen staunend aufgerissen, den Mund halb offen in plötzlichem Entsetzen – dann warf er die Arme hoch, wobei ihm die Hose bis zu den Knöcheln rutschte, stürzte hintenüber und verschwand über die Mauer.

Heilig wischte sich mit dem Handrücken über das rauchgeschwärzte Gesicht. Mit einem Schritt war er bei der nächsten Kanone; den Kanonier beiseite stoßend, schob er die Ladung fest in den Lauf und zielte das Geschütz auf eine Stelle, die er in dem Moment, da der Junge getroffen wurde, erkannt haben mußte.

Wahrscheinlich hatte er das beabsichtigte Ziel getroffen; Lenz schaute nicht nach. In der in sich zurückgezogenen, unbeholfenen Art sehr langer Menschen wandte Heilig sich Lenz zu und sagte: »Du solltest das aufschreiben, Bruder Lenz...« Er zerrte an seinem verschwitzten Hemd, wo es ihm an der Haut klebte. »Schreib's auf – wie soll denn sonst jemand wissen, was eigentlich hier geschieht und was wir alle zu tun versucht haben?«

Das preußische Feuer schien sich erschöpft zu haben. Lenore, dachte Lenz. Wie ich sie kenne, ist sie im Lazarett; sie hat ein so überentwickeltes Pflichtgefühl.

»Schreiben«, sagte er, »natürlich werde ich darüber schreiben.«

Dann stieg er die Treppe hinab. Kinder rannten durch das Dunkel der Gänge, stolperten übereinander, lärmten. Die Straßen begannen sich schon wieder mit Menschen zu füllen, die die Riesenlöcher in den Häuserwänden angafften und über die noch rauchenden Trümmer stiegen. Auf den Gesichtern, bleich zumeist, zeichnete sich neben dem erlittenen Schrecken die Erleichterung ab, daß sie persönlich noch einmal davongekommen waren.

Dreißigstes Kapitel

...Im Namen der Menschlichkeit und der Civilisation werden Sie angegangen, inliegenden Bedarf an Blutegeln für unsere tapferen, aber unglücklichen Kameraden, worunter auch von Ihren Truppen sich befinden, die menschlich zu behandeln ich für meine heilige Pflicht stets halten werde, verabfolgen zu lassen. Von dem Standpunkt deutscher Bildung aus gebe ich mich der gerechten Hoffnung hin, daß meinem Ansinnen entsprochen werden wird, und sehe sonach auch einer gefälligen bestimmten Antwort entgegen.

Gez. G. N. Tiedemann

(Aus einem Brief des Gouverneurs der Festung Rastatt, durch Parlamentär an General von der Gröben bei der Königlich Preußischen Armee geschickt. Der gleiche Parlamentär nahm einen Brief Tiedemanns an dessen Vater in Heidelberg mit, samt der Bitte an Gröben, diesen weiterzuleiten.)

An G. N. Tiedemann
Gouverneur der Festung Rastatt

Mein Sohn!
Gleich nach der Ankunft aus Griechenland, da gewissenlose und durch Wahnsinn verblendete Demokraten Dich und Deine militärischen Kenntnisse in der revolutionären Bewegung zu benutzen gedachten, habe ich Dich aufmerksam gemacht, daß es sich dabei nicht um die Aufrechterhaltung und Vertheidigung der deutschen Reichsverfassung und um die Erlangung der Einheit und Macht des theuren deutschen Vaterlandes handle, es gälte vielmehr die Durchführung der rothen Republik... Wenn meine Bitten und vorgebrachten Gründe Dich nicht überzeugt und auf dem rechten Wege zu erhalten vermochten, so wird die Bekanntmachung des kurzsichtigen Brentano, die ich zur Notiz beilege, Dir gewiß die Augen öffnen... Ich beschwöre Dich ... eine Sache zu verlassen, die dem Namen, den Du trägst, nur ewige Schande bereiten und Dir unfehlbar den verdienten Tod eines Verbrechers zuziehen wird. Habe Erbarmen mit Deinen alten Eltern, die vor dem Rande des Grabes stehen; schone Deine arme Frau und Dein Söhnchen, – und vor allem gedenke Deiner guten zärtlichen Mutter, die Deinen Tod nicht überleben wird.... Mache einen Versuch, wenn Du es vermagst, die irregeleiteten

und verblendeten Soldaten... zur Besinnung und Pflicht gegen das Vaterland zurück zu führen. Vertraue auf die Gnade des Großherzogs, in dessen Brust ein edles Herz schlägt. Die im Mai erschienene Amnestie des Großherzogs für die zu ihrer Pflicht zurückkehrenden Soldaten lege ich bei, theile sie diesen mit. Da ganz Baden von den Reichstruppen besetzt ist, ist jeder Versuch, Rastatt zu vertheidigen, nicht nur vergeblich und tollkühn, sondern es ist selbst ein schändliches, ehrloses Beginnen... Solltest Du... so glücklich sein, den Kampf in Rastatt zu beendigen, dann hoffe ich und wünsche ich, daß Du Gnade finden mögest. Verlasse alsdann Deutschland und Europa so schnell als möglich und gehe... nach Amerika. Die Mittel zur Überfahrt werde ich Dir bei Deinem Onkel in Bremen anweisen... Gott erleuchte Dich! Das ist jetzt der einzige Wunsch, den Dein treuer Vater hegt. –

gez. Tiedemann

(Brief von Tiedemann senior als Antwort auf das Schreiben seines Sohnes; überbracht von dem preußischen Parlamentär. Beide Briefe waren Beweisstücke in dem Kriegsgerichtsverfahren gegen Gustav Nikolaus Tiedemann; die Kopien davon unter Lenz' Papieren tragen den üblichen amtlichen Stempel und den Nachtrag des Schreibers: »Für Herrn Bankier Einstein kopiert«. Die von dem älteren Tiedemann erwähnte Bekanntmachung Brentanos wurde in Feuerhalen in der Schweiz geschrieben; Auszüge davon in Lenz' Handschrift befanden sich gleichfalls unter seinen Papieren und sind im dritten und achtundzwanzigsten Kapitel zitiert.)

In einem Ausbruch großer Leidenschaft näherte sich der zweite Akt des Stückes seinem Höhepunkt. Das Publikum auf dem Schloßplatz war Szene um Szene vom Geist der Handlung mitgerissen worden. Die Gefühle steigerten sich zu einem Höhepunkt, als Comlossy in der Rolle des bösartigen Franz mit furchterregender Stimme deklamierte: »...In meinem Gebiet soll's so weit kommen, daß Kartoffeln und dünn Bier ein Traktament für Festtage werden, und wehe dem, der mir mit vollen, feurigen Backen unter die Augen tritt. Blässe der Armut und sklavische Furcht sind meine Leibfarbe; in diese Livree will ich euch kleiden!«

Dann teilte sich der Vorhang und gab die böhmischen Wälder frei, wo der edle Karl Moor und seine Räuberbande, neunundsiebzig Mann, in ihrem Schlupfwinkel von einer überlegenen Macht von siebzehnhundert Regierungssoldaten umzingelt waren – war das nicht ganz wie heute in Rastatt! –, und ein kleiner, hinterlistig aussehender Priester war als Unterhändler gekommen und hatte ein schriftliches Versprechen des Straferlasses für alle mitgebracht, wenn sie nur ihren Hauptmann Karl der Behörde auslieferten.

In diesem Moment höchster Spannung rief einer der Räuber: »Und wenn die Hölle uns neunfach umzingelte! Wer kein Hund ist, rette den Hauptmann!« Ein zweiter riß dem Priester die Amnestieerklärung aus der Hand, zerfetzte sie und zertrat sie auf dem Boden. »In unsern Kugeln Pardon! Fort, Kanaille! Sag dem Senat, der dich gesandt hat, du träfst unter Moors Bande keinen einzigen Verräter an! – Rettet, rettet den Hauptmann!...«

Bei diesen Worten befreite sich Corvin-Wiersbitzki, der den Helden Karl spielte, von seinen selbstauferlegten Fesseln und trat ins Proszenium. Die rechte Faust herausfordernd erhoben, sprach er in die ehrfürchtige Stille auf dem Platz: »Jetzt sind wir frei – Kameraden. Ich fühle eine Armee in meiner Faust. – Tod oder Freiheit! Wenigstens sollen sie keinen lebendig haben!«

Unter Trompetengeschmetter und Lärm hinter der Bühne, unter dem Klatschen, Beifallsgetrampel und den Hurrarufen der Zuschauer marschierten die Räuber mit erhobenen Schwertern ab, um sich dem zwanzigfach überlegenen Feind zum Kampfe zu stellen. Trotz des unverkennbaren Melodramas und der allzu offensichtlichen militärischen Übermacht, die Autor Schiller gegen seine Räuber ins Feld führen ließ, war Lenz ergriffen. Ein rascher Blick überzeugte ihn, daß seine Offizierskameraden genauso mitgerissen waren wie er selbst.

Im Hintergrund dauerte der Bühnendonner weiter an und verlieh der Schlacht, die dort angeblich zwischen Räubern und Regierungssoldaten stattfand, einen gewissen Realismus.

Lenz fuhr zusammen. Das war ja gar kein Bühnendonner!

Beifall und Gespräche erstarben. Die Bühnenhelfer ließen die Pappbäume der böhmischen Wälder sinken und lauschten. Von dem Podest der Bühne bis zu den entlegensten Enden des Schloßplatzes schien alle Bewegung erstarrt zu sein.

Ein einzelner Reiter kam auf das Kopfsteinpflaster des Platzes galoppiert. Eine Gasse öffnete sich ihm. Lenz erkannte das unverwechselbare karottenfarbene Haar. Fidel Frei, noch in dem violetten Rock des alten Grafen Moor, klammerte sich an sein Tier und seine Perücke. »Sigel!...« Seine Stimme überschlug sich unnatürlich. »Der Sigel kommt! Das sind seine Geschütze! Der Sigel ist im Anmarsch! Hurra!...«

Der bis jetzt starre Platz löste sich auf in tausend umeinander wirbelnde Teilchen. Der Reiter war verschwunden, ob er vom Pferd gefallen oder von begeisterten Händen herabgezerrt worden war, blieb unklar. Lenz versuchte Lenore zu finden – unmöglich. Die Menge brandete gegen ihn und warf ihn gegen Heilig. Heilig schuf sich Raum; er ging wie ein Rammbock vor, und Lenz wurde ihm nachgeschwemmt.

Lenz zählte die Schläge seines Herzens und verglich damit die Zeitabstände der Salven aus den fernen Geschützen: schweres Kaliber; mehrere Batterien feuerten hintereinander alle zehn bis elf Sekunden... elf... zwölf, dreizehn, vierzehn, fünfzehn... Lenz' Herz begann schneller zu klopfen. Doch warum stellten die das Feuer jetzt ein? Würde Sigels Armee, dem Ziel so nahe, haltmachen, zögern, abschwenken?...

Heilig begann zu fluchen. »Blödsinniger Einfall! Schwachsinn! Idiotisch!« Seine Stimme klang merkwürdig gebrochen. »Der Wind, der uns den Schall dieser Geschütze herüberträgt, kommt vom Südwesten. Aber Sigel würde doch aus Südost oder Ost kommen, von beinahe überallher, außer von jenseits des Rheines, aus Frankreich. Was wir gehört haben, sind die Schießübungen der Festungsgeschütze von Straßburg...«

Er hielt inne, weil er plötzlich merkte, daß er Zuhörer in der Menge hatte, militärische wie zivile, die ihn umringten.

In Minutenschnelle war der Schloßplatz zum Schlachtfeld geworden. Die Welt war ein Durcheinander, eine erbitterte, unsinnige allgemeine Schlägerei – keine Chance für Lenz, zur Bühne zu gelangen und Lenore zu suchen. Der Schloßplatz sah aus, als hätte ein Orkan lange Streifen von grobem, weißem Fries herangeweht; die Menschen schlugen sich um den Stoff, zerrten daran, rissen ihn zu Fetzen, zertraten ihn im Staub. Hier wurden ein paar Volkswehrmänner, die einen schweren Stoffballen schleppten, von einem halben Dutzend fluchender Linie angegriffen, die Soldaten gingen mit Säbeln auf sie los und hieben gleichermaßen auf Stoff und Köpfe ein; dort war ein Volkswehrtrupp im Angriff und knüppelte und stach jeden Soldaten in Reichweite nieder, und alles wegen eines Lappens Stoff, der bereits so schmutzig, blutbefleckt und zerrissen war, als wär's eine wirkliche, kirchlich geweihte Regimentsfahne nach heißer Schlacht.

Aus einem Lagerraum im Seitenflügel des Palais warfen wüst aussehende, bärtige Volkswehrleute, mehrere davon betrunken, einen Ballen weißes Tuch nach dem anderen zum Fenster hinaus. Beim Aufschlagen auf der Erde öffneten sich die Ballen, und der Fries rollte auseinander, was die Soldaten noch wütender machte, denn sie sahen in diesem Vandalismus der Volkswehr eine Entweihung des ganzen Stolzes der badischen Armee, ihres weißen warmen Mantelstoffs. Die erzürnten Soldaten der Linie vergaßen, daß Hunderte von Volkswehrmännern kein ganzes Hemd am Leibe hatten; daß den Freiwilligen die Zähne klapperten, wenn sie des Nachts auf den Wällen Wache standen; und daß viele Leute nie auch nur eine Schlafdecke von der Regierung erhalten hatten. Die Flüche und Schläge, die Hiebe von beiden Seiten brachten die alte Mißstimmung über die Rückzüge und den Verrat, über die verlorenen Gefechte und die zerstörten Hoffnungen wieder zutage.

Zu Lenz' Linker war ein dürrer, krummbeiniger Volkswehrmann damit beschäftigt, sich ein behelfsmäßiges Hemd überzuziehen, das er sich geschneidert hatte, indem er einfach ein Loch in eine Länge Stoff schnitt. Jetzt griffen wütende Hände nach ihm, und sein Hemd wurde ihm zur Würgschlinge, da vier unbarmherzige Dragoner je an einer Ecke des Tuches zerrten; der Mann schrie durchdringend, und seine krummen Beine zuckten im Krampf. Rechts von Lenz saß ein junger Soldat am Straßenrand, stöhnte und hielt sich den Kopf; dickes Blut aus einer Schädelwunde rann ihm über die Finger. Hinter Lenz machten sich zwei Herren in Zivil mit mehreren Ellen Stoff davon, die sie unter ihre Gehröcke geschoben hatten. Und auf allen Seiten um ihn herum war der groteske Wirbel blindwütiger Menschen, die sich in etwas verbissen hatten, das – Lenz erkannte es nur zu klar – in einem tiefen Zusammenhang mit dem Widerhall der Straßburger Schießübungen stand; eine Ergänzung dazu und gleichzeitig deren Folge.

Darum konnte er sich nicht dazu aufraffen, sich in den Tumult zu werfen und wenigstens zu versuchen, die Streitenden zu trennen. Nicht etwa aus Schreck oder Überraschung – er hatte den Verfall dieser Revolution lange genug beobachtet; er hatte erlebt, wie eine seiner Illusionen nach der anderen von ihm abfiel wie verbrannte Haut, bis das wunde Fleisch seiner Seele bloßgelegt war. Aber er hatte nicht erwartet, daß der Todeskampf so abscheulich sein würde: der Hanswurst Fidel Frei, der auf seinem Gaul geritten kam und aus dem sorgfältig gehegten einzigen Traum, den man noch hatte, einen traurigen Witz machte; die paar zur Verteidigung der Revolution noch verfügbaren Truppen, die sich wie Jakobs Söhne um einen Fetzen Stoff balgten.

Räderrasseln und das Gellen von Kommandos brachten Lenz zu sich. Da war Heilig wieder: er ließ ein paar leichte Geschütze auf dem Schloßhof abprotzen und sie so in Stellung bringen, daß die Mündungen direkt auf das Durcheinander von Linie und Volkswehr gerichtet waren.

Dann tauchte Tiedemann auf, und neben ihm Böning.

Aber es kam weder zu einer Ansprache, noch brauchte ein Schuß abgefeuert zu werden. Die Schlägerei brach auf einmal von selbst ab, wie der Wutanfall eines Menschen sich erschöpft und aufhört. In der Mehrzahl machten sich die Leute nicht einmal die Mühe, die Beute in Sicherheit zu bringen, wegen der sie sich gegenseitig die Köpfe blutig geschlagen hatten; stellenweise flackerten die Leidenschaften noch einmal flüchtig auf, ein Schlag wurde ausgeteilt, ein Schmähwort gerufen; aber allmählich zogen die Helden wie geprügelte Hunde davon und überließen das Feld Heiligs Batterien und einem Schwarm Straßenjungen, die die von dem schönen weißen Tuch des Großherzogs übriggebliebenen Lappen und Fetzen geschwind aufsammelten.

Einen dumpfen Schmerz im Kopf, schleppte sich Lenz über den Schloßplatz. Vor der einstigen Bühne blieb er stehen und starrte deprimiert auf die Verwüstung, die seltsam schrägen Kulissen, den auseinandergerissenen Pappwald, die zertrümmerten Möbel aus dem Schloß der Grafen Moor. Aus der Deckung, die von diesen zufälligen Überresten gebildet wurde, kroch nun Oberstleutnant Corvin-Wiersbitzki hervor; die so elegant anliegende schwarze Hose des edlen Karl war geplatzt und enthüllte die Haare auf seinen Schienbeinen. Hinter ihm kam Lenore, bleich, das Haar in großer Unordnung. Nach einem Moment der Verlegenheit trat Lenz zu ihr und strich ihr mit einem gemurmelten »Gestatte bitte!« ein häßliches Spinngewebe ab, das in den Rüschen ihrer Krinoline hängengeblieben war.

Corvin-Wiersbitzki hatte seine Fassung bereits wiedererlangt. Er zog sein Wams straff, richtete sich auf und sagte: »Ich freue mich, Lenz, daß ich Mademoiselle Einstein unversehrt wieder unter Ihren Schutz stellen kann. Es hat hier eine Zeitlang sehr böse ausgesehen – als sich das Gerücht verbreitete, daß dies nicht die Geschütze unseres Freundes Sigel waren, die da feuerten...«

»Ich weiß, Herr Oberstleutnant.« Lenz nickte kurz. »Ich kenne die Lage nur zu gut. Und jetzt werde ich, wenn Sie gestatten, Mademoiselle Einstein von hier fortbringen, damit sie sich unbelästigt ausruhen und von diesem dummen Zwischenfall erholen kann.«

Lenore schnitt das Brot in Scheiben und teilte ihren und Lenz' Anteil gerecht. Allerdings gab sie ihm das meiste von der mageren Fleischportion mit der Behauptung, sie hätte keinen Appetit.

»Es hat keinen Sinn, daß du hungerst, solange es nicht nötig ist«, wandte er ein. Er verteilte das Fleisch gleichmäßiger und goß Bier aus dem Krug ein. Bier gab es reichlich in der Festung; die Vorräte an Hopfen und Malz, und was sonst noch zum Brauen gebraucht wurde, schienen unbegrenzt vorhanden zu sein. Aus dem Erdgeschoß klangen die gedämpften Stimmen der im Hause einquartierten Volkswehrleute – es waren Männer, deren Heimatorte jetzt von den Preußen besetzt waren.

Lenz kaute nachdenklich. Die undeutlichen Stimmen, das Prasseln des Regens draußen, das bequem ausgestattete Zimmer, der kleine Tisch, der mit weißem Linnen und goldumrandetem Tafelgeschirr und schwerem Silberbesteck gedeckt war, all das schuf inmitten der allgemeinen Katastrophe eine Atmosphäre der Behaglichkeit, eine Wärme und bürgerliche Zufriedenheit, die er trotz der schwankenden Grundlage, auf der sie ruhte, schätzen gelernt hatte und die er wahrscheinlich vermissen würde, wenn das ganze Gefüge zusammenbrach. Daß er je an diesem regelmäßigen häuslichen Leben Gefallen finden würde!... Wie lange hatte Lenore gebraucht, den Taugenichts zu ändern und stubenrein zu machen? Zehn Tage? Zwei Wochen? War es ein unvermeidlicher Prozeß gewesen? War dieser Belagerungskrieg, in dem Stadt und Festung in eins verschmolzen, einem traulichen Familienleben à la Hektor und Andromache förderlich?

»Sehen wir den Dingen ins Gesicht«, sagte sie.

Er blickte fragend auf. Sie hatte ihr Bühnenkostüm mit einem bequemen Hausgewand vertauscht und sich die Haare neu zurechtgemacht; sie sah wieder aus wie damals, als sie am Abend ihres Geburtstages in den »Türkenlouis« gekommen war – das Haar streng gescheitelt und in einem weichen Chignon zurückgenommen, der ihren schlanken Hals und die Form ihres Gesichts und die großen dunklen wissenden Augen betonte. Doch aus dem jungen Mädchen jenes Geburtstagsabends, das nicht wußte, wohin mit seiner überschüssigen Lebenslust und seinem scharfen Witz, war eine Frau geworden.

»Dieser Corvin...«, sagte Lenz ausweichend. »Ich glaube, ich hab mich wirklich über ihn geärgert.«

»Ah, Corvin.« Eine winzige Handbewegung tat den Mann ab. »Er fand dieses Versteck für sich und für mich überraschend schnell. Das war ganz vernünftig von ihm. Nur blieb er zu lange darin.«

»Zweifellos der angenehmen Gesellschaft wegen«, erwiderte Lenz. Im stillen empfand er eine boshafte Freude, daß sie Corvin so beurteilte – obwohl er selbst ebensowenig getan hatte, um den Tumult zu unterdrücken, und für sich nicht einmal das Alibi in Anspruch nehmen konnte, das Corvin hatte: die Verpflichtung, eine zarte, hilflose junge Dame zu schützen.

»Ich möchte über etwas anderes mit dir sprechen«, fuhr Lenore fort.

Ihr Blick verweilte auf der Scheibe Brot, die sie dünn mit Butter bestrich. Lenz seufzte innerlich. Sein kurzer Narrenfrieden!... Andromache versucht Hektor an die Seite ihres Kindbetts zu binden; darauf würde es hinauslaufen...

Er griff nach ihrer Hand. Doch sie sprach schon: »Was wird aus uns, Andreas, wenn Rastatt fällt?«

»Wie kommst du darauf?« entgegnete er und verzog das Gesicht.

»Ich komme darauf durch mein Tête-à-tête mit Corvin«, antwortete sie.

»Oh.«

»Ich denke sehr viel an dich, Andreas – an dich und mich – an uns.«

»Nun gut«, sagte er, seiner Sache nicht allzu sicher, »und was wäre, wenn ich gefallen wäre – am Neckar, bei Waghäusel, bei einem der Dörfer entlang der Murg?«

»Das ist etwas anderes!«

»Wieso?«

Sie spielte mit ihrer Serviette. »Wieso?...« wiederholte sie seine Frage.

Er wartete: Andromache knüpft die Schlinge. Aber irgendwie war es ihm nicht unangenehm.

»Weil –«, sie zögerte; gewöhnlich sprach man nicht über solche Dinge, nicht einmal andeutungsweise – »Karlsruhe – die Dachkammer bei der Witwe Steeg – war ein Versuch. Jetzt haben wir eine Zeitlang zusammen gelebt.«

Er runzelte die Stirn. Konnte er nicht erklären: Ja, Liebste, ich weiß, ich weiß alles, du brauchst mir nichts auseinanderzusetzen, und ich bin glücklich, sehr glücklich...

»Und weil wir jetzt vorausplanen können«, endete sie. Und als er fragend aufblickte: »Planen – für den Fall der Übergabe.«

Er zuckte zusammen.

»Andreas –«, ein schmerzlicher Ausdruck huschte über ihr Gesicht, ihre Stimme wurde spröde, »du darfst mir nicht übelnehmen, wenn ich die Dinge beim Namen nenne. Es gibt gute Gründe...«

»Davon bin ich überzeugt.«

Sie zögerte.

Andromache zieht die Schlinge zu, dachte er. Und fragte: »Was für Gründe?«

»Blutegel.«

Blutegel, dachte er verständnislos. Und nicht: ein Kind; unser Kind...? »Blutegel?«

»Blutegel«, bestätigte sie. »Und Eis. Und gewisse Briefe.«

Lenz goß sich den Rest des Bieres in sein Glas. Es schmeckte schal.

Lenores Stimme hatte sich beruhigt. »Vor ein paar Tagen ist im Lazarett der Vorrat an Blutegeln zu Ende gegangen. Nicht daß Doktor Walcher glaubt, sie wirkten Wunder; aber etwas helfen sie doch, und er wendet sie an. Er hat diesen Punkt in seinem Bericht an Tiedemann erwähnt. Tiedemann – soviel hörte ich von Doktor Walcher – kündigte an, er würde etwas unternehmen, und hier sei eine Gelegenheit, die Absichten und die Menschlichkeit der Preußen zu prüfen...«

Lenz knurrte verächtlich. »Ich dachte, wir hätten genug Proben von preußischer Menschlichkeit erhalten.«

»Gestern«, sagte sie, so sachlich sie konnte, »bekamen wir frische Blutegel.«

»Blutegel tragen keine Kokarden«, wandte er ein, »und keinen Herkunftsstempel. Sie können ganz normal aus der Murg gefischt worden sein. Die Murg fließt teilweise innerhalb der Festungsmauern, nicht?«

»Das wurde doch versucht, bevor Walcher sich überhaupt an Tiedemann wandte!«

»Du hast Eis erwähnt! Briefe!«

»Wußtest du nicht, daß gestern zwei Wagenladungen Eis aus den Festungskellern ins preußische Hauptquartier abgegangen sind, und mit ihnen zwei preußische Gefangene, die in Bastion Dreißig saßen?«

»Im Austauch für die Blutegel?«

Lenore zuckte die Achseln.

»Mir scheint, ich bin doch kein so guter Journalist, wie ich geglaubt habe.« Die Falten um Lenz' Mund vertieften sich. »Was du mir sagst, ist das erste, was ich von diesem stillen Wettstreit an Edelmut höre... Und die Briefe?«

»Frag Corvin. Er war sehr gesprächig in unserem Versteck, er wollte mich mit seinen guten Informationen beeindrucken. Anscheinend sind Briefe mit den Blutegeln in die Festung gelangt, und andere Briefe sind mit dem Eis hinausbefördert worden...»

Lenz schüttelte den Kopf, als könnte ihm das helfen, klarer zu sehen. Aber die Tatsachen wollten sich nicht zu einem Bild zusammenfügen – oder, auch möglich, das Bild war so ungeheuerlich, daß der Kopf die Ausmaße nicht begreifen wollte. Die Geschütze von Straßburg, der über den Schloßplatz verstreute weiße Fries, die Blutegel, die Briefe – das Ende rückt nahe, Bruder Lenz, und die verständige Andromache versucht Hektor davor zu bewahren, daß er hinter Achilles' Triumphwagen mit dem Gesicht nach unten durch den Sand vor Troja geschleift wird.

»Und was schlägst du mir vor?« fragte er. »Soll ich die Uniform ausziehen und versuchen, mich in irgendein Loch zu verkriechen? Wir sind sechstausend Mann in der Festung – gibt es sechstausend Löcher?«

»Das habe ich nicht gesagt«, versuchte sie ihn zu beruhigen. »Ich habe nur gesagt, daß wir nachdenken müssen, und zwar gemeinsam nachdenken, um vielleicht doch einen Weg zu finden...«

»Und mir gebührt ein besonderer Weg?« erwiderte er scharf, und spürte dabei, wie ungerechtfertigt seine Haltung ihr gegenüber war. »Bin ich so etwas Außergewöhnliches, weil ich ein paar Verse geschrieben habe? Oder weil Mademoiselle Einstein mich heiraten möchte? Oder weil...«

Er hielt inne. Ihre Augen waren feucht geworden. Irgendwie erschienen ihm die edlen Grundsätze, die er da verkündete, nicht ganz echt. Er erhob sich und blickte durchs Fenster auf die verregnete, dunkel werdende Straße.

»Andreas!« leise. »Ich wünschte, ich brauchte diese Dinge nicht zwischen uns zur Sprache zu bringen. Manchmal meine ich, ich würde mich auch lieber vor dem Leben beschützen lassen, so wie es die meisten jungen Frauen meines Standes tun...«

Er schaute zu ihr hin, hob die Hände und ließ sie wieder sinken.

Sie trat zu ihm, legte den Kopf an seine Schulter. Er kam sich erbärmlich unbrauchbar vor in dieser Welt, in der der Mensch nur Verpflichtungen hatte; François Villon, sein geistiger Vetter in der

Glanzzeit im »Türkenlouis«, hätte alle solche Bindungen abgeworfen und sich betrunken; aber man lebte in der Mitte des neunzehnten Jahrhunderts, ein anderes Zeitalter, und dem Meister Villon waren die Verantwortlichkeiten eines leitenden Revolutionärs ebenso erspart geblieben wie Familienkomplikationen. Viele Wege, dachte Lenz, führen zum Galgen... Weinte Lenore?

Es fiel ihm schwer zu sprechen. »Ich kann jetzt keine Entscheidung treffen. Nach der Stabsbesprechung heute abend vielleicht... Wirst du zu Hause sein?«

»Ich habe Dienst.« Sie hob das Gesicht zu ihm. »Bitte, versteh doch – ich gebe mir große Mühe, Herz und Verstand beieinander zu behalten.«

Das scharfe Läuten der Hausglocke unterbrach sie. Die Besorgerin, die Lenore im Haus behalten hatte, meldete: »Herr Comlossy...« und wartete verlegen, während Lenore sich von Lenz löste. »Herr Comlossy möchte Hauptmann Lenz sprechen.«

Comlossys schweres Atmen war von der Treppe her vernehmbar. Er eilte an der Besorgerin vorbei, von der Spitze seines Regenschirms tropfte das Wasser, und entschuldigte sich noch vor der Begrüßung wegen seines unerwarteten Kommens zu so unpassender Stunde. Dann erhellte ein Lächeln langsam sein unauffälliges Gesicht, und er sagte: »Meine liebe Mademoiselle Einstein – der unselige Zwischenfall, der unserem Stück ein vorzeitiges Ende setzte, hat mich gehindert, Ihnen zu sagen, wie sehr Ihre Darstellung der Amalia mich beeindruckt hat.« Eine Bewegung seiner freien Hand unterbrach sie, bevor sie widersprechen konnte. »Ich fürchte, mein Spielen hat Ihnen dabei nicht sehr geholfen...«

»Ich finde, Sie haben sich ausgezeichnet in der Rolle bewährt«, erwiderte Lenore, während Lenz sein mürrisches Schweigen bewahrte.

»Wir müssen das Stück noch einmal aufführen«, erklärte er, »das *ganze* Stück.« Eine kleine Pfütze hatte sich um die Spitze seines Regenschirms herum gebildet.

»Gestatten Sie...!« sagte Lenz. Er nahm Comlossy Regenschirm und Hut aus der Hand und half ihm, während er weitere Entschuldigungen abwehrte, aus dem Mantel; dann reichte er alles der Besorgerin, die an der Tür gewartet hatte. Sich Comlossy wieder zuwendend, sagte er in einem schärferen Ton, als er ursprünglich wollte: »Ich befürchte, heute nachmittag ist mehr zusammengebrochen als die Amateuraufführung eines sehr naiven Theaterstücks.«

»Gerade deswegen habe ich mir die Freiheit genommen, Sie aufzusuchen«, erwiderte Comlossy gelassen und holte eine Schnupftabakdose aus der Tasche seiner geblümten Weste.

»Ein Glas Bier vielleicht?« bot Lenore an. »Oder Tee? Und nehmen Sie bitte Platz.«

»Danke.« Comlossy machte es sich auf einem Sessel bequem. »Machen Sie sich keine Umstände. Darf ich?« Er öffnete die Schnupftabakdose.

Lenz war von der geblümten Weste fasziniert, die Comlossys Bauch umspannte. Das Schicksal, dachte er, tritt mitunter in wunderlicher Gestalt auf. Er wußte ja längst, bevor Comlossy zu reden begann, was der wollte: ihn mit Beschlag belegen, ganz wie Lenore es tat. Er hörte Comlossys Frage: »Sie stimmen doch mit mir überein, Bürger Lenz, nicht?«

»Natürlich«, antwortete er unsicher.

»Wenn wir so spät noch Rastatt und die Demokratie retten wollen, müssen wir eine straff disziplinierte, der Sache ergebene Organisation schaffen, deren Mitglieder auch vor den radikalsten Maßnahmen zur Aufrechterhaltung der revolutionären Ordnung nicht zurückschrecken!...« Comlossy hämmerte auf seine Knie. »Einen Klub! Einen Republikanischen Klub! Nicht so ein gutmütiges Allerweltsnähkränzchen für Entschiedenen Fortschritt, wie Gustav Struve uns in Karlsruhe aufgeschwatzt hat...! Nein, eine Art Sicherheitsausschuß, der jede Phase des öffentlichen Lebens kontrolliert, jede Unze unserer Vorräte, jeden Wachtposten und jede Verteidigungsstellung – und jede Maßnahme einschließlich der von Bürger Tiedemann getroffenen. Diese Briefe...«

Comlossy wußte also vonden Briefen.

»Die Blu egel...«

Auch von den Blutegeln wußte er.

»Der weiße Friesstoff...«, hörte Lenz ihn aufzählen. »...die Tumulte...«

Lenz nickte.

»Wie weit, frage ich Sie, Bürger Lenz, wollen wir die Dinge noch schleifen lassen?«

Robespierre, dachte Lenz. Einen Augenblick lang beneidete er diesen Rastatter Schirmmacher um seine Entschlußkraft und innere Sicherheit, und es war ihm klar, daß nur Robespierresche Methoden noch helfen konnten...

»Die Festung kann gehalten werden!« Comlossy behämmerte wieder sein Knie. »Sie kann zum Dorn im Fleisch der deutschen Reaktion gemacht werden und der Funke sein, der die Revolution in Deutschland neu entzündet – und schließlich in ganz Europa!«

»Auch nach dem, was heute geschehen ist?« sagte Lenz.

»Auch nach dem, was heute geschehen ist!« Comlossys Blick hatte sich verhärtet. »Ich gehöre nicht zum Stab der Festung, ich habe keine Stimme im Kriegsrat. Doch wir können die Organisation, die wir brauchen, nicht ohne die Unterstützung wenigstens von ein paar der Militärs schaffen, und ich möchte, daß einige auch aktiv dabei mitwirken. Würden Sie da helfen, Bürger Lenz? Würden Sie das Projekt zur Sprache bringen, würden Sie es übernehmen, den Stab zu überzeugen?«

Lenz bemerkte Lenores besorgten Ausdruck, ihre zusammengepreßten Lippen. Sie sah plötzlich bleich und hager aus, und er fürchtete, ihr könnte wieder übel werden.

»Schon gut, schon gut...« Comlossys Leidenschaftlichkeit schwand. Er wurde wieder der unauffällige, freundliche Bürger, der zu Fett neigte und an dessen Verhalten die Polizei nichts Verdächtiges zu finden vermochte. »Mir scheint, ich habe Sie nicht restlos überzeugt...«

»Doch, das haben Sie!«

»Auf jeden Fall werden Sie mithelfen, Bürger Lenz, ja?«

»Habe ich meine Hilfe je versagt?« fragte Lenz müde.

Comlossy erhob sich. »Sie müssen Glauben und Vertrauen haben! Und vergessen Sie nicht –«, er schien sich an Lenore ebenso zu wenden wie an Lenz, »selbst wenn Rastatt besiegt werden sollte und fällt – aus der Art, wie es fällt, werden sich Verlauf und Resultat künftiger Kämpfe ergeben.«

»Aber *wir* leben nur einmal.«

Lenz, erstaunt über Lenores fremdartigen, beinahe feindlichen Ton, wandte sich um.

Comlossy verbeugte sich. »Ich fürchte, ich bin schon zu lange geblieben, Mademoiselle.«

»Nein, nein!« Lenore nahm ihr Taschentuch aus dem Ärmel und zerrte nervös daran. »Es tut mir leid... Andreas soll Ihnen ja helfen. Es ist nur so... so furchtbar...«

Sie trat zum Fenster und blieb dort mit dem Rücken zu den beiden Männern stehen.

Schon während er sprach, hatte Lenz die unheimliche Empfindung, daß er bereits Erlebtes noch einmal durchlebte. Allmählich wurde es ihm zur Gewißheit – er erinnerte sich des genauen Tages und Ortes, und er war sich bewußt, daß seine oder Comlossys Gedanken, die er vortrug, im wesentlichen eine Wiederholung waren: der politische Klub, die Volksversammlungen, die Kontrolle jeder zivilen und militärischen Tätigkeit, die Anwendung von *terreur*... Nur war jetzt alles geschrumpft – größenmäßig: aus jener unruhigen Versammlung im Karlsruher Rathaus war die kleine Sitzung in dem brokatverkleideten, barock möblierten Zimmer des Rastatter Markgrafenpalais geworden; raummäßig: von ganz Baden, in dem man manövrieren konnte, mit einer Armee, die im Felde stand, war eine vollkommen eingekreiste, innerlich gespaltene Festung geblieben; zeitmäßig: statt des langsamen Verlaufs einer chronischen Krankheit war das Todesröcheln galoppierender Schwindsucht zu beobachten.

Man hörte ihn höflich zu Ende an. Im Grunde, vermutete Lenz, sind sie alle ganz froh, zuhören zu können. Das ermöglichte es ihnen, den Moment hinauszuschieben, da man der Wahrheit ins Gesicht blickte, und der heute nacht noch kommen mußte.

Als er geendet hatte, gab es eine Pause.

»Es wäre natürlich ungenügend«, sagte Tiedemann schließlich, »den unseligen Vorfall vom Nachmittag mit dem Fehlen eines politischen Klubs zu erklären. Ohne diese Kanonade aus Straßburg – ohne die Hoffnungen, die plötzlich himmelhoch schossen – und dann –« Er schnippte mit den Fingern.

Heiligs langer Schatten fiel über den Tisch. »Vielleicht horchen wir zu viel nach den Kanonen anderer, weil wir so wenig von den unseren hören!«

»Ich bin selbst Artillerist!« Corvin schlug die eleganten Beine übereinander. »Pulver und Kanonenkugeln für ein Feuerwerk zu verwenden ist keine Lösung. Auch kann ich Ihrer Ansicht nicht beipflichten, Lenz, daß wir wesentliche Dinge unbeachtet ließen, daß wir nicht genug getan hätten...«

»Wir haben ein Theaterstück aufgeführt«, erwähnte Lenz.

»Wir bringen den ›Festungsboten‹ heraus!« entgegnete Corvin. »Im Ernst, verlieren wir doch nicht das Wichtigste aus den Augen. Wir haben es fertiggebracht, das physische und moralische Gefüge von Bevölkerung und Garnison sowie die militärische Stärke der Festung intakt zu halten...«

»Moralisches Gefüge!« Böning blickte wütend zu Biedenfeld hin, dessen Leute seiner Volkswehr den weißen Fries verweigert hatten. »Schönes moralisches Gefüge, wenn die Hälfte der Garnison in Lumpen herumläuft!«

Biedenfeld brauste auf. »Moralisches Gefüge, wenn die Hälfte der Garnison meutert!«

»Die Revolution kennt keine zwei Klassen von Soldaten!« Böning wies mit seiner brennenden Zigarre anklagend auf Biedenfeld. »Wie kommt es, daß Ihre Leute besser uniformiert, besser beschuht, besser untergebracht, besser verpflegt, besser bewaffnet sind als meine? Ich billige nicht, daß meine Volkswehren und Freiwilligen das Gesetz in die eigene Hand genommen haben – aber wundern kann ich mich nicht darüber!«

»Trotz des schönen Schillerschen Stücks, das uns Oberstleutnant Corvin zur Aufführung gebracht hat –«, hinter der stahlberandeten Brille verengten sich Biedenfelds Augen vor Verachtung, »im Leben läßt sich eine Festung nun mal nicht mit einer Bande von Räubern halten!«

»Räuber!...« Böning fuhr sich durch die weiße Mähne. »Wenn das Hamstern von Vorräten, wenn Verkriechen hinter Festungswällen das Gesetz darstellen, nach dem Sie angetreten sind, Oberst, dann werden meine Leute und ich stolz sein, sich als Räuber zu verhalten!«

Die roten Äderchen auf Biedenfelds Gesicht schienen sich zu vervielfältigen. »Hamstern, haben Sie gesagt? Verkriechen?«

»Jawohl!« Böning wurde immer erregter. »Hamstern! Verkriechen!«

Tiedeman schlug mit der Faust auf den Tisch und rief: »Zum Teufel mit dem Ganzen! Aufruhr auf den Straßen –! Aufruhr im Stab –! Ich hätte von Anfang an betonen sollen: *ich* trage die Verantwortung, und aller Tadel fällt auf mich – für das Horten von Vorräten, für die Taktik des Ausharrens hinter unseren Befestigungen, für den Zusammenbruch der Disziplin heute, für alles...« Dann schwand seine Energie, seine Lider senkten sich. »Irgendwelche Vorschläge?«

Lenz wartete. Auch die anderen warteten.

»Es ist vorgeschlagen worden«, fuhr Tiedemann zögernd fort, »daß wir einen großangelegten Ausfall unternehmen.«

Er nannte die Quelle des Vorschlags nicht. In der einen oder anderen Form war diese Idee ja bei jeder Stabsbesprechung, bei jedem Kriegsrat aufgetaucht; und jedesmal war man auseinandergegangen, ohne eine Entscheidung darüber getroffen zu haben.

»Einigen von uns mag ein Ausfall verlockend erscheinen«, bemerkte Corvin schließlich, »besonders jetzt, wo wir gesehen haben, wieviel überschüssige Energie die Leute besitzen... Natürlich könnten wir auch Prügel dabei bekommen.«

»Nicht, wenn Sigel anrückt –«, warf Tiedemann ein und rief: »Hauptmann Lenz?«

Lenz blickte auf. Ach ja – von ihm als dem Rangjüngsten wurde erwartet, daß er zuerst seine Meinung sagte. Er versuchte, ein Gefühl der Zwecklosigkeit zu bekämpfen, das ihn zu überwältigen drohte. Und da er seiner selbst nicht sicher war, flüchtete er sich in allgemeine Redensarten.

»Kriege gewinnt man«, sagte er, »indem man den Feind vernichtet. Wie sollen wir ihn vernichten, wenn wir uns ihm nicht stellen?«

»Sprachen Sie von *gewinnen*?« erkundigte sich Corvin freundlich.

»Jawohl, gewinnen!« Lenz war heiser. »Oder besitzen Sie etwa uns anderen unzugängliche Informationen, Oberstleutnant Corvin, die die Möglichkeit eines Sieges ausschließen?«

Lenz brach ab.

»Und wenn nun Sigel überhaupt nicht kommt?« fragte Heilig, und das Blut stieg ihm von den Kinnbacken her über das ganze lange Pferdegesicht.

Dies ist er nun, dachte Lenz, der Moment, da die Wahrheit nicht länger zu vermeiden ist. Die unbehagliche Pause zog sich in die Länge.

Das Schweigen trieb Heilig zu der nächsten Frage: »Und wenn der Sigel nicht kommt, unternehmen wir gar nichts?«

»Aber mein lieber Mann!« Tiedemann verzog ärgerlich das Gesicht. »An diese Möglichkeit denkt doch kein Mensch!«

Biedenfeld griff die Frage auf. »Gar keiner?« sagte er. »Wirklich keiner? Hat uns der Gedanke nicht schon seit langem ständig verfolgt, und hat nicht auch der schwerfälligste Verstand ihn spätestens heute nachmittag begriffen?... Ah –«, eine Geste des Widerwillens unterstrich das *ah*, »da haben wir Seite an Seite gekämpft und werden vielleicht Seite an Seite sterben müssen – seien wir doch um Gottes willen ehrlich miteinander!«

»Offen gesagt, Bruder Biedenfeld«, Dr. Walcher war um den Tisch herumgekommen und sprach, als hätte er einen Patienten vor sich, »offen gesagt möchte ich für meine Person lieber gar nicht wissen, ob Sigel uns Entsatz bringen wird oder nicht.« Er legte die Hand auf Biedenfelds Epaulette – die neue, die er anstatt der bei Waghäusel abgesäbelten trug. »Ob Sigel nun kommt oder nicht, sollte nicht den geringsten Einfluß auf unsere Verteidigungstaktik oder –«, er zögerte, »auf unser persönliches Verhalten haben.«

»Das möchte ich nun doch nicht behaupten!« warf Corvin ärgerlich ein.

Walcher wandte sich um. »Sie sind anderer Meinung, Herr Oberstleutnant Corvin?«

Corvin-Wiersbitzki zerknüllte sein parfümiertes Taschentuch und sagte schrill: »Was versuchen Sie uns da weiszumachen, Walcher? Waren Sie nicht an dem Handel mit den Blutegeln beteiligt? Haben Sie ihn nicht sogar veranlaßt – Sie, der Sie behaupten, sich nichts daraus zu machen, ob Sigel uns Entsatz bringen kann oder nicht!...«

»Moment mal! Was ist das mit den Blutegeln?« Tiefe Falten zerfurchten Biedenfelds Gesicht, während er weiterfragte: »Gibt's denn hier überhaupt keinen, der die Wahrheit spricht?«

Walcher blickte Tiedemann sonderbar an.

»Nun, dann –«, Biedenfeld trat hinüber zu Böning und stieß ihn in die Seite, »kommen Sie, Alter, machen wir, daß wir hier herauskommen. Sie wissen, was für eine Meinung ich von Ihnen habe; aber Sie sind wenigstens ein gerader Mensch.«

Tiedemann stand auf. Er versuchte, seine Unruhe zu verbergen, und sprach übertrieben langsam: »Ich muß Sie doch bitten zu bleiben. Ich schulde Ihnen eine Erklärung.«

»Eine stichhaltige Erklärung!« betonte Böning.

Tiedemann senkte den Kopf. Unsicher zunächst begann er zu berichten: von seinen Verhandlungen mit den Preußen wegen der Blutegel; von der sofortigen bejahenden Antwort der Preußen, ihrer versöhnlichen Haltung, die in so starkem Gegensatz zu ihrer Haltung bei früheren Gelegenheiten stand; von seiner Überzeugung, daß eine ritterliche Handlung eine andere wert sei; von seiner Entscheidung, aus den Festungskellern eine Ladung Eis zu entsenden, das die preußischen Feldärzte ebenso sehr benötigten wie Dr. Walcher seine Blutegel; und daß er, als eine besondere Geste der Großmut, zwei Gefangene mitgeschickt hatte, die in der Festung zu nichts nutzten und nur von den immer mehr schwindenden Vorräten durchgefüttert werden mußten. Jawohl, er hatte die Gelegenheit wahrgenommen, um einen persönlichen Brief an seine Familie in Heidelberg zu übermitteln, an seine Frau und seinen kleinen Sohn, an Vater und Mutter – dies war doch gewiß verständlich?

»Andere haben auch Familie außerhalb der Mauern«, bemerkte Biedenfeld trocken. »Warum haben Sie die nicht an Ihren Postrechten teilnehmen lassen?«

Tiedemann blickte starr vor sich hin, als ginge die Frage über sein Begriffsvermögen. Er litt an den Widersprüchen in seiner Ethik. Lenz konnte nachempfinden, wie peinlich das alles für den Mann war.

»Und gab es nicht auch noch andere Briefe?...« Wieder Corvins leicht spöttische Stimme.

»Ja – eine Mitteilung von General von der Gröben. Er bot sicheres Geleit für zwei unserer Offiziere – sie sollten ganz Baden bereisen dürfen, um sich mit eigenen Augen zu überzeugen, daß die Revolutionsarmee –«, Tiedemann schluckte, »aufgehört hat zu existieren.«

Lenz stand ganz still, die Augen auf einen der Kandelaber geheftet. Er sah diesen Kandelaber mit einem besonders geschärften Wahrnehmungsvermögen: die Silberarbeit, den dreigespaltenen Fuß, die kunstvoll verschlungenen Arme. Für den Rest seiner Tage würde er sich an jede Einzelheit des Kandelabers erinnern können.

»Nun?« fragte Corvin. Seine Stiefelspitze wippte auf und ab. »Was schlagen Sie vor?«

»Ich schlage vor, den besprochenen Ausfall zu unternehmen«, entgegnete Tiedemann mit lebloser Stimme. »Ich selbst werde ihn leiten.«

Corvins Fuß wippte nicht mehr. Die Pfeife in Biedenfelds Hand war ausgegangen. Dr. Walcher befeuchtete seine Lippen.

Tiedemann breitete die Karte auf dem Tisch aus. »Die Dispositionen sind wie folgt...«

Lenz blickte über Bönings Schulter auf den nierenförmigen Umriß der Rastatter Wälle, auf Tiedemanns Finger, der sich über das Gelände jenseits der Befestigungen bewegte, quer über Chaussee, Eisenbahn, Fluß. Doch glitt Lenz' Aufmerksamkeit immer wieder ab. Wie sicher mußten sich die Preußen fühlen, dachte er, daß sie ein solches Angebot machten! Und warum hatte Corvin Tiedemanns Geheimnis verraten? Aus Furcht? Weil er die offerierte Landpartie selber mitmachen wollte? Oder aus beiden Gründen?...

Dann dachte Lenz an Lenore und daß er die Frage nach ihrer Schwangerschaft nicht länger vor sich herschieben konnte. Hatte Andromache Hektor Kinder geboren; und hatte Hektor in ihnen weitergelebt?

...nach der Stabsbesprechung todmüde zur Druckerei. Diesmal gab es mehr als genug Neuigkeiten – ich bin ganz tüchtig beim Zeitungshandwerk; die Sätze fließen mir aus der Feder, jeder einzelne wahr, und jeder einzelne doch eine Cachirung der Wahrheit...

...die Preußen haben Artillerieverstärkung herangeschafft; eine zusätzliche Batterie in Richtung Iffezheim; dazu aus eroberten badischen Beständen mehrere alte Mörser, deren hohe Flugbahn einen unheimlichen Lärm verursacht und ein furchtbares Krachen beim Einschlag der Geschosse. Die Geschütze von Fort Friedrich haben einen vollen Munitionswagen der Iffezheimer Batterie getroffen und in die Luft gesprengt, wobei Stücke preußischer Kanonire herumflogen...

...das Bombardement und das erfolgreiche Gegenfeuer erweisen sich als gute seelische Vorbereitung; Linie und Volkswehr brennen darauf, den Ausfall zu machen. Jawohl, auch die Linientruppen!... Ich sehe Biedenfeld, wie er wartend am Sammelpunkt nahe des Karlsruher Thors steht – an der Spitze fast eines ganzen Bataillons seines kostbaren Dritten Regiments...

...Böning hat mich zu ihm kommen lassen. Ich soll sofort das Kommando über eine Kompagnie Volkswehr übernehmen. Andromache hat heute kein Glück; das Mittagessen wird kalt werden...

...Heilig schreitet oben den Wall entlang – genau halb 3 die Geschütze von Fort Ludwig und Bastion Dreißig. Meine Männer werden wach, Hurrarufe, Vivats. Ich prüfe noch einmal Ausrüstung und Munition. Ein paar tragen grob zusammengeheftete Überhänge aus dem gestern gestohlenen weißen Fries; trotz der Hitze weigern sie sich, diese zurückzulassen. Die preußischen Batterien hinter dem Eisenbahndamm kommen mit sich selbst nicht zurecht; ihr Feuer bleibt unregelmäßig und richtet keinen Schaden an....

...das Thor öffnet sich knarrend. 3 Uhr. Keine Trompeten, keine Trommeln, keine Befehle – nur Handsignale; Marschtritt der Truppen, Eilschritt, widerhallend von den dicken Wänden des dunklen Bogenganges. Dann das Glacis – die Felder, der Himmel; wunderbare Sicht; alles deutlich bis zum Horizont. Horizont! Nach Wochen hinter Mauern – Ferne, Horizont! Wir schwärmen aus...

...Tiedemann auf einem schwarzen hochkruppigen Pferd. Wie er auf den Eisenbahndamm und den Bahnhof zu galoppirt, sieht er aus wie ein Feldherr...

...ich kenne diese Straße, jeden Zollbreit... und die Felder längs der Murg, auf denen man uns exercirt hat, auf ab auf ab. Gott, hier war die Soldatenversammlung am Vorabend der Revolution; ich sprach von einem über zwei Fässer gelegten Brett herab. Ich sehe noch Thomé, wie der Dickwanst hinaufgehoben wurde, ein Revolutionär wider Willen. Was hab ich doch gesungen? So, Trommler, rühr die Trommel gut: Kehraus der deutsche Misere! ...*Schrieb den Vers après faire l'amour mit Josepha. Wo Josepha sein mag? Wo ist die Zeit hin und wo bleibt die neue Zeit?...*

...*der Schweiß sticht mir in die Augen. Wir haben den Damm überquert, Böning als erster, barhäuptig, die weiße Mähne wild. Die preußische Artillerie hat sich davongemacht und uns ein Geschütz zurückgelassen. So möchte ich Böning stets im Gedächtniß behalten: breitbeinig, den Körper zur Seite gedreht, wie er den riesigen Hammer schwingt und das Geschütz vernagelt. Der Bahnhof scheint vollkommen verlassen zu sein. Eine Lokomotive auf dem Nebengleis, ohne Dampf...*

...*aus Niederbühl Gewehrfeuer hörbar, verworrener Lärm. Das dürfte Biedenfelds Infanterie sein, die hoffentlich vorrückt. Plötzlich auf dem Kirchthurm des Dorfes eine Fahne – roth; reines, wundervolles Roth, im Winde wehend...*

...*woher der Wein kam, weiß ich nicht. Die einen sagen, aus Niederbühl: requirirt, ein Bauernwagen mit mehreren Fässern. Die meisten haben sich die Feldflaschen vollgefüllt. So trank ich denn... Die Leute sind gutmütig. Sie reden vom Sieg, von Sigel, der mit seiner neuen, wunderbaren Armee im Anmarsch sein soll...*

...*ich sehe unseren Angriff auf das Gehölz vor mir, als geschähe er eben jetzt... der Trommler, nicht älter als vierzehn, wirbelt mit seinen Stöcken, der Schweiß rinnt ihm übers Gesicht, sein zerrissenes Hemd klebt ihm an den Rippen, fast tänzelnd hüpft er von Unebenheit zu Unebenheit, querfeldein, näher und immer näher an das Gehölz heran... von Rauenthal her, das Gehölz entlang, Lanzen, Pferde, die Flachhelme preußischer Ulanen; eine Schwadron. Noch eine zweite Schwadron. Beide schwärmen zum Angriff aus. Meine Kompanie, die am weitesten vorn steht, muß den Stoß auffangen...*

...*ich signalisire, dann brülle ich: »Feuer! Schießt, was ihr könnt!«*

...*der Zusammenstoß... Pferde bäumen sich, stürzen... ich feure meine Pistole ab, aus nächster Nähe... Schreie... ich haue um mich, säbele blindlings drauflos... die Ulanen kehren um...*

...*unser Trommler liegt durchbohrt, von einer Lanze an die Erde genagelt; der Schaft zittert noch, als hätte sich der Pulsschlag des jungen Herzens auf ein Stück Stahl übertragen, das es durchdrungen hat...*

...*die zweite Schwadron kommt auf uns zugeschwenkt... meine Leute beginnen zu wanken... ich ordne den Rückzug an...*

...*zwei Mann versuchen, Dampf in der verlassenen Lokomotive aufzumachen. Es stellt sich heraus, daß wir alte Bekannte sind, die Lokomotive, der Heizer, der Lokomotivführer und ich – von der nächtlichen Fahrt Heidelberg-Karls-*

ruhe her, damals nach dem Debakel von Unter-Laudenbach. Heute verschwört sich alles, mich an Josepha zu erinnern... Der Lokomotivführer sagt: »Ah, Bruder Soldat, bist noch immer dabei?«...

...die Preußen: Ulanen, plus reichlicher Infanterie zu ihrer Unterstützung...so viel Aufwand gegen diesen einen kleinen Ausfall... Drüben in Niederbühl ist der Kampf ebenfalls aufgeflackert, und Biedenfeld scheint unter Druck...

...der preußische Angriff entwickelt sich; sie rücken immer näher heran... Böning, halb gedeckt hinter der Ecke eines Schuppens, pafft mächtig an seiner Cigarre. Wir feuern immer noch...

...Gott sei Dank! Endlich. – Explosionen, betäubend; Erdfontainen steigen auf; Menschen fallen, Pferde schreien auf, Verwundete kriechen am Boden – Heiligs Batterien haben zu feuern begonnen. Die Preußen befinden sich in voller Flucht, ein einziger Wirrwarr, Böning gibt ein Zeichen mit seiner Cigarre. Wir müssen die Verfolgung aufgeben, weil wir in den Schußbereich unserer eigenen Festungsgeschütze gerathen...

...Tiedemann wird vorbeigeführt, er trägt einen Nothverband um den Kopf... ist getroffen worden, als er von Niederbühl her zu unserer Stellung ritt. Hinter mir sagt einer: »Er wollte sterben...« Ich kann den Sprecher nicht entdecken und möchte nicht nachforschen...

...die Lokomotive steht endlich unter Dampf. Weißer Rauch kräuselt sich aus ihrem Schornstein, der Heizer ölt die Pleuelstangen, der Lokomotivführer steigt hinauf auf seinen Stand und beginnt die Hebel zu bewegen. Die Lokomotive ruckt an. Ich will ihn warnen, er fährt ja auf die preußische Linie zu... Plötzlich springt er ab, überschlägt sich, steht auf und starrt hinter seiner Maschine her, die in die Dämmerung hineinfährt, schneller und schneller, Schrecken erregend, wo immer sie hingelangt...

...es ist dunkel geworden. Von den Wällen und Bastionen haben die Festungsgeschütze ihr Feuer aufrechterhalten. Niederbühl, wo die Preußen theilweise eingedrungen waren, steht in Flammen. Die tiefhängenden Nachtwolken haben rosige Ränder... die Kanonenkugeln kommen von Bastion Dreißig her angeflogen und krachen auf ihr Ziel herab. Ungeheurer Jubel bei einem Volltreffer auf die Kirchthurmuhr. Eine Minute später bricht der Thurm langsam in sich zusammen – ein letztes Knistern, dann schießen steil und roth die Flammen auf, Nachbildung der Fahne, die heute von diesem Thurm flatterte...

...Böning befiehlt Rückkehr in die Festung. Jemand fragt warum. »Weil ich keine Cigarren mehr habe!« sagt er.

...Lazaretgestank. Ich stolpere die Treppen hinauf. Ein großer, halbdunkler Raum, Reihen von Feldbetten...
...dann, Lenore...

(Aus Notizen in Andreas Lenz' Handschrift, offensichtlich niedergeschrieben teils während, teils nach den Ereignissen, und datiert vom 16. und 17. Juli 1849)

Einunddreißigstes Kapitel

Ich besuchte alle meine Quartierleute und fand überall, daß die alte Gesinnung noch nicht zollbreit bei ihnen gewichen war, sondern sie waren jetzt noch ärger, nur durften sie dies nicht merken lassen; meinten aber größtentheils, es käme schon wieder die Zeit, wo sie sagen dürften, was sie dächten...

(Aus dem Exemplar mit der Widmung »*To Captain Andreas Lenz, in memory of old times. H. Christoffel*« der Broschüre »Lebensgeschichte eines badischen Soldaten, von ihm selbst geschrieben im Zellengefängnis zu Bruchsal«, Autor anonym)

Ein leichter Dunst war aufgestiegen und ließ den glitzernden Spiegel des Sees matt werden. Das französische Ufer gegenüber mit der Stadt Evian, die an klaren Tagen zu sehen war, verschwamm in der sonnendurchtränkten, zitternden Luft.

Engels nahm die Brille von den schmerzenden Augen und schob seinen Stuhl in den Schatten der Markise. Die Terrasse war leer zu so später Vormittagsstunde.

Die Kellnerin kam und betrachtete Engels mit dunklen kecken Augen; schätzte ihn erwartungsvoll ab und wippte ein wenig, während sie seine Bestellung annahm; das gestärkte weiße Schürzchen unter ihrem jungen festen Busen unterstrich den Eindruck, ein Vogel sei gekommen und habe sich neben seinem Tisch niedergelassen, bereit, ihm etwas vorzuzwitschern oder bei der ersten plötzlichen Bewegung davonzufliegen.

»...und weiche Eier, zweieinhalb Minuten gekocht«, endete Engels.

»Zweieinhalb Minuten«, wiederholte die Kellnerin; dann mit einer Stimme, die ebenso unpersönlich war wie das daraufolgende Achselzucken: »La vie soignée, eh?«

Engels war versucht, eine plötzliche Bewegung in Richtung des vorwitzigen Vogels zu machen. »Außerdem« sagte er, »wenn Sie so freundlich sein wollen, hätte ich gern Feder und Tinte und ein paar Blatt Papier.«

»Mais oui, Monsieur!«

Sie hüpfte davon und brachte ihm nach einer Weile das Frühstück. Engels köpfte das erste Ei.

»Zweieinhalb Minuten?« fragte sie. »Oui?«

Er lehnte sich zurück und streckte die Beine aus. Er hatte es fertiggebracht, seine Kleider trotz des langen Marsches von der Grenze durch die halbe Schweiz einigermaßen zu erhalten. »La vie soignée«, bestätigte er dem Mädchen. »Absolument!«

Sie lachte kehlig und eilte davon, wobei sie den Hintern schwang, daß der Rock wirbelte. Kurz darauf war sie wieder da und legte mit der gleichen flinken Geschäftigkeit wie vorher Feder und Papier vor ihn hin.

Er stieß die Teller zur Seite, schob sich ein Blatt Papier zurecht, tauchte die Feder ein und schüttelte die überflüssige Tinte ab. *Vevey, 25. Juli 1849*, schrieb er, und dann *Liebe Frau Marx*...

Er hielt inne und rückte seine Brille zurecht. Ein Boot glitt die mattgraue Fläche des Sees entlang, der Morgendampfer aus Lausanne. Die Schwierigkeit ist, dachte Engels, daß ich subjektiv mit dem Erlebnis noch nicht fertig bin; wenn ich die Niederlage auch mit vielen Vernunftgründen erklären kann, es bleibt doch ein Rest gefühlsmäßiger Elemente. Bis Vevey waren die Überreste von Willichs Korps von einem Schweizer Kanton in den nächsten geschoben worden; dauernd beisammen, ständig die gleichen Analysen, Selbstvorwürfe, Prophezeiungen im Ohr, konnte man natürlich nichts wirklich zu Ende denken. Gott sei Dank hatte man sich nun endlich getrennt. Willich, so kaltblütig im Kampf, so rasch beim Erfassen einer Lage, hatte ihn zum Schluß mit seinem ideologischen Gewäsch und seinen sozialistischen Universalmittelchen am meisten gelangweilt; und auch von Sigel, Goegg, Struve oder einem der anderen Helden, die jetzt die Schweiz bevölkerten, war nichts Positives gekommen.

Engels seufzte. Er hatte tatsächlich Sehnsucht nach Marx, mit dem er sich ohne lange Worte verstand. Er sehnte sich nach dem Ansporn des sich gegenseitig ergänzenden Denkens, das die Spinnweben im Kopf wegfegte, die große Perspektive wahren half und das eine hervorbrachte, mit dem man *la misère allemande* am besten überwand: ein gesundes Lachen.

»Immer schreiben!« Die Kellnerin war wieder da. »Warum essen Sie nicht?« fragte sie und spitzte die Lippen. »Es ist die Liebe. Ich verstehe schon. So ein junger Mensch... Gehören Sie auch zu *denen*?«

Das Nicken ihres Häubchens bezog sich auf einen Passanten im schäbigen blauen Waffenrock, den Engels schon vorher bemerkt hatte.

»Ja.«

»Ah, les Prusses«, sagte sie. »War es sehr schlimm?« Ohne auf Antwort zu warten, fuhr sie fort: »Nach all dem Schießen und Stechen und Marschieren müssen Sie ja ganz verrückt auf Liebe sein. Ist sie denn hübsch?«

»Ist wer hübsch?«

»Die, an die Sie schreiben!«

»Ach so, ja...« Engels blinzelte kurzsichtig. »Ihr Mann jedenfalls findet sie hübsch.«

»Ihr Mann...!« Also war dieser junge Mann mit den verheerend blauen Augen und den interessanten Zügen vermutlich noch zu haben... Jemand aus der Küche rief nach ihr. »Ja, ja, ich komme ja schon!« antwortete sie und wandte sich ab.

Engels lachte in sich hinein. Dann tauchte er noch einmal die Feder in die Tinte, überlas die drei Worte, die er geschrieben hatte: *Liebe Frau Marx*, und fuhr fort: *Sie sowohl wie Marx werden verwundert sein, daß ich so lange nichts habe von mir hören lassen. En voici les causes...*

Er zögerte. Die Gründe... Die Gründe für sein langes Schweigen würden ein ganzes Buch füllen; wie sollte er sie in einigen wenigen Zeilen zusammenfassen? Er hatte Marx nicht geschrieben, weil die Verbindungen mit Paris abgeschnitten waren. Er hatte nicht geschrieben, weil er dem Verlangen nicht widerstehen konnte, sich wenigstens an der Schießerei zu beteiligen, und einmal mitten drin, nicht die geistige Ruhe oder die freie Zeit gehabt hatte, dem Freund zu berichten. Er hatte nicht geschrieben, weil... Und weil er gehört hatte, daß Marx festgenommen sei, niemand wußte genau, wo und unter welchen Umständen. Er hoffte, daß das nicht stimmte; aber mehrere der wichtigeren Mitglieder des Bundes der Kommunisten saßen bereits im Gefängnis.

Die Tinte an seiner Feder war eingetrocknet. Geistesabwesend griff Engels nach seiner Tasse; der Kaffee war kalt geworden. Es hatte Zeiten gegeben, wo er trotz des Pfeifens der preußischen Kugeln um die Ohren geglaubt hatte, er wäre auf einem weniger gefährlichen Posten als Marx in Paris oder die Bundesmitglieder in Deutschland, auf welche die Polizei der verschiedensten Staaten Jagd machte. Wenn Marx sich in Freiheit befand, mußte Jenny diesen Brief sofort an ihn weiterleiten, mußte ihn bitten zu schreiben. Wohin schreiben? Engels setzte die Tasse nieder. Er konnte nicht einmal eine Adresse angeben. Falls er Geld von seinem Vater bekam, mochte er nach Lausanne oder Genf gehen und sehen, was von dort aus getan werden konnte. Die Niederlage der Revolution und der Zusammenbruch, der den Feldzug beendete, hatte alle organisatorischen Fäden zerrissen; von irgendwoher mußte man anfangen, sie neu zu knüpfen.

»Bürger Engels!«

Engels fuhr auf. Dunkel gegen den hellen Dunst über dem See näherte sich die untersetzte Gestalt des Soldaten im blauen Waffenrock der Terrasse. Engels kniff die Augen zusammen, lächelte. »Bürger Christoffel! Setzen Sie sich zu mir! Also haben auch Sie es bis hierher geschafft...«

Er bestellte ein Frühstück für Christoffel, ohne allerdings Vorschriften wegen der Eier zu machen. Christoffel aß langsam. Zwischen den einzelnen Bissen erzählte er von seiner Wanderschaft – Satzbrocken, die er unterbrach, wenn er mit den kurzen breiten Fingern noch ein Stück Brot, noch einen Löffel süßen Haferbrei in den Mund schob. Nein, er war nicht mit Willichs Korps oder einer anderen Truppe gezogen – aber sie waren der allgemeinen Richtung gefolgt – er, ein Chevauleger, ein Drucker aus Sachsen und ein Schneidergeselle – der Chevauleger war bei einer Frau geblieben, der Drucker hatte Arbeit gefunden, und der Schneider war gestorben,

Schwindsucht, wissen Sie – jetzt war er allein – kein Zuhause, kein Geld, keinerlei Bindungen, nichts – aber er fühlte sich einigermaßen wohl und gesund, der Rücken voller Narben, aber sonst in Ordnung, die Schulterwunde fast verheilt...

»Keinerlei Bindungen?« Engels war nachdenklich geworden. Er konnte sich in Lausanne, Genf, Paris oder London ebenso wohl fühlen wie in Barmen im Rheinland, wo sein Vater eine Textilfabrik besaß und wo er, wie man so sagte, seine Wurzeln hatte; eigentlich noch wohler, denn er brauchte Horizonte und den Wind des Geschehens in der großen Welt, um sich richtig zu entfalten. Warum? Lag es an seiner Erziehung oder daran, daß er ein Intellektueller war oder daß er die Welt in einem Zusammenhang sah, der von Plato bis Hegel reichte? Was war es, das einen Menschen zum Revolutionär machte, wie viele Einflüsse, Erfahrungen, Gedanken – und wie unterschiedlich ging diese Umformung bei jedem einzelnen vor sich!... »Ich könnte antworten, daß Sie schließlich Ihre Bindungen zur Bewegung haben.«

Christoffel saugte eine Brotkrume zwischen seinen Zähnen heraus. »Ich bin in meinem Leben viel herumgekommen«, sagte er schließlich. »In der Schweiz, in Frankreich... Ich gehöre nicht zu denen, die den einen Tag in Polen, den nächsten in Griechenland oder Italien kämpfen können.« Er schaute auf die ausgefransten Ärmel seines schlecht geflickten Waffenrocks, von dem die Insignien entfernt worden waren. »Nach dem, was wir durchgemacht haben, kann ich mir nicht vorstellen, daß ich irgendwo anders als dort drüben nach dem Gewehr oder meinetwegen auch nach der Mistgabel greife, und ich will auch nicht irgendeinen alten König oder Landesfürsten stürzen, sondern die dort drüben...« Er wies mit dem Daumen über die Schulter in eine Richtung, wo hinter den Terrassen der Schweizer Weinberge und dem fernen Gebirge seinem Gefühl nach das Land Baden, Deutschland lag.

Wo Josepha war, dachte er und zerknüllte die schneeweiße Serviette in der Faust. Und dachte, wie schon tausendmal während seiner langen Wanderung über die Schweizer Straßen, an ihre letzte gemeinsame Nacht, an das schmale, unbequeme Bett, an das Muster des Mondlichts auf der abgenutzten Decke, und wie er Josepha mit vor Liebe und Angst fast erstickendem Herzen immer wieder gefragt hatte: Wie war es wie war es wie war es...

»Klassen«, sagte er. »Ich habe niemals vergessen, wie Sie, Bürger Engels, und Bürger Marx damals in Köln mir das mit den Klassen erklärt haben! Aber dann, als uns ein Gefecht nach dem andern verlorenging, als alles zusammenfiel und die großen Versprechungen von gestern schon heute vergessen waren und wir im eigenen Lande fliehen mußten, da habe ich mir manchmal gedacht, daß wir von allen verraten worden sind...«

Das französische Ufer und die Stadt Evian hatten sich im Dunst aufgelöst. Die Hitze drang bis unter die Markise; sogar die Kellnerin bewegte sich nur träge von Tisch zu Tisch und wischte lustlos die Marmorplatten ab.

»Haben Sie Ihr Buch schon angefangen?« fragte Christoffel und nickte zu Engels' Feder und Tintenfaß und Papierbogen hin.

»Nein«, sagte Engels, »das ist nicht der Anfang eines Buches – aber ich freue mich, daß Sie sich danach erkundigen. Ich denke, ich werde das Buch schreiben, weil Sie nicht der einzige sind, der Fragen hat. Auch ich zerbreche mir den Kopf über diese Fehlschläge.«

Er sah das Suchen in Christoffels skeptischem, aufmerksamem Blick; er sah die breiten Schultern, wie geschaffen, ihre Last zu tragen.

»Aber haben wirklich alle Sie verraten?« fragte er behutsam. »Oder gab es da nicht auch Menschen, die bis zuletzt kämpften, und warum taten sie es wohl? Wer hat denn gezeigt, daß er nicht den Willen zu einer wirklichen Auseinandersetzung hat – Sie oder ich?«

»Nein.«

»Wer also dann?«

Christoffel zählte an seinen Fingern ab: »Die Ladeninhaber – die Kleineigentümer – die Beamten – die Advokaten – die Schreiber...«

»Die Bürger, die Petits Bourgeois, ja? Obwohl sie mit der Revolution mitgegangen sind, anfänglich sogar die Führung dabei hatten?«

»Ja.«

Die Oberfläche des Sees hatte eine bleierne Farbe angenommen. Von den Bergen her, die von dem Tisch unter der Markise aus nicht zu sehen waren, drang leise ein langes Grollen.

»Erinnern Sie sich, wie kompliziert bei unserem Gespräch in Köln alles noch aussah? Jetzt sind die Dinge einfacher geworden. Brentano und die gesamte Kleinbürgersippe in ganz Deutschland haben sich gründlich blamiert; der räudigste Hund würde keinen Knochen mehr von ihnen nehmen. Von jetzt an spielt sich der Kampf zwischen den eigentlichen Gegnern ab; den Feudalherren und der großen Industrie auf der einen Seite, und der Revolution auf der anderen – und ich sage Ihnen, Christoffel, diese Revolution kann in Deutschland nicht eher mehr abgeschlossen werden als mit der vollständigen Herrschaft der Klasse, die alle Werte schafft, des Proletariats!...«

Engels preßte die Lippen zusammen, um seine Zunge zu beherrschen, und blickte sehnsüchtig auf das Blatt Papier und die Feder; er hätte das notieren sollen, um Marx' Ansicht dazu zu hören.

»Das Proletariat...« Christoffel sprach die Silben vorsichtig nach. »Vollständige Herrschaft... Aber bis dahin ist noch ein langer Weg?«

Engels blickte Christoffel an: dieser Mann brauchte kurzfristigere Ziele. »Vertrauen Sie auf die preußische Säbelherrschaft!« erklärte er, einer direkten Antwort ausweichend. »In Ihrem kleinen Baden wird sie die gleichen Ladeninhaber und Kleineigentümer und Advokaten und Schreiber so sehr zur Verzweiflung treiben, daß sie ihr jedes andere Regime vorziehen werden, sogar das der Arbeiter. Und die Arbeiter und Bauern, die genauso sehr unter dem preußischen Säbel leiden werden wie die Herren Bürger, haben ihre Erfahrungen mit Brentano und Konsorten nicht umsonst gemacht! Sie werden schon dafür sorgen, daß bei der nächsten Insurrektion *sie* und nicht irgendwelche kleinbürgerlichen Redekünstler das Heft in die Hand bekommen...«

Der Donner aus den Bergen war näher gekommen; die ersten Windstöße zeichneten silberne Wirbel auf das Wasser.

»Bei der nächsten Insurrektion...« Ein Leuchten war in Christoffels Augen getreten; er verlor etwas von seinem bedrückten Wesen. »Sie wissen ja nicht, wie sehr Sie mir geholfen haben, Bürger Engels – und ich meine nicht nur das Frühstück.«

Engels war nicht allzu beglückt über diese so offen ausgedrückte

Dankbarkeit: die Zweifel, von denen er Christoffels Denken befreit hatte, waren in seinen eigenen Kopf eingekehrt; sie waren keineswegs neu. Natürlich konnten, historisch gesehen, keine noch so schönen insurrektionellen Erfahrungen die Klassenentwicklung ersetzen, die nur durch einen langjährigen Betrieb der großen Industrie erreicht wurde – aber angenommen, diese unglückselige Affäre in Baden war für längere Zeit die letzte Insurrektion in Deutschland, angenommen, die Welle der Revolution, von der er und Marx sich getragen gefühlt hatten, verebbte?

Wieder lockten Feder und Papier, und er wünschte, er könnte das Problem gründlich mit Marx erörtern: was zu tun war, welche Organisationsformen zu wählen waren, falls man sieben oder gar siebenmal sieben mageren und häßlichen Jahren entgegenging.

Das schwere Wetter in den Bergen schien vorüberzuziehen; das Wasser beruhigte sich, als einzige Bewegung blieb ein langsames An- und Abschwellen, gerade als atmete der See. Die Hitze war weiter drückend.

»Wo wollen Sie hin?« fragte Engels rasch, da er bemerkte, daß Christoffel aufstehen wollte.

Christoffel wies noch einmal über seine Schulter hinweg. »Sie haben mir geholfen, zu einem Entschluß zu kommen, Bürger Engels. Und außerdem gibt es da jemand, den ich gern wiedersehen möchte –«, er zögerte, »zu Hause.«

»Wie heißt sie denn?«

»Christoffel kratzte sich am Hinterkopf. »Josepha.«

»Josepha...«, wiederholte Engels. Die Kellnerin kam, um Christoffels Geschirr abzuräumen; sie roch jetzt nach einem billigen Parfüm und richtete es ein, daß sie Engels' Ohr und Wange mit ihrem nackten Arm streifte, während sie sich über den Tisch beugte. »Josepha«, sagte Engels. »Das ist wohl ein häufiger Name in Ihrer Gegend?«

»Ja. Warum fragen Sie?«

Engels spielte mit seiner Feder. »Ich nehme an, Sie kennen das Risiko, das Sie eingehen, wenn Sie als aufständischer Soldat, der aus dem Ausland zurückkehrt, gefaßt werden?... Die Preußen haben überall ihre Kriegsgerichte eingeführt; wir haben von Todesurteilen gehört; in Freiburg ist der junge Dortu hingerichtet worden...« Seine Hand glitt zur Seite, und die Feder, die er hielt, riß ein häßliches Loch in den Brief. Engels runzelte die Stirn und zerknüllte das Blatt Papier.

Christoffel schaute sich um. Die Kellnerin hatte sich zurückgezogen; die Terrasse war leer; keine Seele auf der Straße vor dem Café. Mit einem geschickten Ruck entfernte er den Waffenrock von den Schultern; noch eine Bewegung, und das abgetragene, verschwitzte Hemd fiel von ihm ab.

Engels erblickte das Streifenmuster, das Sergeant Rinckleff über Christoffels Rücken gezeichnet hatte, ein entzündetes Rot; die Zunge blieb ihm am Gaumen haften. »Gut«, sagte er schließlich. »Ich sehe, Sie wissen Bescheid.«

Christoffel kleidete sich wieder an. Nachdem er den Waffenrock zugeknöpft hatte, bemerkte er: »Ich kenne das Land, und ich spreche die Sprache der einfachen Leute. Ich kann mich unter ihnen bewegen wie der Fisch im Wasser...« Mit unerwarteter Anmut beschrieb seine Hand die Wendung einer Forelle, die da hochspringt und wieder zwischen den Steinen verschwindet.

Engels nahm sein Portemonnaie heraus und teilte die wenigen Noten und Münzen, die er besaß, in zwei Häufchen, eines so klein wie das andere. Das erste schob er quer über den Tisch zu Christoffel hin, das zweite tat er zurück in sein Portemonnaie.

Christoffel zählte genau, bevor er seinen Anteil einsteckte. »Ich werde Ihnen das zurückzahlen, Bruder Engels«, sagte er, von dem weniger vertraulichen Titel *Bürger* abgehend. »An welche Adresse kann ich dann das Geld schicken?«

Engels mit seinem Feingefühl für die Stimmung im Menschen begriff die Bedeutung dieses Wechsels in der Wahl eines Wortes und lächelte. »Sie können es durch Comlossy in Rastatt zurückzahlen. Sollte die Festung noch nicht gefallen sein, muß es ja jeden Tag dazu kommen. Versuchen Sie dann, mit Comlossy Verbindung aufzunehmen, auch wenn er sich verborgen hält. Teilen Sie ihm mit, daß wir uns getroffen haben und worüber wir sprachen. Sagen Sie ihm, daß wir weiterarbeiten und daß er uns Nachricht geben soll über die Lage dort und über seine Absichten und Vorschläge. Sagen Sie ihm –«, Engels hielt inne und schluckte. »Sagen Sie ihm, das deutsche Volk wird nicht vergessen – weder den Verrat noch die Leiden, weder die Feigheit noch den Heroismus.«

Der See war wieder wie ein Spiegel. Von Mont Pélerin über den Weinbergen schlug eine Glocke Mittag. Christoffel stand auf.

Engels streckte die Hand aus. »Viel Glück!«

»Danke«, sagte Christoffel. »Und Adieu.«

Engels blickte ihm nach, wie er fortging, breitschultrig, verläßlich, soldatisch. Dann nahm er ein frisches Blatt Papier, tauchte die Feder ein und begann noch einmal zu schreiben: *Vevey*, und das Datum, und *Liebe Frau Marx...* Die Worte kamen ihm jetzt leicht, und die Feder bedeckte Zeile um Zeile mit den hastigen, schrägen Buchstaben, die stets zu versuchen schienen, es der Geschwindigkeit seiner Gedanken gleichzutun.

Zweiunddreißigstes Kapitel

Im Felde, am 6. Mai 1862

Mein lieber Captain Lenz!

Ihr Brief vom 10. März brachte mir die Vergangenheit zurück. Ich verstehe das Wiedererwachen Ihres Interesses für die Ereignisse von 1849; ich bin ebenfalls oft versucht, Vergleiche zu ziehen zwischen gewissen Merkmalen unseres jetzigen Bürgerkrieges und jenes anderen, viel geringeren, dessen Veteranen wir beide sind. Rückblickend führe ich es auf meine Schüchternheit zurück, daß wir uns nicht schon in Rastatt kennenlernten. Ich habe Sie mehrfach während der Belagerung gesehen und habe auch regelmäßig den »Festungsboten« gelesen, fand aber keine Gelegenheit, mich Ihnen zu nähern.

Was meine Gefühle zu jener Zeit betrifft: Es gibt einen Brief, den ich kurz vor der Übergabe von Rastatt an meine Eltern geschrieben habe. Ich schrieb ihn in der Annahme, daß ich nicht überleben würde; daß ich mit dem Leben davongekommen bin, daß es mir thatsächlich gelang, der Festnahme, Einkerkerung und gerichtlichen Verfolgung seitens der Preußen zu entgehen und sicher die Küsten Amerikas zu erreichen, grenzt an ein Wunder. Mein Vater bewahrte den Brief auf, und nach seinem Tode wurde er mir zusammen mit anderen Souvenirs, die er aufhob, zurückgegeben.

Ich habe nun den Brief aus meinen Papieren zu Hause heraussuchen und die für Sie wichtigen Teile daraus abschreiben lassen. Das erklärt die Verzögerung meiner Antwort an Sie. Ich glaube, was ich damals als zwanzigjähriger Bursche in Rastatt schrieb, schildert den Geist der letzten Stunden der Festung weit besser, als ich es heute aus der Erinnerung heraus thun könnte. Und darum sende ich Ihnen die Abschrift.

Mit den besten Wünschen für Ihr persönliches Wohlergehen und für ein siegreiches Ende des Kampfes, an dem Sie und ich jetzt teilnehmen, bin ich

Ihr ergebener
gez.: Karl Schurz
Brig Gen, Inf.

Rastatt, 21. Juli 1849

Lieber Vater und liebe Mutter!

Ich würde wie ein Sünder vor Euch stehen, wenn nicht das stolze Bewußtsein, Euch, meine Zukunft, mein ganzes Leben meinen Grundsätzen geopfert zu haben, mir verböte, meinen Nacken zu beugen!

Jetzt stehe ich am Tage der Entscheidung, jetzt ist ja die Zeit gekommen, wo ich für meine Grundsätze werde sterben müssen, oder in eine endlose Gefangenschaft mich schmieden lasse. Dieser Augenblick trifft mich ruhig und gefaßt wie einen Mann. In diesem Augenblick, welcher in seiner derben Realität jede romantische Einbildung vrscheucht, geht mir sogar doppelt klar das schöne Bewußtsein auf, daß ich meine Pflicht gethan mit Muth und Ehre. Ich bin nie stolzer gewesen als jetzt, denn ich weiß, daß ich niemals mehr dazu berechtigt war...

Heute abend sind unsere Kundschafter zurückgekommen, sie berichten einfach, daß wir verloren sind; seit einigen Tagen ist unsere Armee vernichtet, die Preußen, versehen mit allem Belagerungswerkzeug, ziehen große Massen um die Stadt zusammen. Die Festung länger halten zu wollen würde Wahnsinn sein. Nun ist uns die Wahl gelassen zwischen zwei Dingen: Entweder uns durchzuschlagen zum Rhein, von da nach Frankreich, was kaum möglich ist, oder, und das ist fast zur Gewißheit wahrscheinlich, die Festung zu übergeben. Alle Preußen auf unserer Seite, welche gefangen werden, sind der standrechtlichen Behandlung unterworfen und verfallen, aller Wahrscheinlichkeit nach, dem Tode. Unter diesen bin auch ich...

(Der Brief an Lenz von dem späteren Senator und Innenminister der Vereinigten Staaten sowie die zitierte Anlage befanden sich unter Lenz' Papieren.)

Wahrhaft zum Entsetzen war das Aeußere dieser für die Frankfurter Verfassung interessirten Leute. Bei Einigen Trotz in den Mienen, bei Anderen eine an Stumpfsinn grenzende Gleichgültigkeit. Ergreifend war der Ausdruck der Verzweiflung und Angst, der sich namentlich bei den Jüngeren, zum Theil Knaben von 15 Jahren, in Weinen und Händeringen zu erkennen gab. Auch Männer, dem Greisenalter nahe, trugen die Blouse am Leibe, und den Stempel der Verworfenheit auf der Stirn.

Wie die Spartaner ihren Kindern einen betrunkenen Sklaven vorführten, um ihnen Ekel vor der Trunkenheit einzuflößen, so sollte man nur einen Rastatter Freischärler, einen jener Cyniker im abenteuerlichsten Aufzuge, mit der Gotteslästerung auf der Lippe, der stieren Frechheit der Völlerei im Blick und dem Raube der geängstigten Bürger in der Tasche, zu sehen geben, um einen bleibenden Abscheu vor ihnen zu bekommen. Es war ihnen augenscheinlich überra-

schend, daß sie in die Kasematten eingesperrt, statt wie sie erwartet, in verschiedenen Dépôts untergebracht wurden, aus denen sie gehofft hatten, sich durch die Flucht der sie treffenden Strafe zu entziehen.

(Von Lenz exzerpierte Abschnitte aus »Tagebuch über die Ereignisse in der Pfalz und Baden im Jahr 1849« von Staroste, Kgl.-Preuß. Oberst-Lieutenant a. D.)

Ihr Haar hatte sich geöffnet und lag auf dem weißen Kissen wie ein barocker Rahmen für ihr blasses, gelöstes Gesicht. Er küßte ihre Augen und die Stirn.

Sie lächelte. »Andreas!«

Er streichelte ihr die Schulter. Wie vollkommen ihr Ohr geformt war! Man konnte Dinge sehen und sie doch nicht sehen, bis sie sich einem eines Tages offenbarten: dieses Ohr zum Beispiel mit seinen Krümmungen, Mulden, Schattierungen... Eine Frau blieb immer teilweise terra incognita, und man mochte Jahre damit verbringen, sie zu erforschen. Würden ihm diese Jahre gewährt werden...?

Er setzte sich auf, leicht frierend trotz der Wärme des Tages.

»Mußt du gehen?« fragte sie. »Schon?«

Er nickte. Die Decke, die ihren Körper verhüllt hatte, war zur Seite geglitten. Sie hatte wunderbare Haut, nicht ein Makel daran, und noch keine Veränderung an ihren Brüsten oder in der Form ihres Bauches. Nun, dafür war es auch zu früh. Der arme Bankert in ihr konnte noch nicht viel größer sein als ein Fingernagel, wenn überhaupt so groß.

Sie deckte sich langsam zu. Vom Erdgeschoß, wo die Volkswehr einquartiert war, hörte man das Trappen der schweren Stiefel. Dort packten sie ihre Siebensachen; seit Tagen verschwanden Gegenstände im Hause, darunter auch wertvolle, wie Lenore ihm mit einem gequälten Ausdruck in den Augen gesagt hatte. Gott, dachte er, wenn sie es nicht nahmen, würden die Preußen es stehlen; oder vielleicht war er noch immer zu sehr der Bruder Leichtsinn, der Abenteurer, um wegen der Besitztümer seines illegitimen Schwiegervaters großen Kummer zu empfinden.

Noch einmal wandte er sich Lenore zu, noch einmal nahm er sie in die Arme und drückte sie an sich. »Lenore! Hilf mir, daß ich mich nicht fürchte.«

»Ich versuche ja, dir zu helfen«, sagte sie und streichelte ihm Hinterkopf und Nacken. Sie liebte ihn grenzenlos und ohne Ende, gerade weil er sie so sehr brauchte. »Es besteht gar kein Grund zur Angst; das weißt du ebensogut wie ich. Ein paar unbehagliche Tage werden vielleicht kommen, bis alles geregelt und erledigt ist... Du hast nichts Unehrenhaftes getan, kein Verbrechen begangen, dein Gewissen ist rein. In vierundzwanzig oder achtundvierzig Stunden wird der Krieg zu Ende sein, und wie nach jedem Krieg kommen die Männer dann nach Hause. Du wirst nach Hause kommen...«

Er bettete ihren Kopf zärtlich auf das Kissen. »Und du«, fragte er, »wo wirst du sein?«

»Hier vermutlich«, entgegnete sie. »Man wird doch den Frauen nichts tun, und –«; ein fast unmerkliches Zaudern, »und mein Vater wird zurückkommen...« Mein Vater, dachte sie, und sie sah den enormen Leutnant Gramm von den Dragonern, der seine dreihundert Gulden bezahlte, sehr wohl innerhalb der Frist seines Wechsels. Nach jedem Krieg, hatte sie gesagt, kommen die Männer nach Hause... Ja, welche Männer? Nach welcher Art von Krieg?...

»Andreas!«

Das war ein Aufschrei. Er fuhr zusammen. »Aber«, sagte er, »aber, aber... Es war dumm von mir, dir Sorgen zu machen. Ich bitte um Entschuldigung. Du weißt doch, Liebste, daß, wie das Sprichwort sagt, nichts so heiß gegessen wird, wie man es kocht. Wo ist mein Hemd?«

»Dort drüben...« Sie zeigte es ihm. »Ich habe eins von meinem Vater zurechtgelegt – und frische Fußlappen.«

»Danke...« Er reckte sich und gähnte. »Sag deinem Vater, sein Hemd hätte keiner besseren Sache dienen können. Und falls die Preußen uns einen Generalpardon geben, wie Corvin andeutete, wird auch das Ausleihen seines sauberen Hemdes einbegriffen sein.«

»Generalpardon?...« Sie setzte sich überrascht auf, schlug aber das Laken um sich. Einen Augenblick lang tanzten ihr die Locken auf den Schultern. »Aber davon hast du mir gar nichts erzählt!...«

Er war mit dem Wickeln seiner Fußlappen beschäftigt und wehrte ihren Vorwurf mit einem Achselzucken ab. »Wie weit kannst du dem Wort der Preußen trauen? Oder in diesem Fall Corvins Wort?

Bestimmt weiß ich nur eines: daß Corvin zurückgekehrt ist und daß er behauptet, die Preußen hätten ihn anständig behandelt; er hätte unbeschränkt reisen können und habe keine Spur von unserer ganzen Armee mehr entdeckt; außerdem sei er, bevor er die Festung wieder betrat, von General von der Gröben empfangen worden.«

»Und Gröben selbst hat sich zu nichts verpflichtet?«

Lenz zog die Stiefel an. »Du kennst doch Corvin!« Er stampfte mit dem rechten Absatz auf und bewegte den Fuß. »Corvin kann großartig vage bleiben und sich so ausdrücken, daß man aus seinen Worten genau das heraushört, was man hören möchte.« Er paßte den linken Stiefel an. »Und als ich versuchte, Corvin festzulegen, erwiderte er einfach, weder er noch von der Gröben wären zu Verhandlungen ermächtigt gewesen.«

»Aber jetzt verhandelt man?«

Sie stand auf und knöpfte ihren Morgenrock zu; die schmalen Füße mit den langen Zehen fischten nach den Hausschuhen unter dem Bett.

»Jawohl«, sagte er, »jetzt ist Corvin ein zweites Mal ins preußische Hauptquartier gegangen, zusammen mit Biedenfeld. Und jetzt hat er Vollmachten.«

»Du traust Corvin nicht?«

»Biedenfeld jedenfalls ist eine ehrliche alte Haut. Aber selbst ein persönliches Geschäft Corvins mit den Preußen würde doch nichts weiter bedeuten als einen Apfel zu pflücken, der schon am Abfallen ist...«

Sie trat auf ihn zu und suchte seinen Uniformrock zurechtzuziehen; doch so sehr sie sich auch bemühte, das Tuch hing lose, er hatte Gewicht verloren. Trotzdem sah er nicht zu schlecht aus in seiner abgetragenen Montur, die sie ausgebürstet und geplättet hatte. Er hatte nichts in diesem Krieg gewonnen, keine Reichtümer, keine Orden, nicht einmal einen Rock, der ihm paßte; aber sie wollte, daß er präsentabel aussah, wenn er dieses letzte Mal hinauszog, Hauptmann Andreas Lenz...

»Natürlich«, sagte er, »werde ich im Kriegsrat nicht von gefallenen Äpfeln oder anderen gefallenen Dingen sprechen. Wenn es aber sein soll, daß das Licht über ganz Deutschland ausgeht, warum können wir nicht wenigstens eine letzte glorreiche Flamme entfachen?«

»Damit dringst du nie durch...« Sie schüttelte den Kopf; er war eben doch ein Dichter, und sie liebte ihn deswegen. »Selbst wenn der revolutionäre Klub, den Comlossy mit dir organisieren wollte, zu einer wirklichen Macht geworden wäre – ein Massenselbstmord für eine hoffnungslose Sache?... Nicht diese Menschen, und nicht in Deutschland.«

»Aber wenn sowieso gestorben werden muß? Man darf doch nicht außer acht lassen, welche Gefahr wir für die alte Ordnung der Dinge darstellten und daß die Herren gegen unsere wenigen Tausend praktisch ihre gesamte preußische Armee einsetzen mußten, und dazu noch Hessen und Mecklenburger und Bayern und was weiß ich: das ganze heilige deutsche Reich gegen eine Handvoll schlechtbewaffneter, schlechtgekleideter, schlechtgeführter Aufständischer...«

Die Farbe war aus ihrem Gesicht gewichen.

Er versuchte ein Lachen. »Du kennst mich ja, Lenore! Meine Phantasie geht gern mit mir durch. Schließlich bin ich ein Dichter. Soll ich dir die Dinge nun ganz im Gegenteil entwickeln? Die Angelegenheit ist doch den Preußen höchst peinlich: fast vier Wochen lang waren sie gezwungen, vor dieser armseligen, völlig abgeschnittenen Festung zu liegen, deren Werke noch nicht einmal fertiggebaut sind! Sie werden also jeden Kompromiß eingehen, bei dem sie ihr Gesicht wahren können, um die Sache zu beenden, und sie werden in einem Lande, in dem sie Ruhe und Frieden brauchen, keine Märtyrer schaffen wollen, deren Name und Schicksal die öffentliche Meinung von neuem aufrühren würde... Ist das nicht eine realistischere und wahrscheinlichere Art, die Dinge zu betrachten?«

»Ja«, sagte sie. »Ja, Liebster.«

Vom Erdgeschoß drang von neuem starkes Poltern und ein lautes Krachen herauf, dann Flüche, heiseres Singen und Gelächter.

»Wann wirst du zurück sein?« fragte sie.

»Alles hängt davon ab, was beschlossen werden wird. Auch eine Übergabe ist ein militärisches Unternehmen und erfordert Vorbereitung, Organisation, Arbeit...«

»Ich muß mich dann auch bei Doktor Walcher melden«, warf sie ein.

Er nickte. Das rosige Licht war verschwunden; der rückwärtige Teil des Zimmers verschwamm zu einem dunklen Grau, aus dem der Schein einer Messinglampe gelblich leuchtete.

»Wegen des Hemdes«, fuhr er fort, »kannst du deinem Vater außerdem sagen, daß ich seine Tochter nicht nur geborgt, sondern für immer appropriiert habe und daß ich die notwendigen Papiere und Formalitäten in Ordnung bringen werde, sobald diese kleine Unannehmlichkeit vorbei ist...«

»Andreas!« sagte sie.

Er reagierte nicht. Aus den Tiefen der Schichten unterhalb seines Bewußtseins war die Erinnerung an Josepha aufgetaucht, die Frage: lebte sie noch – natürlich lebte sie, solche wie sie hatten neun Leben –, aber was trieb sie und mit wem trieb sie es? Doch ihr Bild vor seinem geistigen Auge blieb verschwommen, schattenhaft, winzig.

»Du sagtest etwas, Lenore?«

»Nichts«, erwiderte sie, im Gesicht einen ganz eigenartigen weichen Ausdruck. »Ich habe nur deinen Namen ausgesprochen... Aber ich möchte, daß du dies mitnimmst.« Sie stand auf. Unter ihrem Kopfkissen holte sie ein kleines Samtetui hervor, öffnete es und bot Lenz ein goldenes Medaillon.

Er nahm es, hielt es zwischen seinen Fingern. Schließlich öffnete er es. Innen lag eine Locke ihres Haares, mit einem gelben Faden zusammengebunden.

»Es soll dir Glück bringen«, sagte sie. »Es soll dich zu mir zurückführen.«

Er schloß das Medaillon, küßte es, steckte es in die Tasche und streichelte die Hände, die es ihm gegeben hatten. »Und da wäre noch etwas... Ich habe eine ganze Weile gebraucht, bis ich selbst damit fertig wurde.« Er zögerte, da er sich die Frage stellte, ob er so damit fertig geworden wäre – ja, ob er überhaupt auf diese Art mit ihr gesprochen hätte – wenn es eine andere Wahrscheinlichkeit gegeben hätte als die, daß die notwendigen Papiere und Formalitäten gerade noch am Vorabend der Hinrichtung besiegelt würden und daß die

Hochzeitsglocken gleichzeitig seinen Tod einläuteten. »Sag deinem Vater, daß wir vor Gott und den Menschen Mann und Frau sind und daß das Kind, das du trägst, mein Kind ist.«

Sie trat zu ihm. Ihre Lippen streiften seine; dann sagte sie leise: »Der Tag wird kommen, an dem ich deinem Kinde von dieser Stunde erzählen werde und von dir und unserem Abschied...«

Lenz griff nach seinem Degengehenk, legte es um, befestigte Scheide und Degen an seinem Gurt. Er liebte Lenore, darüber bestand kein Zweifel; und er hatte sich zu dieser Liebe bekannt; und doch empfand er bei all der Tugendhaftigkeit angesichts einer schicksalsschweren Zukunft ein leises Nagen: war nicht doch eine Spur von Heuchelei dabei?

»Andreas –«, sagte sie, und in ihrer Stimme lag Besorgnis. »Bist du dir jetzt auch völlig sicher? Du sagst mir das alles nicht, weil –«

»Sterben?... Teufel, nein!« Er lachte. »Leben werden wir zusammen, Lenore! Verstehst du? *Leben!*«

Und wußte auf einmal, daß dies so war und daß er leben würde; daß seine Bindung an sie wie ein Opfer an die Götter war, der Ring, den der König den Wellen zuwarf, als Zeichen seiner Unterwerfung und als Symbol dafür, daß das Leben aus Geben und Nehmen bestand, wobei man zumeist mehr geben mußte, als man erhielt; und daß Bruder Villon, Poet, Rebell und Liebling der Weiber, bei allem Respekt, den man seinem Andenken schuldete, doch nichts als ein Lump und Vagabund gewesen war.

Lenz bewegte sich durch die Straßen wie ein Schlafwandler. Eine Melodie verfolgte ihn, und Worte, die er richtig fassen wollte – ein Wiegenlied, das etwas von dem ausdrücken sollte, was er zu dieser Stunde dieser Nacht empfand, und das zugleich die leise Verheißung eines neuen Morgens enthielt –

Schlaf, mein Kind, schlaf leis...

Er kannte seine sentimentale Ader; in Momenten wie diesem machte sie sich besonders bemerkbar. Andere Menschen verglichen zu solchen Zeiten das Rot und Schwarz im Hauptbuch ihres Lebens: dies wollte ich tun und das habe ich erreicht und soviel hat es mich gekostet. Er hatte kein Verständnis für Kosten und Buchführung; er hatte vom Kapital gelebt, und was blieb? – ein paar Reden, die er gehalten; ein paar Notizen, die er geschrieben; ein halb Dutzend Zeilen von dem oder jenem Gedicht, das er verfaßt; die Frucht in einem Mutterleib... Und doch: Freiheit, die Schultern recken – wie viele Generationen hatten gelebt, ohne das auch nur einen Moment lang zu haben; er aber hatte es kosten dürfen, und es war süß und berauschend gewesen; er hatte den Funken gespürt und die Flamme gesehen, und nie würde er das je vergessen, nie es aufgeben.

Dem Schloßplatz zu verdichtete sich die Menschenmenge. Aus der Unruhe, den Zurufen, den Fragen ließ sich entnehmen: die Unterhändler waren aus dem preußischen Hauptquartier in Kuppenheim zurückgekehrt. Die hohen Bogenfenster im zweiten Stock des Markgrafenpalais waren hell erleuchtet, ihr festliches Orange stand in groteskem Gegensatz zu dem düstern Anlaß und zu dem dunklen Gewühl der Masse auf dem Platz. Die Wachen am Eingang zum Palais zeigten sich steinern gleichgültig gegenüber Lenz und einem halben Dutzend von ganz oder teilweise uniformierten Bewaffneten, die ohne sich auszuweisen das Palais betraten. Auch hier machten sich Auflösung, Zusammenbruch und die vorauszusehende Kapitulation bemerkbar.

Lenz folgte der Gruppe quer über den Schloßhof ins Hauptgebäude und eine breite Marmortreppe hinauf, die im Licht einer Öllampe matt schimmerte. Er kannte keinen dieser Leute, die hier zur Sitzung des Kriegsrats kamen, um über das Schicksal der Festung und ihr eigenes bestimmen zu helfen – jede Einheit war aufgefordert worden, zwei Offiziere und zwei Soldaten zu delegieren; jetzt, da das Ende unvermeidlich war und man die Wahl zwischen lauter gleich bitteren Entscheidungen hatte, wurde der Geist der Demokratie bemüht.

Alles strömte der breiten Tür des türkischen Saales zu. Die Teilnehmer des Kriegsrates bildeten ein offenes Rechteck die Wände entlang. Ein langer Tisch war aufgestellt worden, auf dessen Platte nichts weiter stand als ein Tintenfaß. Das Tintenfaß störte Lenz, und nicht nur weil es, einfaches Glas, nicht in den Stil des Saales passen wollte. Es wirkte wie eine Bedrohung: sollte schon etwas unterschrieben werden, vielleicht sogar die Kapitulationsurkunde?

Tiedemann ging zu einem Stuhl hinter dem Tisch, schwankte unschlüssig zwischen einem militärischen Gruß und einem zivilen Wort der Begrüßung, entschloß sich für keins von beiden, setzte sich einfach und starrte schweigend auf das vor ihm stehende Tintenfaß.

Böning, Biedenfeld und Corvin betraten den Saal. Weder Heilig noch Dr. Walcher, bemerkte Lenz, nahmen die für sie freigehaltenen Plätze am Tisch des Stabes ein; wie er selbst zogen sie es vor, bei den Offizieren und Soldaten zu bleiben, die sich die Wände entlang an den drei Seiten des Rechtecks aufgestellt hatten.

Tiedemann hatte zu sprechen begonnen. Seine ersten Bemerkungen waren nur für die ganz in seiner Nähe Stehenden hörbar; doch bald gewann seine Stimme den alten metallischen, militärisch knappen Ton zurück; nur seine Hände blieben fahrig und suchten sich hinter seinem Rücken oder zwischen den Knöpfen seines Waffenrocks oder in einem Ärmel zu verkriechen.

»Lebensmittelvorräte für nicht mehr als acht oder zehn Tage«, hörte Lenz ihn aufzählen. »Wein und Bier – die gleiche Lage... Pulver und Munition für Artillerie – schätzungsweise genügend für ein längeres Gefecht; Infanterie – etwas mehr... Medikamente, Chemikalien – gar nichts. Blutegel...«

Mehrere Köpfe hoben sich. Tiedemann blickte von der Liste auf, die er abgelesen hatte. Seine Hände versteckten sich hastig in seinen Rocktaschen.

»Genug!« sagte er. »Das Bild ist jedem klar! Doch das allein würde uns nie veranlaßt haben zu verhandeln. Wir alle hier im Saal und jeder einzelne unter den tapferen Verteidigern dieser Festung würden Entbehrungen, Hunger, Leiden auf sich nehmen...«

Er unterbrach sich; seine Kinnbacken arbeiteten, seine Wangen zuckten. Lenz sah, wie Corvin mit einer kleinen Kristallflasche spielte; er zog den Stöpsel heraus, beroch ihn, schloß die Flasche wieder, drehte sie zwischen seinen langen, aristokratischen Fingern hin und her.

»...Leiden auf sich nehmen!« wiederholte Tiedemann und erläuterte: »Vorausgesetzt natürlich, daß solches Leiden den Sieg unserer Sache sicherte, den Sieg der Freiheit, den Sieg des badischen, des deutschen Volkes...« Wieder zögerte er und fügte dann hastig, und als hätte er es auswendig gelernt, hinzu: »Vorausgesetzt, daß noch eine Armee bestünde, die sich zu uns nach Rastatt durchschlagen und die Belagerung aufheben könnte...«

Seine linke Hand verkroch sich hinter dem Griff seines Degens. »Oberst Biedenfeld! Wollen Sie bitte von hier an übernehmen!«

Biedenfeld hatte etwas von einem alten Löwen an sich, der sich schwerfällig erhebt und blinzelnden Auges von einer Seite zur anderen blickt. »Tja, Bürger... Oberstleutnant Corvin und ich haben mit dem preußischen General gesprochen. Er verhielt sich so höflich, wie man erwarten konnte. Doch er bestand auf seiner Forderung: die Übergabe – bedingungslos.«

Das letzte Wort, obwohl keine Überraschung, fiel wie ein Axtschlag.

Biedenfeld hatte seine Brille abgenommen, behauchte sie und rieb sie mit einem großen, zerknitterten Taschentuch sauber. Nachdem er sie wieder auf die Nase gesetzt hatte, erklärte er heiser: »Auch ich hatte Besseres erhofft. Ich bat darum, daß wir uns – im Vertrauen auf seine Nachricht und seine väterliche Liebe zu seinem Volk – unserem Souverän, dem Großherzog, bedingungslos ergeben dürfen; daß aber die preußische Armee ihrerseits sich zu gewissen Minimumgarantien verpflichten müsse.«

Corvin beschäftigte sich immer noch mit seinem Parfümfläschchen. Tiedemann saß steif auf seinem Stuhl, seine Lippen waren unnatürlich zusammengepreßt.

Biedenfeld blickte wieder von einer Seite des Saales zur anderen. »Auf dieses unser Verlangen«, fuhr er fort, »erwiderte General von der Gröben, wir hätten uns der bestehenden gesetzlichen Macht zu ergeben, und in Abwesenheit Seiner Hoheit des Großherzogs stelle die Königlich Preußische Armee die gesetzliche Macht in Baden dar...«

Ein langes Stück Asche fiel von Bönings Zigarre und bepuderte ihm den Bart.

Biedenfeld runzelte die Stirn, als wäre Bönings unsaubere Manier als Kritik an seiner Logik gemeint; dann endete er: »Jedenfalls versprach der preußische General, persönlich dafür einzutreten, daß die Garnison mit so viel Rücksicht, wie unter den Umständen möglich, behandelt würde.«

»Gott, ja«, sagte Lenz in die Stille hinein, »man wird die Kugeln, mit denen man uns erschießt, vorher mit Butter bestreichen.«

Jemand brach in ein übertrieben wieherndes Gelächter aus. Corvin war aufgesprungen. »Ich weiß Sinn für Humor zu schätzen, Hauptmann Lenz!« tadelte er scharf. »Aber jetzt ist doch wohl nicht der Moment, Ihrer besonderen Spezies von Humor die Zügel schießen zu lassen!«

»Warum nicht?« antwortete Lenz sofort. »Oder haben Sie bereits Ihre Vorbereitungen getroffen, dem Exekutionskommando zu entgehen?«

Nur einen winzigen Augenblick lang blieb Corvins Gesicht böse verzerrt, dann sah er wieder ruhig wie sonst aus. »Wir wollen das Ihrer verständlichen Erregung zuschreiben, Hauptmann Lenz. Ich denke doch, nach einem so heldenhaften Kampf wie dem unseren sollten die Offiziere dieser Garnison dem Feind nicht den Gefallen tun, sich gegenseitig die Ehre abzuschneiden.«

Tiedemanns: »Bravo!« fand ein Echo in der allgemeinen Zustimmung, die im Saal geäußert wurde.

»In Ergänzung zu Oberst Biedenfelds Bericht«, sagte Corvin mit Selbstsicherheit, »ich weiß, daß die Worte *bedingungslose Übergabe* hart klingen. Doch glaube ich nicht, daß sich die Wirklichkeit als so schlimm erweisen wird, wie sich das anhört. Diejenigen unter uns, die im Offiziersrang stehen, werden es nicht leicht haben – aber die Mannschaften können ihre Hoffnung auf die Menschlichkeit der preußischen Truppen und auf den Großherzog setzen, der kaum wünschen wird, die Haßgefühle dieses Krieges ewig währen zu lassen...«

Die Menschlichkeit der Preußen! dachte Lenz. Der Großherzog! Aber niemand lachte, niemand schien die bittere Ironie zu spüren.

»Und was die Offiziere betrifft –«, Corvin erbat und empfing von Biedenfeld ein zusammengefaltetes Dokument, »so will ich aus dem Entwurf der Übergabebestimmungen vorlesen, den uns General von der Gröben zur Verfügung gestellt hat. Punkt vier: Sämtliche Waffen werden auf dem Glacis außerhalb der Tore niedergelegt; Offiziersgepäck wird auf Pferdewagen verladen und unter preußischer Bewachung aus der Festung herausgebracht. Höhere Offiziere dürfen beritten bleiben.«

Lenz erkannte die teuflische Schlauheit, mit der diese Bestimmung abgefaßt war; Punkt vier erweckte den Eindruck, als würden die freundlichen Sieger den Herren Hauptleuten und Majors und Obersten, sobald diese sich samt Pferden und Gepäck außerhalb der Mauern befänden, glückliche Reise wünschen. Er hob protestierend die Hand.

»Sie möchten sich dazu äußern, Hauptmann Lenz?« fragte Corvin.

Lenz trat vor. Er wußte nicht recht, ob er sprechen sollte – andere, Böning zum Beispiel, waren vielleicht besser geeignet. Doch die Gelegenheit war ihm aufgezwungen worden.

»Ich habe Punkt vier Ihres Übergabedokuments gehört, Oberstleutnant Corvin«, sagte er von der Mitte des Saales her, »und ich habe mich dabei gefragt, ob die anderen Punkte auch so viel Zweideutigkeiten enthalten wie dieser.«

»Wir hatten die Absicht, sie zu verlesen, sobald eine grundsätzliche Übereinstimmung erzielt ist«, bemerkte Corvin freundlich. »Die anderen Punkte beziehen sich auf Uhrzeit, Marschrouten, Sammelpunkte und ähnliche Details.«

»Vielen Dank«, sagte Lenz. »Punkt vier genügt. Denn dieser Punkt ist der Schnuller, den man dem Baby in den Mund steckt, wenn es greint, das Bündel Heu, das man dem Esel vor die Nase hält, wenn er störrisch wird. Punkt vier besagt: bedingungslose Übergabe ist ja nur eine Formsache, regt euch bitte darüber nicht auf, sogar die Offiziere dürfen mitnehmen, was immer sie wollen, und dazu ihre Pferde, und wenn es die Offiziere so gut haben, wird es den Mannschaften doch wohl nicht schlechter ergehen.«

Er blickte sich um; doch die Gesichter blieben unbestimmt in dem unbestimmten Licht.

»Aber bedingungslose Übergabe, Bürger, kann doch nur eine einzige Bedeutung haben: *bedingungslos*. In dem Moment, da wir die Tore öffnen und dem Feind unsere Waffen aushändigen, stecken wir die Köpfe in eine Schlinge, und in der Macht der schlimmsten Feinde der Freiheit steht es, die Schlinge nach Belieben zuzuziehen.«

»Ein paar Tore standen ja schon letzte Nacht offen!« bemerkte jemand trocken. »Die Wachen sind desertiert.«

»Sind wir denn so schwach«, fragte Lenz, »daß wir keine Garantien verlangen können, daß wir uns bedingungslos ausliefern müssen? Haben wir nicht genug Erfahrungen mit preußischer Menschlichkeit gesammelt? Hat nicht so mancher unter euch mit eigenen Augen von preußischer Hand an Bäumen aufgeknüpfte wehrlose Gefangene gesehen? Sind die Flammen von Gernsbach vergessen? Und wer von uns, die in der alten badischen Armee gedient haben, hat nicht einen Geschmack von der Milde des Großherzogs bekommen, wenn er krummgeschlossen wurde, bis das Blut aus dem Hals spritzte, oder ausgepeitscht, bis die Haut in Fetzen hing?«

Erregung entstand im Saal, legte sich aber wieder, und es kam nur zu einem allgemeinen Seufzer der Resignation.

»Warum sind die Preußen denn so begierig darauf, daß wir die Waffen strecken? Weil sie Rastatt nicht nehmen können und nicht versuchen wollen, es zu nehmen, und weil jeder Tag, den sie vor unseren Toren liegen, sie um so lächerlicher macht!...«

Er redete weiter. Sollten die Preußen sich doch erst einmal die Köpfe bei einem wirklichen Angriff auf die Wälle blutig schlagen – dann würde das Wort *bedingungslos* bald genug aus General von der Gröbens Vokabular verschwinden! Sollten die freiheitliebenden Menschen in Baden, nein, in ganz Deutschland Mut schöpfen aus Rastatts Beispiel und sich noch einmal im Rücken der Preußen erheben, und der gleiche General von der Gröben würde den Schwanz zwischen die Beine klemmen und sich mit seiner ganzen Armee von Menschenfreunden davonmachen...

Er hörte das unterdrückte Lachen und sah den glückseligen Ausdruck auf mehr als einem Gesicht... Er war ein Träumer, der sich selber und seinen Zuhörern schöne Phantasien vorzauberte. Aber war nicht alles von Anfang an bloß eine schöne Phantasie gewesen, die bei dem ersten ernsthaften Zusammenstoß mit der deutschen Wirklichkeit zerschellen mußte? *Und wenn sie dich fragen...* dachte er und versuchte verzweifelt, den Vers, den er einmal geschrieben hatte, aus seinen Gedanken zu bannen –

Und wenn sie dich fragen,
Wo ist Absalom?

Sollst du ihnen sagen:
Ach, er hänget schon –
Er hängt an keinem Baume,
Er hängt an keinem Strick,
Er hänget an dem Traume
Der Deutschen Republik...

Er wußte, daß er weiterreden mußte. Niemand unterbrach ihn, aber es war wie ein Rudern gegen die Strömung. Schließlich begann ihn das höfliche Schweigen seiner Hörer zu stören; er spürte, wie sich die Geduld erschöpfte. Sie hatten nur einen Wunsch: aus dieser Sache herauszukommen und sich dabei soviel Selbstachtung wie möglich zu erhalten – während er mit seinen Anforderungen an ihre Ehre und ihren Stolz sie nur in immer größere Verlegenheit und innere Konflikte brachte.

Er verstummte und zog sich zurück.

Stille.

Es wurde auch nicht abgestimmt über die Frage der Kapitulation. Eine Abstimmung erwies sich als nicht notwendig.

Er hätte nicht sagen können, auf welchem Wege er schließlich im Wirtshaus »Zum Türkenlouis« angekommen war. Wie blind war er durch die Straßen gelaufen, auf denen ein Durcheinander wilder Feiern und dumpfer Niedergeschlagenheit herrschte; seine Gedanken kreisten um die Anfangsworte seines Wiegenliedes –

Schlaf, mein Kind, schlaf leis...

und versuchten von da an weiterzuweben, fanden einen Vers, verwarfen ihn, kehrten zum Anfang zurück – als hinge etwas davon ab, ob man das Lied je singen würde oder nicht.

Der »Türkenlouis« war gedrängt voll. Lenz ließ sich auf die nächste Bank sinken. Allmählich tauchten die Gesichter aus dem Dunst hervor – die Huren; ein Soldat mit verwegenem Schnurrbart; ein runzliger Sergeant; und alle überragend Heilig. Am Tisch in der entfernten Ecke saß Comlossy, ein gewöhnlicher kleiner Bürger, der mit seiner Umgebung verschwamm. Fidel Freis übertriebener Händedruck, die lärmende Frage: »Zu einem letzten Glas hier, Bruder Lenz? Was soll es sein? Aber Kredit gibt's nicht mehr! Wer weiß, wo wir alle morgen sind...«

Lenz blickte unwillkürlich in Richtung der eichenen Tür des Hinterzimmers. Sie war fest geschlossen; kein Licht drang aus dem Zimmer dahinter, auch nicht das leiseste Echo der großen Amalia Struve. Und anstelle von Josepha, die sich an ihn geklammert, mit jeder Rundung ihres Körpers an ihn geschmiegt hatte, saß da eine Hure mit spitzem Gesicht, die ihm Versprechungen einmaliger Genüsse zuflüsterte.

»Bruder Frei!« rief Lenz. »Bring mir das Stärkste, was du hast!«

Lenz fand ein kleines dickes Glas mit einer farblosen, scharfriechenden Flüssigkeit vor sich, die sich trübte, während er noch darauf blickte. Er schob die Hure beiseite und trank es aus. Der Soldat mit dem Schnurrbart stieß die schlampige Blonde in die Seite, und die beiden lachten über ihn. Das Gelächter machte ihn grundlos wütend; er sprang auf und stieß an den Tisch; die Gläser fielen um, und Bier ergoß sich auf den Schoß der Blonden, die ihn beschimpfte und verlangte, daß der mit dem Schnurrbart sie in Schutz nehme.

Fidel Frei wehrte mit erhobenen Händen ab. »Keine Schlägerei heut nacht!«

»Und warum denn nicht?« Lenz entdeckte einen weiteren trüben Schnaps und goß ihn hinunter. »Bloß weil du deine verstunkene alte Kneipe für die Preußen morgen bereithalten willst?«

»Verstunkene alte Kneipe!« rief Fidel Frei empört.

»Zum Teufel!« sagte Heilig. »Als echter Patriot und freiheitliebender Mensch, Bruder Frei, solltest du uns dankbar sein, wenn wir den Laden in Trümmer schlagen! Wenigstens weißt du dann, wenn du dem Exekutionspeloton gegenüberstehst, daß du dem Feind nichts von militärischem oder materiellem Wert hinterlassen hast...«

»Sehr richtig!« stimmte ein Volkswehrmann von einem anderen Tisch her zu. »Hauen wir alles in Stücke!«

Fidel Frei kreischte: »Nein! Ich ruf die –« und brach ab. Er erinnerte sich, daß es in dieser Nacht keine Polizei mehr gab, keine Wachen, keine Kräfte der Ordnung; nur reine Anarchie und in den Köpfen der Leute ein wirres Gebräu aus Alkohol und Trübsinn.

»Wir haben einen ganzen Krieg geführt«, erklärte Heilig, »und haben uns die ganze Zeit wie gottverfluchte Kavaliere benommen. Vielleicht wär's besser gewesen, wir hätten's nicht getan – hätten geplündert und den Ursprung alles Bösen, das Eigentum, verbrannt und zertrümmert...«

»Dann fang wenigstens nicht bei dem Eigentum von den armen Leuten an!«

Das war Comlossy gewesen. Comlossy trat durch die Menge hindurch; etwas in seiner Art schaffte ihm die Autorität, die die Betrunkenen zum Schweigen und die Streitenden zur Ruhe brachte.

»Hier!« sagte er und legte Lenz die Gitarre auf den Tisch, die Fidel Frei sonst in dem Fach unter seinem Ausschank aufbewahrte. »Ihr Singen haben Sie wohl noch nicht ganz vergessen, Bruder Lenz«, sagte Comlossy, »eh?«

Lenz zupfte an einer Saite; dann hielt er schnell die flache Hand auf das Instrument und erstickte den Klang.

»Singen Sie uns etwas, Bruder Lenz«, bat Comlossy. »Wenn alles gesagt und getan ist, was bleibt von einem Kampf? Die Veränderungen, die er zum Besseren oder Schlechteren gebracht hat, gehen auf in der Geschichte der menschlichen Entwicklung. Aber ein Lied, ein Gedicht – das vermag noch nach langer Zeit in den Herzen der Menschen einen Ton anzuschlagen. Sie können froh sein, daß Sie diese Gabe besitzen. Also – singen Sie!«

Das war wie ein Befehl. Lenz kam ihm nach, weil er spürte, daß inmitten des allgemeinen Scheiterns und Zerfalls der Schirmmacher Comlossy die Stetigkeit der Entwicklung vertrat, den Faden, der sich immer noch spann und der weiter gesponnen werden würde bis in die ferne Zukunft hinein.

Fidel Frei stellte noch ein Glas mit dem trüben Zeug vor ihn hin. Lenz trank hastig; dann nahm er die Gitarre, lehnte den halben Hintern gegen den Tisch, stellte einen Fuß auf den Stuhlrand und klimperte versuchsweise ein paar Takte. Es wurde still in der Gaststube.

»Schlaf, mein Kind, schlaf leis...«,

sang Lenz und wiederholte summend die Melodie der Zeile. Der warme, säuerliche Geruch im Raum, verstärkt durch Schweiß und Tabakrauch, umhüllte ihn; wieder stellte sich die Erinnerung an Josepha beinahe körperlich ein – an ihre Schultern, nackt, wie das Fleisch einer schönen, vollkommenen Frucht, an das Grün ihrer Augen mit den winzigen goldenen Fünkchen darin; er erwartete fast, daß die Tür sich nun öffnete und Lenore eintrat, in helles Gelb gekleidet wie damals, an einem Arm den alten Trottel, den Strathmann, und am anderen den massigen Leutnant Gramm.

Und dann kamen die Worte, nach denen er so lange gesucht hatte, von selbst.

»Schlaf, mein Kind, schlaf leis,
Dort draußen geht der Preuß!
Der Preuß hat eine blut'ge Hand,
Die streckt er übers badische Land.
Gott aber weiß, wie lang er geht,
Bis daß die Freiheit aufersteht...
Schlaf, mein Kind, schlaf leis.«

Mit einem mißtönenden letzten Akkord legte er die Gitarre beiseite.

Die Blonde wischte sich die Augen. »Jesus!« sagte sie, »'s ist doch entsetzlich, wenn man darüber nachdenkt...«

Der Soldat mit dem verwegenen Schnurrbart strich sich mit dem Handrücken darüber und fragte schließlich: »Warum singst du uns nicht was Lustiges, Bruder Lenz? So was mit Tra-la-la Hop-sa-sa, daß man die Damen herumschwenken möchte? Was soll aus der Welt werden, wenn alte Soldaten mit solcher Galgenmiene herumsitzen?«

Er stand auf, zupfte an einer imaginären Gitarre und sang mit quietschender Kopfstimme:

»Schlaf, mein Kind, schlaf leis...«

Die Blonde lachte, daß ihr die Tränen aus den Augen liefen und die Schminke vollständig verschmierten. Der alte Sergeant rief:

»Frei! Schnaps für alle, und einen doppelten für Hauptmann Lenz!«

Die Tür zur Straße war knarrend aufgegangen; und es war tatsächlich, als stünde in ihrem Rahmen ein Gespenst aus der Vergangenheit – Stäbchen, nach Wohlhabenheit aussehend in einer Hose mit modischem Karomuster und einem Gehrock nach neuestem Schnitt, nahm den hohen seidenüberzogenen Hut ab, sah sich um, lächelte und rief aus: »So viele alte Freunde! Guten Morgen allerseits –« und fügte, bedächtig den Rock aufknöpfend und aus der Westentasche eine Uhr an einer langen Kette hervorziehend, hinzu: »Es ist wohl bereits Morgen, nicht wahr?«

»Stimmt«, sagte Lenz.

Stäbchens Lächeln erstarrte. Sein Triumph war schiefgegangen, oder vielleicht hatte er die Zeit nicht richtig abgepaßt.

»Aber ein *guter* Morgen ist es trotzdem nicht«, fuhr Lenz fort, griff nach der Gitarre und tat einen ersten Schritt auf Stäbchen zu.

Stäbchen hatte sich den Hut auf den Kopf gestülpt. »Ich warne Sie!« sagte er. »Sie sehen in meiner Person die Autorität der Militärverwaltung Seiner Hoheit des Königs von Preußen –«

Die Gitarre krachte auf Stäbchens Kopf herab, drückte den Hut platt und rahmte mit ihrem zersplitterten Resonanzboden den Schädel ein. Stäbchen stolperte rückwärts, zur Tür hinaus. In der Gaststube des »Türkenlouis« erhob sich ein wildes Gebrüll; jeder packte, was ihm gerade in die Hand kam, und stürzte Stäbchen nach, hinaus auf die Straße.

Lenz erblickte den langen Schatten, den Heilig warf. »Dort!« keuchte Heilig, »dorthin ist er gelaufen!«

Dorthin führte in einen Stadtteil mit niedrigen, engen Häusern und finsteren Gassen. Ab und zu, wenn der Mond sich zeigte oder plötzlich ein Licht aus einem schlecht verhangenen Fenster ein Stückchen Wegs erleuchtete, glaubte Lenz die karierte Hose und den Gehrock dicht vor sich laufen zu sehen; doch nach einer Weile überließ er Heilig, der die längeren Beine hatte, die Führung.

»Oh, verdammt!«

Lenz rappelte sich aus dem Rinnstein hoch, der genau entlang der Mitte der schlechtgepflasterten Gasse verlief. Seine Hände waren mit stinkendem Unrat bedeckt; die Knie seiner Hose von Schlamm durchnäßt; ein Stiefel hatte sich in einer Art Falle verfangen, die bei jedem Schritt und jeder Bewegung auf den Kopfsteinen rasselte.

»Zum Teufel mit diesem Spitzel!« Lenz stöhnte vor Wut und fuhr Heilig an, der umgekehrt war. »Warum hast du ihn laufen lassen! Du hast ihn doch beinahe gehabt!«

Heilig half Lenz auf die Beine und fragte besorgt: »Hast du dich verletzt?«

»Herrgott, nein!« Lenz schüttelte seinen Fuß. »Ich glaube nicht!« Was da von seinem Stiefel zu Boden fiel, waren die Überreste der Gitarre, ein Durcheinander von zerrissenen Saiten und zersplittertem Holz. Lenz, der versuchte, sich die Hände am Taschentuch sauberzureiben, starrte auf die Trümmer. »Jetzt ist er uns entwischt«, sagte er. »Es ist, als hätte sich alles gegen uns verschworen, was?«

»Entwischt ist er«, bestätigte Heilig, der noch ins Dunkel spähte. Sie waren allein. Die anderen Verfolger hatten sich verzogen oder waren in den »Türkenlouis« zurückgekehrt. Lenz spürte, wie ihn Heilig am Ellbogen berührte. Das große weiße Ehebett des Bankiers Einstein fiel ihm ein und Lenore, die auf ihn wartete, und er war froh, daß die riesige Kanoniershand des Konrad Heilig ihn aufrecht hielt und führte; wohin, wußte er nicht.

»Interessieren würde mich aber doch«, sagte Heilig, »woher der Kerl plötzlich aufgetaucht ist.«

»Stäbchen?« fragte Lenz teilnahmslos.

»Glaubst du, er hat sich während der ganzen Belagerung hier in Rastatt aufgehalten?« fuhr Heilig fort und beantwortete die eigene Frage: »Gott, wenn du all das Gesindel, das sich innerhalb dieser Wälle herumgedrückt hat, zu denen hinzuzählst, die draußen gegen uns stehen, dann kommt's dir wie ein Wunder vor, daß wir so lange ausgehalten haben...« Heilig sog die Luft ein, die bereits eine Spur des Morgenwinds in sich trug. »Oder er hat sich vergangene Nacht, als die Tore unbewacht waren, eingeschlichen – oder auch erst heute nacht. Immerhin –«, seine Hand, immer noch auf Lenz' Ellbogen, packte auf einmal zu wie ein Schraubstock, »die Preußen hätten mit der ganzen Festung davonspazieren können, bevor wir es gemerkt hätten!...«

»Gleich umbringen hätte ich ihn sollen!« sagte Lenz, »Schon

längst!« Sein ganzer Ärger brach durch: »Ich hätte ich hätte ich hätte...!«

»Nur du allein?« Heilig gab Lenz' Arm frei.

»Also gut«, sagte Lenz. »Wir.«

Am Himmel zeigte sich ein bläuliches Grau; davor ragte dunkel drohend die Bastion Dreißig auf.

Heilig nickte in Richtung der Rampe. »Ich hab dort oben zu tun. Kommst du mit?«

Lenz begann seine körperliche und seelische Müdigkeit zu fühlen. Aber er trottete hinter Heilig her durch die unbewachte Tür der Bastion zum Treppenaufgang.

Drinnen mußte Lenz sich den Weg durch die pechschwarze Dunkelheit ertasten, aufwärts, immer weiter aufwärts, den verhallenden Schritten Konrad Heiligs nach, der diese Wendeltreppen und Gänge und Kasematten wohl sogar im Schlaf bewältigen würde. Die Bastion schien verlassen zu sein. Irgendwo, nicht sehr weit von hier, mußten auch die Pulvermagazine liegen. Lenz tastete nach dem Feuerzeug in seiner Tasche, jeder Lumpen, jedes Stück Schnur konnte als Lunte dienen... Gott, was für ein Finale: die riesigen rauh behackten Gesteinsbrocken der Bastion himmelwärts geschleudert, steil hochschießende Flammen, eine ungeheure Rauchsäule und der Donner von Explosion auf Explosion...

Er unterbrach seine Gedanken: War es *das*, was Heilig dort oben zu tun hatte? Er lauschte. Wasser tröpfelte in der Dunkelheit. Noch ein paar Stufen, dann Licht. Lenz befand sich auf der Plattform der Bastion. Die frische Luft tat ihm gut. Er sah die großen Geschütze, die Rohre, die schwarz und drohend über das schimmernde Band des Flusses hinweg auf die Niederung mit den Schattenflecken der Bewaldung und auf das Hügelland dahinter gerichtet waren. Die Wolken im Osten trugen schon einen rosigen Rand, der das Licht der preußischen Lagerfeuer bei Rauenthal und Kuppenheim und Niederbühl verblassen ließ. Weit in der Ferne blies ein Horn, und ein zweites antwortete in langen, sehnsüchtigen Tönen.

»Gib den Hammer her!«

Das war Heilig, neben dem ersten Geschütz, den Richtkanonier, der den Befehl schweigend befolgte, um zwei Köpfe überragend.

»Nagel!«

Der Nagel wurde Heilig gereicht.

Heilig steckte den Nagel ins Zündloch des Geschützes. Die Hand mit dem Hammer hob sich; der ganze Mann, den Arm erhoben, wirkte riesenhaft gegen das weiche Grau des Himmels. Dann krachte der Hammer nieder; trieb mit einem häßlichen knirschenden Laut den Nagel tief in das Zündloch und zerstörte den Schießmechanismus des Geschützes.

Lenz bemerkte das unwillkürliche Zucken im Gesicht des Richtkanoniers. Der Rest der Geschützmannschaft, eng an der Brustwehr zusammengedrängt, bemühte sich, nicht auf die Kanone zu blicken.

»Ich weiß, daß es weh tut!« knurrte Heilig und spielte mit den blanken, matt schimmernden Stellschrauben des zweiten Geschützes der Batterie, als lockte es ihn, sie für einen letzten Schuß gegen den Feind einzurichten. »Natürlich tut's einem Artilleristen weh, die Seele seines Geschützes zu zerstören – die Seele!« wiederholte er und befahl dem Kanonier: »Nagel!«

Wieder das Krachen und Knirschen.

Er trat nun an das dritte Geschütz. »In den Übergabebestimmungen steht«, murmelte er, »alle Geschütze und Anlagen sind unversehrt zu übergeben...« Wieder der Ruf: »Nagel!« Und zur Mannschaft: »Was steht ihr da herum! Wir haben nicht den ganzen Tag! Los! Los! Zu Fort Leopold, Fort Ludwig, Fort Friedrich! An alle Geschützstationen und Stellungen: Vernagelt die Geschütze, alle Geschütze – hört ihr, *alle*!«

Die Mütze schief auf dem Kopf, schwenkte er den Hammer und brüllte: »Anordnung des Befehlshabers der Artillerie: alle Geschütze! Abtreten, marsch!... Beeilt euch!...«

Die Sonne stieg auf, rot über einer dunklen tiefen Wolkenbank. Dann hörte Lenz den dritten Hammerschlag.

Kurz nach Mittag tauchten weiße Fahnen an den ansehnlicheren Häusern Rastatts auf. Die Soldaten und Volkswehrmänner, die langsam ihren verschiedenen Sammelpunkten zustrebten, schüttelten die Fäuste; doch die Haustüren waren verriegelt und die Parterrefenster fest mit Läden verschlossen, und die Leute waren in keiner Stimmung mehr, etwas zu unternehmen.

Girlanden zeigten sich als nächstes; wohlbeleibte Damen aus besseren Familien, die seit den Tagen des Soldatenaufstands zum erstenmal wieder wagten, ihren Schmuck, ihre Kostbarkeiten, ihren ganzen Staat zur Schau zu stellen, hängten das Laubwerk von einem Fensterbrett der oberen Stockwerke zum anderen: eine enorme blau und goldene Inschrift *Willkommen unseren Befreiern!* bedeckte einen Teil einer rauchgeschwärzten Wand.

Lenz konnte sich irgendwie nicht vorstellen, daß er nun im Gefolge Corvins und anderer höherer Offiziere zum Tor hinausreiten sollte. Die letzte Meile dieses Krieges wollte er lieber zusammen mit den Mannschaften marschieren; er wußte nur nicht recht, sollte er sich seinem alten Linienregiment, dem Dritten, anschließen, dessen Soldaten den Aufstand begonnen und den eingekerkerten Korporal Lenz aus Bastion Dreißig befreit hatten, oder den Leuten von der Volkswehr, die er in seinen Karlsruher Tagen ausgebildet und an deren Seite er gefochten hatte von den ersten Scharmützeln im Bergland nördlich des Neckars bis zu dem Verzweiflungsausfall aus Rastatt. Am Ende entschied der Zufall: er traf Böning, und Böning schleppte ihn einfach mit. »Ich brauche Offiziere!« brummte er durch seinen Bart; und von dem Augenblick an lief Lenz zwischen Kasernen und Quartieren und Sammelpunkten hin und her, trommelte die Leute zusammen, trieb sie an, stellte sie in Reih und Glied.

Allmählich sammelten sich die verschiedenen Einheiten der Freiwilligen und der Volkswehr auf dem Schloßplatz.

In einer solchen Lage, dachte Lenz, erweisen militärischer Brauch und Betrieb doch ihren Wert. Kommandos, das Ausrichten der Reihen, Hin- und Herlaufen und dann wieder Ordnen und Neuordnen, Abzählen und noch einmal Abzählen, Inspizieren von Uniform und Waffen, häufiges Trommeln und Trompetenblasen – man blieb beschäftigt, man wahrte die Fassade; selbst die am Rand des Schloßplatzes sich drängenden Zivilisten, von denen einige gewiß aus Schadenfreude gekommen waren, konnten sich dem Eindruck nicht entziehen, den die beharrlichen Rufe der Sergeanten machten: »Also los! Ranhalten! A-a-achtung!« und den die Offiziere erzeugten, die vor ihren Zügen und Kompanien auf und ab schritten, stramm und doch mit einer gewissen legeren Eleganz, obwohl ihre Armee wie eine Truppe von Landstreichern aussah und die Uniformen der Mannschaften die ganze Skala vom Zerlumpten bis zum Lächerlichen umfaßten.

Eine aus Erwartung, Erregung und Aufbegehren gemischte Stimmung zeigte sich in der Haltung der Leute, in den derben, lärmenden Witzen, dem übertrieben lauten Lachen; ein paar Studenten, die in der Freiburger Volkswehrkompanie gedient hatten, versicherten einander überlaut, daß sie sich heute nacht noch zu einem Bier treffen würden; es war ein nervöses Gehabe ganz ähnlich dem, das man oft vor einer Schlacht trifft – und gingen sie denn nicht in einen Kampf, dachte Lenz, wenn auch ganz anderer Natur als alle bisherigen, einen viel schwierigeren, der eines Mannes ganzes Herz und ganzen Mut erforderte, weil dieser Kampf nämlich erst begann, wenn einem nichts als die nackte Brust blieb, um dem Feind zu widerstehen, und so viel Charakterfestigkeit, wie sich in dieser Brust befand?

»Bataillo-o-o-on...!« hallte der Befehl über den ganzen Platz und wurde von anderen Stimmen aufgegriffen: »Kompanie-ie-ie-ie!« und »Sektio-o-o-on!« und schließlich beinahe im Chor: »A-a-a-achtung!«

Hinter seinem Rücken vernahm Lenz metallisches Klirren und das Zusammenschlagen der Absätze; die Reihen erstarrten, die Truppe kam zum Stillstand. Und dann, Schlapphut auf dem weißen Haar, den Bart gestutzt und gekämmt, sehr aufrecht, nahte mit kurzen, energischen Schritten der alte Mann, ganz allein, und schritt die Reihen ab, eine Einheit nach der anderen. Böning schien nicht zu bemerken, daß alle Augen auf ihm lagen; daß seine winzigste Bewegung, jede Geste, jedes Stirnrunzeln auf ihre Vorbedeutung hin beurteilt wurden; und daß die dünne Hülle der Disziplin, die sie davon abhielt, auseinanderzulaufen und sich in einen demoralisierten Pöbelhaufen zu verwandeln, von ihm allein zusammengehalten wurde. Sein Schritt war fest; seine Augen, obwohl im grellen Sonnenlicht tränend, blieben doch wach und beobachtend; vor diesem oder jenem Soldaten hielt er an, zog dem einen den Gurt, dem anderen die Patronentasche zurecht mit seinen altersfleckigen Händen, stellte wohl auch eine oder zwei Fragen – »Sind wir uns nicht bei Waghäusel begegnet, mein Sohn?« oder »Ich erinnere mich an Sie, Sie waren mit dabei, als wir damals den Hügel wieder nahmen!« –, während der Mann stumm und steif in Stiefeln mit papierdünnen Sohlen und schiefen Absätzen und zerrissenen Spitzen stand.

Erst gegen Ende des langen, harten Weges begannen Bönings Schultern zu sinken. Doch unterdessen hatte sich die Aufmerksamkeit der Leute der Offizierskavalkade zugewandt, die vom Palais her angeritten kam, an ihrer Spitze Tiedemann auf einem hellbraunen Vollblüter mit beinahe zu zierlichem Knochenbau für seinen Reiter.

Tiedemann zügelte sein Pferd, sein Gefolge blieb hinter ihm stehen. Böning trat mit denselben gleichmäßig kurzen Schritten wie vorher auf ihn zu und sagte etwas, das Lenz nicht hören konnte – vermutlich war es die übliche Meldung an den Vorgesetzten. Dann hatte Böning geendet; Tiedemann erhob sich ein wenig in den Steigbügeln und blickte die Reihen entlang. Plötzlich legte er impulsiv die Hand an den Helm in einer Bewegung, die halb Salut, halb Schutz für das Auge war. Die Trommeln begannen zu wirbeln.

Als es dann wieder still war, rief Tiedemann: »Bürger!« Und nach einem Augenblick noch einmal: »Brüder!«

Die Leute wandten ihre Augen dem großen griechischen Ordensstern auf der dunklen Brust zu.

Tiedemann wollte offensichtlich sprechen, doch weder Worte noch Stimme kamen ihm aus der Kehle. Endlich zog er den Säbel, hielt ihn in die Höhe und rief in einem unnatürlich gebrochenen Ton: »Hurra!«

»Hurra!« rief Lenz, und sein Ruf vermengte sich mit dem der Mannschaften. Es war dies aber nicht das genau abgestimmte, disziplinierte Hurra einer Truppe für ihren Kommandeur; es klang vielmehr heiser und verzerrt; es ebbte ab und schwoll wieder an und verklang, als Tiedemann mitsamt Begleitung davonritt und den Alten, jetzt barhäuptig, vor den bewegungslosen Reihen stehen ließ.

Einen Moment lang schien alles – der sonnenüberflutete Platz, das Karree der Truppe, die weißhaarige untersetzte Gestalt ihres Chefs – wie von einem Zauberstab berührt. Der Zauber brach erst, als eine Ordonnanz einen breitbrüstigen, schwergliedrigen Gaul herbeiführte. Böning klappte sich den Schlapphut auf den Kopf und bestieg das Pferd, wobei er sich an Knopf und Pausche des Sattels klammerte und den Oberkörper halb über den Rücken des Tieres warf, bevor er richtig in den Sattel kam. Als er endlich bequem saß, zündete er sich umständlich eine Zigarre an und winkte dann den Kompanieführern, ihre Leute ihm nachmarschieren zu lassen.

Die Trommeln begannen zu schlagen. Nach der langen erzwungenen Untätigkeit war es gut, die Beine bewegen zu können, sie im Gleichschritt zu schwingen, und das Echo des Marschtritts von Straßenpflaster und Häuserwänden widerhallen zu hören. Man fühlte sich nicht so allein – wenigstens nicht für die Strecke vom Schloßplatz bis zum Niederbühler Tor.

»Singen!«

Das Kommando wurde weitergegeben. Allen voran, auf seinem breiten Gaul schaukelnd, gab Böning mit seiner Zigarre den Takt an. Aus voller Kehle, trotzig, stieg die Melodie auf:

>»Allons enfants de la patrie!
>Le jour de gloire est arrivé...«

Le jour de gloire... Irgendwie stimmt es sogar, dachte Lenz. Wie sie hier marschierten, die Letzten einer Revolution, die nicht einmal ihr eigenes Lied hatte, waren sie trotzdem die Erben der großen Erhebungen von gestern und gaben deren Sinn und Gehalt weiter für weit größere Auseinandersetzungen von morgen; und während einer kurzen Sekunde, zwischen den engbrüstigen Häusern dieser kleinen deutschen Festungsstadt, spürte er den Atem der Geschichte, obwohl er wußte, daß die barfüßigen Straßenjungen, die mit Papierhelmen und Holzschwertern neben der Kolonne herzogen, das Spiel morgen genauso begeistert spielen würden, wenn die Preußen mit ihrem Stechschritt einmarschiert kamen.

Er versuchte die Köpfe, die sich in den Fenstern zeigten, und die Gesichter der Menschen auf den Bürgersteigen nicht zu sehen. Das alles war nicht mehr wichtig: ob sie weinten oder hämisch grinsten, eine steinerne Maske trugen oder lächelten – der Weg war bestimmt, das Ende nahe. Nur in der Poststraße blickte er zum zweiten Stock des Hauses mit der einfachen Ladenfront und dem kleinen Schild

Simon Einstein, Kolonialwaren hinauf; doch die Fenster waren leer, die Vorhänge zugezogen.

»Marchons, marchons...«

Gärtchen; und nur noch vereinzelte Häuser. Dann der Wall, ein rötliches Grau; links in einiger Entfernung die Umrisse von Bastion Dreißig; rechts in ihrer ganzen Größe die Befestigungen und Wälle von Fort Leopold. Dann das Tor, ein schwarzer Schlund, an dessen Ende sich wie ein dünner Bogen der Himmel draußen abzeichnete.

Die Schritte wurden schleppender; jeder Tornister wog zentnerschwer. Innen vor dem Tor ein großes Durcheinander; Geschrei und Flüche, man war eingekeilt; aber auch ein neuer, scharf krächzender Ton war bereits zu hören: wütende Befehle.

»Ist schon gut, Leute!« Lenz trat aus der Reihe und stellte sich vor seine Abteilung: »Vorwärts – marsch! *Eins* – zwei, drei, vier! *Eins* – zwei, drei, vier!«

Sie parierten Ordre, wie auf dem Exerzierplatz. Sie marschierten *eins* – zwei, drei, vier, hinein in das Dunkel des Tores, das sie mit seinen kühlen, verschwommenen Echos empfing, und hinaus über die Zugbrücke, deren Ketten zu beiden Seiten von zwei langen Reihen preußischer Infanterie verlängert zu sein schienen. Die Preußen standen mit schußbereitem Gewehr da und trieben und schoben und schlugen und stießen, und die Sergeanten brüllten: »Weiter, weiter, ihr lausigen Rebellen! Bißchen dalli! Werden euch die Faulheit schon austreiben! Schneller! Schneller! Offiziere hier – Mannschaften dort! Sie da, Sie Idiot! Können Sie nicht hören?«

Der Fausthieb landete auf seinem Ohr. Lenz taumelte. Er hob seinen Tschako auf und erhielt wieder einen Stoß, diesmal in die Rippen. Er richtete sich nach Luft schnappend auf.

»Worauf warten Sie noch? Säbel hier – Pistole dort! Lebhafter, los! Hier wird nicht geschlafen! Schlafen könnt ihr in den Kasematten!«

»Wo?«

»Stellt gefälligst keine dummen Fragen! Macht, daß ihr da hinüber kommt! Könnt ihr nicht sehen?«

Lenz sah. Er sah den preußischen Leutnant mitsamt albernem blondem Schnurrbärtchen, ausdruckslosen Augen, fliehendem Kinn und hohem steifem Kragen; der Mann blickte von der Höhe seines Pferdes herab, als hätte er einen seiner pommerschen Bauern vor sich, der um eine weitere Woche Stundung für seine Pachtzahlung bat. Die Peitsche zuckte in der Hand des Leutnants; aber noch sauste sie nicht herab auf Lenz' Gesicht, sie wies nur auf eine Gruppe entwaffneter Volkswehroffiziere, die wie verloren ein Stück abseits standen.

Da plötzlich erklang vom Tor her Musik, blechern, laut, herausfordernd – Trommeln und Pfeifen, Trompeten und Posaunen. Das Ereignis beanspruchte den Leutnant vollkommen, auf seinem Gesicht verwandelte sich Bestürzung in Unglauben, und dieser wieder in bleiche Wut. Er gab seinem Pferd die Sporen und zügelte das Tier nach ein paar federnden Schritten direkt vor Biedenfeld.

Biedenfeld, der soeben über die Zugbrücke gekommen war, brachte gerade seine Kapelle zum Vorbeimarsch seines Regiments in Stellung; im Torausgang tauchten die ersten blauen Reihen im Paradeschritt auf, mit blankgeputzten Waffen, und die Arme hoben und senkten sich im Takt der Musik.

»Ruhe!« schrie der Leutnant. »Schluß! Aufhören – die Musik!«

Die Musiker, unsicher geworden, setzten einer nach dem anderen ihre Instrumente ab; eine Querpfeife quiekte noch einmal auf und schwieg dann gleichfalls. Das Regiment näherte sich. Außerhalb des Tores wandten sich die bereits entwaffneten Insurgenten, ihre preußischen Bewacher und die preußischen Offiziere, die das Schauspiel der Kapitulation zu beobachten gekommen waren, hastig der Brücke zu.

Biedenfelds Gesicht verzog sich ärgerlich. Seine Brust, die heute mit allen seinen Orden besteckt war, schien sich zu dehnen, während er die Pfeife aus dem Munde nahm und laut und langsam erklärte: »Ich möchte Ihnen zur Kenntnis geben, junger Mann, daß ich immer noch – den Befehl – über – dieses – Regiment – habe!« Womit er sich der Kapelle wieder zuwandte und kommandierte: »Weitermachen!«

»Halt!«

Der Helm mit dem schwarzen Roßhaarbusch, die Stimme, die Wespentaille waren unverkennbar. Weltzien, zu Fuß, kam seinem Leutnant zu Hilfe herbeigeschritten. Die Arme in die Seiten gestemmt, blickte er Biedenfeld abschätzig an. Dann stampfte er mit dem Fuß auf. Die Kapelle begriff; die Musik brach wiederum ab.

»Befehl! – Sie? Ha! Befehl – vorbei! Regiment – vorbei! Kapelle – vorbei! Nichts mehr!... Position: Rebell! Aufrührer! Gegen Gesetz, Fürst, Staatsmacht! Überhaupt keine Rechte! Klar?«

Biedenfeld jedoch, die Pfeife wieder zwischen den Zähnen, paffte drauflos und umhüllte den Roßhaarbusch auf Weltziens Helm mit einer dünnen Rauchwolke. Das Regiment marschierte vorüber; Reihe um Reihe mit *Augen links!* als letztem Gruß an ihren Oberst.

Weltzien wurde nervös. »Pfeife aus dem Maul! Rauchen hier – grobe Mißachtung – der Staatsmacht! Der Königlich Preußischen Armee! Klar? Eh?«

Biedenfelds Brauen bildeten jetzt eine einzige dunkle Linie.

»Leutnant!« rief Weltzien. »Setzen Sie durch – Ordre!«

Die Reitpeitsche des Leutnants schnitt durch die Luft. Stücke von Biedenfelds Pfeife flogen über das dürre Gras des Glacis. Biedenfelds Hand fuhr zum Griff seines Degens. Das Regiment hielt an, Reihe auf Reihe; ein dumpfes Murren stieg auf. Am Ende der beiden Ketten preußischer Musketiere gab jemand einen Befehl. Ein trockenes Klicken pflanzte sich entlang der Ketten fort; die Hähne wurden gespannt. Ein Trupp Husaren, der hinter den Musketieren wartete, saß eilig auf.

Biedenfelds Hand sank herab. Auf seiner Lippe, wo das von der Peitsche zersplitterte Pfeifenrohr ihn verletzt hatte, stand ein Tropfen Blut. »Herr Major!« sagte er mit unbeständiger Stimme. »General von der Gröben hat uns versichert... Menschliche... ehrenhafte Behandlung...«

Auf dem schmalen, kühlen Gesicht des preußischen Majors zeigte sich ein Grinsen.

»Los, weiter!« riefen die preußischen Sergeanten. »Beeilt euch! Keine Müdigkeit vorschützen!«

Lenz sah, wie Biedenfelds Gesicht alle Farbe verlor, die Augen stumpf wurden. Das Regiment schob sich langsam weiter, eine lange

Reihe entmutigter, geschlagener Menschen, die zwischen zwei Ketten von Pickelhauben vorwärtsgestoßen wurden.

Das nächste, was er hörte, war eine vertraut klingende Stimme, unterwürfig, schleimig und doch von frecher Schamlosigkeit. »Der da!« sagte die Stimme. »Der ist einer von ihnen! Einer ihrer gefährlichsten Agitatoren!«

Stäbchen war wieder in sein altes Geschäft eingestiegen – der ewige Denunziant. Lenz spürte die eng beieinanderliegenden Augen Weltziens auf sich gerichtet; die Mischung von Haß und Verachtung und einer nicht ganz überwundenen Furcht in dem Blick des Majors fiel ihm auf. Stäbchen, dessen seidenüberzogener Hut noch die Spuren der letzten Nacht zeigte, lächelte süßlich.

Der schwarze Roßhaarbusch auf dem Helm bewegte sich; Weltzien hatte genickt. Kurz darauf stellten sich zwei muskelbepackte preußische Feldgendarmen ein, als hätten sie nur auf den Moment gewartet. Während sie ihn zurück über die Zugbrücke nach Rastatt hinein abführten, hatte Lenz nur einen Gedanken: nicht aufzustöhnen unter ihrem Zugriff.

Dreiunddreißigstes Kapitel

Ob das Volk sich noch einmal wird fortreißen lassen von solchen Führern und wir eine blutigere Wiederholung der Aufstände vom April, September und Mai erleben werden? Wir glauben es nicht. Diese Phase der revolutionären Demokratie hat, scheint uns, ihre Rolle ausgespielt. Nicht als ob wir Zweifel hegten an dem unsichtbaren Fortwirken des revolutionären Äthers, oder uns in die trügerische Zuversicht einwiegen möchten: man habe im Juni und Juli 1849 die Revolution überwunden! Man ist kaum in rechten Kampf mit ihr gekommen... Die zersetzende Kraft demokratischer Lehren wirkt heute so gut fort, wie in den dreißig Jahren einer ängstlich überwachenden, polizeilich beschränkenden und verfolgenden Friedensperiode, die wir hinter uns haben. Keine äußere Gewalt kann dem begegnen. Denn unter dem Schmutze der Gemeinheit, unter dem Schutte wilder, zuchtloser Leidenschaften wirken mit fast unwiderstehlicher Macht die Ideen fort, die seit mehr als einem Jahrhundert die Welt abwechselnd beherrscht und verwirrt, die Menschen bald begeistert, bald verwildert haben. Diese Ideen haben angefangen, die Massen zu berühren...

(Auszug in Lenz' Handschrift mit der Anmerkung: Aus »Denkwürdigkeiten zur Geschichte der badischen Revolution« von Ludwig Häusser, Prof. der Geschichte zu Heidelberg)

Während sie langsam die Treppe zum Arbeitszimmer ihres Vaters hinunterging, wurde ihr bewußt, daß das alte Leben ins Haus zurückgekehrt war; in den unteren Stockwerken eilten die Dienstboten mit vielem Geschrei und Rufen und großem Geklapper von Eimern und Kübeln umher; sogar die Möbel wurden gerückt. Das gesamte Personal schien wieder präsent zu sein und unter den schrillen Anordnungen der Haushälterin eifrig zu arbeiten. Vermutlich war auch das Kontor neu eröffnet, und von der Decke im Laden hingen frische geräucherte Heringe, um die eintretenden Kunden der Bank zu der üblichen unterwürfigen Verbeugung zu zwingen.

Lenore hielt sich am Treppengeländer fest. Ein Gefühl der Schuld durchstach die Benommenheit ihres Herzens und ihrer Gedanken – sie hatte alles verschlafen, ein schwerer, betäubter Schlaf – die Übergabe, die Rückkehr ihres Vaters, die Umstellung auf eine Welt der Preußen... Aber was hätte sie tun sollen, nachdem Lenz gegangen war... Einen Orden kann ich Ihnen nicht geben, Lenore, wir haben ja keinen gestiftet – hatte Dr. Walcher im Lazarett gesagt, als er sie offiziell aus dem Dienst entließ. Aber dies wird Ihnen vielleicht helfen. Nehmen Sie nicht mehr als zwei... Zwei Tabletten hatten nichts geholfen; sie hatten nur die Qual verstärkt. Also hatte sie vier genommen und damit vierundzwanzig Stunden aus ihrem Leben eliminiert.

»Herein!«

Sie zuckte zusammen und trat ein.

Einstein saß bereits über seinen Papieren. Er legte sie nun beiseite und erhob sich, um Lenores töchterlichen Kuß zu empfangen. Dann deutete er auf das Tischchen, auf dem das Teegeschirr bereitstand. »Ich habe deine Gesellschaft vermißt, Lenore«, sagte er, »und nicht nur bei den Mahlzeiten. Willst du mir das Vergnügen machen?«

Sie setzten sich zum Tee. Lenore mußte lächeln. Das war kein erzwungenes Lächeln; er benahm sich galant und fürsorglich wie immer; und während sie ihm und sich eingoß, war ihr, als wären mit den Umgangsformen von früher auch die alten Zeiten und die alte Beziehung zu ihm zurückgekehrt.

Das Arbeitszimmer war gleichfalls wie früher – das Pult an der Wand; ihres Vaters bequemer Stuhl, das Holz an den Ecken abgestoßen, der Rips der Sitzfläche abgenutzt; die paar dünnen, abgegriffenen Geschäftsbücher mit den Zahlen, die er zur Hand haben mußte; die blanke, zweiarmige Petroleumlampe und der Teppich, der wie ein Rasen, durch den ein Pfad führt, die Spur jahrelangen Hin- und Herschreitens zeigte. Doch bemerkte sie auch kleine Veränderungen, und zwar nicht nur, daß der Raum frisch gefegt und abgestaubt aussah.

»Ah ja«, sagte er, ihren Blick bemerkend, »ein paar Kleinigkeiten fehlen – jemand hat sie mitgehen heißen, vermute ich. Hätte schlimmer sein können. Ich höre, mehrere Häuser wurden bombardiert und sind ausgebrannt, andere vollkommen geplündert.« Er köpfte sein Ei mit großem Geschick. »C'est la guerre. Gott sei Dank ist das vorbei.«

Sie spürte einen Vorwurf in seinen Worten. Was wußte er, was für ein Kampf dies gewesen war, was wußte er von den Menschen, die für eine ihnen selbst nicht einmal völlig klare Idee starben, was wußte er von dem fürchterlichen Verrat und von Selbstaufopferung? Er hing an den Dingen, die ihm seine Vergangenheit lebendig hielten.

»Du mußt verstehen«, sagte sie, »ich war nicht sehr viel zu Hause. Da war das Lazarett, und dann haben wir ein Theaterstück aufgeführt. Schiller, ›Die Räuber‹...«

»War es schlimm?«

»Die Aufführung? – Sie wurde nach dem zweiten Akt abgebrochen.«

»Ich meinte dein Leben hier.«

»Nein«, sagte sie und blickte ihn offen an. »Es war im Gegenteil äußerst befriedigend.«

Er wickelte sich die schwere Uhrkette um den Finger. »Es freut mich, das zu hören. Ich habe oft an dich gedacht in Frankfurt, bei deinem Bruder, und wo ich auch war, und ich machte mir stets Sorgen um dein Wohlergehen.«

»Mein Leben hatte einen Sinn!« rief sie aus; sie fühlte plötzlich, daß sie, Niederlage oder nicht, einen persönlichen Sieg errungen hatte. »Ich habe gearbeitet und habe gekämpft – für etwas, das wert war, daß man daran glaubte. Und ich habe geliebt...«

Sie bemerkte seinen Gesichtsausdruck.

»Ach, Vater – ich bedaure keinen Augenblick. Ich war seine Frau...«

Fast sah es aus, als würde die Uhrkette sein Fingergelenk zerbrechen.

»Bitte, Vater... Bitte, versteh doch. Versuch es wenigstens.«

»Hast du eine Ahnung, Lenore, wo dein – wo dein junger Mann sich jetzt befindet?«

»Warum –«, sagte sie rasch, »weißt du's?« In dieser einen kurzen Sekunde verlor sich all ihr Aufbegehren.

»Ich vermute«, Einstein drückte sich vorsichtig aus, »daß er sich in Gefangenschaft befindet – wie alle andern.«

»Gefangenschaft – wo?« Lenore schob ihren Stuhl heftig zurück und stand auf. »Wo hält man ihn fest? Ich muß sofort hin, ihn sehen...«

»Ich befürchte, das wird kaum möglich sein.«

»Du mußt mir helfen!« Sie wartete keinen weiteren Einwand ab. »Wie lange werden sie ihn gefangenhalten?« fuhr sie fort, als wüßte ihr Vater die Antwort. »Sie haben zugesichert...«

»Mach dir keine Gedanken, daß du jetzt irgendwohin gehen mußt. Du kannst ja kaum auf den Beinen stehen.«

Das stimmte, dachte sie. Sie hielt sich an der Stuhllehne fest, als wäre das eine Krücke. »Sie werden ihm doch nichts antun?« fragte sie, und als sie dann ruhiger sprechen konnte: »Was, glaubst du, wird aus uns werden?«

Das *uns* bezog sich offensichtlich auf sie und ihren jungen Mann; doch es imponierte Einstein, daß sie sich bemühte, ihren Ton unpersönlich zu halten. Das erlaubte ihm eine ebenso unpersönliche Antwort. »Jede Belagerung verengt den Horizont der Belagerten«, begann er und zögerte, da er nach einem Weg suchte, ihre Gefühle zu schonen.

»Gerechtigkeit hat keine zwei verschiedenen Seiten«, sagte sie.

Er blickte sie unter seinen schweren Lidern hervor an. »Gerechtigkeit...«, lächelte er. Und nickte in Richtung des Marschtritts eines draußen vorbeiziehenden Trupps Preußen: »Den Wert solcher abstrakter Begriffe bestimmt gewöhnlich der Sieger.«

Lenore rührte in ihrem Tee.

»Trink«, sagte er. »Iß etwas.« Er bestrich eine Scheibe Toast mit Butter und biß mit Genuß hinein. »Weißt du, nirgends schmeckt es so gut wie zu Hause. All diese Einladungen zu Diners und Mittagessen, die offiziellen Empfänge, die Hotelmahlzeiten...« Er zuckte geringschätzig die Achseln.

Lenore knabberte gehorsam an ihrem Toast.

»Ich habe meine erzwungene Abwesenheit genützt«, sagte er, behaglich die Beine ausstreckend. »Ich war in Frankfurt und hatte ein sehr interessantes Gespräch mit Rothschild. Er denkt wie ich – daß es noch nie solche Möglichkeiten zur Geschäftserweiterung gegeben hat wie jetzt. Eisenbahnen, Stahl, Maschinen, Textilien: bei der

Dampfkraft und den modernen Transportmitteln ist nur die richtige Finanzierung notwendig, um ungeheure Veränderungen während der nächsten Jahre zu schaffen. Wir werden die Entwicklung eines Jahrhunderts auf ein Jahrzehnt komprimieren. Eine wahre Revolution –«

»Revolution?« Diesmal war es *ihr* Nicken, das auf die draußen marschierenden Preußen hinwies.

»Revolution, aber gewiß!« Er lachte in sich hinein. »Ich wage zu behaupten, daß Rothschild und ich wirkungsvollere Revolutionäre sind als all deine Struves und Brentanos...«

Lenore betrachtete ihn ungläubig.

»Und die Revolution, die wir unternehmen, kann nie wieder rückgängig gemacht werden«, fuhr er fort, sehr angetan von der Logik der Sache. »Im Gegenteil, unsere Revolution wird vom König von Preußen bis zum geringsten Arbeiter jeden zwingen, sich ihren Bedingungen anzupassen.«

»Sind in deiner Revolution auch Demokratie und Freiheit einbegriffen?«

Er freute sich für sie: Sarkasmus war der Anfang des Heilungsprozesses bei seelischen Wunden. Doch die Antwort, die er gab, enthielt keine Spur von Ironie. »Wenn es sich erweisen sollte«, sagte er, »daß mit Demokratie bessere Maschinen und eine größere Produktion und bessere und größere Profite zustande kommen, werden wir Demokratie haben, und der König von Preußen wird höchstpersönlich helfen, sie in seinem Land einzuführen. Ich weiß das. Ich sprach mit seinem Bruder, dem Prinzen...«

»Du hast mit dem Prinzen von Preußen gesprochen?« Ihre Stimme war plötzlich tonlos und spröde.

Jegliche Vertrautheit, die Einstein zwischen ihnen beiden wiederhergestellt zu haben glaubte, war verschwunden. Er verspürte das alte Nagen in seiner Brust und das alte Gefühl, daß alles sinnlos sei. So nahm er Zuflucht zu einem bitteren, beinahe herausfordernden Ton.

»Jawohl, mit Prinz Wilhelm«, sagte er, »dem Kartätschenprinzen, wie er seit den Berliner Ereignissen voriges Jahr genannt wird, dem Oberbefehlshaber der Interventionsarmee und wahrscheinlichen

Thronfolger von Preußen. Ich wurde äußerst wohlwollend empfangen und bin des Königlichen Wohlwollens Seiner Königlichen Hoheit versichert worden, und seitdem werde ich überlaufen von Menschen, die mir das halbe Großherzogtum Baden zum Kauf anbieten.«

»Und was war die Gegenleistung für das Wohlwollen Seiner Königlichen Hoheit?«

Seine bläulichen Lippen preßten sich zusammen. »Mit Rücksicht auf das, was du sichtlich durchgemacht hast, Lenore«, sagte er nach einer Weile, »will ich dir diese Bemerkung und die darin enthaltene Anspielung verzeihen.«

Er hielt ihr die Tasse zum Nachfüllen hin. Lenore bemerkte, daß seine Hand unsicher war. Eine ärgerliche Röte überzog sein Gesicht; und sie fragte sich, ob er nicht doch ein Unbehagen über seine Geschäfte mit dem Prinzen empfand, das er nun zu bemänteln suchte. Und zugleich stieg in ihr die Hoffnung auf, daß ihr Vater mit seinen geschäftlichen Beziehungen zu dem Prinzen vielleicht überredet werden konnte, zu ihm zu gehen und Fürsprache einzulegen für Lenz...

»Was braucht denn dieses Land?« fragte er aufgebracht. »Freiheit, Demokratie, Einheit, Fahnen, Reden? Ich werde dir sagen, was es braucht: ein Regierungssystem, unter dem eine Kiste Waren von einem Ende Deutschlands zum anderen reisen kann, ohne an einem Dutzend Grenzen angehalten und durchwühlt zu werden und ohne daß der Empfänger einem Dutzend Landesfürsten ein Dutzend Zölle zahlen muß. Deutschland muß zu einem wirtschaftlich einheitlichen Ganzen zusammengeschweißt werden, das als Grundlage für weitere ökonomische Entwicklung dienen kann – es muß endlich aus dem Mittelalter heraustreten in unsere Zeit der industriellen Revolution und des internationalen Handels und Bankwesens – es muß...«

Er lehnte sich, außer Atem geraten, mit einem kurzen scharfen Ächzen zurück.

Aber einen Augenblick später war er wieder beim Thema. »Für mich sind Persönlichkeiten, politische Philosophie und Regierungsmethoden unwichtig, sofern nur die Voraussetzungen geschaffen sind für die Anforderungen unseres Finanz- und Wirtschaftssystems. Die Frage, wer nun diese Voraussetzungen schafft, kümmert mich weniger als der Dreck unterm Fingernagel – solange es nur geschieht. Und ich bin bereit, zu bezahlen, was es kostet; mir ist es die Sache wert. Mit dem größten Vergnügen der Welt hätte ich deinen Struve oder Brentano ihre verrückten Ideen über eine Volksherrschaft durchführen lassen, hätte ich diese Nationalversammlung in Frankfurt jedes idiotische Gesetz, das ihr gefällt, annehmen lassen, wenn sie nur imstande gewesen wären, die Deutschen zu einer modernen Nation zusammenzufassen. Aber wo sind sie jetzt, all diese Prediger der republikanischen Tugenden, deine Ritter der Demokratie? Auseinandergejagt, geschlagen, auf Gnade oder Ungnade ausgeliefert einem elenden Korps preußischer Gendarmen!...«

Sie war unangenehm berührt von der Verachtung, die aus seinen Worten sprach; er bemerkte es, aber er war schon zu weit gegangen, um noch zurück zu können, und außerdem versuchte er immer noch, sein eigenes Verhalten zu verbrämen.

»Nun –«, er hob den Finger zugleich mit der Stimme, »dann bleiben eben nur die Gendarmen, um das Land in die Form zu zwängen, die es braucht. Es wird schon ein merkwürdiger Homunkulus werden, dieses kommende Deutschland: eine Kreuzung aus Geschäft und Polizei, die Seele ein Kompositum von Feudalinteressen und Zinsfuß, das Wappen ein fetter Bankscheck über dem Stempel der Zensurbehörde. Doch immerhin...«

Er zuckte die Achseln.

»Wir haben gewählt!« verkündete er zusammenfassend. »Als diese schwatzhafte Versammlung angeblicher Vertreter des deutschen Volkes die Paulskirche in Frankfurt auf Nimmerwiedersehen verließ, stiegen die Werte an der Frankfurter Börse... Du hast vorhin von Freiheit gesprochen, Lenore, nicht?... Was ist Freiheit? Was ist sie dem armen Arbeiter, der nicht weiß, woher er das nächste Stück Brot für seine Familie nehmen soll? – ein leeres Wort. Gib ihm Arbeit und einen Lohn, der ihn vor dem Verhungern bewahrt, und dann fang an, mit ihm über Ideen zu reden. Und auch wenn das alles erreicht ist, wird Freiheit immer noch nicht mehr sein als ein unbestimmter, aber angenehmer seelischer Zustand, der aus einer mehr oder weniger erzwungenen Anpassung an die gesellschaftlichen Verhältnisse erwächst, unter denen man nun einmal lebt. Und dafür so viel Herzweh und Opfer?... Laß einen Menschen seinem Geschäft nachgehen und sein Geld verdienen, und er wird aufhören, philosophischen Unsinn zu reden, und nicht mehr daran denken, sich gegen seinen Monarchen von Gottes Gnaden zu empören. Und für die kleine Minderheit, die das Randalieren nicht lassen kann, gibt es die Kasematten.«

»Und dort befindet Lenz sich jetzt?«

Einstein schloß die Augen, um die Enttäuschung zu verbergen, die sich, wie er wußte, jetzt in seinem Blick zeigte. Lenore war zu intelligent, um ihn nicht verstanden zu haben, um nicht trotz all ihrer schweren Sorgen gespürt zu haben, daß seine Darlegung dieser zugegebenerweise unerfreulichen Ansichten ein Versuch war, ihr wieder auf die Beine zu helfen.

»Ja, in den Kasematten«, bestätigte er. »Alle sind sie dort.« Und nach einem Augenblick, erschrocken über ihren plötzlichen Verfall und unfähig, seinen Schrecken zu verbergen: »Lenore! Um Gottes willen! Ich bitte dich... Du mußt dich zusammennehmen! Du kannst dir einen Zusammenbruch jetzt nicht leisten!«

»Ich weiß das!«

Der Tonfall ihrer Worte, die ungewohnte Härte darin bestürzten ihn. Sie hatte Züge an sich, die er nicht mehr kannte; und er fühlte sich müde, ausgeschlossen, alt.

»Ich habe keinen Grund zu irgendeinem Zusammenbruch«, fuhr Lenore in dem gleichen Ton wie soeben fort. »Nicht, solange ich einen Vater habe, der vom Prinzen von Preußen in Audienz empfangen wird und der zweifellos in einer so geringfügigen Angelegenheit wie der Entlassung eines einfachen Volkswehrhauptmanns aus den Kasematten einigen Einfluß ausüben kann.«

»Dein junger Mann hat rasch Karriere gemacht!« bemerkte Einstein.

»Er hat seinen Rang verdient«, stellte Lenore kühl fest.

»Sicher.«

Es herrschte Schweigen. Mit wachsender Verzweiflung fühlte Lenore den sich rapide verschlimmernden Bruch mit dem einzigen

Menschen, der ihr helfen konnte. Der Bankier Einstein befand sich wieder auf seiner Seite dieser Schranke und sie auf der ihren – die Frau eines dingfest gemachten Briganten, die sich von irgendeiner von Lenz' Huren nur durch ihre bürgerlichen Ansprüche unterschied.

Er ging zu seinem Schreibpult und blätterte zerstreut in seinen Papieren. Sein Blick fiel auf den von Leutnant Gramm unterzeichneten Wechsel – ah ja, dachte er, der Bursche würde sich auch bald einstellen; wie viele Tage waren es, zu sechs Prozent, dreihundert Gulden, nun ja, Geld heckt Geld; diese Unverschämtheit von dem Kerl, Lenore einen Antrag zu machen!... Doch würde nun noch einer mit Heiratsabsichten kommen? O ja, haufenweise, beantwortete er die eigene Frage, sie werden. Geld verwandelte krumme alte Weiber in begehrte Schönheiten, die Töchter jüdischer Hausierer in Baronessen, den übelsten Ruf in keusche Jungfräulichkeit. Schön, dachte er, aber sie würde lernen müssen, was das Leben erforderte. Von jetzt an würde sie sich zu fügen haben!...

»Und du würdest tatsächlich von mir verlangen«, fragte er, wie um sich endgültig zu vergewissern, »daß ich meine verwerfliche Bekanntschaft mit dem preußischen Stab ohne Berücksichtigung aller anderen für einen einzigen Menschen einsetze?«

»Ja!« sagte sie impulsiv, und dann zögernder: »Ja...«

»Ja?« wiederholte er. »Interessant...«

»Ja«, rief sie aus. »Das ist meine einzige Bitte an dich. Und es wird meine letzte sein.«

»Du weißt –«, er sagte das vollkommen aufrichtig, »ich habe mich immer bemüht, dir jeden vernünftigen Wunsch zu erfüllen.«

»Und diesen hältst du für unvernünftig?«

Lenore fühlte, wie er ihr seine Hand leicht auf den Kopf legte, und hörte ihn mit Trauer in der Stimme sagen: »Wenn es sich um irgendeinen anderen handelte als gerade deinen jungen Mann, würde ich es versuchen. Wir brauchten nicht einmal weit zu gehen – der preußische Stadtkommandant von Rastatt, Major Weltzien, wird in unserem Hause einquartiert sein. Aber Andreas Lenz –«, er sprach den Namen nur widerwillig aus, »ist kein gewöhnlicher Fall.«

»Warum nicht?« fragte sie hastig. »Hast du mit ihnen darüber gesprochen?«

»Ich weiß es eben. Und laß bitte jeden Gedanken fallen, daß ich das behaupte, weil – nun ja, weil der in Frage stehende junge Mann den einzigen Menschen, an dem mein Herz hängt, mir genommen und verführt hat...«

Lenore suchte ihres Vaters Hand. »Nicht ganz ohne mein Zutun.«

Er befreite seine Hand und begann entlang der ausgetretenen Spur auf dem Teppich auf und ab zu gehen.

»Die Preußen«, belehrte er seine Tochter, »haben ihren Preis wie alle anderen. Und für eine Vergütung, die sich zweifellos innerhalb vernünftiger Grenzen halten würde, könnte ich die Freilassung beinahe eines jeden ihrer Gefangenen erreichen; ich brauchte nur zu erklären, daß ich ihn im Hause oder im Kontor beschäftigen möchte und bereit bin, die Verantwortung für sein Verhalten zu übernehmen.«

Lenore wartete auf das *Aber*.

Er blieb stehen und spielte müßig mit dem Anhänger an seiner Uhrkette. »Aber die Preußen«, sagte er, »haben auch ein paar unverkäufliche Posten. Unglücklicherweise befindet sich unter diesen der Korporal und jetzige Hauptmann Lenz.«

»Aber warum?« rief sie, doch ihr Blick war unsicher. »Warum unter Tausenden ausgerechnet er? Was wissen sie von ihm? Warum diese persönliche Vergeltung?«

»Sie wissen nichts Besonderes von ihm – sie kennen nur die Kategorie, in die er fällt. Sie haben nichts gegen ihn persönlich – wohl aber gegen das, was er für sie darstellt.«

»Er ist ihr Gefangener wie jeder andere«, hielt sie ihrem Vater entgegen. »Er hat in der Insurrektionsarmee gekämpft –«

»Und er ist ein Intellektueller!« erwiderte Einstein. »Ein Schriftsteller! Ein Sprecher! Ein Mann, der die stummen, ungeformten Gefühle der Menschen in Worte fassen und sie dadurch zu einer Macht werden lassen kann, zu einer Gefahr, einem Sprengstoff unter den Sitzen der Mächtigen!«

»Aber er schafft diese Gefühle doch nicht und ebensowenig die Verhältnisse, aus denen solche Gefühle entstehen!«

»Doch ohne ihn würden diese Gefühle nie zu der materiellen Kraft werden, die ganze Armeen bewegt und das nervöse Gesichtszucken des Prinzen von Preußen verursacht, obwohl der Prinz soeben erst die Revolution geschlagen hat. Das Wort, Lenore, das Wort ist immer verdächtig! Woher soll ein preußischer Beamter wissen, daß ein Wort nur die eine Bedeutung hat, die da geschrieben steht, und daß sich nicht eine zweite, umstürzlerische Bedeutung hinter diesem Wort verbirgt? Wie kann ein Sektionschef in einer deutschen Regierung sicher sein, daß ein Wort auch bleiben wird, wo es ist, und sich nicht selbständig macht und davonfliegt und allen möglichen Zunder in Flammen setzt? Und hier, in der Person deines jungen Mannes, glauben sie dieses so schwer faßbare Wort gefangen und sicher hinter den dicken Mauern einer Rastatter Kasematte eingesperrt zu haben – und du willst, daß sie ihren Fang freigeben?«

»Die paar Gedichte, die er geschrieben hat... Die paar Lieder...«, sagte sie abschätzig.

»Meine Liebe...«, Einstein verzog halb ärgerlich, halb amüsiert das Gesicht, »und die Zeitung, der ›Festungsbote‹? Verlaß dich drauf, man hat bei den Preußen jede Zeile gelesen und sich darüber empört. Er mag nur ein Volkswehrhauptmann gewesen sein, aber für den preußischen Stab wog er ebensoviel wie ein aufständischer Oberst. Die Obersten haben die Füße der Soldaten angewiesen, wohin sie zu marschieren, und die Hände, wann sie zu feuern haben; aber dein Lenz beeinflußte die Köpfe der Leute...«

Er kehrte zu dem Frühstückstischchen zurück und nahm seiner Tochter gegenüber Platz. Lenore bemerkte den ernsten, fast mitleidigen Ausdruck in seinen Augen und verspürte auf einmal ein Schwindelgefühl und ein Würgen in der Kehle; der Krampf im Magen wurde immer schlimmer und wühlte in ihr; sie hielt sich am Tischrand fest und versuchte, ihren Brechreiz zu bekämpfen.

»Nun, nun...«, sagte er, ihrem plötzlichen Anfall gegenüber gänzlich hilflos. »Wo hast du dein Riechsalz... Sag mir doch... Ich hol's dir...«

»Was haben sie mit ihm vor?« fragte sie mühsam.

»Das Riechsalz!« Er stand hastig auf. »Wo ist es?«

»Bitte, Vater!«

»Du darfst nicht die Nerven verlieren!« Es klang besorgt, aber auch ungeduldig und einfach verärgert. »Ich vermute, man wird die Aufrührer vor ein Kriegsgericht bringen!«

»Und sie hinrichten?«

»Bitte nicht jetzt, Lenore! Wir können das doch nicht jetzt besprechen! Du bist schon wieder krank... Die Tabletten, die du genommen hast – sie haben anscheinend eine Nachwirkung...«

»Ich bin nicht krank«, sagte sie. »Ich bin schwanger.«

Er stand da wie vom Schlag gerührt. Die Schande, dachte er, und dann: wie abgeschmackt! In jedem Familiendrama, von dem er je gelesen oder gehört hatte, kam es zu diesem Punkt, und jedesmal hatte er sich innerlich dabei gewunden. Solche Dinge passierten nur Dummköpfen. Er mußte sich bewußt daran erinnern, daß dies Wirklichkeit war und daß es nicht irgendeinem blöden Brezelbäcker geschah, dessen einfältige Tochter von dem nächstbesten Dragoner verführt worden war, sondern dem Bankier Simon Einstein, einem modernen Menschen, der nichts als Verachtung besaß für die Moralbegriffe der Kleinbürger, der seine Tochter im modernen Sinne erzogen und sie wie einen Menschen mit reifem Verstand behandelt hatte.

Er blickte sie an. Ihr Gesichtsausdruck war ruhig und beherrscht, sie war immer noch blaß, aber ohne ein Anzeichen von Schuldgefühl, Scham oder Reue.

Was sagte sie da?

»...und er bat mich, dir zu sagen, daß wir vor Gott und den Menschen Mann und Frau sind und daß das Kind, das ich trage, sein Kind ist.«

»Und du willst das Kind?« fragte er; und auf ihren verständnislosen Blick hin: »Lieber Gott! Du bist doch nicht erst gestern zur Welt gekommen, Lenore. Ist dir der Gedanke nie eingefallen?... Wie weit bist du? In welchem Monat?«

Sie erhob sich. Ihr Auge war trocken, obwohl ein Zittern in ihrer Stimme lag, und ihr Gesicht war hart in einer Weise, wie er es nie zuvor gesehen hatte. »Dieses Kind«, sagte sie, »könnte vielleicht alles sein, was mir von ihm bleibt.«

»Hör auf mit diesen Übertreibungen!« Er schrie sie beinahe an. »Du tust, als ob ich ein Ungeheuer wäre! Ich bin ein ganz normaler Mensch, der zutiefst verletzt worden ist, und ich mag es nicht, wenn man mich ausnutzt. Wenn in früheren Zeiten eine Frau aus unserer Familie sich aufgeführt hätte wie du, hätten meine und deine Vorväter sich die Kleider zerrissen und sich Asche aufs Haupt gestreut und hätten wie um eine Tote getrauert. Was erwartest du von mir? Daß ich vor Freude die Harfe spielen und tanzen soll wie König David?...«

»Nichts von dem, was Andreas und ich getan haben«, sagte Lenore leise, »geschah in der Absicht, dich zu verletzen.«

»Pah...« Seine Hand bewegte sich gereizt. »Und das Schlimmste ist, daß jedes Wort, das ich dir über die Haltung der Preußen gesagt habe, die reine Wahrheit ist. Wenn eine Bürokratie anfängt, sich Grundsätze zuzulegen, wird sie einfach dumm, verbockt und unmenschlich. Wie soll ich ihnen den Bürger Lenz entreißen, damit er die Strafe bekommt, die er nämlich wirklich fürchtet – eine angetraute Ehefrau und eine Herde Kinder?...« Er winkte ihren Einwand ab. »Oh, ich werd's versuchen, ich werd's versuchen!... Jetzt geh aber bitte. Ich hoffe, du verstehst, daß ich ein paar Minuten allein sein muß.«

Sie hörte, wie er die Tür fest hinter sich schloß. Sie stand auf dem Treppenabsatz, hielt sich am Geländer fest und starrte blind auf das durchs Treppenhausfenster einfallende Licht. Er wird es versuchen, er wird es versuchen, wiederholten ihre Lippen. Unwillkürlich legte sie die Hand auf ihren Leib, und ihr Blick wurde sanft.

Sie schrak auf.

Die Türglocke läutete Sturm.

Ihr Vater tauchte aus seinem Arbeitszimmer auf. Er war überrascht, sie noch auf dem Treppenabsatz zu finden; aber er äußerte nur: »Unser Gast scheint eingetroffen zu sein.«

»Unser Gast?«

»Major Weltzien – ich hatte es dir doch gesagt! – der Kommandant von Rastatt wird bei uns wohnen!«

»Ach ja«, sagte sie. »Ich vergaß.«

Einstein führte die mit Schnupftabak bestreute Daumenkuppe an seine Nasenlöcher, steckte die Dose in die Tasche, zog die Weste straff und bemerkte, während sich das Wasser in seinen Augen ansammelte: »Du könntest eigentlich mit mir zusammen den Herrn Major begrüßen.«

»Nur herein, nur herein!« krähte unten eine Stimme. »Tritt ein, mein Herz!«

Einstein bot Lenore seinen Arm. Kaum waren sie ein paar Stufen gegangen, mußten sie sich jedoch schon gegen die Wand drücken, während gestiefelte und behelmte Musketiere stöhnend und schwitzend Koffer, Körbe und Mantelsäcke heraufschleppten, dazu eine Truhe, mehrere Handkoffer und Portemanteaus und zum Schluß verschiedene Hutschachteln.

»Fritzchen!« rief eine Frauenstimme. »Wo ist mein Sonnenschirm, Fritzchen?«

Ein komisch aussehender, untersetzter Mensch, der aus seiner Mütze und Montur herausgewachsen zu sein schien, pflanzte sich vor Einstein hin, die Hand flach an der Seite seiner von Sommersprossen überwucherten Stirn, und meldete: »Kroll, August, Bursche des Herrn Majors Weltzien!« Seine erstaunlich arglosen Augen schweiften ab, um Lenore prüfend zu betrachten, seine Hand beendete den Gruß; er lehnte sich gegen das Geländer und sagte: »Wir werden schon miteinander auskommen, glaube ich!« Dann wieder übertrieben dienstfertig, zog er den Bauch ein und trompetete: »Der Herr Major wünschen zu erfahren, in welche Zimmer sein Gepäck gebracht werden soll!«

Die Haushälterin kam angelaufen. Sie wußte nicht, was tun, weil der Eroberer mit unerwartetem Anhang einzog. Welche Anordnungen wünschte Herr Einstein zu geben? Einstein blickte finster drein. Er nahm Lenore beim Ellbogen, um sie die Treppe wieder hinaufzuführen; doch da schwankte der Helm mit dem schwarzen Roßhaarbusch auch schon vom Treppenabsatz her an.

Beim Anblick Lenores schlug Weltzien sporenklirrend die Hakken zusammen und stand stramm. Der Degen schwang im Gehenk; das Gesicht rötete sich. Die Knopfaugen entzückt zukneifend, rief er: »Mademoiselle Einstein, nehme ich an! Enchanté!«

Lenore rümpfte die Nase. Weltzien roch nach Alkohol und scharfem Eau de Cologne.

Der Major öffnete die Augen und rief die Treppe hinunter: »Oh, Herzchen! Bitte, Herzchen!« Und sich Lenore wieder zuwendend: »Bedaure unendlich – Herr Papa verschwieg – sonst aufgefordert zur großen Feier – Offiziere – Sieg – Mademoiselle!« Er nahm den Helm ab, legte ihn in die Krümmung seines Ellbogens und verneigte sich.

»Vielen Dank, mein Herr«, sagte Lenore steif.
»Herzchen!« rief Weltzien wieder. »Ich bitte!«
»Ich komm schon, Fritzchen!«
Leichte, schnelle Schritte; dann tauchte eine Fülle rötlicher, bei jedem Schritt mithüpfender Locken über dem Geländer auf, dann die Schultern, rund, weiß; sie trug ein schwarzes schulterfreies Satinkleid, das ihren Busen teilweise enthüllte und sich um ihre biegsame Taille schmiegte.

»Darf ich dir Mademoiselle Einstein vorstellen!« sagte Weltzien mit Grandezza. »Herr Einstein – meine – eh – Reisegefährtin – Mademoiselle Josepha Wundt.«

Josepha hielt ihre Hand hin.

Einstein drückte einen Kuß auf den Handrücken. Dann sagte er, ihr direkt in die stark untermalten Augen blickend: »Willkommen hier im Hause, Mademoiselle Josepha.«

Sie lachte. »Ich bin überzeugt, ich werde mich hier wie zu Hause fühlen. Wie unter alten Freunden.«

»Auch ich bin davon überzeugt«, bestätigte Einstein.

Sie schlug Weltzien leicht auf den Rücken und sagte: »Hast du gehört, Fritzchen? Hab ich dir nicht gesagt, hier wird's richtig gemütlich sein? Das ist schon ein Mann, der Herr Einstein, der hat's in sich...!«

Lenore errötete.

Josepha, die Lenore scheinbar erst jetzt bemerkte, rief aus: »Ja, Mademoiselle Lenore!« Mit großer Überschwenglichkeit hängte sie sich bei Lenore ein und zwang sie dadurch, zusammen mit ihr die Treppe hinaufzusteigen.

Einsteins Gesicht verkniff sich, während er den beiden nachblickte. Josephas Geschwätz ging ihm auf die Nerven: »Wir werden die besten Freundinnen sein, nicht wahr, Mademoiselle Lenore? Wo wir Mädchen doch so vieles gemeinsam haben – unsere liebsten, teuersten Gedanken, könnte man sagen...«

Leicht schwankend folgte Weltzien den Damen. Sein Blick wurde immer wieder starr und glasig, und er grinste glücklich vor sich hin.

Vierunddreißigstes Kapitel

Mein Liebstes!

Ich lebe, bin guten Muths, und gesund. Ich denke oft an Dich, besonders Nachts; der Schlaf kommt schwer zu Menschen in unserer Lage.

Wir brauchen Hilfe – wir alle, die wir in dieser und den anderen Kasematten eingepfercht sind. Wir brauchen Lebensmittel, Decken, Tabak, überhaupt alles bis herab zu Eßnäpfen und Löffeln. Und Medikamente! Mehrere von uns sind erkrankt. Dr. W. spricht von Typhus; die Preußen nehmen nur Sterbende ins Lazaret auf. Ein paar von den Wachen besorgen uns etwas, aber nur gegen Bestechung. Die beste Hilfe wäre ein öffentlicher Druck auf die Preußen, uns die Rationen zu erhöhen und zumindest die primitivsten Annehmlichkeiten zu gestatten. Versuche doch mit Freunden in Verbindung zu kommen, die Bescheid wissen, wie so etwas jetzt organisirt werden könnte. Delegationen von Bürgern? Petitionen? Das geringste Zeichen von der Außenwelt, daß wir nicht vergessen sind, würde Wunder wirken...

Wir brauchen zuverläßige Nachrichten. Da wir unsere Tage in ständigem Halbdunkel verbringen und preußische Soldaten mit zweifelhaften Sympathien unsere einzige Informationsquelle darstellen, finden die deprimirendsten Gerüchte gläubige Ohren. Die Kriegsgerichte haben ihre Arbeit aufgenommen: so viel wissen wir. Ein Wachtposten hat erzählt, der junge Dortu in Freiburg sei gefangengenommen und füsilirt worden – stimmt das? Ist es wahr, daß die Kriegsgerichte ausschließlich aus preußischen Offizieren zusammengesetzt sind; nur die Ankläger wären badische Reactionaire? Ist es wahr, daß der Prinz von Preußen jedes Urtheil persönlich überprüft und jedes Gnadengesuch ablehnt?

Wie Du siehst, leisten wir immer noch Widerstand. Meine Liebe zu Dir und die Gewißheit Deiner Liebe verleihen mir besondere Kraft und Hoffnung. Ich küsse Dich zärtlich,

Dein
A. L.

P. S. Bezahle oder belohne den Überbringer dieses nicht. Ich werde das selbst erledigen, nachdem er mir Deine Antwort gebracht hat.

(Undatierter, mit Bleistift auf ein kleines Stück zerknittertes Packpapier geschriebener Brief in Lenz' Handschrift, unter seinen Papieren aufgefunden. Die

Schrift ist sehr klein; die letzten paar Zeilen, kaum lesbar, verlaufen senkrecht die Ränder entlang.)

Seit dem frühen Morgen war Heilig fort.

Leutnant Gramm war mit ein paar preußischen Wachen gekommen und hatte herumgebrüllt und sich gespreizt, als wäre es eine besondere Ehre für einen badischen Offizier, als Gefangenenaufseher der Preußen zu dienen. Er führte Heilig ab – vor das Kriegsgericht, hatte Musketier Liedtke ihnen zugeflüstert.

Der Gedanke an Heiligs Weggang und an das Gericht, dem er jetzt gegenüberstand, erfüllte die dumpfige Kasematte. Sogar das Stöhnen der Kranken in der Ecke, die Dr. Walcher isoliert hatte, klang unterdrückt.

Es hatte kommen müssen, dachte Lenz, und einer von ihnen mußte als erster gehen, um nie mehr in die Kasematte zurückzukehren. Es hätte auch ihn treffen können, seine Akte war dick genug; oder Böning; oder Biedenfeld; oder irgendeinen. Lenz sah sich im Kreise seiner Mitgefangenen um, Volkswehr, Mannschaften der Linie, Offiziere – die Preußen machten keinen Unterschied nach Rang oder Einheit; Rebell war Rebell; in der Beziehung waren sie höchst demokratisch. Man saß oder lag herum, alle, einschließlich seiner selbst, gleich ungewaschen, unrasiert und übelriechend. Und wo ein Stück Fußboden nicht von einem Menschen beansprucht wurde, häufte sich faulendes Stroh, verschmutzte Kleidung, zerrissenes Lederzeug; durch die Tiefe der Schießscharten gewann der mächtige Stein eine besondere dreidimensionale Wirkung – es war, als hätte sich alles verschworen, einem Herz und Sinn abzuwürgen.

Lenz stieg vorsichtig über eine Anzahl von Beinen; vorbei an einem Volkswehrmann mit verbittertem Gesicht, der in den Nähten seiner Bluse nach Läusen suchte; vorbei an einer mit zäher Ausdauer gespielten Kartenpartie, deren Teilnehmer jetzt allerdings das Interesse an ihren vorgetäuschten Einsätzen verloren hatten; bis er zu Böning kam, der neben einem graugesichtigen, mattblickenden Biedenfeld hockte.

»Nein, nein, nein!« sagte Böning. »Wie oft soll ich Ihnen noch versichern, Bruder Biedenfeld, daß Sie falsch daran tun, das so persönlich zu empfinden. Es besteht nicht die geringste Wahrscheinlichkeit, daß Heilig glaubt, Sie könnten schuld sein an seiner...«

Biedenfeld saugte unablässig an seiner Pfeife – er hatte zwei besessen und konnte die ihm bei der Übergabe von dem preußischen Leutnant zerschlagene ersetzen. Aber die Pfeife war leer. Nichts in Biedenfelds versteinertem Gesicht wies darauf hin, daß er zugehört oder, wenn er gehört, auch verstanden hatte, was ihm gesagt worden war.

Böning blickte zu Lenz auf. »Sagen *Sie* es ihm. Bestätigen Sie ihm, daß der Beschluß zur Übergabe von uns allen gefaßt wurde und auf jeden Fall und ganz unabhängig von seinem Bericht über seine Besprechungen mit dem Preußengeneral angenommen worden wäre...«

Lenz gehorchte mechanisch, hauptsächlich um Böning zu helfen. Böning war sehr hinfällig geworden seit ihrer Gefangensetzung. Der frischen Luft, der Freiheit und seiner Zigarren beraubt, hatte er an Gewicht verloren; die verfilzte Mähne und der Bart, die gefurchte Stirn und der schwere, müde Blick erinnerten Lenz an einen kranken alten Hund.

»Elender, vertrauensseliger Narr...«, murmelte Biedenfeld. »Oder Judas. Eines von beiden.«

»Das sagt er immer wieder!« rief Böning aus.

Lenz begriff, daß auf dem Glacis außerhalb des Festungstores etwas in Biedenfeld zerbrochen war. Nach Biedenfelds Kodex war ein Soldat ein Soldat, mit genau abgegrenzten moralischen Maßstäben, die keine Abweichung zuließen. Er hatte General von der Gröbens halbe Versprechungen vertraut. Was auch einen Corvin veranlaßt haben mochte, die bedingungslose Übergabe zu befürworten – ein Mensch wie Biedenfeld hätte gekämpft, wenn er etwas von den Plänen der Preußen für ihre Gefangenen geahnt hätte. Aber er hatte nicht gekämpft; er hatte sein Regiment ausmarschieren lassen und sich bei klingendem Spiel ergeben; und Biedenfelds Gewissen, befürchtete Lenz, war ein erbarmungsloser Richter.

Böning wußte das ebenfalls; aber trotz der Zwecklosigkeit seines Zuspruchs redete er verbissen weiter: die da in Walchers Ecke an

Typhus verröchelten, starben doch nicht Biedenfelds wegen; und kein Mensch konnte Biedenfeld für einen vertrauensseligen Narren oder einen Judas halten.

Gott, ja, seufzte Lenz: wenn nur die Hälfte der menschlichen Bemühungen und des kameradschaftlichen Geistes, die zur Verteidigung dieser einen Kasematte entwickelt wurden, für die Verteidigung der ganzen Festung und die Durchführung des Krieges aufgewandt worden wären, wie anders könnte alles ausgegangen sein! Es war, als hätte die Kapitulation von dem Moment an, da die Geschlagenen zurück in die Festung und in die Gefangenschaft geführt wurden, einen neuen Widerstandsgeist entstehen lassen. Sogar die Preußen schienen es zu spüren; und die wenigen badischen Offiziere wie Leutnant Gramm, die es ganz offen mit dem Eroberer hielten und Polizei- und Denunziantendienste taten, zeigten sich selten ohne Eskorte.

Walcher trat hinzu. Der Arzt hatte sein sanftes, gütiges Wesen behalten, und er war der einzige, der es fertigbrachte, sich in der Kasematte zu bewegen, ohne über irgendwelche Beine zu stolpern und alle möglichen Bemerkungen und Beschwerden hervorzurufen.

Walcher beugte sich zu Böning hinab; sein Blick sprach deutlicher als sein Mund. Lenz begriff. Er schaute über Walcher hinweg zu den Kranken in der Ecke. Es waren ihrer fünf jetzt, die Gesichter traten weiß aus den Schatten hervor, die Augen lagen tief in bläulichen Höhlen, der Bart hing ihnen zottig von dem spitzen Kinn.

»Man kann nur noch beten für die armen Kerle...«, sagte Walcher.

Lenz eilte stolpernd zur Tür und begann mit den Fäusten dagegenzuschlagen und brüllte: »Wache! Wache! Aufmachen! Wache!«

Sofort herrschte Spannung.

»Wache!« Lenz' Fäuste schmerzten. »Wache!«

Doch kein Schlüssel drehte sich im Schloß, kein Riegel schob sich knarrend zurück, nicht einmal ein Auge zeigte sich in dem Schlitz, der sich in der dicken eisernen Tür befand.

»Warum hörst du damit nicht auf!« schlug der Volkswehrmann vor. Sein Gesicht war verbitterter denn je, während er sich seinem Läuseknacken wieder zuwandte. »Da kannst du dir die Fäuste wundschlagen, davon kommt dieser Hund von Wachtposten noch lange nicht, und wenn er kommt, macht er dir und allen anderen bloß Schwierigkeiten.«

Recht hatte der Mann. Lenz fühlte sich besiegt, lächerlich – ein seiner Unfähigkeit überführter Prahlhans. Und je länger er den flinken Fingern des Volkswehrmannes zusah, dessen tödliche Daumennägel mit erbarmungsloser Schnelligkeit und Gründlichkeit arbeiteten, desto mehr juckte ihn die eigene Haut.

Nach einer Weile richtete sich Lenz' Aufmerksamkeit wieder auf Böning. Der Alte war auf einen Hocker gestiegen, der, Gott mochte wissen wie, unter das spärliche Mobiliar der Kasematte geraten war. Dr. Walcher stand neben ihm und bewahrte mit seinem Fuß den Hocker vor dem Umkippen. So konnte Böning seinen Oberkörper weit in das tiefe Sims der Schießscharte hineinschieben. Auf diese Weise hatte man, wie Lenz wußte, durch die Öffnung hindurch einen Blick auf den Himmel und die äußere Grabenböschung und darüber hinaus auf ein Stückchen Landschaft, ein paar grüne, braune und hellblaue Töne; aber auf dem Ganzen lag ein Widerschein der Sonne, und an den steigenden Schatten ließ sich das Sinken des Tages und das Verfließen der Zeit beobachten. Zuweilen zeigten sich Menschen oben auf der Böschung; sie gingen langsam auf und ab oder blieben auch stehen, um über den Graben hinweg Ausschau zu halten in der mageren Hoffnung, in einer der Schießscharten ein vertrautes Gesicht zu erblicken – bis die nächste preußische Patrouille herbeieilte und die Leute mit erhobenem Säbel vertrieb.

So unauffällig wie möglich begab sich Lenz hin zu Walcher und stieß ihn fragend an.

Der zuckte die Achseln.

Endlich stieg Böning von dem Hocker herab und kehrte, Unverständliches murmelnd, zu seinem Strohlager neben Biedenfeld zurück. Lenz zog sich auf das Sims hinauf und spähte ins Freie: aber es war dort nichts zu sehen als ein paar grasbewachsene Stellen auf der Böschung und ein dürrer Hund, der herumstreunte, anhielt, den Kopf hob, um eine Wolke klagend anzuheulen, und weitertrottete.

Lenz, der Böses ahnte, verließ die Schießscharte und kauerte sich neben Böning und Walcher hin.

»Sie sind fort, nicht?« fragte Böning.

»Ich nehme an«, bestätigte Lenz.

Böning strich sich das Haar von seinem verstümmelten Ohr weg und blickte Lenz schräg von unten her an. »Preußische Offiziere«, sagte er, »fast ein Dutzend. Haben das Gelände besichtigt...«

»Nur besichtigt?« fragte Lenz.

Böning senkte die Stimme bis zum Flüsterton: »Nein – auch abgeschritten.«

»Wieviel Schritte?«

»Zwölf.«

»Und die Entfernung markiert?«

»Mit weißen Stöcken.«

Sie verfielen in Schweigen.

Biedenfeld nahm die leere Pfeife aus dem Mund. »Vorbereitung zur Exekution«, sagte er.

Lenz erhob sich. Achtlos gegen jeden und jedes, was ihm im Wege war, stand er nach wenigen Schritten wieder an der Tür und hämmerte dagegen. Plötzlich bewegte sich der Riegel. Die ganze Kasematte erstarrte.

Heilig?

Der Schlüssel drehte sich im Schloß, die Tür ging knarrend auf. Väterlichkeit ausstrahlend, erschien das gutmütige, bärtige Gesicht des Musketiers Liedtke im Rahmen.

»Na, na!« sagte er zu Lenz, eine Hand vorsichtshalber am Riemen seines Gewehrs. »Sie wollen doch die Tür nicht einschlagen, was?«

Die Fragen, die er stellen wollte, blieben Lenz im Halse stecken. Endlich verlangte er den diensthabenden Offizier. »Wir haben Schwerkranke hier! Die müssen ins Lazarett geschafft, müssen isoliert werden! Wir brauchen Medikamente, Seife, frisches Stroh...«

»Warum nicht Honigkuchen und Federbetten?« Musketier Liedtke schüttelte den behelmten Kopf. »Glauben Sie vielleicht, Sie befinden sich hier im Hotel Pariser Hof in Karlsruhe oder im Kurhaus in Baden-Baden, wo Seine Königliche Hoheit Prinz Wilhelm in allerhöchsteigener Person abzusteigen geruhte? Wissen Sie, wo Sie hier sind?... In einem Königlich Preußischen Militärgefängnis!« Und plötzlich schwoll ihm die Halsschlagader und er brüllte: »Und ihr seid eine gottverdammte Horde von gottverdammten Nörglern und Drückebergern, die keinen Respekt vor keinen gottverdammten Regeln und Dienstvorschriften nicht kennt!«

Mit der freien Hand stieß er zu und traf Lenz voll auf die Brust. Lenz taumelte zurück und fiel dem läuseknackenden Volkswehrmann in die Arme, der ihn daraufhin in seine Kette von Flüchen gegen die Preußen und das Ungeziefer einbezog.

»He, Sie!« Der Musketier winkte Böning mit dem gekrümmten Finger. »Kommen Sie mal her!«

Böning gehorchte.

Die Kartenspieler, deren Karten auf geheimnisvolle Weise verschwunden waren, reckten die Hälse. Biedenfeld hatte seine Brille aufgesetzt. Dr. Walcher runzelte die Stirn.

Musketier Liedtke knöpfte mit absichtlicher Langsamkeit seine Tasche auf und zog ein kleines Päckchen hervor. »Na!« klopfte er Böning auf die Schultern. »Halte ich mein Wort?«

Böning schwankte zwischen seinem Verlangen und seinem Stolz. Er streckte die Hand aus und zog sie sofort wieder zurück – der ganze Mann eine Verkörperung seines Konflikts. »Beeilen Sie sich schon!« murmelte er gedemütigt.

Musketier Liedtkes Gesicht war die Gutmütigkeit selbst. Er wickelte langsam das Einschlagpapier ab, ließ es zu Boden fallen und zählte in Bönings Handfläche: »Eine Zigarre! Zwei! Und drei! Und vier!«

Lenz setzte den Fuß wie zufällig auf das Stück Papier.

Böning sah ärgerlich aus.

»Irgendwelche Beanstandungen?« fragte Musketier Liedtke.

Bönings Lippen bewegten sich. »Sechs!« sagte er schließlich. »Es sollten doch sechs sein!«

»Und ich?« fragte Musketier Liedtke erstaunt. »Ich kriege keine Belohnung? Keine Provision? Nichts?«

»Aber ich habe Ihnen meinen Ring gegeben!« Eine ungesunde Röte verfärbte das dichte Netz der Falten auf Bönings Gesicht. »Gold, mit einem kleinen Stein – die einzige Erinnerung, die mir von meiner Frau geblieben ist!«

»Sie wollten Ihre Zigarren, oder etwa nicht?« Musketier Liedtke nahm in weiser Voraussicht sein neues Hinterladergewehr von der Schulter und spannte den Hahn. »Oder muß ich Sie an die Regeln und Dienstvorschriften erinnern? Im Gefängnis wird nicht geraucht! Aller Tabak, der gefunden wird, Zigarren, Pfeifen, Rauchutensilien werden konfisziert. Na?«

Einen Augenblick lang sah es aus, als wollte Böning die Zigarren in der Faust zerdrücken und die Reste dem Wachtposten in das wohlwollend strahlende Gesicht werfen. Doch dann lachte er nur verzerrt. Er biß das Ende von einer Zigarre ab und sagte zu Musketier Liedtke: »Feuer, bitte?«

Musketier Liedtke hängte sich das Gewehr wieder über die Schulter. Er holte sein Feuerzeug hervor, rieb den Feuerstein, ließ den Funken zur Flamme werden und sah freundlich grinsend zu, wie Böning den ersten bläulichen Rauch auf seiner Zunge rollte, während eine Anzahl Gefangener näher kam, um den Duft der ausgeatmeten grauen Wolke zu genießen. Dabei bemerkte er nicht, daß Lenz das Stück Papier aufhob, in das die Zigarren eingewickelt gewesen waren.

In der Tür holte Lenz ihn ein.

»Was!... Schon wieder Sie? Wollen Sie noch mehr Krawall machen?«

Lenz schüttelte den Kopf.

Der Wachtposten wartete. »Ich hab nicht den ganzen Tag Zeit!«

Lenz warf einen raschen Blick zurück in die Kasematte. Alles war um den Rauch geschart, der als zarter Faden zu der niedrigen, feuchten Decke aufstieg. »Was ist mit Heilig?« fragte er leise.

»Ist das der Lange?« Musketier Liedtke kniff die Brauen zusammen. »Der sollte lieber seinen Frieden mit dem Herrgott machen, das sollte er wohl, Ihr Freund!...« Musketier Liedtkes behaarte Hand bewegte sich quer über seine Kehle. »*Den* sehen Sie nicht wieder...« Und den Ausdruck in Lenz' Augen beobachtend, fügte er tröstend hinzu: »Wieso denn – das ist erst der Anfang!«

»Ja«, sagte Lenz nach einer Pause, »wahrscheinlich...« Und nach einer zweiten Pause. »Würden Sie auch etwas für mich tun?«

Musketier Liedtke lächelte. »Zigarren?«

»Nein.« Lenz griff in einen kleinen Riß im Futter seines Waffenrocks und holte Lenores Medaillon hervor. Für einen Moment ließ er den goldenen Glanz vor der Wache aufleuchten und schloß schnell die Hand vor dem Zugriff des Mannes.

Mit einem Glitzern in den Augen gab Musketier Liedtke Lenz einen Wink, ihm aus der Kasematte heraus zu folgen, und stieß ihn zu einer an der Wand des Ganges befestigten Lampe. »Zeigen Sie mal her!... Näher!«

Musketier Liedtke warf einen Blick auf das Medaillon, das feine Oval, die kleine eingelegte Perle. »Näher!« drängte er. »Näher! Echtes Gold, was?« murmelte der Musketier. »Ein kleiner Ring... Ein kleines Medaillon... Was hat ein kleiner Mann schon vom Krieg, frage ich Sie? Ich hab eine Familie zu Hause in Berlin, drei rotznäsige Gören und eine Frau, die krank liegt, ihr ganzes Innere ist nicht in Ordnung. Mein Leben ist auch kein Bett von Rosen – falls Sie wissen, was ich meine...«

Lenz hatte eine flüchtige Vision: ein scharfer Schlag hinter Musketier Liedtkes Ohr, dann das Gewehr ergreifen und die Schlüssel im Schloß, alle Mann aus der Kasematte herausholen, auch die anderen in den anderen Kasematten entlang des Gangs, Tiedemann, Corvin-Wiersbitzki, und dann ein Ausbruch, die überraschten Preußen werden überrannt, Rastatt genommen... Fahnen, Glokken, Freiheit!...

Schnarrende Stimmen am Ende des Ganges. Sporenklingen, Säbelrasseln. Musketier Liedtke zog ihn tiefer ins Dunkel. »Also gut«, flüsterte er, »was verlangen Sie?«

»Ich möchte, daß Sie einen Brief in der Stadt abgeben.«

»O nein!«

»Nur einen kleinen Zettel...«

»Hören Sie...« Der Musketier lachte unbehaglich. »Ich kenne diese Kasematten. Ich hab keine Lust, zehn Jahre meines Lebens darin zu sitzen... Acht Zigarren für das Medaillon, na? Zehn!«

»Ich mag Zigarren nicht.«

»Dann Tabak. Oder Schnupftabak. Oder was zu essen. Eine Wurst.«

Lenz schüttelte den Kopf.

»Ja, dann –« Der Musketier seufzte. »Zurück mit Ihnen!«

Lenz wandte sich zum Gehen.

»Warten Sie!« Musketier Liedtke hustete aufgeregt. »Geben Sie mir das Ding! Ich nehme Ihren Brief mit.«

Lenz ließ das Medaillon in sein Rockfutter zurückgleiten. »Sie werden es bekommen, sobald Sie mir die Antwort auf meinen Brief gebracht haben.«

»Sie Lump! Wenn ich nicht so ein ehrlicher Mensch wäre...« Musketier Liedtkes schwere Faust packte Lenz bei der Schulter und schob ihn der Kasematte zu. Die Tür wurde aufgerissen; ein Stoß beförderte ihn hinein.

Die Zigarre lenkte Bönings Gedanken in eine andere, glücklichere Richtung. Sein Plan war fertig und genau berechnet: diese eine jetzt; die zweite auf dem Weg zum Kriegsgericht; die dritte nach dem Urteil; und die letzte, nun, auf dem letzten, langen Weg.

Allmählich wurde er der Gesichter um ihn herum gewahr, sah den Neid, die abschätzigen Zweifel, sogar Feindseligkeit. Der Gedanke an Heilig quälte ihn, und die Erinnerung an den preußischen Offizier, der die Böschung abschritt, ein Schritt, zwei, bis zwölf... Er bekam Rauch in die Augen; sie tränten viel in diesen letzten Tagen; die feuchte kühle Luft tat ihnen nicht gut, ebensowenig wie die ewige Dunkelheit. Was schrieb Lenz dort drüben? Lenz stand unter der Schießschartenvertiefung, wo das Licht noch am besten war, mit dem Fuß auf dem Hocker, so daß sein Knie ihm als Schreibunterlage diente; zwischen den Fingern hatte er einen Bleistiftstummel, der der suchenden Hand des preußischen Feldgendarms entgangen war.

Die Gesichter bewegten sich schwankend auf Böning zu. Er hatte so lange nicht geraucht, daß der Tabak ihn schwindlig machte, ein leicht berauschendes Gefühl, gar nicht unangenehm.

Die Gesichter...

Böning seufzte. Er nahm die Zigarre aus dem Mund: ungefähr die Hälfte davon war noch da. Er hielt sie vorsichtig zwischen zwei Fingern, betrachtete sie liebevoll, klopfte die Asche ab und reichte sie weiter, und versuchte, nicht hinzusehen, wie sie von Mund zu Mund ging, bis nichts übrigblieb als ein feuchtes kleines Ende von widerwärtiger Farbe.

Er wollte sprechen – Gedanken, die er schon lange mit sich herumtrug, Worte, die sich in diesen letzten Tagen und Nächten in seinem Kopf geformt hatten: über die Menschen, über die Freiheit...
Doch war er nicht fähig, das alles auszudrücken. Es hätte sich zu pathetisch angehört, und wirklicher Heroismus und große Worte paßten nicht zusammen. Er legte die Hand über die Augen. Und dann sang er mit seiner brüchigen Altmänner-Stimme:

»Wo mächt'ge Säulen auf den Bergen stehn,
Des Meeres Winde über blaue Inseln wehn,
Dort, wo der Freiheit erste Wiege stand –
Mein Sonnenland, mein Griechenland...«

Die Melodie war fremdartig, wie ein Vogel von einer fernen Küste. Ihm gefiel sie; sie schien Generationen zu überbrücken. Er sah, daß Lenz aufgehört hatte zu schreiben, und er rief: »Bruder Lenz, Sie haben eine bessere Stimme, und Sie kennen das Lied! Ich habe es Ihnen während unserer Karlsruher Nächte beigebracht...!«
»Ich hab das meiste davon vergessen«, sagte Lenz.
»Wo unbezähmbar sich des Menschen...«, ermutigte ihn Böning.
Lenz nickte und fiel ein:

»Wo unbezähmbar sich des Menschen Geist
In jedem Zypernhain, in jedem Dorfe weist,
Und wo Europas beste Schar sich zu dir fand –
Mein Freiheitsland, mein Griechenland...«

Das Lied erklang lauter, erfüllte die Kasematten mit seinem Leben.
»Dort hebt das Banner stolz zum neuen Tag –«

Lenz' Stimme war jetzt klar und gefestigt, vom Haß geschärft, während Böning sie heiser begleitete.

»Für Freiheit überall, des Schwertes ersten Schlag,
Und für dich selbst, mein Griechenland...«

»Alle!« rief Lenz. »Zusammen!«

»Wo unser aller Freiheit Wiege stand!«

Der Refrain, rauh, aus vollem Hals gesungen, hallte von den niedrigen Wölbungen der Decke wider. Die mitgesungen hatten, standen einen Augenblick still, auf ihren Gesichtern zeigte sich eine Spur der Größe des Kampfes in Griechenland und – übertragen – ihres eigenen Kampfes.

»Singen, eh?«

Leutnant Gramms Gesicht war rosiger denn je.

»Euch geht's wohl zu gut, eh?« Die Reitpeitsche schlug gegen die weichen schwarzen Stiefelschäfte, während er sich durch einen raschen Blick vergewisserte, daß die zwei preußischen Landwehrsoldaten, bis an die Zähne bewaffnet, seine beiden Flanken deckten. »Aber Beschwerden über Verpflegung und schlechte Behandlung und was weiß ich! Ihr werdet bald andere Töne anstimmen!... Sie da!«

Gramms trübe Augen blieben auf der Suche nach einem Opfer auf Lenz haften.

Lenz wandte sich um; er fühlte sich unbehaglich. Der Eintritt des gestiefelten und gespornten Gramm sah offiziell aus. Hatte Musketier Liedtke ihn denunziert, um so zu dem Medaillon zu gelangen? Oder hatten seine lauten Forderungen nach ärztlicher Hilfe dieses außergewöhnliche Echo bewirkt? Oder – Heilig! Das war es wahrscheinlich.

Gramm fragte mit mißtrauischer Stimme: »Kenne ich Sie nicht?«, um eine Sekunde später zu brüllen: »Stehen Sie gefälligst stramm, wenn ein Offizier Sie anspricht, Sie roter Hurensohn!«

Lenz gehorchte schweigend; es hatte keinen Sinn, diesem machtgeschwollenen Subalternen ins Gedächtnis zu rufen, daß er schon einmal sein Gefangener gewesen war, an seine Steigbügel gebunden nach der Niederlage im Vorjahr; und daß sie einander wieder begegnet waren, als das Blatt sich gewendet hatte, er der Sieger und Gramm der Gefangene.

Ein schweres Atmen, eine allgemeine Spannung, ein kaum merkliches Drängen zur Tür hin rissen Lenz aus seinen Gedanken.

»Zurück!« rief Gramm und bedeutete seinen beiden Landwehrmännern, von ihren Gewehrkolben Gebrauch zu machen.

Außerhalb der Tür, von Musketier Liedtke und einem zweiten Preußen bewacht, stand Heilig – unverkennbar, obwohl er nur von den Schultern abwärts zu sehen war. Lenz und die anderen alle dachten erleichtert: Wenn Heilig hierher zurückgebracht wurde, dann hatte das Gericht ihn nicht für schuldig befunden!

Heilig bückte sich beim Eintreten; dann richtete er sich auf, wenn auch nicht zu seiner vollen Höhe; seit er in dieser Kasematte eingesperrt war, hatte er sich eine gekrümmte Haltung angewöhnt, die ihn davor bewahrte, bei jeder Bewegung mit dem Kopf anzustoßen. Aber auch so wirkte Gramm eher untersetzt im Vergleich zu ihm.

Einen Moment darauf brach Gramm, die Faust gegen Heilig schüttelnd, in verworrene Flüche aus und drohte: »Viel zu milde war das Gericht! Aufhängen müßte man so einen wie Sie! Oder im Festungsgraben ertränken, wo er am tiefsten ist!«

Heiligs Blick blieb ausdruckslos. Lenz trat impulsiv auf ihn zu und umarmte ihn – eine ungeschickte Geste einem Mann gegenüber, dem man bestenfalls bis an die Brusttasche reichte. Und da war Böning, und eine Menge anderer, und alle umdrängten sie Heilig – und dann schlugen die Wachen mit den Gewehrkolben auf sie ein, und Gramm rief gellend unverständliche Befehle.

Sekunden später überblickte Gramm schwer atmend das veränderte Bild. Er hatte Platz geschaffen. Die Gefangenen hatten sich zurückgezogen und rieben sich die Stellen, wo sie getroffen worden waren. Heilig kauerte auf einem Strohbündel nahe der Schießscharte. Nur ein einziger – ein fast demütig aussehender, schmalschultriger Mensch – besaß die Kühnheit vorzutreten, als wäre nichts geschehen.

Das erregte Gramm mehr als der Ansturm, den er mit seinen vier Bewaffneten beherrscht hatte. »Und was wollen Sie?« stotterte er, Speichel in den Mundwinkeln.

»Ich möchte an Sie appellieren«, sagte Dr. Walcher.

»Sie wollen – was?...« Gramm wurde sich bewußt, daß er rasende

Kopfschmerzen hatte – ein Kater: gestern abend hatte er in der Poststraße einen Besuch abgestattet, hatte dem Bankier Einstein dreihundert Gulden Badisch zurückgezahlt, hatte sich aber nicht getraut, nach Mademoiselle Lenore auch nur zu fragen, und hatte sich dann bis zur Bewußtlosigkeit betrunken.

»Ich möchte an Sie im Namen der armen Menschen, die dort in der Ecke liegen, appellieren –«, Walcher wies über seine Schultern hinweg auf die Kranken, »aber in gewissem Sinn in unser aller Namen, Sie selbst eingeschlossen.«

Gramm versicherte sich hastig, daß seine Eskorte wachsam und zur Hand war. »Stehen Sie gefälligst stramm, wenn ein Offizier Sie anspricht, Sie roter Hurensohn!«

Dr. Walcher legte beide Hände flach an die Nähte seiner verbeulten Hose und schmetterte: »Melde gehorsamst, Herr Leutnant, Doktor Theophrast Walcher, früher Oberstabsarzt der Volkswehr!«

Gramm knurrte etwas, das sich auf verschiedene Weise auslegen ließ.

»Die Kameraden, die ich dort in der Ecke untergebracht habe, sind ernstlich krank, Herr Leutnant.« Walchers Augen starrten mit militärischer Geradheit auf einen Knopf an Gramms geschwellter Brust. »Typhus, den Anzeichen nach – eine oft tödliche Krankheit.«

»So?« Gramms vernebelter Verstand hatte einen lichten Moment. »Nun, dann wird der Typhus Seiner Hoheit dem Großherzog die Kosten für zwölf Kugeln pro Aufständischen sparen.«

Zwölf Kugeln. Die Worte in ihrem einfältigen Hohn zerstachen die Hoffnungen, die Heiligs Rückkehr geweckt hatte. Zwölf Kugeln, elf aus Blei, eine aus Holz, wurden vom Exekutionspeloton abgefeuert.

Walcher zwang sich, seinen Blick wieder auf den Knopf an Gramms Brust zu heften, und Lenz hörte ihn mit lebloser Stimme sagen: »Melde gehorsamst, Herr Leutnant, daß unseres Wissens keiner der in dieser Kasematte Untergebrachten zum Tode verurteilt wurde, und auch Sie sind nicht befugt, ein Urteil zu verkünden. Ich muß Sie also bitten –«

»Sie müssen – was…?« Gramms rosiges Gesicht war bleich geworden. »Nehmen Sie gefälligst zur Kenntnis, Sie roter Hurensohn, daß mit der Übergabe von Rastatt Ihr Aufstand vorbei ist – geschlagen, erledigt, kaputt! – und daß keiner von euch – keiner, hören Sie! – lebendig hier herauskommt!«

Walcher, die Hände an der Hosennaht, bewahrte die stramme Haltung, und seine Stimme blieb beherrscht. »Typhus, Herr Leutnant! Ich muß Sie als verantwortlichen badischen Offizier bitten, Ihre Vorgesetzten von meinem Befund zu unterrichten...«

Gramms große plumpe Hand packte Walcher beim Kragen seines verschmutzten Waffenrocks und schüttelte ihn brutal. »Wache!« rief Gramm.

Doch Walcher sprach weiter, obwohl sein Kopf bei jedem Wort hin und her geschüttelt wurde: »Ty – phus – äußerst – ansteckend – auch für Sie – Herr – Leutnant...«

Gramm ließ los. Vor Walcher zurückweichend, fragte er heiser: »Ansteckend?« – und nach kurzem verworrenen Nachdenken befahl er den Landwehrmännern: »Den Gefangenen abführen! Einzelhaft! Wegen Aufruhrversuchs!«

Dann machte er kehrt und stelzte ab.

Walcher wurde hinausgeführt, eine kleine Gestalt mit schmalen Schultern und gesenktem Kopf. Lenz kannte diese Zellen, die zur Einzelhaft benutzt wurden. Er war darin eingesperrt gewesen.

»He!«

Lenz fuhr auf. Jemand zupfte ihn am Ärmel.

Musketier Liedtke entblößte eine Reihe äußerst schlechter Zähne. Ein wissendes Zwinkern, ein halbunterdrücktes Flüstern: »Wem soll ich nun den Brief bringen?«

Lenz brauchte eine Sekunde, um seine Gedanken in die neue Richtung zu lenken. Dann murmelte er hastig: »Mam'selle Einstein, Poststraße!« und ließ den Zettel, zu einer kleinen Kugel zusammengerollt, in die gewölbte Hand des Musketiers gleiten.

Einen Moment später fiel die Tür zu, der Riegel bewegte sich, der Schlüssel knirschte im Schloß. Die lange zurückgehaltene Erregung brach hervor. Dann strömte alle Bewegung bei Heilig zusammen, der schweigend dasaß, mit dem Rücken zur Wand, wie eine Marionette, deren Drähte jemand durchgeschnitten hatte. Er leckte sich die trockenen, aufgesprungenen Lippen. Darauf hob er die Knie an und schlang die Arme um seine Schienbeine, als zöge er sich noch mehr in sich zurück.

»Bruder Heilig!« rief Böning, ausnahmsweise einmal seine Stellung als ältester Offizier ausnutzend. »Wollen Sie uns bitte berichten!« Und nach einer Pause, mit mehr Wärme: »Sie sind wieder bei uns, Bruder Heilig! Sie sind nicht in der – in der Todeszelle! Also...! Aber Sie müssen doch verstehen! Wir möchten schließlich wissen...«

Heilig blickte auf. »Ah!« sagte er mit einem winzigen Lächeln, »weil ich hier bin...?« Seine Hand bewegte sich. »Das tut mir leid. Nein...!« Und dann: »Morgen früh.«

Jemand begann zu beten. Lenz fühlte, wie sich ihm der Magen zusammenzog. »He, halt's Maul!« schimpfte eine grobe Stimme, aber das Gebet ging immer weiter, klang ab und schwoll wieder an.

»Eidbruch«, sagte Heilig. »Eidbruch und Hochverrat... Das sind meine Verbrechen, haben sie erklärt, das – und dann die Menschenleben und der Schaden, den die Rastatter Artillerie sie gekostet hat.« Lenz bemerkte ein schwaches Flackern in Heiligs Augen. Heiligs Stimme gewann Klang. »Jawohl, Brüder, wir haben sie ordentlich getroffen!...«

»Ist es ein großes Gericht?« fragte einer. »Haben sie dir erlaubt zu sprechen?«

»Was kannst du denen sagen?« Heilig zuckte die Achseln. »Sie verstehen es doch nicht.« Und nach einer Pause wiederholte er mit wieder leblos gewordener Stimme: »Eidbruch...« und schüttelte den Kopf. »Sie haben mich gefragt, ob ich einen letzten Wunsch hätte. Ich dachte, das wäre eine rechte Freundlichkeit von ihnen, aber der Richter erklärte, daß sie das fragen müßten. Also sagte ich, ich möchte meine letzte Nacht nicht allein verbringen, und ob sie mich nicht in den ›Türkenlouis‹ lassen würden, falls der noch offen ist, damit ich dort eine Flasche Wein trinken kann.«

»Haben sie den ›Türkenlouis‹ geschlossen?« erkundigte sich der Volkswehrmann; das Mißgeschick seines Stammlokals war für ihn leichter faßbar als der gewisse Tod eines Mannes, der eben noch mit ihm gesprochen hatte.

»Der ›Türkenlouis‹«, sagte Heilig, »macht vermutlich gute Geschäfte. Aber sie haben gesagt, sie können mich nicht herauslassen, nicht einmal unter Eskorte. Also bat ich sie, sie sollten mich zu euch zurückbringen lassen. Ich weiß, es muß schwer erträglich für euch sein, mich hier zu haben – schwer erträglich für dich, Lenz, und für Sie, Bürger Böning, und Sie, Oberst Biedenfeld – für euch alle... Schwerer, als mit denen dort drüben zusammenzusein.« Er wies auf die Typhuskranken in der Ecke und zögerte. »Aber es ist nur für eine Nacht«, fügte er hinzu. »Seht, ich war niemals allein in meinem Leben, nicht als Kind, nicht als Lehrbub, und auch später nicht in der Armee...«

»Musik!«

Es klang irr.

»Musik! Fahnen!« Biedenfeld, seine Pfeife schwenkend, stapfte auf und ab. »Regime-e-e-ent!« rief er. »Vorwä-ä-ärts – marsch!« Er blieb vor Heilig stehen. »Und ich, Bruder Heilig, habe mein Regiment ausmarschieren lassen!«

Biedenfeld seufzte tief aus der Brust heraus. Lenz sah, wie die Hand des Obersten plötzlich schlaff wurde. Die Pfeife entglitt ihr und fiel auf den Steinfußboden, wo der nächstbeste sie zertreten würde.

Mein Sonnenland, mein Griechenland... Vers und Melodie, aus jedem vernünftigen Zusammenhang gerissen, fielen Lenz ein. Er hob die Pfeife auf und gab sie Biedenfeld zurück.

»Ich setze!« – »Ich nehme!« – »Einhundert!« – »Fünfhundert!« – »Tausend!«

Der Lärm der Spieler, das Aufklatschen der Karten dauerten die ganze Nacht hindurch an. Fast alle beteiligten sich am Spiel, nahmen Karten zur Hand oder wetteten wenigstens.

»Der Bube, es muß doch endlich ein Bube kommen!« – »Stich das As doch, stich!« – »Pique-Dame, verdammt, ich bin ruiniert, ich muß mir was pumpen, Bankhalter, wieviel gibst du mir?«

Um den Docht an der Wand und die wenigen Talglichter geschart, die jemand irgendwie beschafft hatte, stachelten Spieler und Wettende einander zu immer höheren Einsätzen an. Schatten und Licht strichen in ständigem Wechsel über die Gesichter und schufen an den Wölbungen der Decke ein riesiges Schattentheater. Der Bankhalter, ein kahlköpfiger, schwarzbärtiger Pole, kratzte mit einem verrosteten Nagel Hieroglyphen an die Wand: Gewinne und Verluste, Soll und Haben. Lenz scheffelte ein Vermögen; seine Glückssträhne machte ihn abergläubisch, und er setzte gegen alle Regeln und Vernunft, um endlich sein Spielglück zu brechen. Heilig dagegen verlor buchstäblich das Hemd und saß nun da, nur mit Unterhemd und Hose bekleidet, und fröstelte; allen Vorstellungen zum Trotz beharrte er jedoch darauf, daß Spielschulden Ehrenschulden waren: sollten die Preußen, der Teufel hole sie, doch einen nackten Mann erschießen!

In einem weichen Bläulich-Grau wurde das längliche Rechteck der Schießscharte sichtbar; die Talglichter waren herabgebrannt; der Schein des Öldochts an der Wand verblaßte. Die Spielleidenschaft erstarb; die Wetten wurden mechanisch; die Stimmen klangen immer unsicherer. Einer nach dem anderen verfielen die Gefangenen in Schweigen; ein paar zogen sich von Heilig zurück; andere, darunter Lenz, rückten jedoch näher zu ihm heran in einem letzten verzweifelten Versuch, den Abgrund zu überbrücken, der sie schon von ihm trennte.

Heilig kratzte sich die halbnackte Brust, er hatte eine Gänsehaut; Lenz beobachtete die Bewegung seiner Schulterblätter, die groß wie Schaufeln waren; der Mann hatte einen enormen Knochenbau, und seine Muskeln spannten und dehnten sich mit einer wundervollen Geschmeidigkeit, die es kaum glaubhaft erscheinen ließ, daß sie binnen einer Stunde für alle Ewigkeit erschlafft sein würden.

»Nun«, sagte Heilig und räusperte sich, »es wird Zeit, daß sie kommen, meint ihr nicht auch?«

Niemand antwortete ihm.

»Sie werden schon kommen«, fuhr Heilig fort. Und nach kurzem Nachdenken: »Komisch, ich glaube, ich bin gar nicht wirklich aufgeregt.«

Er wartete.

»Das ist auch ganz richtig so«, erwiderte Lenz schließlich und zermarterte sich das Hirn nach ein paar Worten, die Gewicht und

Bedeutung hatten. »Ein Mensch, der so gelebt hat wie du...«, Lenz lauschte seiner Stimme nach; sie klang sonderbar dünn, »so ein Mensch kann ganz ruhig sein...«

Heilig sah ihn an. Die Schießscharte erschien jetzt weiß; der Tag ließ sich nicht länger verleugnen. Dann wanderte sein Blick die Wände der Kasematte entlang, vorbei an den Gesichtern, vorbei an der Ecke mit den Typhuskranken, vorbei an all den Marksteinen seiner Gefangenschaft, hin zu dem weißen Licht.

»Ist es denn wirklich wahr?« sagte er halblaut.

Lenz legte seine Hand auf Heiligs Arm.

Dann kamen die Preußen. Sie hatten Verstärkung mit: einen schwarzberockten einheimischen Pfarrer, auf dessen rundem Gesicht sich die Angst abzeichnete und der sich ständig die Augen rieb und mehrmals fragte: »Welcher ist es denn? Welcher ist es denn nun?«

»Hier!« sagte Heilig. Er erhob sich und trat vor, barfuß, mit gesenktem Kopf, ganz allein.

»Ich nehme an, Sie sind bereit?« sagte der Pfarrer und streckte die zitternde Hand aus.

Heilig nickte.

»In dieser Aufmachung?« rief Gramm. »Wollen Sie das Sonderkriegsgericht Seiner Majestät des Königs von Preußen verhöhnen? Wo sind Ihre Sachen? Ihr Hemd, Ihre Stiefel, Ihr Waffenrock –«

»Ich hab sie verloren.«

Gramm sah aus, als stünde er kurz vor der Apoplexie. Im Hintergrund kicherte jemand.

»Beim Kartenspiel, Herr Leutnant.«

Musketier Liedtke griff ein. »Holt sein Zeug!« rief er. »Beeilt euch aber!«

Die Gewinner brachten die Beute der Nacht. Lenz half Heilig beim Ankleiden. Nur durch seine Unbeholfenheit, durch die Mühe, die er beim Stiefelanziehen hatte, verriet Heilig seinen Gemütszustand.

»Elender Faulenzer!« Gramm hatte die Sprache wiedergefunden. »Los! Los! Sie halten das ganze Verfahren auf!«

»Jawohl, Herr Leutnant!«

»Stehen Sie nicht herum! Marsch! Marsch!...« kommandierte Gramm. »Musketier! Zwei Mann vor dem Delinquenten, zwei hinter ihm, rechts und links je einer!... Was wollen Sie, Herr Pfarrer? Wir haben nicht viel Zeit. Draußen warten zwölf Mann mit geladenen Gewehren und ich weiß nicht wie viele hohe Offiziere, und das alles auf nüchternen Magen!... Beten? Der Bursche hat die ganze Nacht gehabt zum Beten, und Karten gespielt hat er, so sind diese Leute, Herr Pfarrer, gehen wir!«

Da war Böning, seine Hand suchte die von Heilig.

»Er hat die ganze Nacht gehabt zum Abschiednehmen! Achtung – Kehrt! Musketier, die Handschellen! Marsch! Marsch!«

Böning wurde beiseite gestoßen.

Der alte Mann fand sein Gleichgewicht nur mit Mühe wieder; ein paar Strähnen seines weißen Haares bewegten sich in dem kalten Luftzug, der durch die offene Tür kam. Dann fiel die Tür krachend zu. Böning knöpfte mechanisch die Tasche auf, in der seine restlichen drei Zigarren steckten; doch dann wurde ihm bewußt, was er tat, und er schloß sie hastig wieder. Langsam, mit den kurzen, tastenden Schritten eines alten Mannes ging er auf die Schießscharte zu.

Lenz sah zu, wie der verrunzelte Sergeant aus dem »Türkenlouis« und der Volkswehrmann Böning auf den Hocker hinaufhalfen und vorsorglich die Hand hinstreckten, während der Alte sich auf das Sims hinaufzog.

»Können Sie etwas erkennen?«

Vielleicht hatte Böning nicht gehört. Jedenfalls gab er keine Antwort auf Lenz' Frage. Biedenfeld kaute mit steinernem Gesicht am Stiel seiner Pfeife. Hin und wieder zuckte einer zusammen bei einem Rascheln im Stroh, einem Stöhnen der Kranken, einem plötzlich geflüsterten Stoßgebet.

Dann, schrill, der am ganzen Leibe zitternde Böning: »Bruder! Wir sind bei dir!«

Und dann die Salve.

Fünfunddreißigstes Kapitel

Als dankbare Anerkennung der Verdienste, welche die zur Niederkämpfung des Aufstands in das Großherzogthum Baden eingerückte Armee der verbündeten Truppen sich um den Großherzog und das Großherzogthum erwarben, und zum bleibenden Gedächtniß an die von den betreffenden Truppen bethätigten kriegerischen Tugenden, stiftete der Großherzog für alle diejenigen, welche den Feldzug gegen die Rebellen in Baden tadellos mitgemacht, eine Gedächtniß-Medaille.

Die Medaille ist aus Kanonengut, hat auf der Vorderseite einen Lorbeerkranz mit der Umschrift: »Leopold, Großherzog von Baden« und der Inschrift: »Dem tapferen Befreiungsheer 1849«; – auf der Kehrseite ein aufgerichtetes blankes Kriegsschwerdt, von zwei Palmen umschlungen, als Symbol des durch die Tapferkeit der Armee dem Lande wiedergegebenen Friedens.

Die Medaille wird an dem gelb und rothen Bande des Ordens der Treue – dem ersten Orden des Landes – getragen.

(Auszug von Lenz aus »Tagebuch über die Ereignisse in der Pfalz und Baden im Jahr 1849« von Staroste, Kgl.-Preuß. Oberst-Lieutenant a. D.)

»Sie haben sie also umgebracht...« Die Worte, die teils Zusammenfassung, teils Nachruf waren, schienen ein eigenes Gewicht zu haben, das sie nicht verklingen ließ; die Worte zwangen die beiden Männer am Tisch, die Köpfe zu senken; sie verliehen dem Ticken der Kuckucksuhr an der rauchgeschwärzten Wand etwas Unheimliches.

»Füsiliert«, fuhr Comlossy schließlich fort. »Heilig, Biedenfeld, Tiedemann, Böning...«

Christoffel nickte bei jedem Namen.

»Und das Ende ist noch nicht abzusehen. Wenn Sie wieder aus Rastatt herauskommen, Bruder Christoffel, und Bruder Engels treffen sollten, sagen Sie ihm...«

»Es ist mir trotz der Kontrollen gelungen, nach Rastatt hineinzukommen«, erwiderte Christoffel. »Also werde ich wohl auch wieder herausgelangen.«

»Berichten Sie Bruder Engels, wie diese Männer gestorben sind. Was auch ihre Fehler in der Revolution und im Kriege gewesen sein mögen – Böning – erinnern Sie sich an ihn?...«

»Natürlich.«

»Bevor das Hinrichtungskommando auf Böning schoß, sog der alte Mann ein letztes Mal an seinem Zigarrenstummel, und dann rief er: Gott, ich komme zu Dir, um Vergeltung zu fordern für meine Mörder!«

»Amen«, sagte Christoffel.

»Vielleicht wundern Sie sich, woher ich das alles weiß, da ich mich doch in dieser Hütte versteckt halte?« Comlossys müde Augen suchten die seines Gastes. »Viele Fäden laufen hier zusammen – so viele sich eben in dem allgemeinen Zusammenbruch retten ließen – und ein paar neugeknüpfte.«

»Das habe ich vermutet«, sagte Christoffel, der mit Hilfe eines dieser Fäden den Weg hierhergefunden hatte.

Comlossy faltete die Hände, um zu verhindern, daß seine Finger ständig nervös auf den Tisch klopften. »Die Preußen suchen sich ja nicht irgendwelche Truppen für ihre Exekutionspelotons aus – sie wählen aus ihren Mannschaften die härtesten, gefühllosesten Leute. Und trotzdem hat man in den frühen Morgenstunden diese uniformierten Mörder bleich und zitternd von der Böschung am Festungsgraben, wo die Erschießungen stattfinden, durch die Stadt zur Kaserne marschieren sehen... Und keinen Sarg gibt es für unsere Toten, nicht einmal ein ehrliches Grab. Wie Aas werden sie verscharrt.«

»Gott sei ihrer Seele gnädig«, sagte Christoffel, obwohl seine religiösen Überzeugungen bestenfalls fragmentarisch waren.

»Das ist das mindeste, was Gott tun kann!« murmelte Comlossy. Er holte tief Atem. »Ich zerbreche mir den Kopf darüber, was *wir* tun können!«

An Comlossy zeigten sich die Spuren der vergangenen Wochen; der Ausdruck um Augen und Mund hatte sich verhärtet, die Haut des Gesichts war schlaff und fahl geworden; die geblümte Weste, nunmehr fadenscheinig, hing an ihm herab wie eine nach einem Fest vergessene Fahne; er war wie eine verdorrte Frucht, von der nur die runzlige Schale und ein bitterer Kern zurückgeblieben war.

»Man muß nach Rastatt kommen, um ein genaues Bild zu erhalten«, sagte Christoffel. »In ganz Baden wird Jagd gemacht auf Männer mit breitkrempigen Hüten oder blauen Blusen oder schwarzen Ledergurten. Ein langer ungepflegter Bart macht einen schon verdächtig, und ich habe selbst gesehen, wie Menschen arretiert wurden, nur weil sie die Zigarre nicht aus dem Mund nahmen, wenn ein preußischer Offizier vorbeikam. Es ist eine große Zeit für Spione, Lockspitzel, Denunzianten. Und das Land wimmelt von Gerüchten. Exekutionen in Mannheim, in Freiburg... Aber hier in Rastatt ist es schlimmer, als die übelsten Gerüchte besagen.«

Comlossy stand auf und ging zur Ecke des Raums, wo er einen Eimer mit Wasser stehen hatte. Er tauchte einen Blechnapf hinein, trank und wischte sich den Mund ab. »Wollen Sie was zu trinken?«

»Nein, danke.«

Comlossy schlurfte zum Tisch zurück.

»Und Biedenfeld«, sprach er weiter. »Ich weiß nicht genau, wieweit in seinem kindischen Vertrauen zu der Ehrenhaftigkeit der Preußen eine Schuld liegt und wieviel Schuld wir ihm beimessen können für die Rolle, die er bei einer letzten Endes unvermeidlichen Kapitulation spielte. Wie dem auch sei – er hat gebüßt, indem er doppelt starb.«

»Doppelt?...« fragte Christoffel zweifelnd. Und dachte, wie oft stirbt der Soldat? Da war dieses Kornfeld bei Waghäusel gewesen; und Biedenfelds Wort, daß sich's auf nüchternen Magen besser kämpfte, weil man da schneller böse wurde.

»Ich hörte es indirekt durch den Pfarrer, der Biedenfelds letzte Stunde mit ihm verbrachte – beide Male!« Comlossy stockte. »Der Pfarrer kam um drei Uhr morgens in die Todeszelle, um Biedenfeld vorzubereiten und ihm beizustehen. Biedenfeld schien ruhig. Die zwei unterhielten sich bis Sonnenaufgang. Dann wurden sie in den geschlossenen Hof der Bastion Dreißig hinuntergeführt. Aber der Beisitzer des Kriegsgerichts, der den Vollstreckungsbefehl verlesen sollte, kam nicht. Endlich erschien mit rotem Gesicht ein badischer Leutnant namens Gramm –«

»Gramm?«

»Was – kennen Sie ihn?«

»Dieser Gramm stand daneben, als mir einer den Rücken tätowierte... Was hat der Gramm denn gesagt?«

»Daß die Hinrichtung aufgeschoben werden müßte. Es scheint, daß sich bei dem General von der Gröben das Gewissen geregt hat. Er hat einen offiziellen Brief an den Prinzen von Preußen geschrieben. Gröben bat den Prinzen, Biedenfeld das Leben zu schenken; er habe den Mann während der Verhandlungen kennengelernt; Biedenfeld sei ein irregeführtes Opfer der Demagogen... Und solange Seine Königliche Hoheit sich nicht zu dem Schreiben geäußert hatte, mußte Biedenfeld am Leben bleiben... Inzwischen lief jedoch die vierundzwanzigstündige Frist ab, binnen derer nach dem Gesetz ein vom Standgericht zum Tode Verurteilter hingerichtet werden muß. Und ein beherzter jüdischer Advokat, Strauss mit Namen, stand vor dem Tor des Gerichts mit einem Schriftsatz bereit; von Rechts wegen war Biedenfeld von dem Moment an frei, in dem die vierundzwanzig Stunden abgelaufen waren, und er konnte auch vor kein anderes Gericht mehr gestellt werden, da ja das Sonderkriegsgericht als zur Zeit höchstes Gericht in Baden praktisch sein eigenes Urteil aufgehoben hatte. Es war ein Wettrennen ums Leben...«

»Und Biedenfeld verlor.«

»Nein – er gewann!... Der Prinz – nun, der Prinz schrieb in seiner unnachahmlich hohenzollernschen Art, General von der Gröben möge sich gefälligst nicht um Angelegenheiten kümmern, die ihn nichts angingen. Aber die vierundzwanzig Stunden waren inzwischen abgelaufen, und da stand der Advokat Strauss mit seinem Dokument und mit dem eigenen Gesetz der Militärs auf seiner Seite!«

Comlossy gestattete sich ein kurzes Lächeln, das erste, das Christoffel bei ihm bemerkte, seit er durch die enge Tür dieses Schuppens im Hinterhof eines Hauses in Rastatts dunkelstem, schmutzigstem, verrufenstem Viertel getreten war.

»Und dann haben sie ihn doch erschossen«, sagte Christoffel.

»Mit welcher Begründung?«

»Keiner. Sie haben auf ihr eigenes Gesetz gepfiffen!« Comlossy richtete sich auf. »Es ist meine Erfahrung im Leben gewesen, daß ein Gesetz genau so lange Gesetz bleibt, wie es denen an der Macht paßt, und nicht eine Sekunde länger. Nur Träumer wie wir lassen sich von ihren selbstgeschaffenen Verfassungen und von Rücksichten auf das Leben und die persönlichen Rechte ihrer Mitmenschen die Hände binden. Man erteilt uns eine grausame Lektion, Bruder Christoffel!«

Christoffel nickte. Er war bereit, diese Lektion zu lernen; er hatte bereits mit ihrer Erlernung begonnen, als er die Grenzen überschritt und den Fuß wieder auf badische Erde setzte, ein Bauer, der mit des Bauern schwerem Schritt die Straße entlangzog, am Leibe die vielfach geflickte Hose und Jacke eines Bauern, und Land und Leute mit den schlauen Augen eines Bauern betrachtend.

»Spät in der Nacht«, endete Comlossy, »kam dann der Pfarrer zurück in Biedenfelds Zelle und weckte ihn aus dem Schlaf und hieß ihn, sich fertig zu machen. Biedenfeld brauchte einen Moment, um zu begreifen, daß er ein zweites Mal sterben sollte. Er wandte sich dem Pfarrer zu und fragte: Ist das nicht doch recht hart? Und als der Pfarrer schwieg, sagte Biedenfeld: Wenigstens kann jetzt keiner mehr behaupten, ich hätte mein Leben eingehandelt für die Übergabe von Rastatt. Dann erhob er sich und begab sich ungefesselt und ohne daß ihn jemand stützte auf seinen letzten Gang.«

Christoffel schloß die Augen.

»Wie auch Böning lehnte er die Binde ab«, sagte Comlossy. »So stand er seinen Henkern Aug in Auge gegenüber. Aber sie zielten schlecht. Gramm mußte mit der Pistole nachhelfen.«

Eine Weile ließ sich nur das Ticken der Kuckucksuhr vernehmen. Irgendwo draußen schrie ein kleiner Junge nach seiner Mutter. Christoffel begann die physische Wirkung des Terrors zu spüren. Der Terror war in dem von der Welt abgeschlossenen Leben Rastatts lähmender als im Land jenseits der Mauern der preußisch besetzten Festung. Christoffel verstand jetzt den langen Umweg, auf dem er schließlich zu Comlossy gebracht worden war; er verstand, warum Comlossy immer wieder auf die Hinrichtungen zu sprechen kam. Sie lebten hier in enger Gemeinschaft mit dem Tode, und es war nicht der Tod in der Schlacht, wo der Mensch sich wehren konnte.

Comlossys Gedanken schienen einen ähnlichen Weg gegangen zu

sein. »Was ich sage, mag vielleicht sonderbar klingen«, entschuldigte er sich. »Aber ich bin hier wie in einem Käfig und bewege mich dauernd im Kreise; und es ist schon eine große Hilfe, wenn man sich über die Lage aussprechen kann – dann läßt der Wirbel etwas nach. Nun, als nächste stehen auf der Liste des Standgerichts die Fälle des Doktor Walcher, Corvin-Wiersbitzki und Lenz.«

»Lenz?«

»Ja, Lenz. Wir wissen nicht, in welcher Reihenfolge man vorgehen wird... Aber Sie kennen Lenz, soviel ich weiß.«

»Ja.«

Comlossy betrachtete einen Sprung in der Tischplatte. »Die Preußen scheinen ihn besonders zu hassen. Er hat die Zeitung herausgegeben, die hier während der Belagerung erschien.«

Josepha... dachte Christoffel. Josepha, Lenz. Josepha, Lenz, Josepha – wie ein Karussell.

Comlossy spürte, daß ihm die ungeteilte Aufmerksamkeit seines Besuchers nicht mehr gehörte, und meinte, er habe Christoffel mit diesen niederdrückenden, ausweglosen Geschichten übersättigt. »Sie dürfen natürlich nicht glauben, Bruder Christoffel«, versicherte er, »daß die wenigen noch aktiven Freunde nichts tun als trauern. Sie können Bruder Engels berichten, daß wir Geld und Lebensmittel sammeln und es auch fertigbringen, einen Teil davon in die Kasematten hineinzuschmuggeln. Wir helfen den Familien der Gefangenen, wo wir können. Wir geben Informationen weiter. Wir haben sogar einen Fluchtweg aus der Festung ausgearbeitet, obwohl Pforten und Tore tagsüber streng bewacht und bei Dunkelheit sicher verschlossen sind, wie Sie selbst wissen...«

Lenz... sann Christoffel; dann begriff er, daß Comlossy von einem Fluchtweg gesprochen hatte. »Aber sagten Sie nicht, daß alle Ausgänge tagsüber bewacht und nachts verschlossen sind!...«

»Stimmt!« bestätigte Comlossy. »Aber es gibt Durchlässe unterhalb der Mauern, durch die kann einer aus der Festung herauswaten, sofern er gewillt ist, ein kaltes Bad bis zu den Hüften oder schlimmstenfalls bis zur Brust zu riskieren...«

Er erklärte, wie diese Durchlässe entstanden. Er sprach von den unterirdischen Kanälen, die angelegt worden waren, um die Wasser der Murg in die Festungsgräben zu leiten; den Plänen nach sollten diese bis oben hin gefüllt sein; in Wirklichkeit aber enthielten sie kaum Wasser, weil die Schleusen, die einen Teil der Murg umleiten und den Wasserstand in den Festungsgräben und den Durchlässen regulieren sollten, wie andere Bauarbeiten in Rastatt auch, noch nicht fertig waren. Während der Belagerung waren die Kanäle von zahlreichen Deserteuren benutzt worden: warum sollten sie jetzt nicht besseren Zwecken dienen?

»Stellen Sie sich vor, was eine erfolgreiche Flucht für unsere Sache bedeuten würde!« faßte Comlossy zusammen. Comlossy lebte auf bei dem Gedanken an eine mögliche Aktivität. Seine Beschreibung der unterirdischen Wasserwege in den Befestigungswerken, die er zweifellos von seinen Freunden, den Bauarbeitern der Festung, hatte, ließ eine Flucht sogar plausibel erscheinen.

Doch Christoffel dachte zu nüchtern, um die offensichtliche Lücke in dem Plan zu übersehen. »Schön und gut«, sagte er, »wenn wir Glück haben, können wir also einen Gefangenen aus der Festung herausbringen. Nur wie bekommen wir ihn aus den Kasematten heraus?«

»Das«, erwiderte Comlossy, »ist der noch ungelöste Teil des Problems.«

»Geld vielleicht?« Christoffel klimperte mit den drei oder vier kleinen Münzen in seiner Hosentasche. »Geld ist ein Schlüssel, der in beinahe jedes Schloß paßt.«

Comlossys Hand beschrieb einen kleinen Kreis, der seine schäbige Umgebung umfaßte.

»Sie erwähnten aber doch, daß Sie etwas Geld gesammelt hätten«, verteidigte sich Christoffel. »Die preußischen Soldaten sind genauso arm wie Soldaten überall; und die Armen stellen geringe Forderungen.«

»Aber arme Menschen befinden sich selten allein und kaum je, wenn sie in der Armee sind. Nein: wir müssen einen Offizier bestechen; und preußische Offiziere kosten mehr Geld, als Sie und ich aufzubringen imstande sind...«

»Der Bankier Einstein«, Christoffel rieb sich die Borsten an seinem breiten Kinn, »ist ein sehr reicher Mann. Und seine Tochter

Lenore, so hörte ich im ›Türkenlouis‹, sitzt zu Haus, Tag für Tag, und weint sich die Augen aus.«

»Der Bankier Einstein, Bruder Christoffel, ist so reich, daß der preußische Stadtkommandant sich und sein Gefolge, männlich und weiblich, in seinem Hause einquartiert hat.«

»Ich verstehe.«

»Und auf allen Straßen herrscht die Furcht, hinter jedem Fenster hockt sie. Beobachten Sie nur mal die Menschen, Bruder Christoffel. Dann werden Sie merken, daß man sich wieder wie früher vorsichtig umblickt, bevor man ein Wort sagt, und die lautesten Schreier von gestern sind die größten Feiglinge heute. Die Gewehre des Exekutionspelotons mögen schlecht gezielt sein; aber ihr wirkliches Ziel, die Courage der Menschen, die treffen sie mit jedem Schuß.«

»Was auch den kleinsten Straßenkrawall ausschließt.«

»Eben«, sagte Comlossy.

Lenz, dachte Christoffel. »Und doch muß es einen Weg geben, in die Kasematten zu gelangen!« beharrte er.

»Natürlich muß es«, sagte Comlossy. »Aber wissen Sie ihn?«

Christoffel stand auf. Er ging zu dem Eimer in der Ecke und trank, um das trockene Gefühl am Gaumen loszuwerden.

Endlich stellte er den Napf beiseite. »Ich kann jedenfalls versuchen mitzuhelfen, daß wir den Weg finden«, sagte er. »Nicht wahr?«

Christoffel schlenderte, von niemandem beachtet, durch die Straßen, ein kleiner Fisch in einem großen Teich.

Die Tage waren lang, die Wirtshäuser geöffnet, die Sonne schien, und die Fenster blitzten, die Lichtspiegelungen auf dem Glas wetteiferten mit dem Glitzern des preußischen Messings auf Helmen, Knöpfen, Degengriffen. Husaren und Ulanen, Grenadiere und Musketiere, Artilleristen und Landwehrsoldaten bildeten mit ihren Waffenröcken und Dolmans und Helmen, ihren Stulpen und Kragenspiegeln und Epauletten, ihren Schnüren und Litzen und Orden eine lebendige Palette in Rot und Blau und Silber, in Schwarz und Grün und Orange, und dazu kamen die Pastelltöne der Damen, denen das Militär in aller Öffentlichkeit den Hof machte. Ein Zeitungsjunge rief die letzte Ausgabe der neuen, unter preußischer Lizenz erscheinenden Zeitung aus: »Preußen säubern Bordelle! Alle Einzelheiten! Mehrere hundert Personen aus Rastatt ausgewiesen!« – doch es schien Christoffel, daß die Säuberungsaktion recht oberflächlich gewesen sein mußte oder daß die Ausgewiesenen, unentbehrlich wie sie waren, heimlich wieder in die Festung hereingelassen wurden. Auf dem Marktplatz, wo heute früh die Garnison im Karree um einen Feldaltar angetreten war, um die militärisch knappen Sonntagsgebete des Divisionskaplans anzuhören, Choräle zu singen und ein Vivat auf Seine Majestät den König auszubringen, führten jetzt die preußischen Leutnants und Stabshauptleute die Damen des einheimischen Bürgertums spazieren. In den Biergärten schmetterten die Blaskapellen; die Marseillaise war verboten; preußische Märsche waren nun die Mode, und eine Tenorstimme sang voller Gefühl:

>»Prinz Wilhelm hat gestrafet
>Das rote Lumpenpack...«

Alle sahen froh und glücklich aus; Geld war da, und Wein und Schnaps; und man mußte scharf beobachten, um das schrille Lachen, die allzu betonte Ehrerbietung, das zu plötzliche Schweigen zu bemerken.

Falls ein Soldat, ein Vorübergehender oder ein Polizeispitzel Christoffel überhaupt zur Kenntnis nahm, hielten sie ihn für einen Bauern oder Tagelöhner aus der Umgegend, der ein paar Hühner oder einen Korb Gemüse oder Obst nach Rastatt gebracht hatte und nun offenen Mundes all den militärischen Glanz und das neuerblühte Leben der Stadt begaffte und darüber das Nachhausegehen vergaß.

In Wirklichkeit hatte Christoffel keinen Plan und ließ sich einfach treiben. Seine Ankündigung Comlossy gegenüber, daß er einen Weg finden wollte, jemanden aus den Kasematten herauszuholen, hatte keinerlei vernünftige Grundlage in den Tatsachen – sie war vielmehr eine beinahe instinktive Reaktion gewesen. Von dem Moment an, da er seinen Fuß wieder auf Heimaterde gesetzt hatte, hatte er fest daran geglaubt, daß die allgemeine Lage und seine persönliche sich nur zum Besseren wenden könnten. Hartnäckig setzte er seine Suche und seine Bemühungen fort, und auch die Nacht, da er in sein Heimatdorf zurückkehrte, und der Empfang, den ihm seine Mutter und seine Brüder bereiteten, schreckten ihn nicht von seinem Wege ab. Die alte Frau jammerte, daß seine Schwester Tina, das arme Kind, von einem preußischen Musketier schwanger war, und Niklas fügte hinzu, daß der Kerl gerade lange genug im Dorf gewesen war, um dem dummen Mädchen unter den Rock und wieder herauszukommen. Josepha? Josepha war fort, schon lange, mit einem preußischen Offizier. Was für ein Offizier? Ein Offizier, der einen schwarzen Roßhaarbusch oben auf dem Kopf trug. Ob Christoffel etwa die Absicht hätte, diesen Offizier zu finden, lachte Jobst lautlos. Lieber sollte er seiner eigenen schwer betroffenen Familie helfen oder wenigstens die Schulden bezahlen, die er und Josepha bei ihnen hatten für Bett und Kost und verschiedenes andere; und sie zeigten ihm das von einem gewissen August Kroll, Offiziersbursche, unterschriebene Papier, auf das sie einhundertzweiundvierzig Gulden Badisch ausgezahlt bekommen sollten und das nun alles darstellte, was von seiner Josepha, der Schnepfe, zurückgeblieben war.

Christoffel betrat die Poststraße und betrachtete sich die preußischen Offiziere, die die Rastatter Damen zu beeindrucken suchten. Selbst wenn, wie Comlossy befürchtete, der Bankier Einstein so sehr mit den Preußen im Bunde stand, daß sein Geld unerreichbar war – hatte sich auch das Herz seiner Tochter gewendet? Christoffel bezweifelte das. Er hatte sie auf dem grausamen Rückzug aus Heidelberg damals beobachtet, durch die Berge bis Rastatt; er hatte ihre leichte, kühle Hand auf seiner Stirn gespürt, ihre geschickten Finger beim Verbandwechsel; er hatte ihre ruhige, beherrschte Stimme gehört. Tat sie jetzt nichts, als sich die Augen auszuheulen? Zermarterte sie sich nicht ebenfalls das Hirn nach irgendeiner Möglichkeit, die Mauern der Kasematten zu durchdringen?

In der Poststraße wimmelte es von Fahrzeugen aller Art, offenen und halboffenen, einspännigen und zweispännigen. Manche wurden von glänzend berittenen Offizieren begleitet, die galante Gespräche mit den Damen in den Wagen führten, wobei sie sich alle paar Sekunden unterbrachen, um sich im Sattel zu verbeugen und die Hand zu heben zum Gruß für Bekannte. Christoffel fand das Haus mit dem Ladenfenster, hinter dem, von der Straße aus undeutlich sichtbar, die geräucherten Heringe von ihrem hölzernen Gestell herunterhingen. Neben dem Privateingang des Hauses war ein Schilderhäuschen aufgestellt worden, in dem ein schläfriger Soldat von einem Fuß auf den anderen trat. Ein zweiter Soldat, anscheinend dienstfrei, die Feldmütze auf dem strohgelben Haar nach hinten geschoben, saß auf der Treppe. Seine gelangweilter Blick folgte dem Strom der Fahrzeuge, seine Lippen, zu einem nahezu vollkommenen Kreis gespitzt, hielten eine dicke schwarze Zigarre.

Die Anwesenheit von Militär, das vermutlich weniger zum Schutz des Bankiers Einstein als zur Sicherung seines Gastes, des Stadtkommandanten, dort stand, machte für einen Mann mit so schlecht gefälschten Papieren, wie Christoffel sie besaß, jeden Versuch, das Haus zu betreten, zu einem gewagten Unternehmen. Im stillen verfluchte er den Wachtposten und ebenso den Soldaten mit der Zigarre, der jetzt die Ellbogen auf die dicken Knie stützte, die Augen mit der flachen Hand gegen die schräg einfallende Sonne abschirmte und auf einen Punkt auf der anderen Straßenseite blickte, der anscheinend sein Interesse geweckt hatte. Christoffel brauchte einen Moment, um zu begreifen, daß er selbst dieser interessante Punkt war; unterdessen war es schon zu spät zum Verschwinden. Seine Hoffnung bestand darin, dachte Christoffel, daß er den Zigarrenraucher an seinen Anblick gewöhnte; denn er würde vielleicht stundenlang hier warten müssen, um eventuell noch einmal zurückzukehren und wieder zu warten, bis Mademoiselle Lenore endlich das Haus verließ und ihm so die Gelegenheit gab, sie anzusprechen.

Nach einiger Zeit erhob sich der Soldat und überquerte, eine Ruhepause im Verkehr ausnutzend, die Straße. Christoffel fielen die dicken, kräftigen Waden auf, die unter den zu kurzen Hosenbeinen sichtbar wurden; der Mann trug seine Jacke in einer Weise, die die ganze Sitte, Menschen in Uniform zu stecken, als lächerlich erscheinen ließ. Zwei Schritte vor Christoffel blieb August Kroll stehen, nahm die Zigarre aus dem Mund, schüttelte den Kopf und verkündete: »Siehst aber gar nicht aus wie einer von der Polizei!«

»Nein«, erwiderte Christoffel vorsichtig. »Sollte ich?«

Kroll klopfte die Asche von seiner Zigarre ab. »Überall wimmelt's von denen.«

»Wieso?« erkundigte sich Christoffel. »Genügt es nicht, wenn ihr Soldaten auf alles aufpaßt?«

»Aber wer paßt auf die Aufpasser auf?« fragte Kroll. »Und wer paßt auf die auf, die auf die Aufpasser aufpassen?«

»Das weiß ich nun wirklich nicht«, sagte Christoffel. »Darüber sollen sich die großen Herren den Kopf zerbrechen. Ich bin bloß ein kleiner Mann.«

»Ich auch«, meinte Kroll.

»Ein kleiner Mann mit einer dicken Zigarre...«, stellte Christoffel fest.

August Kroll vollführte eine kleine, sehr flinke Handbewegung.

»Zuerst muß der Mensch überhaupt an solche Zigarren herankommen, bevor er...« Christoffel machte die flinke Bewegung von Krolls Hand genau nach.

»Willst eine?«

»Hätte nichts dagegen.«

»Sind Majors-Zigarren.« August Kroll holte eine aus der Tasche hervor und reichte sie Christoffel. »Von *meinem* Major.«

»Bist ein Offiziersbursche?«

»Bist ein Bauer?«

Christoffel nickte.

Kroll hielt ihm das brennende Ende seiner Zigarre hin. »Was weißt du dann von Offiziersburschen?«

Christoffel war gerade dabei, den ersten Zug zu genießen. Er bekam Rauch in die Kehle und hatte einen Hustenanfall. Schließlich erklärte er mit tränenden Augen: »Ein Bauer muß nicht unbedingt ein *dummer* Bauer sein, Bruder Bursche!«

»Und ein Soldat muß nicht unbedingt ein dummer Soldat sein, Bruder Bauer!«

»Das ist wahr«, gab Christoffel zu; er fühlte sich nicht allzu sicher.

Eine Zeitlang rauchten sie wortlos und ließen die Fahrzeuge an sich vorüberrollen. Die Sonne ging unter, die Schatten wurden länger. Schließlich fragte Christoffel: »Warum hast du geglaubt, ich wäre von der Polizei?«

»Weil sie sich hier oft herumtreiben«, sagte Kroll bedeutsam. »Meistens kommt so ein schmieriger Kerl, der gern sein Kostüm wechselt. Kennst ihn?«

»Ich halte mich von der Polizei fern«, erklärte Christoffel. »Wen beobachten sie denn? Hoffentlich nicht dich, Bruder Offiziersbursche?«

August Kroll nickte zu einem Fenster im Obergeschoß des Einsteinschen Hauses hinauf: »Die dort!«

»Die dort?« wiederholte Christoffel stirnrunzelnd.

»Die Tochter. Mam'selle Lenore. Es heißt, sie hat es mit den Rebellen gehalten. Aber man sieht sie kaum; sie bleibt in ihrem Zimmer.«

Christoffel überdachte die Mitteilung. Die Schwierigkeiten wuchsen; Comlossy hatte ihm nur die Hälfte gesagt. Dann wurde er gewahr, daß die Augen seines neuen Freundes prüfend auf ihm ruhten. »Warum schaust du mich so an?« fragte er.

»Weil ich wissen möchte, was du eigentlich im Sinn hast. Von der Polizei bist du nicht. Was bist du dann aber? Und was willst du?«

»Ich bin nur so vorbeigekommen.«

»Genügt nicht. Du hast doch hier herumgestanden.«

»Ist das vielleicht auch verboten?«

Kroll tat einen letzten Zug an seiner Zigarre, bevor er den Stummel austrat. »Du hast doch mit Absicht hier herumgestanden!«

Seit dem Moment, da der komische kleine Soldat über die Straße gekommen war, hatte Christoffel sich den Kopf nach einer wahrscheinlich klingenden Ausrede zergrübelt. Jetzt endlich, wo er von dem Fragesteller in die Enge getrieben wurde, kam ihm der rettende Gedanke. Er wies nach Gutdünken auf ein anderes Fenster im Hause des Bankiers Einstein und sagte: »Der Stadtkommandant logiert doch hier, nicht?«

»Rauchst ja seine Zigarre!« erwiderte Kroll.

Christoffel betrachtete den Stummel in seiner Hand mit erneutem Respekt. »Wenn du sein Bursche bist, dann kannst du mir vielleicht helfen?«

»Alles, was du wünschst, Bruder Bauer!« Kroll krümmte einen dicken, stämmigen Zeigefinger um den anderen. »So – so wickle ich meinen Herrn Major um den Finger. Ein guter Offiziersbursche, mußt du wissen, ist Amme, Beichtvater, Prügelknabe und Kuppler für seinen Chef, alles in einem. Ein guter Offiziersbursche kann Schlachten gewinnen oder sie verlieren. Marschall Blücher hatte einen Burschen, der hat ihm eine Eiterbeule gerade noch zur rechten Zeit geschnitten, so daß der Herr Marschall im Sattel sitzen und mit seiner Armee hingelangen konnte, wo er am dringendsten gebraucht wurde, nämlich nach Waterloo. Und Alexander der Große, der König von Mazedonien war und alle diese Perser und Mohren und Türken und Zigeuner geschlagen hat, der hatte einen Burschen – also, dieser Bursche bekam zweimal hintereinander das Großkreuz des Ordens vom Goldenen Vlies, am rosa Band zu tragen, und das ist erheblich mehr, als ich von euerm Großherzog dafür kriege, daß ich meinen Major unversehrt die ganze Strecke von Potsdam in Preußen bis hierher in diese schäbige, von Huren überlaufene, schnapsselige alte Festung manövriert habe... Und was willst du vom Stadtkommandanten?«

»Mich beschweren.«

»Wegen was?«

»Wegen Geld.«

»Geld!« sagte August Kroll und holte ein weiteres Exemplar der Weltzienschen Zigarren aus der Tasche. Er zündete sie an Christoffels Stummel an und erklärte: »Geld war schon immer Mangelware bei uns Preußen. Auf unserm Sand wächst wenig außer Rekruten und Großmäulern. Darum versuchen wir ja bei aller Welt zu pumpen und versichern allen Leuten, wie großartig wir sind und wie wir jeden, der uns happig kommt, verprügeln werden, und wenn die anderen dann uns verprügeln, haben wir immer noch unsere Philosophen und Dichter und Professoren, die uns unsere überragenden Tugenden bestätigen. Nimm bloß mal unsern großen König Friedrich – warum, glaubst du wohl, hat er uns in so viele Kriege geführt? Weil er Schulden hatte! Schulden bei den Engländern und den Russen und den Franzosen, bei jedem, der dumm genug war, ihm ein paar Tausend in einheimischer Währung vorzuschießen. Geld! Siehst du, Bruder Bauer, ihr habt ein schönes reiches Land hier mit so viel Wein und Fleisch und Brot, wie das Herz begehrt. Ich sage dir, wir werden euch auf dem Nacken sitzen, bis wir den letzten Kreuzer aus euch herausgepreßt haben! Und du kommst, dich wegen Geld zu beschweren!... Um wieviel handelt sich's denn?«

»Einhundertzweiundvierzig Gulden Badisch.«

August Kroll runzelte die Stirn. Aus irgendeinem Grunde kam ihm die Summe bekannt vor. »Hat dir jemand das Geld weggenommen?« fragte er. »Ein Soldat?«

Christoffel schüttelte den Kopf. »Ein Soldat hat es an uns bezahlt.«

»Und das ist ein Grund zu Beschwerden?«

»Er hat nicht bar bezahlt. Er hat einen Schein unterschrieben.«

»Oh.«

Christoffel blickte auf. Das *Oh* hatte überrascht geklungen. Doch der Bursche leckte ruhig das Ende seiner Zigarre, an dem sich ein Blättchen gelöst hatte.

»Und niemand will uns für diesen Schein Geld geben«, fuhr Christoffel fort. »Nicht der Bürgermeister im Dorf. Nicht der Leutnant, der dort war. Niemand. Sie geben uns einen Tritt in den Hintern und sagen, wir sollen uns zum Teufel scheren.«

»Tatsächlich?« Kroll schnalzte bedauernd mit der Zunge. Die Geschichte, dachte er, paßte genau zu dem, was er wußte – nur an den Mann konnte er sich beim besten Willen nicht erinnern. »Zeig mir doch mal den Schein!«

»Ich hab ihn nicht.«

»Wer hat ihn dann?«

»Meine Brüder.«

Kroll schnitt eine Grimasse. Jetzt stimmte die Sache. »Feine Brüder hast du!« Er fluchte und gab eine glänzende, vollendete, soldatisch-drastische Beschreibung von Niklas und Jobst.

Jetzt war es an Christoffel, überrascht zu sein. Aber Kroll ließ ihm keine Zeit zum Staunen. »Weißt du!« sagte er. »Ich glaube, ich werde dich meinem Herrn Major empfehlen. Er wird dir einen besseren Tritt in den Arsch geben, als du je gekriegt hast! Er hat diese speziell preußischen Füße, die es direkt zu den Hintern anderer Leute zieht, und er ist ein Fachmann! Ein Drittel der männlichen Bevölkerung von Rastatt hat bereits die Bekanntschaft seiner Stiefel gemacht, und bevor wir abmarschieren, wird er auch die anderen zwei Drittel geschafft haben und die Umgegend in Arbeit nehmen. Also geh nur zu ihm hin und beschwer dich! Oder vielleicht willst du ihn auf der Straße anhalten? Dort kommt er nämlich – da, auf dem Apfelschimmel neben der Kalesche...He, was ist denn mit dir? Bist ja ganz weiß im Gesicht! Bekommt dir die Zigarre nicht...?«

Josepha.

In einem Grünsamtenen, das ihre biegsamen Schultern und das rötliche Braun ihres Haars besonders zur Geltung brachte, saß Josepha in der Kalesche, dem Reiter auf seinem breitbrüstigen Pferd leicht zugeneigt. Jede Miene, jeder Gesichtszug waren darauf angelegt, zu zeigen, wie sehr Weltziens Unterhaltung sie fesselte und beeindruckte; nur ihre Augen schweiften über die Straße und hinauf zu den Fenstern, um festzustellen, wie ihre Aufmachung, ihr Begleiter, ihre Stellung in der Gesellschaft wirkten. Die Damen knicksten, die Männer zogen die Hüte, die Offiziere grüßten militärisch. Sie nahm das alles als ihr gebührend hin und bestätigte die Huldigung gelegentlich durch ein leichtes Nicken, ein gravitätisches Lächeln, ein höfliches: »Bon jour!« Der Kutscher in senffarbenem Rock und dazu passendem Zylinderhut zog die Zügel an und schnalzte mit der Zunge, und die beiden eleganten Pferde in ihrem kostbaren Geschirr hielten schellenklingend an.

Josepha.

Die Zigarre war Christoffel aus der Hand gefallen. Er war noch rechtzeitig in die Schatten zurückgetreten; in seinem Kopf drehte sich alles, sein Herz raste wie eine Uhr, deren Feder vor dem Zerspringen stand. Einen Moment lang erblickte er zwei Josephas: die eine, die ihn mit ihrer Schönheit gelockt und gereizt und ihn in den Armen gehalten und das Band angenommen hatte, das er von dem Hausierer gekauft hatte – und die andere, die hier in der Kalesche saß. Dann verschwammen die beiden in eines, in eine große, grinsende, grünäugige Hure mit nackten Brüsten.

»He, August!«

Das war der Major, mit einer Stimme wie eine Blechtrompete. Der Bursche eilte über die Straße. Neben Weltziens Stute stand er stramm, ein Bild unerschütterlicher Treue zu König, Vaterland und

Vorgesetztem, und schmetterte heraus: »Gemeiner Kroll zur Meldung! Keine Vorkommnisse, nichts Ungewöhnliches, alles in Ordnung!«

Weltzien sprang vom Pferd und warf Kroll die Zügel zu. Dann öffnete er die Wagentür und stützte Josepha am Ellbogen, während sie zierlich den Rock raffte und auf den Bürgersteig hinuntertrat. Die Kalesche rollte davon. Über die Köpfe der neugierigen Zuschauer und der Straßenjungen hinweg, die sich im Nu eingefunden hatten, konnte Christoffel einen letzten Blick auf Josepha erhaschen, die mit fliegenden Locken und wirbelnden Röcken an dem stocksteif stehenden Posten vorbei durch die weit offene Tür des Hauses mit den hängenden Heringen rauschte.

Christoffel schob sich tiefer in die Schatten hinein.

Seine Gedanken krochen träge, wie Fliegen im Winter. Er hatte Höhen und Tiefen durchlebt, seit er damals nach Rastatt und in den »Türkenlouis« gekommen war – ordentlich gewählter Abgesandter seiner Kameraden auf dem Wege zu den beiden Redakteuren in Köln. Dunkel fühlte er, daß er jetzt an dem tiefsten Punkt, den der Mensch im Leben erreichen konnte, angelangt war; jenseits davon lag ewige Verdammnis. Und das alles wegen einer billigen Hure, die von anderen, von Lenz zum Beispiel, nach Belieben in die Arme genommen oder beiseite geschoben wurde.

Dann plötzlich – mit einer Gewalt, die neuen Schmerz in der kaum verheilten Wunde, dem kaum vernarbten Rücken erzeugte – fühlte er, wie verlassen er war. Er war dankbar, daß die Dämmerung hereinbrach, daß die Schatten tiefer wurden und ihn verbargen, daß ein übelriechender Durchgang zwischen zwei Häusern ihn in Schutz nahm.

Christoffel kam zu sich, als drüben auf der anderen Straßenseite der Posten die Hacken zusammenschlug und klirrend das Gewehr präsentierte. Noch einmal öffnete sich die Tür des Einsteinschen Hauses; gegen das aus dem Flur strömende Licht hob sich silhouettenhaft die Gestalt Lenores ab. Sie trat auf die Straße hinaus und blickte sich nach beiden Seiten um. Dann, tiefer in ihren Umhang gehüllt, ging sie eilig davon.

Es kostete Christoffel bewußtes, angestrengtes Nachdenken, bis er begriff, daß dies die Gelegenheit war, deretwegen er hierhergekommen war, auf die er so lange gewartet hatte und um deretwillen er die Gefahr von Entdeckung, Verhaftung, Kerker und noch Schlimmerem auf sich genommen hatte. Eine ebenso bewußte körperliche Anstrengung erwies sich als nötig, ihn zu befähigen, seinen Schlupfwinkel zu verlassen. Der Verkehr auf der Poststraße hatte nachgelassen und bot ihm keinen Schutz mehr; die Bourgeoisie saß längst zu Hause beim Abendbrot; die Herren Offiziere waren in ihre Quartiere zurückgekehrt und machten Garderobe für ihre sonntagabendlichen Kartenpartien, Saufgelage und Damengeschichten. Lenore wirkte nervös. Sie sah sich immer wieder um; und ob sie den Verfolger nun bemerkt hatte oder nicht, sie beschleunigte ihre Schritte und hielt die Entfernung zwischen sich und Christoffel nicht nur aufrecht, sondern vergrößerte sie noch.

Ihr Weg führte sie von der Stadtmitte über die Murg, an den niedrigen, engbrüstigen Häusern der Vorstadt vorbei, wo Armut und Laster in lärmender Gemeinschaft hinter matt erleuchteten Fenstern hausten und wo Comlossy in seinem Schuppen im Hinterhof ein feines Netz spann. Diesen Teil der Stadt betraten die Preußen nur zu dritt oder zu viert auf der Suche nach ihren heimlichen Vergnügungen. Hier war es leicht für Christoffel, in der Dunkelheit unterzutauchen, die sein Element war; es war viel schwerer für Lenore, sich vor Annäherungen zu schützen. Sie eilte jedoch unbeirrt weiter, Zielscheibe lüsterner Anträge und unanständiger Bemerkungen.

Endlich lagen die Hütten und baufälligen Häuser hinter ihnen; die Straße verlief nun entlang eingezäunter Gemüsegärten und an einem kleinen verwahrlosten Park vorbei, wo die Bäume im Wind seufzten und die wildwachsenden Büsche sich sonderbar zusammendrängten. Dann ragte das riesige Rechteck einer Bastion vor ihnen auf; Lichter; Stimmen; ein gepflasterter Platz.

Christoffel hielt sich im Dunkel. Lenore trat an einen Wachtposten heran, der wiederum einen Sergeanten rief. Der Sergeant kam, hörte sie an, zerrte an seinem Backenbart, lachte spöttisch und gab schließlich einem vorbeikommenden Soldaten einen Befehl.

»Musketier Liedtke!« brüllte jemand.

Lenore schritt auf und ab, aus dem Licht heraus in den Schatten, wieder ins Licht.

»Mam'selle!«

Lenore blieb stehen.

»Musketier Liedtke läßt Ihnen sagen, er wird gleich hier sein. Er wirft sich nur schnell in Frack und Krawatte!«

Schallendes Gelächter.

Und da war Liedtke. Er sah die anderen, den Sergeanten – aus seinem Gebaren sprach eine gewisse Unsicherheit, sogar Furcht, und seine ersten Worte zu Lenore verhehlten seine Gefühle kaum. »Sie hätten nicht schon wieder kommen sollen!«

Er führte sie zur Seite, weg von seinen Kameraden, in Christoffels Nähe.

»Ich mußte kommen«, erwiderte Lenore. »Man wird ihm den Prozeß machen und...«

Christoffel zog sich tiefer ins Dunkel zurück.

»Man wird herausfinden, daß ich Ihre verdammten Briefe besorgt habe«, flüsterte Musketier Liedtke, »und dann –« Er stieß einen Laut hervor, der sich anhörte wie ein kurzes Todesröcheln.

Lenore schwieg.

»Besorg's ihr richtig, alter Knabe!« rief jemand anfeuernd. »Hoch die Königlich Preußischen Musketiere!«

Hochrufe.

»Bringen Sie ihm bitte das hier«, flüsterte Lenore.

»Was – schon wieder einen Brief?«

»Ja, wieder einen Brief«, entgegnete sie ruhig, »und etwas Schreibpapier für ihn.«

»Schreiben! Schreiben!« Musketier Liedtkes Stimme klang aufgebracht. »Werdet ihr zwei denn nie mit dem Schreiben fertig?... Und ein armer Kerl wie ich kann seinen Hals dafür riskieren! Wozu, möchte ich wissen...!«

Christoffel hörte die Münzen klimpern, die in Musketier Liedtkes Hand gezählt wurden.

»Also schön!« erklärte der Musketier schließlich, »dieses eine Mal noch, Mam'selle!... Aber setzen Sie sich bloß nicht in Ihr hübsches Köpfchen, noch mal hierherzukommen! Ich muß mir all diese Hänseleien und das ewige Gewitzel anhören, Mam'selle, das ist sehr lästig, und ich darf bei Ihnen nicht mal anfassen oder ein bißchen herumtasten für all meine Bemühungen!«

»Sie haben Ihr Geld erhalten«, sagte sie. »Gehen Sie jetzt!«

Er brummte verdrießlich; zog sich aber doch zurück und tauchte ein wenig später ganz allein auf dem schlecht erleuchteten Platz vor der Bastion auf, um unter dem großen Hallo seiner Kameraden ihre Fragen nach Einzelheiten zu beantworten und ihre entschiedenen Zweifel an seiner vielgepriesenen Manneskraft zu beruhigen, denn die Zeit seiner Abwesenheit wurde allgemein als zu kurz zur Vollbringung größerer Taten betrachtet.

Lenore hatte den Rückzug angetreten; trotz ihrer unverminderten Eile war sie offensichtlich nicht mehr so nervös.

»Mademoiselle Lenore!« mit halber Stimme.

Sie blieb stehen und rührte sich nicht. Eine entfernte Laterne beleuchtete die zitternden Blätter eines jungen Baumes.

»Wer ist das?« fragte sie heiser ins Dunkel hinein.

Christoffel trat näher. »Erinnern Sie sich nicht an mich?« Er nahm die Mütze ab. »An den Soldaten Christoffel! Wie oft haben Sie meine Wunde verbunden? Ich werde Sie mein Lebtag nicht vergessen...« Er sprach sehr schnell. »Kommen Sie... wir wollen von hier weg – irgendwohin, wo wir reden können!«

»Sie haben sich verändert...«, sagte sie. »Und in der Dunkelheit...«

Doch überließ sie sich seiner Führung.

»Ich bin von weither gekommen«, sagte er. »Ich habe mich nach Rastatt eingeschmuggelt. Dann habe ich auf der Poststraße gewartet...« Er brach ab. Wieder sah er die Szene vor sich: die Schultern über dem grünen Samt, rund, weiß, geschmeidig...

»Ja?« sagte sie.

Eine schmale Bank stand neben einem der Zäune. Christoffel räusperte sich. »Dort drüben?« schlug er vor. Sie setzten sich hin. Die Wolken zerrissen einen Augenblick lang und gestatteten einem orangegelben Mond, sein Licht auf einen gekrümmten Pfad mit Zäunen zu beiden Seiten zu werfen.

Lenore zitterte.

»Ist Ihnen kalt?« fragte Christoffel besorgt.

Sie schüttelte den Kopf. »Es ist alles nicht so leicht.«

Er hatte erwartet, sie gramerfüllt und ständig den Tränen nahe zu finden. Doch ihre Augen erschienen trocken und brennend; ihr sensibles Gesicht, das er auf dem schrecklichen Rückzug hatte schmaler und spitzer werden sehen, war nun ganz hager, fast nur Haut und Knochen, die Stirn ungewöhnlich hoch, der Nasenrücken scharf, die Lippen verkniffen.

»Witwen«, bemerkte sie, »sehen selten hübsch aus.«

Der Mond tauchte hinter einer Wolke unter.

»So dürfen Sie nicht reden«, meinte er. »Vielleicht wird das Urteil nicht so hart ausfallen, und nach ein paar Jahren lassen sie ihn frei...«

Er wußte, daß sie ihm keinen Glauben schenkte.

»Nun –«, eine Spur von Ungeduld schlich sich in seine Stimme, »Sie müssen sich doch Gedanken darüber gemacht haben – über irgendeinen Plan, einen Weg...!«

»Ich habe Gedanken für nichts anderes gehabt!« sagte sie. »Ich liebe ihn und ich kriege ein Kind von ihm.«

Christoffel suchte ihre Hand. Aber er konnte nichts sagen als: »Wir haben nicht viel Zeit. Wir müssen sehen, daß Sie noch vor der Sperrstunde zu Hause sind...«

»Ich weiß«, entgegnete sie und dachte mit einer Art Panik, da war nun endlich ein Mensch, der ihr helfen wollte, und sie hatte ihm nichts anderes zu bieten als die eigene Entmutigung.

»Und doch –«, sagte er, »haben Sie es fertiggebracht, eine Verbindung zu Lenz herzustellen...«

Sie zuckte leicht.

»Ich war ganz in der Nähe, als Sie mit dem Musketier Liedtke sprachen. Also gibt es einen Weg –«

Nein, sie hatte den Kampf nicht aufgegeben und sie würde ihn nie aufgeben. In ihr stak eine Portion Hartnäckigkeit, ererbt von ihren Vorvätern, die sich, geschlagen, wund, blutig, immer wieder vom Boden erhoben, sich die Kleider abstaubten, die zerzausten Bärte glätteten, ihre umhergestreuten Waren zurück in den armseligen Bauchladen packten und ins nächste Dorf weiterzogen. Aber sie schuldete dem Manne Christoffel die bittere Wahrheit.

»Ich sehe keinen Weg. Den Advokaten natürlich. Der gleiche Advokat Strauss, der Biedenfeld verteidigt hat, wird auch Andreas Lenz verteidigen; mein Vater bezahlt das.«

»Ich dachte an Flucht«, unterbrach Christoffel sie. »Hat denn Lenz in seinen Briefen so etwas nie angedeutet?«

»Er schreibt immer nur, was getan werden muß, um allen Gefangenen zu helfen.«

»Und würde es all den anderen Gefangenen nicht helfen, wenn wir für ihn einen Weg fänden?« fragte Christoffel.

»Aber wer hat Zutritt zu den Kasematten... Das würde keiner wagen, nicht einmal um Geld. Und dann – wie sollen wir ihn aus Rastatt herausbekommen, wo die Preußen jeden Fußbreit der Wälle bewachen?... Manchmal glaube ich, ich hab's gefunden«, sagte sie. »Eine Idee, die bei einigem Glück wirken müßte: ich werfe mich dem Prinzen von Preußen zu Füßen; oder ich ziehe an der Spitze von tausend Frauen vors preußische Hauptquartier, die Wachen können doch nicht auf Frauen schießen, nicht wahr; oder ich spreche vor dem Kriegsgericht; oder ich agitiere die preußischen Soldaten...« Sie hielt inne. »Bis ich begreife, daß auch das wieder nur ein Wachtraum ist, und beginne, mich dem nächsten zuzuwenden.«

»Mademoiselle Lenore«, sagte Christoffel ruhig, »wenn Sie uns helfen könnten, Lenz aus den Kasematten herauszuholen, dann könnten wir – das heißt ein paar Freunde von mir und ich – ihn aus Rastatt verschwinden lassen.«

»Oh, Christoffel...« Sie unterdrückte ein Schluchzen. Dann sagte sie mit noch unsteter Stimme: »Mein Leben würde ich hingeben...«

»Wir wollen nicht Ihr Leben. Wir wollen Ihre Mithilfe.« Christoffel zögerte. Er hatte keinen fertigen Vorschlag; konnte auch gar keinen fertigen haben, bevor er nicht mit ihr gesprochen hatte. Er wußte nur, daß ein plötzlicher Überfall ebenso außer Frage stand wie eine Massenaktion oder ein Versuch, die Wachen zu bestechen. Das ließ nur eine Möglichkeit offen, eine sehr schwache obendrein: Lenz mußte auf militärischen Befehl hin aus der Kasematte geholt werden, auf einen gültigen Befehl hin, der ordnungsgemäß gestempelt und unterzeichnet war von –

Unterzeichnet von wem?

»Kennen Sie diesen Major Weltzien persönlich, Mademoiselle Lenore?«

»Ich kann es ja nicht vermeiden, ihm im Hause zu begegnen. Aber ich gehe ihm aus dem Weg –«, sie stockte, »ihm und seinem Frauenzimmer.«

»Schade«, sagte Christoffel und suchte sein unruhig schlagendes Herz zu beherrschen.

»Schade –«, wiederholte sie. »Warum?«

»Weil Sie ihn sonst vielleicht um einen Gefallen bitten könnten.«

Lenore begann zu begreifen.

»Aber Ihr Vater«, fuhr Christoffel fort, »Ihr Vater hat hoffentlich keine solchen Skrupel und steht auf besserem Fuß mit dem Herrn Stadtkommandanten?«

»Die beiden verstehen sich ausgezeichnet«, bestätigte Lenore mit offener Verachtung.

Christoffel lächelte vor sich hin. »Nun – dann ist es einfach! Dann werden Sie Ihren Vater dazu bewegen, diesen kleinen Gefallen von Weltzien zu erbitten und einen etwaigen Widerstand von seiten des Majors mit Geld und guten Worten zu beseitigen.«

»Was für einen Gefallen?«

»Die Erlaubnis zu einem Rendezvous. Gibt man den Verurteilten nicht noch eine Henkersmahlzeit? – warum also nicht dem todgeweihten Liebhaber einen, wie sie glauben, letzten Abend mit seiner unglücklichen Braut...«

»Bei uns zu Hause?«

»Ja, natürlich! Begreifen Sie denn nicht, wie gut das alles zusammenpaßt? Weltzien selbst wohnt dort; das Haus ist bewacht; warum sollte er Verdacht schöpfen? Und sagen Sie Ihrem Vater, er soll alle Register ziehen. Jeder Mensch hat seine schwache Seite; auch dieser Major. Sentimentalität, Eitelkeit, Ritterlichkeit – alles muß man benutzen. Sie bekommen ein Kind, sagten Sie?... Ihr Vater soll das besonders erwähnen! Alles und jedes, um Lenz aus dieser Kasematte herauszuholen, und wenn es bloß für eine halbe Stunde wäre, selbst eine halbe tät's schon...«

Wieder nur ein Wachtraum? »Und Andreas würde zu mir gebracht werden?« sagte sie fast zärtlich, als begrüße sie ihn schon. »Christoffel, bester Freund – wir haben ja nicht einmal eine Genehmigung für mich erhalten, Bastion Dreißig zu betreten, obwohl ich überzeugt bin, daß sämtliche sentimentalen, eitlen und ritterlichen Gefühle des Majors Weltzien angesprochen wurden und daß mein Vater, der nicht sehen mag, wie ich leide, mit Geld und guten Worten umzugehen versteht... Lenz ist eben ein besonderer Fall.« Sie hätte jeden einzelnen Grund dafür angeben können, doch sie war innerlich zu erschöpft, um die Angelegenheit noch einmal auseinanderzusetzen, und so wiederholte sie nur: »Lenz ist eben ein besonderer Fall...«

Der Himmel hatte sich inzwischen zu einem beunruhigenden Schwarz verfärbt; das flackernde Licht der Laterne war ein verirrtes Pünktchen, nicht mehr. Von weither läutete eine Glocke.

»Kommen wir zu einem Entschluß«, sagte er beinahe grob. »Wer sonst hat Einfluß auf diesen Weltzien?«

»Seine Beischläferin.«

»Seine Beischläferin...«, wiederholte Christoffel tonlos. »Josepha. Ja.«

Er wußte jetzt, daß die Idee ihn schon die ganze Zeit – seit nämlich Weltzien als Schlüsselfigur des Komplotts in Erscheinung getreten war – beschäftigt hatte.

»Kennen Sie diese Josepha etwa?« fragte Lenore.

Er antwortete ihr nicht. Statt dessen sagte er schroff: »Dann werden *Sie* mit ihr sprechen!«

»Ich fürchte, das kann ich nicht.«

»Und warum nicht?... Weil sie eine...«, er hielt inne, um seine Stimme festigen zu können, »eine billige, gemeine Prostituierte ist?«

»Ich habe meine Gründe.«

»Und ich habe keine Gründe?« Christoffel sprang ärgerlich auf und stand vor ihr, eine dunkle Gestalt, dunkler noch als die Nacht. »Sie können eine Entschuldigung anführen, Mademoiselle Lenore, und nur diese eine, dafür, daß Sie noch nicht vor Josepha auf die Knie gefallen und sie um Hilfe gebeten haben – und zwar, daß Sie bisher keine Möglichkeit sahen, Lenz aus Rastatt herauszubringen. Jetzt aber haben Sie erfahren, daß es einen solchen Weg gibt. Jetzt wollen Sie bitte Ihre Hemmungen überwinden und handeln!«

Auch Lenore war aufgestanden. Sie sah sich, wie der Soldat Christoffel sie sehen mußte – gehässig, voreingenommen, ihre Liebe so kleinlich, daß sie den Mann, den sie liebte, eher zugrunde gehen ließ, als ihre Eifersucht zu zügeln. Aber sie wahrte einen spröden Stolz und sagte kühl: »Man kann mich auch überzeugen, ohne mir zu drohen.«

»Um so besser.«

Die Glocke läutete wieder.

»Wir müssen uns beeilen«, sagte sie.

Er murmelte zustimmend und nahm ihren Ellbogen, um sie auf die Hauptstraße zurückzuführen. Auf einmal spürte er ihre Lippen, dünn, heiß, auf seiner Wange.

Sechsunddreißigstes Kapitel

Dieselben Krieger, die auf dem Marsch oder auf dem Schlachtfelde mehr als einmal von panischem Schrecken ergriffen wurden – sie sind in den Gräben von Rastatt gestorben wie die Helden. Kein einziger hat gebettelt, kein einziger hat gezittert. Das deutsche Volk wird die Füsilladen und die Kasematten von Rastatt nicht vergessen; es wird die großen Herren nicht vergessen, die diese Infamien befohlen haben, aber auch nicht die Verräther, die sie durch ihre Feigheit verschuldeten...

(Auszug von Andreas Lenz aus Friedrich Engels: »Die deutsche Reichsverfassungs-Campagne«)

...von den Offizieren in unserer Kasematte sind nur noch Dr. Walcher und ich übrig. Seit er in Einzel-Haft war, sieht er aus, als wäre sogar das Blut in seinen Adern grau geworden. Er behauptet aber, er sei nicht krank, und pflegt die Typhuskranken wieder, so gut es geht; er kann sich kaum schleppen; die Hände zittern ihm; manchmal sehe ich ihn apathisch dasitzen, die Augen geschlossen, den Mund halb offen.

Übermorgen – Mittwoch, so ist mir gesagt worden – wird mein Fall vor dem Kriegsgericht verhandelt werden. Ich hege nicht den geringsten Zweifel, daß man über mich das gleiche Urteil fällen wird wie über Dortu, Heilig, Böning, Biedenfeld und Tiedemann...

Also Donnerstag bei Sonnenaufgang. Ich hoffe, das Wetter ist erträglich. In einem Nieselregen erschossen zu werden, wenn graue Wolken schwer über der Welt hängen und Alles verblichen ist, keine Umrisse mehr, keine Farben, und man selber fühlt sich naß und elend – das wäre zu deprimierend.

Ich kenne die Stelle, wo ich werde sterben müssen, ich kenne die Kommandos, die Geräusche, das unvermeidliche Knattern der Schüsse – der Revolutionär ist nichts als ein Todter auf Urlaub.

Deßhalb möchte ich auch, daß keiner um mich trauert: nicht du, Lenore, und auch du nicht, Josepha, solltest du je von meinem Ende erfahren. Aber vergeßt mich nicht. Ich werde stets vierundzwanzig Jahre alt bleiben. Nicht für mich die Glatze und der krumme Rücken, der Schmeerbauch, die kranke Niere, die thränenden Augen, die Gicht. Nicht für mich das Zaudern des Alters, das Bedenken und Bedauern, das Wenn und Aber. Nicht für mich...

Lenore, sag dem Kind...

...Doktor Walcher kam zu mir, es ist wieder einer gestorben, wir mußten die Wache alarmiren, den Leichnam hinaustragen. Typhus. Diese Kasematten sind genauso mörderisch wie das Hinrichtungskommando...

...die letzten paar Schritte mit Würde...

(Notizen in Andreas Lenz' Handschrift, undatiert, unter seinen Papieren aufgefunden)

Öffentlicher Anschlag

Nachdem den Einwohnern Rastatt's genügende Zeit gelassen wurde, um sämmtliche Waffen abliefern zu können, mache ich ihnen bekannt, daß ich von morgen an Haussuchung halten und diejenigen sofort zur Haft bringen lassen werde, welche Waffen verheimlichten.

Waffenläden werden für jetzt hier nicht geduldet; ebenso dürfen nur Beamte in Uniform auf den Straßen gesehen werden, da die Bürgerwehr hiemit aufgehoben wird. Alles Eigenthum des Staats und Sr. Königl. Hoheit des Großherzogs ist sofort im Schloße abzuliefern; desgleichen dürfen die Effekten der vaterlandsverrätherischen Soldaten und der meuterischen Freischärler, die das schöne, üppige Baden an den Abgrund des Verderbens geführt haben, nicht zurückbehalten werden.

Wer einen dieser Soldaten oder Freischärler in seinem Haus verbirgt oder zur Flucht behülflich ist, soll sofort arretirt werden und die ganze Strenge der Gesetze empfinden.

Manche hiesige Einwohner sind dem hochverrätherischen Treiben nicht fremd geblieben, wodurch sie sich und ihre hochgeachteten Familien für ewige Zeiten geschändet. Sie haben den allgütigen Gott und eine dereinstige Zukunft verleugnet, indem sie die badischen Truppen dazu verführt, den geschworenen Eid der Treue zu brechen, wodurch sie sich daran gewöhnt haben, die Soldaten des stehenden Heeres mit Geringschätzung zu betrachten, was wir von unsrer Seite um keinen Preis dulden werden.

Alle Einwohner müssen sich von den Appellplätzen entfernt halten; ebenso haben sie vor den Schildwachen schon in einer Entfernung von 12 Schritten die Pfeifen wegzunehmen.

Da die Gesinnungen der Soldaten des preußischen Heers allenthalben zur Genüge bekannt sind, so werden die Böswilligen in ihrem eigenen Interesse gewarnt, sich den Soldaten mit ihren wühlerischen Unternehmungen nicht zu nahen, indem dadurch für sie die übelsten Folgen herbeigeführt werden dürften. – Den Gefangenen dürfen von den hiesigen Einwohnern keine Speisen zugeführt wer-

den, wogegen ich dafür Sorge tragen will, daß dieselben eine genügende Verpflegung erhalten.

Rastatt, den 27. Juli 1849   *gez. von Weltzien*
Major und Kommandant

(Das unter Lenz' Papieren gefundene Exemplar des vorstehend zitierten öffentlichen Anschlags läßt erkennen, daß es von einer Wand abgerissen wurde.)

»Darf ich Ihnen etwas Schokolade eingießen?« Josepha wartete nicht auf Lenores Antwort. Sie spielte die Gastgeberin, und sie ging in der Rolle auf. Es half, das Herzklopfen zu beruhigen, das sie bis in die Kehle hinein spürte.

»Vielen Dank«, sagte Lenore und sah zu, wie das heiße, dickflüssige Braun in ihrer Tasse höherstieg.

Josepha wurde sich plötzlich bewußt, daß Lenore ein Stück ihrer nackten Brust sehen konnte, unwillkürlich fuhr sie mit der Hand zum Halse, um den Morgenrock zu schließen – aber einen Moment später dachte sie: Habe ich etwas zu verbergen? Meine können's zu jeder Tages- und Nachtzeit mit denen von ihr und von allen anderen aufnehmen!

»August!«

Nörgelnd, ungeduldig, kam der Ruf aus dem übernächsten Zimmer, wo Weltzien seinen Stadtkommandantenpflichten nachkam.

»Wo in des dreischwänzigen Teufels Namen treibt sich der Kerl schon wieder herum!« Weltziens Stimme durchdrang mühelos mehrere geschlossene Türen. »August!...«

August, der Bursche, unterm Arm das Tablett, auf dem er die Schokolade hereingebracht hatte, erkundigte sich ungerührt: »Haben Sie noch irgendwelche Wünsche, Mam'selle Josepha?«

»Nein, ich glaube nicht«, sagte sie zerstreut. »Danke.«

»Wenn Sie mich brauchen, Mam'selle, läuten Sie nur...«, bemerkte er gleichmütig; dann stapfte er davon und rief: »Komme schon, Herr Major!«

Lenore glaubte eine Spur von Vertrautheit zwischen dem Burschen und Josepha festzustellen; kein Wunder: beide dienten den Bedürfnissen des gleichen Herrn. Unter halbgeschlossenen Lidern hervor beobachtete sie Josepha, die weiche weiße Haut, die sinnlichen Lippen, die grünen Augen, die nur einen Gedanken erweckten – *femme fatale*, dachte sie, aber zweiter Güte, und wußte nicht recht, ob sie Lenz' Schwäche für diese Frau verstehen oder bedauern oder sich selber hassen und verachten sollte wegen ihres Minderwertigkeitsgefühls diesen weiblichen Reizen gegenüber.

»Mein Fritzchen –«, sagte Josepha, »er will, daß ich ihn Fritzchen nenne, müssen Sie wissen – kann sehr anspruchsvoll sein!« Sie versuchte zu lachen, und dann entstand eine jener langen, schweren Pausen, die den Besuch von Anfang an gekennzeichnet hatten.

»Vielleicht bin ich zu ungelegener Zeit gekommen?« fragte Lenore betont verbindlich.

»Nein, nein...!« beeilte sich Josepha zu versichern. »Ich habe immer Zeit.« Und wieder dachte sie, ich möchte bloß wissen, was Lenz an diesem Bündel von Haut und Knochen findet! Dabei ist sie nicht einmal hübsch; die Augen vielleicht; aber dazu diese scharfe Nase und der dünne Mund...! Es ist eben ihr Geld, und was sie im Kopf hat – Ränke schmieden, das wird sie können! Vielleicht denkt er, sie kann ihm weiterhelfen im Leben, Dichter brauchen reiche Frauen; und was bin ich: heiß unterm Rock, gut im Bett, aber sonst zu nichts nütze.

Zwei Zimmer weiter hatte Weltzien einen seiner amtlichen Wutanfälle. Seine Ausbrüche, die in Worten wie »Wühlerisch!« – »Rot!« – »Insurgentenpack!« – »Radikale!« gipfelten, waren durchsetzt von den schwachen Einwänden eines Bittstellers. Ein letztes Geschrei; eine Tür knallte zu.

»Da zieht wieder einer ab...« Josepha zuckte die Achseln. »Rausgeschmissen. Mein Fritzchen ist so reizbar...« Und dachte: Was will sie von mir? Will sie herausfinden, was ich an mir habe, daß ihr geliebter Andreas mit hängender Zunge hinter mir herläuft, wann immer es mir gefällt? Oder möchte sie mich ihre Schadenfreude kosten lassen?... Mit einer plötzlichen ärgerlichen Bewegung schüttelte Josepha den Kopf. Ein letzter papierner Lockenwickler fiel ihr aus dem Haar – sie hatte in der Aufregung über Lenores Besuch vergessen, ihn zu entfernen. Nun hob sie ihn vom Fußboden auf und warf ihn zu den anderen, die in einem unordentlichen Häuflein zwischen den Kämmen und Bürsten und Puderdosen und Kremtöpfen auf ihrem Toilettentisch lagen. »Zeit...«, griff sie das Gesprächsthema wieder auf. »Meine Liebe, wenn Sie nichts anderes zu tun haben als nur für *einen* Mann schön zu sein, haben Sie alle Zeit der Welt!«

»Nur für einen Mann...«, wiederholte Lenore und trank einen Schluck Schokolade. In seinem Dienstzimmer beschäftigte sich Major Weltzien sehr hörbar mit dem nächsten verschreckten Rastatter Bürger. »Aber doch ein recht schwieriger Mann, nicht?«

»Welcher Mann wäre nicht schwierig?« erwiderte Josepha und blickte Lenore mit großen Augen ins Gesicht. Die Anspielung war deutlich.

Lenore errötete. Sie stellte die Tasse hin. »Ich meine – der Herr Major ist so mächtig und so einflußreich...« Ihre Finger verflochten und lösten sich wieder. So kam sie nicht weiter. Es war lächerlich und demütigend, und die Zeit, die Zeit, von der sie beide gesprochen hatten, verfloß unbarmherzig. »Ich meine – ich bewundere Sie aufrichtig...«

»Weswegen?«

»Weil...«

»Weil ich ein Nichts bin, eine arme Näherin, der es gelungen ist, einen großen Fang zu machen?... Hier ist Gebäck, warum essen Sie nicht, meine Liebe?... Ich bin eben so, ich weiß auch nicht, anscheinend finden die Männer von Natur aus Gefallen an mir, ich bemühe mich nicht darum und lege ihnen keine Schlingen und stelle ihnen keine Fallen...« Josepha schlug die Beine übereinander. »Was mein Fritzchen angeht, so kann ich nur bestätigen, daß er ein bedeutender Mann ist. Man macht ja nicht jeden x-beliebigen in der preußischen Armee zum Stadtkommandanten in einer so wichtigen Festung wie Rastatt. Er kommt aus einem der ältesten Geschlechter in Preußen. Seine Familie besitzt große Ländereien dort, sagt er, und er wird mich mitnehmen, sobald die Besatzungszeit hier vorbei ist, und mir eine Wohnung in Potsdam einrichten, und ich werde einen *Salon* haben, und alle die großen Herren Generäle und Botschafter und Gott weiß was für alte Pinsel werden zu mir kommen und mir Komplimente machen...«

»Das freut mich sehr für Sie.« Lenore zog ein kleines besticktes Taschentuch aus dem Ärmel und tupfte sich das Gesicht ab. Die Luft war mit Parfüm getränkt; in der Schwüle des Nachmittags blieb in dem kleinen Raum, halb Josephas Boudoir, halb ihr Empfangszimmer, sämtlicher Duft trotz des offenen Fensters haften. »Es muß wohl eine große Genugtuung für Sie sein, von einem solchen Mann geliebt zu werden und Ihren Einfluß auf ihn geltend machen zu können...«

Josepha warf ihr einen raschen Blick zu. Warum sollte sie ihren Einfluß geltend machen, und zu welchem Zweck?

»August!« brüllte Weltzien wieder. »Wo sind die verdammten Ordres?«

August schwieg sich aus, und Weltziens Wut richtete sich auf seinen augenblicklichen Besucher. Lenore hörte, wie eine Tür aufgerissen wurde und ein Mann herausstolperte. Dann fiel die Tür ins Schloß.

Lenore hob ihre Tasse, stellte sie jedoch wieder ab, ohne zu trinken; Zeit, dachte sie, o mein Gott, Zeit! Wie lange saß sie schon hier und hatte nichts erreicht, als ein paar wunde Stellen noch zu reizen und sich selber weh zu tun und Josephas Abneigung gegen sie zu verstärken? »Und glauben Sie«, fragte sie, »Sie könnten Major Weltzien dazu bewegen, Ihnen einen besonderen Gefallen zu tun?«

»Mir? – oder Ihnen?«

»Das weiß ich selbst nicht so genau«, erwiderte Lenore, und die Hitze stieg ihr in die Schläfen. Sie hatte mehr als ihren Stolz hinuntergeschluckt, als sie hier an die Tür klopfte, die Tür einer verhaßten Fremden, in ihrem eigenen Vaterhaus; jetzt wurde sie weiter gedemütigt – und verdientermaßen! Konnte man sich noch plumper benehmen als sie?

Josepha trank ihre Schokolade und zerteilte ihr Stück Gebäck mit einem Löffelchen. Das sollte sehr delikat geschehen; aber die Frage, die ihr im Hirn bohrte, verdarb den Effekt ihrer Bemühung. Sie wunderte sich über den sonderbaren Umweg, den Lenore einschlug: gab es denn eine Gefälligkeit, die der Herr Bankier Einstein mit seinem vielen Gelde nicht von Fritzchen direkt erlangen konnte? Oder warum kam Einstein nicht selbst her und trank Schokolade mit ihr?

Hatte sie denn nicht längst bewiesen, wie vertrauenswürdig sie war, wo sie doch nie, nicht ein einziges Mal, auf den blauen Salon in Karlsruhe angespielt hatte – obwohl es sie oft gereizt hatte, ihn im Vorbeigehen ganz leicht anzustoßen und ihn zu fragen: Erinnern Sie sich noch an unser kleines Geschäft, Herr Bankier, und wieviel ist es Ihnen wert, daß Ihre Mademoiselle Tochter nichts davon erfährt?... Und außerdem wunderte sich Josepha auch über sich selbst. Von dem Tag an, da ihr Fritzchen gerade nach Rastatt gezogen war und in Rastatt gerade in dieses Haus, hatte sie in heimlicher Erwartung der Stunde gelebt, wo sie mit der anderen zusammentreffen würde; und sie hatte einen täglich wachsenden Verdruß über die Geschicklichkeit empfunden, mit der Lenore ihr auswich, und über die höfliche Gleichgültigkeit – ein Lächeln, ein Nicken, ein »Guten Abend!« –, mit der sie abgefertigt wurde, wenn sie einander auf der Treppe oder im Flur oder auf der Poststraße am Hauseingang begegneten. Und jetzt, da es zu der Zusammenkunft gekommen war – wo war ihre Befriedigung, wo das Triumphgefühl?

Sie leckte sich einen Krümel von der Lippe und schob den leeren Teller von sich. »Meine liebe Lenore«, begann sie von neuem, »ich darf Sie doch Lenore nennen, ja? – Sie brauchen sich da wirklich keinerlei Sorgen zu machen. Mein Fritzchen explodiert zwar sehr leicht, aber wenn man ihn richtig behandelt, ist er die Liebenswürdigkeit in Person, und erst den Damen gegenüber!...« Sie verdrehte die Augen bedeutsam. »So einen Mann haben Sie noch nicht erlebt!«

Lenore überlegte. Sie traute Josephas Herzlichkeit ganz und gar nicht – und doch mußte man einen Weg zum Herzen dieser Frau finden, zum Herzen der Hure eines Preußen, die sie und Lenz womöglich auf der Stelle ihrem Fritzchen verraten würde um des *Salons* in Potsdam willen und für drei Mahlzeiten am Tag und für Schmuck und Kleider und ein gesichertes Dasein.

»Vielleicht hätte ich längst schon zu Ihnen kommen sollen«, begann sie schließlich und stellte zu ihrer Überraschung fest, daß ihre Worte ehrlich klangen. »Wenigstens hätte ich die Höflichkeit haben müssen, Sie unter diesem Dach willkommen zu heißen...«

Josepha, die gerade dabei gewesen war, die Falten ihres Morgenrocks vom Knie abwärts gefälliger anzuordnen, lehnte sich mit einer ganz neuen Aufmerksamkeit im Wesen vor.

»Es war nicht nur mein Stolz, der mich zurückhielt«, fuhr Lenore fort, »oder Eifersucht. Es waren ganz verschiedenartige Gefühle, hauptsächlich aber Gram.«

»Gram!« rief Josepha ungläubig, obwohl sie spürte, daß Lenore von ihrem Gesichtspunkt aus die Wahrheit sprach. »Was gäbe es wohl auf dieser Welt, meine Liebe, weswegen *Sie* sich grämen müßten!«

Sie bemerkte Lenores verständnislosen Blick, die vor Verwunderung geöffneten Lippen.

»Aber, meine Liebe!« sagte sie. »Erzählen Sie mir doch nicht, daß Sie Ihrer Politik wegen so elend und betrübt sind! Ein Mädchen wie Sie!...« Ein bitterer Zug entstellte ihren Mund. »Sie haben den Mann, den Sie wollen –«

»Das ist grausam von Ihnen!« sagte Lenore, plötzlich eisig.

»Wer ist hier grausam?« brach es aus Josepha hervor. »Sie doch! Und Ihr Vater! Ihr alle –«

Lenore streckte die Hände aus. »Schauen Sie selbst! Sehen meine Hände aus, als könnte man damit die Mauern der Kasematten aufbrechen? Oder glauben Sie – und Sie kennen die Preußen doch wohl –, daß meine Bitten die Richter des Kriegsgerichts davon abhalten würden, ein Todesurteil zu verkünden? Der Mann, den ich will...! Wenn draußen vor dem Tor der Morgen graut an einem dieser Tage und das Hinrichtungskommando Befehl bekommt zu schießen – werden Sie den Finger am Abzug daran hindern können abzudrücken?«

Josepha griff sich nach dem Herzen. »Andreas – ist – in den Kasematten?...«

»In Bastion Dreißig.«

»Und kommt vors Kriegsgericht?«

Lenore blickte sie an. »Wußten Sie das denn nicht?« fragte sie leise.

»August!« Weltziens Stimme. »Wo ist dieses räudige Warzenschwein! Wo sind meine verdammten Ordres! August!«

Nach einer Weile sagte Josepha: »Woher sollte ich's denn wissen?« Und nach einer weiteren Pause. »Ich habe gedacht, er wäre mit der Armee über die Schweizer Grenze gegangen...«

»Nicht er.«

»Manchmal habe ich's befürchtet. Aber ich schob den Gedanken beiseite. Ich war nie auch nur in der Nähe der Kasematten...« Josepha schien eher zu sich selbst zu sprechen.

»Sie werden also versuchen, uns zu helfen?« fragte Lenore zögernd; ihre eigenen Gefühle und die Josephas waren in einem solchen Wirbel, daß jedes falsche Wort zu Reaktionen führen konnte, die von keiner von ihnen beiden gewünscht wurden. »Sie sind wahrscheinlich der einzige Mensch, der helfen kann«, fuhr Lenore fort. »Sie selbst haben von dem großen Einfluß gesprochen, den Major Weltzien besitzt, und davon, wie hoch er Sie schätzt – von der Wohnung in Potsdam – dem *Salon*...«

Josepha nickte mechanisch. Die wildesten Pläne schossen ihr durch den Kopf, und alle gipfelten sie in der Vorstellung von ihr selbst und Lenz – sie befreite ihn von seinen Banden, entführte ihn aus der Bastion, die sich wie durch ein Wunder auftat, und zum Stadttor hinaus, und dann schritt sie mit ihm Arm in Arm die Chaussee entlang, die sich zwischen hübschen Bäumen und schönen Feldern bis zu einem endlosen, blauen, strahlenden Horizont vor ihnen erstreckte.

»Potsdam...«, sagte sie. »Der *Salon* – ach ja.« Und dann mit schriller Stimme: »Wissen Sie, wer ich bin?«

»Ja«, entgegnete Lenore, und das Herz sank ihr. »Ich glaube schon, Josepha –« Zum erstenmal sprach sie den Namen der anderen aus. »Ich bitte Sie ja nicht um meinetwillen, nicht für mich.«

»Nicht für Sie, Mademoiselle Lenore«, wiederholte Josepha und verschloß die Augen gegen eine neue Vorstellung, die vor ihr aufstieg: die dünnhäutige weiße Brust des Andreas Lenz, von Kugeln zerfetzt, die Wunden schimmerten rot, und die Hand, die sie gestreichelt und umfaßt hatte, lag wächsern und tot. »Für wen sonst?«

»Für das Kind. Für sein Kind, das ich trage.«

»Auch das noch!« Josepha lachte auf. »Ein richtiger Hengst, wahrhaftig! Aber ich habe solchen Ärger nie gehabt, ich weiß, wie man sich dagegen schützt, ich bin nicht wie Sie mit Ihren feinen Ma-

nieren und Ihren feinen Kleidern und Ihren groben Ellbogen!...
Also natürlich doch für Sie. In diesem Kind besteht ja Ihr Anspruch
auf ihn, wenigstens bilden Sie in Ihrer Welt sich das ein. Das Kind
muß ja einen Namen haben. Es kann unmöglich aufwachsen wie
tausend andere Bankerte...«

»Entschuldigen Sie bitte«, sagte Lenore. Sie war Lenz durch den
Krieg hindurch gefolgt, hatte Blut und Dreck und Leiden getrotzt;
sie folgte ihm auch jetzt, und sie konnte jede Kränkung ertragen, die
die andere sich für sie ausdenken mochte. »Glauben Sie mir, Josepha, nichts lag mir ferner als die Absicht, Sie zu verletzen.«

Sie schluckte.

»Anspruch!...« wiederholte sie dann. »Ich liebe Andreas Lenz.
Ich will nichts anderes, als daß er am Leben bleibt. Wenn Sie ihm
dazu verhelfen, dann werde ich mich mit meinem Kind aufmachen
und hingehen, wo ich Ihnen und Andreas nicht mehr im Weg
bin...«

Sie meinte das auch durchaus ernst – oder meinte es in diesem Augenblick ernst und hoffte zu Gott, die andere möge ihr glauben, daß
sie es ernst meinte – ernst und ohne Hintergedanken.

»Und wenn ich ihn nicht haben will?« Josepha sprang auf und
stieß das Geschirr beinahe um. »Was bedeutet er mir, daß ich alles
aufs Spiel setzen soll, was ich habe und was wenig genug ist – meine
drei Mahlzeiten am Tag, meine Garderobe, mein bißchen Schmuck,
mein weißes Bett. Hat er mir das je bieten können? War er nicht
schlimmer als ein Zuhälter, hat er mir nicht Männer ins Haus geschickt? Ah, Sie wissen ja nicht die Hälfte, meine liebe Lenore, und
seien Sie froh, daß Sie's nicht wissen...«

Lenore senkte den Kopf. Vielleicht sollte sie wirklich froh sein,
daß sie nicht die Hälfte von dem, was es zu wissen gab, wußte; aber
darauf kam es nicht an; nicht, wenn ihm der Tod drohte, und wahrscheinlich auch ohne das nicht.

»Und wer gibt Ihnen des Recht, Mademoiselle Lenore, über ihn
zu verfügen: *Die Josepha will ihn haben? Bitte sehr, soll sie!* Was
verstehen Sie von der Liebe, Sie, die Sie nur einmal geliebt haben,
wenn das überhaupt. Ich habe viele Männer gehabt, ich weiß nicht
wie viele, ich führe nicht Buch darüber. Ich kann vergleichen – die

Gefühle, die Gedanken und den Moment, wo alle Gefühle und alle Gedanken ausgelöscht sind und es nur noch dieses eine gibt: dieses Schweben, und das eigene Herz und das Herz des Mannes sind eins. Sie können mir Lenz nicht geben und Sie können ihn mir nicht nehmen; er ist mein Fleisch und Blut geworden. Und ich werde Ihnen ein Geheimnis verraten, meine Liebe: ebenso verhält sich's bei ihm. Und was auch immer er tun und wo er auch hingehen und bei wem er auch liegen mag – ich werde immer um ihn sein. Das verstehen Sie doch, nicht wahr?...«

Lenore war nicht abergläubisch. Dennoch – dieser böse Glanz in Josephas Augen: wie eine Hexe, die einen Fluch aussprach über sie und ihre sowieso geringe Aussicht auf zukünftiges Glück... Mit einer Handbewegung wischte Lenore das schwarze Spinnweb fort.

»Wenn Sie jetzt nicht helfen, Josepha«, erklärte sie, jedes Wort abwägend, »wird er bei überhaupt keiner Frau mehr liegen.« Und da sie feststellte, daß das Argument wirkte: »Alles, was Sie zu tun hätten, wäre, eine Möglichkeit zu schaffen, um ihn aus der Kasematte herauszuholen. Mit allem übrigen wird sich...«, sie brach ab – besser keine Namen nennen – »...werden sich Freunde befassen«, endete sie, »die Mittel und Wege haben, ihn sicher aus Rastatt herauszubringen.«

»August!...« schrie Weltzien wieder. »Wo steckt dieser elende, idiotische Holzkopf!« Türen wurden aufgerissen, Schritte nahten. »Ich reiße ihm die –«

Weltzien, mit langen Schritten in Josephas Zimmer stürmend, besaß Geistesgegenwart genug, die Details seiner Drohung für sich zu behalten. Statt dessen verbeugte er sich aus der Taille heraus, drückte seine feuchten Lippen auf Lenores Handrücken und grüßte: »Ah, Mademoiselle Einstein! Freut mich außerordentlich – gekommen sind – Zeit vertreiben helfen – meiner Josepha – Soldaten immer Arbeit Arbeit Arbeit – junge Damen – gute Gesellschaft – eh?«

Lenore begriff. Josepha, die sich langweilte, hatte ihm wahrscheinlich in den Ohren gelegen; jetzt war er erleichtert, daß ein Teil des Problems, ihr die Zeit zu vertreiben, gelöst und daß der erste Schritt zur gesellschaftlichen Anerkennung, die zu dem *Salon* führen sollte, getan war.

»Josepha, meine Teure...« Sein Gesicht nahm wieder den übelgelaunten, nörglerischen Ausdruck an, den es bei seinem Eintreten gezeigt hatte – »du wüßtest wohl nicht, eh? – meine Ordres, ganzer Packen, muß unterschreiben – Leutnant wartet – höchst unangenehm, kann sie nicht finden, verschwunden – wo?«

»Aber Fritzchen –«, Lenore konnte trotz ihrer inneren Erregung nicht umhin, Josepha zu bewundern, die sich im Handumdrehen in die liebende, anhängliche, sinnliche Mätresse zurückverwandelt hatte, »wie soll ich wissen, wo deine Ordres sind? Wo hebst du sie denn gewöhnlich auf?«

»Sie werden mir jeden Nachmittag auf den Schreibtisch gelegt!« Die Sache ging ihm offensichtlich über sein Fassungsvermögen. »Selbst gesehen! – Ordres, dienstlich – weg auf einmal, verschwunden.«

»Vielleicht hast du sie gelesen und dann woanders hingelegt. Versuch dich mal zu erinnern!«

Er zuckte ärgerlich die Achseln und blinzelte mit den eng beieinanderliegenden Augen. »Warum soll ich das Zeug lesen! – Lese es nie – wichtigere Dinge zu tun – unterschreibe einfach, Leutnant kommt, ab damit, Disziplin, Dienstweg, Armee – eh?«

Josepha lächelte anmutig und erhob sich auf die Zehenspitzen, um ihn zu küssen. Aber er war immer noch zerstreut und wandte den Kopf ab, so daß ihre Lippen sein albernes Schnurrbärtchen streiften und seinen Mund nicht fanden.

»Mein Schatz!...« Er faßte ihr unters Kinn. »Bedaure, derart hereingeplatzt – junge Damen zusammen, ganz reizend – öfter so, eh?« Dann verneigte er sich vor Lenore. »Mademoiselle, ergebenster Diener!« Und machte auf dem Absatz kehrt und ging, etwas von seinen Tagesbefehlen murmelnd, die auf so mysteriöse Weise verschwunden waren.

Josepha setzte sich hin, Lenore gegenüber, und blickte ihr geradezu ins Gesicht. »Warum sagen Sie's nicht?« forderte sie schließlich auf.

»Sage ich *was* nicht?«

»Was Sie sich denken – über ihn, über mich! Als ob ich's nicht auf Ihrem Gesicht erkennen könnte... Lassen Sie sich nicht abhalten, meine Liebe; Ihre Verachtung kümmert mich nicht, ich kann sie ertragen! Was ist schon mein Leben? Das Schlimmste, was mir passieren kann, habe ich hinter mir... Ich möchte Sie mal sehen und was Sie aus sich gemacht hätten, wenn Sie an meiner Statt geboren wären!«

Lenore bat: »Josepha...«

»Oh, hören Sie auf, mich anzujammern!... Wer hat denn gesagt, daß ich mich weigere! Ich, die ihr Herzblut für diesen Mann geben würde, jeden letzten Tropfen... Ich werde alles tun, um Andreas Lenz zu retten...«

Sie hielt inne, erschrocken über die Hohlheit ihrer großartigen Worte: ihr Fritzchen würde höchstens erstaunt die Brauen heben, wenn sie auch nur andeutungsweise Interesse an einem der Gefangenen zeigte. Sie hatte nicht die leiseste Ahnung, was sie tun könnte, um Lenz zu retten, und fürchtete, ihre Unfähigkeit eingestehen zu müssen.

»Hören Sie, Josepha!«

Josepha bemühte sich, nicht zu zeigen, wie mutlos sie war.

»Josepha!... Weltzien hat doch gesagt, er liest die Ordres, die ihm zur Unterschrift auf den Schreibtisch kommen, gar nicht?«

Josepha runzelte die Stirn. Was machte es, ob ihr Fritzchen, das Biest, seine Befehle las oder nicht? Der heutige Stoß Ordres war sowieso für immer verloren!... »Ja«, sagte sie endlich, »so etwas hat er, glaube ich, gesagt!«

»Nun, dann –«, Lenores Augen leuchteten auf, ihr ganzes Gesicht veränderte sich, »begreifen Sie denn nicht, wenn die Unterschrift auf einem Schriftstück bei Weltzien bloß Routine ist, wenn er sich gar nicht die Mühe macht, seine Befehle noch einmal durchzulesen...«

Sie zuckte zusammen, wandte sich um.

»August«, sagte Josepha träge, »immer erst anklopfen vor dem Eintreten! Sie sehen doch, wie Sie Mademoiselle Einstein erschreckt haben!«

August grinste.

»Und wo haben Sie sich die ganze Zeit herumgedrückt? Dem Herrn Major ist bald ein Blutgefäß geplatzt, so hat er geschimpft!«

»Ich hab ihn schimpfen gehört.« August räumte Tassen und Untertassen und die Schokoladenkanne zusammen und stellte alles auf sein Tablett. »Ich halte mich gewöhnlich von dem Herrn Major fern, wenn er so aufgeregt ist...« Mit der freien Hand berührte er vorsichtig seinen wohlgerundeten, kräftigen Hintern. »Wenn ein so wertvoller Körperteil eines Menschen so oft als Zielscheibe einer Stiefelspitze gedient hat, fängt auch der Begriffsstutzigste an zu lernen...«

Lenore betrachtete den Burschen des Majors. War der wirklich nur ein Dummkopf, die lebendige Karikatur eines preußischen Soldaten? Und wieder spürte sie undeutlich, daß mehr hinter seinem Verhältnis zu Josepha steckte, als nach außen hin sichtbar war.

August stellte das Tablett wieder auf den Tisch. Josephas abwehrend ausgestreckte Hand übersehend, nahm er einen der papiernen Lockenwickler von ihrem Toilettentisch, rollte ihn auf, blinzelte und las, wobei er die Lippen bewegte. Dann griff er nach einem zweiten, einem dritten, einem vierten Wickler, las auch diese und legte sie schließlich aneinander wie die Stücke eines Puzzlespiels.

»Warum haben Sie das bloß wieder gemacht?« Sein übliches nichtssagendes Lächeln war einem todernsten Gesichtsausdruck gewichen, der den ganzen Charakter des Mannes zu verändern schien. »Konnten Sie denn kein anderes Stück Papier finden?«

»Ach – diese blöden Ordres!« schmollte Josepha. »Wer braucht die schon!«

August seufzte. Dann setzte er sich auf den kleinen Polsterschemel vor dem Toilettentisch und kratzte sich den kurzgeschorenen runden Schädel. »Wie soll ich Sie denn wenigstens aus dem schlimmsten Ärger heraushalten?« sagte er, und zu Lenore gewandt: »Sie will einfach nicht begreifen, daß sie jetzt zur preußischen Armee gehört genau wie ich oder der Herr Major oder Seine Königliche Hoheit Prinz Wilhelm.«

Josepha deutete mit einer obszönen, aber unmißverständlichen Geste an, was ihrer Meinung nach die preußische Armee und der Prinz tun könnten.

»Schon gut, schon gut«, beschwichtigte er. »Sagen Sie mir lieber, wo die übrigen sind.«

Josepha wies auf die Schublade des Toilettentisches.

Zwischen zierlichen Taschentüchern und allen möglichen Puderdöschen und Kämmen und Parfüms zog August die heutigen Befehle Weltziens hervor.

Josepha trat zu ihm. »Sie werden doch nichts sagen, nein?«

Er blickte auf. Sie stand sehr dicht bei ihm, berührte ihn fast. Während eines kurzen Moments sah Lenore, welche Anstrengung es ihn kostete, äußerlich gleichgültig zu bleiben. Dann erwiderte er mit vollkommen beherrschter Stimme: »Sagen?... Wir sind doch nur kleine Leute. Die kleinen Leute fahren stets besser, wenn sie zusammenhalten.«

Er schloß eine Sekunde lang die Augen: Josephas Lippen hatten den Borstenwuchs auf seinem Schädel gestreift.

»Ist er nicht ein Goldstück?« Josepha wandte sich Lenore zu und lachte. »Ich weiß nicht, wie ich ohne ihn auskommen sollte! Wir sind vollkommen abhängig von August, mein Fritzchen und ich – nicht?«

Sie lächelte. Doch es war ein unruhiges Lächeln.

August war aufgestanden. Er trug sein übliches Grinsen zur Schau, während er sagte: »Ich werde den Befehl, aus dem Sie Lockenwickler gemacht haben, lieber nochmal abschreiben, Mam'selle Josepha, und dann Hokuspokus den ganzen Stoß Papiere dem Herrn Major auf den Schreibtisch zurückzaubern...«

»Warten Sie!« rief Lenore. »Könnten Sie nicht –«

Sie zögerte. Sie kannte die Strafe, die jedem drohte, der auch nur bei dem Versuch gefaßt wurde, einem preußischen Soldaten mit wühlerischen Unternehmungen zu nahen; Weltzien selbst hatte die Ankündigung unterzeichnet, und nun hing sie an Wänden und Ladenfenstern; und die Strafe, die ein Soldat erhielt, der sich auf solche wühlerische Unternehmungen einließ, dürfte nicht weniger schwer ausfallen.

Zeit, dachte sie, die Zeit verrann. Und dann: was wagte sie denn? Konnte es überhaupt noch schlimmer kommen, als es schon war?

»Und wenn er«, sagte sie zu Josepha, »einen *anderen* Befehl schreiben würde?«

Josepha blickte sie fragend an. Allmählich begann sie Lenores Idee zu begreifen, Erregung färbte ihr Gesicht; anstelle der Unruhe packte sie ein beinahe kindlicher Eifer; sie schlang die Arme um den Burschen und rief: »Aber ja – natürlich! Natürlich muß er das tun! Sie werden's doch tun, August, Lieber! Versprechen Sie mir, daß Sie's tun werden!«

Er machte sich von ihr los. »Was tun?«

Josepha zog ihn an den Tisch und nötigte ihn, sich hinzusetzen. »Also hören Sie –«, sagte sie hastig, flehend, »es ist alles ganz einfach, und es ist nichts dabei, bloß ein paar Zeilen, ich befehle, den und den Mann zu der und der Zeit da und da hinzubringen, Sie wissen schon, wie man das ordnungsgemäß ausdrückt...«

»Welchen Mann...? Wohin...? Wozu...?«

»Also wirklich, August! Versuchen Sie doch nicht, den Dummen zu spielen! Mich haben Sie nie täuschen können, nicht seit Sie damals den Wisch für die hunderzweiundvierzig Gulden Badisch geschrieben und mich den zwei feinen Brüdern von Christoffel unter der Nase weggeführt haben...«

Lenore begann ein paar von den Fäden zu erkennen, die Christoffel, Josepha, Lenz und diesen Mann miteinander verbanden; und aus Gründen, die sie im Augenblick nicht genauer untersuchen konnte, verspürte sie plötzlich wieder Hoffnung.

»Erklären *Sie* es ihm doch, Lenore...!« sagte Josepha ungeduldig. »Sie können das viel besser, Sie sind so klug und wortgewandt...«

Das klang eher ärgerlich und war auch nicht als Kompliment gemeint. Aber Lenore bemühte sich, ihre Gedanken in die bestmögliche, überzeugendste Aufeinanderfolge zu fassen. Sie versuchte, das verzweifelte Vorhaben sicher und selbstverständlich erscheinen zu lassen, und trachtete, aus dem Gesichtsausdruck des Burschen August zu erkennen, wie der auf ihre Worte reagierte.

»Und dann?« fragte er, als sie geendet hatte. »Was soll geschehen, nachdem der Gefangene Bastion Dreißig verlassen hat?«

Lenores Hoffnung, kaum entstanden, erstarb. Wenn sie dem Mann auf diese Frage Antwort gab, dann konnte er sich ein vollständiges Bild machen. Und wenn er damit zu seinem Major ging und dem alles berichtete?... Sie zerbiß sich die Lippe. Draußen war es schwül, kein Lüftchen rührte sich. Und hier in dem engen Zimmer war der aufdringliche Duft von Josephas Parfüm, unerträglich.

»Nachdem der Gefangene Bastion Dreißig verlassen hat«, sagte Lenore, und jedes Wort war eine Hürde, »werden ihn gute Freunde aus Rastatt herausbringen.«

August schlug die Beine übereinander. »Wer hat Ihnen das gesagt?« wollte er wissen.

»Ein Freund des Gefangenen, der nach Rastatt gekommen ist. Ein – ein Bauer.«

»Ein Bauer mit Namen Christoffel?«

Lenores Herz setzte ein paar Schläge lang aus.

Josepha hatte sich erhoben. »Christoffel –«, fragte sie, »hier...?« Und dann noch einmal halblaut: »Christoffel...«

»Hm – hm«, knurrte August. »Er sagte, er wollte diesen Wisch einlösen und etwas von den hundertzweiundvierzig Gulden haben, die wir für Sie schulden, Mam'selle Josepha.« Er massierte sich nachdenklich die Wade. »Oder vielleicht war das eine Ausrede...« Er wandte sich an Lenore, als hätte er sich soeben erinnert, daß sie auch da war: »Und wer ist der Gefangene?«

»Sie werden ihn nicht kennen«, erwiderte Lenore ausweichend und vergaß dabei, daß er ja doch erfahren müßte, um wen es sich handelte, wenn er den Befehl schreiben sollte. Ihre Befürchtungen stiegen von neuem in ihr auf, und ihr Gesicht verschloß sich.

»Lenz«, sagte Josepha statt ihrer. »Andreas Lenz«, und ihre Stimme wurde weich.

»Ein Dichter«, fügte Lenore hinzu, als wäre diese oder irgendeine Tatsache, die sie zu Lenz' Empfehlung anführen könnte, von Wichtigkeit.

August hörte auf, sein Bein zu massieren. »Es interessierte mich nur«, bemerkte er leichthin. »Man möchte ja schließlich wissen, für wen man füsiliert wird, wenn etwas schiefgeht.«

Lenores Herz schlug wieder gleichmäßig. »Sie haben selbstverständlich recht«, sagte sie und überlegte, ob sie nicht die plumpe Hand des Burschen in die ihre nehmen sollte, entschied aber, daß eine solche Gefühlsäußerung ihn vermutlich nur verlegen machen würde. Dann fiel ihr etwas ein, was Christoffel gesagt hatte, und verknüpfte sich in ihren Gedanken mit einer früheren Bemerkung Augusts. »Aber es geht um mehr als um einen Mann namens Lenz«, fuhr sie fort. »Es geht darum, was es gerade für all die kleinen Leute bedeuten würde, wenn man einen Menschen noch unter den Gewehrmündungen des Exekutionspelotons retten könnte...«

»Die kleinen Leute«, wiederholte er, ohne recht hingehört zu haben, »ja, ja.« Versonnen betrachtete er das Stück Wade, das der merkwürdige Zuschnitt seiner Königlich Preußischen Militärhose entblößte. Dann kniff er sich noch ein letztes Mal in den Muskel, stand auf und grinste: »Glück hat der, dieser Lenz...«

Lenore erwiderte nichts. Josepha setzte sich an ihren Toilettentisch und brachte ihr Haar in Ordnung und überpuderte die Zeichen innerer Erregung auf ihrem Gesicht.

»Haben Sie Feder und Tinte?« fragte August.

Josepha wies auf das kleine elegante Rollpult mit eingelegtem Holz, das Lenore noch aus der Zeit kannte, da dies ihrer Mutter Zimmer gewesen war.

August öffnete das Pult. Zu der porzellanenen Schreibtischgarnitur in Gold und Kobaltblau gehörte ein Federhalter, den er nachdenklich ins Tintenfaß tauchte. »Keine Tinte!« stellte er fest.

»Keine Tinte!« wiederholte Josepha. »Was habe ich denn zu schreiben? Und an wen?«

»Und kein Papier.«

»Wenn ich Papier gehabt hätte«, sagte sie mit einem Schulterzucken zu den Lockenwicklern auf ihrem Toilettentisch hin, »hätte ich dann Fritzchens Ordres genommen?...«

»Nicht böse werden!« sagte er. »Ist ja nicht schlimm.« Leise pfeifend ging er hinaus.

»August!« Das war wieder Weltzien. »Wo zum Teufel treibt sich der faule Hund herum, dieses dickfellige Nilpferd! August!...«

August kehrte zurück, in der Hand ein Blatt Papier in der richtigen amtlichen Größe und der entsprechend schlechten Qualität, in der Tasche eine kleine Tintenflasche. »Wir haben nicht viel Zeit«, meinte er. »In fünf Minuten, spätestens in zehn, hat er genügend Wut im Bauch, um selber suchen zu kommen.«

Der dünnbeinige, zierliche Schreibtischstuhl ächzte unter August Krolls Gewicht; dabei quoll ein Teil des Hintern noch über die Sitzfläche hinaus. Er hatte eine schwere Hand, seine Buchstaben sahen ungeschickt aus, waren aber regelmäßig genug, um denen der Armeeschreiber zu ähneln. »Vom – Stadtkommandanten«, murmelte er beim Schreiben, »an – Kommandierenden Offizier – Bastion Dreißig...« Er schniefte, dachte nach, wischte sich die Nase mit den tintenfleckigen Daumen. »Betrifft – Vernehmung eines Gefangenen...«

Josepha lachte kurz auf. Auch sie war einst zur Vernehmung zu Weltzien gebracht worden.

Das Murmeln wurde leiser; zuweilen verlor es sich ganz. »...Gefangener Lenz, Andreas... verdächtig als österreichischer Spion... unter Eskorte... zum Kommandanten persönlich... zu bringen... unverzüglich... Angelegenheit von... größter Wichtigkeit... absolute Geheimhaltung... neun Uhr abends... Verantwortung...«

»Verantwortung!« wiederholte August laut, neigte den Kopf und studierte das Ergebnis seiner Bemühungen. Noch einmal nahm er den Federhalter zur Hand, tauchte ihn in die Tinte und fügte mit einem Schnörkel hinzu: »Gezeichnet...«

Joepha stand hinter dem Schreibenden. Lenore sah, wie ihre Finger ganz leicht seine Schultern berührten. »Danke«, sagte Josepha, »danke, August.«

»Wieso –«, er schüttelte langsam den Kopf, »das gehört alles zu meiner Arbeit...« Er deckte das Tintenfaß zu. Aus der blau-goldenen Streusandbüchse bestreute er das Papier, hielt es einen Augenblick lang waagerecht und blies dann den Sand weg.

»August!«

Josepha zuckte zusammen. Türen knallten; im Flur hallte der Tritt gespornter Stiefel wider.

»Komme schon, Herr Major!«

Der Bursche griff hastig nach dem Stoß Ordres, den er wiedergefunden hatte. Er schob den neugeschriebenen Befehl zwischen die Papiere, hob das Tablett mit dem Schokoladengeschirr auf und war, ohne ein weiteres Wort, aus dem Zimmer.

»Augu-u-u-ust!«

Lenore blickte auf die Tür, die sich hinter dem stämmigen kleinen Mann mit dem Tablett geschlossen hatte, dann auf Josepha. In dem schwindenden Licht schimmerten Josephas Augen; ihr Grün schien eine ungewöhnliche Tiefe zu haben.

Dann erscholl vom Flur her das Klirren fallenden, auf dem Fußboden zerschellenden Geschirrs, der dumpfe Laut, der von Fäusten erzeugt wird, die auf einen Schädel einprügeln, und das gereizte, schrille: »Das wird dich lehren – hinhören und Ordre parieren – Ohren auswaschen, eh! – Kanaille!...«

»Geld...«, sagte er. »Wofür?«
Er wickelte sich fester in den schweren wollenen Hausrock ein. Ihm war kalt. Ihm war jetzt ständig kalt, und seine blaugeäderten Hände, die die Dinge so fest im Griff zu haben pflegten, zitterten mitunter ganz ohne Grund, ob die Sonne nun schien oder nicht.
Lenore brachte ein halbes Lächeln zustande. In dem Augenblick, da sie ihres Vaters Arbeitszimmer betrat, war das Schwanken zwischen wilder Hoffnung und wilder Angst einer sonderbaren Ruhe gewichen – einer Ruhe, in der weniger Zuversicht als vielmehr Melancholie lag. Woher kam das? Lag es an dem vertrauten Dunkelgrün der Wände, den abgenutzten Teppichen, den warmen Farben der Möbel; lag es an seiner Stimme, mit der stillen Resignation im Unterton?
»Willst du mir's nicht sagen?« fragte er.
Er sah alt und krank und verbraucht aus. Wahrscheinlich litt er auch Schmerzen: seine Leber. Er hatte sein Geschäft und sein Vermögen sicher durch die gefährlichen Zeiten hindurchgebracht; er hatte alles vorausgesehen und klug und unverzüglich gehandelt; er hatte bei der Sache gewonnen, ein Großteil der Käufe und Abschlüsse der preußischen Armee in der ganzen Gegend ging über seine Bank, gegen Wechsel auf das großherzoglich badische Schatzamt – und dabei schrumpfte er an Leib und Gesundheit sichtlich zusammen. Die Kleider hingen ihm lose um die Knochen; die schwere Uhrkette, die sich so schön prall über seinen Bauch gespannt hatte, sank in zwei tiefen Schlaufen; seine Augen waren übergroß und standen dunkel über purpurnen Ringen, und das Weiße darin war gelblich wie altes Elfenbein.
»Ich kann dir die dreihundert überlassen, die Leutnant Gramm auf seinen Wechsel bezahlt hat...« Er gestattete sich ein leises Lachen, das so selten geworden war bei ihm. Dann fühlte er, daß sein

Angebot einen zweifelhaften Beigeschmack hatte, und runzelte ärgerlich die Stirn. »Ah, gut«, sagte er, »ich nehme an, du hattest eine größere Summe im Sinn?«

»Ja. Eine viel größere.«

Sie würde ihn vielleicht nie wiedersehen. Der Gedanke, obwohl er ihr nicht zum erstenmal kam, überwältigte sie plötzlich und preßte ihr das Herz zusammen, da sie ihren Vater so vor sich sah, so winzig in seinem viel zu großen Hausrock und dem viel zu großen Sessel. Wenn Major Weltzien den gefälschten Befehl unterschrieb und wenn all die anderen Rädchen des Unternehmens richtig ineinandergriffen und sich zur rechten Zeit bewegten, dann war dies aller Wahrscheinlichkeit nach ihr letztes Beisammensein mit ihrem Vater: denn sie und Lenz würden in Länder fliehen müssen, wohin der Arm der preußischen Polizei nicht reichte – Emigranten, steckbrieflich verfolgt –, während der alte Mann hier blieb, durch seine schlechte Gesundheit gebunden.

»Tränen?« sagte er. »Aber meine Liebe!...« Und plötzlich mit der ganzen alten Herzlichkeit: »Du weißt doch, daß ich dir alles geben würde! Aber falls du glaubst, ein letzter Bestechungsversuch bei diesem – diesem – idiotischen Leuteschinder könnte Erfolg haben... Mein Gott, meinst du denn, ich habe es nicht längst versucht?... Denkst du, ich kann mitansehen, wie du leidest, und mit den Händen in den Hosentaschen danebenstehen?...« Er machte eine ärgerliche Handbewegung. »Ich habe mit Weltzien gesprochen. Ich bin nicht auf den Mund gefallen, wie du weißt, wenn es darum geht, jemanden von einem Gedanken zu überzeugen. Für den Aufwand an Beredsamkeit, den ich an diesen Dummkopf verschwendet habe, hätte ich ein totes Stück Holz als Preisbullen verkaufen können; und du kannst sicher sein, daß ich meine Argumente mit den entsprechend zahlreichen Hinweisen auf handfestere Anerkennung als ein Dankeschön und den Händedruck einer bekümmerten jungen Dame sowie ihres dankbaren Vaters gespickt habe...«

Sie küßte ihn. Er hatte das alles getan, ohne ihr ein Wort davon zu sagen. Und er hatte es getan, obwohl er Lenz haßte und in ihm nichts sah als einen gewissenlosen Weiberhelden und Taugenichts.

»Du siehst also...« Er streichelte ihr das Gesicht. »Ich fürchte, ich habe all meine Karten ausgespielt. Es tut mir weh, dir das sagen zu müssen, deinetwegen und wegen...« Ein leichtes Nicken wies auf ihren Leib hin. Er seufzte und fuhr dann fort: »Es wird alles nicht leicht sein, meine Liebe – nicht für dich und auch für mich nicht. Aber ich habe dich dazu erzogen, dem Leben die Stirn zu bieten und fest auf beiden Beinen zu stehen.« In seiner Stimme lag ein Widerhall jenes Rebellentums, aus dem heraus er die Mächtigen und Hochwohlgeborenen gezwungen hatte, unter den Räucherheringen in seinem Laden den Rücken zu beugen. »Diese meine Erziehung hat dich in Widerspruch zu mir gebracht; aber jetzt wird sie dir zustatten kommen.«

Von irgendwo aus dem Haus schallten das schrille Krähen Weltziens und Josephas Lachen herauf. Aber selbst das war abgeschwächt durch die Melancholie, die das Licht im Zimmer dämpfte und alle Härten und Kanten milderte.

»Trotzdem brauche ich das Geld«, sagte sie.

Seine Augen blickten fragend; er klopfte sich mit dem langen, knochigen Finger ans Kinn. »Du hast doch nichts Unbesonnenes vor?« Er lachte nervös. Alles, was sie getan hatte, seit dieser Lenz in ihr Leben trat, war unberechenbar, übereilt und unbesonnen gewesen. »Ich meine...« Er schüttelte den Kopf. »Nein.«

Lenore trat zum Fenster und stieß es auf. Vom Gebirge her blitzte das Rot eines fernen Wetterleuchtens auf; hier trieb nur ein kurzer Windstoß Papierschnitzel und anderen Abfall die Bürgersteige entlang. Als sie sich wieder dem Zimmer zuwandte, sah sie das Gesicht ihres Vaters im Licht der Schreibtischlampe; der Ausdruck von Besorgnis und Bestürzung war daraus gewichen; er schien zu dem Schluß gekommen zu sein, daß solche tollkühnen Pläne, wie sie sie hegen mochte, nicht durchführbar waren und daß sie auf der Forderung nach Geld nur beharrte, weil sie seine Erfahrungen mit Weltzien nicht als endgültig anerkennen konnte.

»Du wirst es mir doch geben?...« fragte sie.

Er lächelte nachsichtig. »Wieviel würdest du haben wollen?«

»Ich will ja nichts geschenkt haben«, erwiderte sie und überschlug im Kopf rasch, welche Summe ausreichen mochte für Pferde und Reisekosten und Nebenausgaben und um sich und Lenz fürs erste über Wasser zu halten, bis man sich irgendwo niedergelassen haben würde und Geld verdienen konnte. »Andreas und ich werden es dir bis auf den letzten Kreuzer zurückzahlen...«

»Lenz? – Pah, der Mann hat nie auch nur einen Tagelohn verdient und wird es auch nie verdienen!« Er preßte die Lippen zusammen; unter den obwaltenden Umständen war seine Prophezeiung brutal.

»Weil ihn nie einer richtig bei der Hand genommen hat«, entgegnete sie ruhig. »Er hat vielerlei Begabung. Bisher hat er sie verschwendet. Er braucht nichts weiter als einen Menschen, der ihn auf den richtigen Weg führt, ihm über seine Stimmungen hinweghilft, Geduld mit ihm hat!«

»Ihn führt, ihm hilft, Geduld hat...«, wiederholte er, von neuem bestürzt. Was für eine Traumwelt hatte sie sich da zurechtgemacht? Aber vielleicht war gerade das gut so; es ermöglichte ihr, diese Tage zu überstehen; und mit Schrecken dachte er an die Stunde, da er diesen Traum zerstören und ihr mitteilen mußte, daß alles vorbei war.

»Viertausend Gulden«, sagte sie.

»Viertausend?« Seine Stirn zog sich in Falten. »Das ist ja ein Kapital!...« Dann besann er sich, daß alles das unwirklich war, wie ein Gesellschaftsspiel, bei dem das Geld aus Pappstückchen bestand. »Alles in bar?« lächelte er. »Oder würdest du einen Teil eventuell in Anweisungen auf meine Korrespondenten akzeptieren?«

»Ich weiß noch nicht, ob wir immer sein werden, wo man deine Anweisungen honoriert«, antwortete sie. »Bargeld wäre das Beste – Banknoten, Münzen.«

Er bewegte sich unbehaglich. Für einen Menschen, der in einer Traumwelt lebte, sprach sie mit erstaunlichem Geschäftssinn.

»Bitte, Vater!« Das Flackern in ihren Augen deutete auf den Druck hin, unter dem sie stand. »Ich muß dieses Geld haben. Ich muß es sofort haben!«

Der Eindruck der Dringlichkeit in ihren Worten blieb, auch nachdem sie geendet hatte. Sein Gesicht veränderte sich.

»Lenore!« rief er aus.

Er erhob sich zitternd. Nicht sie, er war der Träumer gewesen!

»Kind!«

Sie warf die Arme um ihn. Seine Schultern bebten. Sie hörte ihn murmeln, Worte, die zunächst unverständlich blieben. Erst gegen Ende verstand sie: er sprach den alten hebräischen Segen.

Weltziens Hand schweifte über den Tisch, stieß das Glas um. Der Wein floß aus und färbte das weiße Tischtuch rot; die Überreste eines Huhns rutschten vom Teller und lagen durcheinandergestreut zwischen Salzfaß, Zigarrenstummeln und schmierigem Silber.

»Josepha, mein Schatz –«, seine Augen blinzelten bei der Anstrengung, geradeaus zu blicken – »du liebst mich nicht!«

»O doch, ich liebe dich.«

Seine Hände betasteten sie am ganzen Leib. »Nein, du liebst mich nicht!« beharrte er. »Nein nein nein!... August!«

»Herr Major?«

Weltzien starrte auf das undurchdringliche Gesicht seines Burschen. »August – warum liebt mich kein Mensch?«

August stand stramm, sein Blick heftete sich auf eine Stelle über dem Kopf des Majors, während er in seinem blechernsten Ton verkündete: »Melde gehorsamst, Herr Major, alle lieben den Herrn Major!«

Weltzien war einen Moment ganz verblüfft. Dann verbreitete sich der Mund unter dem Schnurrbärtchen zu einem unsicheren Grinsen; sein Blick suchte Bestätigung bei Josepha. Die Alkoholnebel in seinem Hirn wichen etwas. »Hurensohn!« sagte er und hieb auf den Tisch. »Verdammt, wenn du nicht lügst!« Er sank gegen die Rückenlehne des Sofas. »Alle lügen sie...«

August, der immer noch strammstand, krähte: »Melde gehorsamst, Herr Major, alle lügen!«

Weltzien verzog das Gesicht bei dem Versuch, den Sinn dieser Feststellung zu erfassen, schließlich drohte er August mit dem Finger. »Den Schlauen spielen, was – gegenüber blödem Junker, eh? – falsche Rechnung! – Schlangen!...« Mit einer weitausholenden Geste schlug er sich ungefähr in der Herzgegend auf das zerknitterte Hemd. »Schlangen – am eigenen Busen! –«, und zu Josepha, ihr ungeschickt die Schulter streichelnd, »schöne, glatte, kalte, biegsame Schlange!...«

Josepha warf August einen besorgten Blick zu. Eine leichte Kopfbewegung, ein beruhigendes Blinzeln deutete ihr an, daß der Befehl, auf den es ankam, ordnungsgemäß unterzeichnet und abgegangen war und daß die Dinge sich planmäßig entwickelten: die Schlangen an Fritzchens Busen waren also nur Geschöpfe seiner rührseligen Trunkenheit. Dennoch war ihr unbehaglich zumute.

»August!«

»Herr Major?«

»Kennst du diesen Lenz?«

Josepha fühlte, wie sich ihre Magengrube zusammenzog. Ihr Fritzchen spielte Katz und Maus. Mit stummen Lippen beschwor sie August Kroll.

»Melde gehorsamst, Herr Major«, das Gesicht des Burschen war nichtssagend wie stets, nur die Pupillen schienen jede Farbe verloren zu haben, »ich kenne den Kerl!«

»Sehr gut, August!«

»Der Lenz war Kassenwart im Gesangs- und Kulturbund am Spittelmarkt zu Berlin, und bei Begräbnissen hat er immer das Bariton-Solo gesungen, bis er dann mit der vollen Kasse durchgebrannt ist, und das letzte, was man von ihm gehört hat, das war, daß die Gendarmen ihn erwischt haben, aber das Geld war schon weg, versoffen hatte er's, nirgends gewöhnt man sich das Saufen so an wie auf Beerdigungen, Herr Major, denn da säuft man auf Kosten des teuren Verstorbenen und seiner Witwe und Waisen, eine Schande ist das, wenn man sieht, wie verloren und verlassen die armen Würmchen manchmal sind, aber zugeben muß man, dieser Gesangs- und Kulturbund hatte das Geschäft gründlich organisiert, kaum war eine Seele dahingegangen, da kam der Lenz schon und klopfte an die Tür, ganz in Schwarz und gramverdüstert, und überbrachte das Beileid des Gesangs- und Kulturbunds am Spittelmarkt und bot die Hilfe des Vereins an, man konnte zwischen drei Liedern aussuchen, ›Näher, mein Gott, zu Dir...‹ und ›Dies Jammertal liegt nun zurück...!‹ und...«

Er brach ab. Josepha schüttelte sich vor Lachen; sie griff nach ihrem Glas, der Wein geriet ihr in die Luftröhre und drohte sie zu ersticken.

Weltzien schlug ihr ins Gesicht.

»Fritzchen...!« Der Schrei enthielt nicht so sehr Empörung als Erleichterung.

»Was ist denn so komisch dabei!« wollte Weltzien wissen. Doch er vergaß seine Frage sofort und korrigierte ärgerlich: »Nicht *der* Lenz – ganz anderer Kerl – hiesiger Rebell – schreibt Sachen – gefährlich!« Er wandte sich Josepha zu und blies ihr eine Locke von der Stirn. »Biegsame, glatte – Schlange, eh? – aber sehr schön!«

Josepha schluckte. Zu dem ihm eigenen sonderbaren Geruch nach Sägemehl kam noch der säuerliche Weinatem. Wenn sie doch bloß diesen Abend schon hinter sich hätte und die Nacht – aber was dann? Dann kam das Morgen. Morgen, so Gott will, wird Andreas Lenz frei sein...

»August!«

»Herr Major?«

»Sag Mademoiselle Josepha, womit ich verheiratet bin!«

»Melde gehorsamst, Herr Major, der Herr Major sind mit dem trockensten Stück Holz in ganz Preußen verheiratet!«

»Sehr gut, August!« Weltzien tastete nach seinem Glas und hielt es zum Nachfüllen hin. »Jetzt sag Mademoiselle Josepha, was wir mit ihr tun werden!«

August schlug die Hacken zusammen und grinste verzückt. »Melde gehorsamst, Herr Major, wir werden Mademoiselle mit nach Potsdam nehmen und sie einrichten...«

Josepha hörte nicht mehr hin. Morgen würde Lenz frei sein, während sie gebunden war, morgen und übermorgen und für immer, an ihr Fritzchen, oder an eine ganze Reihe von Fritzchens...

»Dieser Lenz!«

Sie zuckte zusammen. Mit der Hartnäckigkeit des Betrunkenen kehrte ihr Fritzchen immer wieder zum gleichen Thema zurück. Jetzt kicherte er.

»Aber Monsieur Einstein – kennt ihn – hat Geld offeriert...« Er neigte sich zu Josepha hin, griff ihr an den Schenkel und befühlte das federnde Fleisch. »Hat Geld offeriert – hübscher kleiner Notgroschen – für meine Lieblingsschlange – eh?«

Wieder empfand Josepha dieses Panikgefühl tief in ihrem Inneren.

Weltzien versuchte sie anzustarren, aber seine Pupillen waren unstet. »Preußischer Offizier –«, verkündete er kreischend, »unbestechlich!« Dann zog er sie eng an sich und flüsterte, als verriete er ein Staatsgeheimnis: »Dieser Lenz – hab ein Dossier über ihn gehabt – gefährlicher Kerl – lehne Geld von Monsieur Judenbankier ab – Literaten – subversiv – allesamt – eh?«

Die Bedeutung der unbekannten politischen Ausdrücke entging Josepha, auch begriff sie die bruchstückhafte Logik Weltziens nicht ganz, die durch den Schnaps und den Rotwein noch zerfahrener als sonst klang. Das Bild von Lenz, das sie im Herzen trug, nahm Gestalt an und stand ihr wirklicher vor Augen als das Zimmer und der unordentliche schmutzige Tisch und ihr Fritzchen und sogar das allzu solide Fleisch des August Kroll. Sie sah Lenz, wie er im »Türkenlouis« gestanden und gesungen hatte, mit der Gitarre auf dem Knie, die Welt gehörte ihm, das Leben gehörte ihm, und in seinen Augen hatte ein Lachen gelegen und ein letzter Widerschein ihrer eben genossenen Liebesstunde.

»August!«

»Herr Major?«

Weltzien kniff die Lider zusammen in dem Bemühen, schlau auszusehen. »Sag Mademoiselle Josepha –«, er stockte, überlegte, »Haß – gegen was hast du einen Haß – und warum?«

Eine Sekunde lang brach die Maske des Burschen unter der Überraschungswirkung der Frage, und auf seinem Gesicht zeigte sich tatsächlich etwas wie Haß. Doch seine übertrieben soldatische Haltung half ihm, sein argloses Wesen wiederzugewinnen. »Melde gehorsamst, Herr Major«, posaunte er, »ich hasse Marschieren, Läuse und Haferbrei.«

»Eh?« Ein leiser Zweifel umwölkte Weltziens Miene; doch dann kam er zu dem Schluß, diese reichlich primitive Antwort zeige nicht nur, daß sie ehrlich gemeint war, sondern könne auch als Beweis seiner Ansicht dienen. »Die Leute –«, eine schwungvolle Armbewegung deutete an, daß August Kroll, sein Bursche, für das gesamte gemeine Volk hier stünde, »ungewandt, einfältig, willig – aber auch Kanaille, leicht zu verderben, leicht irregeleitet – Gefahr – Lenz, seinesgleichen, Literaten – wie Funken an Pulverfaß – peng!«

Eine fast sinnliche Erregung durchzuckte Josepha; das Bild des lachenden, liebenden Lenz verknüpfte sich mit einem anderen: Lenz, wie er zum Volke spricht, der Funke entzündet das Pulverfaß, Freiheit!

Weltzien hatte sich erhoben und stand schwankend. »Jeder –«, er gestikulierte wild, »muß wissen, wo er hingehört – Ordnung, eh? wie bei Königlich Preußischer Armee – Mannschaften zuunterst, dann Offiziere, dann Seine Majestät der König und Oberste Kriegsherr – Lenz und seinesgleichen, Literaten – wollen sich nicht einfügen – einziger guter Rebell ist toter Rebell, eh? – Pfeifen sind wegzunehmen – Entfernung von zwölf Schritt – vor den Schildwachen...«

Die letzten Worte gerieten Weltzien durcheinander. Die Beine knickten ihm ein, und er drohte mit dem Gesicht nach vorn in die Teller zu fallen. August fing ihn geschickt auf und setzte ihn in die Sofaecke, und dort saß er nun, wie eine häßliche Stoffpuppe in Menschengröße, mit wäßrigen Augen und Speichel auf der Unterlippe.

Josepha hoffte, er würde in diesem Dämmerzustand verharren. Vorsichtig stand sie auf. Doch Weltzien packte sofort zu und hielt sie fest, sein Griff war eisern trotz seines halb bewußtlosen Zustands.

»August!« krächzte er.

»Herr Major?«

»Sag – Mam'selle Josepha –«, Weltzien sprach mit schwerer Zunge, »Eigenschaften – preußischen Offiziers – eh?«

August zuckte die Achseln, sein Mitleid mit Josepha war offenkundig. »Melde gehorsamst, Herr Major«, schmetterte er, »der preußische Offizier ist aus Gußstahl und Treue gemacht!«

»Gußstahl und Treue! – hörst du, Josepha – ja? – und die Welt wird –«, Weltzien rappelte sich hoch, hielt Josepha aber immer noch fest, »und die Welt wird – wird noch von uns hören – ja, sie wird von uns – sie wird noch hören – jawoll, meine Herren...«

Dann zog er Josepha in seine Arme.

»August!«

»Herr Major?«

»Licht aus!... Kehrt!... Abtreten!«

Siebenunddreißigstes Kapitel

Mein lieber Vater!

So lange ich mich erinnern kann, haben wir beide nie sehr viele Worte gebraucht, um einander die Gefühle mitzutheilen, die wir im Herzen tragen. Diese Gewißheit hilft mir in den letzten überstürzten Minuten hier darüber hinweg, daß ich mich nur mangelhaft auszudrücken vermag; und sie läßt mich auf Dein Verständniß und Deine Vergebung hoffen. Sicher weißt Du, daß ich fortgehe, und mit wem ich gehe und warum; ich habe keinen leichten Weg gewählt; ich hoffe inständig, daß unser Vorhaben gelingt – in diesen nächsten Stunden und auch weiterhin. Es betrübt mich, daß ich Dir weh thun muß: wie schön wäre es, wenn der Mann, mit dem ich mein Leben verbinde, und ich und unser Kind hier leben könnten, bei Dir! Doch ich glaube, Du brauchst Dich Deiner Tochter nicht zu schämen, und Du würdest selbst nicht wollen, daß ich anders handle. Du vor allem hast ja meinen Charakter geformt und meine Ansichten und mein Urtheil beeinflußt; meine Liebe zu Andreas und meine Erlebnisse in der Revolution und im Krieg haben nur geklärt und vertieft, was Du geweckt hast. Auch habe ich in diesem Fall keine Wahl: thatenlos zu verharren, wo sich eine Gelegenheit bot, hätte bedeutet, daß ich und kein anderer den Mann, den ich liebe, den Kugeln des Exekutionskommandos ausgeliefert hätte. Jetzt unternehme ich wenigstens den Versuch, sein Leben zu retten...

Oh, Vater, warum sind wir in diese Zeit voller Widersprüche hineingeboren worden?... Ich muß nun gehen, adieu... Wenn Du dies findest, bitte, versuche, etwas von dem Schlag meines Herzens zwischen den Zeilen zu spüren und zu sehen, wie meine Hand sich Dir hinstreckt, jetzt und immer.

Deine Dich liebende Tochter

Lenore

P.S. Vernichte diesen Brief...

...und ich konnte nicht umhin, Deinen äußerst bewegenden Brief zu lesen, liebe Schwester, als dieser ganz zufällig in einem Geheimfach des Schreib-Pults unseres theuren verstorbenen Vaters gefunden wurde. Statt ihn zu vernichten, wie Du wünschtest, scheint er ihn wie einen Schatz gehütet zu haben; ich schicke ihn Dir, weil ich nicht weiß, unter welcher Rubrik ich ihn ablegen soll und weil ich ande-

rerseits nicht verantworten möchte, ihn wegzuwerfen. Falls mir eine brüderliche Bemerkung gestattet ist: trotz der in Deinem Abschiedsbrief ausgedrückten Gefühle habe ich Deine Handlungsweise niemals gebilligt, und ebensowenig die Brüder Leo, Siegfried und Harry. Wir hegen sogar die Vermuthung, daß Dein unbesonnener Entschluß mit zu dem frühzeitigen Hinscheiden unseres theuren Vaters beigetragen hat. Es freut mich zu hören, daß es Dir und den Deinen in der Neuen Welt wohlergeht. Mein kleiner Sohn Heinrich dankt Dir besonders für den Tomahawk, der vollkommen unbeschädigt aus Chicago eingetroffen ist. Wenn ich gewußt hätte, daß ein Tomahawk nichts Anderes ist als eine Axt, dann hätte ich Deine Zeit nicht beansprucht, um so weniger, da dieser Gegenstand nicht als geeignetes Spielzeug für ein Kind von Heinrichs zartem Alter angesehen werden kann. Deine Brüder und unsere ganze Familie schließen sich meinen besten Neujahrswünschen für ein glückliches und gesundes 1852 an.

Dein ergebener Bruder
Bernhard Einstein

Rastatt, am 27. Dezember 1851

(Der an Mme. Lenore Lenz in Chicago, Illinois, adressierte Brief und die Einlage wurden unter Lenz' Papieren gefunden. Keiner der beiden Briefe trägt eine Anmerkung in Lenz' Handschrift.)

»Oh, Herr Leutnant, Sie haben mich erschreckt!«

Leutnant Gramm, groß und massig im Zwielicht auf der Poststraße, blickte unbehaglich drein. »Mademoiselle!...« Seine Sporen klirrten, während er die Hacken zusammenschlug und Lenores angststarre Hand küßte. »Mademoiselle! Das ist ja...« Röte stieg ihm ins fleischige Gesicht. »Das ist – ein höchst merkwürdiger Zufall! Eben habe ich an Sie gedacht...«

»Tatsächlich?« Lenore lachte nervös auf.

»Aber dann...« Gramm zögerte. Er durfte nicht zu herzlich sein – schließlich hatte sie ihn abgewiesen, und ihr Vater hatte ihn mit dreihundert Gulden Badisch vor die Tür gesetzt, Zinsen im voraus zahlbar. Er spitzte den Mund. Nun ja... Veränderte Verhältnisse veränderten auch die Gefühle; er konnte es sich also leisten, Großmut zu zeigen. »Ich habe oft an Sie gedacht, Mademoiselle«, bekannte er und fügte unbeholfen seine ständige Redensart hinzu: »Mit Verlaub...«

»So?« Lenore hatte sich jetzt in der Gewalt. Von allen denkbaren Zeitpunkten mußte der aufgeblasene Trottel ausgerechnet zu diesem mit ihr zusammentreffen, wo Leben und Tod davon abhingen, daß sie sich auf die Minute genau an der genauen Stelle einfand, die Christoffel ihr bezeichnet hatte – ein kleines Gehölz außerhalb der Mauern, an der Chaussee nach Niederbühl.

»Ja, ich habe oft an Sie gedacht«, wiederholte Gramm, »und ich habe mich ständig nach Ihnen erkundigt, Mademoiselle, sogar letztens, als ich Ihrem Herrn Vater die dreihundert Gulden zurückzahlte, die er mir freundlicherweise vorgeschossen hatte.« Er gluckste teilnahmsvoll. »Aber man sagte mir, Sie wären indisponiert.«

»War ich leider.« Lenore befühlte ihr Retikül, in dem das Geld lag. Ihr blieben nicht ganz fünfundzwanzig Minuten, um durch das Niederbühler Tor zu schlüpfen, bevor es zur Sperrstunde verschlossen wurde. Es schauderte sie bei dem Gedanken, daß der Bauernkarren mit den beiden braunen Pferden möglicherweise umsonst in dem Gehölz nahe der Chaussee warten könnte und daß Umhang und Haube einer Bäuerin unter dem Kutschersitz und der alte graue Mantel für den zu erwartenden männlichen Passagier nie in Gebrauch genommen werden mochten.

»Aber wenn Ihre Gesundheit auch nur im geringsten geschwächt ist«, sagte Gramm, froh, ein Thema zur Verlängerung seiner Konversationsbemühungen gefunden zu haben, »sollten Sie zu dieser Tageszeit nicht aus dem Hause gehen. Diese abendliche Kühle kann, mit Verlaub, den Blutkreislauf ernstlich stören, besonders bei Damen von zarter Konstitution.«

»Wirklich?« Lenore versuchte sich an ihm vorbeizuschieben; er blieb ihr jedoch wie ein Klotz im Wege.

»Meine Tante Regina«, fuhr er fort, »hatte gleichfalls Kreislaufbeschwerden, und die Fenster in ihrem Zimmer durften nie aufgemacht werden, wenn sie nicht dick in Decken und Federbetten eingepackt war; und trotzdem ist sie gestorben, jeden Tag wurde sie blasser und schwand dahin, die arme Seele. Kalte Luft ist für nichts so schädlich wie für das Blut im Menschen...«

»Herr Leutnant!« sagte sie. »Ich fürchte...«

»Ah, ja!« Er kniff die Brauen zusammen und senkte den Kopf.

Die Bewegung unterstrich noch seine Ähnlichkeit mit einem Ochsen, gutmütig zumeist, aber gefährlich, wenn er gereizt wurde. »Wir können nicht ewig hier stehen bleiben, nicht wahr? Mit Verlaub, Mademoiselle, werde ich Sie auf Ihrem Gang begleiten. Die Straßen von Rastatt sind nicht allzu sicher zu dieser Stunde, wissen Sie!«

»Nein?« Lenores Lippen zitterten vor Ärger. Sie fühlte, wie er ihren Ellbogen nahm; er tat schon, als wäre sie innerhalb des preußischen Kordons um die Stadt sein persönliches Gehege geworden.

»Nun«, sagte er, sich höflich ihr zur Linken haltend, »welchen Weg gehen wir?«

»Welchen Weg?...« Plötzlich lächelte sie, mehr als liebenswürdig: ihr Lächeln umschloß die ganze Schönheit des rettenden Gedankens und die ungeheure Erleichterung, die sie empfand. »Sie wollen sich also wirklich in eine so peinliche Lage bringen, Herr Leutnant?«

»Mit – mit Verlaub...«, stammelte er, während ihm dämmerte, daß irgend etwas doch nicht so verlief, wie es sollte. »Peinlich, Mademoiselle Einstein? Was meinen Sie damit?...«

»Mein Gott, Mann!« Ihr Lachen ließ ihn zusammenzucken. »Haben Sie keine Augen im Kopf, kein Taktgefühl...? Ich bin auf dem Weg zu einem Rendezvous mit meinem Geliebten.«

Seine Hand glitt von ihrem Ellbogen ab. Sie sah ihn nach Luft schnappen, zweimal, dreimal, wie ein Fisch auf dem Trockenen; dann blieb er hinter ihr zurück, und seine Umrisse verschmolzen mit der tiefen Abenddämmerung.

Der Docht sprühte im Talg. Einen Augenblick lang glühte die Flamme hellgelb auf, um danach so trübe wie vorher weiterzubrennen.

Lenz rückte näher zu Dr. Walcher heran. Der Arzt sprach langsam, jeder seiner kurzen Sätze kostete ihn Anstrengung.

»Ich werde es wohl nicht mehr lange machen«, sagte er. »Nein, Lenz, bitte, widersprechen Sie nicht. Ich bin der Arzt. Ich kenne die Krankheit.«

Lenz legte den Arm um Walcher, versuchte ihm beim Aufsitzen zu helfen. Der Gestank faulenden Strohs, ewig feuchter Kleidung, ungewaschener Haut und des Schweißes und der Krankheit hatte sich zu diesem besonderen, dem Sterben eigenen Geruch verdichtet. Walcher bestand nur noch aus Haut und Knochen; sogar seine Nase schien eingefallen zu sein, und die Lippen, auf den Zähnen aufliegend, unterstrichen noch das Skeletthafte des Gesichts.

»Sie brauchen nichts weiter als frische Luft und gutes Essen«, wehrte Lenz ab. »Die Tage in Einzelhaft, die der Schuft Gramm Ihnen verschafft hat – die haben Ihre Widerstandskraft gebrochen.«

Walcher legte seine dünne, heiße Hand auf die von Lenz. »Essen...«, sagte er. »Mein Darm würde kein weichgekochtes Ei mehr verdauen. Ich merke, wie der Typhus in mir wühlt. Arzt... Was für ein Arzt war ich? Wir wissen so wenig...«

Seine Stimme war immer leiser geworden. Das letzte Grau im Rechteck der Schießscharte wich; die Nacht außerhalb der Mauern versprach genauso schwarz zu werden wie hier drinnen. Die Kameraden in der Kasematte betteten sich zu ihrem unruhigen Schlaf zurecht.

»Morgen?« fragte Dr. Walcher. »Ist es morgen soweit?«

»Morgen«, bestätigte Lenz.

»Ich wünsche Ihnen Glück«, sagte Walcher. Dann seufzte er: »Ah, ich hatte so sehr auf einen Prozeß gehofft. Ich wollte ihnen alles ins Gesicht schleudern: die feigen Morde, den Verrat, die Unmenschlichkeit...« Er hielt inne, rang um Luft. »Aber *Sie* werden es ihnen sagen, Lenz! Sagen Sie es für mich, und für die, die in diesen Kasematten gestorben sind und irgendwo verscharrt wurden wie Aas!« Das Weiße in Walchers Augen schimmerte wie Perlmutt.

»Das strengt Sie alles zu sehr an«, redete Lenz ihm zu. »Natürlich werde ich sprechen. Mich bringen sie nicht zum Schweigen. Ich werde sprechen bis zum letzten Moment, bis ich dort stehe...« Er machte eine Handbewegung in Richtung der Mauern und des Festungsgrabens, jenseits dessen die Böschung lag, auf der Heilig gestorben war, und Böning, und Biedenfeld, und Tiedemann, und die anderen.

Walcher nickte. »Und dann«, sagte er, »Lenore...«

»Was ist mit Lenore?« fragte Lenz.

Doch er erhielt keine Antwort. Das vertraute Rasseln von Schlüsseln im Schloß rüttelte ihn und alle Insassen der Kasematte auf. Der scharfe Lichtkegel der Lampe des Wachtpostens schnitt ein weißes Segment aus den Schatten heraus; langsam glitt er über dunkle Leiber, ausgehöhlte, bärtige Gesichter, feuchte Flecken an der Wand.

»Lenz, Andreas!« rief eine übellaunige Stimme, die Lenz als Musketier Liedtke zugehörig wiedererkannte. Und noch einmal: »Lenz! Wo steckt der Kerl?«

»Hier!«

»Warum sagen Sie das nicht gleich?«

Das Licht fiel auf Lenz. Er stand einen Moment lang geblendet. Was wollte man von ihm, daß man nicht warten konnte, bis morgen das Gericht zusammentrat?

»Was ist los mit Ihnen? Sind Sie taubstumm?« Musketier Liedtkes Licht bewegte sich. »Bemühen Sie sich gefälligst hierher, wenn Sie gerufen werden!«

»Lenz!« Das war Walcher. »Sie werden es denen sagen?«

»Ich werde es ihnen sagen!«

Hielt das Standgericht seine Sitzungen jetzt des Nachts ab? dachte er. Hatten sie derartige Angst vor dem Volk?

»Ihre Hände!« Musketier Liedtke hatte Schwierigkeiten mit ein Paar Handschellen und knurrte: »Nie nimmt der Ärger mit euch Kerlen ein Ende! Andere haben Feierabend, wenn Retraite ist und die Trompete bläst...« Der kleine Schlüssel wollte nicht ins Schloß passen. »Warum hältst du das Licht nicht, daß ich was sehen kann, Dummkopf!« fauchte er den anderen Soldaten an, und zu Lenz: »Höher! Heb die Hände hoch!... Andere gehen ihr Bier trinken und amüsieren sich mit den Weibern, aber nicht ich! Oh, nein! Ich darf die Bürger Insurgenten zu nachtschlafender Zeit abholen und durch die Stadt eskortieren!... Tut weh, was? Soll auch weh tun, sind schließlich keine Hemdmanschetten...«

»Wohin soll ich gebracht werden?«

»Das möchten Sie wohl gerne wissen!« Musketier Liedtke brummte erleichtert; endlich war das Schloß zugeschnappt. »So, jetzt sind wir fertig, und die Handgelenke sind gut verpackt und werden uns keinen Schaden anrichten, man kann nicht vorsichtig genug sein bei euch Kerlen, wie?...« Er schlug Lenz auf die Schulter. »Los!... Vorwärts! – Marsch.«

Die Tür zur Kasematte fiel hinter Lenz zu. Das kurze, dumpfe Geräusch ließ ihn zusammenzucken. Der Tod hatte Platz in der anfänglich so vollgepfropften Kasematte geschaffen und sie dafür mit Erinnerungen gefüllt; und trotzdem hatten ihre Mauern Schutz bedeutet, Kameradschaft, sogar so etwas wie Leben. Er schritt den zugigen, schlechtbeleuchteten Gang entlang – Musketier Liedtke vor ihm, der andere Soldat hinter ihm. Treppen, Echos, Schatten. Er stolperte. Die Knie waren ihm steif geworden, und seine Hände, schmerzhaft gefesselt, konnten sich nicht haltsuchend ausstrecken. Die Bastion Dreißig war Teil seines Schicksals. Da war die plötzliche Menge gewesen, die Stimmen, Rebellion, Kameraden, der Jubel... Schatten, Echos, Treppen.

Und dann die gute, reine Luft. Der Himmel! Wann hatte er zum letztenmal mehr als nur einen kleinen Ausschnitt des Himmels gesehen? Wolken, schwarz, mächtig, zogen langsam über den Horizont; ein Stern blinkte kurz auf. Irgendwo seitlich wies Musketier Liedtke einer Wache ein Stück Papier vor – Ordres vermutlich. Der Mann warf kaum einen Blick darauf.

Liedtke bedeutete dem anderen Soldaten, zu Lenz' linker Seite zu marschieren. »Gehen wir!« brummte er und sah seinen Gefangenen aus dem Augenwinkel an, halb neugierig, halb mißtrauisch. »Du bist ein ganz Wichtiger, eh, daß sie dich besonders verhören wollen?«

Lenz vergaß den Himmel, den Duft der Sommernacht. Sein Hirn war sofort hellwach: Verhör – wozu? Durch wen?

Musketier Liedtke blickte sich um und vergewisserte sich, daß sie außer Sichtweite der Bastion waren. Dann trat er neben Lenz, hängte sich die Muskete über die Schulter, klemmte sich eine Zigarre zwischen die Lippen und zündete sie gemächlich an. »Ein österreichischer Spion sind Sie also?«

Lenz sog den Rauch in die Nase. Zu dieser Stunde schien ihm der winzige Glutkreis der Zigarre irgendwie zu dem ganzen phantastischen Bild zu gehören: zu dem schimmernden Messing der Helme beiderseits; zu der dunklen Straße, die vor ihm lag, und den fernen Lichtpünktchen, zu den schwarzen Gebüschklumpen rings um ihn...

»Na, *mir* können Sie doch trauen!« Musketier Liedtke versetzte ihm einen Rippenstoß. »Hab ich Ihnen nicht ab und zu einen kleinen Gefallen getan, wie?« Er nahm die Zigarre aus dem Mund und befühlte sie anerkennend. »Die anderen –«, er wies mit der Schulter in Richtung der Bastion, »das sind bloß gewöhnliche Rebellen. Aber Sie werden mit besonderen militärischen Ehren erschossen werden, sobald unser Major Weltzien Sie in der Zange gehabt hat; das ist ein Kerl, sag ich Ihnen! Denken Sie vielleicht, wir Preußen machen jeden Dummkopf zum Stadtkommandanten?«

Lenz wog die Information ab und verzog das Gesicht bei dem Gedanken an den dünnen Trennungsstrich zwischen der großartigen Illusion der Freiheit, die ihm der nächtliche Ausflug verschaffte, und dem lächerlichen Verfahren, dem er anscheinend entgegenging.

»Genauso steht's in dem Befehl!« teilte ihm Musketier Liedtke mit und zitierte: »Verdächtig als österreichischer Spion – unter strenger Bewachung zu geleiten – und so weiter und so fort – Sie wissen ja, wie die Schreiber das schreiben, Sie kennen sich ja aus in dem Armeebetrieb...« Besorgnis klang auf einmal aus seiner Stimme. »Sie werden doch nichts verpfeifen, nein? Ich meine diese kleinen Gefälligkeiten von mir. Ich hab drei rotznäsige Gören zu Hause in Berlin und eine Frau mit einem Haufen Krankheiten...«

Lenz hörte ihm nicht mehr zu. Sein Ohr – begierig, noch einmal die Geräusche des Lebens in sich aufzusaugen, der Nacht, des Windes, der durch die Blätter strich, der Grillen, die im Gras zirpten, des Käuzchens, das da unheimlich rief – hatte ein sonderbares Schleichen vernommen, leise, behutsam. Sobald er sich der Sache jedoch bewußt war, hatte er das Gefühl, daß das fremdartige Wesen sie schon geraume Zeit begleitet haben mußte. Er suchte ins Dunkel neben der Straße zu spähen, doch die Laterne in der Hand des Soldaten zu seiner Linken warf ihr Licht auf den Boden und machte es dem Auge unmöglich, die verschiedenen Schatten genauer zu unterscheiden.

»Sie können nicht behaupten, ich hätte mich zu Ihnen nicht anständig benommen«, fuhr Musketier Liedtke fort. »Ich habe ja auch immer schon vermutet, daß Sie nicht so sind wie die übrige Bande von Halsabschneidern und –«

»He!« Der Soldat links von Lenz blieb stehen und hob die Laterne. »Was ist das! Wer –«

Seine Worte erstarben in einem Röcheln. Laterne und Helm fielen zur Erde. Das Licht verlosch. Es gab ein kurzes, heftiges Handgemenge dicht vor Lenz' Füßen; dann Stille.

Musketier Liedtke hatte seine Zigarre verloren. Er richtete den Lauf seines Gewehres unsicher ins Dunkel und schrie dabei: »Mord! Feinde! Alarm! Hilfe! ...«

Ein Lichtreflex auf dem Messing des Helms verriet Lenz, wo sich Liedtkes Gesicht befand. Er hob die gefesselten Arme und ließ sie fallen wie ein Hammer. Das letzte, was er von Musketier Liedtke sah, war der Mund des Mannes, weitaufgerissen im Barte, die Zähne vor Entsetzen gebleckt.

»Großartig!«

Die Stimme kam ihm bekannt vor. Eine Hand streckte sich aus, zog ihn seitlich fort, quer durchs Gebüsch.

»Jetzt ein Sprung! Hoch, los!«

Ein Zaun. Lenz versuchte zu springen, aber seine Knie gaben nach, und die Handschellen behinderten ihm die Arme.

»Also, tritt hier drauf!«

Der Mann hatte sich hingehockt und bot ihm seinen Rücken als Stufe... Ein Schuß knallte hinter ihnen von der Straße her. Irgendwo in der Ferne hörte man Rufe. Dann war Lenz über den Zaun.

»Christoffel!«

Eine Laube. Dahinter eine Gartentür, die sich leicht öffnete. Dann ein paar niedrige Häuser, windschiefe Dächer, dunkle, blinde Fenster.

»Hierher!«

In eine Seitenstraße hinein. Eine Straßenlaterne schwankte im Nachtwind und warf einen schmalen, trüben Lichtkreis.

»Lauf!« Wieder Christoffels Hand. »Um Gottes willen, Mann, lauf weiter!«

Lenz' Atem kam in kurzen abgehackten Stößen. Wieder ein Schuß: die Verfolgung gewann Form und Richtung. Hunde bellten. In einem der Fenster ging das Licht an.

»Diesen Weg hinauf!«

Eine stille Gasse. Keine Häuser mehr, nur eine Hecke; Kies knirschte unter den Sohlen.

Lenz blieb stehen. Ein Krampf schüttelte ihn. Einen Augenblick lang glaubte er, er fiele langsam, selig in Ohnmacht. Christoffel stand da als dunkler Umriß, seine Haltung drückte schlecht verhohlene Ungeduld aus.

»Ist ja gut!« sagte er leise. »Wir können uns eine Minute Zeit nehmen. Die wissen ja nicht, in welche Richtung wir gelaufen sind.«

»Aber –«, der Klumpen in Lenz' Kehle, der ihn fast erstickte, begann sich zu lösen, »wo zum Teufel kommst du her – und gerade in diesem Moment – woher hast du gewußt…«

»Später!«

»Wie soll ich dir je danken – selbst wenn – wenn sie mich wieder fassen – das ist so…« Lenz wollte die Arme ausbreiten, aber der scharfe Schmerz und das harte Klirren riefen ihm seine Handschellen wieder ins Bewußtsein – »unglaublich! Wie ein Wunder!«

»Später! Später!«

Christoffel preßte ihn dicht an die Hecke. »Still!«

Jemand kam: mit leichten, vorsichtigen Schritten, hörbar nur durch das Knirschen der Steinchen auf dem Weg; wiederholt stehen bleibend, wie um zu lauschen; dann wieder sich nähernd. Ein Verfolger? Aber das Rudel der Verfolger, die einander zuriefen, Fackeln schwangen und zur gegenseitigen Ermutigung ihre Gewehre abfeuerten, befand sich noch ein ganzes Stück entfernt.

Eine ärgerliche Bewegung Christoffels lockerte den Druck, der Lenz gegen die Hecke preßte. Dann sah Lenz die Frau, die auf sie zueilte. Ihr Bonnet hatte sich gelöst und hing ihr am Band im Nakken; das schwache Licht der Nacht legte einen Schimmer auf ihre wirre Lockenfülle; und ihr am Hals zusammengesteckter Umhang vermochte die Rundungen ihres Körpers nicht ganz zu verbergen.

Lenz spürte, wie ihm das Blut zum Herzen strömte.

Dann standen sie einander gegenüber, und keiner von beiden sprach. Josephas Augen waren groß, glänzend wie im Fieber. Lenz hielt ihr die Hände hin. Sie berührte sie, fühlte den kalten Stahl der Handschellen und unterdrückte ein Aufschluchzen.

»Oh, Andreas!«

»Was willst du hier!« Christoffels ganzer Schmerz und seine Verbitterung lagen in seinem heiseren Ton. »Warum bist du gekommen? Willst du uns alle drei umbringen?«

Sie ließ die Schultern hängen. Sie blickte Christoffel an, unglücklich, schuldbewußt.

»Ich habe gedacht...«

»Du hast gedacht...!« Christoffel redete sich in Wut. »Bloß weil du uns für fünf Kreuzer geholfen hast, hast du gedacht... Du – wo du deinen ganzen Verstand nur zwischen den Beinen hast –«

»Christoffel!« Lenz riß sich zurück. Wären seine Fäuste frei gewesen, er hätte sie gegen seinen Retter erhoben...

»Du hast jetzt die Wahl, Bruder«, sagte ihm Christoffel ruhig. »Den Weg hier entlang, noch anderthalb Minuten im Laufschritt, dann kommst du ans Murgufer. Die Murg ist ziemlich seicht an der Stelle, und vom anderen Ufer führt ein Durchfluß unter der Mauer zum Festungsgraben außerhalb. Du kommst in der Nähe der Straße nach Niederbühl heraus; dort ist ein Gehölz, wo ein Bauernwagen wartet und Mam'selle Lenore, um mit dir zu fliehen... Möchtest du dich jetzt nicht lieber beeilen?«

Die Verfolger schienen die Spur gefunden zu haben. Ihre Rufe, ihre Signale, ihre Lichter bewegten sich in einer Richtung.

»Geh jetzt nur.« Josephas leise Stimme hatte eine Tonlage wie bei einem Kind. »Adieu!« Ein leichtes Flattern der Hand, und noch einmal: »Adieu...«

Lenz fluchte. Er konnte Josepha nicht einmal umarmen. Christoffel zerrte an ihm. *Den Weg hier entlang*, die Worte kamen Lenz mechanisch wieder in den Sinn, *kommst du ans Murgufer... ein Durchfluß unter der Mauer...* Er lief bereits, Christoffel dicht hinter ihm. Seine Beine gehorchten ihm jetzt; er beherrschte seinen Atem; die Gefängnisstarre war von ihm gewichen. *Die Straße nach Niederbühl... ein Gehölz... Bauernwagen... Mam'selle Lenore...*

Er blieb stehen.

»Was ist denn?« fragte Christoffel ungeduldig. »Es sind bloß noch zweihundert Schritt, höchstens dreihundert. Reiß dich zusammen!«

Inzwischen ließen sich schon die einzelnen Stimmen der Verfolger unterscheiden – Kommandos; jemand entdeckte aufgeregt: »Dort unten – dorthin sind sie gelaufen!«

»Wir können sie nicht zurücklassen«, sagte Lenz.

Christoffels Mund war eine dünne Linie; sein Kinn war eckig, hart.

»Wir können Josepha nicht in den Händen dieser Menschen lassen!«
Christoffel stöhnte.
»Komm!« Lenz schickte sich an umzukehren.
»Nein!« Christoffel hatte einen Entschluß gefaßt. »Du läufst weiter. Geradeaus. Über das Geländer, die Böschung hinunter – und wartest auf uns. Wenn wir nicht bald kommen...« Er zögerte und räusperte sich. »Nun, dann mußt du den Durchfluß allein finden. Du wirst ihn schon sehen.«
Und war fort.
Lenz hielt sich im Schatten der Hecke. Er ging langsam, um seine Kräfte zu schonen. Er versuchte, nichts zu hören und, vor allem, nichts zu empfinden. Die Handschellen waren dabei eine Hilfe; der Schmerz, den sie ihm bereiteten, lenkte ihn ab: er konnte Überlegungen anstellen über die Frage, wann er wohl zu einem Schmied oder Schlosser kommen würde oder wenigstens zu jemandem, der eine Feile besaß. Die Hecke endete, der Weg hörte auf. Jetzt kam eine Strecke, auf der nur ein paar Grasbüschel wuchsen; hier war die menschliche Gestalt, sogar bei Nacht, ein perfektes Ziel für einen Gewehrschützen; ein schwaches hölzernes Geländer, an schief eingeschlagene Pfähle genagelt, grenzte das Ufer ab – dahinter floß unsichtbar und lautlos der Fluß, und weiter entfernt ragte schwarz gegen schwarz die befestigte Mauer auf.
Lenz rannte vorwärts. Mit beiden Händen das Geländer packend, schwang er sich darüber hinweg, verlor sofort den Halt und rollte die steile Böschung hinunter. Gefesselt wie er war, konnte er sich auch nirgends anklammern; so überließ er sich, völlig entspannt, der raschen Fallbewegung. Mit einem Aufklatschen, das, befürchtete er, bis zur Bastion Dreißig hin zu hören sein mußte, landete er im Fluß, schluckte, würgte, kämpfte gegen den Schlamm auf dem Grund an und tauchte schließlich aus dem Wasser auf, das ihm bis an die Brust reichte.
Er zitterte vor Kälte und Aufregung. Aber bis auf das leise Plätschern und Gurgeln der Strömung war alles still. Er blickte zum gegenüberliegenden Ufer und suchte nach der Öffnung des versprochenen Durchflusses – nichts; nur der dünne graue Nebelschleier,

der über der Wasseroberfläche hing. Ein paar Sterne zeigten sich am Himmel, der aus der Froschperspektive hier unten ungewöhnlich hoch und majestätisch erschien. Sein Herz klopfte schmerzhaft schnell; der plötzliche Umschwung in seinem Schicksal hatte immer noch etwas Unwirkliches; jedesmal, wenn er zu überlegen versuchte, was eigentlich geschehen war, verwirrten sich die Fäden; der einzige greifbare Eindruck unter den gleitenden, flüchtigen Schatten war Josepha – Josepha, wie sie aus dem Dunkel heraustrat und es mit ihrer Stimme, ihrem Wesen erfüllte.

Wieder Schüsse, zwei, drei, eine ganze Salve.

Lenz' Herz hämmerte, als wollte es zerspringen. Das Feuer war von ganz aus der Nähe gekommen; die Hunde schienen an ihrem eigenen Gekläff zu ersticken, Halsband und Leine drückten ihnen die Luftröhre zu; derart drängten sie vorwärts.

Und dann ein anderer Laut, nicht mehr als ein Rascheln, oben von der Böschung her.

»Hier!« rief Lenz heiser, und noch einmal, voller Besorgnis: »Josepha – hier!«

Sie hob sich klar gegen den Himmel ab, versuchte sich über das Geländer zu ziehen. Mantel, Rock, Volants behinderten sie. Und wo war Christoffel?

Lenz watete zurück zur Böschung.

Ein Schuß – nur ein einziger diesmal.

Lenz glaubte sie zusammenzucken zu sehen. Aber das war wohl nicht möglich; zwischen ihnen lag der ganze Steilhang der Böschung. Im nächsten Augenblick hatte sie das Geländer überstiegen und glitt den Hang hinab, die Füße zuvorderst; sie beherrschte das Fallen ihres Körpers mit einer Geschicklichkeit, die ihm durch seine Handschellen versagt gewesen war.

Er half ihr so gut er konnte, sich aus dem seichten Wasser am Fuß der Uferböschung aufzurichten. Sie stützte sich schwer auf seinen Arm.

»Du hast dir doch nicht weh getan?« fragte er.

Sie blickte mit schimmernden Augen zu ihm auf. »Nein«, sagte sie; und mit einem leisen Lachen, das unerwartet abbrach: »Nein, ich habe mir nicht weh getan.«

»Dann wird noch alles gut.«

»O ja«, erwiderte sie; es war kaum mehr als ein Flüstern. »Ja.«

Das Bellen der Hunde entfernte sich etwas; zwei- oder dreihundert Schritte weiter flußaufwärts flackerten Fackeln, Befehle wurden gerufen, Signale gegeben.

»Andreas –«, sagte sie.

»Ja, Josepha?«

»Ich habe dich immer geliebt.« Sie vergrub ihr Gesicht an seiner Schulter. »Nur dich.«

Im Fluß plätscherte es auf. Sie fuhren auseinander.

»Christoffel!«

»Still!« zischte Christoffel ihn an. Er kam auf sie zu, triefend vor Wasser, die Kleider klebten ihm am Leibe, das Haar hing ihm in die Stirn. »Ich habe sie weggelockt, aber sie werden schnell genug anfangen zu denken. Gehen wir!«

Josepha stolperte.

Christoffel fing sie auf. »Nachts«, sagte er unwirsch, »gehören Frauen ins Bett.«

Josepha hatte Schwierigkeiten, Halt zu finden – der schlammige Grund des Flusses, voller Löcher und schlüpfriger Steine, behinderte sie; dazu hingen ihr ihre Röcke schwer und naß um die Beine und hemmten jeden Schritt.

»Warum hebst du die Röcke nicht hoch?« knurrte Christoffel. »Lenz hat dich schon mit nackten Beinen gesehen, und ich auch!«

Sie unterdrückte ein Stöhnen, gehorchte aber. Das Wasser stieg ihr schon bis an die Hüften.

»Hak dich ein!« Christoffel, sanfter geworden, hielt ihr den Ellbogen hin. »Und halt dich fest! Ich führ dich!«

Lenz, der versucht hatte, ihr zu helfen, biß die Zähne zusammen – mußte er sich so roh und rüde verhalten, sein Freund und Wohltäter!... Und da waren die Rufe, die sich entlang des Ufers vermehrten, und der silberne Widerschein auf den Wellchen, der sie alle drei verraten würde, sobald nur jemand in diese Richtung blickte. Lenz sah nicht die Perspektive der Freiheit, die sich wunderbar vor ihm auftat, er sah nicht, welche Opfer die zahlreichen Menschen gebracht hatten, die sich zusammengetan haben mußten, damit er bis hierher gelangte und sein weiterer Fluchtweg vorbereitet war; er empfand nur einen tiefen Unwillen gegen all die Widerstände, und eine Aufwallung heftigen Mitleids mit dieser bleichen, durchnäßten Frau, die sich an seine gefesselten Hände klammerte.

Dann pechschwarze Finsternis.

»Duckt euch lieber!«

Das war Christoffels Stimme, die dumpf von den feuchten Wänden widerhallte. Lenz spürte den festen Boden unter seinen Füßen – Steine, Steinpflaster – und seine Nase füllte sich mit dem schalen, kalten, übelriechenden unterirdischen Dunst. Irgendwo raschelte etwas, winzige Füße trippelten: Ratten.

Josepha lehnte sich mit ihrem ganzen Gewicht gegen ihn. Sie zitterte fühlbar. Lenz ertastete eine Art Mauervorsprung, der aus der abgerundeten Wand herausragte, ziemlich eben, ziemlich trocken; er half Josepha, sich darauf niederzusetzen, und wartete, bis seine Augen sich an diese Nacht innerhalb der Nacht gewöhnten, und wunderte sich, daß sie keinerlei Anstalten machte, ihre Röcke auszuwringen: sie war wohl sehr erschöpft, dachte er, und mehr um sie zu beruhigen als aus einem anderen Grunde sagte er: »Hier sind wir doch in Sicherheit, Christoffel, nicht – wenigstens für den Augenblick?«

Weiter entlang des tunnelartigen Durchflusses hörte er das schmatzende Geräusch der Stiefel Christoffels im Wasser. »Ich nehme an«, kam die gedämpfte Antwort.

»Du siehst, Josepha«, sagte er. »Hier sind wir sicher.«

»Ja«, antwortete sie tonlos. »Sicher.«

Doch die Tatsache schien ihr wenig zu bedeuten... Nun, dachte Lenz, auf die große Erregung folgte ganz natürlich ein Zustand der Apathie; und dann fiel ihm ein, für Josepha hieß dies In-Sicherheit-Sein Trennung von ihm – am anderen Ende des Tunnels, jenseits des Walls, hinter der Niederbühler Chaussee, in dem Gehölz, wartete der Bauernwagen auf ihn, wartete Lenore.

»Josepha!« rief er drängend, »wo bist du!«

»Hier!« – Josephas Stimme, sehr nah, kam genau von der Stelle her, wo er selbst den Sitz für sie gefunden hatte.

Er lachte kurz auf. Seine Hände, so weit wie möglich ausgebreitet, tasteten nach ihrem Kopf und fanden schließlich ihr nasses Haar.

»Es ist so fürchterlich dunkel hier«, sagte er. »Ich konnte dich nicht sehen. Und plötzlich hatte ich Angst.«

»Angst? Wovor?«

Das Schmatzen der Stiefel näherte sich wieder. Christoffel hustete. »Also, ihr beiden!...« Er zögerte. »Ich war am anderen Ende. Keine Seele dort, und der Graben ist ziemlich trocken.« Wieder wartete er. »Nun?«

»Geh du mit Andreas!« sagte Josepha.

»Aber das kommt gar nicht in Frage!« wandte Lenz ein. »Hast du dein Leben riskiert, um – um zurückzubleiben?«

Josephas Stimme klang brüchig: »Ich wollte dich nur noch einmal sehen.«

»Wenn es wegen Lenore ist...« Lenz zögerte. »Ich denke, in dieser Situation...«

Christoffels Hand hinderte ihn am Weitersprechen. »Hör zu, Josepha! Jetzt ist keine Zeit für Launen – *ich* leite diese Sache, und ich sage dir... Ach, was hat das Reden für Sinn!«

Er bückte sich und packte sie unter den Achseln, um ihr beim Aufstehen und bei den ersten Schritten zu helfen.

Eine Sekunde vertickte, zwei, drei.

»Was ist denn?« fragte Lenz.

»Ich hab mir's doch überlegt...« Christoffel sprach sehr beherrscht. »Vielleicht hat Josepha recht.«

»Josepha!« rief Lenz.

»Ja, Andreas?« Der brüchige Ton war aus ihrer Stimme verschwunden.

Aber Christoffel ließ Lenz nicht weiterreden. Er erklärte hastig: »Wir vier zusammen haben keine Chancen. Wir müssen uns teilen, zwei und zwei – du und Lenore; Josepha und ich. Gut schon, Lenz, komm – ich führ dich hier noch durch und bring dich auf den Weg zu deinem Treffpunkt. Das dauert nur ein paar Minuten – du wartest hier auf mich, Josepha, und rührst dich nicht, hörst du?«

»Warum können wir nicht alle zusammen gehen«, fragte Lenz, »wenigstens bis wir draußen auf der anderen Seite sind?«

»Weil ich es sage!« fuhr Christoffel ihn wütend an.

Lenz fühlte die Hand auf seiner Schulter, die ihn unnachgiebig vorwärtsstieß.

»Keinen langen Abschied jetzt!« befahl Christoffel. »Keine Gefühlsausbrüche, wenn es um Leben und Tod geht!«

Ein weiterer Stoß sandte Lenz taumelnd ins Dunkel. Er schwankte, stieß mit dem Kopf an, fluchte, dann wurde er von Christoffel gestützt, der in dieser Finsternis anscheinend wie eine Katze sehen konnte. Lenz gab den Widerstand auf; die Hände, dachte er, waren ihm in mehr als einem Sinn gebunden; Kräfte außerhalb seiner lenkten seine Schritte. Oder hatte er's deshalb so eilig, weil das Leben, sein elendes Leben, das er schon für abgeschlossen und beendet gehalten hatte, ihm noch einmal geschenkt worden war und weil es ihn jetzt so sehr nach Leben verlangte, daß er bereit war, sich vor allen anderen Gedanken zu verschließen?

Eine rasch größer werdende Scheibe Grau tauchte vor ihnen auf. Wirre Gedanken, bruchstückhaft, Worte wie: *Wunder Luft Leben frisch Lippen Lungen trinken Wolken Himmel Frau Fingerspitzen Gott fliegen frei Licht Sonne gewaltig Trommel Schlacht Gloria Halleluja empor empor empor,* wirbelten ihm durchs Hirn, ein gigantisches Poem, ungeformt, aber es war das Gedicht, das er immer hatte schreiben wollen, das wußte er, das Gedicht vom Leben, und er atmete tief, zitternd, wie man atmet, nachdem man krampfhaft geweint hat.

Sie krochen die Böschung hinauf.

»Dort!« sagte Christoffel und wies mit dem Finger die Richtung. »Siehst du die Baumgruppe?«

Nach der tiefen Finsternis in dem Durchfluß erschien die Nacht hell, ihre Schatten und Umrisse scharf abgegrenzt.

»Duck dich beim Laufen!« riet Christoffel. »Und dank mir nicht. Ich hab's nicht für dich getan.«

Lenz zögerte. »Bitte, sag Josepha –«

»Ich weiß, was ich ihr zu sagen habe. Laß das meine Sorge sein.«

Dann war Lenz allein. Vorsichtig, jede Deckung ausnutzend, die das Gelände bot, machte er sich auf den Weg zu dem Gehölz.

»Josepha!«

Sie antwortete nicht.

»Josepha!...«

Nur das Echo, und das Trippeln der Ratten.

Sich den glitschigen Mauervorsprung entlangtastend, ein Brennen in den Augen, das ihn fast blind machte, fand er sie endlich. Sie war zur Seite gesunken, ihr Kopf ruhte auf dem Stein.

»Josepha!« rief er drängend, Panik klang durch sein Flüstern hindurch.

Er richtete ihren Oberkörper auf, hielt sie fest, dann schüttelte er sie. Ihr Kopf fiel pendelnd nach links, nach rechts, nach vorn.

Christoffel stöhnte. Seine Hände waren klebrig von der Feuchtigkeit, die er vorhin schon gefühlt hatte, als er versuchte, ihr aufstehen zu helfen; er leckte an seiner Handfläche und hoffte gegen alle Hoffnung, nicht den Salzgeschmack, der alles sagte, zu spüren.

Er riß den Umhang an ihrem Hals auf. Mit ungeschickten Fingern versuchte er, ihr Kleid aufzuknöpfen; dann zerriß er es einfach und preßte sein Ohr an ihre Brust.

Die Hände sanken ihm herab.

»Josepha...«, sagte er ganz ruhig, so als hätte er irgendeine Kleinigkeit mit ihr zu besprechen. Dann schien er sich zu besinnen, daß es nichts mehr für sie beide zu besprechen gab.

Epilog

Gettysburg, am 3. Juli 1863

Heute ist der dritte Tag.

Die Stille nach der zweitägigen Kanonade, nach dem Rattern und Knattern des Infanteriefeuers und dem Lärm von Angriff und Gegenangriff, nach den Schreien der Verwundeten und Sterbenden, ist erdrückend. Colonel Heath fiel am ersten Tag schon, auf dem überstürzten Rückzug aus der Ortschaft Gettysburg zum Friedhof hin; Major Weber und Major McDuff wurden gestern verwundet, McDuff starb am Abend, er hatte geheult wie ein Tier, bis ein plötzlicher Blutsturz durch den Mund ihn für immer zum Schweigen brachte; ich habe jetzt das Kommando über das Regiment. Wir sind insgesamt dreihundertsiebzig Mann.

Die Stille... Etwas kommt auf uns zu; wir alle wissen das; es gibt Momente im Leben und im Kriege, wo man spürt, daß sich Entscheidungen anbahnen; aber keiner von uns wagt solche Gefühle dem anderen gegenüber zu zeigen. Ich am wenigsten von allen kann es mir leisten, den Spannungen nachzugeben – meine Leute beobachten mich, während ich hier schreibe, und ich bin froh, daß ich mich mit Bleistift und Notizbuch beschäftigen kann. Und die Hitze...! Hier oben auf Cemetery Ridge ist sie immer noch erträglich; auch wenn die Bäume von Granatsplittern und Flintenkugeln zerspalten sind, spenden sie wenigstens etwas Schatten; doch vorn auf dem Hang, diesseits der Chaussee nach Emmitsburg, hinter den Verschanzungen aus Feldsteinen und Erde, müssen unsere Leute in der prallen Sonne warten.

Als ich beim Rückzug den Friedhof betrat, sah ich zufällig das Schild am Eingangstor: »Wer auf diesem Boden Schußwaffen benutzt, wird mit der ganzen Strenge des Gesetzes belangt.« Zwischen den Gräbern waren die Geschützstände und Schützenlöcher von Steinwehrs Division, und dort bin ich Carl Schurz begegnet. Er ist jetzt Generalmajor und hatte an dem Tag vorübergehend das Kommando über das XI. Korps; doch er machte auf mich immer noch mehr den Eindruck eines Politikers denn eines Soldaten; immerhin hat er Verstand genug besessen, Steinwehr diese Reservestellung anlegen zu lassen, auf die wir uns zurückziehen konnten, als die Konföderierten von Norden her mit zweifacher Übermacht angriffen. Lebhaft wie er ist, redete Schurz sofort von der Emanzipationsakte und ließ durchblicken, Lincoln hätte sie auf sein Drängen hin proklamiert. Ich schwieg höflich. Dann sprach er von Sigel, der im vorigen Jahr wiederum scheiterte, und von der bemerkenswerten Fähigkeit des Mannes, die Aura eines großen Feldherrn um sich zu verbreiten; so daß sehr viele unter den Truppen immer noch auf Sigel schwören und General Howard, für den Schurz an diesem Tage das Korps führte, für einen Versager halten. Ich äußerte mich nicht dazu; ich war zu müde, und ich habe im Laufe der Jahre gelernt, den Menschen als ein doch sehr kompliziertes Wesen zu betrachten – leicht zu verdammen, aber schwer zu beurteilen. Schließlich fing Schurz zwischen den Salven von Steinwehrs Batterien an, in Erinnerungen an Rastatt zu schwelgen: es stellte sich heraus, daß auch er von dort geflohen war, und zwar durch den gleichen Durchfluß unter den Mauern, den Christoffel für mich entdeckt hatte; der Unterschied war nur, daß Schurz nie in preußische Gefangenschaft geraten war – während der ersten Zeit nach der Übergabe von Rastatt hielt er sich in der Werkstatt eines sympathisierenden Messerschmieds versteckt.

Ich glaube nicht, daß nur die rein zufällige Begegnung mit Schurz mich in den letzten Tagen so häufig an diesen alten und längst vergessenen Bürgerkrieg in Baden denken läßt. Auch schreibe ich meine Stimmung nicht dem Gelände hier in Pennsylvania zu, das mit seinen bewaldeten Anhöhen und sanften Hügeln, seinen Bächen und Feldern und Wiesen, auf denen wir gekämpft haben, mich besonders in der sommerlichen Hitze an die Landschaft jener verschollenen Gefechte erinnert. Die Parallele geht tiefer. Sie ergibt sich aus den Grundfragen dieser Kriege, so undeutlich sie sich zeigen mögen, so unterschiedlich sie sich darstellen mögen in einem unbedeutenden deutschen Großherzogtum und in diesen Vereinigten

Staaten, vierzehn Jahre später. Jetzt, nach der Emanzipationsakte, ist der revolutionäre Charakter dieses Bürgerkriegs nicht mehr abzuleugnen; die schwachen Trompetensignale unserer Scharmützel am Neckar, der Schlacht bei Waghäusel und der von Rastatt finden heute ein ungeheures Echo zwischen den Felsen von Cemetery Ridge, von Little Round Top im Süden bis zu Culp's Hill am anderen Ende der Stellung, und über das Niemandsland hinweg auf Seminary Ridge, wo die ganze Macht der Sklaverei sich gesammelt hat.

Ich erinnere mich nicht mehr, wer inmitten der Niederlage von 1849 von immer neu erstehenden Armeen zu mir gesprochen hat – Becker, oder Engels, oder wohl auch irgendein unbekannter, anonymer Volkswehrmann. Wer es auch gewesen sein mag, sein Wort hat sich bewahrheitet, und in meiner Vorstellung reichen die Toten von gestern und vorgestern denen jenes anderen, ungleich geringeren Krieges die Hand... War denn ihr Opfer deshalb geringer?

Furchtbar, wie der Gedanke an den Tod mich verfolgt. Er ist mein ständiger Begleiter gewesen, seit Christoffel mich dem sicheren Tode entriß; oft dachte ich mir, ich bin nur ein Toter auf Urlaub, und diese idée fixe hielt mich davon ab, meine verschiedenen literarischen, geschäftlichen und politischen Versuche so ernsthaft zu betreiben, wie man es tun muß, um zu Erfolg zu kommen. In gewisser Weise habe ich auf diesen Krieg und diese Schlacht gewartet – was dazwischen lag, war Improvisation.

Verzeih mir, Lenore: nicht daß ich Dir ein schlechterer Mann gewesen wäre, als Ehemänner im Durchschnitt sind. Und es hat lange Zeiten gegeben, wo alles vollkommen in Ordnung schien: Arbeit, drei Mahlzeiten, die Kinder. Und verzeih mir die letzte Neujahrsnacht, als ich zu Hause und betrunken war und Dich geliebt und Dich beim Namen jener anderen genannt habe: Josepha...

Die Toten, meine Liebe, sind tot und kehren nicht zurück. Das darfst Du nicht vergessen...

Eine weitere Batterie hat direkt hinter uns abgeprotzt. Seit Antietam habe ich eine derartige Konzentration von Artillerie nicht erlebt. Lieutenant Haskell, General Gibbons Adjutant, ist gerade angekommen: wir sind für den Augenblick Divisionsreserve, sollen uns aber einsatzbereit halten. General Meade ist angeblich in der

Nähe; das heißt wahrscheinlich, daß der Feind seinen Hauptstoß gegen unseren Abschnitt richten wird.

Ein Uhr mittags. Corporal Brenner sagt, er hat mir etwas Kaffee gebracht, aber er ist lauwarm; ob ich ihn trinken will? Ja, gern. Ich sitze, trinke. Diese entsetzliche Stille!...

> *Beat! beat! drums! – blow! bugles! blow!*
> *Make no parley – stop for no expostulation,*
> *Mind not the timid...*

Das habe ich vor etwa zwei Jahren gelesen. Ein Mann namens Whitman hat es geschrieben. Ich las die Verse und empfand ein brüderliches Gefühl für den Dichter...

Zwei Kanonenschüsse, dicht aufeinanderfolgend. Ein Signal? Jemand sagt, sie kämen aus der Pfirsichplantage, aus der die Konföderierten gestern Sickles' Division vertrieben haben. Und jetzt...

Es hat angefangen. Die Artillerie der Konföderierten hat am ganzen Mittelabschnitt das Feuer eröffnet – aus hundert, nein, aus viel mehr als hundert Rohren. Aus meiner sicheren Stellung hinter einem flachen Felsstein sehe ich, wie das ganze breite Tal von einer großen Rauchwolke erfüllt wird; unsere Artillerie, die Kanonade der Konföderierten erwidernd, fällt in den Chor ein. Es hört sich an, als spielte ein Wahnsinniger auf einer Riesenorgel: untermalt von einem unaufhörlichen ungeheuren Heulen ertönt das Krachen der explodierenden Geschosse, das Brummen und Kreischen der Granaten, das Zischen und Pfeifen und Knattern der Schrapnells, dazu die durchdringenden Schreie der getroffenen Artilleriepferde, das Ächzen und Stöhnen und Wimmern der Verwundeten. Verglichen mit dieser gewaltigen Dissonanz erscheint die Stille, die vor wenigen Minuten noch geherrscht hat, phantastisch, unvorstellbar. Die Steine ringsum zersplittern mit scharfem Knall, die Bäume, von Eisenstücken getroffen, zittern und knarren und brechen. Corporal Brenner sitzt an einen Baumstamm gelehnt, das Gesicht weiß, die Augen geschlossen – ein Torso, der nur noch von den Hüften aufwärts existiert...

Ich habe die Runde zu meinen Mannschaften gemacht. Keine

allzu starken Verluste – aber wir sind dem Feuer auch weniger ausgesetzt als die Artillerie und der Troß hinter uns. Der Artilleriekommandeur der Konföderierten glaubt anscheinend, wir lägen auf dem rückwärtigen Hang von Cemetery Ridge, im Schutze des Kamms; dorthin lenkt er sein Hauptfeuer.

Meine Leute, verdreckt, hungrig, den Leib an die Erde gepreßt, halten sich großartig. Nach dem Gewaltmarsch von Frederick Town hierher, nach zweitägiger Schlacht, weißgeblutet, zurückgetrieben, hin- und hergehetzt, nach ich weiß nicht wie langem nervenaufreibendem höllischem Trommelfeuer, zeigen sie, scheint mir, eine ganz neue Willenskraft und Verbissenheit – etwas, das gestern, meinem Gefühl nach, oder in den zurückliegenden Tagen und Wochen und Monaten und Jahren nicht da war. Ich glaube, es kommt daher, daß wir es fertiggebracht haben, uns in diesen Hügelketten und zwischen diesen Felsbrocken festzuklammern. Es ist, als hätte sich eine Schicksalsschablone geändert, die – für mich wenigstens – schon jene hoffnungslos schlecht geführten Gefechte in Baden bestimmte. Wir lassen uns nicht länger nach Belieben von Sklavenhaltern, Reaktionären und Verrätern herumstoßen; Colonel Heath, der mir auf dem Marsch von Frederick Town her sagte, er hätte nie auch nur daran gedacht, in der Unionsarmee zu dienen, wenn er gewußt hätte, daß sie für die Sklavenbefreiung kämpfen würde, ist durch die Hand derjenigen gefallen, mit denen er heimlich sympathisierte; das Schwanken und die Unschlüssigkeit des Heereskommandos, die abergläubische Furcht vor der Unbesiegbarkeit des Südens und besonders des »Gentleman« Lee scheinen für den Augenblick geschwunden zu sein – die Plebejer zeigen die Faust; die Melodien der Marseillaise, die wir in Offenburg und Rastatt sangen, und von »John Brown's Body« haben die gleiche Tonart...

Sonderbar – unsere Kanonen verstummen, eine nach der anderen. Nur der Feind hämmert immer noch erbarmungslos, ohne Unterlaß. Es ist drei Uhr nachmittags, wir haben jetzt zwei gute Stunden dieser Tortur hinter uns. Ich hatte das Zeitgefühl ganz verloren. Nein, gewöhnt habe ich mich nicht daran; ich glaube nicht, daß jemand das überhaupt kann; doch mein Hirn hat weitergearbeitet, wild, abschweifend, unsystematisch, Traum und Wirklichkeit miteinander verwirrend. Wenn ein Mensch stirbt, heißt es, stürmt im Augenblick des Todes sein ganzes Leben auf ihn ein, die Jahre schieben sich zu Bruchteilen von Sekunden zusammen. All das ist wahrscheinlich relativ: der Bruchteil einer Sekunde und ein ganzes Leben sind das Gleiche; und könnte es nicht sogar sein, daß das Leben, das wir zu leben glaubten, in Wahrheit nur ein solcher Bruchteil einer Sekunde innerhalb eines viel größeren Traumes ist?

Josepha...

Wo sind die Bücher, die ich nie schrieb, die Gedichte, die ich nie aufzeichnete, die Frauen, die ich nie liebte?

Drei Uhr fünfzehn. Die Geschütze der Konföderierten stellen das Feuer ein. Die ganze Welt riecht ätzend nach Pulverdampf. Die sonnversengte Erde saugt das Blut rasch auf. Ganz widersinnig beginnt ein Vogel zu trillern.

Und dort – aus der Bewaldung auf Seminary Ridge treten die Reihen der Konföderation, wie zur Parade, mit wehenden Fahnen, Regiment auf Regiment, Brigade auf Brigade, schwenken ein in lange Angriffslinien, die sich über den ganzen Mittelabschnitt der Front erstrecken, und vorrücken, und immer weiter vorrücken – zehntausend, zwölftausend, fünfzehntausend Mann, noch mehr vielleicht, Reiter galoppieren vor und hinter ihnen hin und her, richten sie sofort aus, wo sie durch ein Bachbett oder einen Zaun oder eine Unebenheit im Gelände in Unordnung geraten. Dieser Angriff, in dieser Form, ist die größte Arroganz, die man sich denken kann – geplant, uns Schrecken einzujagen und uns aus der Fassung zu bringen. He, ihr Lumpengesindel – das ist die Sprache, die dahintersteckt – blickt her, wie wir über euch hinwegmarschieren und euch zertreten werden. Nun, wir sehen sie. Die Sonne blitzt auf ihren Bajonetten und Gewehrläufen. Ich habe meinen Leuten gesagt, sie sollen tief zielen, wenn ich den Befehl zum Schießen gebe.

Gott sei Dank! Unsere Geschütze haben das Feuer wieder aufgenommen – Granaten zuerst, dann Schrapnell, dann, während die angreifenden Linien die Emmitsburger Chaussee bereits überqueren und sich der steinernen Brustwehr nähern, die wir errichtet haben – Kartätschen. In den imposanten grauen Linien der Konföderation entstehen große Lücken, doch sie schließen sich, wieder und immer wieder, und die Herrschaften kommen immer näher, obwohl sie rechts und links an den Flanken schon in Schwierigkeiten sind. Unsere Infanterie hinter den Verschanzungen beginnt zu feuern. In den Reihen der Angreifer fallen sie; es sieht aus, als bräche eine unsichtbare Hand aus einem langen, langen Kamm einen Zahn nach dem anderen heraus. Und immer noch kommen sie.

Jetzt können wir sie hören. Über dem Heulen und Krachen der Geschütze, über dem Pfeifen und Knattern der Musketen: ein heiserer, dröhnender, langgezogener Schrei, beinahe unmenschlich...

Sie sind über den Steinwall hinweg. Zwölf, fünfzig, hundert, mehr – gellend springen sie unsere Leute an, stechen zu, Bajonettangriff. Ein Offizier, Generalshut auf der Spitze des Degens. Es ist, als könnten wir hier oben jedes Stöhnen, jeden Fluch des Nahkampfes verstehen.

Die Unseren, Webbs Brigade, brechen auseinander. Einzeln zuerst wenden sie sich zur Flucht, weichen zurück... O Gott, nein, nicht diesmal wieder, ich flehe Dich an...!

Lieutenant Haskell galoppiert heran, winkt wild, ruft. Als ob wir nicht alle wüßten, worum es jetzt geht und was wir zu tun haben und was davon abhängt.

Wir rücken vor.

Jetzt...

(Mit dieser Eintragung enden die Papiere des Captain Andrew, früher Andreas, Lenz.)

Inhalt

Prolog 7
Erstes Buch 13
Zweites Buch 135
Drittes Buch 369
Viertes Buch 505
Epilog 704

Karten und Skizzen
Übersichtskarte des Kriegsschauplatzes 256/257
Das Treffen bei Laudenbach 335
Die Schlacht bei Waghäusel 425
Aufstellung bei Rastatt und an der Murglinie 473
Plan der Festung Rastatt 490/491
Truppenstellungen kurz vor Übertritt der Volkstruppen
  in die Schweiz (11. 7. 1849) 509

Stefan Heym

Ahasver
Roman
Band 5331

**Der bittere
Lorbeer**
Roman
Band 10673

Collin
Roman
Band 5024

Einmischung
Gespräche,
Reden, Essays
Band 10792

**Der Fall
Glasenapp**
Roman
Band 2007

5 Tage im Juni
Roman
Band 1813

**Heines
»Atta Troll«**
Versuch einer
Analyse
Band 5970

**Der König
David Bericht**
Roman
Band 1508

Nachruf
Band 9549

**Reden an
den Feind**
Herausgegeben von
Peter Mallwitz
Band 9250

**Die richtige
Einstellung**
und andere
Erzählungen
Band 2127

Auf Sand gebaut
Sieben Geschichten
aus der unmittelbaren Vergangenheit
Band 11270

Schwarzenberg
Roman
Band 5999

Fischer Taschenbuch Verlag

fi 158 / 8

Günter de Bruyn
Zwischenbilanz
Eine Jugend in Berlin

380 Seiten. Leinen

Diese Autobiographie ist ein literarisches Ereignis. Sie läßt die schwierigste Zeit unseres Jahrhunderts mit eindringlicher Intensität wieder aufleben. Sie ist Entwicklungsroman und Epochenpanorama in einem – ein Werk von seltener Kraft, Klarheit und Anmut. Günter de Bruyn erzählt von seiner Jugend in Berlin zwischen dem Ende der zwanziger und dem Beginn der fünfziger Jahre. Die Stationen sind: seine Kindheitserfahrungen während des Niedergangs der Weimarer Republik, die erste Liebe im Schatten der nationalsozialistischen Machtwillkür, seine Leiden und Lehren als Flakhelfer, Arbeitsdienstmann und Soldat, und schließlich die Nachkriegszeit mit ihrem kurzen Rausch anarchischer Freiheit und die Anfänge der DDR. Wie nur wenige Schriftsteller versteht es Günter de Bruyn mit wenigen Worten Charaktere zu skizzieren, Szenen zu entwerfen und die Atmosphäre der Zeit spürbar zu machen. Das Buch spiegelt den Lebenslauf eines skeptischen Deutschen wider, der sich nie einverstanden erklärte mit den totalitären Ideologien, die sein Leben prägten. Schutz vor der oft schwer erträglichen Gegenwart fand er in der Familie, der Literatur und schwärmerischen Jugendlieben. So ist dieses Buch, allem Ernst zum Trotz, auf wunderbare Weise gelassen und heiter.

S. Fischer Verlag

Monika Maron
Stille Zeile Sechs

Roman. 219 Seiten. Leinen

Die DDR Mitte der achtziger Jahre: Rosalind Polkowski, zweiundvierzigjährige Historikerin, beschließt, ihren Kopf von der Erwerbstätigkeit zu befreien und ihre intellektuellen Fähigkeiten nur noch für die eigenen Interessen zu nutzen. Herbert Beerenbaum, ein ehemals mächtiger Funktionär, bietet ihr eine Gelegenheitsarbeit: Rosalind soll ihm die gelähmte rechte Hand ersetzen und seine Memoiren aufschreiben. Trotz Rosalinds Vorsatz, nur ihre Hand, nicht aber ihren Kopf in den Dienst dieses Mannes zu stellen, kommt es zu einem Kampf um das Stück Geschichte, das beider Leben ausmachte, in dem der eine erst Opfer dann Täter war, und als dessen Opfer sich Rosalind fühlt. Die Auseinandersetzung mit Beerenbaum läßt sie etwas ahnen von den eigenen Abgründen und den eigenen Fähigkeiten zur Täterschaft.

Stille Zeile Sechs ist die Adresse Beerenbaums, eine ruhige gepflegte Gegend für Priviligierte, weit entfernt von dem, was in den Straßen der DDR vor sich geht.

S. Fischer Verlag

Collection S. Fischer

Hermann Burger
Die allmähliche Verfertigung der Idee beim Schreiben
Frankfurter Poetik-Vorlesung
Band 2348

Clemens Eich
Aufstehn und gehn
Gedichte
Band 2316
Zwanzig nach drei
Erzählungen
Band 2356

Dieter Forte
Jean Henry Dunant oder Die Einführung der Zivilisation
Ein Schauspiel
Band 2301

Marianne Gruber
Der Tod des Regenpfeifers
Zwei Erzählungen
Band 2368

Egmont Hesse (Hg.)
Sprache & Antwort
Stimmen und Texte einer anderen Literatur aus der DDR
Band 2358

Wolfgang Hilbig
abwesenheit
gedichte
Band 2308
Der Brief
Drei Erzählungen
Band 2342
die versprengung
gedichte
Band 2350
Die Weiber
Band 2355

Ulrich Horstmann
Schwedentrunk
Gedichte
Band 2362

Bernd Igel
Das Geschlecht der Häuser gebar mir fremde Orte
Gedichte
Band 2363

Walter Jens (Hg.)
Schreibschule
Neue deutsche Prosa. Band 2367

Peter Stephan Jungk
Rundgang
Roman. Band 2323

Christoph Keller
Wie ist das Wetter in Boulder?
Eine amerikanische Erzählung
Band 2369

Judith Kuckart / Jörg Aufenanger
Eine Tanzwut
Das TanzTheater Skoronel
Band 2364

Fischer Taschenbuch Verlag

fi 176/18a

Collection S. Fischer

Dieter Kühn
Der wilde Gesang der Kaiserin Elisabeth
Band 2325

Ulrike Längle
Am Marterpfahl der Irokesen
Liebesgeschichten
Band 2374

Katja Lange-Müller
Wehleid – wie im Leben
Erzählungen
Band 2347

Dagmar Leupold
Edmond: Geschichte einer Sehnsucht
Roman
Band 2373

Monika Maron
Flugasche
Roman
Band 2317

Johann Peter
Landsonntag, englisch
Geschichten
Band 2365

Dirk von Petersdorff
Wie es weitergeht
Gedichte. Band 2371

Elisabeth Reichart
Komm über den See
Erzählungen. Band 2357

Gerhard Roth
Circus Saluti
Band 2321
Dorfchronik zum 'Landläufigen Tod'
Band 2340

Evelyn Schlag
Beim Hüter des Schattens
Erzählungen
Band 2335
Brandstetters Reise
Erzählungen. Band 2345
Die Kränkung
Erzählung. Band 2352

Klaus Schlesinger
Matulla und Busch
Band 2337

Natascha Selinger
**Schaukel.
Ach Sommer**
Erzählung. Band 2360

Johanna Walser
Die Unterwerfung
Erzählung. Band 2349
Vor dem Leben stehend
Band 2326
Wetterleuchten
Erzählungen
Band 2370

Ulrich Woelk
Freigang
Roman. Band 2366
Tod Liebe Verklärung
Stück. Band 2372

Fischer Taschenbuch Verlag

fi 176/19b

Deutschland erzählt

Herausgegeben von Benno von Wiese

Das vierbändige Sammelwerk »Deutschland erzählt« enthält eine Auswahl von etwa 75 deutschsprachigen Erzählungen aus den letzten 150 Jahren. Der Herausgeber, Benno von Wiese, hat nicht die pathetische Absicht, einen für alle Zeiten geltenden Kanon aufzustellen, seine Auswahl lädt vielmehr ein zur Diskussion. Mancher wird Namen vermissen, die ihm lieb geworden sind; oft muß ein Autor mit seiner Darstellungsweise stellvertretend für andere stehen. Andererseits wird wohl jeder Leser in diesen Bänden Gelegenheit zu überraschenden Wiederbegegnungen und beglückenden Entdeckungen finden. Der Herausgeber verfolgt mit seiner Auswahl zwei Absichten: Er will seine Leser unterhalten und möchte ihnen zugleich Zugang verschaffen zu den nicht immer leicht erreichbaren Schätzen der deutschen erzählenden Literatur.

Deutschland erzählt

Von Johann Wolfgang von Goethe bis Ludwig Tieck
Band 10982

Von Georg Büchner bis Gerhart Hauptmann
Band 10983

Von Arthur Schnitzler bis Uwe Johnson
Band 10984

Von Rainer Maria Rilke bis Peter Handke
Band 10985

Fischer Taschenbuch Verlag

Literarische Anthologien

Das Buch der Niedertracht
Herausgegeben von Klaus G. Renner
Band 9295

Flitterwochen und andere Ehegeschichten
Herausgegeben von Ursula Köhler
Band 9569

Geschichten von Urlaub und Reise
Herausgegeben von Ursula Köhler
Band 9298

Gehen im Gebirg
Eine Anthologie
Zusammenstellung und Nachwort von Willi Köhler
Band 10155

Hotelgeschichten
Herausgegeben von Ronald Glomb und Hans Ulrich Hirschfelder
Band 9246

Giorgio Manganelli
Manganelli furioso
Handbuch für unnütze Leidenschaften
Band 10336

Das Tier mit den zwei Rücken
Erotika. Herausgegeben von Roger Willemsen
Band 11417

Fischer Taschenbuch Verlag

Stefan Heym
bei C. Bertelsmann

Ahasver
Roman. 320 Seiten.

Auf Sand gebaut
Sieben Geschichten
aus der unmittelbaren Vergangenheit
104 Seiten mit 14 Zeichnungen.

Der bittere Lorbeer
Roman. 1008 Seiten.

Einmischung
Gespräche, Reden, Interviews
1982–1989
276 Seiten.

Filz
Gedanken über das neueste Deutschland
Essays. 112 Seiten.

Meine Cousine, die Hexe
und weitere Märchen für kluge Kinder
24 Seiten mit Illustrationen
von Horst Hussel

Nachruf
850 Seiten.

Reden an den Feind
Hrsg. Peter Mallwitz
352 Seiten.

Schwarzenberg
Roman. 350 Seiten.